Quicksilver

CALLIE HART

Quicksilver

Tradução de Laura Folgueira

Rocco

Título original
QUICKSILVER

Ilustração do mapa: Callie Hart

Design de capa: Callie Hart
Imagens de capa: © Shutterstock; Dreamstime; Envato

EDITORA ROCCO LTDA.
Rua Evaristo da Veiga, 65 – 11º andar
Passeio Corporate – Torre 1
20031-040 – Rio de Janeiro – RJ
Tel.: (21) 3525-2000 – Fax: (21) 3525-2001
rocco@rocco.com.br|www.rocco.com.br

Printed in Brazil/Impresso no Brasil

Preparação de originais: VANESSA RAPOSO

CIP-BRASIL. CATALOGAÇÃO NA PUBLICAÇÃO
SINDICATO NACIONAL DOS EDITORES DE LIVROS, RJ

H262q

Hart, Callie, 1983-
Quicksilver / Callie Hart ; tradução Laura Folgueira. - 1. ed. - Rio de Janeiro : Rocco, 2025.
(Magia e alquimia ; 1)

Tradução de: Quicksilver
ISBN 978-65-5532-565-2 (brochura)
ISBN 978-65-5532-571-3 (capa dura)
ISBN 978-65-5595-368-8 (recurso eletrônico)

1. Ficção inglesa. I. Folgueira, Laura. II. Título. III. Série.

CDD: 823
25-97752.1 CDU: 82-3(410.1)

Meri Gleice Rodrigues de Souza - Bibliotecária - CRB-7/6439

Para aqueles que encaram seus pesadelos
para que outros possam viver seus sonhos.

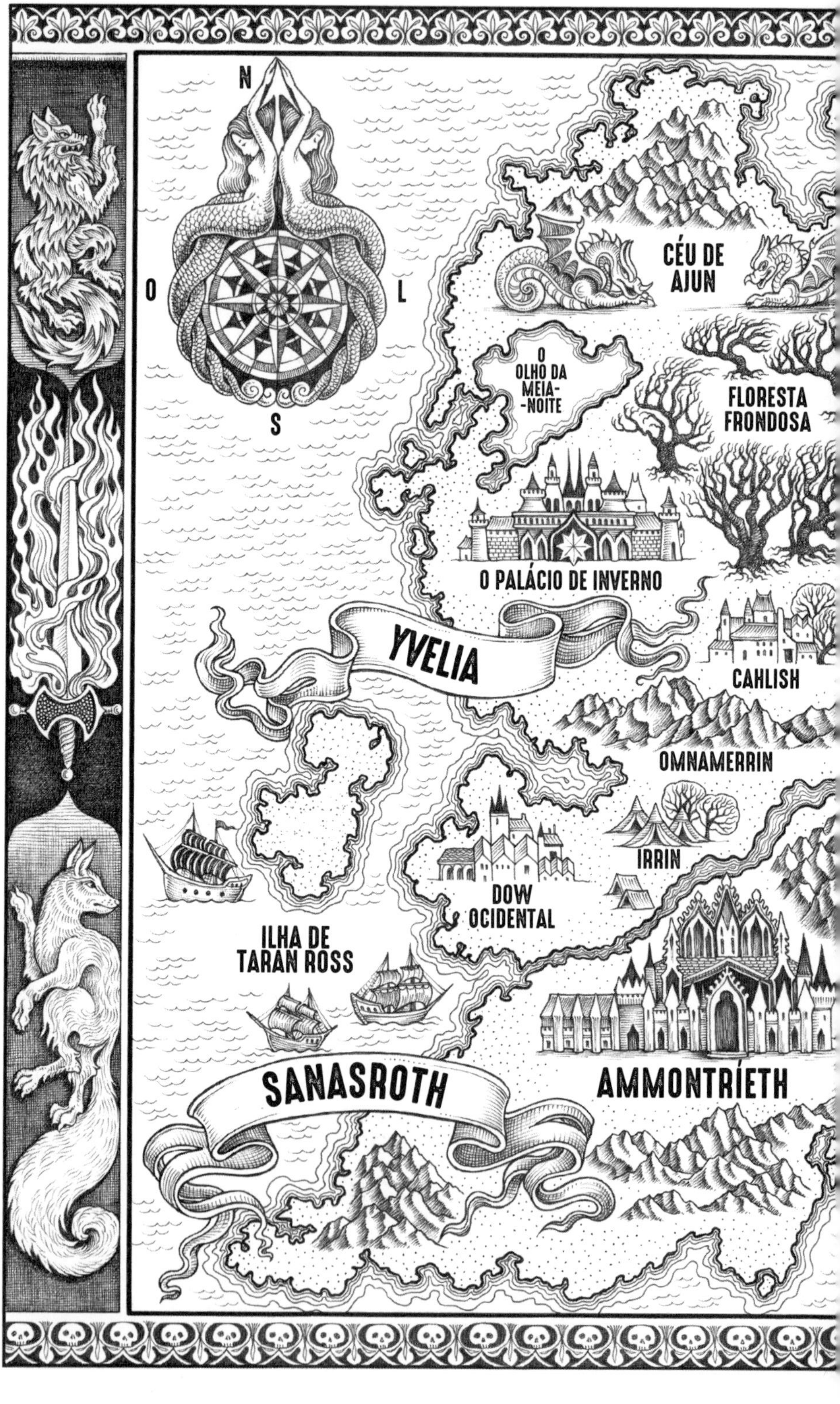
N
O
L
S
CÉU DE AJUN
O OLHO DA MEIA-NOITE
FLORESTA FRONDOSA
O PALÁCIO DE INVERNO
YVELIA
CAHLISH
OMNAMERRIN
IRRIN
DOW OCIDENTAL
ILHA DE TARAN ROSS
SANASROTH
AMMONTRÍETH

A FENDA
NEVERCROSS
TERRAS DO CLÃ
BALQUHIDDER
GILARIA
AS MONTANHAS
RASAS
DARN
BALLARD
GILLETHRYE
INISHTAR
O ESCUDO
LÌSSIA

NUNCA SE ESQUEÇA:

MONSTROS PROSPERAM
NA ESCURIDÃO.

GUARDE TUDO
O QUE LER AQUI
NA MEMÓRIA.

PREPARE-SE PARA A GUERRA!!

1

A ESCALADA

— Sabe, realmente não tem necessidade de tanta *violência.*

Era de conhecimento geral, na Cidade de Zilvaren, que mentir para um guardião significava morte. Eu sabia disso de uma forma dolorosa e por experiência, ao contrário da maioria dos outros zilvarenses. Quase exatamente há um ano atrás, havia assistido a um dos homens da rainha, vestido com armadura de ouro batido, estripar meu vizinho por mentir sobre a idade. E, antes disso, e bem pior, tinha ficado parada em silêncio na rua enquanto a garganta de minha mãe era cortada de uma ponta à outra, jorrando jatos de sangue quente e plebeu na areia queimada de sol.

Com a mão do belo guardião fechada agora em torno de meu pescoço, sua manopla lindamente gravada refletindo o brilho dos sóis gêmeos lá em cima como um espelho dourado, era um milagre eu não me abrir como uma fruta madura e entregar todos os meus segredos. As pontas de seus dedos, cobertas de metal, se enfiaram mais fundo na minha garganta.

— Nome. Idade. Ala. Fala logo. Cidadãos de baixo nível não têm permissão de entrar no Núcleo — rosnou ele.

Como a maioria das cidades, Zilvaren, o Grande e Reluzente Estandarte do Norte, tinha sido moldada no formato de roda. Em torno dos limites externos da cidade, os diferentes raios — muros designados para manter as pessoas contidas em suas alas — subiam cinquenta metros acima das favelas e esgotos transbordantes.

O guardião me sacudiu, impaciente.

— Responda logo, menina, senão vou despachar você direto pelo quinto portão do inferno.

Apalpei frouxamente a manopla dele, não sendo nem de perto forte o bastante para soltar o aperto, e dei um sorriso irônico, com os olhos voltados para o céu branco como osso.

— Como é que eu vou te falar... qualquer coisa se... não consigo... respirar... porra?

Os olhos escuros do guardião ferveram de raiva. Inclusive, a pressão que ele aplicava em minha traqueia se intensificou.

— Você tem alguma ideia de como fica quente nas celas do palácio durante o juízo final, ladra? Sem água? Sem ar limpo? O fedor de cadáveres apodrecendo é suficiente para fazer o carrasco vomitar. Você vai morrer em três horas, guarde o que estou dizendo.

As celas do palácio eram *mesmo* um pensamento preocupante. Eu já tinha sido pega roubando uma vez e enviada lá para baixo por um total de oito minutos. Oito minutos haviam sido suficientes. Durante o juízo final, o horário em que os sóis, Balea e Min, estavam mais próximos e o ar da tarde tremulava de calor, ficar presa no subsolo, na ferida purulenta que se passava por prisão sob o palácio da rainha imortal, não seria divertido. E, além do mais, eu era absurdamente necessária *acima* da terra. Se não voltasse à forja antes do anoitecer, o acordo que tinha passado horas negociando ontem à noite ia ser desfeito. Sem acordo, sem água. E, sem água, as pessoas de quem eu gostava sofreriam.

Por mais que me irritasse, cedi.

— Lissa Fossick. Vinte e quatro anos. *Solteira.*

Pisquei para ele, e o babaca apertou mais forte. Cabelo escuro e olhos azuis não eram comuns na Cidade de Prata; ele se *lembraria* de mim. A idade que eu dera era real, assim como meu patético estado civil, mas o nome que eu fornecera não. Meu nome *real*? De jeito nenhum eu o entregaria sem lutar. Esse idiota se borraria todo se percebesse que estava segurando *a* Saeris Fane.

— Ala? — exigiu o guardião.

Deuses do céu. Que insistente. Ele estava prestes a desejar nunca ter perguntado.

— Terceira.

— Ter...

O guardião me empurrou na areia escaldante, e as partículas quentes queimaram minha garganta quando as inalei acidentalmente. Em seguida, respirei através da manga da minha blusa, mas filtrar a areia desse jeito não adiantava muito; alguns grãos sempre conseguiam passar pelo tecido. O guardião cambaleou para trás.

— Os residentes da Terceira Ala estão em quarentena. A punição por sair da ala é... é...

Não *havia* punição por sair da Terceira; ninguém nunca tinha feito isso. Os azarados que tentavam dar um jeito de sobreviver nos becos escuros e nas ruas fétidas do meu lar morriam antes mesmo de conseguir *pensar* em fugir.

A raiva do guardião, que pairava em cima de mim, virou algo mais próximo do medo. Foi aí que notei a bolsinha da peste pendurada no cinto dele e percebi que, como milhares de outros em Zilvaren, ele era um Fiel. Com um solavanco de pânico, ele levantou o pé e desceu a sola da bota com tudo na lateral do meu corpo. A dor me tirou o fôlego enquanto ele levantava a perna para me chutar outra vez. Estava longe de ser meu primeiro espancamento. Eu era capaz de aguentar uma surra brutal tão bem quanto qualquer outro golpista oprimido, mas, nesta tarde, estava sem condições de dar atenção aos seguidores fanáticos de Madra. Tinha um compromisso e meu tempo estava acabando.

Com um giro rápido e um salto à frente, agarrei o guardião logo abaixo do joelho: um dos únicos lugares não protegidos por sua pesada armadura de ouro. As lágrimas vieram rápidas e quentes. Críveis. Minha apresentação foi ótima, mas é aquilo: não me faltava experiência.

— Por favor, Irmão! Não me mande de volta para lá. Senão, eu vou morrer. Minha família toda está com os estertores.

Tossi para criar um efeito — uma tosse seca que não se parecia em nada com a tosse úmida e congestionada dos quase mortos. Mas o guardião provavelmente nunca nem tinha visto alguém com os estertores antes. Ele ficou olhando para baixo, para onde minha mão se fechava no tecido de sua calça, boquiaberto de horror.

Um segundo depois, a ponta de sua espada perfurou minha blusa, bem entre os meus seios. Era só fazer um pouquinho de peso no cabo da arma e eu seria só mais uma ladra morta sangrando nas ruas de Zilvaren. Imaginei que ele fosse fazer isso — mas, aí, observei enquanto ele processava a situação e percebia o que teria que fazer em seguida caso me matasse. Nas ruas das outras alas, os mortos eram largados para apodrecer, mas, nas calçadas arborizadas e frondosas do Núcleo, as coisas eram diferentes. A elite abastada de Zilvaren podia não conseguir manter longe as areias carregadas pelos ventos quentes do oeste, mas não toleraria uma rata contaminada pela peste se decompondo grosseiramente em uma de *suas* ruas. Se este guardião me matasse, ele teria que se desfazer do meu corpo de imediato. E, por sua expressão, essa era uma tarefa arriscada que ele não desejava assumir. Pois, se eu era da Terceira, então era bem mais perigosa do que qualquer batedor de carteira cotidiano, normal, comum... Eu era *contagiosa.*

O guardião arrancou a manopla e a luva da mão — a mão que usara para quase me enforcar — e jogou na areia. O metal polido soltou um zunido contínuo ao atingir o chão. Era uma canção para os meus ouvidos e, de repente, todos os meus planos viraram fumaça. Eu tinha sido pega roubando um pedaço minúsculo de ferro torcido de uma barraca de mercado. Havia ponderado as probabilidades e considerado que o risco valia a pena, sabendo que o pequeno lingote me daria um bom lucro. Mas isto? Tanto metal precioso jogado no chão como se não significasse nada? A isso não dava para resistir.

Eu me movi com uma velocidade que o guardião não esperava. Com uma manobra ágil e explosiva, corri à frente e agarrei a manopla, mirando o maior dos dois pedaços de metal. A luva era maravilhosa, feita habilidosamente por um verdadeiro mestre. As minúsculas argolinhas de ouro encaixadas umas nas outras formavam uma cota de malha notoriamente impenetrável por lâmina ou magia. Mas o peso da manopla, a quantidade sólida de ouro que compunha essa peça da armadura — eu sequer conseguia imaginar segurar de novo esse tanto de ouro nas mãos.

— Pare!

O guardião saltou na minha direção, mas era tarde demais. Eu já havia agarrado a manopla. Já a havia enfiado por cima da mão e a fechado no pulso. Já estava voando na direção do muro do Núcleo o mais rápido que minhas pernas conseguiam me carregar.

— Parem esta garota!

O berro do guardião ressoou pelo pátio de paralelepípedos, sua ordem ecoou alto, mas ninguém obedeceu. A multidão que havia se reunido para assistir ao espetáculo quando ele me capturou se dispersara, como criancinhas assustadas no momento em que pronunciei a palavra "Terceira".

Os recrutas passavam por um treinamento formidável antes de serem aceitos na guarda da rainha Madra. Aqueles que eram selecionados para o programa extenuante de dezoito meses eram quase afogados repetidas vezes e levavam surras de tirar o couro por meio de todos os sistemas de artes marciais registrados nas empoeiradas bibliotecas da cidade. Quando se formavam, eram capazes de suportar dores inimagináveis e dominavam suas armas a ponto de serem invencíveis numa luta. Eles eram máquinas. Nos quartéis ou no campo de treinamento, eu não duraria quatro segundos contra um guardião completamente treinado. O orgulho da rainha Madra exigia que sua guarda fosse composta dos melhores dentre os melhores. Mas o orgulho de Madra era uma coisa faminta e bastante insaciável. Seus homens não tinham apenas que ser os melhores. Tinham que *parecer* os melhores, e uma armadura de guardião não era nada leve. Sim, no campo de treinamento, o babaca que me pegara roubando o ferro teria me superado rapidinho. Mas não estávamos no campo de treinamento. Estávamos soltos no Núcleo, e era o horário do juízo final, e esse coitado estava embalado que nem um peru de banquete com toda aquela armadura cerimonial.

Ele não conseguia correr com o peso de tanto metal.

Ele não conseguia nem *andar rápido.*

E com certeza não conseguiria *escalar.*

Disparei na direção do muro leste, balançando braços e pernas o mais rápido que meu corpo dolorido permitia. Lançando-me no ar, bati com força no arenito esfarelado, e o impacto fez o oxigênio deixar os meus pulmões.

— Ai, ai, *ai.*

Senti como se Elroy tivesse pegado uma marreta da forja e brandido bem no centro do meu peito. Não ousei pensar nos hematomas com que acordaria de manhã — isso se eu, *de fato,* acordasse. Não havia tempo. Enfiei os dedos em uma abertura estreita entre os blocos pesados de arenito, rangi os dentes e me icei para cima. Meus pés arranharam o muro em busca de apoio. Consegui. Mas minha mão direita...

A manopla, aquela maldição dos deuses.

Que design *péssimo.*

O ouro ressoava estridente, a ressonância do metal era um canto de sereia sempre que eu o batia no muro tentando segurar algo para ajudar a subir. Meus dedos — ágeis, esguios, feitos para abrir fechaduras, destrancar janelas e bagunçar o cabelo grosso de Hayden — não seriam suficientes se eu não conseguisse flexionar o pulso. E eu não conseguia.

Merda.

Se eu quisesse viver, não havia escolha. Eu teria que soltar a manopla. Mas era um pensamento absurdo. A manopla pesava quase dois quilos. Dois *quilos* de metal. Eu não podia simplesmente abrir mão disso. Esta manopla era mais do que uma peça de armadura roubada. Era a educação do meu irmão. Três anos de comida. Bilhetes para sair de Zilvaren e ir para o sul, onde os ventos do juízo final que batiam nos morros secos eram dez graus mais frescos do que na Cidade de Prata. Sobraria dinheiro suficiente para comprarmos uma casinha se quiséssemos. Nada chique. Só algo à prova do clima. Algo que eu poderia deixar para Hayden quando — não *se* — os guardiões finalmente me pegassem.

Não, largar essa manopla me custaria algo bem mais valioso que minha vida: me custaria esperança, e disso eu não ia abrir mão. Preferiria arrancar o meu braço antes.

Então comecei a trabalhar.

— Deixe de ser ridícula, menina! — berrou o guarda. — Você vai cair antes mesmo de chegar à metade.

Se o guardião voltasse ao seu quartel sem a manopla, haveria consequências. Eu não fazia ideia de quais seriam, mas não ia ser nada bonito. Por mim, eles podiam cortar as mãos do babaca e enterrá-lo com areia até o pescoço, para cozinhar no calor do juízo final. Eu ia para casa.

A dor irradiava da ponta dos meus dedos pelo braço como uma corda de fogo, ardia em meu ombro enquanto eu me içava, chutando e saltando muro acima. Mirei numa seção de pedra que parecia gasta, mas estável. Ou tão estável quanto se podia esperar. Com tempo suficiente, o vento corroía tudo nesta cidade, e estava corroendo Zilvaren havia milhares de anos. O calcário era traiçoeiro. As estruturas e os muros da cidade pareciam sólidos, mas estavam longe disso. Já se vira um chute forte derrubar um prédio inteiro. Não era como se eu fosse muito pesada, mas isso não vinha ao caso. Ao me jogar na alvenaria, eu estava no fio da navalha.

Senti um vazio no estômago enquanto voava pelo ar... e aí um aperto, fechado como um punho, quando bati contra o muro. A adrenalina inundou meu sangue quando três milagres aconteceram em conjunto.

Primeiro: o muro não desmoronou.

Segundo: consegui um ótimo apoio com a mão esquerda.

Terceiro: eu *não* desloquei o ombro.

Apoio para os pés. Apoio para os pés. Apoio...

MERDA!

Meu coração foi para a boca quando a sola da minha bota esquerda escorregou contra o muro, fazendo meu corpo todo balançar. Abaixo de mim, um ofego suave, feminino, rasgou o silêncio. Pelo jeito eu *tinha* alguns espectadores, afinal.

Não olhei para baixo.

Levei um momento para me recompor e soltar um punhado de xingamentos tensos antes de me sentir confiante o suficiente para respirar de novo.

— Garota! Você vai se matar! — gritou o guardião.

— Talvez. Mas e se isso não acontecer? — gritei de volta.

— Aí você vai ter desperdiçado seu tempo do mesmo jeito! Não tem um receptador tolo o bastante em toda essa cidade para comprar uma peça de armadura roubada.

— Ah, fala sério. Acho que *eu* conheço alguns.

Eu não conhecia. Independentemente de como as coisas estivessem difíceis, de quantas famílias morressem de fome, nenhum residente de Zilvaren ousaria negociar algo tão perigoso quanto a manopla que eu tinha enfiado no antebraço. Mas isso não importava. Eu não ia tentar vender.

— Não vou mais perseguir você. Dou minha palavra. Solte a manopla e eu libero você!

Uma gargalhada rouca irrompeu de mim. E diziam que guardiões não tinham senso de humor. Esse aí era um maldito comediante.

Outro salto. Outra pontada assombrosa de dor. Calculei a trajetória o melhor que pude, me certificando de mirar, a cada vez, a seção menos furada da pedra. Enfim acima o suficiente das ruas do Núcleo, eu me permiti o luxo de um momento para me recompor. Se eu movesse a manopla para o outro pulso, será que a derrubaria? Mais importante, seria capaz de me segurar no muro com o braço mais fraco enquanto fazia a troca? Havia tantas variáveis para calcular, e não havia tempo suficiente para isso.

— Como você acha que vai descer do outro lado, menina?

Menina? Rá! A audácia do cretino. Os gritos dele agora estavam mais baixos. Eu estava a quinze metros de altura — perto o bastante para conseguir ver o topo do muro. Longe o suficiente da rua para um arrepio de suor frio descer pela minha nuca quando olhei para o chão.

O que o guardião dissera até que fazia sentido. Descer do muro seria tão perigoso quanto subir, mas o saco de pancadas da Rainha Imortal lá embaixo tinha nascido num bom lar. Ele fora criado no Núcleo. Seus pais não trancavam a porta à noite. Aquele homem nunca nem tinha *considerado* tentar escalar os muros que o protegiam da plebe ingrata e infecciosa do outro lado. Eu havia passado metade da vida correndo em cima desses muros, deslizando de uma ala para outra, encontrando entradas para lugares em que não deveria estar.

Eu era boa nisso.

Além do mais, era *divertido.*

Completei o resto da escalada em menos de dois minutos. A manopla bateu na minúscula duna de areia acumulada no topo do muro. Quando cheguei à borda, partículas de quartzo na areia começaram a vibrar, tremulando no ar um milímetro acima do calcário enquanto o ouro se avivava.

Fiquei paralisada, e com a respiração presa nos pulmões fui pega de surpresa pela peculiaridade dessa visão.

Não. Não aqui. Não agora...

A manopla sussurrou, balançando rapidamente enquanto eu me sentava ereta, com uma perna de cada lado do muro. As partículas de quartzo subiam, subiam, subiam...

Ela nos vê.

Ela nos sente.

Ela nos vê.

Ela nos sente.

Ela...

Bati a mão no topo da manopla, e a peça de armadura roubada silenciou. As partículas reluzentes de quartzo caíram de volta na areia.

— Vou te encontrar, garota! Eu juro! Jogue essa manopla ou faça um inimigo para a vida toda!

Enfim, ali estava: um toque de pânico na súplica do guardião. A verdade da situação o havia atingido. Eu não ia cair e morrer. E também não ia derrubar sem querer a peça de armadura que ele jogara enojado no chão depois de perceber que tinha tocado uma rata da peste.

Eu escapara pelos seus dedos expostos, e ele não podia fazer nada exceto berrar ameaças para um fantasma no céu. Porque eu já tinha ido embora. O idiota lá embaixo não seria o primeiro inimigo que eu fazia entre os homens de Madra, mas logo eu o esqueceria. Estava bem mais interessada em todas as coisas incríveis que forjaria com essa manopla impressionante.

Mas, primeiro, eu ia derreter esse treco glorioso todinho.

2

VIDRACEIRO

— NÃO. De jeito nenhum. Não na minha fornalha.

Elroy me olhou como se eu fosse uma serpente de quatro cabeças e ele não soubesse qual delas o atacaria primeiro. Eu já tinha chateado o velho um milhão de vezes diferentes, mas esse olhar de desaprovação era novo. A expressão dele era, em partes iguais, decepção e medo, e, pelo mais breve dos momentos, questionei minha decisão de trazer o ouro para a oficina.

Mas aonde mais eu o teria levado? O sótão em cima do bar onde eu e Hayden vínhamos dormindo nas últimas seis semanas estava cheio de baratas e fedia mais que uma toca de texugo-da-areia. Tínhamos encontrado um jeito de entrar no Miragem por meio de uma seção danificada no telhado de ardósia rachado. Ficávamos em silêncio quando entrávamos lá de fininho para dormir em meio às caixas de vinho apodrecidas e há muito esquecidas e às pilhas de telas pesadas e dobradas comidas por traças; até aqui, não tínhamos sido descobertos. Mas meu irmão e eu não éramos idiotas. Era só questão de tempo para *sermos* descobertos e os proprietários da taverna nos despejarem de seu sótão sob a ameaça de uma espada. Não haveria tempo de coletar nossos pertences. Nós não *tínhamos* nenhum pertence exceto a roupa do corpo. Esconder a manopla lá seria tolice. A oficina de Elroy era o único lugar para onde eu podia levá-la. Independentemente de qualquer coisa, eu precisava usar as fornalhas. Não tinha escolha. Se eu não derretesse o metal e o transformasse em alguma outra coisa (*muito* rápido, pela maldição dos deuses), a manopla era uma forca no meu pescoço que ia acabar me fazendo ser torturada e morta.

— Já foi ruim eu ter tido que falar para Jarris Wade que você não estava aqui uma hora atrás. Ele ficou furioso. Disse que você tinha quebrado algum acordo comercial com ele. Mas aí você aparece com *essa* coisa. Que raios você estava pensando? — O desespero que dominava a voz de Elroy fez com que eu me arrependesse de mostrar a manopla a ele. — Por que você a pegou, para começo de conversa? As víboras de Madra vão vasculhar este lugar com um pente-fino até acharem isso. Quando te encontrarem, vão arrancar a pele dos seus ossos em plena praça para todo mundo ver. O Hayden vai estar lá bem do seu lado. E eu? *Eu?* Mesmo que acreditem que eu não tive nada a ver com isso, vão cortar minhas mãos só por permitir que essa coisa entrasse embaixo do meu teto. Como eu vou ganhar a vida sem mãos, sua garota idiota, garota *muito* idiota?

Elroy trabalhava com vidro. Com uma abundância de areia ao seu alcance, ele tinha tornado sua missão de vida ser o melhor vidraceiro e vidreiro de toda a Zilvaren. Mas só quem vivia no Núcleo era rico o suficiente para poder pagar por janelas. E havia pessoas que moravam na Terceira que procuravam outros itens possíveis de forjar numa fornalha. Antigamente, Elroy fazia armas ilícitas para as gangues rebeldes que lutavam para derrubar Madra. As lâminas eram mais curtas e exigiam menos aço. Apesar de o ferro-gusa ser da pior qualidade, ainda era possível afiá-lo o suficiente para mandar um homem morar com os deuses. Mas, conforme os anos passaram, a vida como insurgente lá dentro foi ficando insustentável.

Alimentos frescos eram impossíveis de encontrar. Nas ruas, as crianças saíam no tapa umas com as outras por um naco de pão duro. A única forma de sobreviver na Terceira agora era negociar e fazer escambo... ou sussurrar segredos sobre seus vizinhos no ouvido de um guardião. Como residente da Terceira, se você não estivesse morto ou moribundo, estava faminto, e não tinha muita coisa que uma pessoa esfomeada não dissesse para aplacar a dor de uma barriga vazia. Depois de escapar por um triz várias vezes, Elroy tinha declarado que não ia mais forjar nenhuma de suas facas letais e afiadas como agulha, e me disse que eu também não podia mais fazê-las em suas fornalhas. Devíamos ser apenas vidraceiros e nada mais.

— Estou perplexo. *Perplexo*. Simplesmente... não consigo compreender... — O velho sacudiu a cabeça, incrédulo. — Não consigo nem *começar* a imaginar o que você estava pensando. Você tem alguma ideia de que tipo de maldição fez cair em nossas cabeças?

Quando eu era pequena, Elroy era um homem gigante. Uma lenda até entre os criminosos mais perigosos que dominavam a Terceira. Mais alto que a maioria, largo, e com os músculos das costas aparecendo sob a camiseta manchada de suor. Ele era uma força da natureza. Um pilar de rocha talhado de uma montanha. Inamovível. Indestrutível. Só recentemente eu havia começado a entender que ele era apaixonado pela minha mãe. Depois de ela ser morta, pouco a pouco, eu o vi definhar, virar menos de si mesmo. Virar uma sombra. O homem diante de mim agora era quase irreconhecível.

Sua mão calejada tremia ao apontar o metal polido que reluzia como pecado na mesa entre nós.

— Devolver. É isso que você vai fazer, Saeris.

Uma risada abafada me escapou.

— Os deuses esquecidos e os malditos quatro ventos sabem que *não* vou. Não depois de tudo o que passei para conseguir pegá-la. Quase quebrei a porcaria do meu pescoço...

— *Eu* vou quebrar seu pescoço se essa coisa não sair daqui nos próximos quinze minutos.

— Você acha que eu vou simplesmente ir até o posto de sentinela e *entregar de bandeja...*

— Não seja ridícula. Deuses, *por que* você tem que ser tão ridícula? Escala a parede outra vez e joga de volta no Núcleo depois que os Gêmeos se puserem. Um daqueles desgraçados frutos de incesto vai encontrar e devolver aos guardiões sem nem pensar direito. Não vão nem perceber quanto vale essa merda.

Rangendo os dentes, cruzei os braços em frente ao peito, tentando ignorar como minhas costelas pareciam proeminentes sob o tecido da blusa. Minha pele estava arrepiada de suor. Estava desidratando de um jeito que não podia me dar ao luxo. Eu tinha deixado minha cota de água escondida dentro de uma parede no sótão lá no Miragem — não podia arriscar alguém tentar *me* atacar para pegá-la enquanto *eu* estava batendo carteiras —, e a oficina estava quente como o inferno, para variar.

Eu não conseguia contar quantas vezes havia desmaiado nas ondas de fumaça aqui. Não fazia ideia de como Elroy sobrevivia. Por um momento, dei ao homem o respeito que ele merecia e considerei sua exigência. E aí fantasiei como seria uma brisa fresca vinda do sul, e o delirante peso de um estômago cheio, e que bênção seria a sensação de uma cama de penas, e como poderia ser o futuro de Hayden, então meu afeto pelo homem que outrora amou minha mãe murchou e ficou insignificante.

— Não posso fazer o que está me pedindo.

— Saeris!

— Não posso. Simplesmente não posso. Você *sabe* que não podemos continuar assim...

— Eu sei que lutar para sobreviver aqui é melhor do que sangrar na porra da areia! É isso que você quer? Morrer na rua diante de Hayden? Que o seu corpo apodreça na sarjeta que nem o da sua mãe, fedendo e comido pelos corvos?

— *SIM!* Sim, *claro* que é isso que eu quero! — Bati o punho na mesa com força, e a manopla saltou, refletindo uma cascata de arco-íris parede acima. — Sim, eu quero morrer e estragar a vida de Hayden. A *sua* vida. Eu quero que tirem sarro de mim. Quero que todo mundo na ala me conheça como a aprendiz de vidraceira que foi idiota a ponto de roubar da guarda de Madra e foi morta por isso. É *exatamente* isso que eu quero.

Eu nunca tinha falado assim com Elroy. Nunca. Mas o homem havia passado por perda atrás de perda nas mãos dos guardiões da cidade. Pessoas que ele amara foram arrastadas da cama e executadas sem julgamento. Seu próprio irmão havia morrido antes de eu nascer, de fome, durante um ano particularmente difícil, porque Madra se recusava a desviar comida do Núcleo para as outras partes da cidade. Os mais ricos dentre o povo da rainha tinham continuado a dar festas exuberantes, jantado produtos importados exóticos vindos de pastos bem para lá de Haeland, bebido o quanto queriam de uísques e vinhos raros e caros, tudo isso ao mesmo tempo que as pessoas de Zilvaren morriam de fome nas ruas ou se borravam até morrer. Elroy havia testemunhado tudo isso. Mesmo agora, ele mal sobrevivia de semana a semana. Se os guardiões não estavam batendo em sua porta para ver se ele não produzia armas, estavam derrubando-a aos chutes, caçando usuários de magia mítica que nem existiam. E ele permitia que tudo isso acontecesse. Só ficava lá sentado sem fazer nada.

Ele tinha desistido. E não havia uma única parte de mim que pudesse aceitar isso.

As sobrancelhas pesadas de Elroy, mescladas de pelos grisalhos, se juntaram, e seus olhos ficaram sombrios. Ele estava prestes a começar mais um de seus sermões sobre ficar fora do caminho dos guardiões e evitar chamar atenção, sobre como enganar a morte aqui era um milagre diário pelo qual ele agradecia aos criadores a cada noite antes de desmaiar no seu catre de merda. Mas ele viu o fogo ardendo dentro de mim, pronto para sair de controle e incendiar tudo, e, desta vez, reconsiderou.

— Você sabe que eu lutei. Lutei muito, do mesmo jeito que você quer lutar agora. Eu dei tudo o que tinha, sacrifiquei cada coisinha que me era cara, mas esta cidade é uma fera que se alimenta de infelicidade, dor e morte, e ela *nunca* fica satisfeita. Podemos nos jogar pela garganta dela até não sobrar ninguém, e não vamos fazer a menor diferença, Saeris. O povo vai sofrer. O povo vai morrer. Madra reina nesta cidade há mil anos. Ela vai viver, como sempre viveu, e a fera ainda vai se alimentar e exigir mais. O ciclo vai continuar para sempre até a areia engolir este lugar amaldiçoado e não haver mais nada de nós exceto fantasmas e poeira. E aí?

— E aí vai ter havido as pessoas que lutaram por algo melhor e as pessoas que só aceitaram quietas — vociferei.

Pegando a manopla, fiz menção de sair correndo da oficina, mas Elroy ainda tinha um pouco de velocidade. Ele agarrou meu braço, me segurando por tempo suficiente para me olhar nos olhos. Numa súplica, disse:

— E se eles rastrearem você e perceberem o que é capaz de fazer? Que você consegue manipular metal...

— É um truquezinho barato, Elroy. Só isso. Não tem nenhuma *importância.*

Mesmo enquanto falava, eu sabia que estava mentindo. Tinha importância, sim. Às vezes, os objetos tremiam ao meu redor. Objetos feitos de ferro, latão ou ouro. Uma vez, eu tinha conseguido mover uma das adagas de Elroy sem tocá-la, fazendo-a girar ininterruptamente na mesa de jantar da minha mãe, equilibrada na guarda. Mas e daí?

Devolvi seu olhar exasperado.

— Se eles me rastrearem, vão me matar por uma série de outras coisas antes de me matarem por isso.

Elroy bufou.

— O que peço não é por você. E também não é por mim. Estou pedindo pelo Hayden. Ele ainda não é como nós. O menino ainda ri. Só quero que ele mantenha essa inocência mais um pouco. E como ele vai fazer isso se vir a irmã sendo enforcada?

Soltei meu braço com um puxão, apertando a mandíbula com mil insultos frios e duros se acotovelando e competindo para ser o primeiro a sair da minha boca. Mas, quando falei, minha raiva tinha me deixado:

— Ele tem vinte anos, El. Em algum momento, precisa enfrentar a realidade. E eu *estou* fazendo isso por ele. Tudo o que eu faço é por ele.

Elroy não tentou me parar de novo.

Hayden e eu éramos parecidos em alguns sentidos. Na altura, por exemplo. Nós dois éramos criaturas altas e esguias. Compartilhávamos o mesmo senso de humor e éramos campeões em guardar rancor. Adorávamos o gosto picante e azedo das carpas em conserva que de vez em quando os mercadores de bote traziam da costa. Mas, fora os nossos traços de personalidade compartilhados e o fato de que nós dois pairávamos acima da maioria numa multidão, não tinha muita coisa em que fôssemos iguais. Enquanto eu tinha cabelo escuro, ele era loiro. O dele era encaracolado a ponto de ser caótico, e era *cheio*. Os olhos dele eram de um castanho rico e aquoso, e tinham em si uma gentileza que meus olhos azuis não traziam. A fenda no queixo dele era cortesia de nosso falecido pai, enquanto seu nariz reto e forte era de nossa falecida mãe. Ela o chamava de sua criança de verão. Minha mãe nunca tinha visto neve, mas era isto o que *eu* representara para ela: sua tempestade de gelo. Distante. Gelada. Cortante.

Não demorei muito para encontrar Hayden. Ele tinha uma tendência a atrair encrenca, enquanto eu era especialista em ir atrás dela, então, não foi nenhuma surpresa eu quase tropeçar nele, que estava estendido e sangrando na areia na frente da Casa de Kala. A Kala, como a maioria das pessoas chamava, era um dos únicos lugares na ala que trocava comida e bebida por bens em vez de dinheiro. Um oportunista de bolsos e barriga vazios também podia apostar bens com alguns dos sujeitos mais desonrosos da taverna, se fosse corajoso ou tolo o bastante. E, como nunca tínhamos nenhum dinheiro ou itens para trocar, e Hayden era um trapaceiro escandalosamente proficiente nas cartas (só perdendo em Zilvaren para mim, talvez), fazia total sentido ele estar aqui, tentando enganar alguém por um jarro de cerveja.

Rajadas escaldantes de areia sopravam por cima dele, juntando-se em pequenas poças no tecido embolado de sua camiseta, que ainda tinha as marcas das mãos de quem chutara sua bunda para fora da Kala. Um grupo de foliões falando obscenidades passou por cima dele sem nem o olhar. Um jovem com o lábio cortado e um olho começando a inchar, deitado na sarjeta, não era nada fora do comum nesta parte do mundo.

Fiquei parada aos pés do meu irmão, de braços cruzados, com o cuidado de manter a bolsa que continha a manopla bem junto da lateral do meu corpo. Batedores de carteira e ladrões que cortavam bolsas também não eram incomuns aqui. Um bando de ratos de rua famintos não pensaria duas vezes em roubar se suspeitasse que o prêmio valeria a pena. Chutei a bota empoeirada de Hayden.

— Carrion de novo?

Ele abriu uma pálpebra e gemeu ao me ver.

— De novo! Seria de pensar... que aquele desgraçado teria... coisa melhor para fazer do que acabar com a minha raça.

A forma como ele segurou cuidadosamente as costelas sugeria que algumas talvez estivessem quebradas.

Eu o cutuquei com a ponta da bota, com mais força desta vez.

— Seria de pensar que *você* talvez já tivesse aprendido a lição de ficar longe dele a esta altura.

— Argh! Saeris! Caramba! Cadê sua empatia?

— No bolso traseiro de Carrion, juntinho do dinheiro que eu te dei para comprar *água*.

Considerei esmurrar o outro lado de suas costelas, mas o sorriso tímido que Hayden me deu extinguiu minha raiva. Era o seu jeito. Ele era tolo e descuidado com muita frequência, mas era impossível ficar brava com ele por muito tempo. Oferecendo a mão, eu o ajudei a ficar de pé. Depois de muito resmungar e reclamar, Hayden espanou a poeira da camiseta e da calça, e adotou um sorriso ferino que implicava que tinha descartado a dor nas costelas e se sentia novinho em folha.

— Sabe, se você tiver uma ficha, aposto que consigo ganhar de volta o dinheiro da água *e* o cachecol vermelho que Elroy me deu.

— Rá! Vai sonhando, cara.

Eu o contornei e subi os degraus da taverna correndo. Como sempre, a Kala estava lotada e fedia a suor e carne de bode assando. Uma dúzia de cabeças viraram em minha direção quando entrei, uma dúzia de pares de olhos se arregalaram ao observar quem tinha acabado de chegar. Hayden era visitante diário aqui, mas *eu* só me aventurava a passar da soleira da taverna quando tinha um dia ruim. Vinha a este local para desanuviar. Para trepar. Para brigar. Uma ampla variedade de coisas absurdas era cochichada sobre mim por trás dos dorsos de mãos bronzeadas: que um homem podia ou tirar a sorte grande, ou tomar uma surra até ficar inconsciente, dependendo do meu humor ao sentar a bunda no bar.

Eu não me sentei no bar hoje. Olhando por cima da multidão bêbada à minha frente, estiquei o pescoço, procurando um clarão de cor entre todos os brancos sujos, cinza e marrons. E lá estava. Lá estava *ele*, sentado a uma mesa no lado mais distante da taverna, com três dos seus amigos idiotas, de costas para o canto para poder ficar de olho vivo na galera. Carrion Swift: o mais notório apostador, trapaceiro e contrabandista da cidade. Também era incomumente bom de cama: o único homem de Zilvaren que já me fizera gritar seu nome de prazer, e não de frustração. Seu cabelo vibrante cor de cobre era um sinalizador na taverna mal-iluminada.

Fui direto na direção dele, mas meu caminho foi rapidamente bloqueado por uma mulher de quarenta e poucos anos, de expressão atormentada, que brandia uma gigantesca concha de cozinha de madeira.

— *Não* — disse ela.

— Desculpa, Brynn, mas ele jurou que ia deixar meu irmão em paz. O que você quer que eu faça, simplesmente deixe-o se safar?

Brynn tinha um sobrenome, mas ninguém sabia qual era. Quando perguntavam, ela falava que tinha perdido quando criança e nunca havia se preocupado em localizar de novo. Dizia que nomes de família tornavam mais fácil encontrar alguém, e tinha razão. Como era proprietária da Casa de Kala, desavisados às vezes *a* chamavam de Kala, supondo que havia dado seu nome ao local, mas ela os olhava com raiva e fazia uma careta. De onde ela vinha, Kala significava *funeral*, e Brynn não gostava de ser comparada à morte.

— Não me importa se ele vai se safar ou não. — Ela lançou um olhar de soslaio sinistro para Hayden, que tinha voltado de fininho para a taverna nos meus calcanhares, parecendo bem acanhado. — *Ele* sabe que Carrion trapaceia, e não preciso de mais uma briga enorme aqui dentro. Não hoje. Já precisei jogar duas cadeiras lá no fundo para consertar, graças àquele canalha e ao seu irmão idiota...

— Eu não sou idiota! — protestou Hayden.

— Você *é* idiota — insistiu Brynn. — E também está banido por vinte e quatro horas. Se manda lá para fora. Se sua irmã pagar, peço para alguém te levar um copo de cerveja nos degraus.

— Eu não vou pagar por nada.

Hayden teve a cara de pau de parecer decepcionado.

— Bom, eu não vou embora sem o cachecol — disse ele. — Meus pulmões vão estar esfolados em carne viva quando eu chegar em casa.

— Melhor prender a respiração, então. Anda. Para fora.

Brynn acenou a concha de forma ameaçadora na direção de Hayden, e meu irmão ficou pálido. Olhou o utensílio de tamanho exagerado como se já tivesse sido apresentado a ele hoje e estivesse bem ciente do que poderia fazer. Eu não teria ficado surpresa se *Brynn* o tivesse deixado de olho roxo e não Carrion.

— Eu pego o cachecol para você. Vai me esperar lá fora — falei.

— Você não vai pegar à força — alertou Brynn.

Ela balançou a concha na minha direção, mas não tinha o mesmo efeito em mim, e Brynn sabia. Uma arma precisava ser bem mais reluzente e muito mais afiada para *me* fazer piscar. Ela abaixou a concha, optando por uma abordagem mais gentil.

— Estou falando sério, Saeris. Por favor. Mantenha a paz, mesmo que seja por mim. Já estou de saco cheio e não são nem oito horas.

— Dou minha palavra. Não vou quebrar mais móveis. Vou pegar o que vim buscar e ir embora antes de você perceber.

— Vou te cobrar isso.

Claramente, Brynn não achava que eu fosse cumprir minha palavra, mas suspirou e deu um passo para o lado mesmo assim. Hayden me lançou um olhar que implorava que eu intercedesse por ele — ele *sempre* precisava forçar a barra —, mas eu não era boba de ceder àqueles olhos suplicantes.

— Lá fora. *Já.* Segura isto. *Não* perca de vista.

Joguei a bolsa no peito dele e, quando ele segurou, fui sacudida por um espasmo de pânico. Andar pela ala carregando uma peça de ouro gigante no fundo de uma bolsa era uma coisa. Ficar parada na frente de Carrion Swift com um artigo de contrabando tão valioso era outra bem diferente. O homem era capaz de qualquer coisa. Seus dedos eram mais leves que a brisa do amanhecer. Sua lábia certa vez me convencera a me livrar das minhas roupas de baixo — talvez o maior golpe já executado em Zilvaren — e as pessoas não haviam parado de falar *disso* por meses. Eu não estava disposta a correr o risco de ele farejar algo interessante na bolsa e tentar tirá-la de mim.

— Me dá dez minutos — disse a Hayden.

Ele fez uma careta ao sair da taverna.

Os clientes da Kala pararam seus jogos de ossos, e suas conversas exaltadas vacilaram enquanto eu ia na direção de Carrion. Todo mundo me seguiu de canto de olho e ficou parcialmente atento quando cheguei à mesa do vigarista. Olhos azuis brilhantes dançaram, divertidos, quando Carrion encontrou meu olhar. O cabelo dele tinha tons de cobre, ouro e de marrom-avermelhado polido, como se cada fio fosse uma fina linha dos metais que eram tão preciosos para a rainha Madra. Ele sempre era a pessoa mais alta do recinto por pelo menos trinta centímetros, tinha ombros largos, e se portava com uma confiança que deixava as garotas de toda a Zilvaren caidinhas. Eu odiava admitir, mas foi essa confiança que me atraíra à sua cama. Minha intenção tinha sido refutá-lo, mostrar que sua autoconfiança era apenas uma fachada. Eu tinha planejado esmagar aquele ego dele depois de terminar, mas aí ele fizera o impensável e provara que sua altivez era merecida. *Mais* do que merecida. Meu sangue fervia só de pensar nisso. O homem era ladrão e mentiroso, e se amava demais da conta. Sério, quem em sã consciência usava esse tanto de adorno? Numa taverna cheia de selvagens que cortariam sua garganta para roubar as suas botas sujas no momento em que colocassem os olhos em você? Ele era confiante demais.

— Babaca — cumprimentei, rígida.

Ele sorriu, e senti um frio na barriga que me fez xingar baixinho.

— Vaca — respondeu ele. — Que bom te ver. Achei que a gente não fosse mais... *passar um tempo juntos.*

Os amigos dele gargalharam feito uns idiotas, dando cotoveladas uns nos outros. Até eles sabiam que isso era uma provocação. Uma alfinetada. Da última vez que eu o vira, estava saindo às pressas da cama dele, agarrando minhas roupas amontoadas, jurando pelos deuses esquecidos e aos quatro ventos que preferiria morrer a ficar lá para repetir a dose do show que ele tinha acabado de fazer para mim. Ele sabia que havia ganhado. O babaca arrogante não demonstrara nenhuma timidez em deixar isso claro. Havia falado que eu ia voltar pedindo mais, e eu respondera, com um vocabulário bastante gráfico, que ia arrancar aquele pau amaldiçoado se ele tentasse chegar perto de mim de novo. Ou algo do tipo.

Fui direto ao ponto, ignorando os amigos *e* a farpa sugestiva dele.

— Você prometeu que não ia mais apostar com Hayden.

Carrion inclinou a cabeça, virando os olhos para cima enquanto fingia pensar no assunto.

— Prometi, é? — perguntou, incrédulo. — Não parece nem um pouco algo que eu diria.

— *Carrion.*

O babaca inspirou profundamente, voltando a atenção para mim.

— Ela falou meu nome. — Ele fingiu suspirar. — Vocês ouviram. Ela falou meu nome.

De novo, isso suscitou uma rodada de risadinhas dos comparsas infantis dele.

— Você não só quebrou sua palavra, mas também deu uma puta surra nele, Carrion.

— Aaah, fala sério. Não seja tão amarga. — Ele estendeu as mãos, com as palmas para cima e os dedos abertos. — O garoto me implorou para jogar com ele. Quem sou eu para dizer não? E, se eu tivesse dado uma puta surra nele, você não teria visto seu irmãozinho todo amuado no bar agorinha há pouco, né? Ele ainda estaria lá na rua, cuspindo sangue na areia. Eu bati nele... — Ele pensou. — Uma vez. Talvez duas. Isso só se qualifica como uma surra leve. E o que é uma surra leve entre amigos?

— Hayden não é seu amigo. Ele é meu irmão. Mexer com ele é contra as regras.

Carrion se inclinou à frente, apoiando os cotovelos na mesa. Subiu e desceu as sobrancelhas de um jeito enervante.

— Eu nunca conheci uma regra que não quisesse quebrar, Raio de Sol.

— Nós tínhamos um acordo. Eu me lembro especificamente de dizer que não ia interferir em suas linhas de abastecimento que iam e vinham do Núcleo, e você disse que não ia mais se meter com Hayden.

Ele franziu a testa.

— É, acho que me lembro de algo assim.

A ousadia. A cara de pau. A completa *audácia.*

— Então por que você está apostando com ele?

— Talvez minha memória esteja meio ruim ultimamente — considerou Carrion.

— Você toma *mesmo* muita pancada na cabeça.

— Ou talvez — disse ele, girando a cerveja no copo —, eu soubesse que, se mexesse com Hayden, poderia ver você. E talvez fosse uma oportunidade boa demais para deixar escapar.

— Você quebrou as costelas do meu irmão só para me ver?

Não devia ter ouvido direito. Não tinha como ele ser insano a ponto de machucar Hayden por uma razão tão ridícula.

O tom de Carrion de repente ficou afiado quando ele disparou:

— Não, Saeris. Eu quebrei as costelas dele porque ele tentou me esfaquear com uma das suas facas quando me recusei a jogar outra rodada. Nem o *seu* irmão pode fazer isso.

Meu choque foi um peso frio e morto na boca do estômago.

— Ele não fari...

— Ele *fez.*

Carrion tomou o resto de sua cerveja. Quando colocou o copo vazio na mesa, seu sorriso charmoso tinha voltado.

— Agora que você está aqui, pode muito bem ficar para tomar um drinque comigo. Sem ressentimentos e tal.

Era impressionante como Carrion conseguia ir rápido de uma emoção a outra. Também era impressionante a habilidade dele de se iludir absoluta e completamente sempre que lhe convinha.

— Eu não vou beber com você. Não faz diferença se Hayden mereceu o que você fez. Ele provavelmente puxou a faca porque estava tentando recuperar a máscara dele. Não teria precisado fazer isso se você não o tivesse encorajado a apostar!

— Você gosta de uísque, né? Que tal um duplo? — Ele foi se levantando.

— Carrion! Eu *não* vou beber com você!

Aquela linda serpente tentou passar um braço pela minha cintura, mas eu já tinha lidado com predadores bem mais rápidos que ele. Desvencilhando-me para trás, coloquei quase um metro de distância entre nós, com as mãos coçando para agarrar minhas facas — as que Hayden não tinha pegado "emprestadas" —, mas eu dera minha palavra a Brynn de que não haveria briga. Os olhos de Carrion viajaram pelo meu corpo, seu sorriso se abrindo ao passar pelo meu quadril, e a memória da *língua* dele passando pelo meu quadril me atingiu de repente, levando uma onda de calor às minhas bochechas.

— Você fica bonita corada, sabia? — Aquele ladrãozinho amaldiçoado pelos deuses não deixava nada passar. — Vou te fazer uma proposta. Senta e toma um drinque comigo, e eu te dou a máscara do Hayden.

— Nada feito.

— Nada feito? — Ele pareceu genuinamente surpreso.

— Suportar quinze minutos numa mesa com você vale mais do que uma máscara surrada, seu abutre.

— Quem falou de quinze minutos? Você sabe que eu gosto de me demorar quando estou me divertindo.

Mártires sagrados. Dei o melhor de mim para bloquear outras memórias que tentavam abrir caminho em minha mente. Carrion queria que seu comentário espontâneo me lembrasse de quanto tempo passou com a língua no meio das minhas pernas. Ele queria que eu recordasse exatamente por quanto tempo ele segurou o próprio prazer — como se fosse a porcaria do *trabalho* dele, que os deuses amaldiçoem — enquanto provocava o meu. Eu não ia dar essa satisfação a ele.

— Um drinque. Quinze minutos. E eu quero de volta as fichas que você pegou dele também. Além de mais cinco pela inconveniência de ter que respirar o mesmo ar que você.

Carrion arqueou uma sobrancelha, me analisando. Eu já sabia que não ia gostar do que sairia da boca dele.

— Saeris, se eu soubesse que podia *comprar* seu tempo, estaria falido, e você seria uma mulher muito rica. Você teria passado os últimos três meses deitada, implorando para eu fazer mais forte, e...

— Mais uma palavra e eu vou separar você das suas bolas, seu ladrão de merda — rosnei.

O que não tinha de boas maneiras, Carrion Swift compensava em bom senso. Ele sabia quando estava prestes a cruzar um limite que custaria sangue para *des*cruzar. O cabelo dele brilhou, vermelho, depois dourado, depois o castanho mais profundo e rico quando ergueu as mãos e abaixou a cabeça em rendição.

— Tudo bem, tudo bem. A máscara, as fichas dele e um bônus de cinco porque você é gananciosa. Sente-se. Por favor. Vou pegar aquele drinque para você.

Ele gesticulou para sua mesa como se achasse que eu fosse me espremer entre ele e seus camaradas, mas havia coisas que eu faria por meu irmão e por um copo de água limpa, e coisas que eu não faria. Escolhi uma cabine vazia a três mesas de distância, e fui me sentar lá em vez disso.

Eu ia matar o Hayden. Matar bem mortinho. Qual era a dele? Tinha tentado *esfaquear* Carrion? O garoto era só três anos e meio mais novo que eu, mas agia como se ainda estivesse esperando os testículos descerem. Em algum momento, ele ia ter que parar de agir de forma tão imprudente e começar a considerar as consequências de suas ações. Mesmo enquanto eu pensava nisso, as palavras de Elroy ecoavam em minha cabeça, chocantemente similares às minhas.

"Não consigo nem começar a imaginar o que você estava pensando. Você tem alguma ideia de que tipo de maldição fez cair em nossas cabeças?"

— Aqui.

Carrion colocou um copo de líquido âmbar na minha frente; a porcaria estava cheia praticamente até a boca.

— Isso não é só um drinque.

— Está em um só copo — rebateu ele. — Portanto, é um único drinque.

Se eu bebesse tudo, voltaria trocando os pés para o Miragem. Ia cair do telhado e quebrar o pescoço tentando entrar de volta no sótão. Ainda assim, peguei o copo e dei um bom gole. Eu não ia conseguir passar por isso se não estivesse meio de porre. O uísque queimou toda a minha garganta e acendeu um fogo no meu estômago, mas me recusei a reagir. A última coisa de que precisava era Carrion Swift falando para todo mundo que quisesse ouvir que eu não sabia beber.

— E aí? — questionei. — O que você quer?

— Como assim, o que eu quero? Sua companhia, claro.

Eu reconhecia um mentiroso quando via um, e o homem sentado à minha frente era um profissional experiente.

— Desembuche logo, Carrion. Você não teria me obrigado a ficar se não estivesse tentando alguma coisa.

— Não posso só estar enamorado da sua beleza? Não posso apenas querer ouvir o tom angelical da sua voz?

— Eu não sou bonita. Estou imunda e cansada, e minha voz está cheia de sarcasmo e irritação, então, vamos acabar logo com isso, beleza?

Carrion bufou uma risada silenciosa. Ele levou seu próprio copo (consideravelmente menor) de uísque aos lábios e deu um gole.

— Você era mais divertida três meses atrás, sabia? Você é tão cruel. Não parei de pensar em você.

— Ah, dá um tempo. Com quantas mulheres você dormiu desde então?

Ele apertou os olhos, parecendo confuso.

— O que isso tem a ver com qualquer coisa?

Aquilo estava ficando tedioso. Empurrando o copo na direção dele, fiz menção de me levantar.

— Tudo bem! Mártires, você só sabe falar de negócios. — Ele respirou fundo para se recompor. — Acho que, agora que você por acaso mencionou, tem algo que eu queria falar com você, sim.

— *Estou chocada.*

Ignorando meu tom, Carrion continuou:

— Ouvi uma coisa muito interessante mais cedo. Fiquei sabendo que uma rebelde de cabelo preto da Terceira atacou brutalmente um guardião e roubou uma peça da armadura dele. Uma manopla. Dá para acreditar?

Hum. Aquele escroto gostava mesmo de brincar. Cada linha de seu rosto e a forma como cada músculo de seu corpo estava *tão* casualmente relaxado me davam toda a informação de que eu precisava. Claro que ele sabia que eu havia pegado a manopla. Mas eu não ia admitir. Não era tão idiota.

— Ah, é? Sério? Mas… como? É impossível um residente da Terceira *sair* da Terceira.

Tomei mais um gole de uísque.

Por um momento, Carrion não fez nada, só ficou me olhando. Ele estava me lendo. É óbvio que não acreditou na minha ignorância fingida nem por um segundo, mas não ia começar a jogar acusações abertamente no meio da Kala.

— Eu sei, pois é — falou ele alegremente. — Um absurdo. Mais absurdo ainda é pensar nessa coitadinha por aí agora, tentando achar um lugar para esconder uma peça de ouro tão grande. Sabe, estão dizendo que ela trouxe de volta para cá, para a ala. — Ele riu baixinho. — Mas claro... ela não teria feito isso. Teria sido perigoso demais.

— Com certeza. Incrivelmente perigoso — concordei.

— Ela teria se certificado de colocar em algum lugar seguro. Algum lugar em que os guardiões não pensariam em olhar.

— Sem dúvidas.

— Você acha que uma garota idiota a ponto de atacar e roubar de um guardião teria o bom senso de esconder o prêmio em algum lugar assim?

Fui tomada pela urgência avassaladora de danificar o belo rostinho de Carrion; foi só com um esforço monumental que me segurei.

— Não acho que a garota seja idiota. Aliás, acho que é corajosa — falei, entre os dentes. — Acho que é mais provável que o guardião tenha tentado prendê-la e jogado a armadura amaldiçoada pelos deuses na areia. Acho...

— Mas será que ela colocou em algum lugar *seguro*? — sibilou Carrion. — Podemos debater as ações dessa garota por uma eternidade, mas se tiver algum problema na ala...

Eu me balancei na cadeira.

— E você lá se importa com a Terceira? Você nem mora mais aqui, Carrion. Todo mundo sabe que você arrumou um apartamentinho bem confortável embaixo do segundo raio.

— Eu tenho um *armazém* fora da ala — disse ele em voz baixa. — É a forma mais segura de levar minhas mercadorias de uma ala a outra. Eu *moro* aqui para poder cuidar da minha avó. Você sabe disso. Gracia, lembra? Você a conheceu. Cabelo branco? Temperamento perverso?

— Sim, eu conheço a Gracia, Carrion.

Ele chegou mais perto com o olhar ficando aguçado.

— Aqueles filhos da puta dourados vão fazer chover o fogo do inferno neste lugar se acharem que temos algo que pertence a eles, Saeris. Você sabe disso. Vai ter um rio de sangue correndo nas ruas pela manhã se *essa garota* tiver trazido a armadura para cá.

Ele tinha razão. Os guardiões eram todo-poderosos. Não tinham medo de muita coisa, mas tinham pavor da rainha. Se ela soubesse que a manopla estava aqui, sua justiça seria ágil e brutal. A manopla que *eu* tinha trazido para cá. O desespero de Elroy já não parecia exagerado. Se até mesmo Carrion estava em pânico com essa história, então talvez eu devesse passar um tempo repensando meu plano. Ou quem sabe *bolando* um plano.

— Você está pensando. Eu vejo que está pensando. Isso é bom — comentou Carrion.

Ele exibiu seu sorriso arrogante, mas era só encenação. Queria que os outros clientes da Kala, e os seus amigos sentados no canto, achassem que estava descaradamente tentando me hostilizar até eu ir para a cama com ele de novo, mas a faísca de preocupação que vi em seus olhos era real.

— Aquele armazém — falou ele. — Não fica longe do muro. Só levaria meia hora para mover um item daqui até lá.

Deuses, ele tinha perdido o juízo de vez.

— Você acha que eu a confiaria a *você*?

Tarde demais, percebi que havia me entregado. Mas que importância tinha? Este joguinho de pisar em ovos era só desperdício de tempo.

— Você não tem nem metade da quantia necessária para me convencer a entregar aquela manopla a você, Carrion Swift.

— Não quero ficar com ela, idiota. Só quero tirá-la da Terceira — murmurou como se estivesse sussurrando delícias no meu ouvido, mas suas palavras estavam cheias de veneno. — Nosso povo já sofreu o suficiente sem uma centena de guardiões invadindo a ala, destruindo tudo e matando todo mundo no caminho. Leve para o armazém. Leve para qualquer lugar. Não importa aonde você leve, desde que seja longe daqui. Escutou?

Havia algo muito exasperante em levar um sermão de tipos como Carrion. Ele era um dos homens mais egoístas e arrogantes do planeta. Amava que todo mundo acreditasse que não se importava com nada nem ninguém. Mas parecia que ele se importava, sim, e *eu* tinha feito algo tão egoísta que ele não podia só ficar lá olhando acontecer? Deuses.

Virei mais um gole viril de uísque e descartei o resto, empurrando o copo.

— Preciso ir.

— Vai dar um jeito nisso?

Os olhos azul-claros de Carrion me perfuraram enquanto eu me afastava da cabine.

— Vou — rosnei de volta.

— Ótimo. Ah, e Saeris?

O cara simplesmente não sabia quando parar. Eu me virei e fiz cara feia para ele.

— Que foi?!

— Até imunda e cansada você ainda é linda.

— Deuses e mártires — sussurrei.

Ele não dava folga. Mas a lábia de Carrion não me incomodou por muito tempo. Eu tinha coisas mais importantes com que me preocupar. Quando saí para a noite radiante, Hayden tinha desaparecido. E a manopla também.

3

O PROPÓSITO MAIS GENTIL

ELE *NUNCA* escutava. Claro, ele fingia que escutava. Repetia as palavras que você dizia. Assentia com a cabeça. Mas, na hora do vamos ver, Hayden se recusava a fazer o que lhe era pedido, nunca prestava atenção e aí fazia a única coisa que você implorara que não fizesse.

Normalmente, quando ele se comportava mal, os riscos eram bem baixos, mas, hoje, os riscos eram mais do que altos. Eram astronômicos. *Catastróficos.*

Fiz o melhor que pude para andar calmamente na direção do Miragem — havia toda a chance de Hayden ter ficado de saco cheio de me esperar e decidido voltar para a outra taverna com a bolsa. Mas, quanto mais eu repassava os vários cenários em minha cabeça e pensava em qual era mais provável, um pânico rasteiro começava a apertar minha garganta.

Se ele tivesse olhado dentro da bolsa...

Se tivesse remexido lá dentro, só os mártires sabiam onde ele estava agora e o que diabos estava tramando. Os Gêmeos batiam no topo da minha cabeça, seu calor castigante fazia minha mente girar. Quando fora a última vez que eu tinha bebido água? Hoje de manhã? Não, eu havia guardado minha cota para quando voltasse à forja, mas, depois da discussão com Elroy, tinha esquecido de pegar. Eu *não* devia ter tomado aquele uísque.

Quando estava a uma distância respeitável da Casa de Kala, comecei um trote nervoso e depois uma corridinha. Tentei parecer casual, mas não tinha isso de corridinha casual em Zilvaren. As pessoas aqui conservavam energia o melhor que podiam. Só havia um motivo para alguém talvez correr aqui, e era se estivesse sendo perseguido.

Olhos desconfiados me seguiram enquanto eu me lançava pelas ruas, passando por casas de arenito caindo aos pedaços e barracas de mercadores que vendiam carnes assadas fibrosas, pedaços de pano e remédios herbais pungentes do norte. Pôsteres familiares e desbotados cobriam os becos, prometendo recompensas gordas por qualquer informação que levasse à captura de usuários de magia suspeitos. Eu conhecia as ruas laterais da minha ala como a palma da mão. Seguir à esquerda me faria passar pela casa de Rojana Breen — minha mãe costumava me mandar passar lá quando ouvia dizer que os comerciantes tinham voltado com frutas. Ao contrário do resto dos contrabandistas da Terceira, Rojana só comercializava comida e água. Seu comércio ilegal ainda faria suas mãos serem cortadas, mas não a levaria a ser morta.

No entanto, mais à frente e à direita, outro comerciante havia montado seu negócio. Vorath Shah era vendedor de elixires milagrosos: minúsculos fragmentos de metal que ele alegava conterem traços de magia oculta; as patas empalhadas e fedidas de coelhos-da-areia que se dizia evitar doenças; frascos de vidro cheios de líquidos nebulosos que supostamente concediam dons a quem os bebia. Dons que haviam se perdido há muito. Humanos já não eram capazes de ler a mente uns dos outros, ou fazer o sangue nas veias de seus inimigos ferver, ou conceder sorte eterna a si mesmos. Todo mundo sabia que esses poderes hereges nos haviam sido tirados centenas de anos atrás, mas Shah ainda ganhava muito vendendo bugigangas inúteis para os esperançosos e os desesperados. Ele tinha explicações extravagantes para a eterna questão que todos os zilvarenses se perguntavam aos cochichos por trás de portas fechadas: como, depois de mais de mil anos, a rainha continuava viva? Madra era humana, então por que não morria? Ele alegava ter acesso à fonte da juventude eterna dela, que comercializava em garrafas, claro.

Shah também era conhecido por comprar artefatos. Se um ladrão se visse em posse de um item muito específico, Shah teoricamente podia conectá-lo com um comprador interessado. Mas também havia uma chance de ele estripar você e arrancar todos os seus pertences antes de te largar para os vermes da areia. Se estivesse mal-humorado, na manhã seguinte não teria sobrado nada seu além de ossos descoloridos pelo sol.

— Me diga que você não fez isso — murmurei bem baixinho, virando à direita. — Hayden Fane, me diga que você *não* tentou levar aquele ouro para Sh...

Um grito perfurante rasgou o ar seco. Era distante. Abafado. Mas vinha do leste e me deixou arrepiada. O *Miragem* ficava a leste. E o único momento em que alguém gritava assim na Terceira era quando um guardião estava tomando liberdades ou derramando sangue. Instintivamente, eu soube. Senti nos meus ossos: o grito tinha algo a ver com Hayden. Meu irmão estava em perigo.

Antes mesmo de ter tempo para pensar, eu estava correndo. As ruas ficavam borradas na minha visão periférica. Meu coração batia em um ritmo caótico. O medo se acumulava como ácido na minha barriga.

Atrás de mim, do nada, veio o som de metal batendo.

— Parem ela! Parem essa garota!

O grito veio de trás. Guardiões? Cinco deles? Dez? Arrisquei olhar por cima do ombro, mas só vi um muro de ouro brilhante faiscando. O trovão das botas deles batendo no chão inundou meus ouvidos.

Deuses, Saeris, corre. Corre, porra!

Me exortei a seguir, pisando firme. Eu *precisava* ir mais rápido. Se me pegassem, seria o meu fim. Seria o fim de Hayden.

Outro grito assustador e agonizante fez meu coração parar por um momento, mas o obriguei a bater de novo, precisando que me impulsionasse à frente. Eu me recusava a ser ultrapassada nas ruas por aqueles desgraçados. Cacete, eu me *recusava*.

Os residentes da Terceira gritavam, saltando para longe enquanto eu corria com tudo em meio a eles. Os guardiões berravam ordens, de novo mandando alguém me parar, mas ninguém fez isso. Eu era conhecida aqui. As pessoas por quem eu passava voando me amavam porque tinham amado minha mãe. Elas também me odiavam porque eu era criadora de encrenca e uma pedra no sapato delas. Mas, mesmo assim, odiavam mais os guardiões.

Meus pulmões queimavam. Meus músculos gritavam, implorando clemência, mas eu corri mais rápido, me forçando até a beira da exaustão. Os Gêmeos latejavam no céu, lavando as ruas com uma luz dourado-clara, o maior dos dois sóis margeado por uma estranha coroa azul enquanto eu me precipitava até o Miragem e o sótão, e, com sorte, *não* até o meu irmão.

Se ele tivesse algum bom senso, teria visto os guardiões ou escutado alguém falar da guarda de Madra inundando a Terceira. Era querer demais. Hayden não era muito observador nem em dias bons, e Carrion tinha lhe dado um belo de um sopapo por tentar esfaqueá-lo. Provavelmente ainda estava perdido em seu mundinho, se queixando com amargor do dinheiro que perdera e da porra da máscara idiota.

Arranquei minha própria máscara do rosto, ofegando em busca de ar, só para receber uma golfada de partículas escaldantes de areia enquanto acelerava em torno da barraca de bolinhos fritos na esquina da Lark Street...

— Parada! Fique onde está!

O terror me fez derrapar. Ele se fechou em mim como um punho de ferro, apertando minhas costelas até o limite conforme eu absorvia a cena que se desenrolava na frente do Miragem. Eu nunca tinha visto tanto ouro num só lugar. Uma multidão de sóis cintilantes refletia em guarda-braços, peitorais e manoplas, formando orbes brancos com dourado claros o bastante para queimar a retina. Pontos e clarões passavam por minha visão enquanto eu olhava de um guarda para o outro, tentando contá-los. Mas de que adiantava contar? De um guardião eu conseguiria escapulir. Tinha uma boa chance de despistar dois deles. Mas três? Sem chance. E havia bem mais do que três dos guardas de Madra, numa formação de falange em frente ao Miragem. Devia haver pelo menos trinta, e eles tinham vindo prontos para uma luta. As espadas estavam empunhadas e um muro de escudos polidos e dourados, dispostos em xadrez à frente, formavam uma parede impenetrável. Cada um deles tinha malha de metal reluzente em cima dos braços e das pernas. As bocas estavam cobertas com um pano de juta solto. Os olhos, visíveis acima das máscaras, estavam semicerrados, cheios de um ódio ardente que cada um deles lançava em meu irmão.

— Não. Não, não, não...

Não era para *isso* acontecer. Era para eu processar o ouro na fornalha e esconder em algum lugar discreto. Não era para Hayden sequer saber que a manopla existia, quanto mais entrar em contato com ela, aquele idiota.

Se ele não tivesse apostado com Carrion...

Se tivesse me ouvido e ficado parado...

Se não tivesse olhado dentro da maldita bolsa...

Mesmo tentando dar desculpas, responsabilizando-o por aquela enrascada, a culpa me sufocava. Eu tinha roubado a manopla. Eu tinha sido pega roubando. Eu tinha decidido que levar o metal valia o risco em questão. E agora Hayden ia ser morto por uma unidade inteira de guardiões, e era tudo culpa minha.

Hayden se afastou dos homens e de suas espadas afiadas cambaleando. Teria recuado mais para longe, mas suas costas bateram na parede depois de um metro. Na mão, ele segurava a manopla pelo punho, a parte da armadura o condenava a um quilômetro de distância. O terror irradiava de seu rosto como um farol.

— Fique onde está, rato! — rugiu o guardião na frente da falange.

Todos juntos, os homens foram à frente um centímetro por vez, suas botas polidas deslizavam na areia. Por cima das máscaras, encaravam Hayden com uma convicção irrestrita, toda vinda daquele poço comum de ódio. Eles o desprezavam por suas roupas embranquecidas de sol, sua pele suja e seus olhos fundos. Mas, principalmente, o desprezavam porque qualquer um deles poderia ter sido ele. A sorte ditava qual era o nosso lugar nesta cidade. Um golpe de boa sorte tinha alocado o alojamento dos avós deles nas alas de mais alto nível, próximas ao Núcleo. Senão, eles nunca teriam tido a oportunidade de virar guardiões. Os dados do azar foram a realidade dos nossos avós, e era por isso que nos víamos em quarentena em uma ala tomada pela peste: um canto imundo da cidade que Madra desejava matar de fome ou então deixar a doença nos roer até que todos fizessem a cortesia de morrer.

Era *tudo* sorte. Boa ou má. E a sorte podia mudar a qualquer momento.

— A manopla na sua mão é propriedade da rainha! — gritou o capitão. — Jogue para cá ou vamos matar você aí mesmo!

De olhos esbugalhados, Hayden olhou a manopla, fixamente, como se fosse a primeira vez que percebia que a estava segurando. Ele virou e revirou o metal, os músculos da garganta subindo e descendo enquanto tentava engolir.

Se entregasse a peça, eles o acorrentariam e o arrastariam até o palácio e nunca mais seria visto. Se não cedesse a manopla, iam avançar nele. Todo aquele metal afiado e polido ia encontrar carne, a areia iria ficar vermelha, e eu mais uma vez me veria parada sobre o corpo moribundo de alguém que eu amava. Nenhuma opção resultaria em Hayden se safar dessa história... e isso eu não podia suportar.

O capitão da guarda chegou mais perto, seus homens seguiam logo atrás, como uma fera dourada ofuscante chicoteada para avançar. As costas de Hayden pressionaram contra a porta da taverna. Nas janelas imundas, rostos apareceram e rapidamente desapareceram conforme os clientes, que estavam desfrutando de uma bebidinha à tarde quando os homens de Madra invadiram a ala, percebiam que o inferno irrompia na rua lá fora. Hayden girou a cabeça de um lado para o outro, seus olhos largos buscavam uma rota de fuga que não existia. Mas ele me achou, parada a seis metros, e, por um segundo, o alívio cobriu seu rosto.

Eu estava lá.

Eu ia ajudá-lo.

Eu ia tirá-lo desta.

Eu ia consertar a situação, como consertava tudo.

Assistir ao alívio se drenar de novo do rosto dele fez minha garganta fechar. Isso não era uma briga num beco ou uma rixa tola em que ele se metera com Carrion. Era a coisa mais séria que poderia acontecer. Ele estava enfrentando uma unidade inteira de guardiões, e eu não podia fazer nada contra isso.

— Jogue a manopla para mim! — ordenou o capitão, com a voz ribombando.

De um beco estreito do outro lado da taverna, um grupo de crianças maltrapilhas saiu correndo para a rua e se mandou, gritando a plenos pulmões, mas o muro de guardiões nem se mexeu. Seu foco era Hayden e a peça de ouro, que eu tinha roubado, na mão dele. Pálido como osso embranquecido pelo sol, meu irmão me lançou um olhar longo e infeliz, e vi nos olhos dele o que estava planejando fazer em seguida: o idiota ia *correr*.

— Nem *ouse*, garoto — resmungou o capitão.

Obviamente, ele também tinha visto o olhar de Hayden e sabia o que ele estava planejando. Se Hayden disparasse, os guardiões o abateriam num instante. Madra não ficaria feliz se seus homens voltassem ao palácio com um cadáver. Ela provavelmente tinha mandado que eles trouxessem um ladrão *vivo* — que ela pudesse torturar e interrogar por horas. Um cadáver seria um entretenimento muito sem graça.

— Saeris! — gemeu Hayden.

Seu medo o agarrara pelo pescoço.

— Fique bem aí! — O capitão agora estava quase à distância de saltar em cima dele.

Sua unidade se eriçou apontando o metal com as espadas prontas. Tudo acabaria em segundos.

Os olhos de Hayden estavam cheios de lágrimas.

— Saeris! Me desculpe!

— Espere. — A palavra ficou presa na minha garganta dolorida.

— Já chega, garoto. Já chega — disse o capitão.

Os guardiões se aproximaram.

— Espere! PARE!

Desta vez, meu desafio ricocheteou nos prédios de cada lado da rua. Os guardiões escutaram meu grito, mas só o capitão se deu ao trabalho de olhar na minha direção. Sua atenção vacilou por meio segundo, seus olhos passaram por mim, mas aí ele rapidamente voltou o foco para Hayden.

— Isto não é da sua conta, garota — disse ele, com frieza. — Volte para dentro e deixe a gente trabalhar.

— É da minha conta, *sim*. — Eu me aproximei, mordendo o interior da bochecha para me estabilizar. Com a boca cheia de gosto de cobre, abri bem os braços. — Ele não fez nada de errado. Eu pedi para ele segurar minha bolsa. A peça de armadura que ele está segurando é minha...

Os olhos afiados do capitão voltaram para mim.

— Sua, *não*. Só um membro da guarda pode ter essa manopla. Usá-la é uma honra que se deve merecer, e não é para tipinhos como *você*.

A máscara de juta dele estufou com a força de suas palavras; ele cuspia cada uma delas, com a fúria queimando forte em seu tom. Este não era o guardião de quem eu pegara a manopla. Não, este era mais frio. Mais severo. Mais cruel. Não havia rugas emoldurando seus olhos, mas suas íris escuras tinham dentro delas uma eternidade sem fim que fazia um arrepio correr por trás das minhas pernas.

— Fui eu que peguei a manopla — falei, devagar. — Fui eu que escalei o muro e escapei com ela. Não ele. — Apontei o queixo na direção de Hayden. — Ele não fazia ideia do que estava carregando.

— Ela está mentindo — disse Hayden, com a voz trêmula. — Fui eu. Eu que peguei.

De todas as ideias estúpidas e inconsequentes que meu irmão já tivera, esta era a mais idiota de todas. Ele queria me proteger. Eu sabia disso. Ele estava com medo — com mais medo do que eu já o vira sentir —, mas, por baixo desse medo, estava se fortalecendo, reunindo a coragem de enfrentar o que estava prestes a vir. Para *me* salvar.

Só que a manopla era minha responsabilidade. Elroy tivera razão lá na oficina; pegar a armadura tinha sido a coisa mais imprudente que eu já fiz. Eu nunca devia tê-la roubado. Havia deixado minha ganância, minha *esperança* levar a melhor, e nem a pau eu ia deixar Hayden pagar o preço de algo tão tolo.

— Não dê ouvidos a ele — falei, olhando-o com seriedade.

— *Eu* que a peguei — insistiu Hayden, me olhando de volta do mesmo jeito.

— Pergunte onde ele a pegou, então — exigi, virada para o capitão.

— Já chega disso — vociferou o capitão. — Contenham-na.

Um giro irritado de seu pulso separou três de seus homens da formação. Eles marcharam adiante com os ombros erguidos e as espadas empunhadas, e o fogo que vinha borbulhando dentro de mim desde que eu era criança finalmente ferveu e transbordou.

Eu não seria contida. Não seria intimidada, nem encurralada, nem calada por esses desgraçados. Não mais.

O que fiz em seguida foi insanidade pura. Pus a mão dentro da bota e puxei a lâmina que guardava ali. A ação não podia ser desfeita. Não havia como voltar atrás. Eu tinha apontado uma arma para a guarda da Rainha Imortal. Em suma, eu estava morta. Meu corpo só não sabia ainda.

— Ora, ora. Temos uma esquentadinha por aqui, rapazes — grunhiu o guardião à direita.

— Vamos dar uma lição nela, então — desdenhou o do meio.

Me concentrei no que estava na esquerda. O mais quieto. O que se movia como um predador. O que tinha morte nos olhos. Era com *ele* que eu precisava me preocupar.

Ele deixou o guardião linguarudo saltar primeiro. Desviei para fora de alcance, usando a ponta curta da minha adaga para defletir sua espada, que cortava o ar freneticamente. O do meio xingou, lançando-se à frente, tentando perfurar o meu peito, mas dei um passo para o lado e evitei o ataque. Isso me colocou bem no caminho do guardião quieto — e eu tinha certeza de que era o plano dele desde o começo.

Ele piscou para mim por trás da máscara. E aí veio.

Os rebeldes que minha mãe havia ajudado antes de morrer tinham feito mais do que se esconder em nosso sótão. Eles tinham me treinado. Me ensinado a roubar. A sobreviver. A lutar.

E agora eu lutava como se fosse a fúria do inferno encarnada.

O guardião investiu em uma chuva de golpes de espada calculados e medidos. Cada um de seus movimentos era uma pergunta para a qual eu tinha uma resposta. Vi a irritação dele crescer enquanto eu afastava sua espada pela quarta vez, usando só minha adaga curta para desviar seus golpes mortais.

O guardião do meio, o mais baixo dos três, avançou em mim e soltou um berro de raiva poderoso. Dancei para trás com leveza, temporariamente saindo do alcance do habilidoso lutador, de modo que consegui me contorcer e cortar o ar de cima a baixo com a adaga. O ângulo do golpe era difícil, mas eu havia praticado mais vezes do que conseguia contar. Era o ângulo em que uma lâmina precisava descer para achar aquela abertura estreita na armadura de um guardião. A lacuna fina entre a ombreira e a gola na qual um pedacinho de metal podia encontrar a jugular. Eu nunca precisara usar a manobra na vida real. Fiz sem pensar. Nem parei para refletir sobre o arco de sangue arterial vermelho-vivo que jorrou do pescoço do guardião, que caiu de joelhos, agarrando o pescoço.

Sem culpa.

Sem clemência.

Sem tempo.

Agarrei a espada do guardião e o deixei morrendo na areia.

O guardião quieto semicerrou os olhos para mim, como se reavaliasse a situação. O outro não era tão esperto. Ele uivou, tomado pela raiva ao correr na minha direção, arrancou a máscara e revelou uma boca cheia de dentes quebrados.

— Sua vadia estúpida! Você vai pagar...

Eu girei, me lançando para trás, e fiz um movimento rápido com a espada. Era mais pesada do que as espadas de madeira com que eu sempre treinava, mas eu *estava* acostumada com o comprimento. Sabia exatamente onde a ponta afiada do metal encontraria a pele dele: logo abaixo do punho direito. Cronometrei perfeitamente. Com um levíssimo ajuste na empunhadura, cortei ali, e a mão do guardião, ainda segurando a espada, bateu na areia com um baque surdo.

— Minha mão! Ela... ela cortou minha... mão!

— E agora vou atrás da sua maldita cabeça — espumei.

A raiva lavou minha visão de vermelho.

Eles tinham matado minha mãe.

Meus amigos.

A família inteira de Elroy.

Tinham causado a morte de milhares e agora estavam ameaçando Hayden. Toda a raiva acumulada guardada dentro do meu peito saiu com força numa torrente imparável. Avancei na direção do guardião, com a adaga numa das mãos e a espada na outra, pronta para acabar com a sua existência infeliz... mas, em vez disso, me deparei com o guardião quieto.

De novo, ele não disse nada. Mas uma faísca de diversão brilhou em seus olhos. Devagar, ele sacudiu a cabeça, e o que queria dizer estava claro como o dia. *Se você vai lutar com um de nós, vai ser comigo.*

O ar se encheu do som de aço contra aço. Ele era um furacão, e seus movimentos, ágeis e graciosos. Cada vez que a lâmina dele cortava na direção da minha cabeça, eu esperava o mundo escurecer. Mas, de alguma forma, isso não acontecia. De alguma forma, eu conseguia levantar a espada que havia pegado bem a tempo. De alguma forma, eu me defendia.

E, bem quando ele estava ficando confortável, quando esse predador começava a achar que havia finalmente conseguido compreender minhas capacidades de lutadora... parei de me segurar.

Quando isso aconteceu, ele arregalou os olhos. Quando relaxei minha postura e subi a lâmina para proteger o rosto. O segundo em que arreganhei os dentes e investi contra *ele*.

Então, enfim, ele falou. Só uma palavra.

— *Merda.*

O homem não recuou nem um centímetro. Defendeu sua posição. Mas soube que não ia ser o tipo de luta que havia imaginado. Nossas armas se encontraram, lâmina a lâmina, e fomos com tudo, cada um sabendo o custo de perder essa luta.

Ele era bom. Muito bom. Meus pés chutavam a areia quando eu girava, trabalhando sem parar para garantir que ele não passasse pela minha guarda.

O guardião deu uma estocada, tentando atingir minha caixa torácica, mas bati com o cabo da adaga no antebraço dele, quebrando um osso. Sem nem piscar, o filho da puta agarrou a empunhadura de sua espada com a outra mão e desferiu uma bateria de golpes que quase me derrubou. Uma pontada forte de dor explodiu em meu peito quando ele talhou minha clavícula.

Vi o sorriso nos cantos dos olhos dele. Ele achava que tinha me pegado. E quase pegou mesmo. Sua arma cortara o ar — um golpe transversal que havia me surpreendido —, mas eu treinara para isso. Ele não era o único capaz de pensar rápido. Definitivamente também não era o único capaz de se *mover* rápido.

Eu me abaixei e me encolhi num rolamento, fazendo um movimento ascendente com a adaga ao mesmo tempo. A lâmina encontrou o alvo, e acabou. Simples assim.

De início, ele não notou. Girou e parou de novo de frente para mim. Foi só quando tentou dar um passo à frente e as pernas cederam abaixo do corpo que ele percebeu que tinha algo errado.

Eu pensara em deixar a adaga enfiada na perna dele. Isso lhe daria mais alguns momentos para processar sua morte. Mas, no fim, o corte fundo que eu havia aberto dentro da coxa dele era mais bondoso. Mais rápido. Sangue escuro, vermelho-rubi, foi bombeado em grandes ondas do ferimento que eu havia infligido e escorreu pela sua perna. Ele olhou para aquilo, soltando um bufo de surpresa. E, aí, caiu de cara na areia, morto.

Meu peito estava ofegante. Lutei para respirar, tentando silenciar a corrida frenética em meus ouvidos. Eu...

— Garota tola — entoou uma voz fria.

Era o capitão que tinha ordenado que seus homens me contivessem. Ele dera as costas a Hayden, e sua atenção estava completamente voltada para mim.

— Admito que não achei que você seria capaz de pegar a manopla de um guardião. Agora vejo que estava errado.

A rua voltou a ficar em foco. A falange de guardiões estava me olhando com raiva, e com as espadas levantadas. E Hayden. Meu irmão mais novo. Lágrimas corriam pelo rosto dele, que me encarava fixamente, atônito pelo que eu acabara de fazer.

— Saeris, corra! — sibilou ele. — *Vai!*

Mas o capitão riu.

— Agora, nem os quatro ventos juntos conseguiriam carregá-la para longe do meu alcance, garoto. Ela acabou de matar dois dos guardas da rainha e aleijar outro. O mandado de morte dela já está assinado.

— Não! Pare! Me leve! Fui eu que roubei...

Hayden correu à frente, tentando bloquear o caminho do guardião, mas o homem o empurrou com força para a areia.

— Para o bem ou para o mal, ela acabou de salvar sua vida, seu miserável. Não a desperdice colocando as mãos num guardião também.

A falange marchou na minha direção, e vi que o capitão estava certo. Eu agora não conseguiria correr o suficiente. Eles iam me pegar. Iam me matar pelo que eu havia feito. Mas ainda havia uma chance para o meu irmão.

— Vai ficar tudo bem, Hayden — falei para ele. — Vai ver o velho. Ele agora vai deixar você ficar com ele. Vai, anda. Vou voltar para o jantar, eu prometo.

Era uma mentira deslavada, mas qualquer esperança falsa que eu pudesse dar a ele era melhor do que nada. Eu precisava que Hayden acreditasse que isso tudo talvez não tivesse consequências. Senão, jamais faria o que eu estava mandando e me seguiria até os portões, gritando, berrando e exigindo que me libertassem.

— Você me ouviu? Encontre o velho, Hayden. É importante. Vá até lá e conte o que aconteceu. Ele precisa saber.

O rosto de Hayden estava manchado de lágrimas.

— Não vou abandonar você.

— Faz o que eu mando uma vez na vida! Vai *logo*, porra! Eu não preciso da sua ajuda. Eu não *quero* que você venha atrás de mim, choramingando que nem um fedelho que precisa que alguém segure a sua mão o tempo todo.

Foi duro, mas às vezes as coisas cruéis que dizemos servem ao propósito mais gentil.

A raiva brilhou nos olhos de Hayden, como eu torcera para acontecer. Ele cerrou o maxilar, seus braços penderam ao lado do corpo e minha bolsa caiu na areia.

— Eu não sabia que era um peso tão grande para você — sussurrou ele.

— Bom, você é, Hayden. Sua maldita vida inteira, você sempre foi só isso. Agora me deixa em paz. Não venha atrás de mim. *Não* venha me procurar. *ANDA!*

4

O PREÇO

Quando eu era criança, sonhava em visitar o palácio. Fantasiava que ia ser escolhida de algum modo, que iam me parar na rua e dizer que a rainha Madra havia *me* notado, eu, uma rata de rua qualquer da Terceira, e decidido que me queria como dama de companhia. Eu receberia lindos vestidos para usar e flores exóticas para o cabelo, e teria centenas de frascos de perfumes entre os quais escolher. Todo dia jantaria com a rainha, e chefes do norte nos ofereceriam banquetes, nossos pratos transbordariam com comidas de dar água na boca. Jamais teríamos que comer a mesma coisa mais de uma vez. Eu só tomaria o melhor vinho dos estoques de Madra, porque seria a favorita da rainha, e naturalmente ela só desejaria as melhores e mais finas coisas para sua dama de companhia preferida.

Conforme ficava mais velha, o devaneio foi evoluindo. Eu ainda era escolhida para ser dama de companhia de Madra, mas ligava menos para os vestidos e a comida. Eu queria a posição, *precisava* ser a predileta de Madra, mas não de modo que eu fosse libertada da pobreza para ser enjaulada como um animal de estimação exótico. Eu já tinha sofrido demais àquela altura e conhecido injustiça de mais. Visto atos de violência tão inomináveis que toda a minha inocência fora levada. Eu precisaria ser escolhida pela rainha para poder chegar perto o bastante para *matá-la.* Eu fantasiava como faria isso a cada noite ao fechar os olhos. Quando minha mãe foi assassinada na rua e largada para apodrecer, essas fantasias eram as únicas coisas que me mantinham sã.

Eu tramara um milhão de maneiras diferentes de assegurar uma audiência com a virgem eterna, nossa senhora de Zilvaren, reverendíssima rainha nas alturas. Cogitara me candidatar a um emprego nas cozinhas ou aprender a me apresentar no teatro itinerante que visitava a cidade durante o Sonoite, e pensara até em escalar os muros e invadir o palácio. Eu tinha planejado em detalhes cada possibilidade e eventualidade, e decidido que *dava* para fazer e *seria* feito. Por *mim*.

Eu nunca pensei que me encontraria nos confins do palácio sob estas circunstâncias, com as mãos bem amarradas atrás das costas, costelas machucadas e fraturadas, e um hematoma violeta crescendo como uma flor da morte embaixo do meu olho direito. Não era para eu estar ofegante numa caixa minúscula e sem janelas, com um rio de suor escorrendo pelas costas por seis horas sem parar. *Isso* não tinha nada a ver com o plano.

O capitão Harron — eu descobrira o nome do desgraçado — havia me jogado sem cerimônia na minúscula cela para aguardar a rainha, e eu andava de um lado para o outro por todo o comprimento de um metro e oitenta desde então, contando os minutos que passavam, até virarem horas. Agora, só contava por contar, puramente para afastar os pensamentos sombrios que me assolavam desde minha chegada. Eu não seria útil a ninguém se deixasse o medo se enraizar e o pânico fazer morada.

Os sinos da cidade soavam, sinalizando o fim do dia, quando o capitão Harron finalmente veio me buscar. Minha boca parecia cheia de areia e eu quase delirava de calor, mas mantive as costas eretas e o queixo erguido enquanto ele entrava na cela. O capitão havia substituído a armadura reluzente e bela por um peitoral de couro bem hidratado, mas a espada ameaçadora com a empunhadura envolta em tecido continuava em seu quadril, com a espada curta embainhada do outro lado. Apoiando-se casualmente na parede, ele enfiou os polegares no cinto e me olhou de cima a baixo; não parecia nem um pouco impressionado com o que via.

— Onde você aprendeu a lutar daquele jeito? — questionou.

— Só me enforca logo e vê se acaba com isso — rebati. — Se você não se apressar, vai perder a oportunidade.

Ele arqueou uma sobrancelha.

— No seu lugar, eu não me daria ao trabalho de tentar fugir.

Revirei os olhos.

— Eu quis dizer que logo vou morrer de *tédio* por aqui.

O capitão Harron soltou uma risada sem alegria.

— Perdão pelo atraso. Fique tranquila. A rainha tem muitas formas de entreter seus *convidados*. Ela só tinha que cuidar de algumas questões e queria garantir que pudesse te dar toda a atenção.

— Uaaau, que sorte a minha. Fico honrada.

O capitão fez um biquinho e assentiu.

— Deveria mesmo. Sabe quantas pessoas a rainha Madra se digna a ver pessoalmente hoje em dia?

— Não muitas, certo? Não imagino que ela tenha muitos amigos.

Harron esfregou o dedão no pomo da espada.

— Deixe a língua afiada na porta quando sairmos desta cela. Ela não vai ser útil aonde vou te levar.

— Você talvez fique surpreso, capitão. A maioria das pessoas me acha bem engraçada.

— O senso de humor de Madra é um pouco mais sombrio do que *você* está acostumada, Saeris Fane. Melhor não a provocar para que não te esfole por esporte. Mas, por favor, faça o que quiser. São as *suas* últimas horas na Cidade de Prata. — Ele deu de ombros. — Está pronta para conhecer sua rainha?

— Mais pronta do que nunca.

Foi um alívio ouvir que minha voz não vacilou. Mas minhas entranhas eram um nó de massa trêmula quando Harron me pegou pelo braço e me guiou pelos níveis mais baixos do palácio. Inspirei pelo nariz e expirei pela boca, um entra e sai de ar estável e prolongado, mas a técnica que normalmente me acalmava não fez nada para aquietar meus nervos.

Vinte e quatro anos.

Era todo o tempo que eu havia recebido nesta amaldiçoada existência.

Apesar de tudo ter se provado difícil, e infeliz, e quente, e frustrante, eu bizarramente queria mais.

Subimos infinitas escadas, Harron me cutucava na lombar quando eu cambaleava ou tropeçava num degrau. Uma vez na superfície, o palácio em si se estendeu diante de nós, todo feito de tetos abobadados, alcovas arqueadas e pinturas perturbadoramente reais retratando o rosto sisudo de homens e mulheres que eu presumia serem os antepassados de Madra. Eu nunca tinha visto nada tão grandioso antes, mas minha cabeça estava girando, pontos escuros dançavam em minha visão, e eu não conseguia reunir energia para apreciar nada daquilo. E eu *estava* sendo obrigada a marchar para minha morte. Engraçado como o fim iminente rouba de uma garota o desejo de absorver a paisagem.

Nossa caminhada pelo palácio parecia eterna, mas, na realidade, eu estava me movendo tão devagar que três vezes Harron ameaçou me jogar por cima do ombro e me carregar. Quando tropecei, com o corredor cavernoso girando ao meu redor num borrão de luz e cor, Harron me puxou rudemente para ficar de pé e me surpreendeu ao empurrar um cantil de água na minha barriga.

Eu o peguei e abri a tampa o mais rápido que meus dedos trêmulos conseguiram.

— Estou chocada. Desperdiçando água com os mortos?

— Tem razão. Devolva — grunhiu ele.

Mas eu já estava bebendo. Estava com tanta sede, tão desesperadamente desidratada, que a água pareceu fogo líquido descendo, mas não prestei atenção à queimadura. Engoli, engoli, engoli, ofegando pelo nariz, tentando respirar ao redor do fluxo.

— Tá bom, tá bom. Já chega. Você vai se afogar — alertou Harron.

Quando não devolvi o cantil, ele tentou arrancá-lo das minhas mãos, mas dei um passo para trás, saindo de seu alcance.

— Você vai secar essa porcaria — resmungou.

O comentário foi o que finalmente me fez abaixar o cantil.

— Ah, é? Deixa eu adivinhar. Você vai ter que andar até uma torneira em algum lugar para encher de novo, é, Harron? Estou morrendo de pena de você. Diga, você já precisou tentar sobreviver um dia com a cota de água que Madra distribui?

— As cotas de água da *rainha* Madra são mais do que generosas...

— Não estou falando do Núcleo nem de nenhuma das outras alas internas metidas à besta. Você por acaso sabe o quanto ela dá pra gente beber na Terceira?

— Com certeza é suficiente...

— Cento e oitenta mililitros. — Enfiei o cantil de água na barriga dele com tanta força que ele ofegou um "*uuuf*". — *Cento. E oitenta. Mililitros.* E nossa água não vem de uma torneira. Vem de um reservatório permanente que é enchido com o que escoa de vocês. Entende o que isso significa?

— Tem um processo de filtragem...

— Tem uma *grade* — vociferei. — Ela pega o que é sólido.

As feições de Harron continuaram impassíveis, mas pensei ter visto uma faísca de algo próximo a nojo em seus olhos. Ele girou os ombros e sacudiu a cabeça, atravessando a alça do cantil na frente do peito.

— Se os conselheiros da rainha acham que esse sistema funciona para a Terceira, com certeza funciona. E olha só para você. Está me parecendo bem saudável.

A confissão estava bem ali, na ponta da minha língua. "*Se eu pareço saudável para você, é porque passei a vida toda roubando dos reservatórios de água do Núcleo.*"

Prendi as palavras atrás dos dentes. Já estava com a merda até o pescoço e não precisava adicionar roubo de água às minhas acusações. E eu tinha que pensar em Hayden e Elroy. Eles ainda precisariam desviar água para sobreviver e não conseguiriam fazer isso se os guardiões suspeitassem por um único segundo que um crime desses era possível.

Harron me empurrou de novo para a frente, mas desta vez, quando caminhei, o piso de pedra estava um pouco mais firme sob as solas das minhas botas.

— Gente da sua laia anda por aí com essas bolsinhas da peste penduradas no cinto — falei. — Dizem que nossa ala está num confinamento tão estrito porque estamos de quarentena. Dizem que somos afligidos por uma doença. Que somos contagiosos. Mas não somos, capitão. Estamos sendo lenta e metodicamente envenenados porque não temos importância. Porque fazemos perguntas. Porque dizemos não. Porque Madra nos vê como um peso para a cidade. Ela nos alimenta com água fétida e suja, e nós morremos aos montes por causa disso. Enquanto isso, você e os seus viram a torneira, e água fresca e limpa flui em suas botijas. Ninguém pairando acima de você, olhando sobre seu ombro, te espancando e dizendo que já chega. Você já se perguntou por quê...

— Eu não sou pago para perguntar *nada* — interrompeu Harron, num tom cortante.

— Não, claro que não. Como eu disse. Faça uma pergunta e você será enviado à Terceira. Não é a doença que é contagiosa na minha ala, capitão. É a *dissidência*. Anarquia e rebelião se espalham como um incêndio. E o que se faz com um incêndio? Você o cerca. Isola-o atrás de uma muralha. Encurrala-o até se extinguir e morrer silenciosamente. É isso que Madra está fazendo com meu povo. Só que nosso fogo não se extinguiu como ela esperava. Fomos reduzidos a brasas, sim, mas os carvões que estão embaixo das cinzas da minha ala ainda são quentes o bastante para queimar. Você entende de metalurgia, capitão? Eu, sim. É sob as condições mais insuportáveis que as armas mais afiadas e perigosas são forjadas. E nós *somos* perigosos, capitão. Ela transformou *todos* nós em armas. É por *isso* que ela não suporta que meu povo sobreviva.

Harron ficou em silêncio por muito tempo. Então, disse:

— Apenas ande.

O calor dançava no ar quando atravessamos um pátio interno. Soltei um suspiro de alívio quando entramos outra vez no prédio por um arco fortificado com ameias, fiquei feliz de estar de volta à sombra. Harron se recusou a falar de novo enquanto me empurrava para o nosso destino. Passamos por alcovas e corredores infinitos, mas ele só parou de cutucar as minhas costas com o cabo da espada quando chegamos a um conjunto de portas altas de madeira escura, três vezes mais altas do que eu e pelo menos oito vezes mais largas. O capitão tirou do bolso uma chave pesada de ferro e inseriu no buraco da fechadura.

Por que uma sala dentro da própria fortaleza de Madra precisaria de uma porta tão imponente, e por que ela ficaria trancada? Eu queria saber, mas não perguntei. Era improvável Harron me dar uma resposta, e eu logo descobriria, de todo modo. Provavelmente eu estava prestes a virar comida de um bando de gatos selvagens. Um formigamento de apreensão mordiscou a ponta de minhas orelhas enquanto Harron me empurrava porta adentro. O ar no salão grande e abobadado não era mais frio do que qualquer outro lugar do palácio, mas havia uma qualidade estranha, como se fosse mais denso que o normal e estivesse parado havia muito tempo. Meus pés pareciam estar chapinhando por areia movediça enquanto eu seguia na escuridão na direção de uma única tocha acesa pendurada na parede.

Enormes colunas de arenito enfileiradas enchiam o espaço cavernoso, pelo menos trinta delas seguravam o teto em arcobotante bem alto. Nossos passos ecoavam pelo salão, e Harron agora me guiava pelo ombro. Pensei que o local devia estar completamente vazio, mas, conforme chegávamos mais perto da chama bruxuleante apoiada na parede, vi que havia uma série de degraus de pedra que levavam a uma plataforma empoeirada e elevada.

Algo longo e estreito se projetava da plataforma. A distância, parecia alguma espécie de alavanca. Eu não conseguia tirar meus olhos dela. Minha atenção parecia ter sido capturada pela forma sombria e, não importava o quanto eu tentasse, não conseguia desviar o olhar. Quanto mais perto chegávamos, mais focada eu ficava. Era como se a plataforma estivesse me atraindo, me chamando à frente...

— Eu não faria isso se fosse você.

Harron me puxou para longe da plataforma, de volta na direção da tocha acesa; eu nem tinha percebido que havia alterado o caminho e estava indo direto para os degraus de pedra. Por um momento, eu tinha me perdido, mas a voz grave e baixa do capitão trouxe a realidade ao foco de uma vez.

De repente, fiquei muito enjoada. A água que tinha drenado do cantil de Harron se revirava em meu estômago e minha boca salivava desagradavelmente, mas engoli a sensação, decidida a não dar ao babaca a satisfação de saber que ele estava certo quando me disse para não beber tão rápido.

— O que é este lugar? — sussurrei.

— Antes, era uma sala de espelhos — respondeu o capitão. — Mas isso faz muito tempo. Fique parada. E nem pense em fugir. Este lugar é lotado de guardas. Você mal conseguiria correr um metro para além daquela porta. — Ele foi para trás de mim e agarrou meus pulsos, prendendo-os fortemente com suas mãos ásperas. — Pronto. *Não* se mexa.

Ele pegou a tocha da parede e me lançou um olhar sério, metade de suas feições orgulhosas foram escurecidas pela chama.

Harron então começou a acender as outras tochas pela parede. Logo, havia pelo menos dez delas lançando círculos de luz dourada que revelavam os rostos sérios de deuses, havia muito esquecidos, esculpidos na cantaria das paredes. Entre eles, os únicos que eu reconhecia eram Balea e Min, a encarnação física dos sóis de Zilvaren: gêmeas de aparência idêntica, lindas e cruéis. As irmãs me olhavam com uma indiferença régia enquanto Harron terminava sua tarefa. Mesmo com as tochas adicionais queimando, o salão era tão vasto que a escuridão ainda lambia as paredes e se aproximava atravessando a cantaria, como se testasse as fronteiras da luz, tentando empurrá-la de volta.

Eu me esforcei para não olhar para os degraus, a plataforma ou a alavanca. Encontrei a forma sem contornos e borrada que era Harron retornando, mas, mesmo assim, meus olhos não paravam de vagar, atraídos de volta aos degraus.

O silêncio vibrava em meus ouvidos — uma sensação inquietante, perturbadora, como os momentos seguintes a um grito, quando o som terrível rasga o ar em dois e, por um átimo de segundo, a memória dele paira ali, decidida a ainda ser ouvida. Percebi que estava me esforçando, escutando com o máximo de atenção que conseguia, procurando uma voz que não estava lá.

Harron parou à minha frente, seu cabelo castanho-escuro estava pintado de traços de cobre sob a luz das tochas. Ele abriu a boca para falar e...

— Ouço rumores — falou uma voz fria. Era profunda e grave, apesar de inegavelmente feminina.

Tive um sobressalto, olhando ao redor em busca da fonte. Eu não tinha ouvido a porta voltar a se abrir, e não houve passos ecoando na pedra, mas, ainda assim, tinha mais alguém no salão conosco agora. A rainha Madra emergiu da escuridão como se fosse feita dela. Dizia-se que ela era jovem. Bonita. Magnífica de se olhar. Eu a vira a distância, mas nunca tão de perto. Era difícil compreender como alguém que governava havia tanto tempo podia ter essa aparência.

A pele dela era clara e impecável, as bochechas, coradas. Seu cabelo tinha a cor de fios de ouro, era grosso e trançado em nós complexos. Olhos azuis vivos, rápidos e inteligentes me observavam enquanto ela se aproximava. Sem dúvida era linda. Mais linda que qualquer mulher que eu já vira. Seu vestido era de um azul-safira profundo, feito de uma seda belíssima que eu jamais contemplara. Ela era uma coisa delicada e graciosa, mas, assim como todo o resto neste estranho salão, havia algo estranho nela.

A rainha me deu um sorriso coquete ao se aproximar, girando distraída uma pulseira dourada. Harron desviou o olhar e abaixou a cabeça quando ela olhou para ele. A deferência pareceu agradá-la. A rainha colocou a mão de um jeito familiar no ombro dele, precisando ficar na ponta dos pés para isso, aí se virou para mim.

— Rumores são coisas perversas — disse.

Um momento atrás, sua voz parecia mais grave, cheia de reverberações, mas tinha se alterado de algum modo e agora estava aguda e viva, clara e agradável como o dobrar de um dos sinos de vidro de Elroy. Não havia raiva no rosto de Madra. Aliás, sua expressão era de curiosidade mesclada com leve divertimento. Os cantos de sua boca subiram de novo, seus olhos brilhavam, quase gentis.

— Não gosto de rumores, Saeris Fane. Rumores são vizinhos da fofoca, e a fofoca *sempre* anda de mãos dadas com mentiras. É o jeito que essas coisas são.

Ela andou em círculos ao meu redor, os olhos azuis rápidos me absorviam inteira.

— Peço desculpas pelas algemas, mas não sou muito fã de ratos plebeus da Terceira. Nunca se sabe onde as mãos deles passaram. Mesmo na melhor das ocasiões, estão sempre sujos, e é muito difícil tirar manchas do cetim.

Ratos plebeus.

O sorriso dela era acolhedor, assim como a suavidade de seu olhar, mas as palavras ao menos diziam a verdade. Ela inclinou a cabeça para trás, expondo a base do pescoço para me olhar melhor. Diamantes cintilavam em suas orelhas, e a gargantilha pingava joias reluzentes para as quais eu nem tinha nomes. Ela não usava coroa, o que parecia estranho considerando os outros adornos com os quais estava coberta.

— Harron me disse que você roubou de mim hoje. Segundo ele, você *assassinou* dois dos meus guardiões, é isso mesmo?

Não falei nada. Eu não tinha sido convidada a falar, e sabia como funcionavam essas coisas. Já tinha recebido golpes atravessados suficientes dos guardiões para entender que não devia dar um pio até me mandarem diretamente abrir a boca. Madra bufou pelo nariz, arqueou uma sobrancelha irônica para mim e abriu mais o sorriso. Fiquei com a impressão de que estava decepcionada e queria que eu violasse o decoro.

— Roubo de propriedade da Coroa é uma acusação séria, Saeris, mas vamos chegar já, já à peça que você pegou. Primeiro, você vai explicar como conseguiu superar dois dos meus homens. Vai me contar quem te ensinou a empunhar uma espada. Vai me dar detalhes. Nomes. Locais de encontro. Tudo o que sabe. E, quando terminar, se eu sentir que você foi sincera, vou pensar em atenuar uma parte da sua pena. Vá em frente — ordenou ela.

Dando as costas para mim, Madra começou a perambular pelo salão, olhando a alvenaria, as tochas, o teto, esperando que eu falasse.

— Ande logo — sibilou Harron entre os dentes. — Enrolar não vai te ajudar, posso garantir.

— Não tem problema, Harron. Deixe que ela elabore suas mentiras. Não tem importância. Vou desemaranhar sua teia enquanto ela a fia.

Uma gota de suor brotou em minha têmpora, rolando pela bochecha, mas me vi tremendo apesar do calor sufocante. Eu queria olhar a plataforma elevada. Com cada fibra de meu ser, estava desesperada para olhar. Exigiu cada grama de força que eu tinha, mas consegui manter os olhos focados em Madra.

— Eu aprendi sozinha — falei. — Fiz uma espada de madeira para praticar e treinei sozinha.

A rainha Madra fez um som de desdém.

Esperei para ver se ela falaria alguma coisa — claramente estava *pensando* bastante —, mas ela levantou as sobrancelhas num sinal silencioso para eu continuar.

— É só isso — falei. — Ninguém me treinou.

— Mentirosa — ronronou a rainha. — Meus guardiões são lutadores experientes. Não ficam atrás de ninguém em habilidades com espadas. Você foi ensinada a usar uma arma, e quero saber por quem.

— Eu já disse...

A mão da rainha chicoteou rápida como um raio. Ao bater na minha bochecha com a maior força possível, o resultante som de algo rachando ecoou pelo salão vazio quando a palma dela encontrou minha pele. A dor explodiu em meu maxilar, viajando até a têmpora. Caramba, aquilo *doeu.*

— Foram os feéricos, não foram? — sibilou ela. — Encontraram um jeito de entrar. Finalmente vieram atrás de mim?

Ela havia me batido com força, mas não *tanto* assim. Eu não deveria estar ouvindo coisas. Mas parecia que estava, porque podia jurar que ela acabara de dizer "*feéricos*".

— Não sei do que você está falando.

Olhei de relance para Harron, tentando decifrar por sua expressão se ela fazia algum jogo comigo, mas o olhar dele estava vazio. Ilegível.

— O que tem para não entender? — As palavras afiadas da rainha pingavam gelo.

— Ouvi histórias. Mas...

Eu não tinha muita certeza do que dizer. Ela estava delirando? Acreditava em unicórnios também? Terras perdidas que existiam havia milênios, engolidas pelo deserto? Fantasmas e os deuses esquecidos? Nada disso era real.

Como se lesse minha mente, a rainha adotou um sorriso irônico lento.

— Feéricos eram um povo guerreiro. Canibais. Criaturas bestiais sem temperança, senso de moralidade ou qualquer noção de clemência. Os Imortais mais velhos conheceram a ira deles sobre a terra com um punho de ferro, deixando um rastro de caos e destruição. As sete cidades se rejubilaram quando os expulsei. E agora eles mandaram você para tentar me matar?

— Eu garanto que ninguém me mandou para fazer nada do tipo.

Madra me dispensou com um muxoxo entediado.

— Eles querem esta terra, suponho. Diga, o que vão fazer se eu não devolver estas dunas áridas, imprestáveis e inférteis a eles? — perguntou, cética.

— Eu já te falei que...

— PARE... *de mentir* — vociferou a rainha. — Só responda à pergunta. Feéricos desejam tirar estas terras de mim. O que você acha que precisarão fazer para tomar meu trono?

Parecia uma pergunta capciosa, que eu sabia que era melhor não responder. Mas eu precisava falar alguma coisa. Ela claramente estava desvairada, e era evidente que alegar inocência aqui não me levaria a lugar nenhum.

— Matar você — falei.

— E como eles planejam fazer isso?

Ela parecia genuinamente interessada em como eu responderia a *essa* pergunta.

— Eu... eu não sei. Não tenho certeza.

— Hummm. — Madra assentiu, ainda andando, parecendo pensar muito profundamente. — Me parece que os feéricos não pensaram direito em como vão conseguir destruir uma imortal, Saeris. Pelo jeito, são precipitados e mal preparados para lidar com gente como eu. — A vívida saia dela farfalhou enquanto se aproximava. — Vou dizer que o tumulto que você causou hoje *foi* meio emocionante. Senti um frisson de... — Ela levantou os olhos para o teto em arcobotante, franzindo a testa. Era como se estivesse procurando uma palavra que lhe fugia. Ela deu de ombros e abaixou os olhos. — Acho que estou só *entediada*. Estou no poder há tanto tempo. Sem nenhuma ameaça real ao trono. Nada a fazer exceto tomar vinho e massacrar plebeus por diversão. Por um segundo, você me fez pensar...

Nem o sorriso irônico amplo e frio que ela demonstrava desfigurava sua beleza. Talvez, se as mulheres da Terceira recebessem os mesmos luxos de que Madra desfrutava, fossem tão lindas quanto ela, mas, da forma como as coisas eram, até rancorosa e fria ela ainda era a criatura mais adorável em que eu já pusera os olhos.

De repente, ela girou o corpo, abrindo os braços e rindo de forma seca enquanto gesticulava para o cômodo ao seu redor.

— Foi por isso que nos encontramos aqui, claro. Eu precisava ver com meus próprios olhos se este lugar continuava intocado. Os feéricos estão banidos e não podem voltar enquanto tudo permanecer igual aqui, entende? Eu *sabia* que nada havia mudado, mas tenho mesmo o péssimo hábito de deixar a paranoia levar a melhor.

Ela ficou mais séria. Uma linda jovenzinha com um vestido elegante, mimada e afagada demais — mas algo antigo e malicioso espreitava por trás de seus olhos azuis vivos.

— Eu já devia saber que não posso me envolver com a ralé, Harron.

Ela se dirigia ao capitão, mas seus olhos *me* perfuravam.

— Ralé mesmo, majestade — falou Harron, tenso. — Mas é dever de uma rainha proteger seu povo. É mais do que certo vossa majestade investigar ameaças contra Zilvaren.

Que puxa-saco, bajulador e lambe-botas. O Harron que eu conheci nas ruas da Terceira tinha desaparecido, assim como o homem que me arrastara das masmorras gritando e esperneando. Esta versão do capitão era mansa e diminuída. Com medo por motivos que eu não conseguia discernir.

Madra também não parecia lá muito impressionada com a afetação dele. A boca da rainha tremeu nos cantos, levantando-se apenas levemente.

— Lide com ela, Harron. Quando acabar, volte para onde a encontrou e extirpe o resto do pessoal dela.

Meu pessoal.

Ela não estava falando de...

Fui tomada por uma onda de pânico.

— Não. Meu irmão... Eu te disse. Ele não teve nada a ver com a manopla. Eu juro...

O rosto da rainha ficou sem expressão quando ela estendeu a mão e passou um indicador pela minha bochecha. Eu estava escorregadia de suor. O ar fedia ao meu medo, mas a mulher diante de mim era impenetrável. Sua pele, perfeita e muitíssimo pálida, não tinha qualquer perspiração.

— Você é uma rata — disse, apenas. — Ratos são uma eterna desgraça para uma cidade, é fato. Você pode matar um, mas já vai ser tarde demais. Ele vai ter gerado mais dez antes de chegar até você. Mais dez ratos grotescos, gordos, roendo grãos que não lhes pertencem, maculando a água que não têm direito de beber. O único jeito de lidar com um ninho de ratos é caçar e afugentar seus ocupantes. Mesmo que não tenha feéricos na Cidade de Prata, alguém te treinou. Alguém te mostrou como machucar e matar meus homens. Você acha que íamos deixar uma rebelião tão insidiosa se inflamar? Ah, não. — Ela mostrou os dentes, agarrou meu maxilar, suas unhas de repente afiadas demais, compridas demais, se enterraram em minha pele. — Você *pegou* uma coisa minha, garota, e não sou de deixar passar um roubo. Então, vou pegar algo de você. Primeiro, sua vida. Depois, vou fazer uma coluna de fumaça gordurosa com aqueles que você ama e, quando eles tiverem sumido, vou implodir a Terceira Ala. Pelos próximos cem anos, qualquer um que seja tolo o suficiente para pensar em roubar de mim vai se lembrar do dia sombrio em que Saeris Fane ofendeu a Coroa de Zilvaren e cem mil pessoas pagaram o preço.

5

HEREGE

UMA ALA inteira incendiada por minha causa. Cem mil pessoas transformadas em cinzas e ossos. Ela não estava falando sério. Elroy me contou como abatiam vacas antigamente. Acertavam a testa delas com um dardo perfurante, pegando-as de surpresa. Foi assim que minha culpa me atingiu após a promessa da rainha: do nada. Bem no meio dos olhos.

A rainha Madra se virou, com o vestido farfalhando, a cor dele mudou como o brilho na superfície de uma mancha de óleo, e começou a caminhar pelo vasto salão, sem fazer barulho com os pés enquanto se movia.

— Faça-a cantar, Harron. Quero ouvir a música dela ecoando das masmorras até as torres. Faz muito tempo que não ouvimos nada tão doce.

Doente. Perversa. Era isso que ela era. O rosto branco de Madra tinha enganado muitos, mas um abismo escuro e feio se agitava por trás da máscara que usava. Eu via. Sentia em suas palavras. Os inúmeros horrores que essa mulher havia ordenado com aquela voz suave e melodiosa...

Os olhos de Harron estavam vidrados ao pegar a espada. O som da lâmina raspando na bainha encheu o ar quando ele libertou a arma. Ele não tinha qualquer remorso. Qualquer arrependimento. A pouca empatia que talvez tivesse sentido por mim ao me arrastar das celas até ali havia sumido, substituída agora por... *nada*.

Quando veio até mim, foi rápido e silencioso.

Acabaria do mesmo jeito, então. Minha vida, desaparecida num piscar de olhos, meu grito arrancado da garganta antes de poder encontrar o ar. Mas Madra *queria* que meus gritos inundassem o palácio. Ela tinha dito isso, e Harron era criatura dela até o fim. Quando me pegasse, eu estaria impotente para impedir. Com os pulsos ainda amarrados, eu não tinha como me defender. Mirei um chute na barriga dele, jogando todo o meu peso, mas ele desviou do golpe, se contorcendo com uma expressão de desprezo entediado.

— Isto não é nada para você, né? Tirar uma vida inocente.

Uma faísca de algo passou pelo rosto dele. Não era empatia. Parecia mais... exaustão.

— Você não é inocente. É uma ladra — respondeu, sem emoção.

Sua mão se fechou em cima do meu braço, o aperto era como uma prensa de ferro. Tentei firmar os calcanhares para desacelerar seu progresso enquanto ele me arrastava pelo salão, mas a pedra sob meus pés era escorregadia.

— A Terceira está cheia de ladrões — cuspi. — É a única opção que temos. Pegamos mais do que nos dão para não morrermos. É uma decisão fácil. Você faria o mesmo se isso fosse a diferença entre a vida e a morte.

— Não presuma que sabe para onde aponta minha bússola moral, garota.

Ele me puxou para a frente e rosnou quando tentei me libertar. Meu ombro latejou, prometendo se deslocar se eu colocasse mais pressão na articulação, mas havia muitas coisas que eu faria para sobreviver, e roubo era a menor delas. Se deslocar o ombro de sua cavidade me desse a oportunidade de fugir, eu suportaria a dor.

— É fácil julgar... de uma posição de privilégio — consegui dizer. — Mas quando sua família... está morrendo...

— A morte é uma porta aberta pela qual se deve passar. Do outro lado está a paz. Considere-se sortuda de poder fazer essa jornada.

Ele me empurrou à frente e me jogou no chão. Caí de lado, com força, batendo a cabeça na pedra, e faíscas explodiram atrás das minhas pálpebras. Por um momento, em meio à dor de rachar o crânio, só consegui arfar. Minha visão clareou bem a tempo de eu perceber Harron levantando a espada.

— Se é que vale alguma coisa, eu sinto muito, *sim* — disse ele.

E, aí, desceu a lâmina com um movimento amplo para baixo.

Um raio abriu um caminho na lateral do meu corpo e subiu para o cérebro. Incandescente, a sensação transcendia a dor. Era mais do que isso. Agonia bruta, de um tipo que eu nunca havia experimentado, estilhaçando minha mente conforme o horror se intensificava. Eu nem sabia que existia uma dor assim.

Uma onda de calor molhado se espalhou por minha barriga. Baixei os olhos e imediatamente desejei não ter feito isso. A lâmina de Harron estava enterrada no meu estômago, o metal estava bem fundo. O capitão uniu as sobrancelhas pelo mais breve segundo — o menor reflexo de algo a que ele se recusava a ceder — e aí suas feições se suavizaram.

— Pronta, Saeris? — Ele fechou as duas mãos no cabo da espada. — Esta é a parte em que você grita.

E, aí, ele girou...

Um muro de som e pânico saiu rasgando de mim, exagerado, o medo e a queimação feroz em minhas entranhas dominavam os meus sentidos. Como um animal selvagem pego numa arapuca, eu pinoteei e me contorci, desesperada para escapar, mas os laços que atavam minhas mãos atrás das costas ficavam mais apertados quanto mais eu puxava, e Harron só tinha girado sua lâmina prateada reluzente. Ele não tinha puxado. Eu estava fincada ao chão, e podia me debater o quanto quisesse que isso não ia mudar.

Dei a Madra a música que ela pedira. Gritei até sentir gosto de sangue e minha garganta ficar em carne viva. Foi só quando comecei a engasgar com o sangue que entendi que o estava tossindo. Escorria da minha boca num riacho quente que não parava de fluir.

— Eu sei que dói — murmurou Harron. — Mas é temporário. Vai acabar logo.

Com ele debruçado em cima de mim, tirando da bainha, na coxa, uma linda adaga gravada, me apeguei àquelas palavras. Logo, isto acabaria. Eu cairia no esquecimento. Não acreditava em vida após a morte, mas o nada serviria. Eu...

Fogo irrompeu abaixo de minha clavícula. Eu não conseguia respirar. Pensei por um momento que ele havia me dado um soco, mas não. Sua adaga se projetava do meu ombro. Um uivo rouco ricocheteou pelo salão, ficando mais alto a cada repetição. Era um som desumano, horripilante e deplorável.

Escapar.

Escapar.

Escapar.

Não havia espaço para pensar em nada além da palavra.

Eu não conseguia...

Eu precisava...

Eu...

ESCAPAR!

— Você tem sorte. Isto vai ser mais rápido do que será para os outros — disse Harron suavemente. Havia um tom de gentileza na voz dele; ele pegou mais uma adaga e olhou para ela, observando seu gume. — Eles vão queimar ou sufocar até a morte. Ferimentos abdominais doem, sim, mas eu agilizei o serviço para você. Agora... — Ele balançou a cabeça, revirando a lâmina. — Um último grito dos bons para a rainha, e você segue seu caminho, está bem?

A adaga brilhou, rápida como um raio. Harron a impeliu para baixo, mirando a ponta no meu outro ombro, mas... algo aconteceu. A ponta de metal congelou a dois centímetros da minha blusa imunda e rasgada, pairando acima de mim. Ele... ele conteve o golpe?

Engasguei com mais um bocado de sangue, me esforçando para engolir de volta e conseguir respirar. Quando levantei o olhar para Harron, seus olhos estavam arregalados, mais alertas do que um momento atrás. Ele ficou me encarando, a incredulidade clara como a luz do sol. Tremendo com o esforço, ele agora usava as duas mãos e tentava mover a adaga.

— Como... você está fazendo isso? — grunhiu ele. — Isso... não é... possível.

Eu não conseguia responder-lhe. Eu era um pavio queimando, consumida pela dor, mas havia algo dentro de mim, algo frio, calmo e feito de ferro, que se levantava e *reivindicava* a faca de Harron. Aquela serenidade queria a lâmina e, portanto, pegou. Como se eu tivesse uma terceira mão, invisível, a estendi na direção da adaga e a envolvi com minha determinação. A arma tremulou, com a ponta vibrando.

— Pare — sussurrou ele. — Isto é *heresia*.

Eu não conseguia parar. Não tinha controle sobre o que estava acontecendo. Queria desesperadamente que a adaga se afastasse de mim, então a forcei na direção contrária com a mente, ordenando que ela...

Harron arquejou quando a adaga brilhou incandescente. O metal guinchou em meus ouvidos: um som horrendo e tenebroso que fendeu minha alma. O som da loucura. Trincando os dentes, respondi à voz dentro de mim, exigindo que eu *desfizesse* a adaga, como se uma coisa dessas fosse possível. E era. Quase tão chocada quanto Harron, assisti à faca se liquefazer na mão enluvada do capitão e escorrer pelos dedos dele em riachos de prata ondulante.

— *Magia*... herege! — arfou Harron.

Ele tentou saltar para longe, mas perdeu o equilíbrio, caindo de bunda no chão, com as botas chutando a pedra enquanto tentava se afastar.

— Onde você aprendeu a... Não. *Não!*

O capitão foi dominado pelo terror. Olhou ao redor, ensandecido, respirando pesado enquanto as finas correntes de líquido metálico que antes eram sua arma corriam em sua direção, criando poças e divergindo, como se o procurassem. Como se estivessem *vivas.*

— Pare com isso — falou ele, ofegante. — Mesmo que acabe comigo, você não vai fugir do palácio. Você está sangrando, de todo jeito. Já está morta!

Um peso estranho e ondulante revirou em minha barriga. Eu mal conseguia senti-lo em meio à dor, mas percebi aquela calmaria desconhecida voltando sua atenção para mim. Era uma pergunta. Será que eu desejava interromper o curso em que havia colocado o que antes era uma adaga? Seria fácil. Chamá-la de volta. Subjugá-la. Porque *era* perigosa. Havia coisas que ela podia *fazer.* Eu não sabia o quê, mas...

Ia descobrir.

Harron tinha razão. Eu já *estava* morta. Ninguém seria capaz de sobreviver aos ferimentos que ele me infligira. Mas Hayden ainda estava vivo. Elroy. Talvez até Vorath, embora o grito que tinha vindo da loja dele enquanto eu fugia sugerisse que não. Desde que meus amigos continuassem vivos, eu tinha todos os motivos para machucar Harron. E, se o metal fluido que eu havia criado a partir da adaga com que ele planejava me esfaquear pudesse evitar que machucasse as pessoas de quem eu gostava, então eu ia usar isso para machucá-lo primeiro.

Eu não conseguia mais falar. Não conseguia me mexer. Estava tão zonza que o vasto salão se inclinava para cima e para baixo como se eu estivesse bêbada... mas eu ainda não tinha terminado. Tinha força suficiente para ir até o fim com *isso.*

Madra teria que encontrar outra pessoa para matar meu povo. Ela tinha um suprimento infinito de guardiões mais do que dispostos a fazer o que queria, mas este homem não estaria entre eles. Não seria Harron a derramar o sangue de Hayden ou de Elroy como derramara o meu. Eu sabia que, se quisesse, podia acabar com ele usando esse metal estranho e faminto. E por que não? A vida não era justa. Eu nunca esperara que fosse, mas acreditava sim que, nesta cidade, a gente colhia o que plantava, e isso significava que Harron, capitão da guarda de Madra, tinha uma dívida que precisava pagar antes de eu morrer.

— Saeris? Saeris! Pare já com isso! Você não... você não *entende...*

— Ah, entendo, sim — retruquei. — Você espera que eu morra pela sua mão, mas... — Segurei a barriga enquanto tossia, cuspindo mais um tanto de sangue. — Não quer vir comigo por aquela porta que mencionou, não é, capitão?

— Não posso ir. Ela não *deixa*!

Harron tinha bastante espaço para fugir, mas estava paralisado, seus músculos travados, petrificado demais para se mover um centímetro. Ele choramingou enquanto os fios sussurrantes de prata se ramificavam como os afluentes dos rios que tinham me maravilhado nos livros da biblioteca e começavam a rastejar pelo dedão da bota de couro dele.

O que aconteceria com ele?

Não importava, na verdade. Ele ia sofrer da mesma forma como tinha me feito sofrer. Eu ficava mais fraca a cada segundo, meus ferimentos vertendo sangue num ritmo fenomenal. O relógio estava correndo. Eu não me demoraria a partir, mas... a parte teimosa de mim queria que ele morresse primeiro. E eu queria estar de pé quando acontecesse. Então comecei a me mexer.

Saeris Fane tinha vinte e quatro anos quando morreu. Sinceramente, devia ter morrido bem antes, mas a garota nunca *sabia quando desistir.*

Meu epitáfio seria curto e doce. Elroy faria alguma coisa por mim, desde que ele sobrevivesse. Nesse meio-tempo, eu ia dar um jeito de levantar minhas costas ensanguentadas deste piso duro e assistir ao que quer que acontecesse em seguida.

Quando finalmente consegui me levantar, eu estava enjoada, suando e com as pernas fracas. Ofegando pesado pelo nariz, dei um passo vacilante na direção do capitão e percebi como ia ser difícil ficar consciente. Eu era uma almofada de alfinetes viva (temporariamente) e pulsante. A espada de Harron e sua outra adaga ainda estavam fincadas em mim. Era um milagre a espada não ter caído. Seu peso se contorcendo dentro de mim era dilacerante, mas segurei os gritos enquanto cambaleava, me arrastando com pés gelados na direção de Harron.

Ele batia na calça freneticamente, espanando o tecido, embora com o cuidado de não tocar ao mesmo tempo na prata derretida.

— Monstro — sibilou. — Deste jeito você vai acabar com o mundo. N-não deixe essa coisa me levar. P-por favor!

O que ele esperava? Tinha me ouvido quando implorei pela minha vida? Tivera pena de mim instantes antes de enfiar a espada nas minhas entranhas? Não. Eu não compreendia o que estava fazendo, mas, se fosse um dom capaz de acabar com o mundo, que bom. Foda-se esta cidade e foda-se este mundo. Minha família já estava condenada, e o que me importavam os outros? Se Harron falava a verdade, era um favor que eu fazia para as demais pessoas da Terceira.

As tochas que descansavam nas arandelas queimavam, crepitando enquanto suas chamas dançavam e pulavam, lançando um brilho laranja sombrio pelas paredes. No chão, os fios de prata insistiam em subir pelas pernas de Harron, sondando, sempre subindo, numa missão de encontrar pele.

Como eu sabia disso, não conseguia compreender, mas sabia que Madra escutaria a música de Harron assim que o metal atingisse seu objetivo.

— Por favor — sussurrou Harron.

— *Não.*

A palavra saiu dura como granito. Baixei os olhos para a espada do desgraçado saindo do meu peito, desejando conseguir puxar. Que ironia sombria e linda seria acabar com a vida desse filho da puta com sua própria espada, mas eu morreria no segundo que arrancasse esse troço e queria ficar lá tempo suficiente para ver...

Eu precisava de outra coisa. Uma das tochas, talvez. Se conseguisse reunir energia para me arrastar até o outro lado do salão e alcançá-la, eu poderia atear fogo nele, como ele planejava fazer com a Terceira. Consegui dar três passos hesitantes e agonizantes antes de notar a *outra* espada à minha esquerda. Eu a vira ao ser trazida aqui por Harron, apesar de, na hora, não ter conseguido discernir o que era. Achara que fosse algum tipo de alavanca. Mas, assim de perto, pude perceber que era, na verdade, uma espada, enterrada no chão a meio-caminho de sua empunhadura.

Só os deuses sabiam se eu tinha forças para soltá-la, mas eu ia tentar.

Havia degraus até a plataforma elevada onde a arma ornamentada tinha sido enterrada. Quando me icei até o primeiro deles, gemendo alto de dor, Harron se libertou de sua histeria. Ele ficou de pé, com a voz ecoando, alta e urgente.

— Saeris, não! *Não* toque nessa espada. *Não...* gire a chave! — Ele ofegou. — *Não* abra o portal! Você... você não tem ideia do inferno que vai liberar neste lugar!

Ele achava que eu me *importava?*

Minha vista piscou, vermelha, uma vida inteira de ira e injustiça finalmente exigindo vingança. O inferno já tinha sido liberado neste lugar havia séculos. O que era um pouco mais de sofrimento?

O segundo degrau na direção da plataforma foi levemente mais fácil, mas só porque era um passo mais perto da morte. Uma sensação gelada e entorpecida me dominou, embotando meus sentidos e enevoando meus pensamentos. Eu tinha deixado uma poça de sangue no chão atrás de mim, junto com um rastro largo dele no caminho quando me levantei e manquei até aqui, mas agora meu coração lutava, quase sem sangue para bombear.

Cheguei zonza e exausta ao degrau mais alto da plataforma. Imediatamente caí de joelhos e tive engulhos. Queria muito vomitar, mas meu corpo estava entrando em colapso. Não conseguia lembrar como fazer isso, ou talvez meu estômago não se contraísse direito por estar empalado pela lâmina de uma espada, então, em vez disso, cuspi pelotas de sangue coagulado no chão liso.

A espada era velha. Senti sua idade no ar, de algum modo — um formigamento de energia que rescendia a lugares ocultos e antigos.

— *Não* toque nessa espada! — repetiu Harron.

Ele entrou em pânico, correndo para mim, prestes a chegar nos degraus. Tinha desistido de tentar afastar os filamentos prateados que se espalhavam por seu peito, subindo lentamente até a garganta.

Se ele alcançasse o topo dos degraus, eu estava acabada. Ignorando a dor e a minha visão escurecendo, me apoiei com força nos calcanhares e virei de costas para a lâmina, descansando os pulsos no gume da arma antiga. Esperava que estivesse cega — por algum motivo, eu *sabia* que não era tocada por outra criatura viva havia séculos —, mas soltei um silvo de surpresa quando levantei as mãos e a coisa cortou as cordas dos meus punhos como uma faca quente derrete manteiga.

— Saeris, *não*!

Harron estava quase me alcançando. Eu me contorci, soltando um grito tenebroso quando a espada *dele* escorregou para a frente e saiu da minha barriga, caindo no chão com um clangor. Aí, eu senti: o afrouxamento no meu próprio âmago, como se algo fundamental houvesse se desfeito. Não tinha mais como colocar de volta.

— *Vamos acabar com isso, então* — sussurrou uma voz no fundo da minha mente que se aquietava.

Agarrei a antiga espada pela empunhadura, com um raio de energia disparando pelos dois braços quando a retirei da pedra e apontei para Harron.

Consegui chiar nove palavras, sabendo que seriam as últimas, desfrutando do quanto eram estúpidas:

— Esta é a parte em que… *você* grita… capitão.

E, aí, golpeei com toda a minha força.

A espada cortou o ombro de Harron, rasgando o peitoral de couro hidratado da armadura como se nem estivesse lá, deixando uma linha vermelha vibrante de sangue. O ganido de dor de Harron ecoou no teto abobadado. O ferimento não era suficiente para matar, mas eu sem dúvida o havia machucado. Ele veio até mim, pressionando a mão no peito para estancar seu próprio fluxo de sangue. Imaginei que fosse me agarrar outra vez, mas, agora, ele saltava para a espada, mostrando o branco dos olhos.

— Coloca de volta! Você tem que colocar de volta!

Era tarde demais para isso. Não dava para voltar atrás numa canção. A espada estava livre, e cada parte de mim sabia que ela não ia voltar para...

Para...

Eu estava afundando.

O chão que eu supusera ser de pedra sólida sob meus pés não era nada disso. A lâmina de Harron tinha se derretido e virado uma quantidade respeitável de metal líquido, mas o chão sob meus pés... o *lago* sob meus pés... era mais prata do que eu já vira na vida, e sibilava e cuspia como um gato bravo. Não era assim um momento antes. Era sólido. Agora, amolecia mais a cada segundo. A massa ondulante já estava na altura dos meus tornozelos.

Eu não conseguia soltar as minhas botas com um puxão. A superfície do lago prateado reluzia à meia-luz do salão, emitindo seu próprio tipo de luz. Com meus pés presos ali, Harron podia ter acabado comigo de vez, mas os finos fios de prata que eram sua adaga agora haviam chegado ao colarinho de seu peitoral e subiam com avidez por seu pescoço.

A pele dele estava branca como cinzas.

— Deuses — sussurrou. — É tão...

Mas ele não terminou a frase. Seus olhos se reviraram e ele começou a tremer.

A poça de prata em que eu estava subia num ritmo alarmante. Ou será que ficava mais funda? Eu não sabia a diferença. Meus pensamentos estavam tão embaralhados que nenhum fazia sentido. Era a perda de sangue. Só podia ser. Logo eu ia morrer, e aí tudo acabaria.

Hayden. Hayden logo estaria...

A rainha esqueceria.

Eles estariam seguros.

Todos estariam...

Minhas pálpebras estavam tão pesadas. A três metros dali, na base dos degraus, Harron praguejava, se debatendo contra uma força invisível. Eu o deixaria com sua guerra particular. Era hora de eu dormir. Eu...

O metal líquido irrompeu sob mim, a prata se derramando pelos lados do que agora claramente era um lago circular. Liberta de seu domínio e sem mais nada para me manter de pé, caí de lado nos degraus de pedra, com uma sensação de estalo me provocando solavancos, embora misericordiosamente não sentisse dor.

Minha visão enfim se despedia. A escuridão chegou aos poucos, rolando diante de meus olhos como uma névoa da meia-noite. Só que não era uma névoa. Era outra coisa. Era...

Morte.

O maldito ceifador tinha vindo me levar pessoalmente.

Emergindo da prata, a enorme figura se ergueu do lago como se ascendesse das próprias profundezas do inferno. Ombros largos. Cabelo molhado preto na altura dos ombros. Alto. Mais alto que qualquer homem que eu já vira. Seus olhos brilhavam um verde iridescente, cintilante, a pupila do direito contornada pela mesma prata metálica reluzente que corria em fitas da armadura de couro preto que lhe cobria o peito e os braços.

Ele se elevava sobre mim, os lábios puxados para trás num esgar, revelando dentes brancos brilhantes e caninos afiados. Na mão, segurava uma espada monstruosa forjada de metal preto, vibrando com uma energia tempestuosa que cantava na medula dos meus ossos. Ele levantou a espada, prestes a abaixá-la e me partir em duas, mas aí seus olhos ágeis pousaram na espada antiga que *eu* ainda segurava e ele congelou, com o braço elevado acima da cabeça.

— Deuses da desgraça — sibilou ele. — O que é isto? Uma maldita piada?

— Morra! — berrou Harron. — Eu *não* morrerei! Pegue suas mentiras e sua língua de serpente. Engasgue com elas! Morra!

Morte virou a cabeça para Harron, esquecendo que tinha vindo para acabar com meu sofrimento. Seu cabelo caía em ondas úmidas ao redor do rosto, embora a prata da qual ele se elevara não cobrisse os fios, as roupas nem a pele, como fazia com Harron. O fluido metálico escorria de suas botas e desafiava as leis da natureza ao se juntar, rolando degraus *acima* e jorrando de volta no lago.

Eu não tinha energia para levantar a cabeça e observar Morte descendo os degraus na direção de Harron. Meus olhos faiscavam e minha visão piscava. Mas meus ouvidos ainda funcionavam.

— Obsidiana. Ob... Obsidiana! — exclamou Harron. — Quebrada. Por todo lado, por todo lado, por todo lado. No chão. Nas passagens. Nas paredes. Elas se mexem. No chão. Não consigo... não *morre*! *Precisa* morrer!

— Lamentável.

Até então, eu conhecera a voz da Morte como um vento uivante e quente pelo deserto árido. Uma tosse úmida e intensa na noite. O choro urgente de um bebê faminto. Nunca, nem por um momento, havia imaginado que sua voz talvez também fosse como um toque de veludo na escuridão que se aproximava.

— Cadê a Madra? — exigiu saber.

Harron não respondeu. O único som que me chegou enquanto eu estava deitada nos degraus foi o ruído da fuga precipitada.

— Não posso tirar de você — disse Morte, entediado. — Seu destino está selado, capitão. Você merecia merda bem pior.

— *O chão. As passagens. Elas se... elas se mexem. No chão. Obsidiana. Ob... obsid... obsidiana...*

Um som de luta. Algo raspando. Um baque duro e grave. Harron soltou um guincho de pânico, mas seu grito foi rapidamente cortado.

Quando Morte voltou a subir os degraus, suas botas eram a única parte que eu conseguia ver em meu estreito campo de visão. Meu coração queria bater forte quando ele se agachou ao meu lado, ficando visível, mas só conseguiu soltar um aperto fraco de medo.

Claro que ele era lindo. De que outra maneira alguém ia escolher ir com ele sem lutar? Apesar de ele me olhar com uma carranca de desdém, as sobrancelhas escuras se juntando para formar uma linha preta e infeliz, ele ainda era a coisa mais selvagemente bela que eu já vira.

— Patético — murmurou. — Simplesmente...

Ele, pelo visto, não conseguia achar as palavras. Balançando a cabeça, colocou a mão na frente de seu peitoral, procurando alguma coisa. Um momento depois, puxou a mão, com uma longa corrente de prata presa em torno do indicador. Ele abriu o fecho.

— Se você morrer antes de conseguir devolver isto, eu não vou ficar *nada* contente — resmungou.

Ele pendurou a corrente em meu pescoço, quente em minha pele. Desde que tinha caído nos degraus, meu corpo estava abençoadamente entorpecido, mas o alívio se provou temporário, pois o desconhecido de preto me levantou grosseiramente em seus braços.

Desta vez, a dor me estilhaçou até não sobrar nada.

Meu grito silencioso morreu nos lábios quando Morte me carregou para o lago.

A escuridão me levou antes mesmo da prata.

6

EVERLAYNE

UMA VEZ, quando eu tinha oito anos, choveu na Cidade de Prata. Os céus se abriram e um dilúvio caiu por um dia inteiro. As ruas alagaram, e prédios que estavam de pé havia gerações foram varridos pela água. Ninguém nunca tinha visto um cobertor de nuvens daquele apagando os sóis. E, pela primeira e única vez na minha vida, eu soube o que era passar frio.

Agora, eu não estava com frio. Isto era uma coisa completamente diferente e *insuportável*. Meus ossos eram feitos de gelo. Prometiam estilhaçar se eu ousasse me mexer, mas, independentemente do quanto eu tentasse, não conseguia parar de tremer. Trancada na escuridão, eu não enxergava nada. Mas havia sons nesta prisão de gelo. Vozes. Às vezes muitas. Às vezes só uma. Comecei a reconhecê-las conforme o tempo passava. A que eu mais ouvia era a voz feminina. Ela falava comigo, suavemente, me contando segredos. Cantava para mim também. Era uma voz delicada e doce, e me dava saudade da minha mãe de uma forma que me fazia doer por dentro. Eu não conseguia entender as coisas sobre as quais ela cantava. Suas palavras eram um mistério, a língua que ela falava era desconhecida e estranha.

Fiquei deitada na escuridão tremendo, desejando que ela se mandasse. Eu não queria ser assombrada por esses fantasmas. Queria deslizar para o vazio até o frio me congelar e o silêncio bloquear meus ouvidos. Virar o nada e esquecer que um dia vivi.

Em vez disso, a sensibilidade da ponta dos dedos da minha mão voltou. Depois, a dos dedos dos pés. Seguiram-se meus braços e minhas pernas. Aos poucos, ao longo de um período que pode ter sido uma hora, mas também facilmente uma semana, meu corpo retornou pouco a pouco. A dor me fez desejar ter sido melhor em vida. Isto só podia ser uma punição. Minhas costelas ameaçavam quebrar a cada respiração — e, não sei como, mas eu *estava* respirando. Minhas entranhas pareciam ter sido arrancadas do corpo, picadas e aí enfiadas de volta. Tudo doía a cada segundo de cada minuto de cada hora...

Rezei por uma inconsciência que se recusou a vir. E aí, do nada, abri os olhos e a escuridão se foi.

A cama em que eu estava deitada não me pertencia. O único colchão de plumas em que eu já tinha me deitado era o de Carrion Swift, e esta cama também não era daquele escroto. Era bem maior, para começo de conversa, e não tinha cheiro de rato almiscarado. Um conjunto de lençóis imaculadamente brancos cobria meu corpo e, em cima deles, um cobertor grosso de lã. Bem lá no alto, o teto não tinha a cor dourado-clara de arenito. Era quase todo branco, mas... não. Não era branco. Era um azul pálido, lavado, e tinha faixas e pontos de cinza-claro aqui e ali, formando nuvens. Era muito bem-feito. As paredes do quarto eram de um tom mais escuro de azul, quase violeta.

Assim que percebi a cor — não só com uma, mas com cinco pinturas diferentes dispostas nas paredes em molduras grossas folheadas a ouro, o sofá que parecia felpudo no canto, além da estante na frente da cama lotada com mais livros do que eu já tinha visto num só lugar de uma vez —, um pavor cravou as garras em mim.

Eu ainda estava no palácio. Onde mais poderia estar? Ninguém na Terceira conseguiria juntar o dinheiro necessário para criar o pigmento de tinta violeta. Para não mencionar que as únicas obras de arte que eu já vira eram imagens desbotadas em livros, mas estas eram reais. Tinta a óleo sobre tela, com molduras de madeira de verdade.

Ofeguei em pânico, cada vez mais alarmada quando vi a névoa que se formou em meu hálito. Onde eu estava e o que, em nome dos cinco infernos, estava acontecendo? Por que eu conseguia *ver* minha respiração?

Tentei me mexer, mas meu corpo não obedecia. Nem a menor das contrações. Era como se eu estivesse paralisada. Se conseguisse balançar as pernas para fora da... ah, ah, não. Não, não. Isso não ia dar certo. Eu...

Congelei quando a porta do quarto opulento se abriu. Meus olhos já estavam abertos. Agora, era inútil fechá-los, sendo que eu já tinha sido pega acordada. Estava ansiosa demais para olhar quem tinha entrado, então, permaneci perfeitamente imóvel, observando as nuvens pintadas no teto e segurando a respiração.

— O mestre Eskin disse que você acordaria hoje — falou uma voz feminina. A mesma voz que havia cantado para mim. Que tinha me alcançado no escuro. — E eu aqui, duvidando dele. Já devia ter aprendido a essa altura.

A mulher, ou quem quer que fosse, deu uma risadinha.

Será que era uma das damas de companhia de Madra? Ia me estripar assim que eu parasse de me fazer de morta e olhasse para ela? O senso comum rejeitou essas duas possibilidades. Uma dama de companhia não seria tão tagarela. E por que teriam se dado ao trabalho de me manter viva se só planejassem me assassinar?

Mexi devagar a cabeça, me virando para inspecionar essa recém-chegada.

Ela se apoiou na parede ao lado da porta, segurando uma pilha de livros empoeirados. Seu cabelo era de um loiro muito claro, tão comprido que passava da cintura, e estava domado em duas tranças elaboradas, cada uma da grossura de um punho. Ela só podia ter o quê, vinte e quatro anos? Vinte e cinco? Mais ou menos a mesma idade que eu. Sua pele era pálida, e os olhos, de um tom vívido de verde.

O vestido verde-escuro que ela usava era uma obra de arte. Brocado com fios de ouro que reluziam quando a luz batia. A saia volumosa era decorada com folhas bordadas. A desconhecida sorriu para mim, ainda segurando seus livros.

— Como está se sentindo? — perguntou.

Do nada, fiquei com uma vontade incontrolável de tossir. Me esforcei para responder à pergunta dela, mas não conseguia evitar. Comecei a engasgar, uma teia de dor se espalhando pela lateral do meu corpo enquanto ele se sacudia.

— Ah, não. Espera. Espera, deixa eu te ajudar — disse a garota.

Ela entrou correndo no quarto, colocou a pilha de livros numa mesinha ao lado da janela, aí pegou uma xícara e trouxe até a cama. Depois abriu um grande sorriso, oferecendo-a para mim.

— Pronto. Engole de uma vez só. Eskin falou que você estaria sedenta quando voltasse.

Me encolhi na cama, abraçando o corpo com força e observando a mulher com desconfiança.

— O que é isso?

— Nada. Só água, juro.

Nada? Peguei a xícara, olhando pela borda, me sentindo zonza. Ela não estava mentindo. O receptáculo estava com água até a boca. Água suficiente para quatro dias. Eu passaria um mês tentando sair da dívida em que esse tanto de água me colocaria lá na Terceira. E ela estava só... me *entregando?*

— Vai. — Ela sorriu, incerta. — Bebe. Eu encho de novo para você quando terminar.

Ela estava brincando comigo. Bom, a tonta era ela. Levei a xícara aos lábios e comecei a beber, engolindo o mais rápido que conseguia. A água estava gelada — tão gelada que fez minha garganta doer. Beber muito rápido machucava, mas eu não ia dar a ela um segundo para mudar de ideia. Quando percebesse que eu não tinha direito a uma cota tão grande, a água teria sumido, e não teria jeito de ela recuperar.

Deuses, estava limpa. Água limpa. O gosto era quase doce.

— Ei, calma — disse a garota. — Vai devagar. Você vai acabar vomitando se não tomar... cuidado.

Só que eu já tinha terminado. Devolvi a xícara, esperando que ela estendesse a mão em busca de pagamento agora que eu secara tudo. Mas a garota só sorriu e voltou à mesa ao lado da janela, onde usou uma jarra alta de cobre para enchê-la novamente. Olhei-a desconfiada quando voltou e me entregou mais, me perguntei o que ela tinha na cabeça.

— Meu nome é Everlayne. Andei visitando você — falou ela.

— Eu sei.

Ela baixou os olhos para a xícara, fazendo um gesto de cabeça na direção do recipiente.

— Está tudo bem. Pode beber essa também se estiver com sede.

Desta vez, dei pequenos goles, observando, esperando que ela puxasse uma adaga da saia volumosa e me atacasse.

— Já que eu te falei meu nome, será que você pode me falar o seu? — Ela inclinou a cabeça para um lado. — Meus deuses, na verdade, tudo bem se eu puxar uma cadeira? Passei o dia todo subindo e descendo as escadas e me esqueci de comer hoje de manhã.

— Ahn, claro?

Ela — *Everlayne* — sorriu ao pegar uma cadeira simples de madeira e arrastar até o lado da cama. Assim que a posicionou a seu gosto, sentou-se com todo o seu peso e colocou mechas rebeldes de cabelo atrás das orelhas.

— Muito bem. Pronto. Estou pronta. O que você é, hein? Marika? Angelica? — Seus olhos, claros como jade, brilhavam enquanto ela falava. — Eu não sou muito paciente — admitiu, em tom de confissão. — Passei os últimos dez dias te chamando de Liss. Pareceu um nome tão bom quanto qualquer outro, mas... — Ela parou de falar, e a luz de seus olhos diminuiu quando viu minha expressão. — O que foi? Qual o problema?

— Suas *orelhas* — sussurrei.

Eu estava olhando desde que ela colocara as mechas de cabelo soltas atrás das orelhas. Eram...

Engoli em seco.

Respirei fundo.

Eram *pontudas.*

Everlayne tocou as orelhas com a ponta dos dedos, franzindo a testa de leve. Sua expressão ficou vazia quando ela percebeu a que eu estava me referindo.

— Ahh. Sim. Não são iguais às suas, verdade.

Feéricos eram um povo guerreiro. Canibais. Criaturas bestiais sem temperança, senso de moralidade ou qualquer noção de clemência. Os Imortais mais velhos conheceram a ira deles sobre a terra com um punho de ferro, deixando um rastro de caos e destruição. As sete cidades se rejubilaram quando...

— A minha aparência te chateou — disse Everlayne, baixinho. Ela colocou as mãos no colo e toda a sua efervescência rapidamente se dissipou. — Você já ouviu falar da minha espécie?

— Sim.

Isso estava mesmo acontecendo ou era alguma piadinha sem graça? Hayden estava me zoando por eu ter sido tão cruel com ele da última vez que nos vimos? Fazer com que eu duvidasse da minha sanidade seria um belo jeito de se vingar, mas...

Eu tinha deixado meu irmão na rua na frente do Miragem. Fora levada com o capitão Harron. Havia conhecido a rainha, que ordenara minha execução, além da execução dos meus amigos e de cada alma vivendo na Terceira.

Morte tinha ido me buscar, com seu cabelo preto ondulado e olhos verdes cruéis.

Ele tinha me carregado daquele lugar.

Tinha me trazido *aqui.*

Fui varrida por uma onda de suor que fez minha boca salivar. Eu não tinha prestado muita atenção na hora, com toda aquela história de estar morrendo, mas, quando o desconhecido de cabelo escuro me pegou no colo, a ponta das orelhas dele também tinham um formato estranho. E seus caninos...

— Me mostra seus dentes. — A exigência deixou minha boca antes de eu conseguir me conter.

A mulher de vestido verde colocou a mão na frente da boca e arregalou os olhos.

— Quê? Não! — exclamou, atrás da palma. — De jeito nenhum! Que... que *grosseria*!

— Desculpa. Mas... você é uma *feérica*?

A afirmação pareceu o fim de uma piada ruim, mas Everlayne não estava rindo.

— Sou — respondeu, ainda escondendo a boca.

— Mas... você não é real.

— Permita-me discordar — retrucou ela.

— Mitos. Histórias. Feéricos são folclore. Não *existem* feéricos.

— Eu não te pareço real?

— Acho que parece. Mas... feéricos têm asas.

Everlayne fez um ruído de desdém.

— A gente não tem *isso* há milhares de anos. — Ela abaixou a mão, bufando um pouco ao apontar para a xícara de água que eu continuava segurando. — Olha. Você teve uma concussão. Termina isso e vê se está se sentindo um pouco melhor. As coisas talvez pareçam um tanto de ponta-cabeça por um tempinho.

Minha descrença não tinha nada a ver com o galo na minha nuca. Não dava para simplesmente esquecer uma raça inteira de pessoas porque você bateu a cabeça com força demais. Feéricos *não* eram reais. Me contorci ao tentar levantar um pouco mais, ainda analisando as orelhas de Everlayne.

— Minha mãe me contava histórias sobre feéricos quando eu era pequena — falei. — Eram seres que visitavam as orlas da nossa terra, trazendo guerra, doença e morte...

As feições bonitas de Everlayne foram tomadas de indignação.

— Olha só, feéricos não têm doença nenhuma. Não somos afligidos por mal algum há um milênio. Humanos, por outro lado, são crivados por todo tipo de germe. Vocês ficam doentes e morrem por qualquer coisinha.

Eu a tinha ofendido. De novo. Foi a segunda vez no intervalo de um minuto. No que dizia respeito a primeiros encontros, eu não estava fazendo um trabalho lá muito fantástico para causar uma boa impressão. Respirando fundo para me acalmar, tentei formular uma pergunta que não parecesse grosseira, mas Everlayne bufou e falou antes:

— Você está me dizendo que feéricos viraram historinhas para dormir criadas para assustar crianças em Zilvaren?

— Sim!

— O que mais dizem sobre nós?

— Eu... eu não sei. Não consigo lembrar agora.

Eu lembrava muito bem, mas nada era muito lisonjeiro. Não tinha nenhum desejo de ofendê-la de novo contando que as mães de Zilvaren alertavam aos filhos que uma velha feérica viria comê-los de noite se não se comportassem.

Everlayne franziu a testa, olhando a lateral da minha cabeça.

— Hmm. Como está sua memória de curto prazo? Qual é a última coisa que você lembra?

— Ah. Eu estava no palácio. O capitão da Madra tentou me matar. Eu... consegui de algum jeito parar a adaga dele e agarrar uma espada. Aí o chão virou prata derretida. Uma grande poça. E... saiu uma coisa lá de dentro.

— Uma coisa? Ou *alguém*?

— Um homem — sussurrei.

Mas Everlayne sacudiu a cabeça.

— Um *macho*. Ele apareceu porque a espada o chamou... — Ela não terminou, jogando as mãos ao ar. — Deuses, eu ainda não sei seu nome. A não ser que você não *tenha* um nome.

— Claro que eu tenho um nome — falei. — É Saeris.

Eu podia contar nos dedos de uma só mão o número de pessoas a quem tinha dado meu nome verdadeiro ao ser perguntada. Mas, por algum motivo, parecia errado mentir para ela. Não fazia ideia de por quanto tempo havia ficado inconsciente, mas Everlayne tinha me visitado. Conversado comigo. Cuidado de mim, cantado para mim e me feito companhia. Não eram ações de quem queria me causar mal.

Everlayne arqueou as sobrancelhas com ar de entendida.

— Ahh. *Saeris*. Um nome bonito. Um nome *feérico*. Como está se sentindo? Aposto que dolorida, mas deve estar bem melhor do que quando chegou.

— Eu me sinto...

Como eu me sentia? Da última vez que checara, tinha um buraco monstruoso na barriga e uma adaga saindo do ombro, para não mencionar que havia perdido quase até a última gota de sangue do corpo. Com braços rígidos, lentamente levantei o cobertor que me cobria e avaliei o dano lá embaixo. Não tinha muito para ver. Eu estava vestindo algum tipo de túnica — verde-clara e feita de material macio, untuoso. Apalpei a barriga, tateando o tecido em busca do ferimento aberto, mas não tinha nada. Minha barriga estava lisa. Não havia nem dor.

— Nossos curandeiros são extremamente talentosos. Se bem que faz um tempo que não cuidam de uma humana com ferimentos tão catastróficos —

admitiu ela. — Decidiram manter você sedada enquanto seus órgãos internos se curavam. Eu argumentei a favor de te acordar assim que você estivesse oficialmente inteira de novo, mas Eskin falou que você precisava de mais uns dias para sua mente se acalmar depois do trauma que viveu.

— Espera. Então eu *não vou* morrer?

Everlayne deu uma risadinha, balançando a cabeça.

— Não. A taxa de sucesso de Eskin é uma questão de orgulho para ele hoje em dia. Ele não perde um paciente há dois séculos.

Dois *séculos*? As canções que nossa mãe cantava para mim e Hayden quando éramos pequenininhos sempre falavam da longevidade sobrenatural dos feéricos. Só que eu ainda não conseguia assimilar que Everlayne era feérica. Será que eu acreditava? Será que minha mente era capaz de aceitar isso como verdade? Simplesmente não era *possível*.

— Eu imagino... que a gente não esteja na Cidade de Prata, então — falei, devagar.

Ela sorriu.

— Não estamos.

Meu estômago se revirou.

— Então onde estamos?

— Em Yvelia.

Ela abriu um grande sorriso, como se sua resposta de duas palavras explicasse toda a minha situação.

— E... onde fica isso? — perguntei.

— *Yvelia!* Mais especificamente no Palácio de Inverno. As historinhas para dormir da sua mãe não te contaram nad...

A porta se abriu com tudo.

Uma luz fria entrou do corredor lá fora, e um monstro vestido com armadura de couro marchou quarto adentro, fazendo Everlayne ofegar. Seus olhos eram do castanho mais escuro, sua pele clara estava salpicada de algo que parecia lama. Seu cabelo castanho-claro passava dos ombros, a parte de cima estava dividida e amarrada para trás numa trança de guerra. Ele era assustadoramente alto, com os antebraços expostos e musculosos cobertos de tatuagens intrincadas e interligadas que se borraram quando meus olhos tentaram focá-las. Seu olhar assassino se suavizou um pouco ao pousar em Everlayne.

Everlayne, porém, tinha ficado roxa.

— Renfis! Pelos cinco infernos! Você quase me causou um ataque cardíaco.

Constrangido, ele abaixou a cabeça. E lá estava: mais um par de orelhas pontudas. Desta vez, com as pontas vermelhas de vergonha.

— Layne — disse o macho. Sua voz tinha um leve sotaque, as palavras eram cantadas, embora endurecidas pelo tom grave. — Desculpa. Não sabia que você estava aqui.

— Isso é óbvio. Você quase arrancou das dobradiças a porcaria da porta. É educado bater *antes* de se enfiar dentro de um quarto.

O macho — Renfis — olhou brevemente na minha direção, passando os olhos por onde eu estava deitada, na cama, antes de voltar sua atenção a Everlayne.

— Certo. Desculpa. Boas maneiras nunca foram meu ponto forte. Irrin destruiu a pouca etiqueta que eu tinha antes.

A boca de Everlayne se contraiu. Será que ela estava tentando não sorrir?

— E *por que* você está entrando aqui desse jeito, hein? — perguntou.

— Vim atrás da humana. — Renfis me olhou de novo. — Ele precisa da corrente de volta.

— Da corrente? Ah!

A carranca confusa de Everlayne era um espelho da minha, mas desapareceu um milésimo de segundo após se formar. Ela obviamente compreendera a que Renfis se referia, enquanto eu continuava sem entender. Virando-se para mim, ela olhou a base da minha garganta e puxou os lábios num biquinho.

— Pode ser que ela ainda precise — falou.

Levei a mão ao pescoço. No segundo em que a ponta dos meus dedos encontrou o metal frio descansando ali sobre a minha pele, lembrei. Morte, vestido de meia-noite, tirando uma corrente do pescoço e colocando no meu. Morte, me pegando nos braços. O olhar de decepção dele. Morte...

— Acredite. Ele precisa mais do que ela no momento — disse Renfis, num tom sombrio.

De repente, a corrente parecia uma forca em torno do meu pescoço. Que diabos era isso? E por que o macho que tinha me carregado do palácio de Madra a colocara em *mim*?

Everlayne ficou de pé.

— Só faz dez dias. Ele ainda não pode ter sido afetado, né?

— Ele está *sofrendo* — disse o guerreiro, desconfortável. — Não devia nem ter ficado sem ela. Piora cada vez que ele a tira. Se seu pai descobrir que ele está aqui...

— Eu sei, eu sei. Deuses. Eu quero *vê-lo*, Ren. Isso está ficando ridículo.

Renfis encarou as próprias botas.

— Ele não estava em condições. Ainda não está. O melhor que você pode fazer por ele agora é me ajudar a levar o pingente de volta.

Os ombros de Everlayne estavam tensos. Os dois trocaram um olhar carregado, mas ela abaixou a cabeça e suspirou. Virando-se para mim, disse:

— Tá bom. Tudo bem. Saeris, odeio ter que pedir, mas a corrente que está no seu pescoço...

Eu já estava mexendo no fecho, tentando abrir aquela porcaria. Se o selvagem que era dono do colar o queria de volta, eu é que não ia dar um motivo para ele mesmo vir buscar. Um tremor gelado me perpassou quando finalmente consegui abrir a corrente e a ofereci a Everlayne.

Não havia notado antes, mas tinha algo pendurado no colar: um pequeno disco de prata. Um brasão de família, talvez? O disco tinha entalhes minúsculos, mas de jeito nenhum eu ia esmiuçar aquilo. Agora que não estava mais pendurada em meu pescoço, parecia que a corrente cantarolava. Uma energia estranhíssima disparou por todo o meu braço, nada doloroso, mas certamente não era uma sensação agradável. E era gelada. *Muito* gelada. Quando Renfis atravessou o quarto e parou ao lado da cama, segurando uma bolsinha de veludo preto, parecia que a corrente era feita de gelo.

— Jogue aqui dentro — instruiu.

Ele segurou a bolsinha aberta, com muito cuidado para não deixar a corrente tocar sua pele enquanto eu fazia conforme mandara. Assim que o colar desapareceu lá dentro, o guerreiro puxou um fio de cada lado da bolsinha e a fechou. Sem mais uma palavra, virou-se na direção da porta.

— Quero vê-lo antes de ele ir embora, pelo menos — falou Everlayne para as costas dele. — Preciso fazer algumas perguntas.

Renfis se deteve, seu corpo enorme preenchendo o batente.

— Ele precisa ir, Layne. Eu o mantive escondido esse tempo todo por pura sorte. Os guardas estão começando a desconfiar. Se descobrirem que ele está aqui...

Everlayne baixou os olhos para os pés.

— Sim, tem razão.

— E, de todo jeito, precisam dele de volta em Cahlish. Escreva para ele se precisar. Vá visitá-lo daqui a um ou dois meses. Mas deixá-lo aqui um minuto a mais do que o necessário seria... — Ele escolheu as últimas palavras com cuidado. — ... *desaconselhável.*

Everlayne empalideceu, mas não discutiu.

— Tudo bem, farei isso. Diga que acho bom ele escrever de volta, senão vai se ver comigo.

Renfis baixou a cabeça.

— Foi bom te ver — murmurou.

E então partiu. Com ele, levou a tensão que havia enchido o quarto quando tirei o colar, e por isso fiquei eternamente grata. Só que Everlayne não relaxou como eu. Seus olhos estavam brilhando com lágrimas quando apoiou as costas na porta e disse com uma voz forçadamente alegre:

— Muito bem, então. Imagino que *você* deva estar querendo um banho.

— Um *banho*?

— Sim. Faz pelo menos dez dias que você não se banha direito. Vem. Vou encher a banheira de água quente para você. Vai se sentir um milhão de vezes melhor, juro.

Água quente? Uma banheira cheia. Para eu me *lavar*. Em qualquer outro dia, o desperdício desse tanto de água teria me atordoado, mas hoje eu tinha coisas bem mais estranhas com que me preocupar. E, além disso, estava concentrada demais em algo que tanto Renfis quanto Everlayne tinham dito.

Dez dias. Era o tempo que eu tinha passado inconsciente, deitada nesta cama, me recuperando em paz, enquanto meu irmão estava lá em Zilvaren, potencialmente lutando por sua vida.

— Não preciso de um banho — falei. — Preciso ir para casa. Meu irmão mais novo precisa de mim.

O que quer que Everlayne estivesse prestes a dizer morreu em seus lábios. Devagar, seu sorriso também desapareceu.

— Sinto muito, Saeris, mas isso não vai acontecer.

— Como assim? Eu preciso voltar. Não tenho escolha. Madra está planejando dizimar minha ala inteira. Tenho família lá. Amigos.

Ignorei a vozinha no fundo da mente, sussurrando que provavelmente já era tarde demais. Madra teria ficado furiosa ao descobrir o que acontecera naquele salão. Na verdade, não. Furiosa não chegaria nem perto. Além de eu não ter morrido, tinha dado um jeito de liquefazer a adaga de Harron, que o atacara e eu... eu... caramba, eu não sabia *o que* fizera com aquela espada. Eu a tinha puxado de algum lugar do qual não deveria e convocado o diabo em pessoa. Harron devia estar morto. Madra não era uma monarca misericordiosa. Sua vingança teria sido rápida e horrenda. O mais provável era que a Terceira já tivesse sido reduzida a uma cratera na areia, mas, mesmo assim, eu precisava voltar lá. Se tivesse uma mínima chance de que ela temporariamente adiasse, eu precisava tentar impedi-la. Era o mínimo que eu podia fazer.

Everlayne parecia, sim, ter compaixão ao seguir devagar na direção da porta. Mas também parecia resignada.

— Não vou mentir para você. Algumas das histórias que sua mãe te contava eram verdade. Meu povo às vezes pode ser implacável e cruel. Alguns de nós se esforçam para serem diferentes, mas... de vez em quando, simplesmente não há outra opção. Estávamos esperando há muito tempo para recuperar aquela espada que você puxou. Mas ter encontrado *você* junto dela... — Everlayne sacudiu a cabeça. — Você não tem ideia do quanto é importante, Saeris. Infelizmente, meu pai não está disposto a abrir mão de você tão cedo. E ele quer te ver daqui a uma hora, então, lamento, mas o banho não está aberto a debate.

— Vocês não podem me prender aqui. Isso é sequestro. É desumano!

Pelo menos, Everlayne teve a decência de parecer contrita.

— É *comportamento* desumano. Mas não somos humanos, Saeris. Somos feéricos. Não nos comportamos como vocês. Não pensamos como vocês. Não operamos segundo as mesmas diretrizes morais de *alguns* da sua espécie. Quanto mais rápido você se lembrar disso, mais fácil vai ser — disse ela, com um pouco mais de gentileza. — Agora, por favor. Vá se banhar antes que a água esfrie. Quando falar com meu pai, você pode perguntar a ele sobre voltar à sua Cidade de Prata.

— E quem diabos é seu pai para me dizer se posso voltar para casa?

Minha raiva ecoou alto pelo corredor. Os dois guardas, parados num silêncio sisudo, se encolheram, parecendo profundamente desconfortáveis.

— É Belikon De Barra — respondeu Everlayne, sem demonstrar emoção. — Rei do povo feérico yveliano.

Solucei enquanto me lavava na banheira de cobre. Eu tinha um recurso inconcebível à minha disposição e nenhum jeito de compartilhar com quem eu amava. Se Hayden e Elroy estivessem vivos, estariam zonzos de sede, como em todos os dias da vida deles. Enquanto isso, eu me deleitava com tanta água, que poderia me *afogar*. Depois que terminei de esfregar minha pele até ficar rosada, a água ficou preta de sujeira e com uma camada engordurada boiando na superfície — provavelmente eu nunca tinha estado tão limpa. Nunca havia lavado o cabelo direito antes nem tinha acesso a xampu, então usei demais, sem esperar que a quantidade que coloquei na palma da mão produzisse tanta espuma. Levou uma eternidade para passar em todos os meus nós e emaranhados, e aí mais uma eternidade para enxaguar todo o sabão. Quando anunciei que tinha terminado, Everlayne já estava andando de um lado para o outro na frente do quarto como um gato selvagem.

Ela voou de volta para dentro do quarto, parecendo estressada.

— Não temos tempo para deliberar o que você devia vestir agora. Vamos ter que embrulhar você na primeira coisa que couber e nos preocupar com o estilo outra hora.

— Embrulhar? Do que você está falando?

— Do seu *vestido*! — Everlayne foi direto para o guarda-roupas grande, de madeira escura, e abriu as portas com força. — Com esse cabelo escuro e seus olhos tendo uma cor azul tão linda, acho que devíamos ficar com azul-royal ou quem sabe...

A metade de cima do corpo dela desapareceu dentro do armário. Quando ela voltou a emergir, estava com uma quantidade chocante de tecido cobalto nos braços. Me afastei assim que vi.

— Não. Não, eu não vou... Eu não *uso* vestidos, Everlayne.

— Como assim? — Ela parecia genuinamente confusa.

— Eu uso calça. Blusa. Coisas com que eu consiga me mexer com facilidade. Para poder correr, escalar e...

Matar pessoas.

— Você não vai usar calça e blusa para se encontrar com o rei, Saeris — disse Everlayne. — Ele vai entender como uma desfeita. Se você não estiver bem arrumada, ele vai te jogar nas celas.

Rá. Mais um dia, mais um monarca me tacando na prisão. Sinceramente, eu bem que merecia uma cela. Depois de roubar a manopla e colocar minha ala toda numa encrenca dessas, eu não merecia ver a luz do dia nunca mais. Entorpecida, deixei Everlayne me enfiar no vestido. Se bem que estava mais para um *vestido de gala.*

— Você está um sonho — anunciou ela quando terminou de me sacudir e cutucar, puxando fitas de corpete com tanta força que achei que fosse desmaiar.

— E mesmo assim me sinto presa num pesadelo — completei, seca.

Ela fez um muxoxo.

— Agora vire-se e sente-se naquela cadeira — disse ela. — A próxima coisa que eu preciso dar um jeito é no seu cabelo.

— Qual é o problema do meu cabelo?

— Bom, hmmm. Como eu digo delicadamente? Parece que uma família de camundongos passou anos morando nele. E aposto que faz um tempo que ele não vê uma escova. Então...

— Não *precisa* escovar se eu amarrar numa trança.

Eu não me doí com a crítica. Sério, não mesmo.

Everlayne riu baixinho. Será que ela achava que eu não conseguia ouvir a risadinha dela? Me sentei curvada na cadeira que ela tinha apontado, espumando enquanto a feérica lutava contra meus nós. Ela estava amando isto, né? Uma prisioneira só dela. Uma boneca para brincar de arrumar. Mas eu não era brinquedo nem animal de estimação. Ela ia aprender isso do pior jeito se me tratasse assim.

— Seu cabelo é lindo — comentou ela, passando um pente de dentes largos pelas mechas. Fiz uma careta quando ela o jogou por cima dos meus ombros. — Vai crescer bem aqui. Cabelo comprido é um sinal de alto status para feéricas. As outras também vão ter inveja da cor escura. Cabelo escuro é um traço da realeza entre os feéricos de Yvelia.

Eu estava cagando para feéricos e suas tendências. Não estava nem aí se as feéricas teriam inveja da minha aparência ou se achariam que eu era uma monstra horrenda. Até quatro horas atrás, eu nem sabia que elas existiam. Fiquei imóvel enquanto Everlayne trançava meu cabelo com dedos ágeis e mordi a ponta da língua. Quando terminou, ela me levou para a frente de um espelho de corpo inteiro, pendurado na parede, com uma moldura rebuscada folheada a ouro, reluzindo de orgulho ao me mostrar sua obra.

Eu tinha fabricado muitos espelhos na oficina com Elroy, mas pessoalmente nunca fiz muito uso deles. Sabia bem como eu era. Sim, eu tinha um rosto bonito, mas rostos bonitos eram usados como moeda na Terceira quando uma garota ficava sem dinheiro ou água para trocar, e isso era mais maldição do que bênção. Máscaras e cachecóis eram meus amigos. Ninguém sabia como você era por trás de um pedaço de estopa destruída pela areia e, portanto, não tinha motivo para tentar pegar seus *bens* para si.

Aqui, não havia máscaras nem cachecóis atrás dos quais se esconder.

Embora fosse verdade que eu não era nada comparada à beleza de Everlayne — aquela feérica era radiante, perfeita em todos os sentidos —, a cor do vestido ridículo que ela tinha escolhido para mim *realmente* combinava com minha pele, como ela dissera. Chamava atenção para os meus olhos e os destacava. E a magia que ela tinha feito no meu cabelo? A coroa trançada elaborada que ela criara para mim era belíssima. Meu cabelo nunca havia parecido tão saudável.

— Você não precisa de blush — disse o reflexo de Everlayne no espelho. — Já é bem corada. Se bem que... aqui. — Ela saiu correndo por um segundo e aí voltou segurando um potinho. Tirou a tampa e me ofereceu. — Seus lábios estavam rachados quando você chegou. Fiquei passando isto em você a cada poucas horas, mas, agora que está acordada, você mesma pode fazer isso. Aqui, é assim.

Ela passou a ponta do dedo na resina grossa e com textura de cera e esfregou nos lábios.

Enfiei o dedo no pote e fiz a mesma coisa, ainda que só para ela calar a boca.

Ela pareceu desesperadamente feliz com os resultados.

— Maravilha. Muito bem, então. Eu diria que estamos prontas. Prepare-se. Hora de conhecer o rei.

7

O CÃO

O QUARTO tinha um nível de luxo que eu nunca havia visto antes, mas isso não era indicativo algum do mundo para lá da porta. Fiquei boquiaberta enquanto Everlayne me guiava pelos corredores do Palácio de Inverno; o lugar fazia a moradia real de Madra em Zilvaren parecer um casebre decadente nos cafundós.

As paredes eram de mármore branco opalino, facetadas com seções de azuis e verdes metálicos e reluzentes, assim como o piso. Não tínhamos pedras assim lá em Zilvaren, mas Everlayne explicou que era um tipo raro de labradorita pálida. Arcos altos ladeavam os corredores pelos quais passávamos, dando vista a escadarias e outros corredores em outros níveis. Nas paredes, havia tapeçarias felpudas e quadros emoldurados, e coroas de flores gigantes saíam de vasos por todo lado que eu olhava. A luz do sol entrava por janelas amplas, apesar de a luz em si não ter qualquer calor: não era nada parecida com o brilho castigante dos Gêmeos. Everlayne me apressou a passar pelas janelas, e o mundo lá fora era um borrão branco e cinza.

Abaixando-se, ela pressionou a testa com a ponta do indicador e do dedo médio, fazendo uma mesura com a cabeça em reverência ao passarmos por uma série de estátuas. Por outro corredor, repetiu o processo quando nos deparamos com mais uma fileira das mesmas figuras esculpidas em pedra, outra vez recuadas em alcovas.

— Quem são? — perguntei, olhando feéricos e feéricas coroados, altos e ameaçadores enquanto ela tocava o espaço entre as sobrancelhas com os dedos.

— Os deuses, é claro. — Ela pareceu um pouco surpresa. — Vocês não cultuam mais os Corcoran na Cidade de Prata?

Neguei com a cabeça, levantando os olhos para o rosto friamente belo de uma das divindades masculinas.

— Minha mãe me disse uma vez que as pessoas antes oravam para os deuses em Zilvaren, mas os nomes e os templos deles foram engolidos pelo deserto há muito tempo. Falamos "deuses" para maldizer nossa sorte ou enfatizar emoção. Fora isso, Madra é a coisa mais próxima que temos de uma deusa em Zilvaren. Pelo menos, é assim que ela se considera. A Anunciadora Imortal do Estandarte do Norte. Os fiéis carregam fios do cabelo dela em bolsinhas de couro presas ao cinto. Raspam as cinzas das piras funerais dos sacrifícios vivos que são queimados em homenagem a ela e colocam lá dentro também. É para servir de proteção contra a peste. Eles acham que fazer isso vai lhes dar a vida eterna, se forem dignos o bastante.

Everlayne bufou de desdém.

— Superstição e sacrilégio. Sua rainha é humana. E, apesar de a areia e o vento terem varrido os nomes dos deuses, te garanto que Madra os conhece. Ela ter escolhido deixar que eles desaparecessem da história de seu povo diz muito sobre a corrupção dela. — Everlayne apontou para o sujeito para quem eu estava olhando. — Styx, deus das sombras. — Ela continuou pela fileira, inclinando a cabeça e tocando a testa para cada um dos deuses antes de nomeá-los. — Kurin, deus dos segredos. Nicinnai, deusa das máscaras. Maleus, deus do amanhecer e dos recomeços. Estas duas muitas vezes são contadas como uma só — disse Everlayne, gesticulando para duas lindas deusas que estavam de braços dados em cima do mesmo pedestal de mármore. — Balmithin. Irmãs gêmeas. Deusas do céu. Diz a lenda que antes eram uma só deusa, mas Balmithin se recusou a buscar abrigo enquanto uma tempestade poderosa assolava a terra. O espírito poderoso dentro da tempestade ficou furioso por ela não ter se acovardado diante dele e, assim, a açoitou com uma ramificação de raios. Sem parar, os raios atingiram Balmithin, mas ela não morreu. Em vez disso, rachou e se dividiu em duas, virando Bal e Mithin. Bal é a deusa do sol, mas, num sentido mais amplo, deusa do dia. Mithin é a deusa da lua, mas, igualmente, preside toda a noite.

Bal. Mithin.

Balea. Min.

Os gêmeos.

Analisando mais de perto o rosto delas, percebi que essas duas mulheres tinham, sim, muita semelhança com rostos que eu vira esculpidos nas paredes do Salão dos Espelhos. Era uma ligação inegável entre este local e meu lar. Uma ligação que me dava uma sensação estranha.

Eu podia ter contado a Everlayne sobre a semelhança entre os nomes dessas duas deusas e os nomes dos sóis que queimavam perpetuamente em Zilvaren, mas, por algum motivo, as palavras ficaram presas no fundo da minha garganta. Eu tinha perguntas demais, e a principal delas era: como os feéricos aqui conheciam Madra? Everlayne falava como se estivesse familiarizada com a rainha da Cidade de Prata. Ela havia dito que Madra era humana com uma certeza inegável. Eu também não fazia ideia do que era uma lua, mas por enquanto deixei tudo isso de lado.

A última estátua estava escondida bem mais para dentro de sua alcova que as outras. Ao contrário delas, tinha sido disposta de forma que as costas dessem para o corredor e o rosto apontasse para a parede. Fiz um gesto de cabeça para o deus de ombros largos e perguntei:

— E ele? É deus do quê?

Everlayne olhou a estátua com desconfiança, aí me deu um sorriso constrangido.

— É Zareth, deus do caos e da mudança.

Ela foi até ele e fez uma mesura, colocando os dedos na testa como fizera com todos os demais, mas, depois, contornou a estátua e pôs a mão no pé dele. Vi que a pedra ali, na bota direita de Zareth, estava mais lisa, como se milhares de mãos tivessem tocado o deus naquele ponto.

— Nós, feéricos, também somos um pouco supersticiosos às vezes — admitiu Everlayne. — Olhar o rosto de Zareth é chamar a atenção dele. E pouquíssima gente gosta do foco de Zareth em si. Nós o respeitamos e reverenciamos, mas todos preferimos que ele esteja prestando atenção ao que os outros estão fazendo, não nós. Tocamos o pé dele para guiá-lo para longe de nós. — Ela deu um tapinha na bota e um passo para trás. — Rezamos para que cada membro do Corcoran retorne um dia a Yvelia. Mas, em segredo, muitos de nós rezam para que Zareth se perca no caminho para casa.

Enquanto Everlayne saía andando de novo, parei às costas do deus alto, analisando-o. Não sei por que fiz isso. Mas pareceu a coisa certa. Estendendo o braço, coloquei a mão na bota da estátua, aí me apressei a seguir.

Fomos em frente, passando por mais portas abertas do que dava para contar. Quartos e escritórios. Salas cheias de mapas. Salas cheias de livros. Salas com bancos e frascos de vidro com líquidos borbulhantes suspensos sobre o fogo. Essas novas visões deviam ter me aterrorizado, mas minha curiosidade venceu o medo.

As pessoas pelas quais passamos também eram interessantes. Montes e montes de feéricos, com roupas e semblantes tão estranhos que eu precisava me lembrar de não ficar encarando. As orelhas subiam pontudas, mas era aí que muitas das semelhanças acabavam. Os cabelos eram um verdadeiro arco-íris, os olhos tinham todas as cores, naturais e não naturais. Alguns eram altos e esbeltos, outros, baixos e atarracados. Os feéricos que ocupavam o palácio sem dúvida eram um pessoal fascinante. Me olhavam com hostilidade aberta, e eu me esforçava para acompanhar os passos largos e graciosos de Everlayne.

O frio era penetrante. Depois de eu pedir mais uma camada, Everlayne me lançara um olhar estranho, mas mesmo assim providenciara um xale de seda. Não que ajudasse muito. O ar frígido entrou nos meus ossos e se acomodou ali, formando gelo nas juntas. Meus dentes batiam alto enquanto nos apressávamos ao nosso destino.

— Pare de fazer drama — disse Everlayne, me dando um olhar sério. — Tem fogo aceso em todas as lareiras. E, mesmo que não tivesse, o palácio é mantido numa temperatura estável e confortável o tempo todo.

— Como?

Não era que eu não acreditasse nela. Mas, bom... eu não acreditava. Ainda conseguia ver minha respiração formando névoa no ar.

— Magia, claro — respondeu Everlayne. — Tem proteções conjuradas por toda Yvelia para manter o frio longe.

Isso fez minha mente entrar em parafuso. Magia. Ela tinha dito com tanta tranquilidade, como se a existência de uma coisa dessas fosse um fato simples, e não algo absolutamente impossível. Mas, pelo jeito, minha definição de impossível precisava ser revisada. Se Everlayne existia, então a magia também podia existir, e eu tinha bastante certeza de que Everlayne era real. Havia uma chance de eu estar alucinando, mas as probabilidades de isso ser verdade caíam a cada momento que ela me guiava pela corte yveliana. As alucinações costumam ter um fim. Esse maldito pesadelo não dava uma trégua.

Finalmente viramos em um corredor à esquerda. Uma longa passarela reta se estendia à nossa frente. No fim da passarela, havia um conjunto enorme de portas de madeira, de seis metros de altura, imponentes e pomposas. Sentinelas armados vestidos para a batalha estavam postados de cada lado. Enquanto íamos em disparada pelo corredor, minúsculos pássaros com penas em cores vivas esvoaçavam e piavam acima, engajados em acrobacias aéreas. Eram deslumbrantes. Em qualquer outra circunstância eu teria parado para observar o impressionante pega-pega deles, mas meu coração tinha começado a bater com força e minhas palmas suavam, minha atenção estava toda na direção daquelas portas sinistras e no que esperava atrás delas.

De perto, os guardas eram ainda mais temíveis do que os que estavam na porta do meu quarto. Everlayne nem deu bola para a presença deles. Seus passos confiantes não desaceleraram ao marchar até a porta. Sem dizer nada, os feéricos assumiram posição de sentido e se moveram juntos, segurando as maçanetas esculpidas e empurrando as portas para abri-las para nós.

— Lady Everlayne De Barra — anunciou uma voz potente ao entrarmos no salão.

Eu não fui anunciada. Como uma cachorrinha correndo nos calcanhares de sua mestra, me apressei a seguir Lady Everlayne e me senti uma completa idiota por ter achado que ela era algum tipo de empregada.

Se eu tinha achado o Salão dos Espelhos grande lá em Zilvaren, então o Grande Salão da corte yveliana era absurdo. O espaço abissal devia ter levado anos para ficar pronto. À esquerda e à direita, havia assentos se estendendo por cinquenta fileiras. Centenas de feéricos estavam sentados ali, observando nossa entrada com um julgamento silencioso nos rostos.

O teto emoldurado a doze metros de altura era adornado com esculturas, e a alvenaria, gravada com figuras e detalhes pequenos demais para eu enxergar. Tapeçarias suntuosas e estandartes bordados caíam das paredes. À frente, uma fogueira queimava num braseiro aos pés de um palanque feito de mais labradorita e *ah!* Ah, *puta merda*! O crânio de uma fera gigante pairava sobre o palanque de labradorita, o osso branqueado e fantasmagórico. As cavidades orbitais tinham quase dois metros de largura. A fronte chifrada saía das sombras como o mastro de um barco de areia. E os dentes. Santos e mártires, os dentes. Eram manchados e terríveis, cada um afiado como lâmina e com pelo menos três metros e meio de comprimento.

— O que *é* isso? — falei, ofegante.

Everlayne respondeu rápido, num sussurro baixo.

— Um dragão. O *último* dragão — disse, de maneira expressiva. — O nome dele era Omnamshacry. Uma lenda entre meu povo.

— Ele devia ter trinta metros de altura! — Joguei a cabeça para trás enquanto nos aproximávamos e, mesmo assim, não conseguia compreender direito o tamanho da fera. — Como ele morreu?

— Depois — sibilou Everlayne.

Eu estava tão hipnotizada pelo puro horror do crânio que mal notei as seis cadeiras elegantes posicionadas em cima do palanque até estarmos paradas bem na frente do braseiro aceso.

— Filha — veio uma voz fria e dura.

O rei era um feérico imponente. Seu cabelo era preto-carvão, marcado de branco nas têmporas. Os olhos eram de um castanho profundo, escuro e turvo, afiados e hostis. Embora não fosse de modo algum esguio, claramente não era dado a excessos. Ele estava sentado à nossa frente com toda a pompa e cerimônia, usando uma capa de veludo verde pesada com cabeças de feras escamadas rosnando, feitas de ouro e presas no topo de cada ombro. Uma das mãos descansava no braço de seu trono ornamentado. A outra, enfiada numa luva de couro, agarrava o cabo de uma espada, cuja ponta estava fincada no chão a seus pés. Era a espada. A que eu tinha puxado no Salão dos Espelhos. O metal reluzia, refletindo o fogo, enquanto o rei girava a lâmina distraído.

Everlayne parou numa mesura baixa diante do rei. Seu pai.

— Vossa Alteza.

Os olhos enevoados de Belikon caíram em mim com a força de uma marreta. Me esforcei para não desviar os meus, mas a intensidade de seu olhar era uma arma difícil de suportar. Um feérico sentado à esquerda dele falou, com a voz rouca:

— Você não se curva diante de um rei, Criatura?

Ele era emaciado. Tinha uma aparência doentia, com a pele pálida e fina como pergaminho. Uma rede de veias azuis serpenteava em suas bochechas como chicotes de raios bifurcados. Olhos da cor de estanho embotado me avaliavam, fervilhando de desgosto. Ao contrário do rei, a roupa dele era simples: um robe preto liso que ficava enorme no seu corpo magro.

— Ele não é meu rei — respondi, com amargor.

Everlayne se encolheu, mas foi uma reação passageira.

— Perdoe-a, majestade. Sua convidada está cansada e ainda não se acostumou aos novos arredores.

Ah, pode acreditar que eu não estava acostumada aos meus novos arredores. Ia precisar de um milagre de todos os deuses que Everlayne acabara de me apresentar para me aclimatar a isto tudo, e, pelo jeito que ela falava deles, os deuses de Everlayne não estavam mais por aqui.

— Ignorância não é desculpa para desrespeito — cuspiu o feérico.

— Silêncio, Orious — estrondou o rei Belikon. — Faz muito tempo que não experimento tal desacato. É revigorante. Vou tolerar até que fique cansativo. Um passo à frente, garota.

Apenas três de seis cadeiras no palanque estavam ocupadas. Uma mulher velhíssima com um grosso cabelo branco e mãos retorcidas, vestida de branco, me observava com olhos que pareciam poços gêmeos enquanto eu levantava o queixo, insolente, e fazia o que o rei mandava.

— Você está diante de mim como convidada desta corte, garota. Assim, tem direito a certa leniência política — falou Belikon. — Quando sair desta sala do trono, não vai mais ser minha convidada. Será minha súdita e, portanto, já não vai mais se beneficiar da clemência.

Abri a boca, pronta para discutir com essa declaração, mas um chute rápido de Everlayne na minha canela me alertou para segurar a língua.

— Há regras neste reino. Regras que serão obedecidas. Você está prestes a passar muito tempo nas bibliotecas, aprendendo nossos costumes. Qualquer infração proposital de nossas leis será resolvida com agilidade. Agora... Você foi trazida aqui para completar uma tarefa específica. Vai completar essa tarefa de forma rápida e eficiente...

Eu não conseguia mais segurar a língua.

— Desculpe, mas... como assim, *tarefa*? Do que está falando?

Subiu um clamor entre os feéricos sentados na galeria. Eu não precisava que me dissessem que interromper um rei era motivo de execução, mas a pergunta saiu antes de eu conseguir impedir. E, enfim, se ele quisesse me decapitar, que assim fosse. Eu já tinha sido destruída por Harron. Chegara a um triz de morrer e, sim, foi péssimo, mas eu não tinha mais medo da morte. Estava com raiva e queria respostas.

O rei inclinou a cabeça um centímetro para a esquerda, me encarando com a intriga cruel de um caçador analisando sua caça.

— Do que estou falando? — repetiu ele.

Ao meu lado, Everlayne sussurrava. Será que estava mesmo rezando? Levantei o queixo e falei, com uma voz forte e clara:

— Ninguém disse nada sobre tarefa nenhuma. Eu fui carregada até aqui contra minha vontade...

— Se você tivesse sido largada onde foi encontrada, isso teria custado sua vida. — A voz de Belikon ecoava tão alto no salão que as próprias paredes pareciam tremer. — Preferiria ter sido abandonada lá para perecer?

— Eu preciso voltar para Zilvaren. Meu irmão...

— Já está morto. — A certeza nas palavras de Belikon fez minha cabeça girar. — A Rainha Meretriz pôs um fim ao seu lar e a todos que lá residem.

— Você não tem como saber disso.

O rei retorceu a boca, com amargura.

— Ela declarou que ia fazer isso. Pelo menos é o que me disseram. Nós conhecemos sua rainha. Uma déspota com fome de poder e um coração sombrio e murcho. O credo dela é a violência. Se ela jurou matá-los, todos que você conheceu já se foram há muito tempo, junto a outros milhares. Você, por outro lado, continua viva e, até onde compreendo, tem uma dívida de gratidão com o povo feérico de Yvelia. Sua tarefa garantirá o pagamento desta dívida. Acabo de descobrir os detalhes de como você veio parar aqui. O indivíduo que a trouxe à minha corte... — Belikon passou a língua pelos dentes como se tentasse varrer um gosto ruim. — ... contou aos meus guardas que foi você que reabriu o portal. Parece altamente improvável uma humana ter despertado o mercúrio. — Ele soltou um resmungo de desagrado. — Mas, depois de uma espera de mil anos, não podemos descartar isso como heresia sem verificar os fatos. Acredite quando digo que estamos todos rezando para uma posição tão sagrada não ter sido incumbida a alguém de sangue tão profano. — Ele respirou fundo. — Mas o destino é uma coisa estranha. E, de uma forma ou de outra, vou restaurar os portais.

— Eu...

O rei levantou a espada na mão e a abaixou agilmente. A ponta da arma bateu no palanque e uma chuva de faíscas azuis vivas explodiu no ar.

— Você não vai me interromper pela segunda vez! — rugiu ele. Em um piscar de olhos, sua expressão tinha passado de consternação a fúria amarga. — Sua missão é despertar o mercúrio e reabrir os caminhos entre este mundo e os outros. Sua cooperação nessa tarefa ditará como você passará seu tempo em Yvelia. Caso se rebele contra seu propósito, a vida entre as paredes deste palácio se tornará infinitamente mais desconfortável para você. Está decidido.

Esperei que ele *me* desse permissão para falar; havia uma litania de objeções e palavrões da melhor qualidade queimando a ponta da minha língua, mas Belikon não me concedeu tal cortesia. Com um gesto entediado de pulso, ele me dispensou, como se eu não fosse mais de seu interesse. A ira abriu um buraco no meu estômago. Recusando-me a ser dispensada com tanta grosseria, mantive minha posição. Finquei os pés no chão, mas Everlayne segurou o meu antebraço e me empurrou para a direita. Aparentemente, minha audiência com o rei chegara ao fim.

— Vai. — Everlayne me empurrou com mais força, me obrigando a me mexer.

Obedeci, entorpecida, deixando que ela me levasse para longe do palanque, na direção do banco desocupado na frente da galeria, à nossa esquerda. Depois que me sentei, ela sibilou:

— Sua vida realmente vale tão pouco para você?

— Se Hayden estiver mesmo morto... sim — sussurrei. — Não vale nada.

Everlayne me observou com olhos pensativos, mas não olhei para ela. Meu foco estava no desgraçado no palanque. O rei já parecia ter me esquecido. Suas feições cruéis tinham voltado a ficar impassíveis.

— Eu tenho outras questões para resolver — anunciou ele. — Tragam o cão e vamos terminar logo com isso.

O cão?

Um burburinho se espalhou entre os feéricos reunidos ali. Do outro lado do palanque, um feérico alto com cabelo ruivo cascateante bateu a ponta de um bastão pesado folheado a ouro no chão, e o *Bum! Bum! Bum!* resultante silenciou a multidão. As portas no fim do salão do trono rangeram alto, e o caos irrompeu com a entrada de um grupo de guerreiros vestidos em armaduras completas. Havia uns seis ou sete. Entre eles, debatendo-se como um animal raivoso, um sujeito era arrastado da passarela até o palanque.

O indivíduo chutava e bramia. Os guardas faziam o possível para segurá-lo, mas, apesar de seus esforços, ele derrubou dois, fazendo-os caírem no chão. No fim, os guardas conseguiram arrastar a figura que lutava até a frente do salão, onde o forçaram a se ajoelhar.

Ondas escuras caíam sobre o rosto do feérico.

Vestido todo de preto, seus ombros estavam erguidos a ponto de tocarem as orelhas pontudas. Seu peito subia e descia com a força da respiração. Tatuagens se contorciam e se alternavam em cada centímetro de pele visível, subindo pela nuca e fazendo espirais no dorso das mãos.

Era Morte.

Num estado tão selvagem, ele tinha pouca semelhança com o ser que me pegara no chão do Salão dos Espelhos. Foi só quando jogou a cabeça para trás, mostrando os dentes, que me permiti acreditar que era ele.

Ao meu lado, Everlayne arquejou profundamente, deslizando para a ponta do assento.

— Merda.

Quando o restante da multidão viu bem o rosto do indivíduo, também começou a praguejar.

— Maldição viva.

— Ruína de Gillethrye.

— Cavaleiro Sombrio.

— Kingfisher.

— Kingfisher.

— Kingfisher.

O nome Kingfisher ecoou pelo salão, falado com uma mescla de reverência e medo.

— Ele está vivo!

— Ele voltou!

Ao meu lado, os olhos de Everlayne perfuravam esse Kingfisher, que rangia os dentes e rosnava, se debatendo contra os guardas.

— É pior — cochichou ela. — Muito pior.

— O que há de errado com ele? — sussurrei.

Everlayne não disse nada. Ficou olhando o sujeito de joelhos na frente de Belikon, levando os dedos trêmulos aos lábios.

— Observem! — Belikon se levantou.

Caminhando na direção de Kingfisher, foi arrastando a arma atrás em vez de embainhá-la, e a ponta da lâmina criou um rastro de faíscas voadoras. Desta vez, quando o metal arranhou a pedra, um grito terrível em multicamadas foi aceso em minha cabeça. Era ensurdecedor. Fazia meu estômago se revirar e a bile borbulhar no fundo da garganta. Tapei as orelhas com as mãos, tentando bloquear o som, mas o registro nauseante se intensificou quando Belikon se aproximou com a arma.

— Este... Este é o preço da insensatez! — ribombou Belikon. — Loucura. Loucura e morte!

Kingfisher se lançou à frente, tentando se libertar, desesperado para chegar ao rei, mas os guardas revidaram e o prenderam ao chão. Um deles colocou um joelho em sua nuca, mas Kingfisher deu um coice, tentando se libertar de seus captores. O rei Belikon fez um muxoxo e balançou a cabeça com desdém.

Abrindo bem os braços num gesto teatral, ele gritou:

— A escória de Yvelia! Aquele que espreita nos pesadelos de seus filhos. Aquele que, num impulso, incendiou uma cidade. Aquele que cortaria sua garganta só de olhar para você. Essa criatura patética agora parece uma figura tão imponente assim?

Um estrondo percorreu o salão, mas era impossível decifrar qual era o verdadeiro consenso entre os feéricos. Os que achavam que Kingfisher era um monstro aterrorizante se atropelavam para colocar distância entre ele e suas famílias. Outros tinham expressões duras, inflexíveis e se olhavam com o maxilar cerrado e as narinas dilatadas, obviamente sem gostar nem um pouco do espetáculo.

— O exílio dele não chegou ao fim, mas ele voltou mesmo assim. Só se passou pouco mais de um século desde Gillethrye. Nossas perdas doem menos. A dor arde com um pouco menos de força. Mas isso quer dizer que devemos perdoá-lo?

Um rugido se fez ouvir ao nosso redor, a muralha de som batendo em meus tímpanos era tão alta que parecia que eles iam estourar.

— Misericórdia!

— Mate-o!

— Expulse-o!

— Proteja Yvelia da escória!

— Kingfisher!

— Kingfisher!

— Kingfisher!

— Mande-o para o túmulo!

Everlayne irradiava ansiedade ao analisar os súditos do pai por cima do ombro. Tremendo, abria e fechava as mãos, torcendo-as, agitada.

— O rei vai matá-lo — sussurrou ela. — Vai fazer todo mundo entrar em frenesi até exigirem a morte dele.

Ela pareceu considerar por um momento, virando-se para olhar para o palanque — não para Belikon, que pairava sobre Kingfisher, mas para a velha sentada com as mãos retorcidas e os olhos brancos como leite.

— Malwae.

Ela falou o nome só um tom mais alto que um sussurro, mas a velha lentamente desviou sua atenção de Belikon, que gesticulava grosseiramente por cima de Kingfisher para a linda feérica ao meu lado.

— Faça alguma coisa. Por favor! — implorou.

Malwae ficou rígida na cadeira. Endireitando-se um pouco, lançou a Everlayne um olhar que parecia dizer: "*O que você espera que eu faça?*" Everlayne choramingou, soltando um grito alarmado ainda mais alto quando o rei Belikon levantou a arma que havia arrastado até Kingfisher e segurou-a sobre o torso do indivíduo de cabelos escuros.

— O que dizem, feéricos de Yvelia? Devemos esfaquear este maldito pelas costas, assim como ele apunhalou as nossas?

— Misericórdia! Por favor! Misericórdia!

— Acabe com ele!

— Proteja Yvelia!

Pelo jeito, esse tal de Kingfisher tinha matado muita gente. O rei fazia parecer que fora por capricho, por pirraça. Se fosse verdade, dava para dizer que ele merecia ser punido. Mas o espetáculo todo parecia estranho. O comportamento de Belikon era espalhafatoso e pomposo demais, e a reação de Everlayne estava me afetando também. Eu mal a conhecia, mas ela parecia, bem... boa. Será que estaria assim tão preocupada se o pai estivesse ameaçando executar um assassino de coração gelado? Será que não estaria exigindo justiça com o resto da turba?

Meu nervosismo acabou me vencendo.

— O rei não vai matá-lo de verdade, vai?

A pergunta caiu em ouvidos moucos. Olhando o palanque, Everlayne focava a mulher de cabelos brancos, seus olhos a queimando ferozmente.

— Malwae, agora! Se você já teve algum amor pela minha mãe, faça algo para salvá-lo — sibilou ela.

Uma expressão de resignação tomou as feições enrugadas de Malwae. Ela resmungou ao ficar de pé, relutante. Os gritos da multidão ficaram frenéticos, e o rei Belikon viu de soslaio a aproximação da anciã corcunda.

— O que é isso? Apoio para o traidor? — Belikon riu com frieza. — Sente-se, Malwae. Descanse seus velhos ossos. Vamos terminar aqui logo, logo, e você poderá voltar à sua vidência.

— Ah, bem que eu gostaria, Vossa Majestade — falou Malwae, rouca. — Mas a espada me chama. Eu sinto. Os últimos vestígios do poder da arma ecoam com uma profecia. Estou quase surda com essa porcaria zumbindo nos meus ouvidos.

— Uma profecia?

— A espada ainda tem algum poder?

Perguntas surgiram ao nosso redor, perguntas demais para contar. Os feéricos sentados nos bancos pareciam perturbados pela declaração da anciã.

— Para escutar a profecia por completo, preciso segurar a espada, Alteza — disse Malwae, e estendeu a mão, esperando.

— O Oráculo vê! — gritou uma jovem feérica algumas fileiras atrás. — Uma bênção! É uma bênção!

Belikon avaliou a multidão, estreitando os olhos obscuros. E virando-se para Malwae, falou:

— Uma audiência em particular, é melhor. As profecias de um Oráculo só devem ser decifradas por um rei. Mas fique tranquila, você poderá segurar a espada quando meu trabalho aqui terminar.

Malwae estendeu a mão e a fechou no punho de Belikon. Em um segundo, seus olhos enevoados ficaram de um branco brilhante, com a luz se derramando deles e iluminando o palanque.

— Os deuses devem ser obedecidos! — A voz dela há um momento era rouca, mas agora estava cheia de trovão e julgamento, suas palavras ribombaram em todo o grande salão. — Os deuses devem ser obedecidos, sob pena da queda da Casa De Barra!

Belikon abriu a boca, mas, antes que pudesse falar, Malwae agarrou a espada e fechou a mão ossuda na extremidade. Um rio de sangue — azul-vivo — escorreu pelo aço.

Um silêncio chocado caiu sobre a multidão. Só o feérico de preto, Kingfisher, o quebrava. Ele rugia e arranhava o chão, ainda tentando se libertar.

— Este Kingfisher não morre por sua mão. Não hoje — entoou Malwae, num timbre monótono. — O Kingfisher não deve morrer por sua mão.

— Que diabos está acontecendo? — sussurrei.

— Espera. — Everlayne agarrou minha mão. — Só... espera.

— O que um rei que ama seu povo deve fazer, então? — berrou Belikon. — Permitir que criminosos ensandecidos caminhem entre eles?

A luz que vazava dos olhos de Malwae diminuiu e então brilhou de novo.

— Devolva aquilo que pegou dele — entoou ela.

— A espada é minha...

— O pingente — interrompeu Malwae. — Deve ser devolvido.

— Aquele pingente contém magia poderosa. O lugar dele não é no pescoço de um cão traidor. Ele pertence a mim. Vai nevar no submundo antes de eu devolvê-lo a esse... esse...

— Os deuses devem ser obedecidos, sob pena da queda da Casa De Barra! — gritou Malwae. — Os deuses devem ser obedecidos, sob pena da queda do Palácio de Inverno!

O rei se esforçou para dominar sua óbvia ira.

— E quem sou eu para discutir com os deuses? — Ele sorriu para Malwae, com um rápido lampejo de dentes brancos brilhantes, afiados como adagas, antes de voltar, pesaroso, para a multidão. Os feéricos da galeria estavam de pé, discutindo uns com os outros sobre o destino de Kingfisher. — Paz. Paz, meus amigos. Malwae me lembrou que questões como estas devem ser resolvidas corretamente. A Desgraça terá sua sanidade concedida, por um tempo.

— Prenda-o! — gritou uma mulher, com a voz marcada por histeria.

— Deixe-o nas masmorras!

— Liberte-o!

— MANDE-O DE VOLTA AO FRONT! — ecoou uma voz grave. — Faça-o lutar! Faça-o terminar o que começou!

De parede a parede, do chão ao teto elevado, a voz estrondosa exigiu silêncio dos demais feéricos, que cessaram os gritos.

Eu estivera olhando o ser preso ao chão, observando-o se debater. Arranquei meu olhar dele, olhando por cima do ombro, tentando localizar o dono da exigência que repicava. Everlayne fez o mesmo; eu via a pulsação dela palpitando frenética no vão da garganta.

Belikon exibiu um sorriso contido ao também procurar a fonte da interrupção entre seus súditos.

— Não seria aconselhável soltar uma ameaça perigosa num campo de guerra. Apresente-se e defenda sua sugestão. Explique-se.

Uma onda de choque vibrou pela caverna. Malwae e Everlayne trocaram um olhar cauteloso, mas ambas seguraram as línguas enquanto os feéricos abriam caminho e o enorme macho que visitara meu quarto mais cedo se apresentava.

Com mais de dois metros de altura e um monte de tatuagens, Renfis emergiu da multidão, revelando-se. Seu cabelo castanho-claro caía abaixo dos ombros. Desde que eu o vira pela última vez, ele tinha conseguido um olho roxo e um lábio cortado. Também tinha passado a mancar de leve, o que me levava a crer que as últimas horas dele não tinham sido divertidas. Sussurros seguiram sua passagem em direção a Belikon e ao contido Kingfisher.

— General Renfis? — Belikon olhou ao redor, franzindo o cenho como se estivesse confuso. — Você deveria estar no front. Eu não lhe dei a missão de vencer minha guerra? E aqui está você, entrando em meu palácio? E armado até os dentes, ainda por cima? Preciso dizer, isto é muito confuso.

Deuses, esse babaca amava dar showzinho.

— Sim, Vossa Majestade — respondeu Renfis. — Eu estava no front, mas, quando ouvi falar que ele tinha retornado, vim para cá imediatamente.

Ele.

Kingfisher.

Nem o general falava o nome dele.

— Contra minhas ordens, então? — O novo sorriso de Belikon tinha uma pontada perigosa.

— Eu estava seguindo diretamente suas ordens, Alteza.

— Ah? Não me lembro de mandar que abandonasse seu posto.

Enquanto outros fugiam da ira de Belikon, o general estava estoico, com as mãos descansando tranquilamente ao lado do corpo.

— A situação em Cahlish é grave. Nossos homens estão morrendo aos montes todos os dias. As feras que patrulham as fronteiras inimigas exploram mais longe, tomando nossas sentinelas e postos avançados. As rotas de suprimento estão fechadas para nós. Estamos sobrevivendo do que conseguimos caçar e coletar. Em seis meses, a guerra terá acabado, e Yvelia se encontrará do lado errado da vitória. Então, sim, Vossa Majestade. Estou fazendo o que me ordenou. Vossa Majestade me mandou vencer a guerra por qualquer meio necessário, então, vim pegar a única ferramenta que devolverá nossa vantagem. Vim em busca dele.

Belikon soltou uma gargalhada de choque que pareceu um latido. Apontou para o corpo espasmódico de Kingfisher.

— Isto? Você veio em busca *disto*? Está me dizendo que esse cão traidor, mentiroso e voraz é a única coisa entre nós e a completa aniquilação? Você está tão insano quanto ele, general.

Risadas espalhadas e nervosas irromperam entre os feéricos. De novo, o general Renfis manteve a compostura.

— Como Malwae deixou implícito, Vossa Majestade, ele só precisa do pingente e vai ficar bem. De todo modo, preferiria que ele lutasse por nós, ainda que um pouco desalinhado e imprevisível, do que não lutasse.

— Se as coisas estão ruins como você diz, ele vai ser morto em questão de dias — disse Belikon, com desdém.

— Provavelmente, Majestade. Mas, com todo o respeito, essa probabilidade não lhe pouparia o esforço de um julgamento pelo que ocorreu em Gillethrye?

O rei hesitou, prestes a falar alguma coisa, mas aí reconsiderou. Apesar de toda a pompa e circunstância, ele não era um ator muito bom.

— Agora que você mencionou, sim. Talvez você tenha razão, Renfis. Pode ser que uma volta ao front seja uma punição justa. Por que ele não deveria auxiliar nos esforços de guerra?

Há meros segundos, Belikon estava se preparando para castigar Renfis por aparecer no Palácio de Inverno, mas o sorriso beatífico que agora mostrava a ele lembrava algo como perdão.

— Uma semana, então — anunciou Belikon, decidindo-se. — Pode levá-lo de volta com você daqui a uma semana. Como ele sabe tanto sobre o mercúrio, vai ficar aqui e ajudar Rusarius a lidar com a garota primeiro. No segundo em que ela conseguir despertar o lago sozinha, Kingfisher vai mais uma vez ser banido desta corte.

Renfis se dobrou numa mesura profunda. Seu alívio era palpável.

O rei deslizou a mão para dentro das vestes bordadas e tirou o mesmíssimo pingente que Kingfisher tinha amarrado em meu pescoço lá em Zilvaren. Nem olhou para o sujeito ao jogar o objeto aos pés de Renfis.

— Remova-o da minha frente, general. Antes que minha natureza benevolente tire uma folga.

Renfis se abaixou para pegar o pingente; a corrente brilhante de prata parecia frágil em suas mãos enormes. Ele fez uma careta enquanto a carregava às pressas até Kingfisher, rosnando para os guardas que ainda lutavam para segurá-lo. Os homens de Belikon pareceram aliviados de soltar seu prisioneiro. Kingfisher fez menção de morder Renfis, com um rugido animalesco crescendo no fundo da garganta. Parecia que ia atacar, mas, por trás da loucura que espreitava em seus olhos verdes reluzentes, houve um levíssimo lampejo de reconhecimento.

— Por favor. Por favor. Deuses, só... — sussurrou Everlayne.

Ela mordeu o lábio inferior, com os olhos fixos nos dois feéricos aos pés do palanque. Eu não tinha ideia de pelo que Everlayne implorava, mas a feérica estava tensa como uma mola, pronta para se levantar num salto. Uma respiração irregular escapou dela quando Kingfisher se acalmou e abaixou a cabeça, com a auréola de cabelo escuro escondendo o rosto.

Renfis agiu rápido, pendurando a corrente em seu pescoço. Ele a prendeu depressa e deu um passo atrás, esperando. Levou um momento, mas... sim. Ali estava. De quatro, Kingfisher começou a tremer. Só um pouco de início, mas logo seu corpo todo estremecia. Renfis estava lá para ampará-lo quando seus braços cederam.

— Você tem cinco segundos — alertou Belikon.

— Vai, vai, vai — pediu Everlayne, baixinho.

Renfis agarrou Kingfisher e o colocou de pé. Jogou o braço do macho desgrenhado por cima de seu próprio ombro e começou a caminhar. A cabeça de Kingfisher pendia um pouco, mas ele não resistiu. Com ajuda de Renfis, conseguiu colocar um pé na frente do outro até chegarem às portas no fim do salão.

Everlayne observou de olhos arregalados quando os dois pararam ali. Cobriu a boca com as mãos, devorada pela ansiedade.

— Vai! — sibilou nas palmas das mãos.

Renfis falou com Kingfisher, levando a boca mais perto da orelha dele, e, pela primeira vez, Kingfisher pareceu entender onde estava. Ele sacudiu a cabeça e lentamente se virou para olhar, por cima do ombro, a corte reunida.

Tudo estava imóvel.

Tudo estava em silêncio.

Meu coração bateu na garganta quando vi o olhar de Kingfisher.

Deuses, ele parecia tão jovem. Bem mais jovem do que parecera no Salão dos Espelhos, quando aparentava ser feito de sombra e fumaça.

Sua expressão assombrada prometia dor, sangue e morte.

E ele olhava diretamente para o rei. Ou talvez o que suscitasse seu ódio fosse o crânio do dragão morto. Não dava para saber.

— Vamos. Precisamos dar o fora daqui. — Everlayne me agarrou pelo punho e me puxou do banco. Um segundo depois, estávamos paradas na frente do palanque e ela me empurrava para fazer uma mesura baixa ao seu lado. — Pedimos sua licença, Vossa Majestade — disse, em voz alta. — Saeris quer começar a trabalhar.

A única coisa que eu queria era fugir, mas fiquei de boca calada. Quanto antes saíssemos deste salão, melhor.

— Podem se retirar — concedeu Belikon. Quando estávamos a meio caminho das portas, o rei a chamou de novo. — Fique de olho nela, Everlayne. Ela agora é sua responsabilidade.

O ritmo dos passos de Everlayne não vacilou. Ela saiu apressada da sala do trono, me arrastando logo atrás. Encontramos Renfis no corredor além das portas, com o rosto cinzento. A menos de dois metros, Kingfisher estava parado com as mãos apoiadas na parede, dobrado à frente e cuspindo no chão. Havia uma poça de vômito a seus pés.

Everlayne olhou nos olhos de Renfis.

— Você perdeu o maldito juízo de vez!

— O que eu devia ter feito? Ele ia ser enforcado, porra.

— Você devia ter levado o pingente de volta e tirado ele daqui horas atrás!

O hematoma sob o olho direito de Renfis escurecia diante de nossos olhos. O corte em seu lábio tinha começado a sangrar. Ele gesticulou incisivamente para os próprios ferimentos.

— Oito daqueles desgraçados me atacaram antes de eu entrar na cela dele. Devem ter me seguido. Eles me derrubaram, Layne. Quando eu recuperei a consciência...

— Tá, tudo bem. Tudo bem. Agora já foi. Não tem volta. Vamos só ter que lidar com as consequências...

— *Parem com essa briguinha.*

Essas quatro palavras fizeram subir uma onda de energia pela minha espinha. A voz de Kingfisher estava rouca e dolorida, mas também elétrica. Fez cada pelo do meu corpo se arrepiar, atento.

Renfis e Everlayne se viraram para ele, o primeiro abaixando a cabeça, a segunda, à beira das lágrimas.

— Você passou pelo lago? De todas as coisas estúpidas, idiotas, irresponsáveis que podia ter feito... — A voz de Everlayne falhou enquanto ela falava.

Kingfisher passou a mão pelo rosto, aí jogou o cabelo para trás, longe dos olhos. O Salão dos Espelhos estava escuro quando tudo aconteceu, para não mencionar o fato de que eu estava sangrando até a morte na ocasião. E ele havia se debatido tanto que eu não conseguira discernir muito dele lá na sala do trono. Agora, o via direito pela primeira vez, e uma onda de choque me tomou até as raízes da alma.

O maxilar dele era definido, marcado de barba escura por fazer, as maçãs do rosto eram altas, o nariz, forte e reto como uma flecha. Havia uma pinta escura logo abaixo do olho direito. E... aqueles olhos. Deuses. Olhos não tinham essa cor. Eu nunca vira esse tom de verde antes — um jade tão vivo e vibrante que não parecia real. Tinha notado os filamentos prateados entremeados em sua íris direita lá no Salão dos Espelhos de Madra, mas supusera que os havia imaginado, com aquela história toda de estar tão perto da morte. Mas a prata-viva brilhava ali, definitivamente real, formando um halo reflexivo e metálico em torno do poço preto que era sua pupila. Essa visão fez com que eu me sentisse estranha e desequilibrada.

Kingfisher me lançou o mais breve dos olhares e aí se dirigiu à feérica:

— Olá, Layne.

Everlayne soltou um soluço estrangulado, com lágrimas correndo pelas bochechas, mas fez cara feia para o guerreiro vestido de preto.

— Não me venha com "olá, Layne" depois de cento e dez anos. Responda à pergunta. Por que diabos você entrou naquele lago?

Ele suspirou, cansado.

— Eu tive dois segundos para decidir. O caminho já estava se fechando. O que devia fazer?

— Você devia ter deixado fechar! — A voz dela soava dura como pedra.

Kingfisher gemeu, aí jogou a cabeça para a frente e cuspiu de novo.

— Deixa para me dar bronca amanhã, por favor. Agora eu preciso de duas coisas. Uísque e uma cama.

Everlayne não parecia inclinada a permitir isso. Ela bufou, cruzando os braços em frente ao peito. Renfis se colocou entre os dois, balançando a cabeça.

— Que tal todos nós descansarmos um pouco? Pela manhã descobriremos o que fazer.

— Podem dormir no meu quarto. Vocês dois — ordenou Everlayne. — Estarão mais seguros lá. Vão agora, antes de ele dispensar a corte toda. Eu já chego.

Eu era invisível. Irrelevante. Nem Renfis, nem Kingfisher me disseram uma palavra antes de darem as costas e irem embora. Kingfisher tropeçava um pouco pelo caminho e afastava a mão de Renfis quando o feérico tentava ajudar.

— Vamos. Precisamos levar você de volta para o seu quarto também.

Everlayne tentou agarrar meu punho de novo, mas dei um solavanco para trás antes de ela conseguir me pegar.

— Se você quer que eu caminhe para algum lugar, é só me pedir para ir junto — falei, irritada. — Estou de saco cheio de ser arrastada feito um animal na coleira.

— Você não está segura aqui, Saeris.

— Tem razão. Não parece que estou mesmo. Não acha que devia ter me dito que seu povo está em guerra?

Ela franziu a testa.

— Eu não mencionei?

— Não!

— Ah, bom. Estamos em guerra com Sanasroth há mais tempo do que eu tenho de vida. Devo ter esquecido — disse ela, impaciente. — Pode, por favor, voltar aos seus aposentos comigo, Saeris? Vou responder a todas as suas perguntas no devido tempo, mas não aqui e não agora.

Elroy sempre disse que eu era teimosa de dar nos nervos. Queria fincar os pés e me recusar a me mover um centímetro, mas tinha a sensação de que me arrependeria. E a promessa de respostas era tentadora. Eu tinha mais perguntas do que conseguia contar, tantas que minha cabeça parecia prestes a explodir, e ninguém mais parecia disposto a entregar nenhuma informação sobre a encrenca em que eu tinha me metido.

Saí andando com uma carranca.

Everlayne me deu um sorriso de gratidão.

— Tem uma coisa que posso te falar agora — disse ela, passando à minha frente para mostrar o caminho. — Mesmo em tempos de paz, feéricos sempre estão em guerra. Alguns de nós podem fingir ser seus amigos, mas muitas vezes estão escondendo facas atrás dos sorrisos, prontos para enfiá-las em suas costas. Seria bom você se lembrar disso.

Correndo atrás de Everlayne para acompanhar seu ritmo, não consegui deixar de me perguntar se ela estava entre eles.

8

ALQUIMISTA

A MANHÃ trouxe consigo uma série de revelações. Estava escuro quando Everlayne veio me buscar, o que não era incomum. Até a mais pobre das casas de Zilvaren fechava as cortinas blecaute quando era hora de dormir. Mas, enquanto Everlayne me enfiava em mais um vestido pomposo, percebi que não tinha cortina alguma no meu quarto. O *mundo* é que estava escuro do lado de fora.

— Então os sóis estão sempre no céu? E tem dois deles? — perguntou Everlayne, puxando meu corpete com tanta força que chiei com falta de ar.

— Sim.

— Bom, aqui as coisas são um pouquinho diferentes.

Precisei de um esforço monumental para compreender *quanto*. Yvelia só tinha um sol. E ele se punha à noite, desaparecendo na borda do horizonte. Essa perspectiva me fez sentir que estava alucinando outra vez — uma preocupação que se intensificou quando, a caminho da biblioteca, a cena do outro lado das janelas do palácio começou a clarear, e vi o que estava lá fora.

— Como assim, você nunca viu neve? — disse Everlayne, rindo.

Parei na frente da janela gigante do corredor, com a língua colada ao céu da boca, perplexa. A vista para lá da vidraça não era real. Não podia ser. Tinha montanhas a distância, monstruosidades enormes com picos irregulares que me deixavam de perna bamba só de olhar. E havia árvores. Muitas árvores.

Eu só vira aquelas de galhos e troncos magrelos com folhas amareladas que ladeavam as passarelas do Núcleo. Essas árvores eram altas e verdes, bem juntas umas das outras para formar uma copa que se estendia até onde o olho conseguia ver. Diretamente abaixo da janela, uma cidade extensa com prédios feitos de pedra escura descia na direção de uma fita azul-acinzentada brilhante que só percebi que era um rio quando vi que a superfície ondulava.

Tudo estava coberto por uma grossa camada branca. Tudo menos o rio, que tinha tanta água correndo, fluindo e se agitando. Fiquei encarando-o, sem conseguir entender como um corpo d'água tão grande podia existir.

— Este é o Palácio de *Inverno* — me lembrou Everlayne, tentando me arrancar da janela. — Neva o ano inteiro aqui. Pelo menos uma vez por dia. Vem, vamos nos atrasar.

Andei pelo palácio como num sonho. Suas cores eram vivas de uma forma extravagante, as visões e os sons daquele lugar, surreais demais para pôr em palavras.

Yvelia.

Ainda não tinha caído minha ficha. Para qualquer lugar que eu olhasse, lindas feéricas me encaravam com um desdém frio. Os feéricos me viam passar com esgares na boca e ódio brilhando no olhar. Eu *não* era bem-vinda ali, isso era óbvio, e mesmo assim precisavam de mim para alguma coisa. Eu deveria repetir o que quer que tivesse feito no Salão dos Espelhos com aquele lago prateado. Enquanto estivesse tentando descobrir como fazer aquilo, desfrutaria da proteção do rei. Mas proteção não significava gentileza e certamente não significava respeito.

A biblioteca ficava na outra ponta do palácio, subindo um lance de escadas que parecia que jamais terminaria. Eu estava ofegante e suando quando chegamos, apesar de a temperatura parecer cair drasticamente quanto mais subíamos. Por um enorme par de portas pretas esculpidas, abria-se um espaço gigante com teto de catedral e vitrais de seis metros de altura que teriam feito Elroy chorar.

Antes de morrer, minha mãe trabalhara na biblioteca da Terceira por um tempo. O labirinto subterrâneo de túneis e cavernas ocas lembrava uma tumba e fedia mais que a morte. A quantidade minúscula de livros estava parcialmente consumida pelo mofo, mas pelo menos lá embaixo era fresco. De nove a onze graus mais fresco num dia bom. Os moradores da Terceira tinham que fazer uma petição para visitar o acervo; precisavam de uma ficha *e* uma recomendação do empregador antes de terem permissão para entrar. A posição de minha mãe como atendente significava que ela podia ir e vir como bem entendesse, e esse benefício se estendia a mim. De início, eu não havia dado bola para o acesso irrestrito à biblioteca. Mas, depois de Elroy me aceitar como aprendiz, eu tinha vasculhado todas as informações nela não sobre vidraçaria, como ele achava que eu devia, mas sobre metalurgia. Cheirando a fumaça da forja e coberta de gordura, eu me debruçava sobre os escritos dos velhos mestres de Zilvaren noite adentro, sonhando acordada, pensando em como seria ter acesso a tanto metal.

Em comparação, a biblioteca de Yvelia era estonteante. Tantos livros num só lugar. Pilhas e mais pilhas e mais pilhas. Tão acostumada a ficar agachada à luz de velas, olhando pergaminhos cobertos de bolor e se desfazendo, eu não estava preparada para como a visão de tantos livros encadernados em capa dura me afetaria. Era um baú de tesouros maior que o acúmulo de ouro de Madra. Mais precioso que rubis e diamantes. As informações dentro de um lugar desses eram vastas demais para compreender. E a luz!

Quase dez metros acima de nossas cabeças, um teto com domo de vidro mostrava um céu azul-claro cristalino. Fios de nuvens tingidas de cor-de-rosa se estendiam de um lado do domo ao outro, como se colocados ali pelo pincel de um artista. A luz do amanhecer tinha uma qualidade cortante que lavava as paredes da biblioteca em tons de azul, verde e branco, em vez dos amarelos, laranja e dourados quentes a que eu estava acostumada.

Era lindo.

Muito lindo.

— Você vai ficar tonta olhando assim para o céu — disse uma voz alegre.

Saindo de trás de uma das pilhas mais distantes, apareceu um feérico de robe azul, com cabelo grisalho e ressecado, e de pele marrom-escura. Seus olhos cor de mel dançando de alegria encontraram os meus enquanto ele atravessava o andar principal da biblioteca na nossa direção, segurando um tomo puído junto ao peito e mancando muito levemente. Era velho, embora fosse difícil adivinhar o quanto. Seu cabelo estava rareando no topo da cabeça e parecia não ver escova há um mês.

— Rusarius.

O sorriso de Everlayne brilhou nos olhos. Eu percebia o quanto ela era dissimulada ao interagir com os outros membros da corte. Ela abriu um grande sorriso para o velho feérico, aí deu um gritinho quando ele a levantou num abraço e com um braço só a girou, tirando do chão seus pés calçados em chinelos.

— Me solte, seu bobo. Você vai dar um jeito na coluna de novo! — gritou ela.

— Besteira. — Mas Rusarius a colocou no chão, sim. Ele a segurou a um braço de distância, olhando-a de cima a baixo com um carinho inegável. — Faz muito tempo. Tempo demais. Não sei dizer o quanto fiquei surpreso de ser acordado de madrugada com aqueles canalhas de mãos grossas me arrastando da cama. Imaginei que tinham vindo acabar comigo. Já tinha até furado o traseiro de um deles quando me falaram que eu estava sendo convocado de volta à corte.

Everlayne riu.

— O traseiro? Não é bem um ferimento fatal. Que bom que você foi trazido de volta para seus livros. Pelo que parece, está precisando de umas aulinhas de anatomia.

Rusarius balançou o dedo para ela.

— Se eu quisesse a morte daquele desgraçado, ele já estaria embaixo da terra. Eu só queria castigá-lo pela falta de educação. No futuro, ele vai bater antes de derrubar a porta do quarto de alguém. Agora… — Ele parou de falar, voltando a atenção a mim. — *Esta* é uma reviravolta interessante. Sim, *interessantíssima*. Uma humana, caminhando pelos corredores sagrados do Palácio de Inverno pela primeira vez em uma era. Nunca achei que fosse viver para ver isso. Eu sou Rusarius, bibliotecário, recém-nomeado mestre deste território. Quem é você e que nome usa? Não me contaram muita coisa antes de me mandarem voltar ao trabalho.

Desde que acordara ontem, tinham me encarado, cochichado sobre mim e me tratado como um macaco de circo. Toda essa atenção começava a me irritar um pouco. A curiosidade de Rusarius, porém, não tinha malícia. Um interesse infantil irradiava dele, que circundou uma mesa e parou do outro lado, me analisando com o que parecia uma atenção puramente acadêmica.

Tendo decidido que não me importava com esse tipo de pergunta que vinha dele, fiz uma mesura profunda e exagerei:

— Sou Saeris Fane, aprendiz do mestre vidraceiro da Rainha Imortal. Venho do terceiro raio da abençoada roda da sagrada Cidade de Prata.

Rusarius levantou os cantos da boca enquanto assentia.

— A Cidade de Prata? Zilvaren, então. É isso *mesmo?*

— É verdade — disse Everlayne, baixinho.

A luz nos olhos reluzentes de Rusarius se apagou.

— Mas... o mercúrio despertou? Isso não é... — Ele pareceu ter uma epifania e girou a cabeça de volta para mim. — Ah! Então... Então, ela é alquimista, é?

— Shh! — Everlayne se encolheu. — Ainda não sabemos exatamente o que ela é. Kingfisher sentiu Solaz chamando e respondeu. Ele a encontrou nas mãos de Saeris.

Ele abriu levemente os lábios.

— Ela estava *segurando* Solaz?

— Estava.

— Desculpa interromper, mas o que é uma alquimista? E o que é Solaz?

Eu não estava acostumada a ficar de fora de conversas assim. Não era nada divertido. Só que nenhum dos dois se deu ao trabalho de me responder.

— Então acho que é seguro supor que ela *seja* alquimista, não? — disse Rusarius, levantando as sobrancelhas para Everlayne.

— É... Não! Bom, não é tão simples. Todos os alquimistas eram *feéricos* e...

— Ela deve ter uma gota de sangue feérico — murmurou uma voz grave. — O suficiente para impedir que Solaz queimasse as mãos dela, mas não o suficiente para importar.

O dono daquela voz estava em algum lugar bem para dentro das pilhas de livros. Eu só o ouvira falar brevemente ontem, mas era ele, sim. Kingfisher. Everlayne revirou os olhos e jogou as mãos para o ar.

— Era para você esperar o Ren terminar na casa de banho. Você veio para cá sozinho?

Pelo domo de vidro lá em cima, o céu continuava de um azul forte e fresco, mas a biblioteca pareceu mais escura por algum motivo quando o corpo alto de Kingfisher emergiu do meio das pilhas. Ontem, ele vestia uma blusa preta simples e calça preta. Sem armadura. Sem armas. Hoje, estava vestido da mesma forma de quando foi me buscar no Salão dos Espelhos. Com um protetor de couro que só cobria metade do peito e um ombro, e com uma faixa que se afivelava embaixo do braço direito e ia até em torno das costelas. Escarcelas de couro preto cobriam suas coxas. Guarda-braços cobriam seu antebraço. Um gorjal de renegado de prata polida brilhava em seu pescoço. Seu cabelo estava molhado, a ponta das ondas pretas parecia tinta pingando nas páginas do livro aberto que ele lia.

Horrorizado, Rusarius deu um salto e arrancou o tomo das mãos de Kingfisher.

— Me dê isto aqui! Qual é o seu *problema*? Este livro é uma primeira edição.

Kingfisher olhou Rusarius sem emoção. Pairava acima do bibliotecário, mas isso não parecia importar para o feérico mais velho. Também não devia importar para Kingfisher, porque o guerreiro abaixou a cabeça e mirou brevemente o chão com os olhos misteriosos.

— Peço desculpas, Rusarius. Vou tomar mais cuidado no futuro.

— Cadê o Ren? — quis saber Everlayne.

A expressão de Kingfisher endureceu.

— Imagino que ainda esteja coçando o *saco* — falou, seco.

— Se você está tentando me chocar mencionando partes aleatórias da anatomia masculina, está com pouca sorte — respondeu, irritada, a feérica loira. — Eu já vi o saco de Ren. Já vi o seu também. Eu já vi *tudo* — disse ela, fazendo questão de olhar séria para a virilha de Kingfisher —, então sei exatamente onde mirar o joelho se você continuar a me provocar. Você não parece compreender o nível de perigo que está correndo agora, Fisher.

O enorme feérico olhou para a parte inferior do próprio corpo, aí levantou a cabeça para olhar de novo Everlayne por baixo de sobrancelhas escuras franzidas.

— A quantidade de armadura que eu vesti hoje de manhã indica o contrário — disse ele, com a voz grave profunda e macia como seda.

— Os assassinos de Belikon podem estar em qualquer lugar...

— Me parece que é com *você* que eu devia tomar cuidado, Layne querida. Foi você que acabou de ameaçar chutar meu pau. — Um leve sorriso tremeu no canto da boca de Kingfisher, mas nunca se firmou. Ele estava sério como um túmulo ao dizer: — Nenhum dos homens de Belikon seria idiota a ponto de tentar me atacar entre as paredes desta corte. Não quando estou com uma espada atada às costas e a cabeça no lugar.

Deuses, ele estava *mesmo* com uma espada atada às costas. Eu não tinha notado de imediato. Só o cabo preto elegante estava visível acima do ombro de Kingfisher. Do nada, os olhos dele pousaram em mim — era a primeira vez que ele chegava a reconhecer minha presença — e, de novo, a biblioteca ficou um pouco mais escura. Era *ele* que estava fazendo isso?

— É falta de educação ficar olhando para a parafernália de um macho — disse ele, sério.

Do que ele tinha me chamado lá no Salão dos Espelhos? Patética? Uma maldita piada? Sob o peso de seu olhar, me senti as duas coisas. Mas não tinha força para desviar os olhos. Eu não ia ser intimidada por tipinhos como ele. Era ele o motivo de eu estar em Yvelia, presa aqui contra minha vontade, para começo de conversa. Se ele tivesse só me largado onde me encontrou...

Se ele tivesse te largado onde te encontrou, você estaria morta.

Deuses, até a voz no fundo da minha cabeça estava se virando contra mim. Bom, eu que não ia agradecer. Não quando ele era tão abertamente hostil.

— Fica tranquilo. Eu não estava planejando roubar. Não é muito impressionante. Me parece mais um *palito de dente.*

Everlayne sufocou uma gargalhada com o dorso da mão.

— Ah, ha-ha! Acho que essa deve ter arrancado sangue! — Renfis estava parado na porta da biblioteca, sacudindo o cabelo como um cachorro molhado. Sua blusa estava ensopada. Pelo jeito, ele mal tinha se dado ao trabalho de se secar antes de colocar a roupa. Carregava um monte de peças de armadura de couro embaixo de um dos braços e uma espada embainhada enfiada dentro de um pedaço de tecido preto sob o outro. Apesar de seu sorriso malicioso (cortesia da minha língua afiada, aparentemente), o general estava bem puto; sua irritação queimava nos olhos quando ele soltou o carregamento na longa mesa de recepção com um clangor de metal.

Kingfisher nem prestou atenção a ele. Ainda estava *me* olhando com raiva.

— Esta espada já abateu milhares — disse, fervendo.

— Eu não imaginaria que *isso* fosse coisa de que se gabar — respondi. — Melhor dar uma conferida.

— Rá! — Renfis enfiou o punho na boca, mordendo os nós dos dedos enquanto tentava engolir a risada.

Rusarius olhou cada um de nós, com os olhos quentes cor de mel indo de mim para Kingfisher e para Ren, depois para Everlayne, que tinha ficado carmesim e estava fingindo olhar uma pilha de livros na mesa.

— Não entendo — disse o bibliotecário. — Nimerelle *é* uma espada formidável. Alquimérica. Uma arma muito louvada, lendária entre os antigos. Simplesmente observá-la é uma honra...

— Vamos começar, que tal? — interrompeu Everlayne. — Estamos desperdiçando tempo e temos muita informação para cobrir. Fisher, senta e para de fazer cara feia. Não combina com você. Ren, vai para aquela ponta para garantir que ele fique no lugar. Saeris, você vem sentar aqui.

Ela apontou para a cadeira bem no fim da mesa comprida — a mais distante do assento em que ela mandara Kingfisher se sentar.

Rusarius franziu a testa, ainda confuso, mas aí Everlayne enfiou um livro nas mãos dele e seu rosto se iluminou.

— Ahh, sim, maravilha! *A gênese do amanhecer de Yvelia.* Um dos meus favoritos.

Eu havia me sentado, ainda que só para acabar com a competição de quem pisca primeiro à qual Kingfisher estava silenciosamente me desafiando, mas quase fiquei de pé de novo num salto, em protesto, ao ouvir o título.

— Um livro de *história*?

— Um dos melhores — disse Rusarius, sorrindo. — Mas não só história. Tem vários capítulos sobre etiqueta e política feéricas que acho que vão ser bem úteis nesta situação em particular.

— Eu não estou nem aí para a história yveliana. E também estou cagando para etiqueta.

— Claramente — rebateu Rusarius.

— Sua política e sua corte são problemas de *vocês* — insisti. — Eu quero descobrir como abrir de novo aqueles portais de mercúrio e aí então fazer isso e me mandar daqui. Vocês ficam insistindo que meu irmão e meus amigos estão mortos, não é? — Até falar as palavras em voz alta era difícil. Minha garganta doeu, mas me forcei a continuar. — Se eles *estiverem* mortos, quero ver os corpos deles com meus próprios olhos. Quero enterrar o que sobrou deles. Eles não merecem ficar largados no calor escaldante para serem devorados por ratos e abutres.

A biblioteca ficou em silêncio. Ren ainda não havia se sentado. Rapidamente, começou a vestir a armadura que tinha trazido consigo embaixo do braço, como se fosse precisar dela a qualquer momento.

— Saeris, já faz mais de uma semana. Com certeza é tarde demais para isso — disse Everlayne, com delicadeza. — Por mais difícil que seja, é melhor se você simplesmente aceitar que...

— Você tem irmão, Everlayne? — perguntei.

— Eu... — Ela piscou rápido, afobada. Seus olhos por algum motivo pousaram em Kingfisher, que manteve os dele fixos num ponto do outro lado da biblioteca, com uma expressão estável e equilibrada. — Tenho, sim.

— E você o ama?

— Claro.

— E não ia querer ter certeza, de um jeito ou de outro, se ele está morto ou vivo?

Everlayne ficou imóvel, com as costas eretas, mas era como se uma parte dela murchasse por dentro. Ela baixou os olhos para as mãos unidas no colo e disse, com a voz baixinha:

— Desculpa, Saeris, mas é mais complicado que isso.

— É mesmo? — questionou Kingfisher, abruptamente.

Ele já não estava olhando para o nada. Seus olhos perfuravam Everlayne com tanta intensidade que me vi agradecendo aos deuses por ele não estar me olhando assim.

— Humanos em geral são criaturas fracas e voláteis, mas admito que admiro a lealdade dessa. Ela valoriza a família acima de todo o resto. Isso é importante — continuou.

— *Fisher* — falou Ren.

Me assustei quando Fisher desviou a atenção de Everlayne e voltou-a para mim.

— Eles não vão te falar isso porque querem que você se comporte. Mas tem uma chance de seu povo ainda estar vivo, humana. Uma chance razoável.

Uma faísca de esperança incandescente se acendeu em meu peito.

— Como? O que você sabe?

— Fisher! — gritou Everlayne.

— Deuses da desgraça. — Ren se virou e se afastou da mesa, passando as mãos pelas mechas de cabelo molhado, em frustração.

Só Rusarius continuou calmo.

— Madra usou Solaz para fechar os caminhos há muito tempo, mas, com a espada tendo voltado a nós e uma alquimista em nosso meio, ela sabe que vai ter uma guerra batendo à porta a qualquer momento...

— Ela *não* sabe que temos uma alquimista — argumentou Everlayne.

— O caminho não podia ter sido aberto sem uma — disparou Kingfisher. Sem se deixar abalar, ele me perguntou: — Quantos soldados Madra treina e emprega hoje em dia?

— Não sei. Mil, talvez dois mil.

— Dois mil? — Kingfisher bufou. — Sem um exército novinho na palma das mãos, ela sabe que vai ser varrida por um mar de trinta mil guerreiros feéricos quando Belikon conseguir abrir uma fresta para o mundo dela. Ela mentiu para ele, o enganou. Cortou suas rotas comerciais para outros reinos. Para não mencionar que ainda existem boatos de que o herdeiro de Daianthus está em algum lugar de Zilvaren. O rei *vai* querer uma guerra, e uma guerra sangrenta, ainda por cima. Ele vai usar isso como desculpa para garantir que ninguém na Cidade de Prata possa desafiá-lo pelo trono. Madra não teria incendiado dez por cento de seu povo para se vingar de uma garota tonta. Ela teria alistado essas pessoas.

Alistado?

Kingfisher achava que Madra colocaria uma espada na mão de Hayden em vez de matá-lo? Será que podia ser verdade? Não havia guerra alguma em Zilvaren fazia séculos. O deserto cobrava seu altíssimo dízimo quando uma força armada tentava atravessá-lo. Quando um exército chegava a Zilvaren, tinha a metade do tamanho de quando saíra e estava extremamente desidratado. Nunca conseguiria vencer a rainha sem acesso a uma fonte de água, então, em algum ponto, eles pararam de vir. Madra já não empregava um exército como o de séculos atrás. Não precisava. Mas, se Kingfisher tivesse razão e ela estivesse preocupada com um exército saindo do mercúrio, talvez alistasse pessoas das alas. Embora eu não gostasse da ideia de uma guerra entre este reino e o meu, a possibilidade me dava algum tempo. Era uma esperança tênue, mas era alguma coisa.

— Então só um desses tais alquimistas consegue abrir os caminhos entre Yvelia e Zilvaren, certo? — perguntei.

Everlayne ficou pálida.

— É um processo perigoso, Saeris. E nem sabemos se foi você que ativou o mercúrio da última vez.

— Era ela que estava segurando Solaz — declarou Kingfisher, categoricamente. — Não tinha mais ninguém naquele salão. Harron não despertou o mercúrio, e *eu* com certeza também não. Se *fosse* capaz de ativá-lo, teria aniquilado aquela cidade há muito, muito tempo.

Ele falou isso sem qualquer emoção. Era só um fato. Ele extinguiria um milhão de vidas num piscar de olhos, assim, sem mais nem menos. Eu agora via. Ele não sentiria absolutamente nada.

— Você não devia ter dado o pingente a ela quando fez a travessia — sussurrou Everlayne.

Kingfisher levantou a mão esquerda, que estava fechada em punho.

— Eu ainda tinha o anel.

E, de fato, um anel simples de prata brilhava em seu dedo médio, refletindo a luz.

Everlayne balançou a cabeça, e os seus olhos estavam cheios de lágrimas não derramadas.

— Não foi suficiente. Você absorveu mais, não foi?

Kingfisher desviou o olhar para o céu e a massa de nuvens grossas que se reunia lá em cima.

— E que importância tem? Eu peguei a espada. Peguei até uma mascote nova para você. Uma mascote capaz de fazer truques de mágica bacanudos que vão melhorar a vida de todos nós. Então vamos logo com isso, pode ser?

Eu não conseguia parar de olhar para a placa prateada que ele usava no pescoço. Era lindamente gravada com linhas elaboradas, mas o que chamou minha atenção foi a cabeça de lobo rosnando no centro. A insígnia era feroz e chamativa. Prudente ele ter usado para vir à biblioteca nesta manhã, já que Everlayne parecia querer cortar sua garganta.

— Nós vamos consertar isso — murmurou ela, baixinho.

A prata-viva no olho de Kingfisher pareceu brilhar com a promessa.

— Mas não tem nada para consertar — disse ele. — Só uma humana para ensinar e uma rainha para colocar embaixo da terra. Quando resolvermos essas questões, poderemos todos seguir com a vida. A menina pode voltar para a cidade dela e o que sobrou de seu povo, e Belikon pode engolir outro reino inteiro, tanto faz. Meu trabalho vai ter acabado.

— Não fala isso. Por favor.

— Você esquece que já estamos em guerra. — Ren se apoiou nas costas de uma das cadeiras de madeira, com os nós dos dedos brancos. — A guerra de verdade, com Sanasroth, está matando membros da nossa corte, da *sua* corte, todos os dias.

— Da última vez que lutei numa guerra, uma cidade foi incendiada. Acho que já derramei sangue suficiente por Yvelia, Irmão.

— Então derrame pelos seus amigos! Deixe essa história de Madra de lado. Deixe Belikon lidar com ela e *me* ajude!

Era como se tivesse uma corda no centro da alma de Kingfisher e eu conseguisse vê-la puxando-o para trás, para mais longe dessas pessoas que tão claramente gostavam dele. Ele estava além do alcance delas, parecia. Nada o traria de volta. Ele piscou, sem responder ao apelo de Ren.

— Tenho duas perguntas para você, humana.

Eu era a única humana ali. Ele obviamente estava falando comigo.

— Tudo bem — respondi.

— Você já canalizou a energia de um metal antes?

Apertei os olhos para ele, com minhas entranhas se retorcendo.

— Como assim?

— Se tivesse feito isso, não precisaria perguntar. Você já saberia — disse ele, categórico.

Pensei naquilo. Em todas as vezes que tinha feito as ferramentas de Elroy zumbirem. Na lâmina girando na mesa de jantar de minha falecida mãe. Na manopla do guardião, quando eu a batera no topo do muro — como suas vibrações tinham feito os grãos de quartzo na areia dançarem. Como eu havia transformado a adaga de Harron num rio de prata e aço derretidos.

— Tá bom, então. — Devolvi o olhar firme de Kingfisher. Não pisquei. — Sim. Já canalizei.

— Que bom. E minha segunda pergunta. Você tem experiência trabalhando numa forja?

A risada explodiu pela minha garganta e saiu pela boca.

— Numa forja? Sim. Dá para se dizer que eu sei me virar numa forja.

9

PROPÓSITO HONRADO

— ELES não vão te deixar entrar. Sem chance. Os desgraçados guardam aquela porta desde o início dos tempos.

Renfis corria atrás de Kingfisher, mas sua perna manca estava atrapalhando.

— Eles não têm escolha — respondeu Kingfisher.

Ele não ia desacelerar por ninguém. Nem pelo amigo machucado. Nem pela filha do rei. E muito menos por mim, a única humana do grupo, cujas pernas eram consideravelmente mais curtas que as de todos os outros. Eu estava a ponto de começar uma corridinha só para manter os três na minha linha de visão.

Agora seria um momento perfeito para fugir. Eu estava procurando a hora certa de correr, mas Kingfisher dissera a palavra mágica. *Forja.* Eu não conseguia resistir. Como seria uma forja feérica? Será que funcionava igual a uma forja humana? Havia magia envolvida? Deuses, tomara que haja magia envolvida. E, de toda forma, fugir de Everlayne e de dois guerreiros a essa altura teria sido estupidez.

Eu não tinha para onde ir. Estava desacordada quando Kingfisher me trouxe através daquele lago prateado ondulante. Eu não fazia ideia de onde ficava localizado. Sequer sabia se ficava no palácio. A probabilidade de encontrar sozinha era baixíssima e, mesmo que eu conseguisse, o que faria depois? Da última vez, eu havia puxado aquela espada do lago de Madra. Ela estava com Belikon agora. Será que eu precisava dela para ativar o lago? Seria capaz de fazer isso de novo? E como? Eu não tinha ideia de como despertei o mercúrio da última vez e, pelo que parecia, os feéricos também não sabiam como fazê-lo. Além do mais, ficavam sempre falando de caminhos. No *plural.* Como diabos eu ia voltar a Zilvaren, especificamente, se houvesse mais de um caminho?

Minha ansiedade por Hayden era avassaladora. Que viesse o inferno ou a neve. Eu voltaria para o meu irmão, mas eu não poderia me apressar. Apressar algo tão perigoso sobre o qual eu nada entendia sem dúvida significaria morte ou, no mínimo, encrenca das brabas.

Então, por enquanto, eu ficaria. Decidida, finalmente comecei aquela corridinha e alcancei o grupo. Os três feéricos estavam passando por um dos muitos conjuntos de alcovas ocupados pelas estátuas dos deuses. Everlayne fez mesuras e tocou a cabeça ao passar por cada um. Ren resmungou, com um aceno de cabeça apressado. Kingfisher levantou a mão e mostrou o dedo do meio para todos os sete ao passar acelerado.

Everlayne berrou, horrorizada, mas Kingfisher só revirou os olhos e continuou o que estava dizendo:

— ... então fale com Belikon. Você ouviu. Foi ele que me mandou ajudar Rusarius com a humana.

— Isto não é ajudar. É mergulhar de cabeça em algo sem considerar antes as consequências! — A frustração de Everlayne tinha virado um elemento permanente desde que Renfis prendera aquele pingente no pescoço de Kingfisher. — Temos que cobrir a teoria primeiro.

Kingfisher bufou com desdém.

— *Que* teoria?

— Pelo menos nisso ele tem razão — opinou Renfis. — Não *há* relatos escritos dos processos dos alquimistas. Se houvesse, os anciãos talvez tivessem tido alguma sorte em entender as habilidades deles. Como podemos começar do começo se não *existe* começo?

O cabelo solto de Everlayne caía como um pano dourado enquanto ela corria à frente e cutucava as costas de Kingfisher. *Com força.*

— Então vamos começar devagar. Com as coisas importantes que ela precisa saber sobre Yvelia. Ela não vai sobreviver aqui sem...

Kingfisher parou de repente e se virou. Everlayne bateu de cara no peito dele, mas o guerreiro de cabelo escuro nem piscou. Desviou dela e veio na minha direção como um felino espreitando seu jantar. Eu era uma lutadora talentosa. Sabia como derrubar um guardião em exatos três segundos. Era capaz de escalar muros de mais de dez metros e correr em telhados, mas a visão de Kingfisher vindo na minha direção fez meu estômago dar um nó duplo.

Cambaleando para trás, quase tropecei nos meus próprios pés tentando colocar algum espaço entre nós, mas o infeliz continuava vindo.

— Muito bem, *Oshellith*. Layne não vai relaxar até você receber o resumo, então presta atenção. Vou te dar a única informação que você realmente precisa saber. *Você* tem o distinto prazer de ser a única humana viva em toda a Yvelia. Você *não* está segura aqui. — Ele mostrou os dentes, expondo caninos longos e afiados que se estenderam diante dos meus olhos. — Houve uma época em que este lugar era lotado da sua laia...

— Fisher, pare. — Renfis tentou agarrá-lo pelo ombro, mas o guerreiro de preto se soltou com um solavanco e continuou avançando.

— Nossos ancestrais foram amaldiçoados há milênios. Como resultado, acabamos com isto aqui — disse ele, gesticulando para os caninos. — A gente usava isto para beber do seu tipinho até secar. Drenamos vocês aos milhões antes de a maldição de sangue acabar. Foi muito antes da *nossa* época, claro, mas a linhagem dos feéricos ainda traz as marcas do passado. Podemos não precisar mais de sangue para manter nossa imortalidade, mas, pelos deuses, ainda temos dentes para isso! Nosso segredinho. Nossa vergonha tenebrosa, horrível...

— Fisher! — Everlayne tinha chegado ao limite. Lágrimas escorriam pelo rosto dela, deixando rastros molhados nas bochechas. Ela parou na frente de Kingfisher e bateu as palmas no peito dele. — Por que você está agindo assim?

Kingfisher deu de ombros.

— Só estou falando a verdade para ela.

— Você está sendo um babaca!

Isso fez o guerreiro soltar uma gargalhada desdenhosa.

— Você já devia estar acostumada a isso, Layne. Ou passou o último século esquecendo que eu sou um bosta? Eu sou a Ruína de Gillethrye, lembra? O Cavaleiro Sombrio?

— Você é meu *irmão* — sibilou Everlayne. — Se bem que às vezes eu queria que não fosse!

Kingfisher se afastou com um solavanco como se tivesse levado um tapa. Até Renfis deu um passo para trás, meio boquiaberto, mas o general se recuperou rapidamente, olhando por todos os lados do corredor. Tive a sensação de que estava checando se alguém tinha escutado a explosão de Everlayne.

O corredor comprido e ao ar livre que se estendia nas duas direções estava, porém, completamente deserto com exceção do nosso grupo.

— Cuidado, irmãzinha — retrucou Kingfisher. — Não queremos revelar *todos* os nossos segredos de uma vez.

O soluço de Everlayne encheu o corredor.

— Ah, vai se foder, Fisher. — Ela saiu correndo de volta pelo caminho pelo qual tínhamos vindo, o mais rápido que suas pernas conseguiam carregá-la.

Bem... Pelo jeito, até feéricos imortais eram suscetíveis a dramas familiares. Olhei por cima do ombro para a coitadinha que fugia.

— Eu... acho melhor ir ver se ela está bem...

— Eu vou junto — rosnou Renfis, lançando um olhar de desgosto inegável para Kingfisher. — Você não pode ficar zanzando pela corte sem um de nós de olho. E você? Everlayne tem razão. Você *está* sendo um babaca. O Kingfisher que a gente conhecia se importava com a família e os amigos.

Mesmo com o sorrisinho cruel na boca, Kingfisher era selvagemente bonito.

— O que eu posso dizer? — falou, ronronando. — Ser completamente cortado da civilização e sumariamente esquecido acaba mudando a gente depois de um tempo.

Renfis já estava andando de costas.

— A gente não te esqueceu. Você não faz ideia do que passamos para te trazer de volta.

— Ah, sim. Com certeza meu sofrimento não foi *nada* em comparação ao de vocês.

Um olhar magoado passou pelo rosto de Ren, mas ele não disse mais nada para o sujeito às minhas costas.

— Vamos, Saeris. Vamos encontrar Layne e voltar à biblioteca.

— Ah, dá um tempo. Ela não vai com você — falou Kingfisher, com a voz arrastada. — Ela vem comigo, não é, Oshellith? Ela quer saber segredos, e eu sou o único disposto a contar.

— Por que você está me chamando disso? Oshellith? — rebati. — O que significa?

Ele tinha se virado. Estava se afastando. Ouvi suas botas batendo na pedra fria sob os pés, cada passo zunindo em meus ouvidos.

— Oshellith é uma espécie de borboleta — falou ele, enquanto seguia. — Osha, abreviado. Elas nascem, vivem e morrem em um dia só. O frio as mata *muito* rápido. Não é mesmo, Renfis?

Ren fez uma carranca para as costas de Kingfisher, mas não respondeu.

— Ignore-o. Você vem, Saeris?

Fiquei travada entre os dois, sendo solicitada a tomar uma decisão que não tinha capacidade nenhuma para tomar. Everlayne tinha sido gentil comigo. Cuidado de mim. Garantido que eu ficasse confortável aqui. Renfis era todo risonho e parecia estável e bom. Kingfisher era um babaca infeliz e mal-humorado que não tinha uma palavra de gentileza para oferecer a ninguém. A forma como ele me chamara disso — *Oshellith* — como se fosse um xingamento me fazia querer enfiar o punho bem no meio daquela cara linda. Mas ele estava me oferecendo a verdade, ainda que fosse apavorante. A forma mais rápida de sair deste pesadelo era com Kingfisher.

Fiz uma careta para Ren.

— Desculpa. Podemos ir à biblioteca mais tarde? É que... eu...

— Falei! — gritou Kingfisher, meio cantarolando.

Renfis apenas assentiu, com sua boca estreitando-se em uma linha reta.

— Claro. Eu entendo. Vou te buscar daqui a algumas horas.

Ao contrário de todas as demais portas do palácio, esta tinha uma altura normal. Era lisa. Simples. Sem entalhes ornamentados ou enfeites. Era só uma porta de madeira. E estava trancada.

Arrisquei um olhar de soslaio para Kingfisher.

— Será que a gente, hum... bate?

Um sorriso arrogante curvou o canto da boca dele.

— *Claro* — falou, como se fosse uma sugestão encantadora feita por uma idiota com um único neurônio. Um segundo depois, ele martelou a madeira com a sola de sua bota, e aí a porta caiu em pedaços no chão. — Toc, toc. — Ele deu um passo para o lado, estendendo a mão numa paródia de boas maneiras e gesticulando para eu ir na frente. — Acho que não tem ninguém em casa.

— Eu não vou primeiro. E se for protegido por, sei lá... *magia* ou algo do tipo?

Kingfisher balançou os dedos e arregalou os olhos.

— Ah, não, *magia* não!

— Babaca.

— Covarde — retrucou ele. — Eu sabia que não era protegida.

— Como?

— Porque *eu* sou mágico.

— O que tem de mágico em *você*?

— Tudo — disse ele, entrando no salão. — Minha aparência. Minhas habilidades com a espada. Minha personalidade...

— Sua personalidade é um lixo.

O comentário ácido saiu antes de eu conseguir morder a língua. Desde que era pequena, eu tagarelava quando ficava nervosa, e estava muito nervosa agora. Nada nele gritava: "*Me testa só para ver o que acontece.*" Cerrei a mandíbula, xingando minha própria estupidez enquanto seguia atrás de Kingfisher, enquanto analisava o chão atentamente.

Kingfisher não falou nada.

Levantei a cabeça e...

Puta merda.

Talvez este lugar já tivesse sido uma forja, mas agora não era nada do tipo. As paredes grossas de pedra estavam escorregadias de geada. As bancadas de trabalho estavam cobertas com videiras de um verde tão escuro que era quase preto. Flores azul-claras, roxas e cor-de-rosa pontilhavam seus caules como minúsculas adagas empinadas, com um formato estranho e incomum. Uma variedade de outras flores, videiras rasteiras e flora explodia na parede do lado mais distante do espaço cavernoso, se acumulando em torno de uma grande janela, todas famintas por um espaço na luz.

As videiras mais grossas inclusive *saíam* pela janela, tendo estourado o vidro. O resto do piso irregular de pedra estava acarpetado com os cacos. Tubos de ensaio, provetas, ampolas e frascos. Equipamentos estilhaçados estavam jogados pelo cômodo, como se alguém tivesse tido um acesso de raiva e destruído tudo.

A ferrugem havia se ocupado em devorar todas as pinças, alicates e martelos. Claramente, não satisfizera seu apetite voraz, porque a bigorna ao lado do recipiente de água esmaltado e rachado estava tão corroída que o ferro caía em grandes lascas laranja. E a forja em si. Deuses, a forja. O forno de fundição com lateral aberta era bom e grande, não tinha como negar. Grande o suficiente para uma família inteira de animais peludos ter transformado em toca, pelo jeito, embora seus ocupantes tivessem ou saído para um passeio, ou fugido quando Kingfisher chutou a porta. Era ventilado também, graças ao buraco enorme no teto logo acima.

Kingfisher examinou uma pilha de madeira em decomposição com a ponta da bota e fez uma cara terrível.

— Agora entendo por que Clements guardou este lugar tão ferozmente.

— Quem é Clements?

— O arquivista do rei. Ele vem recebendo um estipêndio real há duzentos anos, mais ou menos, encarregado de descobrir como os alquimistas ativavam o mercúrio. Um belo estipêndio, se bem me lembro. Só que me parece que ele enfiou tudo no cu, porque este lugar está um desastre.

Ele tinha razão. Não era uma forja em funcionamento. A fornalha não era acesa ali havia muito tempo. O lugar tinha cheiro de poeira, antiguidade e almíscar animal.

— Vou chutar os dentes dele goela abaixo — anunciou Kingfisher.

— Que tal me ajudar em vez de ameaçar violência? — contrapus.

Ele curvou os lábios em desgosto quando me abaixei e comecei a empilhar alguns dos pedaços estilhaçados de madeira ao lado da porta agora vazia.

— Você vai limpar tudo isso à mão?

— A não ser que você consiga fazer algum feitiço que limpe tudo com mágica.

— Eu não faço *feitiços*. Não sou um feiticeiro. Magia feérica não é nenhum truque barato de conjurar, humana. Nossas habilidades são dons sagrados a serem usados com discernimento, para propósitos honrados.

Isso fez minhas bochechas esquentarem e ficarem vermelhas. Claro que ele não ia só estalar os dedos e sumir com tudo isso. Mas tinha um belo talento para fazer com que eu me sentisse idiota. Não precisava fazer isso. Não, ele fazia porque *queria*.

Babaca arrogante.

Ele obviamente achava que eu valia menos que a sujeira embaixo de seus pés. Não gostava de humanos. Eu duvidava de que, se a situação fosse diferente, ele fosse se dar ao trabalho de me apagar se eu estivesse pegando fogo. Mas, no momento, ele precisava de mim, o que significava que eu podia me safar com algumas perguntas. Certo?

Peguei um balde velho e enferrujado pela borda e comecei vasculhar os detritos no chão, procurando qualquer ferramenta que desse para salvar.

— Se tem um Palácio de Inverno, então também tem outras residências reais, né? Um Palácio de Outono? Primavera? Verão?

Kingfisher puxou a espada.

— Ei! Ei, espere, espere aí! Desculpa. Deuses do céu. Eu não quis... eu não sou...

Suas narinas se dilataram enquanto ele abria a correia de couro no peito e deslizava a bainha das costas, guardando de novo a arma e a apoiando na parede. Passando a mão pelo cabelo, ele olhou de soslaio na minha direção, movendo os dedos com agilidade por mais faixas de couro e fivelas enquanto removia partes da armadura.

— Nervosa? — perguntou, como quem joga conversa fora.

— Não! É que... bom, eu achei...

— Você pode aprender sobre as outras cortes nas suas sessões na biblioteca com Layne e Rusarius. Eu te ofereci verdades antes. Não desperdice a oportunidade de fazer perguntas mais *interessantes.*

Ele estendeu a mão para a nuca e soltou a placa de prata com a cabeça de lobo rosnando, deixando-a escorregar do pescoço. Jogando-a na pilha de couro que tinha feito — peitoral, ombreiras, guarda-braços —, então desabotoou os primeiros botões da camisa. Em outro momento, há pouco tempo, eu teria voado naquele protetor de pescoço e saído fugida. Mas não precisava mais da prata. Tinha comida e água suficientes para durarem a vida toda aqui, e ninguém me pedira para pagar por nada. Por enquanto, pelo menos.

Então, ignorei a placa e apontei para a corrente pendurada no pescoço dele.

— Tudo bem. O que é isso? O que faz? E por que você fica completamente fora de si sem ela?

Kingfisher deu um sorriso frio, pressionando a ponta da língua na parte afiada de um dos caninos.

— Bem na jugular, então, Oshinha? Cruel. Gostei.

— Você mandou fazer uma pergunta interessante. Eu quero saber da corrente.

Kingfisher riu em silêncio. Dobrou-se, pegando um montinho de folhas e madeira apodrecida do forno. Deuses, ele ia mesmo ajudar? Era por isso que tinha removido toda a armadura, então. Imaginei que estivesse tirando para poder se sentar e ficar mais confortável enquanto me via fazer todo o trabalho.

— Para explicar o pingente, tem outras coisas que você precisa saber primeiro. Coisas que Layne não deve ter te contado.

— Ela não me contou quase nada ainda.

— Bom, então vamos começar do começo. Os lagos de mercúrio são caminhos que conectam reinos diferentes. Com certeza isso você já entendeu.

— Sim.

— O mercúrio em si é volátil. Alguns dos nossos anciãos acreditam que ele tenha um baixo nível de senciência. Se é verdade ou não, não tem importância. O negócio é perigoso. Se o mercúrio entrar em contato com a pele exposta... — Kingfisher não terminou.

— Estava na adaga de Harron, não estava? — perguntei.

Kingfisher assentiu.

— Era uma lâmina antiga. Alquimistas costumavam forjar mercúrio nas armas para guerreiros feéricos. Harron não tinha nada que tocar naquela arma, quanto mais pegar para ele.

— Fez com que ele visse coisas, acho. Quando tocou a pele dele, Harron começou a berrar.

O som dos gritos horrorizados do capitão ainda me assombrava quando eu fechava os olhos. Era uma coisa horripilante ouvir um lutador tão poderoso e forte implorando pela própria vida.

— Ah, ele viu coisas, sim — disse Kingfisher. — O mercúrio leva qualquer ser vivo além dos limites da sanidade.

Eu fizera aquilo com Harron. Entrara em pânico e explodira sem querer, e a lâmina dele respondera e embarcara em sua missão de destruí-lo. Mas Harron tinha *me* perfurado com sua espada primeiro. Havia tentado me matar por ordem de Madra. E teria conseguido, se Kingfisher não tivesse me trazido para cá. Eu me recusava a sentir culpa por me defender.

Quem dera fosse tão fácil quanto só dizer isso a mim mesma...

Mudei de assunto:

— Então, esses alquimistas. Eles herdaram suas habilidades? Tem a ver com sangue?

— *Tudo* tem a ver com sangue, humana. Agora, quer saber do pingente ou quer me atormentar interrompendo toda hora?

Fiz o gesto de trancar a boca.

— Minha mãe me deu este pingente, esta *relíquia* — esclareceu Kingfisher —, quando eu tinha onze anos. Na noite antes de virmos para o Palácio de Inverno. Ela sabia que eu precisaria. Mais tarde, quando atingi a maioridade e entrei para o exército de Belikon, fui convocado a viajar entre Yvelia e os outros reinos, porque meu pingente era o mais poderoso. Para resumir uma história bem longa e tediosa, fui forçado certa vez a percorrer um caminho sem ele. O mercúrio me pegou, como pega todo mundo. Um curandeiro conseguiu extrair a maior parte da substância de mim quando voltei ao Palácio de Inverno, mas sobraram alguns resquícios... *duradouros*. A maioria dos feéricos só usa suas relíquias ao viajar de um reino a outro. Mas usar o meu é a única coisa que acalma os ruídos na minha cabeça. Sem ele, o limite entre o que é real e o que não é se borra muito rápido.

O olho dele. Seria esse o lembrete duradouro? Só podia ser. Os filamentos que marcavam sua íris cor de jade na verdade eram resquícios de mercúrio. Deuses. Estava dentro dele, sempre ali, sempre sussurrando em seu ouvido, empurrando-o para a loucura. A relíquia era *mesmo* a única coisa que o mantinha lúcido.

A náusea se revirou no vazio onde antes ficava meu estômago. Fiz o possível para engoli-la enquanto coletava outro conjunto de pinças corroídas e jogava no balde. O ferro tilintou alto e fez subir uma nuvem de ferrugem no ar.

— Então... por que você deu a relíquia para *mim*? Lá em Zilvaren?

Ele levantou a mão. O grosso anel de sinete reluziu em seu dedo.

— Ah, sim. Verdade. Você também tem um anel — falei.

— Se eu não tivesse te dado a relíquia, você teria morrido.

— E por que você não fez isso? Só me deixado morrer? Podia ter me largado lá.

Kingfisher jogou na bancada o punhado de papéis desbotados e amassados que carregava, com uma expressão vazia.

— Você não está prestando atenção, humana. Yvelia está em guerra, e máquinas de guerra são feras famintas. Exigem combustível constante. Comida. Roupas. Ouro. Materiais de construção. Armas. Antes de Madra enfiar aquela espada em seu lago, estancando *todos* os lagos em *todos* os reinos, Belikon usava os caminhos para pegar suprimentos. Era a única forma de comercializar muitos itens mágicos. Quando os caminhos se fecharam, as portas de nossos trens de carga também foram trancadas. Você não devia ter sido capaz de tocar aquela espada, quanto mais empunhá-la. E a prata-viva respondeu a você. Você a ativou. Fez o que só um alquimista pode fazer. Então, não. Humana ou não, eu *não* podia ter deixado você lá para morrer.

— Ótimo. Quer dizer que você me trouxe de volta só para poder salvar seu povo e vencer a guerra.

Kingfisher passou a mão de novo pelas ondas pretas, com olhos frios como lascas de gelo.

— Você tem consideração demais por mim, humana. De certa forma, acho que isso é verdade. Mas não me confunda com algum santo. Eu estou cagando para Yvelia e para a guerra de Belikon. Você é uma moeda de troca. Vi minha única estrada para a liberdade e peguei. Me pergunte o que eu teria feito se tivesse te achado naquela condição sob qualquer outra circunstância.

Fiquei encarando-o, seu maxilar duro e hostil, a tensão nos ombros e a elevação cruel da boca, e um tremor ondulou meu corpo inteiro, deixando o pânico em seu rastro.

— Acho que prefiro não saber — sussurrei.

A sugestão de um sorriso de Kingfisher ganhou asas e voou.

— Garota esperta.

Levou horas para terminar de limpar a forja, e o fizemos em silêncio. Não fiz mais perguntas, com medo demais de ouvir as respostas, e Kingfisher guardou seus pensamentos para si.

De vez em quando, eu me pegava o observando. Com as mangas arregaçadas até os cotovelos e a bochecha cheia de fuligem, ele parecia muito normal. Mas, aí, rosnava baixinho ou me encarava com aqueles olhos com veios prateados e eu me lembrava de que esse indivíduo não era humano. Não era nem seguro, nem inteligente deixar meu olhar se demorar nele. A coisa mais sábia que eu podia fazer era descobrir como ativara acidentalmente aquele lago e me mandar de volta para Zilvaren o mais rápido possível.

O céu escurecia do lado de fora da janela — uma visão *bizarra* — quando Renfis veio me buscar. Parecia cansado, apesar de o hematoma sob os olhos e o lábio cortado terem milagrosamente se curado nas últimas horas. Parado na porta, ele analisou o chão quase limpo e o balde de ferramentas enferrujadas que eu tinha coletado e olhou para Kingfisher, confuso.

— O que é isso? Vocês nem começaram a trabalhar.

— O lugar estava um desastre! — gritei.

Era fácil para ele criticar. A forja estava bem melhor agora. E ele não tinha visto antes.

Kingfisher suspirou. O ar frio ficou gélido, e sombras conjuradas do nada saltaram parede acima. Se espalharam como tinta molhada pelo chão, subindo pelas pernas das bancadas, florescendo no ar até tudo ficar preto. *Tudo.* A forja em si virou um fosso de tinta. Quando ofeguei, parecia que as sombras tinham deslizado pela minha garganta até os pulmões. Isto era escuro de verdade. Nem no fundo dos túneis subterrâneos que formavam uma rede sob a Cidade de Prata a escuridão era absoluta assim.

— Ah, deuses. O que está acontecendo?

— Fisher — ralhou Renfis. — Chega.

A escuridão recuou como um elástico. O que sobrava da luz do dia preencheu a forja, e a forja ficou imaculada. A janela tinha sido consertada, uma nova vidraça reluzia na moldura. As ampolas e provetas estilhaçadas que havíamos varrido em pilhas por todo o lugar haviam desaparecido. O forno estava varrido, os tijolos agora eram de um vermelho-vivo e estavam novinhos em folha. As prateleiras estavam estocadas com todo tipo de equipamento fantástico que eu nunca vira antes. A flora que fizera da forja o seu lar continuava lá, mas domada em vasos e numa pequena floreira sob a janela. E estava quente. O dia todo, eu tinha congelado, batendo os dentes enquanto limpava e pegava as coisas com dedos entorpecidos, *e agora estava quente*?

Girei, em busca de algo para arremessar em Kingfisher. A coisa mais próxima era uma tenaz linda, que brilhava muito. Agarrei-a e a usei para cutucar o guerreiro de cabelos escuros.

— Você! A gente se matou para limpar isto aqui! Qual é o seu *problema*? O que aconteceu com "nossas habilidades são dons sagrados a serem usados para propósitos honrados" ou sei lá o quê?

— Hein? Propósitos honrados? — Renfis sufocou uma tosse que parecia muito uma risada. — O sujeito na sua frente não tem nenhum pudor de usar os dons dele para tarefas mundanas.

Olhei espumando de raiva para Kingfisher.

— Seu *monstro*.

Não tinha uma sombra de remorso no rosto do guerreiro. Ele pegou a armadura e a espada, aí se deteve ao meu lado a caminho da porta novinha que agora preenchia o batente.

— Eu só queria ver se você sabia o que era trabalho duro. Eu te *disse* que eu era mágico — sussurrou.

Então se foi.

10

MIGALHAS

Na manhã seguinte, Everlayne trouxe um café da manhã composto de frutas frescas e iogurte — guloseimas estrangeiras que eu nunca provara antes. Ela se sentou comigo e comeu nos meus aposentos, contida e em silêncio. Eu queria perguntar sobre o que ela havia dito ontem no corredor, chamando Kingfisher de irmão, e não do jeito que ele e Renfis se chamavam de irmão, como guerreiros que haviam lutado lado a lado. Ela tinha dito num sentido mais literal, como se fosse parente de sangue daquele babaca terrível.

Mas não mencionei isso. Tinha feito uma escolha ao decidir ir com Kingfisher à forja em vez de correr atrás dela para ver se estava bem e, pelo jeito como Everlayne ficava fungando, indignada, ao colocar colheradas de iogurte na boca, eu a magoara no processo.

Ela me forçou a entrar em mais um vestido com saias volumosas — desta vez, roxo cintilante — e penteou meu cabelo, torcendo as tranças grossas que fizera de modo que caíssem pelo meio das minhas costas.

Quando chegou a hora de sair do meu quarto, ela alisou o lindo vestido cor de creme que estava usando, aí mexeu com os punhos de renda, recusando-se a me encarar.

— Se quiser vir à biblioteca comigo, ontem Rusarius e eu juntamos todas as informações que *temos* sobre os alquimistas e seus processos. Não tem muita coisa, mas eu acho que vale a pena ler e...

— Eu com certeza quero ir com você — falei. — Desculpa não ter ido ontem. Eu sei como você está tentando me ajudar e quero mesmo aprender.

A me mandar deste lugar. A achar o caminho de volta para casa. Quando lhe ofereci meu braço, ela abriu um sorriso relutante e deslizou o braço dela pelo meu. E esse, pelo visto, era o tempo que levava para Everlayne De Barra perdoar uma mancada.

Na biblioteca, Rusarius estava dando um chilique.

— Renfis, por favor! Isto *não* é um refeitório! Tem obras de arte preciosas guardadas aqui e... e... simplesmente... *Olha isso!* Olha toda essa *gordura*!

Senti o cheiro do problema de Rusarius antes de vê-lo. O aroma de algo com carne e defumado pairava no ar, tão apetitoso que meu estômago rosnou audivelmente. O que *era* isso? O cheiro era divino.

— Deuses, Fisher — murmurou Everlayne ao ver o que ele fazia.

Ele estava sentado na cabeceira da longa mesa, com um prato à sua frente, apoiado na madeira polida. Espetou um pedaço de uma carne misteriosa com o garfo e colocou na boca.

Renfis estava apoiado na parede da janela mais distante, de braços cruzados, observando os trabalhos com um ar de resignação.

— Desculpe, Rusarius. Não sei o que você acha que eu posso fazer para resolver isso. O dia em que eu conseguir obrigar Kingfisher a qualquer coisa é o dia em que os Corcoran vão voltar.

— Bom, não precisa blasfemar também! — guinchou o velho bibliotecário.

— Onde é que seus deuses *foram*, afinal? — cochichei para Everlayne; antes, eu estava assoberbada demais para perguntar.

— Saíram numa peregrinação milhares de... aff! Outra hora. Melhor eu confiscar essa comida antes de Rusarius perder a cabeça.

Kingfisher continuou focado no café da manhã. Não disse uma palavra quando Everlayne se aproximou e parou ao lado dele na cabeceira da mesa. Ele só *rosnou*.

— E você fica se perguntando por que Belikon te chama de cão — disse ela.

Isso atraiu a atenção de Kingfisher. Devagar, ele levantou a cabeça e a prata-viva reluziu forte no seu olho direito ao encarar a feérica de um jeito sinistro.

— Eu não fico me perguntando. Eu *sei* por que ele me chama assim.

— É por causa da profunda lealdade dele à Coroa — disse Renfis, segurando um sorriso.

Os olhos de Kingfisher brilharam e o mercúrio se contorceu em meio ao verde. Ele trincou os dentes para a irmã.

— *É porque eu mordo.*

A expressão dele teria feito homens adultos darem meia-volta e correrem, assustados, madrugada adentro, mas Everlayne arqueou uma sobrancelha e esperou.

Estava novamente de preto, com armadura até os olhos nesta manhã; o protetor com gravações que usava no peito tinha um brasão composto de espadas gêmeas cruzadas enroladas num emaranhado de videiras, com a silhueta de um garanhão empinando. Mas ele usava o mesmo gorjal no pescoço — prata polida reluzente com um lobo rosnando gravado no metal. Seu cabelo escuro e grosso estava ainda mais ondulado, quase cacheado, e parava logo antes de roçar o topo dos ombros largos. Quando percebi que eu analisava intensamente as extremidades das orelhas pontudas que saíam pelo cabelo, rapidamente desviei o olhar para o teto com domo de vidro, pigarreando e fingindo inspecionar o céu.

— Me dá o prato. — O tom de Everlayne não dava abertura para discussão.

— Certamente. — Kingfisher baixou o garfo, agarrou o prato e estendeu-o para Everlayne. Ela pegou. — Fica à vontade — continuou ele. — Ponha minha comida na porra do chão, lá fora, do lado dos estábulos. Eu já vou lá comer com os outros cães.

Os ombros de Everlayne caíram.

— *Fisher.*

— Ou melhor: deixa pra lá. — As pernas da cadeira dele fizeram um barulho alto ao arrastar quando ele se levantou. Agarrando o prato de volta, ele saiu andando para a porta... e bem na *minha* direção. — Vou te poupar o trabalho e levar eu mesmo. — Seus olhos brilharam ao passar por mim. — Curta seus livros empoeirados, humana. Eu te espero na forja hoje à tarde. Não me faça vir atrás de você.

— Fisher, você está sendo ridículo. Volte aqui! — chamou Everlayne.

Ele a ignorou, com a coluna completamente ereta e a espada escura presa nas costas deixando um rastro de sombras etéreas enquanto ele saía da biblioteca pisando firme.

— Bom, eu não queria que ele *fosse embora* de novo — resmungou Rusarius. — Mas já falei mil vezes e vou repetir: sem comida quente na biblioteca. Eu mesmo só como bolacha seca enquanto trabalho. E às vezes passo dias aqui. *E* me debruço para fora da janela para evitar migalhas.

— Está tudo bem, Rusarius — disse Everlayne, com gentileza. — Ele não está bem no momento. Talvez leve um tempo para ele parar de se comportar feito um mimadinho.

— Eu vou lá treinar com ele. Deixar o cara espairecer um pouco — falou Renfis, se empurrando da parede.

Ele parou ao lado da cadeira em que Kingfisher havia se sentado e descansou a mão na madeira esculpida do encosto, franzindo o cenho.

— Mas ele merece *alguma* folga. Fisher não tem aposentos aqui. Não tem onde comer. Não tem onde dormir. Não tem provisões. E foram cento e dez anos, Layne. Dá para imaginar como seriam cento e dez anos naquele lugar? Sozinho? — Cada palavra era cheia de tristeza.

A princesa e o soldado trocaram um longo olhar. No fim, a tensão que fazia o músculo do maxilar de Everlayne tremer aliviou.

— Dá, na verdade. Passei as primeiras três décadas imaginando todo dia com muita riqueza de detalhes. Depois disso, fiz o possível para não pensar mais nisso, nem *nele*. Meu coração não aguentava. E agora ele voltou, e não preciso ficar me perguntando que tipo de inferno ele está suportando. Agora eu posso *assistir*.

A voz dela estava grossa de emoção, mas ela não chorou. Pegou um livro da mesa e colocou em cima de uma pilha, aí passou a mexer inquieta em um maço de papéis soltos.

Era difícil vê-la sofrendo assim. E ela *estava* sofrendo. Só um cego não veria a dor de Everlayne. Eu estava na periferia desse grupo, o que me dava uma visão excelente da dinâmica entre todos eles. Tinha tanta mágoa ali. Tanto tempo, história e muitos segredos. Olhando de fora, era impossível desemaranhar todos os fios que os conectavam.

Renfis suspirou.

— Tem um jeito de consertá-lo. A gente só não achou ainda. Enquanto isso, não vou desistir dele. Você vai?

Uma longa pausa preencheu o silêncio. Rusarius tossiu, desconfortável, e então reuniu um conjunto de penas de escrever, carregando-o para as pilhas de livros e desapareceu, sabe-se lá para onde. Eu não tinha uma pilha de penas para carregar, e esta biblioteca não era minha para eu sair xeretando, então minha única escolha era pairar na ponta da mesa e olhar para os pés. Ou para o ponto em que meus pés deviam estar. Eu não conseguia enxergá-los embaixo das saias daquele vestido maldito.

— Então é isso? Você *já* desistiu dele? — questionou Renfis.

— Não! Não, não desisti. É que... eu me sinto *desesperançada*.

— Se eu tenho esperança suficiente para ele, tenho suficiente para você também. — Renfis suspirou, soltando uma expiração longa e estável e batucando na mesa com a ponta dos dedos. — Vejo você depois. Boa sorte. E boa sorte para você também, Saeris.

Ele me deu um sorriso afetuoso ao passar, o que me fez sentir um pouco menos como alguém bisbilhotando uma conversa particular.

Depois que ele foi embora, Everlayne ficou andando ao redor da mesa, folheando mais pedaços de pergaminho, organizando-os e reorganizando-os.

— Tudo bem. — Ela fungou. — Por onde começamos? Humm. Acho que talvez se você começar nos contando o que sabe sobre práticas alquímicas e como podem ser usadas...

— Hã, eu nem sei o que *significa* alquímico.

Eu não queria interrompê-la, mas imaginei que era melhor botar isso logo em pratos limpos antes de ela continuar.

— Ah! Certo! — Ela abriu um sorriso largo, mas parecia haver ali um toque de desespero. — Bom. Tudo bem. Acho que talvez seja até melhor. Assim, você não tem maus hábitos. A gente começa do começo assim que Rusarius... — Ela parou, olhando por cima do ombro. — Rusarius? Pelos cinco infernos, *cadê* esse homem?

— Everlayne? Você está, hum, bem? Parece meio...

— Não, estou bem. É. Sério, estou bem. — Ela pressionou os dedos na testa, apertando bem os olhos por um momento, cem por cento *nada* bem. — Eu... — Ela deixou a mão cair, parando com o fingimento. — Ele era a melhor coisa da minha vida toda. A *única* coisa boa. E ele se foi. Eu sabia que isso aconteceria, mas é difícil... ver e... aceitar e...

— Falando em bolachas, sabia que tinha umas aqui. Achei uma bandeja cheia numa prateleira na seção de Registros de Terra da Sétima Era. Devo ter deixado lá outro dia.

Rusarius emergiu das pilhas, carregando uma bandejinha de prata com algo que parecia de fato bolachas muito secas. Sem perceber que Everlayne estava secando as lágrimas com o dorso da mão, ele colocou a bandeja na mesa com um floreio.

— Podem se servir, minhas queridas. Mas, hum... sim, por favor. Vejam se conseguem produzir o mínimo de migalhas.

Alquimia, no fim das contas, era uma forma de magia. Magia antiga, esquecida, morta há muito tempo, que era um mito para os feéricos de Yvelia como *eles* eram para o povo de Zilvaren. Outrora, tinha havido três ramos de alquimistas: feéricos que buscavam descobrir o caminho da imortalidade, os que buscavam criar e inventar transmutando vários metais e minérios, e, por fim, aqueles que buscavam curar doenças e enfermidades.

Everlayne e Rusarius achavam que, de algum modo, eu era como o segundo tipo: o que transmutava metais. No início de nossa sessão na biblioteca, eu não fazia ideia nem do que significava a palavra "transmutar" e, no fim, ainda não tinha certeza de ter entendido.

Milhares de anos atrás, os alquimistas usaram seus dons mágicos para alterar o estado de compostos e transformá-los em metais preciosos. Não havia registro de quais compostos eram usados nem do que era feito com eles, mas os alquimistas foram bem-sucedidos. Acharam um jeito de transformar elementos em vastas quantidades de ouro e prata, usadas supostamente para encher os cofres reais. Em algum ponto, o mercúrio foi descoberto e, com ele, os outros reinos que conectava, e seguiu-se todo tipo de caos.

— Só que nada disso indica como posso replicar o que os alquimistas originais conseguiam fazer — falei, fechando com força o livro que eu folheava. — Como é que eles controlavam de fato o mercúrio?

Everlayne deu de ombros.

— Supõe-se que eles ativavam e desativavam, ou abriam e fechavam caminhos, usando sua magia.

— Mas há um debate acalorado sobre se realmente o controlavam — acrescentou Rusarius. — Segundo a maioria dos documentos daquela época, a segunda ordem de alquimistas tinha uma vida bem curta. Frequentemente enlouqueciam e se matavam.

— Ah, bom, que *ótimo*.

O que quer que os alquimistas de antigamente tivessem feito para merecer esse destino, eu queria saber para fazer o exato oposto. Mas... caramba. Ignorar a verdade da situação não ia me ajudar a ativar novamente o mercúrio, e eu precisava descobrir como fazer isso se quisesse saber o que acontecera com Hayden. A ideia de que ele talvez tivesse sido alistado para o exército de Madra era preferível a imaginá-lo morto, mas eu precisava *saber*. Se Hayden tivesse falecido, precisava ser enterrado e eu deveria fazer a vigília costumeira de setenta e duas horas em seu túmulo. Se ele estivesse fadado a ser um novo recruta do exército de Madra, então eu precisava salvá-lo e tirá-lo de lá.

De todo modo, eu tinha que entender a situação, independentemente *do que* me custasse.

Esfreguei as têmporas, tentando aliviar a dor de cabeça de tensão que se formava nelas. Com tanto roubo e contrabando só para sobreviver, a vida lá na Cidade de Prata não havia me dado muito espaço para leitura. Meus olhos não estavam acostumados. Fiquei encarando o livro que eu estava...

Hum.

Espera aí.

Levantei a obra, inclinando a cabeça e olhando desconfiada para Rusarius.

— Como é que eu consigo ler isto?

— Como assim? — perguntou ele.

— Bom, eu sou de outro lugar. Um reino totalmente diferente. Quais são as chances de você e eu falarmos a mesma língua? E compartilharmos uma linguagem escrita? É simplesmente... impossível.

Era um absurdo isso não ter me ocorrido antes.

— Humm, não. Não é impossível. Não é nem improvável, aliás — respondeu Rusarius. — Você explica essa, querida — disse ele a Everlayne. — Tem mais um livro que quero achar antes de vocês irem embora.

Everlayne pareceu contente com a tarefa.

— Bom — falou ela, debruçando-se na mesa para tirar o livro da minha mão. — Neste momento, você está falando a linguagem feérica comum. Este livro também foi escrito em linguagem feérica comum. Tem outras línguas em Yvelia. Outros dialetos. Mas o feérico comum é falado por todas as cortes como uma, bem, uma língua *comum.* Quando os primeiros feéricos viajaram para seu reino, os seres humanos lá falavam um outro idioma totalmente diferente. Ao longo dos anos, nossa língua e nossa escrita foram adotadas por eles. Apesar de termos sido isolados dos outros reinos, parece que nosso idioma vicejou. Em Zilvaren, pelo menos, tem Madra, e sua rainha sempre falou feérico comum. Ela serviu como âncora da nossa língua. Pode ser que em outros reinos, as línguas e os alfabetos tenham mudado.

Madra.

Antiga como os salões de pedra no centro do universo.

Eu tinha que perguntar. Tinha que *saber.*

— Você parece saber muito sobre ela — comentei.

— Sobre Madra? — Everlayne apertou os lábios. — Acho que sei tanto quanto qualquer um aqui. Ela era jovem quando ascendeu ao trono de Zilvaren. Com sede de sangue e fome de poder.

— Mas como ela pode ser tão velha se é humana? Como conseguiu reinar por mais de mil anos? E como pode ter fechado todos os caminhos com aquela espada se não é alquimista?

— Não sabemos como ela fez isso, mas, sim, Madra devia ter morrido há séculos. Deve ser alguma forma de magia, mas não temos ideia de quem fez para ela nem por quê. Também não sabemos como ela descobriu que o mercúrio podia ser estancado com uma espada alquimérica. Essa informação foi fortemente protegida pelo nosso povo por gerações. Mas não precisa ser feérico nem possuir qualquer dom especial para *fechar* os portais entre os reinos. A espada faz isso por você. Até onde sabemos, quando um lago de mercúrio é ativado, todo o mercúrio em todo lugar é ativado. Ele é unido por algum tipo de... — Ela franziu a testa, buscando uma forma de explicar. — Uma fita de energia, acho. Se você pegar uma espada como a Solaz e fincar no mercúrio, ela corta essa energia de um jeito que o paralisa. Até Solaz ser removida, toda entrada dos caminhos está bloqueada. Havia membros desta corte em grupos de exploração, desbravando novos caminhos que tinham sido abertos havia pouco tempo quando Madra cortou o fio. Amigos e familiares ficaram presos onde estavam. Não foram mais vistos desde então.

— Isso é... Digo, tem alguma chance de algum deles ainda estar vivo? Eu sei pouquíssimo sobre a expectativa de vida dos feéricos. Quanto tempo vocês vivem, hein? Quantos anos *você* tem?

Everlayne conteve uma risada, cobrindo a boca com a mão. Eu estava enganada ou ela parecia meio envergonhada?

— Isso... não é um assunto sobre o qual a gente fala. Você devia saber disso, mas ainda não estudamos etiqueta da corte.

— Desculpe. Deuses, eu devia cuidar da minha própria vida. Eu...

— Não, não, não, tudo bem. — Ela balançou a cabeça. — Eu sei que só nos conhecemos há alguns dias, mas fiquei com você por muito tempo enquanto se recuperava. Gostaria de pensar que somos amigas.

— Eu também.

Era verdade. Eu estava começando a pensar nela como amiga e ficava feliz de ela me enxergar do mesmo jeito. Ter uma amiga num palácio lotado de inimigos não seria nada ruim.

— Certo. Bom, agora que concordamos nisso — disse ela, sorrindo —, vou começar perguntando: quantos anos você *acha* que eu tenho?

— Se você fosse humana, eu diria que é um pouco mais velha do que eu. Vinte e sete? Vinte e oito, talvez?

— Deuses. — Ela arregalou os olhos. — Isso vai ser um pouco chocante para você, então. — Ela respirou fundo. — Eu nasci bem no início da décima era. Estou viva há mil quatrocentos e oitenta e seis anos.

— Mil qua... — Quase engoli minha própria língua.

Everlayne tinha quase *mil e quinhentos* anos. Eu não conseguia forçar minha cabeça a entender isso. Ela parecia tão jovem. Será que eu ousava fazer minha próxima pergunta? A que estava queimando na ponta da língua? Eu nem devia querer saber, mas não conseguia resistir.

— E Kingfisher? Quantos anos *ele* tem?

Everlayne me avaliou com um sorrisinho brincalhão nos lábios. Levou um longo momento para responder, e durante esse tempo me repreendi internamente por ceder à minha curiosidade infernal, mas aí ela falou:

— Você deveria perguntar para ele. Não é da minha conta compartilhar esse tipo de informação. Muitas vezes, nem sabemos quantos anos têm os outros membros da nossa corte. Mas eu sei, sim, quantos anos tem Kingfisher e te mandar perguntar diretamente a ele é simplesmente cruel. Ele nunca te contaria e além disso zombaria de você por perguntar. Kingfisher nasceu no fim da nona era. Isso te ajuda a formar algum palpite?

— Não sei. Não tenho certeza. Ele parece ter uns trinta. Então, eu chutaria que ele tem...

Deuses, convencer as palavras a saírem da minha boca era impossível. Isto era uma doideira.

— Vai lá — cutucou Everlayne.

— Sei lá, mil e oitocentos anos?

— Nada mal. Ele tem mil setecentos e trinta anos.

— Mil setecentos e trinta e *três* — veio uma voz grave.

A adrenalina explodiu em minhas veias, chocando meu sistema com tanta força que quase caí de lado da cadeira. Me virei e lá estava Kingfisher, numa alcova de leitura recuada, banhado em sombras. Metade do corpo dele estava escondida por uma poça de escuridão muito deslocada na biblioteca bem iluminada. Ele analisou as unhas, e o gorjal com cabeça de lobo brilhou no pescoço.

— Mas o que são três anos entre familiares? — disse ele, se afastando da parede e saindo para a luz. — Com certeza é difícil manter a noção de tempo estando tão distraída com as idas e vindas da vida na corte. — Kingfisher lançou a ela um sorriso de lábios fechados. — Que bom ver você finalmente contando umas verdades para sua nova amiguinha de estimação, Layne. Mas preciso dizer, fiquei meio escandalizado de descobrir que são as *minhas*.

— Você não teria descoberto nada se não estivesse bisbilhotando.

— Perdão. Eu estava entediado. Decidi vir buscar a humana, no fim das contas, e vocês duas pareciam estar tendo uma conversa *muito* interessante.

Everlayne revirou os olhos e colocou a mão no meu antebraço.

— Não ligue para ele. Respondendo sua outra pergunta: tecnicamente os feéricos que se viram presos quando o mercúrio foi estancado ainda podem estar vivos, sim. Mas o reino que visitavam é um lugar volátil e perigoso. É improvável que algum deles tenha morrido de velhice. Os clãs locais, por outro lado, devem ter dado cabo deste trabalho.

— Da próxima vez que estiver curiosa sobre mim, vê se pergunta para *mim* — disse Kingfisher ao colocar a mão na porta da forja, agora novinha em folha.

Era a primeira vez que ele falava desde que saímos da biblioteca, preferia marchar pelo Palácio de Inverno num silêncio impassível.

A porta se abriu, e ele entrou.

Fiquei parada na soleira, tentando decidir se queria entrar atrás dele ou correr na direção oposta, de volta ao meu quarto, onde ele não encheria o meu saco. O palácio era um pesadelo sinuoso de passagens, escadas e corredores, mas achei que, se realmente tentasse, conseguiria achar o caminho.

Minhas pernas estavam pesadas como pedra talhada quando o segui para a forja.

— Se eu tivesse te perguntado alguma coisa, você não teria me respondido. E, se respondesse, não teria sido com a verdade.

— Incorreto. Se você me perguntasse algo que valesse a pena, eu responderia. Se eu respondesse, seria com a verdade.

Como ontem, ele começou a tirar a armadura, começando de novo por remover a espada. Desta vez eu estava preparada e não me encolhi quando ele sacou a arma.

— Ah, tá. *Claro.*

Humanos e feéricos eram diferentes em muitos sentidos, mas o sarcasmo era universal.

As mãos dele trabalharam agilmente na faixa que contornava a lateral do corpo, desafivelando o peitoral da armadura.

— Tente, humana.

— Tudo bem. Beleza.

Graças ao truquezinho de limpeza de Kingfisher ontem à noite, a forja estava impecável. A bancada de trabalho não tinha nenhum detrito, o chão estava imaculado. Todas as ferramentas pareciam novas, penduradas em ganchos na parede à frente do forno de fundição. Manobrei até o outro lado da bancada, colocando o maior e mais pesado obstáculo possível entre nós dois enquanto ele continuava removendo a armadura, só para o caso de ele não gostar dos meus questionamentos e vir para cima de mim. Porque eu planejava chacoalhá-lo. Irritá-lo. Provocá-lo como ele me provocava toda hora, me chamando de *Osha* e demonstrando total escárnio por mim.

Foda-se ele.

Kingfisher jogou o peitoral no chão.

Me apoiei na bancada e disse:

— Elroy jura que os homens mentem sobre o tamanho do pau toda vez que uma mulher pergunta.

Kingfisher ficou imóvel.

— Você está perguntando o tamanho do meu pau, Osha?

— Não estou nem aí para o tamanho do seu pau. Só estou interessada em como você vai me responder.

Um sorrisinho irônico lento e terrível se espalhou pelo rosto dele.

— É grande o suficiente para fazer *você* gritar e mais um pouco.

— *Viu só?* — Apontei um dedo para ele. — Você não ia ser sincero.

Ele olhou ao redor da forja, fingindo confusão.

— Desculpe, acho que não entendi o que você quis dizer.

— Pergunte a um homem o tamanho do pau dele, e ele vai te mostrar que só fala merda.

— Pode ser. Mas eu não sou homem. Sou um *feérico.* — Ele fez uma pausa. — E talvez simplesmente seja bem-dotado.

— Ou talvez só esteja desperdiçando meu tempo e seja melhor a gente seguir logo em frente com o que você vai tentar me ensinar aqui — rebati, irritada.

As mãos de Kingfisher passaram para a nuca. Ele levou só quatro segundos para desafivelar o gorjal e deslizar a placa de prata.

— Talvez o problema seja você ter me feito uma pergunta sobre o meu *pau* que nem uma cadela faminta no cio e não ter me perguntado nada de importante.

Deuses, ele não parava de me surpreender. Toda vez que eu achava que havia chegado ao limite de quanto um ser vivo podia detestar outro, ele ia lá e me provava que eu era capaz de bem mais.

— Tudo bem. Beleza. Vou te perguntar uma coisa que importa. Você foi banido da corte yveliana porque fez algo ruim. Belikon disse que você aniquilou uma cidade inteira.

Ele levantou uma sobrancelha escura para mim.

— Isso foi uma pergunta?

— Você fez isso mesmo? — perguntei.

— Por que quer saber?

— Porque estou dividindo um espaço muito pequeno com você no momento. Porque estamos sozinhos. Porque eu quero saber se estou respirando o mesmo ar que um assassino em massa. E não fuja de uma pergunta *me* fazendo outra. *Você fez isso mesmo?*

Ele me analisou intensamente. Mesmo a distância, eu via o mercúrio cativo girando em meio àquele mar de verde vívido.

— Sim. — A palavra saiu abrupta. Desafiadora. — Fiz.

— Por quê?

— Porque eu não tinha escolha.

Bati as mãos na bancada, a raiva era um punho de ferro fechado em meu peito.

— *Por quê?*

— Você não está pronta para essa informação. Você nunca estará pronta.

— Por quê?

— Porque você é humana, e humanos são fracos — rosnou ele. — Porque não é da sua conta. Porque não importa *o motivo*. Porque, independentemente do motivo que eu te der, não vai ser bom o bastante. Agora, me pergunta outra coisa.

Minha voz tremia quando falei:

— Renfis disse que você sofreu nos últimos séculos porque foi banido depois de destruir aquela cidade. Para onde eles te mandaram?

Kingfisher veio espreitando na direção da bancada. Agora, estava sem nada da armadura. Ele vestia de novo uma camisa preta solta e lisa e calça preta. No pescoço, a corrente de prata pendurada — aquela que ele me emprestara quando eu estava morrendo — reluzia, chamando minha atenção. Tentei não recuar quando ele chegou mais perto, mas ele era enorme. Pairava acima de mim, ocupando muito espaço, invadindo meu território, ofuscando a porcaria da luz. Ele era a única coisa que eu enxergava. O único cheiro que eu sentia. Ele era o ar frio da manhã, fumaça, terra recém-revirada e mil outros aromas complexos para os quais eu nem tinha nomes.

Com os caninos expostos, ele chegou tão perto que a ponta de nossos narizes ficou separada por um centímetro e olhe lá. Ele grunhiu:

— Para o *inferno*.

Eu não conseguia respirar. Não conseguia pensar. Ele estava tão perto. Tão furioso. Era como se estivesse prestes a se desfazer e a única coisa que o mantivesse inteiro fosse o mais fino dos fios.

Do nada, ele recuperou a compostura e os caninos desapareceram num piscar de olhos.

— Reze para nunca ter que experimentar em primeira mão, humana — sussurrou ele. — Estende a mão.

— Estender a...?

— Sim, estende a mão.

Assim de perto, ele podia pegar minha mão e o braço ao qual ela estava grudada, se quisesse. Podia me rasgar membro a membro e eu não seria capaz de fazer nada. Entorpecida e tremendo, estendi a mão, rezando veementemente para que ele não estivesse prestes a quebrar meus dedos por tê-lo irritado. Algo frio e liso foi pressionado no centro da minha palma. Kingfisher fechou meus dedos ao redor, aí cobriu minha mão com as dele, enormes e tatuadas. No início, não senti. Estava ciente demais de sua proximidade e da variedade insana de aromas que não paravam de emanar dele e me atingir.

Madeira, couro, especiarias, ervas, um leve almíscar e...

— Ai.

Kingfisher apertou os olhos.

— O que é?

— Ai! Está doendo!

Tentei me soltar, mas Kingfisher segurou mais forte. Continuou ali, agarrando minha mão na dele com cada vez mais força, e a sensação de queimadura no centro da minha palma começou a arder de verdade.

— Kingfisher — falei, num tom de advertência.

Ele não me soltou, só ficou lá parado, me olhando, me observando, com os fios metálicos prateados se mexendo freneticamente no olho direito.

— Fisher, o que você está fazendo?

— Me fala o que é — exigiu ele.

— É algo que está me *machucando*, isso sim! — gritei, puxando de verdade a mão agora.

Eu me contorci e puxei, colocando o peso do corpo todo no movimento, desesperada para me libertar, mas Kingfisher segurou firme.

— É quente? Frio? Afiado? Macio?

— Frio! É frio! Está *queimando* de tão frio! — Isso não fazia sentido, mas era verdade. O gelo rastejava dentro de mim, se entrincheirando em meus ossos. — Dói! Solta, Fisher! Por favor! Faz isso parar!

— Faz você — ordenou ele.

— Não consigo! Não consigo!

Os olhos dele brilharam, decididos.

— Consegue sim.

— Solta!

— Você quer provar que eu estou certo, é isso? Você é fraca? Você é humana, então é fraca e inútil e patética? É isso?

— FISHER!

Ele nos girou de modo que minhas costas ficaram apoiadas na bancada. Senti a ponta da madeira se enfiando em minha lombar, mas a pressão não era nada comparada à bola terrível de dor que ele tinha prendido entre nossas mãos.

— *Escute* — ordenou.

— *Quê?*

O que ele dizia não fazia sentido.

Kingfisher tirou uma das mãos, mas não fez diferença — ele só precisava de uma para segurar as minhas duas. Com a mão agora livre, ele me agarrou com firmeza pelo queixo, me forçando a ficar imóvel. A encará-lo.

— *Escute* — repetiu ele. — O que está dizendo?

— Estou dizendo que você é um... filho da... puta... maligno — consegui falar.

Ele não reagiu.

— Quanto mais cedo você fizer o que eu mando, mais cedo tudo isso vai terminar, humana.

Meu maxilar estava berrando de dor, de tanto que eu cerrava os dentes.

— Vai... *se foder...*

— Lá vai você de novo. Cadelinha faminta e carente no cio, implorando para ser comida — provocou ele.

— Me. Solte.

— *ESCUUUUUTEEE!!!* — O rugido de Kingfisher roubou meu fôlego. Roubou a luz também. A forja toda ficou preta como piche num instante, e a dor na minha mão, viajando braço acima, virou uma corda de fogo. — Tem você, e tem a dor. Mais nada — sussurrou ele. — Ultrapasse. Atravesse. Deixe que ela passe por cima de você.

Isso era cruel. Era tortura. Eu estava sendo queimada viva. Ele ia me matar.

— Não consigo — falei, soluçando.

— Consegue. Me mostra que estou errado. Me mostra que é mais forte do que eu acho que você é.

De todas as coisas que ele tinha me dito, foi isso que de algum jeito me atingiu. Inspirei, trêmula, e tentei acalmar a mente. A parte de mim que estava desesperada, em pânico, latejando e zumbindo se acalmou por uma fração de segundo. Um tantinho infinitesimal. Fez a dor vacilar por um momento — não foi tempo o bastante para me dar nenhum alívio real, mas foi suficiente.

Havia uma voz.

Um milhão de vozes.

Annorath mor!

Annorath mor!

Annorath mor!

Annorath mor!

O som era ensurdecedor. Gritei ao redor dele, balançando a cabeça, tentando falar, mas ele incendiava cada parte da minha mente, me consumindo, erradicando cada memória, cada pensamento, cada sensação...

— Annorath... *MOR!* — berrei.

A dor piscou e se apagou.

A luz voltou depressa.

As vozes se aquietaram, e o silêncio que deixaram para trás era ensurdecedor.

Kingfisher ficou paralisando, ainda perto demais para ser confortável, a mão agora solta ao redor da minha. Desta vez, aquela sua arrogância fria não estava em lugar algum. Ele baixou os olhos arregalados para nossas mãos unidas e sua respiração ficou levemente presa na garganta.

Fiquei tensa ao ver a minúscula esfera de líquido prateado rolando no vão da minha palma. Mercúrio. Não muito. Pouco maior do que uma unha do dedo mindinho. Mas mercúrio mesmo assim. E encontrava-se em estado *líquido.*

Entrei em pânico, tentando jogar longe, mas Fisher segurou meu punho e balançou a cabeça.

— Desde que eu esteja te tocando, você está segura. Eu estou usando o pingente. Ele não vai fazer mal para nós.

— Do que você está falando? Com certeza vai fazer mal para nós. Esse negócio acabou de quase me congelar de dentro para fora!

— Isso não foi nada. Apenas um teste. Já acabou. Você passou.

Incrédula, fiquei olhando-o boquiaberta.

— *O que teria acontecido se eu não passasse?*

— Isso é uma questão acadêmica. Você passou.

— *Tira* isso de mim, Fisher.

— Estanque-o.

— Como caralhos... Eu não sei *como*!

— Feche os olhos. Sinta na sua mente. Busque...

Fiz o que ele mandou, fechando os olhos e tentando lembrar como respirar, sabendo que esse tantinho minúsculo de mercúrio acumulado em minha mão era o bastante para rasgar minha mente. Eu tinha visto o que ele fizera com Harron. Estava prestes a xingar Kingfisher de novo, falar que não conseguia sentir a prata-viva amaldiçoada, mas aí... *consegui* sentir.

Era um peso sólido, descansando ali, bem no meio da minha mente. Não era nada. Nem quente. Nem frio. Nem afiado. Nem macio. Só era. E estava esperando.

— Eu sinto — sussurrei.

— Tudo bem. Agora diga a ele o que você quer. Mande-o dormir.

Fiz exatamente isso. Em minha mente, pedi que ele ficasse imóvel, que fosse dormir. O pesinho sólido pareceu rolar, inquieto.

— *Não, dormir não. Agora não. Dormi tempo demais* — sibilou um número incontável de vozes sobrepostas.

— *Durma* — ordenei, com mais firmeza.

Desta vez, ele obedeceu.

O peso saiu de minha mente, desaparecendo até eu me sentir quase de volta ao normal. *Quase*, porque Fisher continuava segurando minhas mãos. Quando abri os olhos, ele estava olhando o grânulo sólido de metal embotado e inerte em minhas mãos com uma expressão de diversão sarcástica em seu rosto irritantemente belo.

— Preciso dizer: eu tinha imaginado um resultado diferente — comentou.

E aí eu dei um soco bem no meio da sua boca.

11

ENGULA

— Apertado demais! Apertado demais! Não consigo respirar!

Dizer que Everlayne estava brava seria um eufemismo. Ela puxou as fitas do corpete nas costas do meu vestido com uma força que eu não sabia que ela tinha.

— Se você continuar puxando assim, vai quebrar minhas costelas — resmunguei.

— Que bom! Quem sabe aí você... para... de reclamar!

— Costelas quebradas não vão me impedir de reclamar — murmurei, mal-humorada, puxando as barbatanas do corpete. Estavam enfiadas em minha pele, me beliscando em lugares em que minhas roupas lá em casa nunca tinham beliscado antes. Era uma porcaria.

— Para com isso! — Everlayne deu um tapa na minha mão, fazendo um muxoxo.

Ela afofou minhas saias, andando ao meu redor, espanando fiapos imaginários que só ela conseguia enxergar. Como os outros vestidos que me dera, este era absolutamente maravilhoso. Uma vestimenta vermelha cintilante feita de seda pura. Era o tipo de vestido que deixaria a maior parte dos homens de joelhos. Eu odiava aquela merda.

— O que você estava *pensando*? — rosnou Everlayne, batendo um pouco mais nas dobras da saia para o caimento ficar certo. — Ele é um guerreiro feérico, Saeris. Você *não* pode sair socando guerreiros feéricos.

— Posso *por favor* usar calça? — Eu me observei, carrancuda, no espelho de corpo inteiro. — E não vem me dizer que calças são só para feéricos. Já vi várias feéricas andando pelo palácio de calça.

— A gente já falou sobre isso. Você é *bonita* demais para usar calça. Está me ouvindo? Sobre Kingfisher?

Lancei um olhar sério a ela.

— *Não.*

— Você podia pelo menos me contar o que ele fez para você dar um soco nele daquele jeito.

— Confia em mim. Ele mereceu.

— Bom, *disso* eu não duvido.

Ela tinha me pedido para explicar o que acontecera sete vezes na última hora, mas suas súplicas não me fizeram ceder. Não adiantaria nada contar a ela sobre a palhaçada de Kingfisher com o mercúrio. Eu não queria que as coisas ficassem ainda mais tensas entre os dois. Se Everlayne soubesse que ele me jogara numa situação que eu estava quase certa de que poderia ter me matado, as coisas não iam só piorar, iam ficar catastróficas. E nós *éramos* amigas, eu não queria que ela sofresse mais do que já tinha sofrido. Ter Kingfisher como irmão era um fardo grande o bastante, eu tinha certeza.

— Você tem sorte de ele não ter reagido de um jeito ainda pior — disse ela.

— Ah, é? — desdenhei. — *Eu* achei a reação dele um pouquinho exagerada.

Everlayne estivera me esperando quando voltei ao meu quarto ontem. Não contava com Kingfisher chutando minha porta, comigo jogada por cima do ombro como um saco de batatas e guinchando feito uma alma penada. Nem tinha esperado o humor particularmente azedo dele, seu lábio inferior cortado ou o filete de sangue escorrendo pelo queixo. Ela havia dado um gritinho quando Kingfisher me jogou sem cerimônia na minha cama e rosnou:

— Humana *má.*

— Ele podia ter feito bem pior. — Everlayne me garantiu. — Guerreiros como Fisher não reagem bem à violência.

— Você está dizendo que ele é tão selvagem que um ganchinho de direita é suficiente para ele explodir num ataque de fúria assassina?

Ela pensou no assunto enquanto dobrava um cobertor. Levou um tempo para se decidir.

— Estou — disse.

— Então seu irmão não é guerreiro, Everlayne. É um selvagem irracional com um temperamento de merda. Mas acho que eu já podia ter te falado isso.

— Por favor, me chama só de Layne. E *não* fala isso em voz alta.

— Não é bem um segredo. Acho que todo mundo sabe que Fisher é um selvagem...

— Não isso. A parte do *irmão* — disse ela, num sussurro alto.

— As pessoas não sabem disso?

— Bom, sim. E não. É que não se fala do assunto. E é muito, *muito* complicado.

— Deixa eu adivinhar. Sua mãe teve um caso, porque o rei é um monstro vil, e acabou grávida de outro?

Everlayne — *Layne* — suspirou.

— Não. Minha mãe era casada com um lorde do sul antes de se casar com meu pai. Ela teve Fisher com o primeiro marido. Quando Fisher tinha dez anos, o rei mandou o pai dele em missão para Zilvaren. Ele nunca voltou. Foi quando os portais foram estancados. O rei disse que Finran, pai de Fisher, havia sido o responsável pelo mercúrio ter parado e o declarou um traidor do povo feérico...

— Espera, Kingfisher disse que Madra era a responsável por estancar o mercúrio.

Everlayne ficou com uma expressão perturbada.

— E pode ser verdade. Fisher certamente nunca acreditou que seu pai fosse o responsável. Mas, sem qualquer prova do contrário, Belikon anunciou que o culpado era Finran. Menos de um ano depois, ele anunciou que estava noivo da minha mãe. Segundo todos os relatos, ela ficou surpresa, já que nem *conhecia* o rei, mas Belikon deixou claro que se casar com ele era o único jeito de ela provar que não era traidora da corte também. Além do mais, Finran tinha sido muito rico, e Belikon precisava do dinheiro para pagar pelo conflito que eclodia com Sanasroth. Belikon informou minha mãe via arauto real que ela devia se apresentar no Palácio de Inverno e levar todos os seus ativos e dinheiro. Rusarius ainda fala de como o rei ficou furioso quando ela chegou com Kingfisher logo atrás.

— Ele não considerava um filho de um casamento anterior um ativo?

A risada de Layne soou sem humor.

— Nem um pouquinho. Ele queria um filho próprio, e o mais rápido possível. Não queria Kingfisher como seu herdeiro via casamento, mas levou muito tempo para minha mãe engravidar de novo. Crianças feéricas são um presente raro. A maioria dos casais tem sorte de conseguir ter um filho. Belikon achava que Fisher tinha "*gastado minha mãe*". Ele chegou a falar isso um dia. Até hoje insiste que, quando ela engravidou de novo de mim, muito tempo depois, era culpa de Fisher ela não ter sido forte o suficiente para produzir outro herdeiro macho. Também era culpa dele que ela não fosse forte o suficiente para sobreviver ao parto. Sua gravidez foi difícil. Nenhum de nossos curandeiros ficou surpreso quando ela faleceu pouco depois de eu vir ao mundo, mas Belikon...

Everlayne balançou a cabeça com tristeza.

— Segundo o rei, tudo era sempre culpa de Fisher. Mas a nossa mãe não morreu por causa dele. Ela morreu por minha causa.

— Não foi culpa de ninguém — falei. — As mulheres morrem no parto desde o início dos tempos. Humanas ou feéricas, não faz diferença. Isso nunca é responsabilidade da criança.

Layne provavelmente já tinha ouvido tudo isso antes. Ela só assentiu, acariciando o cobertor que tinha colocado no encosto da minha poltrona de leitura.

— Como você sabia que Fisher não era um filho ilegítimo de Belikon? — perguntou ela. — Ele teve casos suficientes para isso ao longo dos anos.

Essa era fácil.

— Porque, ilegítimo ou não, nenhum pai odiaria seu próprio sangue como Belikon odeia Fisher.

— É, bom... — Layne mexeu o maxilar enquanto olhava o cobertor, mas sem o enxergar de verdade. — Nisso você tem razão. Enfim! — Ela respirou fundo, endireitando-se ao voltar a si, despindo-se do assunto pesado como se fosse um robe assoberbante. — Vou buscar algo para o café da manhã. Quando terminarmos de comer, vamos para a biblioteca.

Ela saiu e eu me sentei na ponta da minha cama, aliviada por enfim estar sozinha.

Annorath mor.

Annorath mor.

Annorath mor.

Kingfisher tinha me mandado ouvir o mercúrio, e eu tinha ouvido. Não conseguia *parar* de ouvir. As vozes na minha cabeça haviam sumido. Desaparecido assim que o mercúrio estancou, mas aquela *frase*. Eu ficava repetindo para mim mesma, sem parar, como se fosse a resposta a uma pergunta que eu não sabia como fazer.

Annorath mor.

Annorath mor.

Annorath mor.

Kingfisher tinha reagido depois de eu falar em voz alta. Tinha arregalado os olhos. Ficara chocado, até. Porém, não havia explicado o que significava, e não saber estava me tirando do sério.

Enfiei as unhas nas palmas das mãos, aplicando pressão no ritmo daquelas palavras que rodavam em minha cabeça. Era quase como se tivessem substituído as palpitações do meu coração. Meu transe só terminou quando uma batida alta na porta rompeu o silêncio.

Em algum ponto, Layne aceitaria que eu simplesmente não comia tanto assim e pararia de lotar o meu prato com comida. Colocaria uma maçã no bolso para mim ou algo do tipo. Assim, mesmo que o prato de café da manhã dela estivesse cheio, ela ainda teria uma das mãos livres para abrir a porta. Resmunguei sozinha ao atravessar o quarto e girar a maçaneta, puxando a porta, que se abriu enquanto eu voltava para a cama e caía de joelhos, procurando embaixo dela os sapatos que eu havia chutado ontem à noite.

— Admito que eu gosto quando uma fêmea se ajoelha para mim, mas *neste* caso em particular...

Eu estava com o braço estendido, os dedos quase alcançando o salto do meu sapato embaixo da cama, mas, no momento em que ouvi aquela voz, fiquei dura como uma tábua. O sangue correu para minhas bochechas enquanto eu me sentava apoiada nos calcanhares, olhando Kingfisher com raiva.

— Você não é bem-vindo aqui — declarei.

Seu lábio estava ainda mais inchado e vermelho do que ontem à tarde. Nas mãos, ele trazia uma grande tábua de madeira com pilhas altas com todo tipo de carne curada, queijo, fruta e pelo menos três tipos de pães diferentes. Ele usava uma quantidade excessiva de armadura: o dobro do normal. Suas canelas estavam cobertas com grevas pretas enfeitadas com sóis nascentes dourados, cujos raios subiam na direção dos joelhos. Os guarda-braços combinando cobriam os pulsos. Ele baixou os olhos para se ver, e a boca se contorceu num sorriso frio quando me pegou olhando sua armadura aprimorada.

— Gostou? — ronronou ele. — Imaginei que precisava de um pouco mais de proteção hoje de manhã, já que você agora anda querendo se jogar para cima de mim como uma felina raivosa.

— Gatos arranham — falei, sem emoção. — Eu fiquei por *isso aqui* de te fazer cair de bunda no chão.

— Nos seus malditos sonhos, humana.

Ele fechou a porta com um chute, entrou no quarto, apoiou a pilha de comida na mesinha e então foi até as três janelas altas, fechando com força as cortinas de cada uma.

Eu me levantei e fui atrás dele, abrindo de novo as cortinas.

— O que você está *fazendo*?

— Estou de ressaca — anunciou ele. — O sol está tentando rachar meu crânio, e isso me deixa *pouquíssimo* amigável. Mas, por favor, fique à vontade para abrir as cortinas.

Como é que se matava um guerreiro feérico? Será que precisava de uma arma especial? Dava para envenená-los? Fiz uma anotação mental para perguntar a Rusarius — o velho bibliotecário devia saber. Fazendo uma careta séria, revisitei as janelas, voltando a fechar as cortinas.

— Eu quis dizer: o que você está fazendo aqui? No meu quarto?

— Aparentemente, eu não posso comer na biblioteca. E, ao contrário da Layne, não tenho uma ala da corte designada só para mim. Depois de ver ontem como os *seus* aposentos eram bacanas, achei que podia vir tomar café da manhã aqui. Fica tranquila. Eu te trouxe um pouco de queijo.

Ele pegou um dos pratos pequenos que havia equilibrado em sua tábua lotada e botou uma lasca enorme de queijo duro. Para ser justa, parecia um bom queijo, mas a forma como ele jogou o prato na minha direção do outro lado da mesa fez meu sangue ferver.

O babaca começou a comer como se sua vida dependesse disso.

— Rusarius disse que comidas quentes estavam proibidas na biblioteca. Tudo isso é frio. Vai lá incomodar ele.

Kingfisher nem me deu atenção.

— Fisher!

Ele fez uma cara feia, se aconchegando na cadeira.

— Hoje tem regras, humana. — Ele começou a contá-las na mão, um dedo para cada. — Não gritar. Não desferir socos. Não me obrigar a fazer exercício físico. Não...

— Seu lábio está pingando sangue em tudo de novo — falei.

Ele pôs a língua entre os lábios e o sangue manchou a pontinha, e me vi sendo exposta a dois caninos terrivelmente afiados. Só os ver causava uma sensação de curiosidade tingida de pânico no meu corpo todo. O calor subiu da boca do meu estômago, e o sangue correu para as minhas bochechas.

O olhar de Kingfisher de repente subiu e se fixou ao meu.

— Cuidado, humana. Nós, feéricos, temos um excelente olfato. Você ficaria impressionada com o que conseguimos captar flutuando no ar.

— Eu... Eu não estava fazendo nada. Eu nem...

Ah, deuses. Eu ia morrer de vergonha. O momento tinha sido fugidio. Eu nem queria ter pensado naquilo. Eu desprezava Kingfisher. *Não* estava atraída por ele. Não estava pensando na língua nem nos dentes dele...

Ele soltou o pedaço de pão e carne que estava segurando e se recostou *muito* devagar na cadeira. Sua expressão de repente ficou séria, seus olhos, alertas, e sua voz, baixa e macia como veludo:

— *Você está piorando as coisas.*

Engolindo a vontade de gritar, me sentei na mesa e me forcei a não desviar meu olhar do dele, insuportavelmente arrogante. *Mude de assunto. Mude de assunto. Mude de assunto.*

— E por que você não foi cuidar desse lábio, hein? Eles conseguem curar. Um cortezinho desses? Desapareceria com um toque de nada...

Kingfisher estreitou os olhos, ainda me encarando.

— Eu ia depois daqui, mas agora decidi não ir.

— Ah, tá.

Rasguei um pedaço do queijo do bloco que ele tinha colocado no prato para mim e enfiei na boca.

— É. Decidi agorinha, na verdade. Vou manter como suvenir.

— Uma lembrança de quando uma garota humana fracote bateu em você e arrancou sangue? Quer que seus amigos saibam disso?

Caralho, o queijo tinha consistência de cola. Eu não parava de mastigar, mas minha boca estava tão seca que estava virando uma pasta grossa.

— Eu gosto de ser surpreendido — disse Fisher, girando o garfo na mesa. — Também sou muito fã de preliminares agressivas. Vai ser um lembrete divertido.

Respirei fundo, inalando queijo. Engasgando e gaguejando, tentei desesperadamente me livrar dele, mas não ia para lugar nenhum.

Kingfisher se inclinou à frente, passando de novo a língua pelos dentes. Ele sorriu sugestivamente ao dizer:

— *Engula.*

— O que, em nome dos cinco infernos, está acontecendo aqui? Você está tentando matar a coitada?

Layne apareceu do nada, uma nuvem de perfume doce e sedas cor de açafrão. Ela apoiou os pratos que tinha pegado na cozinha, aí começou a esfregar a mão nas minhas costas para me acalmar.

— O que você fez com a Saeris? — Ela olhou intensamente para Fisher.

— Pelo amor de todos os deuses que já existiram ou vão existir, dá para abaixar a voz, por favor? — resmungou ele.

— Ela vai morrer engasgada, Fisher. Você a envenenou? Respira, Saeris. Isso. Inspira devagar. Expira devagar. — Ela fez uma demonstração de como se inspira pelo nariz. — E... E por que está com cheiro de *bordel* aqui? Se você vai passar a noite toda de putaria e bebedeira, o mínimo que pode fazer é lavar o cheiro de sexo antes de aparecer para o café.

Kingfisher parecia prestes a explodir em gargalhadas. Aquele monstro estava curtindo a situação. Me preparei para a zombaria cruel: ele estava a segundos de contar à irmã que o cheiro que ela estava sentindo vinha de mim, e não dele. Mas, quando falou, ele me pegou de surpresa:

— Tem razão. Desculpa, Layne. Foi desrespeitoso. Vou levar meu café da manhã e deixar vocês duas em paz. Se o Ren aparecer aqui, avise que estou na casa de banho, lavando meus pecados. Vejo *você* hoje de tarde, Osha. Esteja pronta para praticar mais do que aprendemos ontem.

Espera aí...

Eu o observei indo embora.

Ele levou a culpa no meu lugar.

Por que faria isso?

Será que Layne saberia que era *eu* a fonte do aroma de excitação no ar no momento em que ele saísse? Eu achava que não. Não estava mais pensando na língua de Fisher subindo pelo meu pescoço. Estava pensando nele me forçando a segurar aquele mercúrio na palma da mão outra vez e no quanto aquilo ia doer.

Annorath mor!

Annorath mor!

Annorath mor!

A memória daquelas vozes na minha cabeça ecoou como um grito de guerra.

Fisher tinha me poupado da vergonha, mas isso não significava muita coisa. Não quando eu estava diante da promessa de uma tarde trabalhando com o mercúrio. Ele de fato não estava em seu juízo perfeito se achava que eu ia me submeter *àquilo* de novo voluntariamente.

A temperatura da biblioteca estava insuportável. Ainda mais fria que o normal, com condensação escorrendo pelo interior das janelas e nuvens de fumaça se formando no ar sempre que alguém falava.

— Vai nevar hoje à noite — anunciou Rusarius, franzindo a testa para o cobertor temperamental de nuvens que enchia a visão do teto com domo de vidro.

Neve.

A perspectiva de vê-la cair do céu com meus próprios olhos era emocionante, mas eu tinha questões mais importantes para resolver. Havia tomado minha decisão e não ia voltar atrás.

— Quero aprender mais sobre o mercúrio hoje — falei. — Sei que vocês estavam planejando abordar mais sobre Sanasroth e as cortes, mas o rei só nos deu uma semana antes de Kingfisher ser obrigado a ir embora. Já faz três dias e eu não aprendi muito sobre os caminhos.

— Conhecer as cortes vai ser essencial quando você começar a viajar para fora de Yvelia. Acho que vale a pena receber estas informações — disse Layne, colocando a mão no topo da assustadora pilha de livros que havia separado para a sessão de hoje.

— Não sei, não. Talvez Saeris tenha razão — ponderou Rusarius. Seu cabelo branco estava mais parecido com uma nuvem do que nunca, eriçado para todas as direções. — Se não conseguirmos demonstrar que Saeris é capaz de ativar o mercúrio, acho que Kingfisher vai ter problemas. Foi ele que a trouxe para cá. O rei deu uma semana para *ele* ensinar nossa nova amiga aqui a navegar essa coisa toda. Se ela falhar…

— O rei vai puni-lo — completou Layne.

— E Saeris também, talvez? — sugeriu Rusarius, num tom questionador.

Relutante, Layne afastou a pilha de livros selecionados.

— Tudo bem. Mercúrio, então. Quem sabe se a gente abordar a base rudimentar, Fisher consiga te apresentar a alguns outros compostos alquímicos inferiores na forja hoje à tarde.

Ah, Fisher não estava brincando com compostos alquímicos inferiores. Ele tinha me jogado na parte funda e tacado mercúrio puro na minha mão sem nem perguntar se podia. De novo, tomei a decisão de não revelar essa informação.

— Eu queria saber se há alguma referência sobre como os alquimistas usavam os caminhos para viajar de um lugar a outro especificamente. Tipo, como eles garantiam que iam acabar onde queriam — esclareci. — Tinha algum painel, encantamento ou… — Dei de ombros, canalizando o máximo de indiferença que conseguia. — Eles tinham que falar o nome de um lugar em voz alta ou algo assim?

Rusarius secou o nariz no dorso da manga do robe, aí soprou o chá quente que tinha preparado em algum lugar nos fundos da biblioteca.

— Ah, não, duvido que a gente tenha algum livro ou pergaminho que fale sobre *isso* — disse ele.

— Ah.

A decepção corroeu minhas entranhas.

— Não, essa parte era fácil. Todo mundo sabia como eles iam de um ponto a outro. — Rusarius tomou seu chá e deu um gritinho, abanando a boca. — Deuses, paciência nunca foi meu forte. Seria de imaginar que eu já teria aprendido a esperar...

— Então como eles faziam? Se todo mundo sabia?

— Ahh, sim. Bem, eles só colocavam a intenção no lugar. Se concentravam com muita força, aparentemente. Se queriam explorar algum lugar novo, pensavam no *tipo* de lugar aonde queriam ir. Se queriam descobrir um lugar rico em minério de ferro, por exemplo, pensavam em minério de ferro e deixavam o mercúrio puxá-los a um lugar que tinha bastante minério de ferro. Era um sistema bem simples. Falho, claro. Em diversas ocasiões, um alquimista pensou no tipo de lugar aonde queria ir, entrou num lago e nunca mais foi visto. Uma vez, um grupo saiu em busca de hidrogênio. Aquele xereta do arquivista Clements postulou que o mercúrio os levou direto para o centro de alguma estrela. Um monte de bobajada, se quer saber minha opinião...

Parei de ouvir. Eu não estava tentando ir a algum lugar novo. Queria ir para casa. E só precisava pensar em Zilvaren antes de entrar no lago? Seria fácil demais, não? Mas Rusarius parecia ter certeza.

— E onde fica o lago no Palácio de Inverno? Belikon tem um, certo? — perguntei, interrompendo o velho feérico, que ainda estava dando exemplos de diferentes grupos de alquimistas que haviam desaparecido enquanto exploravam destinos desconhecidos.

— Ah, claro! Nosso lago é o maior já documentado! — declarou o bibliotecário, sorrindo, como se fosse pessoalmente responsável pela existência dele. — Belikon o fez para transportar exércitos, se necessário. Fica situado sob nós, bem nas profundezas, nas entranhas do palácio. Quase todos os túneis que você encontrar vão levar para lá. Se bem que uma vez passei cinco dias tentando descobrir...

Modéstia à parte, fingi interesse maravilhosamente bem enquanto Rusarius tagarelava. Os planos que se formavam depressa na minha mente exigiam toda a minha atenção, mas assenti com a cabeça e ri da história do bibliotecário, interagindo só o suficiente para convencer Layne de que eu também o estava ouvindo.

As três horas seguintes se arrastaram, e me esforcei para não ficar inquieta. Fiz anotações sobre o lago de Sanasroth, localizado no meio dos salões do conselho da corte rival. Registrei as localizações de mais dois lagos em duas outras cortes também. Os gilarianos, feéricos nas montanhas a leste, mantinham seu lago num salão empoleirado no pico mais alto de seu território. Dizia-se que o lago pertencente aos lìssianos, os feéricos marinhos que moravam numa ilha ao sul, ficava localizado no fundo de uma caverna no mar e era quase tão grande quanto o yveliano, apesar de isso nunca ter sido confirmado, já que os lìssianos consideravam-no seu lugar de devoção mais sagrado.

Absorvi tudo isso, com a mente zumbindo sem parar.

Eu só precisava concentrar a mente na Cidade de Prata. Precisava procurar o mercúrio, convencê-lo a despertar e estaria em casa. Seria *tão* simples.

Mas tinha algo que eu precisava fazer primeiro.

12

RAPOSA

A ABUNDÂNCIA de couro de Kingfisher tinha desaparecido, e eu entendia por quê. O forno de fundição estava ardendo, um fogo incandescente lambia os tijolos quando entrei na forja. Pela primeira vez em quase uma semana, um calor maravilhoso se infiltrou em meus ossos, e foi uma sensação agradabilíssima.

O irmão de cabelos escuros de Layne sorriu como um demônio ao perceber que eu tinha adentrado a oficina escaldante, mas não se desviou de sua tarefa. O suor escorria pela lateral do rosto dele, que enfiava uma tenaz incandescente na fornalha; ele agachou, semicerrando os olhos ao se concentrar por um momento, e aí puxou de novo a longa tenaz, desta vez com um vasinho de ferro entre elas.

Eu mal notei o vaso — o *cadinho* — que Kingfisher apoiou na bigorna ao lado da bancada. Meu olhar estava fixo na gota de suor pendurada no queixo dele; por mais que quisesse, eu não conseguia ver mais nada. Brilhou ali por um segundo e aí caiu, chiando ao bater no cadinho de ferro e virar fumaça.

A blusa preta de Fisher, em geral frouxa, estava grudada no peito. Ele inspirou fundo, levantando os ombros e...

Tive um sobressalto de surpresa quando ele estalou os dedos na frente do meu rosto.

— Você podia pelo menos dar oi antes de começar a me comer com os olhos.

— Eu não estava te comendo com os olhos. Estava tentando enxergar com todo esse... vapor.

Balancei a mão para enfatizar, mas o ar estava limpo, não havia vapor nenhum, e Kingfisher não pareceu convencido.

— Isso sempre me confundiu. Humanos não são limitados pelas mesmas leis do Juramento dos Feéricos. Vocês são criaturas que podem mentir quando quiserem. Fazem isso o tempo todo. E mesmo assim são *ruins* pra caralho nisso.

As bochechas dele estavam coradas de calor e escorregadias de perspiração. Não tinha um fio de cabelo seco na cabeça dele. Da raiz às pontas, as ondas pingavam, algumas grudadas na lateral do rosto. Dando-se conta disso, ele sacudiu a cabeça feito um cão, jogando uma chuva de suor para todo lado.

Levantei a mão na frente do rosto, bloqueando as gotas.

— Que nojo!

Fisher deu uma risada silenciosa olhando o cadinho e afrouxando a blusa grudada no peito enquanto inspecionava o que tinha lá dentro.

— Lá vai você de novo, mentindo sem parar. Você gosta do meu suor, *não gosta*, humana?

Desde o momento em que nos conhecemos, o babaca vivia para me provocar. Eu nunca tinha reagido a ele me chamando de "*humana*" ou "*Osha*", então não fazia ideia de como ele sabia que me irritava tanto, mas irritava. Eu estava oficialmente de saco cheio.

— Eu tenho um *nome*. Use-o.

Passei com tudo por ele, indo até a bancada. Joguei na mesa a bolsa que tinha trazido e agarrei um dos aventais grossos de couro pendurados na parede ao lado da janela.

Me virei, pronta para dar um sermão sobre boas maneiras e como era educado chamar alguém pelo nome e não por algum apelido de merda que *ele* tinha inventado, mas...

— *Deuses e mártires sagrados!*

Meu coração pulou para a garganta. A um centímetro de distância, Kingfisher sorria para mim, me olhando de cima. Como diabos ele tinha chegado tão perto? Seus olhos dançavam de malícia. Era um crime olhos tão lindos pertencerem a um escroto desse. Eram diferentes de tudo o que eu já vira antes. Tão claros, do mais singular e impressionante tom de verde. E, embora o mercúrio cativo na íris direita me desconcertasse um pouco, não dava para negar que lhe dava uma aparência notável.

— Você é *temporária* — disse ele, pairando acima de mim, com seu corpo enorme simplesmente... em todo lugar.

— E você é *grosseiro* — retruquei.

Ele deu de ombros, virando-se. Assim que virou de costas para mim, inspirei, trêmula, tentando recuperar a compostura enquanto ele não estava olhando.

— Não é prático isso de aprender os nomes dos humanos — continuou ele. — Vocês vêm e vão rápido demais. Eu só me dou ao trabalho de aprender os nomes de criaturas que vivem mais do que um piscar de olhos.

Minhas mãos tremiam ao dar a volta nas fitas do avental na minha cintura e amarrar na frente da barriga.

— É Saeris. Meu nome. Me chame disso ou de absolutamente nada.

Ele me lançou um olhar divertido por cima do ombro, abrindo os lábios muito de leve e expondo um brevíssimo relance de dentes.

— Absolutamente nada? Gostei. Venha cá olhar isto, Absolutamente Nada.

Bom, acho que eu pedi por essa. Suspirando, fui ver o que ele estava apontando dentro do cadinho.

— Tem umas outras palavras também. Por favor e obrigado? Ainda não ouvi você usando nenhuma das duas, mas com certeza fazem parte do seu vocabulário e...

— Não fazem — respondeu ele, animado.

Uma quantidade minúscula de pó cor de chumbo, fino como cinzas, estava no fundo do cadinho.

— O que estou olhando?

— Osso — respondeu Fisher.

— Humano?

Ele fez que não.

— Eu não tinha nenhum. Se bem que se você estiver disposta a contribuir...

— *Para.*

Fisher se endireitou, semicerrando um dos olhos enquanto me analisava.

— Sua gente por acaso precisa tirar um cochilo de tarde? Você está bem mal-humorada. Sou *eu* que estou de ressaca, sabe.

— O que é que você fez ontem à noite, hein?

— Você bem que queria saber.

— Na verdade, deixa pra lá. Mudei de ideia. Não quero saber.

— Ren e eu fomos ao Porco Cego. Apostamos metade das economias dele, perdemos e tomamos todas até acabar o estoque do bar. Da próxima vez eu te convido.

Fiz uma careta.

— Por favor, não convide — respondi.

Kingfisher me agarrou, suas mãos se fecharam em meu pulso. Eu estava prestes a cutucar o pó dentro do cadinho com a ponta do dedo, mas...

— De onde você vem, um ferreiro enfia o dedo dentro de um cadinho logo depois de sair de uma fornalha acesa, Osha? — indagou Fisher.

Mexi a mandíbula, me sentindo absoluta, completa e devastadoramente estúpida. Se eu tivesse feito isso na oficina de Elroy, ele teria gritado comigo até ficar rouco e me banido de entrar lá por uma semana inteira. Eu nem teria permissão de me aproximar do cadinho sem usar luvas resistentes ao calor. Aqui, eu não pensava direito. Estava distraída. E o motivo da minha distração tinha acabado de me salvar de potencialmente perder a mão toda. Minhas bochechas ficaram mais quentes que a fornalha.

— Não. *Não* enfiam.

Kingfisher me soltou. Não mencionou mais nada sobre o assunto, mas o olhar severo e irritado que me lançou disse muito. *Tome mais* cuidado, *Osha.*

— O osso era feérico — falou ele, depois de um tempo. — Por séculos, nosso povo tentou entender como eram feitas as relíquias que nos permitem viajar pelo mercúrio. Houve muitas teorias ao longo dos anos, mas eram só isso. Teorias. Com o mercúrio adormecido, não conseguimos experimentar nem testar nenhuma delas. Mas agora que você está aqui...

— Você quer que eu desperte o mercúrio para tentar ligar substâncias a ele e ver se é possível fazer uma relíquia.

— Exato.

Ele sorriu. Era o primeiro sorriso real e completo que eu via nele, e era aterrorizante. Não por causa do quanto o fazia parecer maligno. Longe disso. Ele parecia bem mais jovem do que quando estava de cara fechada. Parecia *feliz,* e foi isso que realmente me ferrou. Era fácil odiar Kingfisher quando ele estava sendo escroto, mas, neste momento, ele não parecia nada escroto e isso era... confuso.

Eu não tinha tempo nem vontade de desvendar essa confusão agora. Não importava. Havia coisas mais importantes com que me preocupar.

— Você está usando osso para ver se fundir o mercúrio com material biológico vai enganar o lago e fazê-lo pensar que a criatura viva atravessando-o é parte dele? — perguntei.

Kingfisher se apoiou nos calcanhares, balançando o corpo, e levantou as sobrancelhas.

— Na verdade, é isso mesmo. É exatamente isso que eu quero fazer.

— Certo, tudo bem então. Vamos lá.

— Sério? Depois de ontem, achei que você fosse relutar em tentar ativar o mercúrio outra vez.

— Não estou feliz com isso, mas se significa que vamos conseg... AH! *Deuses sagrados!*

Não estávamos sozinhos.

Minha mão se fechou numa tenaz. Agarrei-a como se fosse uma adaga, saltando à frente e adotando uma postura defensiva. Meu coração batia na ponta dos dedos das mãos e dos pés e em todos os lugares possíveis. Num instante, eu estava pronta para lutar, mas Kingfisher foi mais rápido que eu. Ele virou um borrão de fumaça preta. Um vento frio balançou meu cabelo e aí ele desapareceu. Rematerializou-se do outro lado da oficina, com olhos assassinos e aquela espada preta letal nas duas mãos, pingando fumaça.

— O que *é* isso? — Apontei para a coisa odiosa agachada ao lado do forno.

Ela me deu um silvo, mostrando os dentes e o branco dos olhos.

Kingfisher deu uma olhada na criatura e se endireitou, saindo da posição defensiva e xingando numa língua que eu não entendia.

— Qual é o seu *problema*? É uma raposa! Deuses, achei que você estivesse prestes a ter a cara rasgada.

— Raposa? O que é uma *raposa*?

Kingfisher murmurou baixinho de um jeito sombrio enquanto ia para o lado do animal estranho. O bicho tinha um pelo grosso e felpudo, branco como a neve da janela, e olhos pretos vidrados, da cor de azeviche. Ele se encolheu, pressionando o corpo no chão de pedra, com as orelhinhas de pontas pretas se recuando na cabeça minúscula enquanto observava Kingfisher levantar a espada sobre sua cabeça.

— Só para você saber — grunhiu o guerreiro —, se transportar assim com dor de cabeça é um saco.

Ele abaixou a lâmina.

— NÃO! PARA! O que você está fazendo?

Ele desviou a arma para o lado bem a tempo.

— Malditos *deuses* da desgraça, humana! Pare de gritar, porra!

— Eu não quero que você a mate! É que me pegou de surpresa, só isso!

— É uma raposa! Uma praga! Provavelmente era o que estava morando no forno antes de arrancarmos aquela toca. Elas roubam comida das cozinhas.

A criatura não era nem de longe tão odiosa como eu tinha pensado de início. Me lancei à frente, agachando e cobrindo a coisinha com meu corpo, de repente tomada de remorso.

— Então você definitivamente não pode matá-la. Não se a gente destruiu a casa dela.

— Ela vai te morder — disse Kingfisher.

— Não vai, não. Ela...

Ela me mordeu.

Os dentes eram afiados como agulhas. Com a mandíbula fechada em meu antebraço, a raposinha guinchou e grunhiu, fazendo todo tipo de som estranho. Parecia querer fugir e se esconder, mas não conseguia entender bem como *parar* de me morder.

Kingfisher colocou a ponta da espada na pedra a seus pés e casualmente apoiou seu peso nela, assistindo à cena que se desdobrava sem nenhum sentimento óbvio para um lado ou para o outro.

— Elas transmitem todo tipo de doença. Apodrecimento de pulmão — falou. — Uma coisa de pele descamando também. E acho que algum tipo de infecção fúngica.

— Ai! Está quase chegando no osso, Fisher. Me *ajuda*!

Kingfisher se afastou da espada, endireitando-se. Olhou as vigas lá em cima, apertando os olhos.

— Esta... é uma experiência de aprendizado, acho. Nossas ações sempre têm consequências. Sua nova pulseira peluda é uma consequência da fraqueza humana. Use-a com orgulho.

A raposinha espirrou, com os olhos pretos fixos nos meus. Se uma raposa pudesse ter expressão, a dela seria de pânico. Ela queria que eu a ajudasse, pensei, mas como eu ia fazer isso quando, na verdade, o bicho estava me mordendo com ainda mais força?

— Solta, solta, soltasoltasolta — implorei. — *Por favor*, solta. Não quero ter que te machucar. Desculpa por termos arruinado sua casa. Prometo que vamos construir uma ainda melhor pra você.

— Não faça promessa nenhuma por *mim* — interrompeu Kingfisher. — Eu acho que ela daria um ótimo chapéu.

Rosnei para Kingfisher.

A raposa rosnou também.

Como se tivéssemos achado algo em comum, ela lentamente relaxou a mordida, mas sua mandíbula tremia como se me soltar fosse contra seus instintos.

Fiquei de pé, pressionando com a mão os furos na pele, tentando estancar o fluxo de sangue. A raposa lançou um olhar desconfiado a Kingfisher e se enfiou embaixo da minha saia, escondendo-se sob as dobras do tecido que balançava.

— Ah, olha só — observou Kingfisher. — Finalmente. Uma utilidade para todo esse tecido ridículo. Que bonequinha linda em seu vestidinho lindo é você.

— Ei! Eu não *quero* usar isto. — Eu me irritei, puxando o vestido. — O que eu estava vestindo quando você me achou?

— Um montão de sangue — ponderou Fisher. Franziu a testa. — Espera. Acho que lembro que talvez seus *intestinos* fizessem parte do conjunto.

— Calça e camiseta — respondi, seca. — E uma bota com uma sola ótima. Você tem alguma ideia de quanto aquela bota me custou?

— Deixa eu adivinhar. Sua virgindade.

— Vai se foder, Fisher.

— Claro. — Ele deu um sorriso sarcástico. — Mas infelizmente não tenho nenhuma bota nova para trocar pelo seu tempo.

Voei para cima dele, pronta para *matá-lo,* e ofeguei ao sentir o roçar de pelo contra minhas panturrilhas, lembrando da raposinha que eu estava abrigando. Ela arranhou minha perna com as garras. Tentei não reagir, mas Fisher viu que eu me encolhi.

— Deuses do céu — resmungou ele. — Me deixa matar esse bicho e acabar logo com isso.

— Não! De jeito nenhum!

— Tá bom. Tudo bem. Você que sabe.

Ele se virou de volta para o cadinho, acenando com a mão. No mesmo instante, houve uma onda de ar frio embaixo da minha saia, acompanhada por uma espécie de uivo assustado, e uma grande gaiola de vime apareceu na ponta oposta da bancada. Dentro da gaiola: uma tigela cheia de água, uma pequena pilha de algo que pareciam ossos de galinha e, claro, a raposa.

— Você vai precisar soltar essa porcaria lá fora do palácio. Aqui, ela não vai durar cinco segundos. Nem como seu brinquedinho. Por enquanto, ela pode se sentar aqui e ficar *quieta* — disse ele, olhando sério para a gaiola. — E você...

Ele mexeu o punho de novo, e o vestido cor de vinho apertado em que Layne tinha posto em mim hoje de manhã desapareceu no ar. Inspirei profundamente pela primeira vez em seis horas e quase chorei com a onda de ar que encheu meus pulmões.

Eu estava usando roupas normais. *Minhas* rou... não, espera. Não eram minhas roupas. Eram parecidas, sim, mas tinha diferenças importantes entre as roupas em que Kingfisher me encontrara e estas. A calça era mais grossa. Preta, não um branco sujo. O tecido era resistente, mas maleável. *Apertado.* Bom, acho que não podia reclamar disso depois de ficar tão transtornada com os frufrus em que Layne tinha me colocado. A camisa parecia mais uma túnica. Preta. Um pouco mais comprida do que eu estava acostumada. Mais à moda feérica. Tinha muitos bolsos. Na minha cintura, havia um cinto de couro com inúmeros círculos para ferramentas e... armas? Tinha uma *faca* de verdade presa na minha coxa. Fiquei olhando o cabo preto de ônix, tentando compreender o que via.

— Precisa que eu te explique como funciona?

Levantei a cabeça. Kingfisher estava de costas para mim. Ah, pelo amor de todos os deuses, ele estava puxando a camisa por cima da porcaria da *cabeça*! Quando se virou, de peito nu, com um mar de tinta preta que serpenteava e destacava os músculos suados, sua expressão estava fixa como uma máscara vazia. Bem no centro do peito, rosnando e feroz, outra cabeça de lobo havia sido marcada na pele. Muitas tatuagens menores o cercavam ou saíam dele, mas eu não sabia o que eram sem inspecionar bem mais de perto, e de jeito nenhum ia fazer isso. Meio que esperava um comentário sarcástico de Kingfisher enquanto eu lutava para não olhar, mas ele pareceu sincero ao apontar com o queixo a faca que havia posto por mágica na minha coxa.

— Nas mãos certas, uma lâmina dessas faz um baita estrago. Renfis é um bom professor. Ele pode te mostrar como usar, caso você precise.

Na gaiola no fim da bancada, a raposa começou a lamber sua tigela de água, sedenta.

— Eu entendo de facas — falei, olhando para o chão.

— Você disse outro dia que sabia trabalhar numa forja. E aí tentou enfiar o dedo dentro de um cadinho incandescente.

— E eu sei mesmo trabalhar numa forja. É que... eu não estava pensando.

Ele secou as mãos na blusa e a jogou na bancada.

— Se esquecer de pensar, você pode cortar a própria garganta com uma faca dessas, Osha.

— Me dá logo a porcaria do mercúrio. Vamos ver se conseguimos ligar este osso nele e transformá-lo em algo útil.

Não conseguimos.

Levei três horas para entender como despertar de novo o mercúrio. Quando transmutei a prata-viva fosca e sólida para seu estado agitado, eu me encontrava exausta, com o corpo ecoando de dor e levemente traumatizada.

As partículas de osso explodiram em chamas assim que Kingfisher jogou o pó no recipiente de mercúrio, se vaporizando antes de chegar a tocar a superfície do líquido ondulante, e o mercúrio não estava nem quente. O metal entoou e me xingou numa cadência que parecia zombeteira, e dei meu melhor para não gritar de frustração.

Eu estava suando com o calor da forja, cansada e ficando mais irritada a cada segundo. Kingfisher não notou, ou talvez tenha notado, mas não mostrou sinais de se importar. Debruçou-se na bancada, com o suor correndo como um rio pelo sulco no meio das costas, duas margens de músculos poderosos se flexionavam de cada lado da espinha enquanto ele fazia anotações num livro que havia conjurado de algum lugar.

Tanta pele. Tanta *tinta*. As tatuagens em suas costas eram entrelaçadas — linhas fortes, largas, que pareciam formar caminhos e contar histórias. Eu não ia mentir para mim mesma; queria saber de cada uma delas — o que significavam e quando ele as fizera. Mas não ia dar a ele a satisfação de perguntar. Tinha coisas que precisava resolver.

Um pico de urgência cresceu em mim e me deu a coragem de que eu precisava para agir. Respirei fundo e me preparei.

— Sabe... e se eu olhasse o pingente? Quem sabe o segurasse? Se tinha outro elemento ligado a ele quando foi forjado, talvez eu consiga sentir o que era.

Era um jogo perigoso. Se funcionasse, eu conseguiria ir para casa. Se não, teria que lidar com um Kingfisher furioso e provavelmente seria aprisionada em meus aposentos até morrer de velhice. Fisher virou a cabeça para mim, me analisando com os olhos semicerrados. Deuses, ele era uma visão e tanto. Cada linha dele era arte. Com sua boca volumosa e a leve sombra de barba por fazer marcando o maxilar, seus olhos fascinantes e o cabelo cor de meia-noite, era difícil olhar e não *ansiar* por ele. Eu tinha crescido num poço de miséria, onde as pessoas morriam com mais frequência do que viviam. Não tinha visto muitas coisas bonitas em minha curta vida. Mas, de todas as coisas lindas que eu *tinha* visto, Fisher era a mais bonita de todas.

Teria sido errado pensar nos homens que eu encontrara em Zilvaren daquela forma. Alguns eram bonitos. Alguns até eram gostosos a ponto de me deixar arrepiada. Mas Fisher era o epítome de tudo o que havia de forte, masculino e poderoso. Ele era muito *mais* do que qualquer coisa que eu houvesse experimentado antes. Ele *era* lindo. Olhá-lo me deixava sem fôlego.

— Se é isso que você quer, vem aqui e toca — falou ele, com uma voz estrondosa.

Deuses. Do. Céu.

O sangue subiu às minhas bochechas, manchando-as de vermelho-escuro, de necessidade e de vergonha. As pupilas de Kingfisher se estreitaram e ficaram do tamanho de alfinetes. Desta vez, ele não tinha uma única palavra de provocação para me oferecer. Seus lábios se abriram e seu olhar me perfurou como se me observasse, esperando para ver o que eu faria.

— Ou você pode tirar — sugeri, rindo de nervoso. — Você me deixou usar por dez dias inteiros enquanto eu estava me recuperando, não foi? O que são alguns minutos?

— Ren tinha me prendido num quarto com paredes de quase um metro de espessura onde fiquei trancafiado o tempo todo atrás de uma porta de ferro — disse ele simplesmente.

— Ah.

— Pois é. *Ah.* Não é muito divertido ficar perto de mim sem ele. Mesmo por alguns minutos.

Eu não tinha percebido que Kingfisher sofrera tanto enquanto eu estava com o pingente. Sabia que precisava muito dele quando o pegou de volta, mas achei que a segunda relíquia — o anel que ele usava — tinha servido na ausência da corrente.

Assenti, dando um passo hesitante à frente.

— Tudo bem, então. — Tentei parecer profissional, mas certamente não era como eu me sentia. — Vou tocar enquanto você está usando.

A expressão de Kingfisher não demonstrava nada. Quando me aproximei, ele se endireitou. Pensei por um momento que estivesse se afastando de mim, mas não. Ele pegou um banquinho embaixo da bancada e se sentou, posicionando-se de frente para mim.

Tão pouco espaço entre nós.

Ele abriu as pernas, e a luz dura e interessada em seus olhos me desafiou a parar entre elas para fechar a lacuna. Meu coração ficou descompassado e tropeçou enquanto eu dava aquele passo, aceitando o desafio silencioso. Deuses, ele era tão *grande.* Seu corpo vibrava de energia; quanto mais perto eu chegava, mais a sentia emanando dele. Como calor. Como fumaça. Como o próprio poder. Fisher descansou as mãos tatuadas em cima das coxas, seus olhos verde-claros seguiam cada movimento meu. Estendi a mão e toquei a corrente fina de prata.

Ele ficou sentado inumanamente imóvel. Não respirou. Nem se contraiu. O calor de sua pele queimava a ponta dos meus dedos, emitindo uma descarga elétrica que me percorreu enquanto eu fazia um gancho com os dedos na corrente comprida e os deslizava pelo peito dele, por cima daquela tatuagem de cabeça de lobo rosnando, até chegar ao peso sólido do pingente.

Era retangular, com mais ou menos dois centímetros e meio, mais leve do que eu me lembrava. Quando ele o pendurara pela primeira vez em meu pescoço no Salão dos Espelhos, tinha parecido uma âncora. O brasão da frente era gasto a ponto de estar quase liso, mas ainda dava para discernir o desenho: duas espadas cruzadas emaranhadas em videiras finas. Girei na mão, mordendo o lábio inferior e tentando não pensar no fato de que o metal brilhante não estava molhado de água, mas do suor de Kingfisher.

Eu podia sentir seu cheiro.

O leve almíscar de seu suor não desagradava o olfato. Aliás, era um cheiro doce e inebriante, que acendeu uma chama na boca do meu estômago que eu não entendia. Queria me inclinar para ele e respirar fundo. A necessidade foi tão avassaladora que quase fiz essa merda. Deuses, eu...

— Alguma coisa? — A voz de Kingfisher soou áspera como fumaça.

Quase tive um maldito ataque cardíaco.

— Uh! Ah, hum, não. Ainda... Ainda não. Eu, é... Me deixa pensar.

— O que você sabe sobre a anatomia feérica, Osha? — sussurrou ele.

Me concentrei tanto no pingente que minha visão começou a falhar. Mas não ousei piscar. Eu definitivamente não era corajosa a ponto de erguer a cabeça para ele e encará-lo. Eu sabia, claro, que ele estava me olhando. Teria sentido aquele olhar ardente até por trás de uma parede de calcário.

— Não muito — respondi, encarando o pingente até quase abrir um furo nele. — Sua espécie lembra bastante os humanos. Estou supondo que muita coisa funcione do mesmo jeito.

Esperei a farpa zombeteira. A réplica afiada e sarcástica. A reação de Kingfisher a ser comparado a um humano não ia ser boa. Surpreendentemente, não foi tão desdenhosa quanto eu esperava.

— Na superfície, sim — disse ele, suavemente. — Os órgãos internos são parecidos, se bem que *temos* alguns que os humanos não têm.

Órgãos internos a mais? Que intrigante.

— Nós somos maiores. Mais altos, claro — continuou ele.

Arqueei uma sobrancelha

— Claro.

— Nosso coração, proporcionalmente, é maior.

Não consegui evitar. Levantei os olhos.

— Sério? — perguntei.

Ele fez que sim.

— Aham.

— Uau. Que estranho.

— Nossa visão é muito superior à sua. Nosso... olfato — disse ele, baixando os olhos e deixando-os viajar por meu corpo.

O calor explodiu no centro do meu peito. A forma como ele me olhava... não tinha nada de amigável. Kingfisher e eu não éramos amigos. No máximo, éramos aliados distantes que se irritavam demais um com o outro. Então, por que ele me olhava agora como se eu fosse uma aliada com quem ele queria trepar?

Seus olhos voltaram aos meus.

— Nosso paladar é superior ao de vocês. O tato. Nossa audição é muito aguçada. Conseguimos ouvir o menor dos sons a uma grande distância. — A prata-viva em seu olho direito brilhou quando ele expirou, e sua respiração roçou minha bochecha. — Conseguimos ouvir as batidas do coração uns dos outros.

Do nada, ele me pegou pelo punho.

Fiquei tensa, sobressaltada, mas ele não me machucou. Pegou o pingente e levantou-o, colocando o metal entre os dentes e tirando da frente para levar minha mão ao centro do peito dele.

— Consegue sentir? — perguntou, com o lábio inferior pressionando o pingente enquanto falava com ele ainda preso nos dentes. A ponta de seus caninos também pressionava o inchaço do lábio inferior. Eu não conseguia tirar os olhos deles. — *Tum. Tum. Tum.*

Kingfisher bateu no dorso da minha mão no ritmo de seu coração. A pausa entre cada batida era tão longa que achei que a tensão que se acumulava fosse me fazer gritar.

— Devagar. Contínuo — murmurou ele. — Nosso coração feérico raramente nos trai. Somos criaturas calmas. Mas você, Osha? Você é uma bola de caos. Seu coração trai *você* o tempo inteiro. — Rápido, ele colocou a mão no meu peito, bem entre os seios. Eu não tive tempo para reagir ao contato; ele começou a bater o ritmo do meu coração em meu esterno. — *Tum-tum, tum-tum, tum-tum.*

Rápido. Errático, como um beija-flor. Eu o ouço batendo frenético quando você me olha. Sabia?

— Não. Não sabia.

Engoli em seco, e uma onda de náusea me fez salivar enquanto eu me afastava dele. *Tentava* me afastar dele. Ele ainda estava segurando meu punho. *Não* soltou. Permitiu que o pingente caísse do meio dos dentes, e o canto da boca levantou quando ele me puxou para mais perto. Sua outra mão saiu do meu peito, deslizando para baixo, contornando minha cintura e pousando em minha lombar. Ele juntou as coxas, me prendendo no meio delas pelos quadris.

Pânico.

Pânico, pânico, pânico!

Por fora, eu estava calma ao falar, mas, por dentro, estava berrando.

— Me solta, Fisher.

Ele fez isso imediatamente. Suas pernas se abriram bem, me liberando. Ele também soltou meu punho. Mas a mão na minha lombar não foi a lugar nenhum. Ele não a estava usando para me segurar. Era só um ponto de contato, e o calor desse contato entre nós parecia me chamuscar através da blusa.

Deslizando poucos centímetros no banquinho, Fisher abaixou a cabeça para sua boca ficar exageradamente perto da minha.

— Eu já trepei com várias humanas — sussurrou ele. — Isso te surpreende?

— Sim. Considerando que você... parece *odiar* tanto... a gente.

Deuses, a maldita boca dele. Eu precisava desviar o olhar. *Precisava.*

— Eu não odeio vocês — disse ele. — Só fico decepcionado com o quanto vocês quebram fácil. Se eu te segurasse e te fodesse do jeito que estou imaginando agora, duvido que você fosse sobreviver.

Eu estava queimando viva. Era uma tocha humana, ardendo fora de controle.

— Eu não transaria com você... nem se você fosse o último ser vivo...

— Nem adianta. — As palavras eram afiadas. — É inútil mentir com o seu coração te traindo tão alto.

— Está batendo rápido porque estou com *medo* — retruquei.

— De mim? — Kingfisher bufou uma gargalhada pelo nariz. — Não está, não. *Devia* estar, mas não está. É uma das coisas de que mais gosto em você.

— Você está me segurando contra minha vontade.

— Sério?

Ele baixou os olhos para nossos corpos; suas pernas continuavam ao meu lado, mas ele estava distante de mim. Sua outra mão descansava de novo no topo da coxa. Minhas mãos se fecharam em punho ao lado do corpo.

— Você pode se afastar quando quiser. Me parece que está escolhendo ficar. Também tenho a impressão de que precisa se segurar para não me tocar. Você quer me tocar do jeito que estou te tocando, não quer? Sentir meu peso embaixo das palmas das suas mãos. Meu calor... — Ele inclinou a cabeça só um pouco, com algo malicioso brilhando nos olhos. — Só para ver o que aconteceria.

— Você está errado.

Ele balançou a cabeça.

— Não estou.

— *Está* sim!

Kingfisher me lançou um olhar de reprovação.

— Você vai me fazer dizer? — perguntou.

— Dizer o quê?

Ele chegou ainda mais perto. Minha respiração ficou presa no peito, a garganta se fechou, mas não consegui me mexer. Ele roçou a ponte do nariz na linha do meu maxilar, num contato *muito* leve que subiu até a curva da minha orelha.

— Que seu corpo está te traindo de outros jeitos. Que consigo sentir seu cheiro, Oshinha, e estou pensando em beber o néctar doce que você está produzindo para mim direto do maldito copo.

Me mexi antes de registrar o que estava acontecendo, mas Kingfisher tinha aprendido desde a última vez e viu meu punho se aproximando. Ele agarrou meu pulso e, quando tentei socá-lo com o esquerdo, fez a mesma coisa. Uma risada séria e rouca saiu dele fervendo, me transformando em brasa e cinzas.

— Não está curiosa? Não quer saber qual é o *meu* gosto?

— Me *solta*, porra!

Pela segunda vez, ele me soltou, liberando minhas mãos.

— Se você tentar me socar de novo, vou amarrar suas mãos atrás das suas malditas costas — prometeu ele. Ainda estava com um sorrisinho, mas falando sério. Eu via em seus olhos. — Você continua parada aí — completou, num tom provocante.

Porra. Eu ainda *estava* parada no meio das pernas dele. Qual era meu maldito problema? Fiz menção de dar um passo atrás, mas Kingfisher colocou as mãos em meu quadril. De leve, como tinha feito em minha lombar.

— Vai lá. Se afasta. Eu não vou te impedir — disse ele. — Ou você pode me beijar. *Você* pode *me* beijar. Vou só ficar aqui sentado. Não vou mexer um músculo.

— Por que eu faria isso?

— Porque está intrigada. Porque está entediada. Porque está excitada pra caralho e quer realizar seja lá quais são as fantasias rolando na sua cabeça agora.

— É. Tá bom. Vou só... beijar você. E você vai só ficar aí sentado. Não vai mexer um músculo. Não vai nem retribuir o beijo?

Deuses do céu, falar em voz alta fazia parecer ainda mais ridículo.

Kingfisher só me olhou.

— *Descubra.*

Era insanidade temporária? Uma perda completa de bom senso? O que quer que fosse, me dominou de corpo e alma. Voei para cima de Kingfisher, me curvando para ele, batendo meu peito no dele, enfiando os dedos em seus cabelos. Num segundo, eu estava lá parada, querendo demais colocar algum espaço entre nós e, no outro, estava na ponta dos pés, ainda tendo que me esticar, apesar de ele estar sentado, e pressionando minha boca na dele...

A forja desapareceu.

Tudo sumiu.

Tudo exceto ele.

Sua boca encontrou a minha e uma muralha de som irrompeu dentro da minha cabeça. Era minha própria voz, pedindo, implorando, suplicando para eu desacelerar, pensar direito, mas eu não queria ouvir.

Os lábios dele eram incríveis. Eles se abriram para mim e senti seu sorriso em minha boca quando sua língua tocou a minha. O beijo foi recíproco. As mãos dele ficaram exatamente onde estavam, onde prometera mantê-las, mas ele apertou mais forte, enfiando os dedos no meu quadril enquanto mergulhava a língua na minha boca, provando e explorando a cada movimento.

O cheiro dele dominou meus sentidos, me sobrepujando, me desfazendo. Hortelã. Fumaça. O ar invernal da manhã a que eu estava me acostumando quanto mais tempo passava neste lugar estranho.

A respiração dele me atingiu em explosões curtas e afiadas, varrendo meu rosto conforme ele ficava mais insistente, a barba por fazer arranhando minhas bochechas. Ele agora estava me segurando com tanta força que com certeza ia deixar hematomas. Eu queria isso. Queria me lembrar. Nos anos seguintes, quando eu pensasse neste momento, ficaria feliz por ter corrido o risco e dado este salto de fé. Este era o beijo para acabar com todos os outros beijos. Exigente, urgente e carnal.

Eu odiava esse feérico. Odiava com cada fibra do meu ser. Mas, maldição, eu o desejava na mesma intensidade. Agarrando seu cabelo, eu o enrolei com força nos dedos, fechando a mão em um punho. A cabeça de Kingfisher foi para trás e um gemido baixo e retumbante escapou de sua garganta. Mordi e puxei seu lábio inferior, suspirando na boca dele, e aquele macho enorme ficou completamente imóvel sob mim.

— Cuidado — ofegou ele. — Eu jurei ficar parado enquanto você me beijava. Em momento nenhum prometi me restringir se você subisse no meu colo e começasse a se esfregar no meu pau.

Eu não tinha... Eu não estava...

Cacete. Eu *tinha*. Eu *estava*. Sem nem perceber, eu tinha montado nele. Minhas pernas estavam uma de cada lado, presas na parte mais baixa de sua cintura. O pau dele estava duro como pedra, aprisionado entre nossos corpos. Eu o sentia ali, se esfregando em mim, aplicando uma pressão deliciosa sempre que eu mudava a posição.

Nem.

Fodendo.

Em dois segundos, eu estava do outro lado da forja, enfiando as mãos no *meu* cabelo em vez de no dele. Que porra eu estava *pensando*?

Fisher riu baixo ao se levantar do banquinho e pegar a blusa da bancada. Sacudindo-a, ele a deslizou pelos braços, mas não puxou por cima da cabeça. Ainda não. Ficou ali parado, com os olhos me perfurando e um sorriso perigoso e lindo.

— Eu não disse que *me importava*. Mas, da próxima vez, é aí o limite. Se você quiser ultrapassar, te encontro alegremente do outro lado. Só não diga que não te avisei.

Lutei contra o calor humilhante que subia pela minha nuca.

— Não vai ter próxima vez.

Fisher sorriu tanto que apareceu uma covinha, formando um sulco fundo na bochecha dele. Uma maldita *covinha*. Como eu não tinha notado antes? Ele enfim jogou a blusa por cima da cabeça e cobriu o peito tatuado.

— Se você diz, Oshinha.

— Ah, deuses, dá para você ir embora logo? Eu não quero ficar perto se você vai ser tão insuportável.

— Preciso te levar de volta para os seus aposentos.

— Eu não quero — retruquei, irritada.

— Que pena. Layne vai me pendurar pelas bolas se eu deixar você ir sozinha.

— Então manda o Ren vir me acompanhar.

Kingfisher cruzou a oficina e parou à minha frente, com os olhos ávidos de fome. Eu não o vira assim até então. Era ao mesmo tempo emocionante e apavorante.

— Se eu mandar o Ren, você vai esperar aqui?

— Vou.

— Tudo bem, então. Você que sabe. Vou lá.

— *Obrigada!*

Minha cabeça girou quando ele se abaixou e colocou a boca perto da minha orelha de novo.

— Fala sério. Foi tão ruim assim?

— *Foi!*

Ele deu de novo uma risada fria e cruel ao colocar a mão no centro do meu peito e começar a bater outra vez.

— *Tum-tum, tum-tum, tum-tum.* Que rápido. Parece um beija-flor. Vai cuidar dessa mordida de raposa, Oshinha. Você não quer que o seu braço caia.

Bem diante dos meus olhos, Fisher se desmaterializou num borrão de areia preta e fumaça.

13

COAÇÃO

EU TINHA passado metade da minha vida correndo em Zilvaren. Correndo dos Guardiões. Dos comerciantes que eu enganara. Das pessoas de quem eu roubara. Eu não só era rápida feito um raio como também tinha resistência, o que era uma excelente notícia, porque agora não fazia ideia de quanto precisava correr. Só sabia que tinha que chegar lá rápido. Não demoraria para Kingfisher notar o que eu havia feito e vir me procurar.

A bolsa que eu havia arrumado mais cedo batia nas minhas costas, quase cinco quilos mais pesada do que quando eu entrara com ela na forja. Inicialmente, eu só colocara algumas peças de roupa e um pouco de comida. A maior parte do peso da bolsa vinha do grande reservatório de água enfiado lá dentro, o cantil de couro macio cheio até a borda. Agora, havia também uma raposa e, pelo som, aquele merdinha peludo não estava lá muito feliz com todo o sacolejo.

O bicho gania enquanto eu disparava pelos corredores, descendo, descendo, sempre descendo. Feéricos e feéricas gritavam irritados ao quase serem derrubados por mim, mas eu não lhes dava tempo para reconhecer quem eu era. Qualquer um poderia ter me parado, e eu não tinha chegado tão longe só para ser agarrada por alguém que queria saber por que a humana premiada de Belikon não estava na biblioteca aprendendo sobre portais para poderem vencer a porra da guerra idiota deles.

A raposa uivou quando virei uma esquina e me lancei por um lance de escadas, e meus pés mal tocaram o piso reluzente de mármore.

— Cala a *boca* — sibilei. — Você queria que eu te deixasse lá na forja? Você o escutou. Ele queria te transformar em *chapéu.*

Os uivos pararam, substituídos por um resmungo descontente (mas bem mais baixo). No andar de baixo, voei por salas de leitura e estufas internas lotadas de plantas e flores exóticas. Passei como um raio por algum tipo de quadra de jogos, onde oito ou mais feéricas de pernas e braços compridos jogavam graciosamente uma bola de um lado a outro de uma rede. Salas de treinamento, estúdios de arte, todo tipo de oficina diferente e grandes salões passavam num borrão.

Se eu encontrava uma escada, descia. Depois de muito se contorcer e roer, a raposa conseguiu colocar a cabeça para fora da bolsa e começou a lamber minha nuca ansiosamente.

— Está tudo bem. Eu não vou deixá-lo te machucar. Shhh, está tudo bem.

Eu devia ter pedido para Rusarius e Layne me levarem ao mercúrio e me mostrarem onde ficava. Mas eles iam querer esperar até amanhã, e eu não poderia desperdiçar mais um dia. Não depois de já ter esperado tanto.

Seis andares.

Sete andares.

Oito.

Doze.

Quinze.

Parei de contar depois disso. Minhas coxas estavam gritando quando finalmente atingi um andar em que não havia mais janelas. Os cômodos ficaram menores e os tetos, mais baixos. Até onde eu conseguia averiguar, tudo isso era sinal de que eu havia chegado aos pisos subterrâneos. A certo ponto, os únicos feéricos que encontrava eram os soldados de Belikon.

Merda. Claro que teria soldados aqui embaixo. O mercúrio podia estar dormindo há mil anos, mas era um dos ativos mais valiosos de Yvelia. E eu tinha conseguido acordar a prata-viva. Agora que Belikon sabia que era possível, não ia deixar o lago desprotegido se houvesse chance de ele se abrir de novo e o perigo avançar como uma onda.

Infernos. Eu estava perdendo minutos preciosos. Sentia o mercúrio me puxando. Depois de dormir por tanto tempo, ele queria ser despertado. Queria que eu o encontrasse. Eu agora sabia em que direção tinha que ir. Bem à frente, abria-se uma bocarra rústica na parede de alvenaria, dando acesso ao que parecia um dos túneis de Rusarius. Se eu pegasse aquele túnel, sabia que acharia o lago. O único problema eram os três guardas parados na entrada desse túnel, com os olhos afiados à frente, e as mãos enluvadas descansando na empunhadura da espada. Eu só tinha a pequena adaga que Kingfisher me dera e uma raposa geniosa com que me defender. Não era exatamente um problema. Eu *podia* matá-los. Mas me envolver numa luta agora só desperdiçaria tempo que eu não tinha.

— O que vamos fazer? — murmurei para mim mesma. — O que vamos fazer? Como eu vou sair desta?

Para o outro lado. Outro caminho. Venha. Venha!

Ouvir o mercúrio sussurrando dentro da minha mente era, para dizer o mínimo, desconcertante. Queria que eu soubesse que havia outro caminho até ele, pelo jeito, e estava disposto a me mostrar. Mas eu tinha uma escolha à minha frente — ainda *havia* tempo. Eu podia dar meia-volta, subir de novo para meu quarto e fingir que minha fuga frenética pelo palácio jamais acontecera. Podia passar meus dias na biblioteca com Layne e Rusarius, lendo livros empoeirados sobre costumes feéricos e alquimistas que viveram havia milhares de anos. Kingfisher só havia recebido licença para permanecer aqui dentro das muralhas do palácio por uma semana. Em alguns dias, ele iria embora. Outra pessoa tomaria seu lugar na forja, fazendo experiências comigo. Talvez, se não tivesse que lidar com ele todos os dias, as coisas não fossem tão ruins...

Fiquei chocada que a ideia de Fisher ir embora na verdade não me deixou feliz. Ele me irritava demais, mas era uma entidade conhecida. Pensar em compartilhar a forja com outra pessoa me deu um aperto no peito. Por quem o substituiriam, hein? Deuses, que importância tinha?

Eu *não ia* ficar.

Fiz menção de me mover, mas um grupo grande de guardas virou uma esquina e fui forçada a me esconder numa alcova e abraçar a parede, dando meu melhor para desaparecer nas sombras enquanto eles marchavam. A raposa ficou me olhando, com as orelhas de pontas pretas balançando, ouvindo o ambiente ao nosso redor. O corpo dele, bem mais magro que todo o pelo sugeriria, tremia como uma folha dentro da bolsa.

Assim que os guerreiros de Belikon tinham saído pelo corredor, voei de meu esconderijo e me esgueirei pelos cantos, rezando para os soldados ainda parados na entrada do túnel não me verem. Por sorte, um deles tinha se virado para falar com os outros, e estavam com a atenção desviada. Me abaixei ao virar a esquina o mais rápido que conseguia, sem fazer barulho com meus pés calçados em pantufas.

Em frente, em frente...

Eu não precisava que as vozes me dissessem aonde ir. Sabia instintivamente. Só que isso não impedia o mercúrio de sussurrar para mim:

Em frente. Isso, venha. Venha!

A raposa guinchou, arranhando o interior da bolsa, mas, com o elástico de cima fechado em torno de seu pescoço, não conseguia sair.

— Para! É para o seu próprio bem! Eu juro, vou achar um jeito de te tirar daqui e te levar para um lugar seguro, mas, por favor, para de se contorcer.

A criatura não parou. Era uma raposa, não tinha ideia de que diabos eu estava pedindo, mas pelo menos não me mordeu de novo.

Por aqui. Por aqui.

Eu já estava virando à esquerda na bifurcação do corredor.

Em frente. Sim. Entre. Pode entrar...

A porta no fim do corredor parecia inócua o bastante. Não perdi tempo debatendo o que talvez houvesse do outro lado. Virei a maçaneta, abri com tudo e atravessei. Fui recebida por pedra fria e nua. Um túnel, bem menor do que aquele que os soldados estavam guardando, com um teto tão baixo que precisei me curvar enquanto seguia na escuridão.

Eu não tinha tocha, mas estava acostumada a viajar por túneis subterrâneos no escuro. Tivera muita experiência com isso lá em Zilvaren, quando rotineiramente me enfiava nos estoques subterrâneos de Madra para desviar água. Rusarius dissera que todos os túneis levavam direto ao mercúrio, então eu sabia que acabaria encontrando.

Sim, venha. Venha. Por aqui...

Alguns minutos. Foi só o que precisou.

Uma última virada e me vi parada numa caverna ampla e alta. Tochas queimavam em arandelas montadas nas paredes que pingavam, jogando luz em todas as direções, o que era uma bênção. Estátuas de feéricos antigos e outras criaturas estranhas de seis metros de altura circundavam um enorme lago exatamente no meio da caverna. O ar aqui parecia pesado, grosso demais para ser levado aos meus pulmões, então desacelerei para recuperar o fôlego. Havia também um som: um zumbido constante, tão agudo que eu não conseguia ouvir de fato. Era como se fosse capaz de senti-lo chacoalhando em meus tímpanos. A raposinha em meus braços gemeu, tentando enfiar a cabeça de volta na bolsa — aparentemente, conseguia ouvir o tom agudo e não gostava nadinha dele.

— Shhh. Está tudo bem. Vai ficar tudo bem, fica tranquilo.

Venha, chamou o lago. *Fique com a gente. Não vamos te machucar.*

Minha testa começou a suar frio quando percebi o lago por completo. Não era só grande: era enorme, doze metros de largura e quase cinco de comprimento. A expansão de prata-viva muito reluzente fazia o lago de Madra parecer uma poça. Sua superfície reflexiva era lisa como a de um espelho. Mas o único propósito de um espelho era te mostrar a verdade. Ele não diferenciava entre bom e mau. Um espelho não tinha desejo de acalmar suas dores nem de te enganar. Era vidro, nada mais. Este lago prateado brilhante estava acordado e cheio de mentiras.

Meus pés foram na direção dele, carregando-me em frente. Eu tinha chegado à metade do piso liso de pedras da caverna antes de perceber o que acontecia.

— Deuses...

Eu via minha respiração aqui embaixo. As colunas enormes que apoiavam o teto preto a quase vinte metros de altura estavam escorregadias de gelo. No entanto, o arrepio que mordia minha pele não era do frio. Era bem mais do que isso: uma presença afiada, que sondava, que me fazia formigar, tentando entrar em mim.

Aqui. Isso, venha aqui. Venha com a gente...

Me preparei mentalmente e recuperei o controle dos pés. Se eu ia me aproximar daquela enorme expansão prateada, faria isso nos meus próprios termos, caramba. Na bolsa, a raposa choramingou, revirou os olhos e ofegou de ansiedade. A coisinha maldita não parava de se contorcer. Quando cheguei ao lago, o bicho estava se debatendo, desesperado para ser solto.

— Tá bom! Tá bom! Deuses!

Na ampla e elevada borda de pedra que formava a beira do lago, coloquei a bolsa no chão e desamarrei o cordão que o mantinha preso lá dentro. Assim que abri, o animal deu um salto e saiu voando, como um raio branco fugindo para as sombras.

— Tchau, então — falei.

Pelo menos ele teria uma chance razoável de achar a saída do palácio aqui por baixo, sem encontrar a lâmina cruel de Kingfisher. Tinha uma visão noturna melhor que a minha e conseguia sentir ar fresco a quilômetros de distância. Estaria lá na neve, de volta ao seu lugar, rapidinho. Ele não era feito para Zilvaren. O calor. A areia. Eu não havia realmente considerado como ia alimentá-lo ou achar água para ele. Seu lar era Yvelia. Era melhor que ficasse. Mesmo assim, meu peito se encheu de tristeza olhando seu rastro.

Venha. Venha. Venha...

As vozes eram insistentes. A atração que o mercúrio exercia sobre mim se intensificou, como se houvesse mãos físicas me empurrando, me cutucando, me puxando e pedindo que eu entrasse no lago. E eu queria. Ia dar o que ele desejava. Mas primeiro precisava fazer uma coisa...

Ontem, quando Kingfisher tinha me forçado a ativar o mercúrio, dissera que era um teste. E que eu tinha passado. Eu não fazia ideia se o teste havia sido feito por ele ou pelo mercúrio, mas não houvera dor quando eu ativei o mercúrio mais cedo. Só... uma chave girando em minha mente. Uma fechadura se abrindo com um estalo. Um rio de energia sendo convidado a fluir.

Será que seria igual aqui com este mercúrio? Ou eu teria que superar mais um teste com este lago? A dor que eu sentira lidando com aquela quantidade minúscula de prata-viva na forja tinha sido incapacitante. A dor infligida por esta quantidade do metal ia me destruir.

Só havia um jeito de descobrir.

A prata-viva na forja fora como um pequeno peso no centro da minha mente. Apenas uma leve pressão. Aqui, quando eu fechava os olhos e buscava, o metal era um mar, vasto e sem fundo, e *eu* era o pequeno peso flutuando acima. Mas não estava me afogando. Me sentia segura, balançando na superfície. Se quisesse, eu poderia me afundar nele. Deixar que ele se levantasse, me envolvesse e me escondesse do mundo.

Respirei fundo e estendi a mão, direcionando a ponta dos dedos à superfície fria e dura de prata-viva, e falei com ela.

Acorde.

Aconteceu rápido. Num segundo, o lago era sólido. No seguinte, era um estandarte prateado reluzente e líquido, cintilando ao ondular com a luz das tochas. Um zumbido alto encheu meus ouvidos, sobrenatural e discordante. Um som desagradável, mas me percebi hipnotizada por ele, com minha mente se afastando de si mesma...

Venha. Junte-se a nós, Saeris. Venha...

Sim. Eu iria. Eu entraria no lago e tudo ficaria bem. Eu voltaria a... voltaria... Para *onde* eu queria ir?

Meu pé pairou acima da superfície do lago. Pouco mais de um centímetro. Bastava fazer isso, e eu iria...

Um vento terrível uivou pela caverna. A pontinha da minha pantufa beijou a prata-viva, mas, antes de eu poder dar um passo à frente, fui atingida por uma muralha de areia preta itinerante e brilhante que me derrubou para trás.

Caí com força, de lado, e meu quadril explodiu de dor. O ar entrou com tudo nos meus pulmões, gelado, tão congelante que arfei audivelmente de choque. Eu estava... Eu...

Ah, deuses.

Kingfisher.

Ele emergiu da nuvem de fumaça preta como um terror noturno atravessando os portões sombrios do inferno. Estava com a mesma blusa que usava na forja. A mesma calça também. Mas agora usava junto o peitoral e o gorjal e, nas mãos, segurava Nimerelle, a espada preta que crepitava com um poder invisível que puxava a escuridão para si como um manto.

As botas de Kingfisher se plantaram firmemente na borda do lago. Lá ele ficou, bloqueando o caminho entre mim e meu irmão. Seus olhos estavam pegando fogo.

— Estou magoado. Vai embora sem se despedir?

Me apoiei em um cotovelo, aí consegui me sentar, fazendo careta para a pontada aguda de dor que disparou na lateral do corpo.

— Eu não te devo uma despedida. Eu não te devo nada!

— VOCÊ ME DEVE SUA *VIDA*!

A fúria dele ecoou pela caverna, fazendo o mercúrio se revirar. Descendo do lago, ele marchou à frente, um predador prestes a abocanhar a presa, e, pela primeira vez na vida, conheci o medo *real*.

Fisher *era* a morte encarnada e estava vindo na minha direção. Qualquer dor que houvesse me preocupado por acordar tanto mercúrio não era nada em comparação com os horrores prometidos pela expressão fria de Kingfisher. Ele me agarrou pelo tornozelo e me puxou com força em sua direção, me arrastando pelo chão. Em menos de um segundo, eu estava presa embaixo de seu corpo enorme, com Nimerelle em meu pescoço.

— Regra número três. Não me obrigar a fazer exercício físico — rosnou ele. — Que parte de "*estou de ressaca*" você não entendeu, porra?

Meus olhos ardiam vivamente, prometendo lágrimas.

— Eu vou para casa, Fisher. Você não pode me impedir.

Ele me cutucou com a espada, me espetando com a ponta afiada.

— Pelo jeito, eu *posso.*

— Você é um babaca — sibilei.

Ele mostrou os dentes.

— E você é uma ladrazinha mentirosa.

— Não sou!

Seus olhos estavam mais verdes do que nunca. O mercúrio lá dentro tremelicou, vibrando agitado. Fisher olhou com raiva para a minha mão. Especificamente, meu polegar e o anel de sinete de prata que eu usava.

— Ah, é? Porque eu acredito que você esteja usando meu anel e não me lembro de *dar* essa merda a você.

— Tudo bem, sim, eu peguei seu anel idiota, mas não menti para você!

Tentei dar um tapa para afastar Nimerelle, mas, no segundo em que minha mão tocou a lâmina escura, fui rasgada por uma agonia impiedosa. Gritei e puxei a mão, mas a carne onde minha palma encontrara o metal estava chamuscada.

— Só a pessoa selada a ela pode tocar uma espada alquimérica ativa. Eu teria te avisado para não fazer isso, mas você nunca me escuta, né, humana? Decidi não gastar meu tempo — cuspiu ele.

As lágrimas agora vieram quentes e rápidas, causadas mais pela raiva que pela dor. Solucei baixinho.

— Babaca.

— Você gosta de me chamar disso, né? Pode chamar o quanto quiser. Você *mentiu*, sim. Mentiu com seu corpo. Com sua boca. Você subiu no meu colo, me beijou e se esfregou em mim, e aí usou a oportunidade para *pegar* uma coisa minha.

Um milhão de emoções se digladiaram dentro de mim, guerreando pela supremacia. Todas explodiram de uma vez.

— Eu precisava disso para poder ir para casa! Não me arrependo. E, se você fosse eu, também não se arrependeria.

— Eu não teria sido idiota de fazer isso, para começo de conversa.

— Eu precisei. Precisava passar pelo mercúrio e...

— Você teria *morrido* se tivesse posto o pé naquele lago.

Eu o olhei com raiva.

— Não com o anel.

— Esse anel não é uma relíquia. É uma bugiganga, só isso. Não teria te protegido.

— Ele protegeu você quando *me* trouxe pelo lago.

— Não. *Não* protegeu — disse ele, frio. — Claro que ele não fez porra nenhuma.

— Você falou para a Layne...

— Eu falei para a Layne que o estava *usando*. Só isso. O que ela inferiu a partir daí é coisa dela.

O choque vibrou pelas solas dos meus pés, sacudindo meus ossos.

— Então você atravessou sem seu pingente? Para me salvar?

— Rá! — Ele se afastou, com o peito arfando e Nimerelle abaixada para o lado. Me olhou de cima a baixo com desdém, o rosto transformado numa máscara de pena. — Para salvar meus amigos. Para terminar meu exílio. Para finalmente morrer ou viver, porra, de um jeito ou de outro. Não teve nada a ver com *você.*

— Então... Eu teria ficado bem sem isso. Se você consegue atravessar os caminhos sem um escudo...

— Eu sou mais forte do que você, *idiota.* Passei centenas de anos forjando barreiras e proteções em torno de minha mente, coisas que você não conseguiria nem começar a compreender. Minha mente é um cofre impenetrável, e mesmo assim paguei um preço alto por minha transgressão. Sua mente é rasa que nem a porra de um pires. Teria se estilhaçado em mil pedacinhos se você entrasse naquele lago.

— Eu... — Eu não sabia o que dizer.

Não havia nada que eu *pudesse* dizer. Fechei os olhos, e toda a esperança a que estava me agarrando saiu de mim numa longa expiração. Agora, minhas lágrimas eram de exaustão. E derrota.

— Não vou parar de tentar. Parar não faz parte de mim — sussurrei.

— Você precisa.

— Não posso. É minha família.

Ele entendia. Tinha corrido um grande risco também, por achar que ajudaria as pessoas de quem gostava. Então por que não podia compreender isto? Por que não podia só me deixar seguir?

Como se lesse minha mente, Kingfisher se agachou à minha frente, equilibrando-se na ponta dos pés, com o corpo todo ainda irradiando raiva. Enfiou um dedo no meu peito.

— Você vai ficar aqui e vai descobrir como criar relíquias para nós. Vai descobrir como manipular o mercúrio nem que seja a última coisa que faça.

Eu estava tão cansada. Cada parte de mim doía. Simplesmente doía de mágoa. Me arrastei até ficar sentada e chiei quando apoiei o peso em minha mão recém-queimada. Descansando os cotovelos nos joelhos, abaixei a cabeça e suspirei.

— Posso te jurar: não vou. Prefiro deixar você me torturar primeiro. Não vou ajudar os feéricos. Não até saber o que aconteceu em Zilvaren. Não posso.

Kingfisher estendeu a mão e delicadamente levantou meu queixo com o dedo curvado para me olhar nos olhos.

— Não serei eu a te machucar — disse, suavemente. — Vai ser Belikon. E nem *eu* consigo suportá-lo.

— Então acho que vou morrer.

— Menina boba. — Ele balançou a cabeça devagar. — Você não tem *ideia* do que está falando.

— Olha nos meus olhos. Não, espera. Por que não escuta meu coração, Kingfisher? Diga-me se estou mentindo.

Ficamos nos encarando, e deixei que ele visse minha verdade. Me recusei a desviar o olhar. O cabelo dele caiu nos olhos, as ondas escuras emolduraram o seu rosto e o músculo do seu maxilar se moveu sem parar enquanto ele esperava para ler em mim algo que sugeria que eu pudesse voltar atrás. O silêncio nos consumiu.

Kingfisher ficou de pé num salto e se afastou de mim, xingando alto. Não tinha nem chegado ao lago de mercúrio antes de se virar e marchar de volta, levantando um dedo no ar.

— Tá bom. Tudo bem. Você tem direito a *um* — falou.

— Como assim, tenho direito a um?

— Eu vou. — Ele bufou, soltando uma respiração raivosa pelo nariz. — Eu vou *tentar* pegar um desses humanos que são tão preciosos para você. Vou *tentar* trazer esse humano de volta para cá, e você vai acabar com esse absurdo. Em troca, vai concordar em fazer o que eu te pedir para me ajudar a forjar novas relíquias e quaisquer outros instrumentos que eu considere apropriados.

— Você faria isso? Você iria?

Fisher parecia querer gritar.

— A contragosto, sim. Sob coação, sim.

Ele voltaria a Zilvaren por mim para fazer uma troca. Era o quanto precisava que eu o ajudasse. E, se isso fosse verdade, também significava que...

— Eu quero dois.

Ele jogou a cabeça para trás e soltou uma gargalhada.

— *Oi?*

— Meu irmão Hayden *e* Elroy.

Parecendo meio descontrolado, ele abriu bem os braços, com Nimerelle soltando fios de fumaça preta.

— Quem *diabos* é Elroy?

— É meu amigo. Ele é importante para mim. E — completei, rápido, o pensamento me ocorrendo do nada — é um mestre ferreiro. Provavelmente vai me ajudar a fazer as relíquias para você. Ele vai ser útil.

Fisher apertou os olhos.

— Ele consegue canalizar a energia dos metais como você?

— Não sei. Acho que não — admiti.

— Então ele é inútil para mim. Você tem direito a um. Escolha.

— Não posso escolher! Como é que eu vou... vou *escolher* qual dos dois vive e qual deles *morre*?

— Você tem o mesmo sangue de um deles. A resposta é simples.

Para ele, era mesmo fácil assim. Ele tomaria essa decisão com facilidade e sairia sem um fiapo de culpa. Kingfisher era *assim*.

— Eu *não posso*...

— Deixe-me explicar de outra forma. Eu tenho uma relíquia. Consigo trazer uma pessoa por vez de volta comigo. Eu não vou, e não *posso*, viajar pelo mercúrio duas vezes em um maldito dia sem nada entre mim e aquele pesadelo. Vai me matar de vez. Então, você *vai* me dizer para ir buscar Hayden e nós *vamos* acabar com esta palhaçada.

Uma parte minha queria discutir, mas eu sabia que ele estava falando a verdade. Ele realmente se perderia se viajasse duas vezes sem o pingente. Fiquei enjoada, mas fiz um aceno rápido de cabeça.

— Tudo bem. Beleza. — Respirei fundo. — Hayden.

Kingfisher pegou Nimerelle, rangendo os dentes ao fechar a mão no metal preto e ao passar a palma pela lâmina. O sangue despontou e escorreu entre os dedos dele, respingando na pedra. Ele apontou Nimerelle para mim.

— Sangue, Oshinha. É o único jeito de selar este acordo entre nós.

Recuei, me afastando da espada.

— Não vou mais tocar neste negócio. Não dá para só confiar na minha palavra?

Ele soltou uma risadinha pelo nariz, mas sem humor.

— Engraçadinha. E *não*. Use a adaga que eu te dei, se quiser, mas você vai me dar seu sangue. Não precisa ser muito.

Eu o encarei com desconfiança ao tirar a adaga do coldre de coxa que ele me dera mais cedo, chiando ao passar a lâmina pela palma da mão. Um corte minúsculo. O menor que consegui, mas sangrou. Kingfisher estendeu a mão e me puxou para ficar de pé, fazendo um som de desdém ao ver o corte que eu infligira em mim.

— Criançona — falou.

Fiz uma careta para ele.

— Faz logo o que você precisa.

— Eu vou tentar pegar seu irmão. Você me ajuda e auxilia em qualquer coisa que eu te pedir e faz o que eu mandar. Você concorda com este pacto?

Assenti com a cabeça.

— Sim.

— Você entende que isto é um juramento de *sangue*? E que você estará atada a este juramento até a morte?

— Sim! Deuses, eu entendo! Concordo. Anda logo com...

Kingfisher bateu a palma contra a minha e segurou firme.

Minhas veias se encheram de gelo. A fumaça preta borrou minha vista, roubou minha visão, rodopiou pelo meu nariz e deslizou pela minha garganta. Ela sumiu quase imediatamente e... nada tinha mudado. Minha palma continuava sangrando. Ainda doía pra cacete. O que quer que ele tivesse feito, pareceu o satisfazer.

— Me dá alguma coisa dele — exigiu.

— Como assim?

— Me dá alguma coisa do Hayden. Que foi, você acha que eu posso só aparecer na sua maldita cidade e imediatamente achar alguém que nunca vi na vida? Preciso de alguma coisa do seu irmão para poder localizá-lo.

— Ah. Certo. — Fazia sentido. Mas... merda. — Eu não *tenho* nada do Hayden comigo.

Kingfisher revirou os olhos.

— Claro que tem. Ele é seu irmão por parte de pai e de mãe?

— Sim.

— Então seu sangue vai ser suficiente. — Ele levantou a mão. — Isso eu já tenho. Espere aqui. Não saia daqui.

— Você vai agora?

Ele levantou as sobrancelhas.

— Você quer esperar? Depois de tudo isso?

— Não! Não, com certeza não. Melhor você ir.

— Feche este portal no segundo em que eu passar. Espere uma hora e ative de novo.

Fiz que não com a cabeça.

— Melhor eu deixar aberto. E se...

— E se uma horda de devoradores explodir do lago cinco minutos depois de eu ir embora? Você esquece que, se este lago está aberto, então todos os lagos estão abertos. *Em todo lugar.*

— O que é um devorador?

Kingfisher suspirou. Levantou Nimerelle acima do ombro, e a bainha da espada se materializou do nada, com a faixa e o suporte atravessados no peito de Fisher bem a tempo de ele deslizar a lâmina de volta atrás das costas. Depois vieram as grevas e braçadeiras, ombreiras se formando a partir da fumaça nos ombros dele. Em menos de um segundo, Kingfisher estava encouraçado e pronto para a guerra.

— Acredita em mim. Você não quer saber. Uma hora, Osha. Garanta que esta porta esteja aberta quando eu bater. Se você me prender do outro lado, vou devastar o que tiver sobrado da sua reluzente Cidade de Prata.

Ele se virou e entrou no lago sem hesitar. Tremi ao vê-lo descer no mercúrio, com o peito apertado e as mãos se fechando em punhos com ainda mais força. Meu coração deu um salto quando a coroa de ondas escuras dele desapareceu por baixo da superfície flutuante do lago.

O mercúrio não quis obedecer quando ordenei que ficasse imóvel. Havia muito dele. Bem mais do que eu comandara antes, e ele tinha vontade própria. Não *queria* dormir, e precisei de quatro tentativas para forçá-lo a se submeter.

Uma vez que o lago gigante voltou a ser um painel sólido e plano, me sentei com as costas apoiadas no pilar mais próximo, tremendo com o frio penetrante. E comecei a ser tomada pela dúvida.

Nada impedia Kingfisher de encontrar Hayden e matá-lo. Elroy também. As coisas seriam bem mais simples para ele se matasse as pessoas que eu amava em Zilvaren. Ele não precisaria voltar pelo portal sem seu pingente. Não precisaria lidar com mais um humano perambulando por sua corte. Quem garantia que ele tinha ido a Zilvaren mesmo? Podia ter deslizado para um outro reino. Um reino inabitado. Podia estar agora mesmo sentado numa pedra, olhando um céu estrangeiro, esperando passar o tempo combinado, e, nesse ponto, ele voltaria e me diria que minha família e meus amigos já estavam mortos, ele não podia fazer nada e era hora de eu cumprir minha parte do acordo. Como eu saberia que ele falava a verdade?

E eu também não tinha meios de saber o horário aqui embaixo. Não tinha relógio e não havia janelas para ver o progresso do único sol de Yvelia no céu. Eu precisava contar com meu bom senso, o que era um problema, porque...

Click.

Levantei rápido a cabeça, girando para a esquerda, na direção da fonte do som.

Click, click, click.

Click.

Não me mexi. O que *era* aquilo? Me inclinei à frente, apertando os olhos para a escuridão, o sangue sendo bombeado por todo o corpo, coração acelerado, aterrorizada com o que podia sair das sombras pretas como piche. O que morava nos lugares escuros e sem luz desta corte? Seria tolice imaginar que estes túneis eram patrulhados apenas pelos homens de Belikon. Um burburinho ecoou pela caverna, e cada pelo do meu corpo ficou arrepiado.

A adaga que Kingfisher me dera era afiada, mas seria inútil contra mais de um inimigo, especialmente se atacasse a distância. Comecei a me levantar, mas...

Um raio branco saiu da escuridão, vindo direto até mim.

Pelo branco, cauda peluda e orelhas com pontas pretas dobradas até as costas.

A raposa.

Minha raposa.

Tinha voltado para mim.

As garras da criaturinha faziam *click, click, click* no chão enquanto corria. O bicho tentou desacelerar ao chegar até mim, mas a pedra era lisa demais, as patas não acharam apoio e ele deslizou o último metro. Deu um ganido, mergulhando no meu colo e batendo o focinho embaixo do meu cotovelo para poder enterrar o rosto na lateral do meu corpo e se esconder.

Sua pequena caixa torácica subia e descia sem parar enquanto ele se enrolava em meu corpo, ofegando como se tivesse acabado de correr dez quilômetros.

— Mudou de ideia, então? — sussurrei, dolorosamente ciente de como minha voz soava alta agora que eu estava sozinha aqui embaixo e o mercúrio não murmurava para mim.

A raposinha guinchou de volta em resposta, resmungando embaixo da minha axila.

— Tudo bem, tudo bem. Fica tranquilo. Todo mundo pode mudar de ideia — disse a ele. — Imagino que você não seja bom em contar o tempo, né?

A raposinha espirrou.

— Eu também não.

Eu nunca tinha ficado mais grata por ter companhia na vida. Fiz carinho na raposa, aliviada por outra criatura viva estar disposta a ficar sentada comigo fazendo esta vigília. Ele estava muito assustado, mas não me abandonou mais.

— Do que vou te chamar? Se você vai ficar comigo, precisa ter um nome.

Ele me encarou, os olhinhos de ônix viraram fendas estreitas, e suas pálpebras piscavam de modo que eu conseguia discernir cada um de seus minúsculos cílios.

— Que tal Ônix? — perguntei a ele.

Ele fechou os olhos e só voltou a abrir depois de muito tempo, o que entendi como um sinal de aprovação. Logo, dormiu. Comecei a contar os segundos, somando os minutos nos dedos, até imaginar que devia ter se passado uma hora.

Ônix não ficou feliz quando o coloquei em cima da minha bolsa. Observou com olhos ameaçadores enquanto eu parava na beira do lago e cuidadosamente estendia a mão, ordenando que o oceano prateado acordasse.

A superfície só tinha se transformado pela metade, ainda estava sólida nas bordas quando uma explosão de fumaça preta emergiu do centro. Então Kingfisher apareceu, chapinhado pela prata-viva e com o rosto contorcido como uma máscara. Na mão direita, Nimerelle pingava vermelho. À esquerda, o corpo que ele arrastava atrás de si pelo cangote pingava prata. Ele jogou o corpo sem movimento pela lateral do lago no chão, aí caiu ao lado, ofegando.

— Rápido. Antes que... — Ele parou, jogando a cabeça para trás e soltando um grito que era puro terror e dor. — Rápido. O... O pin-pingente — conseguiu dizer. — *Agora!*

O mercúrio se revirou, como um milhão de vozes estilhaçadas gritando de uma vez. O som era nauseante, mas o bloqueei, correndo até o corpo que Kingfisher havia jogado na pedra. Minhas mãos foram rápidas e certeiras ao pegar o pingente, tirá-lo e correr para o lado de Kingfisher. Ele se debatia e gemia, rangia os dentes, e os tendões do seu pescoço se esticavam de um jeito horrível enquanto eu passava a corrente por cima da cabeça dele e tentava deslizar o pingente retangular para a frente do peitoral da armadura.

— Fisher? Fisher!

Ele não respondeu. Grunhiu, arqueando as costas, e os calcanhares das botas de couro deixaram marcas pretas na pedra enquanto ele se contorcia.

— Fisher! Deuses. Que diabos? O que... O que você precisa que eu *faça?*

Eu estava mesmo começando a entrar em pânico quando ele ficou imóvel, tenso. Seus olhos se abriram de repente e ele soltou uma respiração úmida e estrondosa.

— Puta. Que. Pariu — falou, rouco. — Foi... ruim.

— Você está bem?

Fiz menção de tocar o peitoral dele, sem ter certeza de onde examinar, mas mudei de ideia.

— Fecha... o... portal — chiou ele.

Merda, merda, merda. O portal. Desta vez, não dei ao mercúrio a oportunidade de resistir. Em minha mente, bati uma palma contra a outra, fechando bem o portal e, com um som de algo rachando, o lago obedeceu a ordem, se solidificando tão rápido que rachou o lintel de pedra que corria pela borda.

— Espero que esteja feliz, humana. Porque eu nunca... *nunca mais*... — Kingfisher rolou de lado, agarrando o estômago. — ... vou fazer isso.

Ele tinha voltado. Tinha conseguido.

Ele...

Ah, meus deuses! *Hayden!* Fisher tinha realmente conseguido. Tinha trazido Hayden de volta consigo! Deixei Kingfisher lutando para se sentar. Meus joelhos gritaram de dor quando caí ao lado do corpo desacordado, mas não importava. Eu não estava nem aí. Hayden estava vivo. Ele estava aqui. Ele...

Ah.

Ah, não.

Balancei para trás nos calcanhares, franzindo a testa para a figura deitada no chão. A esperança que tinha disparado em mim desmoronou na minha cabeça. Era para ser uma piada? Não. Fisher não tinha senso de humor, e isto... isto *não era* engraçado.

— Vai levar um tempo para ele... acordar. Humanos são tão... — Kingfisher gemeu. — Vocês são todos tão *frágeis.*

Me virei para o guerreiro, com o rugido maçante em meus ouvidos ficando cada vez mais alto...

— Este não é o meu irmão, Fisher. Este é o maldito Carrion Swift!

14

AS LETRAS MIÚDAS

CABELO COR de cobre.

Boca irritantemente perfeita.

Marca de nascença em formato de coração no queixo.

Definitivamente era Carrion.

Kingfisher olhou de relance para ele e deu de ombros.

— Eu rastreei sua linhagem. E isso me levou direto até ele. Perguntei quem ele era. *Ele* disse que era Hayden Fane. Portanto, eu te trouxe Hayden Fane.

— Você o estava segurando contra uma parede com uma espada no pescoço quando perguntou? — quis saber.

— Não. Estava dando uma mata-leão. Eu nem tinha pegado a espada. Pelo menos não naquela hora.

— Então claro que ele mentiu sobre quem ele era! Deve ter achado que você era cobrador de dívidas ou um dos homens de Madra!

— Cobrador de *dívidas*? — Fisher espumou de raiva. — Escuta só. Deixa eu te perguntar uma coisa. Você lembra onde fica o portal em Zilvaren?

— No palácio de Madra.

— Correto. E o que você acha que estava lá me esperando quando saí daquele mercúrio?

— Sei *lá*.

— Cinquenta soldados treinados e uma unidade de arqueiros armados com flechas com ponta de ferro. Precisei lutar para sair dali, cruzar aquele pardieiro arrasado e cheio de doenças para o qual você está tão desesperada para voltar, achar seu irmão, aí *voltar* pela cidade, *voltar* para o palácio de Madra, *voltar* para aquele salão maldito e *voltar* para dentro do mercúrio em menos de uma hora. Eu não tive tempo para entrevistar esse babaca. Agora, este serve ou não?

— Não! Não serve! Nosso acordo...

— Nosso acordo está de pé — irritou-se Kingfisher, parando para pegar Carrion.

Jogou o contrabandista desacordado por cima do ombro como se não pesasse nada e me olhou com a intensidade de mil sóis.

— Eu odeio aquele maldito lugar, mas fui lá por você. Fui esfaqueado sete vezes em várias partes do corpo. *Por você.* Este babaca disse que era o Hayden. O sangue dele disse que ele era o Hayden. Eu fiz o que falei que ia fazer. Agora, anda. Vamos nos mandar daqui.

— Não vou voltar para meus aposentos...

— Não vamos voltar para seus aposentos. Primeiro, vou achar um curandeiro. Depois, vou achar Ren e, por fim, vamos sair deste maldito lugar.

Fisher tinha passado a maior parte de sua juventude no Palácio de Inverno. Conhecia o lugar como a palma da mão. Abriu portas ocultas e marchou por passagens escondidas, correndo por um número ridículo de escadas e me ignorando quando supliquei para que fosse mais devagar. Eu queria bater o pé e me recusar a me mexer, mas meu corpo não ouvia. Ele me mandava seguir, e foi isso que fiz, apesar de meu coração bater como um pistão e eu sentir que ia desmaiar a qualquer momento. Ônix guinchava, dando cambalhotas na bolsa o tempo todo, inconsolável.

Finalmente, Fisher parou depois do que imaginei serem vinte e três lances de escada e jogou Carrion na pedra fria aos meus pés.

— Fique aqui. Espere até eu voltar. Não dê um pio.

Disparei uma série de palavrões contra ele, só que não saíram de meus lábios. Como ele ordenara, não dei um pio. O que infernos ele tinha feito comigo? Por que meu corpo não era meu?

Fiquei fervilhando de raiva enquanto esperava. Mentalmente, berrei com Carrion para ele acordar e fazer alguma coisa, mas acontece que o contrabandista era tão irritante desacordado quanto era acordado. O idiota não se mexeu uma única vez.

Uma hora se passou, e Ônix ficou entediado e dormiu. Quando Fisher reapareceu na passagem escondida, os rasgos em sua blusa haviam desaparecido, bem como todo o sangue que o cobria. Consertado, novo em folha, ele carregava algo comprido e fino embaixo do braço, embrulhado no que parecia uma cortina.

— Não consegui encontrar o Ren. Deixei um bilhete — ele me informou, pegando Carrion.

Sem mais preâmbulo, ele voltou a descer as escadas.

Não falei nada.

Não mexi um músculo.

Ele só percebeu que eu não estava indo atrás quando virou numa esquina e desapareceu da vista.

— Venha, Oshinha! — chamou. — Se apresse. Pode voltar a falar, mas sem reclamações.

Desci as escadas, com uma raiva incandescente e brilhante, fazendo cara feia para a nuca de Fisher.

Descemos sem parar. Quando ele me levou para fora do palácio, eu estava zonza e com as coxas queimando. Atravessamos um pátio coberto e entramos num prédio escuro e cheio de correntes de ar, com portas amplas abertas nas duas extremidades. De cada lado, baias se estendiam à esquerda e à direita. Por cima das portas de algumas delas, enormes cavalos jogavam a cabeça, relinchando, assustados com nossa aparição repentina.

— De jeito *nenhum* — falei.

Kingfisher jogou Carrion no chão úmido do estábulo e passou por cima do corpo dele, marchando na direção de uma porta aberta à nossa direita que levava não a uma baia, mas a um estoque de ração e à sala de arreios.

— Deixa eu adivinhar. Você não gosta de cavalos?

— Não, não gosto de cavalos. E cavalos não gostam de mim. Nós nos desgostamos mutuamente.

Fisher puxou uma sela de uma prateleira na parede e passou voando por mim, saindo da sala de arreios.

— Você vai ter que superar — disse ele.

Fui atrás, passando por cima de Carrion enquanto Kingfisher entrava numa das baias.

— Não funciona assim! Não dá pra eu simplesmente *superar*!

— Claro que dá. Fica com a bunda na sela. Fica com a boca fechada. É fácil.

— Fisher!

Com cuidado, o feérico colocou, em cima das costas de um cavalo preto monstruoso, a sela que estava carregando, amarrando a barrigueira rapidamente.

— Não é uma negociação. Você fez um juramento de sangue, humana. E tem que cumprir, o que significa que vem comigo.

— Eu jurei que ia ajudar os feéricos de Yvelia a descobrirem como usar o mercúrio...

Ele balançou um dedo para mim.

— Pense de novo. O que eu te falei quando perguntei se você concordava com o pacto?

— Você falou que ia buscar meu irmão e, em troca, eu ajudaria a criar relíquias para Yvelia!

Kingfisher me empurrou para passar, saiu da baia e voltou à sala de arreios.

— Eu falei, palavra por palavra: "*Eu vou tentar pegar seu irmão. Você me ajuda e auxilia em qualquer coisa que eu te pedir e faz o que eu mandar. Você concorda com este pacto?*" E você respondeu: "*Sim! Deuses, eu entendo! Concordo. Anda logo com isso!*"

— Mas nós dois sabemos o que eu quis dizer. Não estava falando que ia sair perambulando para o desconhecido com você no meio da noite!

— A não ser que você esteja prestando bastante atenção, o que você quer dizer e aquilo com que você *de fato* concorda em geral são duas coisas bem diferentes na língua feérica, Oshinha. Você concordou em me ajudar e me auxiliar em qualquer coisa que eu pedisse e em fazer o que eu mandasse. Selou esse acordo com sangue. Agora, estou te mandando achar um cavalo e montar a sela o mais rápido que conseguir, antes de o meu padrasto psicótico desconfiar do que estamos fazendo e nos assassinar aqui mesmo.

— Puta merda, você me *enganou*!

— Não — respondeu ele, direto. — Eu te ensinei uma lição valiosa que vai ser útil pelo resto da sua curtíssima vida humana neste reino. Sempre preste atenção nas letras miúdas. O diabo mora nos detalhes. Agora anda.

Desde que acordara em Yvelia, eu só tinha visto o mundo lá fora pelas janelas. Uma parte de mim suspeitava que a cidade abaixo do palácio e a floresta que se estendia até as montanhas fossem ilusões.

Não eram.

Minha mente titubeou quando Kingfisher me mandou sair do celeiro. De início, ao conduzir o cavalo que ele tinha montado para mim lá fora, fiquei preocupada principalmente com os grandes dentes quadrados do animal, mas, aí, levantei os olhos, estiquei a cabeça para trás para olhar a vasta escuridão e experimentei o beijo da neve em minhas bochechas pela primeira vez. Experimentei de verdade. Vê-la do lado de dentro tinha sido uma coisa, mas estar aqui fora...

Minha vida toda tinha sido consumida pela necessidade de água. Eu vira gente brigando por um gole. Morrendo pela falta dela. Arrancando sangue uns dos outros, mentindo, traindo e roubando por isso. Uma sede extrema permeava Zilvaren. Aquela sede era o batimento cardíaco da cidade. Não importava onde você estivesse ou aonde fosse, sentia o ritmo daquele batimento como um martelo numa bigorna. Ela vivia dentro do seu sangue. Os sóis escaldavam tanto que o solo sob os pés virava vidro líquido e o corpo ficava mais fraco a cada respiração. Do momento em que nós acordávamos até o segundo em que íamos dormir a cada noite, corríamos contra o tempo, que não parava de tiquetaquear.

Água.

Água.

Água.

Água.

Para sobreviver, era preciso estar disposto a morrer.

Em Yvelia, a água simplesmente caía flutuando do céu.

Eu queria gritar.

Por um breve momento, a grossa camada de nuvens lá em cima se abriu e vi um relance do céu da meia-noite: um punhado de luzes brancas brilhantes piscava no preto. Eu não queria perguntar, mas a visão tinha me deixado sem fôlego. Eu precisava saber.

— O que é isso? — sussurrei.

Fisher contornou seu cavalo, olhando o céu também.

— Estrelas — respondeu, tenso. — Tem bilhões delas. Mais do que qualquer mente consegue compreender. Sóis, como os dois que brilham no céu de Zilvaren.

— Mas tão longe. — Minha voz transmitia meu espanto.

— O mercúrio reduz a distância. Com ele, podemos viajar aos reinos que orbitam essas estrelas.

Ele falou isso com tanta simplicidade. Como se não tivesse acabado de me dizer que Zilvaren não estava escondida em alguma porta mística em algum lugar. Meu lar estava lá em cima, entre as estrelas. Fiquei olhando boquiaberta para os pontinhos de luz brilhante, me perguntando se alguns deles eram *meus* sóis. As nuvens se juntaram de novo, apagando o céu, e meu peito doeu, cheio de luto.

— Anda logo — ordenou Kingfisher, acenando com a cabeça para meu cavalo.

Era um espectro de cabelo escuro, feito de sombras, o branco de suas mãos e o seu rosto eram as únicas partes que eu conseguia discernir enquanto ele prendia duas grandes bolsas à sela de seu próprio cavalo.

— Não podemos ir embora. Temos que esperar o Ren.

Minhas palavras se perderam numa nuvem de neblina. Kingfisher foi até o cavalo dele e o animal mudou o peso das patas, levantando a de trás num coice. Ele era gigante, tinha o pelo preto como a escuridão e um olhar desvairado que quase rivalizava com o de Kingfisher. Quando Fisher grunhiu irritado, o cavalo bufou e soltou o ar, jogando a cabeça e aparentemente reconsiderando o coice.

— Ele vai encontrar com a gente mais adiante. Temos um ponto de encontro para situações assim. Agora, você vai subir no cavalo ou eu vou ter que te colocar?

— Está nevando. Eu vou morrer congelada.

Eu não tinha visto o tecido grosso em suas mãos enluvadas. Os olhos de Kingfisher brilharam vivos quando ele arremessou a trouxa preta em cima de mim, suas narinas estavam dilatadas.

— É pesado. É mais fácil colocar depois de subir, mas, como você é tão petulante e se recusa a obedecer a ordens...

— Soldados obedecem a ordens. *Eu* não sou um soldado.

— Acredite, estou mais do que ciente disso. Aqui. Deixe eu te ajudar.

Eu não queria a ajuda dele, mas minhas mãos já estavam entorpecidas de frio e o tecido gigantesco que ele tinha me entregado não parecia ter começo nem fim. Fisher conseguiu entender em segundos e pendurou em torno dos meus ombros. Era uma capa, dura e cerosa por fora, forrada com pelo sedoso. O interior era quente e tão macio que me deu vontade de chorar. O ardor amargo do ar instantaneamente desapareceu, deixando só minhas mãos e meu rosto sofrendo de frio.

Dei um gritinho quando as mãos de Kingfisher encontraram minha cintura e ele me colocou na sela do meu cavalo. O bicho era menor, tinha pelo castanho e virou a cabeça para tentar me morder quando me sentei.

— Traz a perna para a frente — ordenou Fisher.

Discutir com ele não ia adiantar nada. Ele estava decidido: íamos embora do palácio hoje à noite e não havia o que fazer. De novo, quis recusar a ordem dele só de picuinha, mas meu corpo todo ansiava por obedecer a suas ordens. Eu *queria* trazer a perna à frente por ele. Não conseguia me segurar.

Fisher levantou a sela e apertou a barrigueira. Então amarrou o pacote comprido e estreito com que tinha voltado dos curandeiros embaixo da aba do assento, puxando para trás e para a frente para garantir que não ia soltar.

— Não toque nisto. Entendeu?

— Sim.

— Ótimo. Perna para trás — ordenou.

Movi a perna para trás.

A neve caía, pousando nas ondas grossas de seu cabelo, parando em seus cílios e cobrindo o topo de seus ombros de branco.

— Confortável? — perguntou ele.

— Não.

— Excelente. Não puxe a rédea. Aida é boazinha. Ela vai seguir sem nenhuma instrução sua, então basta deixá-la em paz.

Aida provavelmente não era boazinha. Provavelmente era uma égua infernal que ia me jogar de bunda no chão na primeira oportunidade, mas segurei as rédeas sem fazer força, obedecendo Fisher sem qualquer objeção.

— Espera! Cadê minha bolsa? — Eu me virei na sela, procurando.

— Eu tenho comida e água suficientes para nós dois. Você não precisa dela.

— Não estou nem aí para comida e água. Estou preocupada com o Ônix!

— O que é um Ônix?

— Me dá logo a bolsa, Fisher.

Se ele teimasse comigo nisso, aaah, deuses, eu ia fazer o pior tipo de inferno. Por sorte, o babaca só suspirou e entrou de novo no celeiro. Voltou um tempo depois com a minha bolsa.

— No segundo em que esse roedor virar um problema, ele será escalpelado — disse Fisher, levantando a bolsa para mim.

— Ele não é um roedor. Parece muito mais um cachorro.

Abri a bolsa, para garantir que Kingfisher não tinha substituído Ônix por uma pedra ou um filão de pão particularmente pesado ou algo do tipo, mas a raposinha colocou a cabeça pelo buraco, girando as orelhas enquanto observava seus arredores, com a língua cor-de-rosa de fora.

— Esse negócio devia correr ao nosso lado — resmungou Fisher, subindo em seu próprio cavalo. — Não precisa ser carregado.

— É *ele*, não *negócio*. E não, ele não pode correr ao nosso lado. Vai ficar com frio.

— *Ele* — continuou Kingfisher, saturando a palavra de desdém — é um animal selvagem, e este é o habitat natural dele. Por que você acha que tem todo esse pelo branco grosso?

Nisso ele tinha razão. Ônix era uma criatura de Yvelia e evidentemente feito para o lugar. Mas, quando baixei os olhos, ele escapou de novo para dentro da bolsa, deixando só o focinho úmido visível, e fiquei com a distinta impressão de que estava mais do que feliz onde se encontrava.

— Melhor você se concentrar na sua carga, não na minha — disparei para Fisher. — Seu passageiro vai te causar todo tipo de problema quando acordar.

Carrion estava amarrado nas costas do cavalo de Fisher, ainda desmaiado. Seus braços pendiam frouxos por cima da cabeça, o cabelo vermelho como fogo já grosso de neve. Não tinha como a posição ser confortável. Ele ia ficar todo dolorido ao acordar, e eu sabia em primeira mão como Carrion Swift era genioso quando não tinha uma boa noite de sono.

Kingfisher o olhou sem emoção.

— Tem certeza de que não é seu irmão?

— Acho que eu conheço meu próprio irmão, né?

O olhar de Fisher para mim indicou que ele não tinha tanta certeza de como reagir a essa pergunta.

— Então, correndo o risco de me repetir pela bilionésima vez, a gente devia deixá-lo aqui. Se não é seu irmão, então...

— A gente *não vai* deixá-lo aqui. Belikon vai matá-lo no segundo em que perceber que você me sequestrou.

— Não é sequestro se você vier por vontade própria — respondeu Kingfisher, num tom calculado.

— Eu não estou fazendo nada disso por vontade própria! Quero ir para casa!

Ele deu de ombros ao montar na sela.

— E, mesmo assim, está indo me ajudar a acabar com uma guerra, não é mesmo? Que causa mais nobre poderia existir? Parabéns por conquistar uma santidade de merda.

15

SARRUSH

NÃO PASSAMOS pela cidade aos pés do Palácio de Inverno. Eu estava torcendo para passarmos — mais chance de sermos vistos e parados pelos homens de Belikon antes de irmos para muito longe —, mas Kingfisher era esperto. Ele podia ser um merda raivoso, arrogante, quase insano e irritantemente lindo *e* um estrategista inteligente ao mesmo tempo. Afinal, essas coisas não eram mutuamente excludentes. Enquanto eu amaldiçoava o dia em que achei que fosse me safar de roubar um guardião, Fisher me guiava pela periferia da cidade, descendo por caminhos pedregosos, íngremes e irregulares enterrados numa camada grossa de neve. Era um milagre ele saber aonde estava indo. Ainda mais impressionante era os cavalos não tropeçarem e quebrarem a porcaria das patas na rota traiçoeira escolhida por Fisher. Um passo em falso e nos enfiaríamos numa situação de merda, mas os cavalos seguiam em frente, com passos certeiros, imperturbados por nossa perigosa aventura noturna.

Observei a cabeça de Carrion batendo no flanco do cavalo de Fisher, que espumava o tempo todo contra aquele babaca desacordado. Havia um frio senso de justiça em ver a cabeça dele sendo atacada pelos galhos baixos das árvores quando entramos na floresta escura. Depois do que tinha feito, o filho da puta merecia cada machucado que ganhasse. Ele tinha mentido para Fisher. Por que raios diria que era Hayden?

Será que Fisher tinha dito *"Qual é seu nome, humano miserável de uma figa?"* ou será que tinha dito *"Estou aqui para transportar Hayden Fane para um reino feérico, onde ele terá acesso a comida e água até se fartar e a uma cama confortável para dormir"*? Porque, se fosse a segunda opção, eu com certeza conseguia imaginar Carrion mentindo sobre sua identidade.

A luz e o som que vazavam do Palácio de Inverno logo se esvaíram, mas Kingfisher não parecia se importar com nossos arredores em breu total, tampouco os cavalos. Eles seguiam em frente, bufando pelo nariz como se aqui fora não fosse congelante e assustador. Lamentos perturbadores ecoavam pela floresta, sons tão humanos que deixavam minha pele arrepiada. Na bolsa que eu levava à minha frente, encostada em minha barriga, meio embrulhada na capa, Ônix choramingava e se encolhia o máximo possível ao mesmo tempo que fazia tanto barulho que dava para sentir a irritação irradiando de Kingfisher a três metros de distância. Ele não mencionou a raposa agitada. Apenas fervia de raiva, sem dizer uma palavra, o que era infinitamente pior.

Os lamentos que ecoavam pela floresta chegavam mais perto e se afastavam a intervalos aleatórios, tornando minha respiração rápida e superficial. Em certo momento, um soou tão próximo que parecia que uma criatura faminta espreitava logo embaixo das patas de Aida. Gritei, me sobressaltando na sela e subindo as pernas, com o coração martelando no peito.

Kingfisher parou seu cavalo e olhou cansado por cima do ombro para mim.

— Qual é o seu problema agora? — perguntou.

— Tem... Tem... argh, a gente vai *morrer* aqui, seu babaca! Você não está ouvindo esses gritos?

Kingfisher me olhou como se eu fosse a coisa mais desgastante que ele já havia encontrado.

— São *sombras*, humana.

— Como assim, sombras?

— Você sabe. Ecos. O que sobra de uma criatura depois de ela morrer sofrendo.

Meu pânico foi para as alturas.

— *Fantasmas?*

Ele abaixou os cantos da boca, pensativo.

— Não estou familiarizado com esse termo. Esses seres são não corpóreos. Não têm substância física. Não podem machucar ninguém. Nem sabem que a gente está aqui.

Deuses do céu, eu não conseguia acreditar.

— Então por que estão *gritando*?

— Estão revivendo seus últimos momentos. Você também gritaria se tivesse sofrido a mesma morte que eles.

— Eles morreram aqui? Nesta floresta? — *Não faça isso. Não pergunte. Não pergunte,* cacete. Mas eu tinha que saber. — *Como* eles morreram?

Kingfisher mirou a escuridão ao nosso redor com seus olhos com pontos prateados.

— Continue olhando e verá por si mesma.

— Está completamente escuro aqui! Não consigo ver nada! Não consigo enxergar nem minha própria mão na frente do rosto!

E então outro grito lancinante cortou o silêncio, tão próximo que Ônix soltou um ganido e tentou abrir um buraco no fundo da bolsa de lona para ficar seguro.

— Eu sempre esqueço como a visão de um ser humano é tragicamente inferior — comentou Kingfisher.

— Ah, e você por acaso consegue ver cada detalhe deste lugar, é?

Apontei um dedo para a floresta, pretendendo que a pergunta fosse irônica, já que estávamos cercados por uma muralha de preto, mas Kingfisher deu de ombros e fez um beiço.

— Bem, não é límpido. De dia eu conseguiria discernir detalhes bem mais precisos. Mas sim. Eu enxergo perfeitamente bem. Traz a Aida aqui para o meu lado e eu te presenteio com visão temporária.

— Não.

— Não?

— *Não!*

— Como assim, não?

— Eu gostaria de voltar a dormir em algum momento futuro. Não preciso ver almas torturadas revivendo suas mortes, muito obrigada. Eu passo.

Kingfisher bufou.

— Você que sabe. Mas, quando ouvi-las gritando, não fique com tanta pena, humana. Este lugar é uma prisão. Só os culpados dos crimes mais hediondos são enviados para a Floresta Frondosa. As árvores sepultam os monstros mais cruéis.

Os minutos viraram uma hora, que logo virou três. Pode ter sido mais. Era difícil medir a passagem do tempo sentada no dorso deste animal desconfortável de pele rugosa. As costelas de Aida eram largas feito um barril e, toda vez que eu balançava para a frente e batia na sela, meu quadril reclamava amargamente. Minha bunda também, junto a partes bem mais sensíveis da minha anatomia que pareciam estar sendo esfregadas até ficar em carne viva, e *não* de um jeito divertido.

Os gritos chegaram a um ápice. Aida ficava perto do cavalo de Kingfisher, jogando a cabeça com ansiedade. Uma ou duas vezes, tentou atacar Carrion, estalando os dentes para ele, infeliz porque a criatura desacordada esquisita estava chegando perto demais. Foi pura sorte eu ter conseguido impedir que ela mordesse a cara dele; se chegássemos ao nosso destino, onde quer que fosse, sem o contrabandista receber nenhuma laceração facial, ele ia me dever um favor enorme.

Mordi a língua o quanto consegui, mas, em algum ponto, as sombras escuras que gritavam e o frio enérgico e infinito me afetaram.

— Por quanto tempo mais temos que fazer isto?

Eu tinha planejado gritar as palavras para Kingfisher conseguir me ouvir mesmo com o vento batendo nos galhos de árvores e o rangido metálico contínuo dos cavalos nervosamente mordendo seus freios, mas acabei ficando nervosa demais; a pergunta saiu num sussurro falho. Fui salva de ter que me repetir pela audição feérica dele.

Fisher inclinou a cabeça poucos centímetros para o lado — o único indicativo de que tinha me escutado. E aí falou:

— Estamos quase chegando. Só mais meia hora. Se trotarmos, vamos chegar ainda mais rápido.

Trotar? Dei uma risada sarcástica.

— Nada que você diga ou faça vai me incentivar a esmagar meus genitais contra esta sela com mais força ou mais rapidez do que já estão sendo esmagados.

— Está meio dolorida aí, humana?

— Dolorida não chega nem perto de descrever — resmunguei.

— Depois que montarmos acampamento, vou ficar mais que feliz de dar uns beijinhos para você sarar. Já me disseram que minha boca tem propriedades curativas. Especialmente quando aplicada no meio de um par de coxas.

A sugestão na voz de Kingfisher era uma promessa feita de seda sombria. Sedutora. Meio arrebatadora, sendo sincera. Mas eu não estava a fim de ser sincera. Eu estava mal-humorada e oficialmente de saco cheio de me encolher toda vez que um galhinho desgarrado roçava meu braço. Queria que esta incursão noturna chegasse logo ao fim.

— Fico surpresa — falei, com desdém.

— Por quê?

— Por você oferecer mais tempo entre as minhas pernas depois de eu roubar algo tão precioso da última vez que te convenci a deixar eu me aproximar.

Consegui discernir levemente o contorno dos ombros de Fisher subindo enquanto ele ria.

— Você acha mesmo que eu não notei que você pegou o anel?

— Eu sei que não.

— Ah, *por favor*. Eu sabia o que você estava fazendo no segundo em que subiu no meu colo.

Eu preferia o silêncio profundo, pontuado por gritos mortais, ao som da arrogância de Kingfisher.

— Deuses, você odeia isso, né? Ser superado por uma humana. Por que não consegue só admitir que eu te enganei?

— Vai nevar em Sanasroth antes de você me enganar — disse ele, de forma muito direta, como se fosse uma conclusão óbvia. — Eu soube, no segundo em que você entrou naquela forja, que estava tramando alguma coisa. Admito que fiquei levemente interessado em ver o que você inventaria.

— Uau. Você prefere continuar mentindo e se enfiar num buraco ainda mais fundo do que admitir a verdade. Esse seu ego é impressionante, Fisher.

— Eu não estou mentindo.

— *É mesmo?*

— Sim.

— Tudo bem. Beleza. Então me diz como eu me entreguei, se era tão óbvio que não tinha boas intenções.

— Você levou uma bolsa para a forja. Uma bolsa cheia de comida e roupas. O que também é conhecido como *suprimentos*.

— Como você sabia que estava cheia de comida e roupas?

— Porque espiei quando você não estava olhando.

Meu queixo caiu.

— Babaca! Você não pode sair fuçando a bolsa dos outros!

— Diz a ladra que roubou uma joia valiosa do meu corpo. Enquanto esfregava o *próprio* corpo em mim para me distrair.

Nessa ele tinha razão. Eu havia feito muitas coisas questionáveis no passado para conseguir o que precisava. Nunca tinha precisado beijar ninguém do jeito que beijara Kingfisher, veja bem. Eu não tinha intenção de beijar justamente *ele* assim. Fora um acidente. Um acidente que eu não estava a fim de investigar com atenção demais neste momento específico.

— Então você está dizendo que consegui mesmo te distrair — disparei para ele.

Ele só riu.

— E eu aqui, irritado de pensar em ter que arrastar uma humana indefesa e inútil que seria só um fardo. Mas você tem até piadas! Pelo menos posso contar com você para me entreter um pouco.

Sinceramente. Ele era uma figura mesmo. O que ganhava me tratando assim? Eu estava lá na forja. Tinha sentido as mãos dele no meu corpo. No meu cabelo. Como ele explorou minha boca com a língua, cheio de urgência. Ele ficara distraído, sim, senhor.

— Você fala muita merda. Eu senti a rigidez do seu... — Fechei a boca com força. O calor mordeu minhas bochechas, a instantes de virar vergonha.

Kingfisher conteve seu cavalo, forçando Aida a parar também. Carrion balançou nas ancas do animal, quase caindo, apesar de Kingfisher não parecer notar ou ligar. Ele se virou na sela, com um sorrisinho ardiloso nos cantos da boca.

— A rigidez do meu *o quê*, humana?

— Nada! — respondi, rápido demais para parecer casual. — Eu só quis dizer que... que... você estava distraído, tá? Estava me agarrando. Suas mãos...

— Minhas mãos têm vontade própria. Minha *mente* estava concentrada no que as suas faziam, e vou te dizer, humana, você não é nem de longe a mão leve que pelo jeito acha que é. Quase deslocou meu dedo puxando aquela porcaria de anel...

— Como *ousa*!

Aida tinha parado junto ao cavalo de Fisher, andando de lado, ansiosa para voltar a se mover, o que me deixou desconfortavelmente próxima do guerreiro feérico. Usei nossa proximidade para chutá-lo, mas ele deu um cutucão para seu garanhão sair da frente e desviou do golpe.

— Calma aí, humana. Se você chutar o Bill, ele vai disparar. Quer ficar sozinha nesta floresta? No escuro?

Eu não lhe daria a satisfação de responder. Em vez disso, fiz uma careta infantil enquanto retraía o pé e enfiava a ponta da bota de volta no estribo.

— Bill? Quem chama o cavalo de *Bill*?

— Eu. Agora, quer ir na frente?

Ele gesticulou com a mão enluvada para um caminho que eu precisava supor que existia, já que não conseguia enxergar.

— Não.

— Imaginei.

Pouco depois, chegamos a uma estrada. Apesar de estar deserta, dava para ver que ela recebia uma circulação razoável, pois não havia muita neve acumulada. Talhos profundos cortavam a lama revirada, junto a marcas de ferradura, patas e pés tão grandes que estremeci em pensar no que poderia tê-las criado. As ferraduras dos nossos cavalos afundavam no chão preto e fedorento conforme se arrastavam.

Nosso destino era um decadente prédio de pedra de dois andares, bem na margem de um rio largo e congelado. O teto era coberto por uma camada de palha com sessenta centímetros de grossura, em cima da qual só havia uma leve camada de neve. A luz saía de pequenas janelas. Quando a porta da frente se abriu, risadas, conversas e meia estrofe de uma canção desafinada vazaram na noite, junto a uma figura alta e ampla que deu cinco passos vacilantes e caiu de cara num banco de neve.

Kingfisher tinha desacelerado seu cavalo quando o prédio ficou à vista. Ele olhou por um momento, com os lábios entreabertos e uma expressão estranha e melancólica. Franzi a testa para o prédio, tentando ver o que quer que ele estivesse vendo. Seria de pensar que ele estivesse admirando uma das maiores maravilhas arquitetônicas de Yvelia, mas, de onde eu estava sentada com a bunda dolorida, parecia muitíssimo uma taverna.

— A gente vai dormir aqui? — perguntei, apontando com o queixo.

A figura que havia saído cambaleando do bar estava agora de quatro, vomitando na neve.

— Talvez sim, talvez não. — Kingfisher incitou o cavalo para a frente, gesticulando para eu seguir. — Vamos ver quanto tempo Ren leva para nos alcançar.

Um cavalariço desalinhado pegou os cavalos quando desmontamos. Tentei não olhar para os chifres curvos de carneiro saindo de baixo dos buracos rasgados no topo da touca de lã, mas fiz um péssimo trabalho. Não consegui deixar de me perguntar como se conectavam ao crânio. Ele não pareceu ligar. Exibiu um sorriso cheio de dentes até eu abrir a bolsa e jogar um Ônix sonolento na neve aos meus pés.

— Uuuh, esse aí é bom! Raro. Nunca mais vimos a ponta preta nas orelhas e na cauda desse jeito. Te dou dois crönas por ele.

— Quê?

Ônix se lançou para trás das minhas pernas, com os pelos eriçados, como se pudesse compreender o cavalariço e estivesse disposto a arrancar um dedo caso o estranho tentasse alguma gracinha.

O cavalariço me lançou um olhar astuto.

— Tudo bem. Quatro crönas. Mas não posso dar mais que isso. Minha mulher vai me matar se...

Pus a mão no cabo da adaga na minha coxa.

— Ele não está à venda — falei.

— A humana pôs na cabeça que esse negócio pulguento é um animal de estimação — disse Fisher, pegando uma das bolsas da sela.

Ele se moveu rápido, apanhando o embrulho comprido que havia guardado embaixo da aba da minha sela.

Ônix pulou nos meus braços, se aconchegando na dobra do meu cotovelo e escondendo a cara.

— Ele não tem pulga.

— Que você saiba — completou Kingfisher.

— E este, então? Está à venda? — O cavalariço apontou um polegar na direção de Carrion.

— Qual é sua melhor oferta? — perguntou Fisher.

— *Não!*

Kingfisher teve a audácia de parecer entediado quando dei um tapa no braço dele.

— Não, o humano também não está à venda — disse, num tom monótono e irritado. — Coloque-o numa baia com um pouco de feno e cubra-o com um cobertor. Se eu descobrir que ele foi machucado de qualquer forma...

Kingfisher descansou a mão sugestivamente no cabo de Nimerelle, atraindo a atenção do cavalariço para a espada preta ameaçadora. O matiz castanho sob sua barba avermelhada ficou pálido. Ele reconheceu a ação como o que era — uma promessa de dor — e agiu corretamente.

— Claro, senhor. Fique tranquilo. Nada vai machucá-lo sob meu olhar vigilante. Ele vai dormir como um bebê, imagina só se não vai.

Quando entramos na taverna, fui atingida por uma muralha de calor e som. E fiquei bem nervosa também. Esta não era a Casa de Kala. Lá, eu era conhecida. Estava segura. Bom, tão segura quanto qualquer um pode ficar numa casa de má reputação, onde negociações suspeitas aconteciam em cantos escuros. Esta taverna era um ambiente completamente novo para mim. Eu era uma estranha aqui. Não fazia ideia do que esperar. No fim das contas, era bem parecida com qualquer outra taverna em que eu já tivesse pisado.

Cada cadeira bamba do lugar estava ocupada, cada mesa lotada de uma série de canecos trincados e descombinados praticamente vazios. Feéricos e feéricas se sentavam em grupos, envolvidos em suas conversas sussurradas. Eu já vira várias outras criaturas no Palácio de Inverno, mas a pura variedade de criaturas diferentes aqui quase explodiu minha cabeça.

Seres altos, delgados, de pernas e braços finos com pele que parecia casca de árvore e tufos de cabelo branco fino e fluido.

Coisinhas sem pelo, com pele que parecia casca de árvore e olhos âmbar em forma de fenda, dentes afiados como agulhas.

Dois machos com pernas peludas, desgrenhadas e patas fendidas, além de chifres compridos e espinhosos saindo da testa e caindo pelas costas.

Criaturas com nariz bulboso e pele verde, e criaturas com cabelo castanho-avermelhado fluido e grosso que caía em torno da cabeça como se balançado por uma brisa invisível.

Para onde eu olhasse, havia um rol de criaturas tão selvagens, maravilhosas, estranhas e assustadoras que eu mal conseguia respirar.

Kingfisher puxou o capuz da capa e a abaixou sobre a cabeça, mantendo o rosto nas sombras enquanto nos aproximávamos do bar. Um enxame de fadinhas minúsculas com asas etéreas esvoaçava ao redor da nossa cabeça, puxando meu cabelo, agarrando os fios que se soltavam da minha trança, dando puxões fortes e perversos.

— Ai! — Tentei bater nelas para afastá-las, mas Kingfisher segurou meu pulso.

— Eu não faria isso. Elas estão bêbadas. Ficam cruéis quando estão bêbadas.

— Eu sou mil vezes maior que elas. Poderia esmag... *Ahh!*— sibilei, puxando a mão para fora da nuvem de ameaças flutuantes. Lá, bem na base da minha palma, havia um vergão perfeitamente oval. Uma gota de sangue surgiu da minúscula ferida, brilhando como um pequeno rubi. — Uma mordida? Isso é uma marca de *mordida?* — Estendi a mão para Fisher ver, mas ele nem olhou.

— Elas não só ficam bravas quando você tenta bater nelas no ar, como também falam a língua comum e se ofendem quando você sugere que vai matá-las esmagadas. Cerveja, por favor. Duas. E uma dose do seu destilado mais forte também.

O barman era baixo e rotundo, com cabelo grisalho ressecado, nariz curvado e as sobrancelhas mais peludas que eu já vira. Resmungou para o pedido de Fisher, sem dar atenção a nenhum de nós enquanto ia buscar nossas bebidas.

Ao voltar, ele jogou dois canecos no bar, derramando uma boa quantidade de cerveja, e aí deslizou para Kingfisher um copinho de um líquido verde que parecia tóxico. Ele pagou sem falar nada, pegou nossos canecos e o shot, aí entrou na multidão para achar um lugar para nos sentarmos.

Demos sorte. Duas feéricas de vestidos azul-royal e capas de viagem grossas estavam se levantando de uma mesa no canto ao lado da lareira bem quando passamos. Kingfisher abaixou a cabeça, olhando as botas enquanto esperava que saíssem; aí, levantou o queixo de forma brusca, indicando que eu devia me sentar primeiro. Ônix, que havia se grudado ao meu lado como minha sombra desde que entramos na taverna, se enfiou embaixo da mesa.

Soltei um silvo de dor quando meu traseiro encontrou o assento de madeira. Deuses, como doía. Eu nunca ia conseguir me sentar de novo sem respirar fundo. O sorriso enfurecedor de Fisher era a única parte de seu rosto visível por baixo do capuz da capa.

— Que bom que está achando engraçado — reclamei, aceitando a cerveja que me ofereceu.

— Estou achando *hilário* — corrigiu ele. — Você só me deu dor de cabeça desde que a gente se conheceu. Agora, o universo arranjou um jeito de dar uma dor para *você* num lugar bem pior. Eu diria que é justo.

— E eu diria que é irritante pra cacete. Espera, o que você está *fazendo*?

Ele tinha estendido a mão pela mesa e agarrado meu punho. Tentei puxar de volta, mas seu aperto era como o de um torno. Falando entre os dentes, Fisher deu um puxão não lá muito delicado em meu braço.

— Escuta. Nas últimas doze horas, você foi mordida por essa raposa sarnenta, queimada por uma espada na qual não tinha nada que tocar e agora também foi mordida por uma fada. Você não é daqui. Deve ter inúmeros germes e doenças flutuando no ar que podem ser seu fim. Seu corpo já é fraco e demora para se curar. Preciso desinfetar todos esses cortes e arranhões antes de você ficar com febre e morrer.

A contragosto, parei de tentar me soltar.

— Cuidado, Kingfisher. Vou começar a achar que você se importa de verdade com meu bem-estar se continuar... Ahh! Ahh, ahh, ahh! Ai, isso *dói*, porra!

Ele não me deu nenhum alerta. Jogou o destilado verde-vivo do copo de shot em toda a minha mão e segurou meu punho com ainda mais força enquanto meus dedos tinham espasmos. Embaixo da mesa, Ônix soltou um ganido nervoso e arranhou minhas pernas.

— Respira — ordenou Fisher. — Vai passar já, já.

Depois de um momento, de fato a dor começou a diminuir, mas minha raiva... era outra história.

— Você é nojento — sibilei. — Você curtiu isso. Que tipo de sujeito gosta de machucar os outros?

O rosto dele era uma máscara inexpressiva ao me soltar.

— Não gosto de machucar os outros. Não gosto nem um pouco. Mas isso não quer dizer que não seja necessário. Para evitar dores bem mais sérias, às vezes precisamos suportar um pequeno ardor. Às vezes, alguns de nós precisam *infligir* isso. Você fala de um jeito irônico, mas eu me preocupo *mesmo* com seu bem-estar. Você é importante. Sem você, não consigo acabar com esta guerra nem proteger meu povo. Preciso te manter segura para poder atingir meus objetivos. Então, sim, vou te machucar se significar que vou te manter segura. Vou te forçar a me seguir até os confins deste reino, porque é o único jeito de garantir que você vai ficar viva. Agora, toma sua cerveja.

Ele fazia tudo parecer tão sensato. Como se estivesse fazendo o certo e justo pelo bem maior, mas havia outros jeitos de lidar com a situação. Jeitos mais suaves, gentis. Ele claramente não sabia nada disso. O mundo havia sido cruel com ele, então ele era cruel de volta. Eu não precisava de babá. Estava acostumada a lidar com fatos duros. Tinha perdido a conta do número de vezes que havia sido maltratada ou espancada, mas nem por isso Fisher precisava ser tão babaca o tempo inteiro.

Tomei um gole de cerveja, já sabendo que uma não ia ser suficiente para melhorar meu humor. Eu tinha esperado que fosse ruim, mas a cerveja tinha um gosto amendoado, encorpado, e era bem agradável, na verdade. *Muito* agradável.

— Vai devagar aí — alertou Fisher quando dei mais um golão. — É forte.

O idiota achava *mesmo* que eu era fraca. Ele não sabia nada dos jogos de beber que eu jogava e vencia em Zilvaren. E aquilo era com uísque, não cerveja, pelo amor dos deuses. Ainda assim, eu não era idiota de ir virando o caneco todo só para provar que estava certa. Era um território desconhecido, e eu não tinha um mapa, nem literal, nem figurativamente.

Eu o encarei, desconfiada.

— Quando Carrion vai acordar?

— Como é que eu vou saber?

Fisher tomou sua cerveja, com os olhos verdes brilhando para mim acima do caneco. De dentro das sombras de seu capuz, eles pareciam reluzir de um jeito impressionante.

— Eu fiquei desacordada por dez dias. Você está planejando carregá-lo no lombo do seu cavalo por dias a fio?

— Não — respondeu ele, apenas.

— Como assim "não"?

— Assim: não, não estou planejando fazer isso. Você estava à beira da morte. Foi por isso que demorou tanto para acordar. E não vamos ter que cavalgar mais para chegar ao nosso destino, então a carreira do seu amigo como alforje já acabou.

— Aonde você vai me levar?

— Para casa.

— E *onde* é sua casa? — pressionei, ficando cada vez mais frustrada.

Ele tomou um longo gole de cerveja, mexendo os músculos abaixo da pele tatuada do pescoço.

— O lugar onde eu nasci.

— Argh! Você tem mesmo que ser tão difícil?

Seus olhos ficaram travessos.

— Não é obrigatório, mas eu gosto.

— Kingfisher!

— Estou te levando para a região fronteiriça, Osha. Um pequeno feudo bem nos limites do território yveliano. Um lugar chamado Cahlish.

Cahlish? Eu tinha ouvido o nome ser mencionado várias vezes. Everlayne havia pedido para Ren levar Fisher de volta para lá antes que fosse descoberto no Palácio de Inverno. Belikon tinha dito que Fisher podia ficar uma semana no palácio antes de ter que voltar para lá.

— Isso é inteligente? O rei já ia mandar você para lá. Ele não vai aparecer procurando a gente?

Fisher fez que não com a cabeça.

— Meu pai e Belikon têm um longo histórico. Ele viu o que Belikon estava planejando bem antes de assassinar a família real e roubar a coroa. Tomou precauções e protegeu as terras para nem Belikon, nem qualquer um de seus apoiadores poderem entrar lá. Ele era poderoso, e seus selos de proteção são fortes. Continuam sólidos como sempre. Belikon pode viajar até as fronteiras de Cahlish, mas não pode entrar. Enquanto eu estiver vivo e carregar a linhagem do meu pai, ele jamais poderá.

Bom, que ótima notícia. Mas *tinha* outras coisas com que nos preocuparmos.

— Perdão se eu estiver errada, mas eu tive a impressão de que Cahlish é uma frente de batalha — falei.

— E é.

— Não. Mas... Uma zona de guerra de verdade.

Fisher pescou uma partícula de detrito flutuante da cerveja.

— Isso mesmo.

— Então você fez um grande discurso sobre me manter segura para salvar seus amigos — falei, devagar — e *agora* me diz que vai me arrastar bem para o meio de um conflito aberto?

— Parece divertido?

— Como diabos eu vou ficar viva no meio de uma zona de guerra, Fisher?

Quando ele riu desta vez, o som saiu oco.

— Ficando perto, Osha. *Bem* perto.

Tomei três cervejas e, por baixo da mesa, dei a Ônix a maior parte da refeição que Fisher pediu para nós. O ensopado de carne defumada me deu água na boca, mas eu mal conseguia engolir. Carrion Swift estava no celeiro lá fora. O maldito Carrion Swift, sendo que eu queria Hayden. Eu estava presa num juramento de sangue e não tinha conseguido o que pedira, nem de longe. No melhor cenário, meu irmão ainda estava preso em Zilvaren, com fome, com sede e olhando para trás a cada segundo procurando os guardiões de Madra. No pior cenário, ele já estava morto por minha causa e eu não podia fazer nada para consertar isso. Então, o meu apetite era inexistente.

Ren apareceu duas horas depois de nossas tigelas de ensopado estarem vazias. Eu o vi entrar, seu corpo alto preenchendo a porta da caverna, o cabelo comprido, cor de areia, molhado de neve. Uma onda de alívio me atingiu. Enfim, a voz da razão.

O general de Belikon me viu primeiro, ainda meio escondida no canto ao lado da lareira, e a tensão entre suas sobrancelhas imediatamente relaxou. Quando viu as costas de Kingfisher, o capuz da capa ainda escondendo seu rosto, ele abriu um sorriso tão cheio de alívio que meu peito doeu. Quando eu tinha pensado, por poucos segundos, que Fisher havia trazido Hayden de volta, minha expressão devia ter sido igual à dele. Aqueles poucos instantes de felicidade em que eu pensara que meu irmão estava vivo e seguro...

Deuses.

Kingfisher se virou para encontrar o amigo bem quando ele chegou à mesa, com um sorriso largo e sincero no rosto. Ele ficou de pé, e Ren o puxou num abraço apertado, com tapinhas nas costas. Quando o general o soltou, segurando-o com o braço estendido, bufou forte e deu um tapinha na bochecha de Fisher.

— Você, meu amigo, está oficialmente *fodido.*

— Everlayne está furiosa. Ela nunca mais vai falar com você. O que você estava pensando?

Ren tinha a sua própria cerveja agora, o que significava que havia um quarto caneco à minha frente. Não me sentia nem remotamente bêbada. Estava cansada, dolorida, irritada além da conta e desejava minha cama lá na Cidade de Prata. Mas desejar era coisa de tolos, e Ren tinha vindo com notícias, então me recompus e me debrucei à frente para ouvir a discussão sussurrada que estava acontecendo entre os dois.

— A gente tinha um plano — sibilou Ren.

— Não olha para mim. Nossa amiguinha aqui me obrigou. Ela tentou cometer suicídio.

— Mentiroso! Não tentei, não!

— Quando eu a encontrei, ela estava a dois segundos de dar um mergulho sem uma relíquia — disse Fisher.

— Eu estava com seu anel, espertinho. Eu achei que *tinha* uma relíquia.

Ele me olhou por cima do caneco, com a prata-viva em sua íris brilhando, e sorriu abertamente para mim.

— Ah, é? Você estava com meu anel, é? Quer contar a historinha de como o conseguiu, humana?

— Isso é irrelevante. — Eu o olhei com ódio.

— Não estou nem aí para o que Saeris pegou — disse Ren, tenso. — *Você* pegou a alquimista de Belikon. E não só isso. Pegou a *espada* também.

A mão de Kingfisher se fechou em torno do caneco com tanta força que seus dedos ficaram brancos.

— Da última vez que ele pôs as mãos numa espada digna de nota, ele a usou para assassinar o rei verdadeiro e a porra da linhagem Daianthus inteira. Se Rurik Daianthus...

— Como você acabou de mencionar, Rurik Daianthus já se foi. Não adianta nada brincar de "e se" em relação a ele. Belikon *é* o rei. E, goste ou não, como rei, pode pegar o que bem entender. As espadas divinas estão todas mortas. São pesos de papel agora. Belikon não podia causar dano com ela mais do que com qualquer outra espada comum. Você devia só ter deixado que ele adicionasse à coleção. Que mal teria feito?

— *Mal?* — vociferou Fisher. — Você está brincando, né? Mal. Rá! — Ele balançou a cabeça. — Aquela espada é uma maldita relíquia sagrada, Renfis. Aquele desgraçado não tem direito nem de olhar para ela, quanto mais de empunhá-la. Prefiro morrer a deixar Belikon a pendurar no quadril. E você está errado. Nem todas as espadas estão dormentes. Nimerelle...

— Então, pegá-la não teve nada a ver com o fato de que Solaz era a espada do seu pai? Não. Não, esquece que eu perguntei. Eu já sei que essa é a verdade. Quanto à *sua* espada, Nimerelle está corrompida há anos — disse Renfis, com raiva.

Kingfisher bateu as mãos na mesa, e seu capuz caiu.

— Nimerelle é a única coisa que impediu Yvelia de cair na escuridão infinita nos últimos quatrocentos anos! — bradou.

Ele estava falando alto demais. Irritado demais. Sua fúria explodiu, e as mesas ao nosso redor ficaram quietas. As conversas pararam de repente, bebidas foram deixadas de lado e cem pares de olhos se viraram para nós.

Fisher tremia ao olhar para Ren. Não notou quando os sussurros de "*Renfis Orithian, Renfis Jurado de Sangue, Renfis do Lago de Prata*" começaram a se espalhar pelo salão. E também não notou quando os sussurros se voltaram para ele. Só quando era tarde demais.

Kingfisher.

Não. Não pode *ser.*

É verdade.

Ele voltou.

Ele está aqui.

Kingfisher.

Kingfisher.

Kingfisher.

A ira de Fisher desapareceu como se fosse fumaça. Ele abaixou a cabeça, com as bochechas pálidas como cinzas apesar do calor do fogo alto que rugia. O *merda* que ele resmungou não passou de uma forma em seus lábios. Não fez som algum.

— Hora de ir — Ren conseguiu dizer.

— O que foi? Qual o problema?

Olhei ao redor, tentando avaliar as emoções dos rostos que nos cercavam, mas só conseguia ver choque. Relutantemente, Fisher *tinha* passado algum tempo me explicando quais tipos de criaturas eram. De onde cada um vinha. E agora os feéricos, as minúsculas fadas que pairavam no ar, os sátiros no bar, os goblins, os selkies, e todo o resto — todos estavam atônitos. Para onde eu olhava, via olhos arregalados e bocas abertas. Até o barman, que não tinha nos dado mais do que um olhar de relance quando pedimos nossas bebidas, estava paralisado enquanto polia um copo gros...

Deixa para lá.

O copo caiu de suas mãos e se espatifou alto no chão.

Renfis se levantou da cadeira, de cabeça baixa. Estendeu a mão para mim e me ajudou a ficar de pé. Devagar, Kingfisher fez o mesmo. Levantou os ombros até as orelhas, com os olhos verdes vibrantes ilegíveis; manteve-os fixos no chão.

Nós três fomos para a porta. Kingfisher foi na frente, eu fui depois com Ônix bem seguro em meus braços, e Renfis atrás de mim. Estávamos a meio caminho quando um enorme guerreiro feérico com cabelo loiro comprido e trançado, raspado dos lados, parou na frente de Kingfisher, bloqueando seu caminho. Ele era gigantesco. Tranquilamente da altura de Kingfisher ou Ren. Suas feições eram delicadas, apesar de não haver nele qualquer traço de gentileza. A expressão dura em seus olhos cor de estanho sugeria derramamento de sangue. Ofeguei quando ele ficou de joelhos aos pés de Kingfisher.

— É uma honra me ajoelhar aos pés da Ruína do Dragão. Por favor. Uma bênção, comandante? Só... só se achar que é adequado, claro — gaguejou.

— Desculpe. — Kingfisher colocou a mão no ombro do guerreiro. — Você me confundiu com outra pessoa.

O guerreiro loiro abriu um sorriso pesaroso.

— Meu primo lutou com você e seus lobos no Céu de Ajun. A forma como ele o descreveu... — Ele balançou a cabeça como se pedisse desculpas. — Você é o Kingfisher. Não pode ser outra pessoa.

A garganta de Fisher subiu e desceu. Eu o observei lutar para encontrar palavras, forçando-as a saírem da boca.

— Eu talvez corresponda à descrição do seu primo... por *fora*. Fico honrado por ele ter falado de mim para você. Mas... não sou o guerreiro com quem ele lutou em Ajun. Sinto muito, Irmão. Eu...

— Você salvou o estandarte ondulante da orgulhosa Annachreich do oeste — interrompeu o guerreiro loiro. — Ao amanhecer do quinto dia, você gritou enquanto o sol nascia e incitou o coração de nosso povo para que até aqueles que estavam prontos para passar pela porta sombria dessem as costas para a morte e encontrassem forças para continuar de pé. E para erguer seus arcos, suas espadas e apoiar seus amigos. Você liderou o ataque na montanha vermelho-sangue... — A voz do guerreiro falhou.

Uma feérica alta parou ao lado dele, vestida com armadura de couro comum dos soldados. Seu rosto tinha uma cicatriz de bordas irregulares que torcia seu lábio inferior.

— No braço do rio Sinder, você debelou a horda que ameaçava queimar tudo que meu povo construiu. Cinquenta mil pessoas. Cinquenta mil *vidas*. Templos. Bibliotecas. Escolas. Lares. Tudo ainda existe hoje. Por sua causa.

Um músculo do maxilar de Kingfisher ficou tenso. Ele não conseguia encará-la.

No bar, um dos sátiros com os chifres impressionantes e as pernas peludas de bode deu um passo à frente. Levantou o copo em homenagem a Kingfisher com olhos que brilhavam vivos, refletindo as chamas do fogo que crepitava na lareira.

— Inishtar — declarou, com uma voz profunda e grave. — Não foi tão grandiosa quanto as outras. Era só uma cidadela. Não fomos gentis quando você chegou. Na época, os feéricos e a minha laia não eram os aliados que somos agora. Mas cinco de vocês enfrentaram a escuridão naquela noite. Salvaram quatrocentos. *Você* também estava lá, Renfis de Orithian.

Ren inclinou a cabeça, com tristeza nos olhos escuros.

— Eu me lembro — disse, suavemente.

O sátiro levantou o copo um pouco mais alto, primeiro para Ren e depois para Kingfisher.

— Uma vida de agradecimentos a vocês dois pelo que fizeram. Apesar de que nunca será suficiente. *Sarrush.*

Ele encostou o copo nos lábios e virou o líquido âmbar.

— *Sarrush!*

— *Sarrush!*

Em torno do bar, um caneco ou copo subiu na mão de cada cliente. Todos gritaram a palavra. Todos beberam.

— Você salvou a ponte em Lothbrock.

— Você protegeu a Passagem de Turrordan até a neve chegar.

— Você lutou contra Malcolm nas margens do Darn até o rio fluir com o sangue deles.

Um depois do outro, os clientes da taverna se levantavam e falavam. Parecia que todos tinham uma história. Kingfisher continuou em silêncio, engolindo em seco. No fim, não conseguiu mais manter o silêncio.

— Eu não sou... Eu só... — Seus olhos estavam distantes. — Faz *muito* tempo. Essa pessoa já não existe mais.

Ele passou pelo guerreiro feérico ainda ajoelhado a seus pés, abriu com força a porta da taverna e desapareceu na noite.

Fiquei olhando sem conseguir compreender o que tinha acabado de ver e ouvir. Tudo isso para Kingfisher. Kingfisher *e* Ren. Tantas histórias de batalhas valentes e vitórias impossíveis. Pela forma como os dois tinham reagido ao perceberem que tinham sido reconhecidos, eu achava que estávamos prestes a ser atacados. Mas isso não podia estar mais longe da verdade. Para mim, Kingfisher era um babaca mal-humorado e boca-suja para quem eu estava cagando e andando.

Para todo mundo dentro desta taverna, ele era a porra de um deus vivo.

16

PORTAL DE SOMBRAS

UM PORTAL para o inferno nos esperava na clareira lá fora.

A goela vertiginosa de sombra e fumaça era pequena. Só tinha tamanho suficiente para talvez engolir um cavalo. Conveniente, já que Kingfisher estava parado na frente com Bill, Aida e a montaria castanha de Ren. O corpo frouxo de Carrion já estava curvado no lombo de Bill. Ele tinha perdido uma bota em algum ponto entre o celeiro e a clareira, e Fisher obviamente não considerava a perda importante o suficiente para resolver. Eu também não ligava muito para a bota sumida de Swift; estava ocupada demais olhando o vórtex escuro e rodopiante atrás de Fisher para registar direito qualquer outra coisa.

A forma como o vórtex sugava a luz, atraindo o brilho laranja das janelas da taverna, torcendo-o em finos fios que o fenômeno sugava para a singularidade giratória de seu centro me fez querer recuar muito, muito devagar. Eu tinha colocado Ônix de volta na bolsa antes de sair da taverna, mas o sentia tremendo contra minhas costas como se conseguisse perceber a força estranha através da lona e não gostasse nem um pouco dela.

Rajadas de vento batiam nas ondas escuras do cabelo de Kingfisher, jogando-as no rosto. O gorjal de prata estava de volta ao pescoço. Ele reluzia, a cabeça de lobo gravada ali, mais feroz do que nunca. Depois de como ele tinha se comportado lá na taverna, eu esperava encontrar Fisher num mau humor infernal, mas seu rosto estava sem emoção, os ombros relaxados ao me entregar as rédeas de Aida e se virar para a muralha de fumaça rodopiante.

— Vamos acabar logo com isso — disse, baixinho. — Você vai seguir o Ren. Eu vou logo atrás.

Os pelos do meu braço se arrepiaram.

— Eu... não vou entrar nisso aí. O que é?

— É um portal de sombras. Um meio para um fim. Você pode atravessá-lo ou pode passar os próximos dois meses em cima de um cavalo, dormindo em valas cheias de neve e caçando seu jantar. O que vai ser?

— Prefiro a segunda opção.

Eu não precisava nem pensar. Em algum momento, minha bunda se acostumaria com a sela, e a capa que Kingfisher me dera era excelente para me proteger do frio. Eu tinha passado metade da vida caçando meu jantar nas dunas de Zilvaren. E, além do mais, não tinha nenhum interesse em entrar numa zona de guerra. Atrasar nossa chegada em Cahlish parecia uma opção fantástica.

Fisher comprimiu os lábios.

— Deixa eu colocar de outra forma. Você vai atravessar o portal, humana.

Dei um passo para trás, soltando as rédeas de Aida.

— Não vou.

Kingfisher me analisou, erguendo uma sobrancelha com interesse.

— Está pensando em fugir? Deuses, espero que sim. Se quiser, te dou vantagem. Faz séculos que eu não *caço* nada.

— Sério, Fisher — disse Ren, cansado, colocando um par de luvas de couro. — Ela está assustada. Dá um segundo para ela se ajustar à ideia.

— Eu não estou assustada — menti. — Só não vou atravessar esse treco. Provavelmente nunca vou sair do outro lado.

Kingfisher abriu a boca, prestes a dizer algo sem dúvida cruel, para me provocar, mas a porta da taverna se abriu e figuras começaram a emergir para as sombras. Seus olhos endureceram e o que quer que ele estivesse prestes a dizer morreu nos lábios.

— Não temos tempo para isto. Ren vai atravessar o portal. Você *vai* atrás dele. Seu juramento a mim não te dá escolha.

Ren ficou paralisado. Cravou os olhos em Fisher. O guerreiro deve ter sentido a intensidade escaldante do olhar do general, mas Fisher nem sequer olhou na direção do amigo.

— Me diz que eu entendi errado — pediu Ren. — Me diz que você não prendeu esta garota a você com um juramento.

— Atravessa o portal, Ren — exigiu Fisher.

— Um *juramento?* — sussurrou ele.

— Ela recebeu algo em troca — retrucou Fisher. — Agora, por favor. Atravessa o portal. Podemos discutir isso do outro lado.

Ren balançou a cabeça com uma combinação de consternação e decepção em conflito no rosto. Não parecia saber o que dizer. Pegando as rédeas de Aida, entregou-as de volta a mim e disse:

— Fica tranquila. Não é nada. Você vai ficar desorientada por um momento, mas é só continuar andando. Vai acabar em segundos, prometo.

Foi tudo graças à gentileza, a essa tranquilidade que Ren me transmitiu. Sem ela, meu medo teria me comido viva quando o general deu um passo à frente e levou o cavalo para dentro daquela escuridão que parecia tinta.

Eu não ia atrás.

Não mesmo.

Não era à toa que Elroy dizia que eu tinha uma tendência gigantesca à teimosia. Minha determinação *era* mais forte do que esse juramento que eu fizera a Fisher. Tinha que ser. Tensionei o maxilar e decidi curtir a cara de irritação de Kingfisher quando eu não seguisse Ren. Mas ele só me deu um sorriso apertado enquanto meu corpo se movia por vontade própria, seguindo a ordem dele sem minha permissão.

Meu coração acelerou quando me aproximei do portal giratório, com a respiração presa na garganta. Nem lá no Salão dos Espelhos de Madra, quando eu estava lutando pela minha vida e sendo vencida por Harron, eu tinha me sentido tão impotente.

Minha mente embaralhou assim que a ponta da minha bota desapareceu dentro do portal. Eu teria implorado para Fisher ceder, mas a expressão pétrea dele prometia que fazer isso seria um desperdício.

— Eu vou te odiar para sempre por isto — sibilei para ele.

E, então, entrei no portal.

Fui virada do avesso pelo vento sombrio uivante.

Eu me transformei nele.

Ele se transformou em mim.

Minha mente se espalhou em mil direções diferentes, arrancada de mim num instante.

Eu não era nada.

Estava cega. Estava surda. Era um sussurro desalmado, tremendo no escuro.

E, então, eu era dor.

Ela me rasgou, explodindo em meus joelhos, punhos e palmas. Fluiu atrás dos meus olhos, luzes fortes irrompendo, queimando minhas retinas. Vermelhas. Laranja. Brancas. Verdes.

Abri os olhos, ofegante, e só tive tempo suficiente de fazer uma única inspiração antes de meu estômago virar de ponta-cabeça e ejetar em um chão de pedra rústica as poucas garfadas de ensopado que eu tinha dado na taverna.

— Meu lorde — disse uma voz perplexa. — Eu... Deuses, me desculpe, eu... não tem nada preparado. Não fazíamos ideia!

— Não tem problema, Orris. — Quando Ren falou, soava muito distante. — Obrigado. Leve os cavalos e peça que eles fiquem cobertos hoje à noite. Vai esfriar muito mais antes do amanhecer.

— Mas...

— Sim, eu sei. Fisher está de volta. Ele vai falar com todos nós amanhã, com certeza. Por enquanto, acho melhor darmos um tempo para ele se readaptar. Se puder não contar a ninguém até de manhã...

— Claro, senhor. Claro.

O mundo estava virado de lado. Minha têmpora estava fria. Fria como gelo. Levei um longo momento para perceber que estava deitada no chão com a cabeça apoiada na pedra dura. Observei Kingfisher andando por um corredor comprido — sozinho, em silêncio, de cabeça baixa — e jurei com todas as minhas forças que ia fazer esse escroto pagar por isso.

Tentei me levantar, mas, quando me apoiei num cotovelo, o teto arqueado virou o chão, virou alto, virou baixo, e outra onda de vômito subiu para minha garganta. Vomitei pela segunda vez, tossindo ao tentar recuperar o fôlego.

— Ah, Saeris. Sinto muito. Vem, me dá a mão.

Me deixa em paz. Sai de perto da mim, porra. Não me toca. Pensei em gritar todas essas coisas para Renfis, mas tinha compaixão de verdade na voz dele. E não era culpa dele. Ele não tinha tirado meu livre-arbítrio. Não tinha me trazido aqui para este lugar maldito nem me enganado para eu concordar com um contrato de sangue válido que efetivamente me transformava numa maldita marionete. Aceitei a mão que ele me ofereceu, choramingando quando minhas pernas bambearam.

— Felizmente, você não vai mais passar por isso. Por algum motivo, os portais só nos afetam da primeira vez que usamos. Para a maioria de nós, é só um pouco de tontura. Talvez uma dor de cabeça. Para um humano, é um pouco mais, pelo jeito. Ninguém vê um humano há muito tempo. Tem muita coisa que esquecemos. Desculpa.

— Não precisa me pedir desculpas. Não por *ele* — chiei.

Ren soltou um suspiro tenso.

— Ele não é... o que você acha que ele é.

— Um babaca? Ele com certeza é um babaca.

O general se encolheu um pouco quando tentei me levantar.

— Você consegue andar? Ah. Não. Merda. Não consegue nem ficar de pé. Hum... tá. Tudo bem. Eu te ajudo.

Não existe nada mais humilhante do que cair nos braços de alguém que você mal conhece. Mas não tinha muito que eu pudesse fazer. Minha cabeça não parava de girar e definitivamente eu ia vomitar de novo. Não conseguiria ter me desvencilhado dele nem se tentasse. Não dei um pio quando ele me levantou.

Minha cabeça parecia que ia rachar.

— Espera. Ônix. Cadê... o Ônix?

— Fica tranquila. Eu estou com ele. Ele vai estar do seu lado quando você acordar.

— Obrigada.

Fechei os olhos, tentando respirar em meio ao desconforto enquanto Ren começava a andar comigo.

— Ele era mais gentil — sussurrou Ren. — Mas o mercúrio dentro dele... faz com que seja mais difícil pensar direito, o deixa exaurido. É muito exaustivo para Fisher ignorar as vozes. Isso o tornou mais duro.

Havia muita tristeza na voz dele enquanto falava. Quis abrir os olhos para ver qual era sua expressão, mas não consegui.

— Você não devia dar... desculpas... por ele.

— Não são desculpas, Saeris. Eu o conheço a vida toda. Nascemos de pais diferentes, mas, em todos os outros aspectos, somos irmãos. Eu o *conheço* melhor do que a mim mesmo. Da primeira vez que Belikon o forçou a viajar sem uma relíquia, a prata-viva infeccionou tanto que achei que tivéssemos perdido Fisher para sempre. A mente dele estava tão fragilizada. Vamos só dizer que ele levou muito tempo para se recuperar. Os curandeiros fizeram o melhor que puderam, mas o pedaço que sobrou no olho dele o atormenta noite e dia. A relíquia da mãe dele não parece mais ser tão eficaz. E agora ele foi exposto ao mercúrio *duas vezes* sem ela. Eu... simplesmente não sei mais o que esperar dele.

— Onde... — Respirei fundo. — ... ele estava?

— Humm? — O som de interrogação que Ren fez vibrou em meu ouvido.

— Você disse... que não o via há... cento e... dez anos. Onde ele *estava*?

Caiu um silêncio profundo. Por muito tempo, o som dos passos de Ren ecoando nas paredes foi a única coisa a perturbá-lo. Mas, aí, ele deu um suspiro pesado, como se decidindo algo, e falou:

— Não posso te contar. Não seria justo. Ele mesmo vai te contar em algum momento, talvez. Mas até lá...

Eu não estava a fim de insistir no assunto. Estava enjoada demais para falar. E quem ligava para onde Kingfisher tinha estado? Ele podia ter passado o último século preso dentro de uma daquelas árvores da Floresta Frondosa que não me fazia diferença. Não tinha desculpa para como ele estava me tratando. Nenhuma que eu fosse aceitar.

Eu não sabia para onde Renfis de Orrithian havia me carregado. Já estava desacordada quando chegamos lá.

— Seria realmente uma pena ter que te beliscar, mas estou ficando entediado e esse animal raivoso não para de me mostrar os dentes.

Soltei um gemido.

Me virei.

Estava flutuando numa nuvem. Era o paraíso. A nuvem mais confortável que eu já...

Me sentei num solavanco, segurando a lateral do corpo.

— *Porra!* — A pele logo acima do meu quadril latejava dolorosamente. — Mas que porr... — Parei de falar ao ver o bandido de cabelo castanho-avermelhado no pé da minha cama.

Não, não da minha cama. *Uma* cama. Quente. Confortável. Enorme. Mas não minha. Ônix estava na ponta, mostrando os dentes para um Carrion Swift muito desgrenhado, que levantou as mãos em rendição.

— Olha! Olha! Shh, está tudo bem. Ela está acordada. Eu não a matei. Não exagera.

— Se você tocar nessa raposa, vou te escalpelar — grunhi para ele.

Os olhos azul-claros de Carrion encontraram os meus, cheios de uma mágoa falsa com a qual eu estava familiarizada.

— E oi para você também! Que tipo de recepção é essa? E depois de sermos cruelmente separados por tantas semanas, ainda por cima.

Joguei as cobertas longe e me lancei para fora da cama. Em um segundo, estava com Carrion contra a parede e apontando um dedo na cara dele.

— Você tem sorte de eu não arrancar a porra dos seus dentes — explodi. — Que brincadeira idiota foi essa de falar para Fisher que você era o Hayden?

As mãos do ladrão continuavam no ar. Ele baixou os olhos para o indicador que eu estava enfiando em sua cara e deu um sorrisinho como se quisesse saber o que eu planejava fazer com ele. Não hesitou em dizer:

— Você devia é me agradecer. Aquele monstro psicótico parecia estar planejando assassinar o seu irmão. Eu fiz um favor para ele. Se não fosse por mim...

— Cala essa boca e me fala: ele está *vivo*, Carrion? Eu preciso... preciso saber.

Meu coração era um punho fechado na garganta. Toda a minha existência dependia do que saísse agora da boca de Carrion. Esperei a expressão dele ficar sombria ou pelo menos um pouco mais séria, mas seu sorrisinho enervante continuou firme no lugar.

— Claro que ele está vivo. Por que não estaria?

— Porque a Madra... A Madra jurou que ia encontrá-lo e matá-lo. Ela disse que ia destruir a ala.

Ele franziu a testa.

— E por que, em nome dos quatro ventos, ela faria uma coisa *dessas*?

— Você sabe por quê! Porque eu peguei aquela maldita manopla!

— Ah, sim, verdade. — Ele se afastou da parede, com os olhos azuis dançando, divertindo-se. — A manopla. Aquela que eu te aconselhei a tirar da Terceira antes de o nosso povo começar a se machucar? Essa manopla?

Eu é que ia machucar *ele* feio. Isso sim.

— Chega, Carrion. Eu sei que fiz merda, tá? Já me sinto péssima. Só me diz o que aconteceu. O Hayden ainda está vivo mesmo?

— Sim, sim, ele ainda está vivo. Deuses, você nunca foi de ter paciência. — Ele revirou os olhos. — Hayden está na Sétima. Consegui documentos para ele e o mandei naquela primeira noite, quando você foi levada para o palácio. Ele agora tem um bom emprego como atendente de loja. Não é um trabalho glamoroso, mas é melhor que não ter trabalho nenhum. Tem três vezes mais rações de água e um quarto em cima da loja. Faz uns dias que não o visito. Eu não queria chamar muita atenção, por ele ser uma cara nova e tal, mas ele está confortável. Não posso dizer que esteja feliz. Está pensando em mil maneiras de tirar você do palácio, mas...

— Para! Para, para, para. Só... espera.

Cobri o rosto com as mãos.

— Merda. Você está *chorando*? Imaginei que fosse ficar feliz.

Hayden estava vivo.

Hayden estava *vivo*.

Ele estava seguro.

Estava na Sétima. Tinha um emprego e um teto, água e comida também? Meu corpo todo tremia de alívio. Abaixei as mãos para o lado do corpo, me recompondo e tentando pensar de forma pragmática.

— A Madra só não o encontrou ainda. — Funguei e pigarreei.

— A Madra não está atrás dele.

— Mas os guardiões...

— Estão se preparando para a Sonoite. É daqui a um mês. A cidade toda está em polvorosa sobre qual presente ela vai nos dar este ano. Os guardiões estão construindo um palco no meio da praça do mercado.

— Tem certeza de que não são forcas novas? — perguntei, desconfiada.

— Definitivamente não são forcas. Tem flores por todo o palco.

— *Flores?*

— Sim, flores.

— Me conta tudo o que aconteceu depois de os guardiões me levarem para o palácio — exigi.

Tinha que haver algo. Algum tipo de ato de violência terrível que sacudiu as fundações de nossa ala. Madra era muita coisa, mas benevolente não era uma delas. Carrion, no entanto, só soltou uma risada seca.

— Está tudo bem. O Elroy tem sido um puta pé no saco, claro. Ele vai até os portões todo dia e exige ver você, mas eles sempre o mandam embora. Ele volta à forja e vai trabalhar, resmungando do caos que você deixou para ele resolver. Hayden está lidando com a culpa o melhor que consegue. Ele se culpa por você ter sido levada. Fora isso, a Terceira continua como sempre foi, sem você. Imagine *só*. O mundo, audacioso a ponto de seguir sem Saeris Fane.

— Estou falando sério, Carrion. Você não a escutou. Ela jurou que todo mundo na Terceira ia *morrer*.

— E, mesmo assim, ninguém morreu — disse ele, dando de ombros. — Agora, acho que fui bem paciente enquanto revivíamos toda essa palhaçada de manopla. Acho que é a sua vez de explicar umas coisinhas. Principalmente onde diabos estamos, por que estamos aqui, se as pessoas que vieram há mais ou menos meia hora e puseram as mãos em você realmente são *feéricos* ou eu alucinei essa parte e, por fim... — Ele apontou para o pé. — Cadê a porra da minha outra bota?

— Alguém entrou aqui e me *tocou*?

Carrion jogou a cabeça para trás, gemendo.

— Todas essas perguntas e você responde fazendo mais uma. Deuses. Sim, eles vieram e ficaram tocando suas mãos. Falaram que estavam te curando.

De fato, quando baixei os olhos para as mãos, a mordida de Ônix de quando ele estava assustado havia sumido, assim como o pequeno vergão da fada. A marca de queimadura de Nimerelle continuava lá, mas bem leve. A pele da minha palma estava sensível ao toque, mas cor-de-rosa de novo e não parecia mais que ia abrir e começar a jorrar pus.

Kingfisher. Ele tinha mandado curandeiros. Estava levando a sério aquela história de garantir que eu não tivesse febre. Mas claro que estaria, né? Eu era só uma ferramenta para ele, e como ele me usaria se eu estivesse morta?

Pela primeira vez desde que acordei, avaliei a situação. Hayden estava vivo e bem. Elroy também. Por enquanto, pelo menos. Mas, agora, eu estava presa nas fronteiras yvelianas, no meio de uma guerra entre facções rivais de imortais, e Carrion Swift estava me pedindo uma explicação do motivo.

Expliquei tudo o que sabia, andando pelo quarto e inspecionando nossos arredores. Não havia janelas, o que foi minha primeira decepção. Não tinha como analisar a paisagem em torno nem como escalar para fugir. O quarto — porque era um quarto — era duas vezes maior que o meu no Palácio de Inverno. Tinha quatro camas de casal grandes, duas de cada lado, feitas com cobertas grossas e bonitas em tons vivos de azul e verde, cada uma adornada com montanhas de travesseiros e almofadas. Um tapete felpudo cobria a maior parte do piso de pedra. Tapeçarias entrelaçadas pendiam das paredes. Uma grande lareira rugia na extremidade do quarto, ao lado da qual uma mesa ampla estava lotada de tigelas de frutas, pães, carnes curadas e queijos, para não mencionar jarros de cobre com água e dois lavatórios separados.

Nada disso tinha sido tocado.

Pela aparência dos lençóis amarrotados e dos travesseiros bagunçados, Carrion devia ter dormido na cama mais próxima da mesa, o que significava que a comida devia ter sido uma das primeiras coisas que vira ao acordar, mas ele não tinha nem se servido de um copo de água.

Estava parado de braços cruzados, com a testa enrugada e a cabeça inclinada para o lado enquanto me ouvia, absorvendo os detalhes de tudo o que tinha acontecido comigo sem a menor indicação de que acreditava no que eu estava falando. Quando terminei, ele exalou pesadamente e desabou em uma das cadeiras ao lado do fogo, passando as mãos pelo cabelo.

— Então você beijou aquele cara. O que tem a espada assustadora e um péssimo humor?

Eu o encarei sem expressão, sem entender a pergunta por um momento. Enfim, perguntei:

— O que isso tem a ver?

Carrion balançou a cabeça.

— Tem razão. Pode me ignorar. Então, você tem a habilidade de acordar esse tal de mercúrio. O lago para o qual seu novo namorado me arrastou...

— Ele *não* é meu namorado.

— ... e mais ninguém conseguiu fazer isso nos últimos mil anos. E agora você fez algum tipo de promessa inquebrável a um feérico lendário maligno que talvez seja completamente insano. Você não sabe o que ele quer de você...

— Ele quer que eu faça relíquias para ele. Para mais feéricos poderem viajar sem enlouquecer.

— Mas como você vai fazer isso?

— *Ela está prestes a descobrir.*

Instintivamente, levei a mão à adaga que devia estar na minha coxa, mas a fechei em torno do ar. Kingfisher estava na porta, com a mão casualmente pousada no pomo de Nimerelle. Suas sobrancelhas estavam unidas, formando um nó em cima dos olhos verdes brilhantes. Uma nuvem pesada sempre parecia segui-lo, mas hoje havia algo mais obscuro e tempestuoso nele. Kingfisher estava sem armadura por cima da blusa e da calça pretas, mas o gorjal prateado cobria o pescoço como sempre.

Carrion se eriçou quando Fisher entrou no quarto, angulando o corpo entre mim e o guerreiro, o que arrancou um sorriso divertido de Kingfisher, que olhou ao redor.

— Só para você estar equipado com *todos* os fatos — disse ele, num tom suave. — Eu só sou *meio* insano. E, sim, sua amiga está ligada a mim. Ela te contou que é o único motivo de você continuar vivo? — Fisher pegou uma maçã da tigela na mesa, girando-a na mão. — Eu queria largar você lá no Palácio de Inverno, mas ela insistiu que você tinha que vir com a gente.

Carrion me deu um sorriso meloso.

— E eu aqui pensando que você não era mais apaixonada por mim. Mas, tenho que dizer, eu teria preferido ficar em Zilvaren. Estava prestes a fechar um acordo espetacular que teria me feito um homem muito rico.

Kingfisher ficou paralisado, curvando mais a ponta dos dedos no cabo de Nimerelle. Seus olhos foram de Carrion para mim e voltaram; aí, ele olhou para o outro lado do quarto, aparentemente para o nada. Devagar, colocou a maçã de volta.

— Preciso que você venha comigo, humana — falou.

— Que maravilha. Mais um dia sendo forçada a fazer o que você quer. Que sorte a minha.

Ele me olhou solenemente.

— Eu não vou te obrigar a fazer nada.

— Ah, é? — Não consegui afastar o tom de zombaria da minha voz. — Então se eu decidir ficar bem aqui e mandar você se foder, você não vai reagir mal e me *ordenar* a ir com você?

— Eu ficaria meio irritado por você mandar eu me foder — respondeu ele. — Mas, agora que estamos aqui, a lista de coisas urgentes que tenho que resolver é espantosa. Pedir para você descobrir as profundezas de suas habilidades e aplicá-las para salvar inúmeras vidas e, por sua vez, vocês dois poderem voltar para sua cidade poeirenta está mais baixo na minha lista de prioridades do que você imagina.

Carrion levantou a mão.

— Quando ele coloca dessa forma, eu voto para você ir ajudar a resolver essa história das relíquias.

Segurei o punho dele e puxei sua mão para baixo.

— *Você* não tem direito a voto. E *você* — falei, me virando para Fisher. — Você já me ludibriou para que eu fizesse o que queria uma vez. Não vou te obedecer só porque você deixou vagamente implícito que vai permitir que a gente volte a Zilvaren quando eu terminar de fazer relíquias.

— Eu não precisaria mais te ludibriar a nada. Como você já afirmou, eu poderia simplesmente te obrigar a fazer o que peço.

— Então por que não faz isso?

— Porque meu irmão está chateado comigo — admitiu ele. — E porque isto vai correr muito melhor se você concordar em ajudar meu povo de livre e espontânea vontade.

Então ele estava devolvendo a minha autonomia para agradar Ren. Nada surpreendente. Não foi um choque Fisher não gostar das minhas reclamações. Bom, ele estava prestes a ter uma surpresa desagradável. Ia descobrir que eu podia ajudá-lo de livre e espontânea vontade e encher bastante o saco ao mesmo tempo.

— Eu vou com você. Com uma condição — falei.

A máscara de indiferença de Fisher vacilou, permitindo que surgisse um vislumbre de irritação.

— Que é?

— Você me fazer exatamente essa promessa. Palavra por palavra. Eu juro que vou libertar você e permitir que você e Carrion voltem a Zilvaren no momento em que tiver feito relíquias suficientes para o meu povo.

A boca de Kingfisher tremeu imperceptivelmente.

— Como queira. Palavra por palavra. Eu juro que vou libertar você e permitir que você e Carrion voltem a Zilvaren no momento em que tiver feito relíquias suficientes para o meu povo. Pronto. Feliz?

— Você está *obrigado* a cumprir essa promessa? — perguntei.

Fisher abaixou a cabeça, numa mesura zombeteira.

— Estou.

— Tá bom. Então estou feliz. Vamos.

— Deixa a raposa. Ele vai atrapalhar.

Comecei a protestar, mas Ônix tinha pegado no sono entre as almofadas de uma das camas que não tinha sido tocada e parecia tranquilo demais para ser acordado, de todo modo.

— E eu? — quis saber Carrion. — Vão só me manter aqui trancado para sempre?

Fisher bufou pelo nariz.

— Você não estava trancado.

Olhei sério para Carrion por cima do ombro.

— Você não checou a porta?

— Só supus que...

— *Argh!*

Kingfisher girou e saiu marchando determinado do quarto.

— Você está livre para ir e vir como quiser, garoto. Faça o que bem entender. Se bem que duvido que vá chegar muito longe só com uma bota.

17

CAHLISH

— O que *é* este lugar?

Eu estava imaginando Cahlish como um acampamento de guerra. Um mar de tendas montadas em meio à neve. Fogueiras fazendo pilares de fumaça subirem pelo céu até onde a vista alcançava. Não era nada disso. Este lugar era uma mansão majestosa. Linda. Além do quarto em que Carrion e eu havíamos acordado, havia uma casa ampla cheia de janelas em arcos abertos, corredores claros e arejados, e lindos cômodos que nunca acabavam. Havia retratos pendurados nas paredes mostrando feéricos e feéricas de cabelos escuros, muitos dos quais com uma semelhança impressionante com Fisher. Os móveis eram lindos, as poltronas e os sofás bem estofados cedendo de uma forma relaxada que sugeria que este lugar tinha sido bem usado. Amado. Pássaros cantavam lá fora. O sol brilhava, batendo no manto grosso de neve que cobria os terrenos, tão claro que parecia que a propriedade estava cravada com um milhão de diamantes.

— Meu tataravô construiu há muito tempo — respondeu Fisher num tom brusco. Os calcanhares de suas botas faziam barulho ao marchar pelo corredor. — Era minha casa antes de Belikon ordenar que minha mãe fosse para o Palácio de Inverno se casar com ele.

Quando Everlayne me contara como a mãe de Fisher havia chegado ao Palácio de Inverno, eu não tinha passado muito tempo considerando como era a vida dela antes dessa época. Nem havia considerado como devia ter sido para Fisher. Quantos anos ele tinha ao viajar para a sede do poder de Belikon? Só dez? Onze? Eu não conseguia lembrar. As diferenças entre Cahlish e o Palácio de Inverno eram gritantes. Ele devia ter odiado sair deste lugar.

Havia uma quietude tranquila no ar de Cahlish. Parecia seguro. Calmo. Os quartos e corredores estavam todos abandonados. Foi só quando descemos uma escada curva, com os degraus de pedra lisos de tão gastos e afundados devido aos muitos pés que já haviam passado por ali, que encontramos outro ser vivo: uma pequena criatura, com uns noventa centímetros de altura, uma barriga redonda e protuberante, olhos vítreos cor de âmbar e uma pele estranhíssima. Parecia formada pelas últimas brasas do fogo, antes de se apagar — áspera e lembrando antracito, com minúsculas fissuras que corriam por todo o corpo, cujas bordas brilhavam, refletiam e se apagavam, como se uma chama pudesse se acender ali a qualquer momento.

A criatura carregava uma bandeja de prata com uma chaleira fumegante e duas xícaras. Ao ver Fisher, deu um gritinho e derrubou a bandeja, fazendo a chaleira e as xícaras se espatifarem no chão.

— Ah! Ah, não. Ah, não, ah, não, *ah, não*!

A voz da criatura era aguda, apesar de decididamente masculina. Ele não usava roupa alguma, mas isso não tinha importância. Não parecia ter qualquer parte do corpo que precisasse ser coberta. Com os olhos arregalados, ele cambaleou para trás, afastando-se da bagunça que tinha causado — a porcelana estilhaçada aos seus pezinhos fumegantes não parecia ser a fonte de seu pânico.

Kingfisher me deixou sem palavras ao ficar de joelhos e começar a pegar os cacos das xícaras quebradas.

— Está tudo bem, Archer. Shhh, está tudo bem.

Archer continuou boquiaberto. Seu olhar encontrou o meu, e fiquei impressionada de perceber que havia um minúsculo anel de fogo bruxuleante em torno de suas pupilas pretas feito azeviche. Ele apontou para Fisher.

— Você consegue *vê-lo?* — guinchou a criatura.

Olhei para Fisher.

— Infelizmente, sim — respondi.

— Ele... — Archer engoliu em seco. — Ele está mesmo aqui?

Kingfisher parou o que estava fazendo, de cabeça baixa e, por um segundo, me percebi paralisada pelo que vi. O gorjal só protegia a parte da frente do pescoço. Sua nuca estava exposta e a ponta de seus cabelos ondulados escuros não eram compridas o bastante para cobrir. Sua pele era pálida, exceto por uma única runa preta reluzente visível entre a base do crânio e o colarinho da blusa. Era complexa, toda cheia de linhas finas, círculos e curvas se entrelaçando. A maioria das runas que eu vira em feéricos eram feias, mas esta...

Kingfisher levantou a cabeça para Archer. A runa sumiu.

— Não se agite, Archer. Você não está alucinando. Eu voltei para casa ontem de madrugada.

Archer jogou a cabecinha para trás e uivou. Pisoteou o aparelho de chá quebrado para chegar até Fisher. Lançando os braços magros e fogosos no pescoço de Kingfisher, ele soluçou audivelmente.

— Você está aqui. Você está *aqui*!

— Ei. Calma, calma. — Esperei que Fisher empurrasse a criaturinha, mas ele a abraçou forte em vez disso. — Você vai fazer todo mundo achar que estamos sendo atacados.

Archer se inclinou para trás, pressionando as mãozinhas na cara de Fisher, dando tapinhas no corpo todo dele, como se para garantir que ele *era* real, deixando manchas pretas nas bochechas e na testa de Fisher.

— Eu senti *saudade*. Tanta, tanta. Desejei, e torci, e... — Archer soluçou. — Desejei e torci. *Todo* dia.

— Eu sei. Eu também senti saudade sua, meu amigo.

— Ah, não, ah, *não*! — Archer deu um pulo para trás, batendo freneticamente no peito de Fisher. — Sua blusa, lorde. Eu chamusquei sua blusa!

Kingfisher deu uma risada baixinha. Não havia qualquer sugestão de malícia na risada. Nenhuma zombaria, nenhuma pontada fria ou cruel. Ele só... riu.

— É fácil de consertar. Não se agite. Pronto.

De repente, a blusa de Fisher já não era de tecido. Era de fumaça. Ela se contorceu pelo tórax dele por um momento, aí virou blusa de novo, não estava mais chamuscada, e sim perfeita. Mais fumaça se acumulou em torno das botas de Fisher, rolando pelo chão, escondendo a chaleira e as xícaras quebradas. Quando se dissipou, tudo estava inteiro outra vez, descansando de novo na bandeja de servir.

— Viu? Novo em folha — disse Fisher.

— Você é gentil demais, lorde. Gentil demais. Mas *você* não devia ter que consertar meus erros. Eu devia tomar mais cuidado. E...

— Archer, por favor. Está tudo bem. Vai, rápido. Eu te encontro antes do jantar. Quero saber de tudo que andou acontecendo por aqui desde que fui embora.

Os olhos de Archer estavam marejados. Parecia impossível que alguém chorasse lágrimas de alegria por Kingfisher; se eu mesma não estivesse testemunhando, jamais teria acreditado, mas estava acontecendo, sim. Cada vez que uma lágrima caía e batia nas bochechas de Archer, ela chiava e virava uma lufada de vapor.

— Sim, meu lorde. Claro. Seria um prazer.

Perplexa, fiquei observando Archer partir. Kingfisher saiu andando de novo, sem dizer nada. Corri atrás dele para alcançá-lo.

— Que tipo de fada era *ele*?

— Fada não. Elfo de fogo.

— Tá bom. E por que ele parecia gostar tanto de *você*?

Fisher nem se deu ao trabalho de responder.

— Tem muitos elfos de fogo aqui. Elfos de água. Elfos de ar. Não há muitos elfos de terra. Talvez seja bom você passar um tempo aprendendo os nomes de todas as criaturas menores do reino feérico. Vai acabar ofendendo a pessoa errada se sair por aí chamando todo mundo de fada.

Enquanto ele falava, passamos por um recanto na janela, onde sete bustos de mármore estavam montados em pedestais, um deles de frente para a parede. Kingfisher mostrou o dedo do meio para os deuses ao passar, sem nem desacelerar o passo.

Bufei, frustrada.

— Olha, eu não vou ficar aqui tempo suficiente para aprender os nomes de todo tipo de criatura em Yvelia. Você vai ver que estou bem motivada a fazer essas relíquias e me mandar daqui.

— Hum, claro. Você está *tão* ansiosa para voltar para aquela cidade horrorosa. — Kingfisher virou uma esquina e parou abruptamente, abrindo uma porta à esquerda. — De volta para toda aquela opressão e fome. Entendo totalmente o apelo.

— Dentre todas as pessoas, você deveria ser aquela a entender melhor por que quero voltar. Está desesperado para fazer o que pode para ajudar seus amigos aqui. Eu tenho amigos e familiares que precisam de ajuda também. Eles estão cansados demais para lutarem contra Madra sozinhos. Já desistiram. Se eu não voltar, quem vai ajudá-los?

Fui atingida por uma onda de seu cheiro, que remetia a manhãs frias e promessa de neve, e minha respiração ficou presa na garganta. Ignorei a reação, me forçando em vez disso a pensar em todo mundo que sofria na Terceira. Era difícil me concentrar nisso com Kingfisher parado tão perto. As pontas de suas orelhas saíam pelas ondas do cabelo, um vislumbre minúsculo de seus caninos salientes aparecia entre os lábios abertos. Seu sorriso torto e provocador me fazia querer esquecer completamente minha ala. Me fazia querer me lembrar de subir em seu colo, e de quando suas mãos fortes encontraram minha cintura, e...

Não.

Eu não ia me entregar a isso. Não depois do que ele tinha feito comigo ontem à noite, me forçando a obedecer à sua vontade.

— Eu não me vi nesta posição voluntariamente — disse Fisher. — Não teria *escolhido* estar aqui se não fosse necessário. A tarefa é minha herança. Virou minha no segundo em que respirei pela primeira vez. Você é só uma de centenas de milhares de pessoas que moram na sua cidade. Por que aguentar a responsabilidade de salvá-los quando eles mesmos se recusam a se salvar?

Ele já sabia a resposta a essa pergunta. Não era idiota. Falei em voz alta mesmo assim, porque claramente ele precisava ouvir:

— *Porque é a coisa certa a fazer, Fisher.*

Ele não falou nada. Só me olhou de cima a baixo de um jeito que fez com que eu me sentisse pequena e boba.

— Pode entrar, Oshinha.

Esta forja não era nada parecida com aquela do Palácio de Inverno. Era enorme e lotada de tantos equipamentos que eu nem sabia para onde olhar primeiro. A fornalha era grande o bastante para eu ficar de pé dentro dela se quisesse — má ideia, dado o fogo poderoso que já rugia em seu interior. De um lado da parede, havia fileiras e mais fileiras de cadinhos de todos os tamanhos e formatos. Nas prateleiras, estavam provetas, bastões de vidro para agitar e frascos. Pilões e almofarizes, grandes frascos de vidro contendo pós, ervas secas, flores e todo tipo de líquido diferente.

Do outro lado, a forja era completamente aberta para o ar livre, dando em um pequeno jardim murado coberto de neve, com um banco e uma árvore alta sem folhas no meio. Para lá do muro alto de tijolos, discerni o topo de mais árvores — desta vez, pinheiros sempre-verdes — e os declives dos sopés pedregosos de uma serra majestosa não muito distante.

— Que lindas — falei, antes de conseguir me segurar. — As montanhas. Eu já vi fotos delas em livros antes, mas nunca soube que podiam ser tão... majestosas.

Fisher ficou olhando as montanhas a distância, com uma expressão complicada.

— Omnamerrin. É o nome do pico mais alto. O que tem a encosta íngreme. Quer dizer "gigante adormecido" em feérico antigo.

— As pessoas tentam escalar?

— Só se quiserem morrer — respondeu Fisher.

Espera. Olhei por cima do ombro, tentando entender o que estava vendo.

— Por que você está franzindo a testa desse jeito? — perguntou ele.

— Porque... — Olhei de novo para a porta atrás de mim e o corredor quente e aconchegante do outro lado. — As dimensões estão todas erradas. Estávamos agorinha no terceiro andar. E os outros cômodos pelos quais passamos eram bem menores. Esta forja fica no térreo, e o teto é alto demais, e...

— Magia. — Kingfisher deu de ombros. Foi até uma bancada e começou o processo, agora familiar, de soltar a espada da cintura. — A porta é encantada. Unida à entrada da forja, que fica localizada fora da casa. Bem mais seguro do que ter compostos e substâncias químicas altamente explosivas dentro da casa em si. Quando atravessamos a porta lá, ela nos transporta para cá. Simples.

Simples. *Era* simples. O que me dava vontade de berrar. Eu ia estrangulá-lo.

— Se você consegue fazer isso, por que *diabos* não uniu algumas portas lá na taverna em vez de me obrigar a passar por aquele portal de sombras?

— Porque eu não consigo fazer isso — explicou Fisher, colocando Nimerelle na bancada. — Isso é obra do Ren. Eu não tenho o mesmo dom.

— Então o *Ren* podia ter...

— Só funciona em distâncias curtas, humana, então respira. *Eu* não podia. O *Ren* não podia. Precisávamos viajar quatro mil quilômetros, e o único jeito de fazer isso era por um portal de sombras.

— Tudo bem — resmunguei. — Mas, se você sabia que era assim que íamos chegar aqui, por que não conjurar o portal dentro do Palácio de Inverno? Por que me obrigar a cavalgar por aquela floresta aterrorizante a noite toda?

Ele me deu um olhar de soslaio, provocador.

— Achei que você não tivesse medo da floresta.

— Eu não tenho! Só... responde a pergunta.

Kingfisher apoiou os cotovelos na bancada, inclinando-se para mim, com o cabelo cobrindo metade do rosto.

— Porque, Oshinha, o portal de sombras usa muita magia. Nós, feéricos, somos sensíveis a esse tipo de coisa. Se Belikon tivesse sentido que eu estava puxando tanta magia para as catacumbas embaixo de seu palácio, teria ele mesmo se transportado para lá antes de conseguirmos piscar, quanto mais viajar. Aquela taverna fica a duzentos e quarenta quilômetros do Palácio de Inverno, que, coincidentemente, é a distância exata exigida para fazer magia pesada sem alertar alguém que você prefere manter desavisado. Então... Tem mais alguma pergunta irritante?

— Tenho, na verdade. Por que você não pode só usar os portais de sombras para ir daqui até outros reinos? Você não precisa de relíquias para os portais. Eles não mexem com a sua cabeça, pelo jeito. Então por que se preocupar com isso de mercúrio?

— Mártires, tenham piedade — murmurou Fisher. Ele falava como se estivesse explicando a informação mais rudimentar e óbvia a uma criança de cinco anos. — Portais de sombras são deste reino. Só podem ser usados dentro deste reino. Mercúrio não é deste reino. Portanto, pode ser usado dentro deste reino, mas também dentro de outros reinos ou indo para eles. Já chega dessas malditas perguntas. Temos trabalho a fazer.

E foi isso. Ele atravessou a forja até um enorme baú de madeira ao lado de um dos cadinhos maiores, pegou-o pela alça e o arrastou até a bancada. Ele nem suou, apesar de aquela porcaria parecer que pesava mais que Bill e Aida juntos. Meus olhos quase saltaram quando ele abriu a tampa.

Havia lá dentro uma montanha de anéis de prata de tamanhos e formatos diferentes. Alguns eram marcados com uma égide ou brasão de família. Alguns tinham diamantes, rubis ou safiras. Outros eram delicados e elegantes. Muitos eram grossos, com faixas pesadas gravadas. Eu nunca tinha visto tanto metal precioso junto.

— Bem. Que bom que Carrion não está aqui. Ele já teria roubado oito deles e nenhum de nós teria notado.

— Acho que já estabelecemos que *eu* noto quando alguém tenta roubar meus pertences.

Malditos deuses do céu, Kingfisher nunca ia parar de falar disso. Lancei a ele um olhar maligno ao me abaixar para pegar um dos anéis. Era bem feminino, com rosas gravadas de cada lado de uma linda água-marinha.

— Deve ter mil deles — falei, sem fôlego.

— Mil e oitocentos — afirmou Kingfisher. — E só neste baú. Tem mais oito desses do outro lado daquela bancada lá.

E, de fato, olhei na direção em que ele apontava e vi pelo menos mais dois baús de madeira apoiados contra a parede. Os outros deviam estar escondidos fora de vista.

Joguei o anel de volta no baú.

— Vamos usar para forjar espadas?

Prata era maleável demais para forjar armas lá em Zilvaren, mas talvez os ferreiros feéricos tivessem descoberto técnicas de forja para torná-la mais forte. Talvez a infundissem com magia. Talvez...

Minha mente freou de repente, minha linha de raciocínio morrendo de forma trágica quando percebi que Kingfisher estava me olhando com um sorrisinho de novo. Esse sorrisinho não era coisa boa.

— Qualquer um pode usar uma relíquia antiga num momento de necessidade, mas as relíquias são mais poderosas se forjadas de algo importante para o dono. Estes são anéis de família dos guerreiros que lutam por mim. Todos têm grande significado para os feéricos a quem pertencem. Você vai pegar cada um deles e transformar em relíquia.

— Fisher, *não*! Tem quase... — Eu era boa com números, mas estava chocada demais para pensar direito, quanto mais multiplicar. No fim, cheguei lá. — Tem quase quinze *mil* anéis aqui! Você tem ideia de quanto tempo demoraria para derreter cada um e fundir outro?

— Anos, com certeza. Mas fique tranquila. Não estamos querendo uma joia bonita. Você vai derreter o anel, transmutar suas propriedades para que proteja quem o usar contra o mercúrio, aí fundir de novo em algo simples como isso. — Ele enganchou um dedo na corrente e puxou o pingente que usava no pescoço. — Se tiver uma pedra ou algum tipo de gravação no anel, você vai achar um jeito de incorporar no medalhão que fizer. Fora isso, não tem mistério.

— *Não tem mistério?* — Minha visão tinha ficado borrada. Ele não podia estar falando sério. — Eu disse que ia te ajudar a fazer... relíquias suficientes... — Não completei, com um temor pesado esmagando meu peito.

Eu tinha feito de novo. Não tinha prestado atenção aos detalhes, tinha? E era ainda pior desta vez porque eu achava ter feito um bom trabalho.

— Eu juro que vou libertar você e permitir que você e Carrion voltem a Zilvaren no momento em que tiver feito relíquias suficientes para o meu povo. Não foi a promessa que você me obrigou a fazer?

— Foi, mas...

— Eu tenho quinze mil guerreiros, Oshinha. Para ter relíquias suficientes para meu povo, preciso de quinze mil relíquias. Quando você terminar com todos estes anéis, vou te liberar do seu juramento e te levar ao lago de mercúrio mais próximo para você poder ir embora. Até lá...

Ele olhou para o baú cheio de anéis.

— Mas eu ainda nem sei *como* transformar essas coisas em relíquias! Só isso pode levar semanas. Pode levar *meses*!

Nem uma faísca de compaixão se escondia nos olhos sarapintados de prata de Fisher.

— Então é melhor começar a trabalhar.

18

CADINHO

Kingfisher tinha livros escritos pelos alquimistas antes de todos morrerem. Pilhas e mais pilhas. Eram de séculos atrás, o pergaminho já estava se desfazendo. Muitos eram escritos em feérico antigo, e eu mal entendia o texto, o que significava que eram praticamente inúteis. Quando perguntei como é que eu devia tirar alguma informação útil dali quando ninguém do próprio povo dele tinha conseguido, ele murmurou algo sobre ser proativa e deixou a forja numa nuvem de fumaça preta.

Ao meio-dia, um prato de comida apareceu do nada na bancada. Algum tipo de torta de carne, com um recheio delicioso com molho, além de alguns pedaços de queijo e uma maçã fatiada. Só notei que Ônix tinha chegado juntamente com a comida quando o ouvi gemendo embaixo da bancada. Ele estava com um olhar esperançoso, seus olhos pretos encaravam meu prato intensamente, prontos, caso caísse qualquer bocado no chão. Eu não sabia o quanto comida humana, ou melhor, comida *feérica* era saudável para ele, mas a massa era tão amanteigada e quebradiça, o recheio, tão saboroso, que não consegui me segurar e acabei dividindo metade da torta com ele. Quando terminamos, Ônix ficou contente de correr lá fora em meio à neve, perseguindo os pássaros que pousavam. Passei uns bons quinze minutos rindo dele apoiando o peso nas patas traseiras, balançando a bunda peluda e então saltando no ar, batendo com força as patas dianteiras na neve ao atacar.

Parei de rir quando percebi que ele estava caçando e, quando atacava assim, quase sempre emergia da neve fofa com um pequeno roedor na boca. Pelo menos estava se divertindo.

Depois de perder mais uma hora vendo os livros sem chegar a conclusão nenhuma, decidi jogar tudo para o alto e me concentrar em questões mais práticas. Minha primeira ideia foi derreter um dos anéis e começar a experimentar, mas aí me ocorreu que, se eu não tivesse sucesso (e provavelmente não teria), ia acabar arruinando o anel de um dos guerreiros de Fisher, e isso não acabaria nada bem. Encontrei um pouco de sucata num balde ao lado de uma das bancadas e comecei a fazer alguns experimentos de tentativa e erro.

O primeiro problema que encontrei foi que literalmente *não* tinha ideia de por onde começar. Segurando um pedaço da sucata retorcida e me concentrando, eu conseguia sentir que tipo de metal era pelas vibrações que emitia. Quando notei essas vibrações pela primeira vez em Zilvaren, elas me assustaram tanto que me treinei a ignorá-las. Agora, usava a sensação estranha para diferenciar entre metal banhado, prata e uma enorme quantidade de variantes diversas de ferro que não tínhamos onde nasci. Cada um possuía sua própria frequência.

Não levou muito tempo para isolar a frequência da prata yveliana. Eu simplesmente segurei um monte de anéis e fechei os olhos, aprendendo como era a sensação da energia que subia pelos meus braços e memorizando-a. Aí, vasculhei o balde e separei as sucatas com essa mesma frequência. Depois de apenas meia hora, eu tinha uma quantidade respeitável de metal reluzente para derreter.

Na primeira tentativa, derreti uma quantidade de prata que dava para mais ou menos um anel e derramei num cadinho. Dali, adicionei à prata derretida uma variedade de ingredientes diversos dos potes de vidro nas prateleiras, sem sentir que estava *alcançando* nada. A maior parte simplesmente queimava no segundo em que batia na superfície escaldante do metal. Mas o sal pareceu combinar bem. Deixei que a prata esfriasse e a martelei até virar uma superfície plana, depois procurei o mercúrio para testar de alguma forma o medalhão rudimentar que havia criado.

Mas não tinha mercúrio. Não que eu conseguisse encontrar em algum dos jarros ou cadinhos. Como diabos Fisher esperava que eu resolvesse esse problema se ele não ia confiar um pouco do mercúrio a mim? Ele achava que eu ia tentar fugir com ele, caceta? Tinha aprendido a lição da última vez. Eu ainda não tinha uma relíquia para chamar de minha...

Aqui.

Aqui.

Estou aqui...

Só um sussurro. Bem baixinho.

Quando eu ouvira o mercúrio lá no palácio, o som era um coro de sussurros. Mas este era sutil. Suave. Precisei fechar os olhos e focar toda a minha atenção só para conseguir escutar. Estava perto. E dentro da forja. Contornei a bancada em que trabalhava até sentir um levíssimo puxão, tão fraco que mal existia, e aí fui na direção dele.

Uma caixa prateada estava numa prateleira acima de uma pequena bacia, escondida no canto da parede. Um vaso de planta frondosa a ocultava. Levei de volta à bancada e abri a tampa, rindo ao ver quão pouco mercúrio havia dentro. Era sólido, naturalmente, mas no estado líquido forneceria no máximo algumas colheres de sopa. Era isso que ele me deixara para trabalhar? Bufei, puxando o metal da caixa com uma tenaz e colocando-o no fundo do menor cadinho que encontrei.

Estava ficando mais fácil mudar o mercúrio de sólido para líquido. Uma mão se estendendo no escuro. Um dedo apertando um interruptor. Tinha tão pouco dele desta vez que mal precisei fazê-lo obedecer. Num momento, era um caroço de metal arranhado e, no seguinte, uma poça prateada reluzente rolando no fundo do recipiente de ferro fundido. Joguei o medalhão no cadinho, fazendo uma careta ao notar que mal havia mercúrio suficiente para afundá-lo.

E nada aconteceu.

Esperei.

Ainda nada.

Aqui. Aqui. Estou aqui, sussurrou o mercúrio em sua voz singular. *Sozinho. Sozinho. Venha até mim. Encontre-me. Fique comigo.*

O medalhão não mudou nada.

Tentei uma segunda vez, agora adicionando o que parecia areia e um pouco de água salgada à prata. De novo, nada aconteceu. Na terceira tentativa, procurei combinar um pó vermelho sem brilho de um dos jarros na prata, mas explodiu em chamas antes mesmo de chegar à superfície ondulante, produzindo uma nuvem de fumaça vermelha tóxica que fez meu rosto pinicar e ficar dormente. Depois disso, Ônix se recusou a voltar à forja, então fiquei sentada com ele no banco sob a luz da tarde fria, fazendo carinho em seu pelo e tremendo com os flocos de neve que cobriam minha calça.

Minha quarta e última tentativa do dia — adicionar uma pitada de carvão e um galho de uma erva rotulada como *Cruz de Viúva* — outra vez não rendeu resultados, e nesse ponto oficialmente fiquei de saco cheio. Assoviei para Ônix me seguir, o que ele fez a contragosto, e saí da forja pisando firme, largando lá a bagunça que tinha feito com minhas tentativas fracassadas.

De volta aos corredores de Cahlish, Ônix guinchou animado, correndo em meio a minhas canelas, com a língua para fora enquanto pulava pelas minhas pernas. Aparentemente, estava muito feliz de sair da forja. Eu não tinha prestado muita atenção hoje de manhã quando Fisher me escoltou até lá, mas eu era razoavelmente talentosa em me achar em lugares novos. Podia levar um tempo, mas em algum momento eu conseguiria voltar ao quarto em que tinha acordado.

Mas não chegou a ser necessário. Eu só tinha dado alguns passos da porta quando Ren apareceu virando uma esquina adiante, vestido com uma blusa vermelho-escura e calça de couro marrom desbotada. Estava coberto de lama e com um corte comprido na bochecha, escorrendo sangue. Seu cabelo parecia molhado de suor, e as sombras escuras sob seus olhos faziam com que parecesse exausto. Mas ao me ver ele conseguiu dar um sorriso, limpando as mãos imundas na toalha que carregava ao se aproximar.

— Achei melhor vir ver como você estava — disse, sorrindo. — Ouvi dizer que te deram uma tarefa e tanto.

— Uma tarefa impossível. — Fiz uma carranca sombria. — Só fiz quatro tentativas, mas estou exausta. O que aconteceu com *você*?

— Ah, sabe como é, apenas umas escaramuças lá no desfiladeiro. Quando as nuvens estão pesadas de neve assim e os dias estão escuros, pode apostar que vai ter um ataque. Estávamos em menor número, mas não perdemos ninguém. Abatemos uns trinta inimigos.

— Parabéns? — Era estranho parabenizar alguém por matar tanta gente, mesmo que *fossem* inimigos dos feéricos yvelianos.

Ren notou a incerteza em minha voz e riu baixinho.

— Obrigado. Pode acreditar, matar trinta deles já salvou algumas centenas de vidas inocentes. Se eles tivessem passado do desfiladeiro, teriam causado muito estrago do nosso lado da fronteira. Não seria nada bom.

— Vou ter que acreditar na sua palavra — falei.

Ren esfregou a toalha nos dedos sujos, pousando os olhos em mim sem hesitação.

— Você faria isso? Acreditaria na minha palavra? Se eu te contasse uma coisa?

Ônix pulou pelas pernas de Ren, girando em círculos. O general se abaixou distraído para coçar a cabeça dele, mas seu foco estava todo em mim.

— Não sei — respondi. — Imagino que dependeria.

Ele suspirou.

— Justo. Bom, eu vou te contar que infernizei Fisher por aquele juramento que ele te obrigou a fazer. E falei que a única forma de fazer as pazes comigo seria ele começar a te conhecer um pouco melhor.

Lutei contra o instinto de dar um passo atrás.

— Por que você faria *isso*?

— Fisher às vezes é muito cabeça-dura, não consegue conceber nuances. Só preto e branco. Temo que essa parte dele só tenha piorado no tempo em que ficou fora. Ele precisa manter as coisas muito simples na cabeça, senão os limites ficam borrados. No momento, você é uma ferramenta que ele sente que precisa usar para melhorar a vida de todos nós. Minha preocupação é que uma ferramenta pressionada até o limite seja uma ferramenta que provavelmente vá se quebrar. E, para ser direto, Saeris, você é uma ferramenta que nenhum de nós pode se dar ao luxo de deixar Fisher quebrar. Ele precisa te ver como uma pessoa. Precisa saber que você é mais do que nossa saída de uma encrenca. E o único jeito de conseguir *isso* é ele saber mais sobre você.

Por que eu não gostava nem um pouco de como aquilo soava?

— Táaaaa...

— Falei que ele tinha que jantar com você hoje à noite.

— *Ah.*

— E acho que ele concordou.

— Você *acha*?

Ele abriu um sorriso tímido.

— Você sabe como ele é. Às vezes é difícil saber com o que está concordando.

— Ele é o babaca mais escorregadio do mundo — resmunguei.

— É. Mas... por favor, só vai. Jante com ele. Conte para ele de você. Vai acabar rápido, juro.

Se *vai acabar rápido, juro* precisava ser dito para me convencer a ir a um evento, não era um evento a que eu queria ir. Eu não conseguia imaginar nada menos divertido do que jantar com Fisher. Mas Ren estava me olhando com tanta súplica. Ele genuína e sinceramente queria que eu fosse. E o que mais ia fazer? Ficar com Carrion lá no nosso quarto *compartilhado*? Pensando bem, talvez jantar com Fisher fosse menos doloroso que isso.

— Tudo bem. Eu vou. Mas só porque você pediu. E só se você jurar que vai ter álcool.

A mesa de jantar tinha uma légua de comprimento.

Tá bom, tá bom, devia ter uns nove metros, mas ainda era grande demais para duas pessoas se sentarem e comerem juntas. *Sozinhas.* Fisher se sentou numa ponta. Eu me sentei na outra. Entre nós, uma montanha de comida tinha sido entregue por um exército de elfos do fogo liderado por Archer. Um enorme arranjo floral roxo e rosa estava bem no meio da mesa, e era lindo, era mesmo, mas eu nem conseguia *ver* Fisher atrás dele.

Talvez fosse essa a intenção.

Carrion tinha sumido quando voltei ao quarto, o que era uma bênção, porque eu ainda queria tomar banho e lavar o suor da forja. Nem tinha me dado ao trabalho de olhar o vestido que magicamente aparecera na ponta da minha cama enquanto eu estava na banheira. Só sabia que era preto. Tinha encontrado numa das gavetas uma calça limpa e uma blusa lavada que me serviam (obviamente deixadas para mim), então as vestira.

Eu estava até que confortável de calça, mas tinha a sensação, pelos olhares desconfiados de Archer, de que não estava vestida à altura de jantar com seu mestre e que ele não aprovava isso. Fincando meu garfo num pedaço de peixe, peguei a taça de vinho vazia que estava à direita do meu prato e a levantei.

— Será que não dá para colocar alguma coisa nisto aqui? — gritei para o outro lado da mesa.

Vi um lampejo do cabelo ondulado de Fisher em torno das flores e nada além. Quando ele falou, parecia próximo, como se estivesse bem atrás de mim e não do outro lado da mesa.

— Me conte como se saiu hoje e eu penso no seu caso.

A proximidade da voz dele e a forma como ele falava pareciam... íntimas. Como se seus lábios estivessem tão perto de minha orelha que sua respiração devia ter feito meu cabelo esvoaçar.

— Como você está fazendo isso? — sussurrei.

— A magia corre neste lugar do mesmo jeito que o sangue corre nas suas veias. Ela vive no próprio ar. As coisas que você já viu aqui com certeza são suficientes para suspender sua descrença... e mesmo assim você fica chocada com algo mínimo como eu projetar minha voz?

O divertimento escorria de cada palavra. Mas eu não tinha nada para retrucar, tinha visto tantas coisas inacreditáveis. Em comparação, isto não era lá muito impressionante. O que me deixava em desvantagem aqui era a forma como sua voz, tão próxima, fazia com que eu me *sentisse*.

Pigarreei.

— Como esperado, fui muito mal. Fiz quatro tentativas, e todas resultaram em fracasso. Gastei quase toda a sucata que encontrei. Vou precisar de mais para poder fazer novos experimentos amanhã.

— Dá para refinar? A prata que você usou hoje? — perguntou ele.

— Dá, mas vai demorar mais ainda. Vou gastar um dia entre experimentos... — Bufei. — Mas, deixe-me adivinhar: você não está nem aí se eu tiver que gastar um dia para purificar entre os experimentos, né?

— De fato — confirmou ele.

— Sabe... — Soltei o garfo, que bateu no prato com um tilintar. — Você ama se contradizer. Num minuto, está me sequestrando porque é urgente que eu faça essas relíquias para você. No seguinte, está colocando obstáculos e fazendo tudo para tornar o processo o mais difícil e demorado possível. Você realmente precisa se decidir. O que é mais importante? As relíquias para seu povo ou o prazer doentio que você parece sentir me tendo à sua disposição?

Da outra ponta da mesa, ouvi uma faca raspando num prato. Pelo menos ele não estava deixando minha irritação estragar seu jantar. *Babaca.*

— Eu te garanto, o quanto precisamos dessas relíquias supera em muito o quanto é divertido sacanear você. Mas não estou te recusando prata por zoação. Os recursos em Cahlish estão escassos. Temos que poupar a prata regular.

— Do que você está falando? Este local está coberto de ornamentos. Tem ouro... — Olhei ao redor, gesticulando para as arandelas que seguravam as velas para iluminar nosso jantar, as bandejas no aparador e os porta-retratos. Até os talheres na mesa. — Tem ouro literalmente por todo lado. Metade das bugigangas aqui são folheadas a ouro e você está me dizendo que tem *poucos* recursos?

— Se fosse ouro o que você precisa para seus experimentos, não estaríamos tendo esta conversa.

Vi a base da taça de vinho de Fisher pela lateral da porcaria do arranjo de flores e meu mau humor piorou. Desviando para o lado, espiei ao redor do vaso e fiz uma careta vendo-o dar um gole.

— Se *você* tem vinho, *eu* deveria ter também — resmunguei.

— Ah, é isso que você acha?

Minha pele ficou toda arrepiada, e os pelinhos da nuca eriçados. A voz dele agora estava até mais perto. Suas palavras pareciam uma carícia na pele do meu pescoço. Fiz o máximo de esforço para ignorar o tremor que percorreu minha espinha.

— Ren me prometeu que...

— Ren sabe que não pode fazer promessas por mim. Mas... se você está tão desesperada por uma bebida, fique à vontade para vir se servir.

Ele tinha servido o próprio vinho? Eu duvidava muitíssimo. Provavelmente havia sido Archer. Mas eu não era uma babaca nobre e metida que nem ele. Não tinha nenhum problema de pegar meu próprio vinho. Me levantei, peguei minha taça e estava prestes a invadir o outro lado da mesa, mas aí pausei e, já que ia até lá, peguei o meu prato e o meu garfo. Este joguinho de me sentar tão longe dele, bloquear nossa visão um do outro e aí usar mágica para falar no meu ouvido como se estivesse sussurrando coisas bonitas? É, eu não ia participar mais disso.

Os cantos da boca de Fisher tremeram quando bati o prato e o garfo à sua direita na mesa. Desafiei-o a falar uma palavra enquanto me sentava ao seu lado. Ele passou a ponta dos dedos pela borda da taça de vinho, se mexendo na cadeira para se virar para mim enquanto eu me via servir uma taça ofensivamente grande de vinho da jarra que ele guardava só para si.

A bebida era escura como tinta. Dei um gole desafiador, com os olhos cravados nos dele por cima da borda da taça.

Kingfisher apontou relaxado para minha taça quando a pousei.

— Gostou?

Ele estava falando normalmente. Sem mágica desta vez.

— Sim. É... É interessante.

Ele fez um beicinho, assentindo para si mesmo. Algo me dizia que estava tentando desesperadamente não sorrir.

— Por favor. Pode pegar mais. Só preciso ir falar com os homens daqui a algumas horas. Tenho tempo para dividir uma garrafa.

Eu o encarei. Realmente o analisei. Tinha algo diferente nele. Algo que eu não conseguia identificar. Não de início. Mas aí percebi o que era: as roupas. Eu nunca tinha visto Fisher usar nada que não fosse preto, mas, hoje, sua blusa era verde-floresta. Muito escura, mas ainda assim verde. Era simples, mas de um bom tecido e feita sob medida. A forma como caía em seu corpo enfatizava o quanto seus ombros eram largos e seus braços, musculosos. A cor verde-escura destacava seu cabelo grosso e preto como as asas de um corvo. Contrastava com sua pele pálida e... e...

Deuses, se controle, *Saeris Fane! Foco!*

Forcei meus olhos a baixarem para o peixe comido pela metade.

— Por que a prata é tão escassa aqui se vocês têm tanto ouro?

— Porque a prata aqui tem um propósito muito específico. Precisamos do máximo que conseguirmos.

— Então por que não vender todo o ouro e comprar prata? Ouro vale mais.

Fisher balançou a cabeça devagar, sorrindo como se para si mesmo. Deuses, por que era tão difícil *olhá-lo* às vezes? Eu nunca havia tido esse problema antes.

— Talvez de onde *você* vem — disse Fisher.

Ele me observou, brincando com a taça de vinho pousada na mesa, girando-a preguiçosamente pela haste. Com os lábios entreabertos, eu conseguia discernir apenas a ponta de seus dentes. Era falta de educação ficar olhando, mas eu não conseguia evitar. Sempre que via seus caninos, meu coração ficava descompassado. Como se ele soubesse perfeitamente bem no que eu estava tão concentrada, Fisher abriu um tiquinho mais a boca e seu lábio superior levantou um pouco, de modo a mostrar mais de seus dentes. Era uma diferença sutil. Talvez só estivesse visível um milímetro mais daqueles caninos afiados e brancos, mas o calor explodiu justamente no meio das minhas pernas e de repente... Deuses, eu precisava de mais bebida.

Enterrei o rosto na minha taça. Fisher passou a língua pelo lábio inferior, também desviando o olhar. Os tendões de seu pescoço se revelavam com orgulho, e o seu maxilar se apertava de leve enquanto franzia a testa para algo do lado de fora da janela.

— Não podemos comprar mais prata. Cada grama foi recolhido do reino. E Belikon também colocou um embargo. Qualquer prata encontrada dentro das fronteiras yvelianas deve ser entregue à Coroa. É parte do motivo pelo qual precisamos tanto usar o mercúrio. Outros reinos têm uma abundância de prata. Podíamos trocar por mais do que precisamos, se conseguíssemos atravessar entre eles.

— Se Belikon tem toda a prata de Yvelia, certamente daria a você, não? Já que é tão vital para vencer a guerra?

Kingfisher bufou pelo nariz.

— Seria de imaginar que sim, né? Mas não. Belikon não vai nos dar a prata. Não vai nos dar ajuda. Não vai nos dar comida, nem roupas, nem armas. Ele não dá a mínima para esta guerra.

— Mas isso... não faz nenhum sentido.

Tomei mais um gole grande de vinho. O gosto singular explodiu em notas florais na minha boca. Era suave, rico e complexo, tudo ao mesmo tempo. No início, o sabor me surpreendeu, mas eu estava começando a gostar muito.

Kingfisher me encarava com olhos firmes. O mercúrio que contornava sua íris direita pulsava e refletia à luz da vela, se mexendo e contorcendo em meio ao verde. Parecia estar mais ativo que o normal hoje. Como se confirmando isso, ele fechou a mão na taça. Seus ombros ficaram tensos, as narinas se dilataram momentaneamente, mas aí ele exalou, soltando uma expiração profunda, e relaxou de novo. Foi tudo muito rápido. Eu talvez nem tivesse notado se houvesse desviado o olhar por um segundo.

Os olhos de Kingfisher me penetravam. Ele sabia que eu o vira vacilar e, pelo jeito como me encarava, com uma das sobrancelhas curvadas em uma pergunta, estava esperando para ver se eu o questionaria. Eu queria, mas já sabia que acabaria frustrada e com raiva se fizesse isso. Ele daria um jeito de usar meu interesse contra mim. Acharia uma forma de ser cruel — era a natureza dele —, então desviei do assunto. Estava para perguntar quais experimentos *ele* tinha feito para criar uma relíquia, mas aí a equipe de elfos de fogo invadiu o salão, seus corpos que pareciam carvão soltavam faíscas e fios de fumaça ao se aproximarem da mesa. Os dois elfos na frente do grupo carregavam grandes pratos de comida. Dois tipos diferentes de sobremesa, pelo que parecia. Quase derrubaram tudo ao me verem sentada à ponta da mesa ao lado de Fisher.

— Lorde! — guinchou uma elfa. — Meu *lorde*!

Ela girou num círculo, com a boca aberta. Os demais elfos de fogo perceberam que eu tinha ousado ir para o lado de seu precioso mestre e também ficaram todos agitados.

— *É...*

— *Ela é...*

— *A humana!*

— *Lorde* Kingfisher*!*

Archer foi o último elfo a entrar no salão de jantar. No segundo em que pôs os olhos em mim, caiu de costas, bem onde estava, depois se sentou pesadamente no tapete felpudo e começou a hiperventilar.

— Perdão... lorde. Eu... não estava... esperando...

— Está tudo bem, Archer. Acalmem-se, pessoal.

Fisher não tinha mudado de posição. Continuava esparramado na cadeira de um jeito bem relaxado, mas havia protegido a boca com a mão, tentando esconder o sorriso. Olhou para baixo e tossiu, parecendo se recompor.

— Podem deixar os pratos por enquanto. E a sobremesa. É só colocar na mesa e podem ir. Obrigado.

Todos os elfos de fogo estavam emitindo fumaça preta. As rachaduras e fendas em seus corpos diminutos brilhavam e reluziam como brasas remexidas. Quando um de seus amigos tentou ajudar Archer a se levantar, uma pequena chama se formou no braço de Archer. Ele soltou um grito envergonhado, e todos os elfos começaram a bater nele, tentando apagá-lo.

— Desculpe, lorde! Mil desculpas! Estou tão *envergonhado*! — choramingou Archer.

Kingfisher enfim se levantou e foi até o grupo de elfos que estava em pânico. Ele os levou para fora do salão de jantar, o tempo todo reconfortando Archer, sua risada ricocheteando nas paredes. Continuava sorrindo quando voltou a se sentar.

— Mártires! Eles acharam que eu ia tentar te atacar com meu garfo de peixe?

Fisher esfregou a nuca e seu sorriso foi sumindo.

— É que os elfos de fogo são muito emotivos. Eles amam exagerar, só isso. — Quando ele terminou de falar, sua máscara sem expressão estava de volta em pleno vigor. — Amanhã já vão ter esquecido.

— Vou jantar na forja amanhã — falei. — Eles não vão ter que lidar com uma humana suja e sem educação quebrando a etiqueta de Cahlish.

— Você vai jantar aqui — corrigiu Fisher.

— E eu não posso opinar?

— Você vai se envenenar se comer na forja.

— No meu quarto, então.

— Você vai comer *aqui* — repetiu Fisher. Ele prosseguiu antes de eu poder sugerir qualquer dos milhões de lugares em que eu preferiria fazer as refeições: — Quanto aos elfos de fogo, eles gostam de humanos. Bem mais do que gostam de feéricos.

— Fala sério. Eles te tratam como se você fosse um deus.

— Eu sou diferente — disse ele, como se fosse óbvio. — Archer ajudou a me criar. Depois dos meus pais, ele foi o primeiro dos feéricos menores a me segurar no colo. Acho que tem um fraco por mim.

Um fraco? Era mais que isso. Aquele elfo amava Fisher. Eu, por outro lado?

— Ele me olha como se eu não fosse digna de respirar o mesmo ar que você.

Fisher balançou a cabeça de um lado para o outro.

— Não olha, não. Ele está *interessado* em você. Quer saber se você vai ficar.

Peguei com os dedos uma cenoura assada do prato e mordi a ponta.

— Ele vai ficar feliz de saber que não vou.

Nem uma palavra passou pelos lábios de Fisher. Ele ficou o mais imóvel possível me vendo comer a cenoura, analisando minhas feições. Primeiro os olhos, depois a ponte do nariz. As maçãs do meu rosto e aí minha boca. Ali, seu olhar ficou por mais tempo do que parecia apropriado. Quando ele não desviou, falei a primeira coisa em que consegui pensar para quebrar o silêncio:

— Você devia mandar Carrion para casa, mesmo que se recuse a me libertar por enquanto.

Ele pareceu surpreso com isso.

— Devia?

— Ele tem família em Zilvaren. A avó. E ela deve estar preocupada com ele. E voltando ele pode contar a Hayden e Elroy que eu estou bem. Isso provavelmente os impediria de fazer alguma coisa de que vão se arrepender, por enquanto.

— Humm. Vamos ver o que o garoto tem a dizer por ele mesmo.

— Ele tem vinte e seis anos. Não é nenhum garoto — murmurei.

— Não passa de um bebê com língua afiada, no que me diz respeito. Mas... você o defende bastante — falou Fisher, pensativo. — Era de se esperar. Por isso fico sinceramente surpreso de você querer que ele vá embora.

Fisher tomou um gole do vinho.

— Eu o defendo? — perguntei.

Uma tensão nada familiar irradiou de Fisher. Ele parecia estar se esforçando muito para ficar indiferente.

— Humm. Eu não imaginaria que ele é seu tipo, mas explica muita coisa.

Meu *tipo*? Uma sensação de estar caindo fez com que eu me recostasse na cadeira. De repente, fiquei muito zonza.

— Do que você está falando?

— Ele mencionou que você estava apaixonada por ele. Lá no quarto de vocês.

— Bom, ele estava mentindo! — falei, afobada. — Carrion é um pé no saco. Ele é conhecido por inventar histórias e improvisar.

— Quando eu fui pegá-lo em Zilvaren...

— Quando você foi para Zilvaren, era para pegar o *Hayden*. — Meu estômago parou de revirar, e a sensação foi substituída por uma pontada de raiva. — O que me lembra de que você não cumpriu sua parte do acordo. Não do jeito certo. Como é que eu tenho que cumprir a minha parte do nosso juramento, mas você pode só se livrar dele?

Era tão fácil para Kingfisher me dispensar. Um estalo do punho e um revirar de olhos, e qualquer coisa que eu dizia perdia a importância. Era enervante.

— Eu não estou me livrando de nada. Jurei que ia tentar trazer seu irmão de volta. Tentei trazer seu irmão de volta — disse ele. — Promessa cumprida.

— Você não pode ter tentado muito.

— Eu não disse que ia tentar *muito*, disse? E, enfim, se quer saber, fiz o melhor possível, dadas as circunstâncias.

— Você disse que conseguiria encontrar meu irmão porque tínhamos os mesmos pais. Que seria *fácil*, porque você estava coberto pelo meu sangue.

Fisher fez uma pausa. Eu já tinha passado tempo suficiente com ele para saber quando ele estava prestes a dizer algo de que eu não ia gostar. O deleite pecaminoso em seus olhos prometia que eu ia *odiar* o que ele estava prestes a falar.

— É verdade. Mas eu não estava coberto só pelo seu sangue, né? Estava usando outro dos seus... *perfumes*.

Perfumes. Ele deliberou antes de dizer a palavra. Se regozijou. A forma sombria e sugestiva como dissera isso não deixava nenhuma margem para dúvidas. Ele não tinha compaixão, então não adiantava implorar, mas eu precisava tentar.

— Não. *Não* faça isso, Fisher. Por favor. Só...

— Quando você ficou se roçando no meu colo, me marcou de um jeito bem eficiente — ronronou ele.

Minha garganta estava queimando, fazendo minha voz falhar.

— Eu te *odeio*.

— É o que você vive dizendo. Ainda não estou convencido de que seja verdade. De todo modo, seu irmão não estava onde você disse que ele estaria. E, quando cheguei a sua ala, detectei seu cheiro a cinco quilômetros de distância...

— Só para de falar, Fisher.

— ... grudado por todo aquele *garoto*. — Ele me deu um sorriso cruel. — Feromônios são sinalizadores para o nosso nariz, Oshinha. Eu estava com pressa, então não diferenciei na hora entre sangue e sexo. Mas quando entrei naquele quarto mais cedo e seu amigo Carrion mencionou sua pequena obsessão por ele...

— Cala. A porra. Da boca.

— Ficou bem claro o que tinha acontecido. Ele ainda está com seu cheiro, até agora.

— Eu transei com ele meses atrás. *Meses*. Foi uma vez, eu estava bêbada, e ele nunca mais me deixou esquecer. Não tem como você ainda conseguir sentir meu cheiro nele.

— Tem como, sim — falou Fisher em um estrondo, com os olhos ficando sombrios. — Eu reconheceria seu cheiro em qualquer lugar. Em qualquer um. Reconheceria se estivesse cego e no escuro. Do outro lado de um maldito oceano. Eu conseguiria sentir *seu* cheiro...

BUM!

As janelas da parede leste do salão de jantar explodiram.

Foi rápido e com uma força espantosa.

Num momento, eu olhava para Kingfisher e observava sua boca com horror, me contorcendo um pouco mais a cada palavra. No momento seguinte, uma explosão cintilante de vidro chovia na gente. Cacos do tamanho da minha mão cortavam o ar como adagas, batendo na mesa, rasgando as flores e a minha pele. Levantei as mãos instintivamente, protegendo meu rosto e minha cabeça.

— *Puta merda!* — gritei.

Kingfisher virou a morte.

A raiva transformou sua fisionomia, com os lábios se curvando para trás, e os caninos se alongando. Ele era um lampejo de sombra, já do outro lado da mesa, com Nimerelle nas mãos antes de as formas sombrias terminarem de cair das janelas.

Havia quatro delas — monstros altos com cabelo falho e despenteado, e pele branca, cerosa. Bochechas encovadas com veias pretas que pareciam teias de aranha. Dedos tortos que terminavam em garras. Olhos vermelhos. Não só as íris, mas a parte branca também, como se cada vasinho tivesse explodido e sangrado sob a superfície. Cada uma das criaturas mostrava uma boca cheia de presas alongadas e amareladas que pingavam fios de saliva viscosa. Usavam roupas, mas estavam puídas, mal se grudavam aos corpos emaciados.

O maior dos quatro, um macho com uma tatuagem rúnica preta e grossa na testa, soltou um rugido de fúria poderoso e se lançou sobre Fisher, que se moveu como água. Nimerelle brilhou ao redor dele, a lâmina preta manchada chicoteou o ar, deixando um rastro de fumaça. A espada era uma extensão do próprio Fisher. Por um momento, só consegui ficar sentada olhando para ele, observando embasbacada enquanto avançava contra o monstro. Ele era poderoso e rápido, torcia o corpo sem esforço quando a criatura tentava arranhá-lo. A mão que havia tentado atingir Fisher caiu no chão com um baque surdo, rolando para baixo da mesa. Icor preto e fumegante jorrou em um arco do coto que Nimerelle deixou, e um cheiro pungente de enxofre encheu o salão de jantar.

Fisher me olhou por cima do ombro e berrou:

— *ANDA!*

O salão entrou em foco de repente. Fiquei de pé num salto, com o sangue martelando nas têmporas. Duas das criaturas de aparência doentia vieram na minha direção, estalando as presas terríveis enquanto se moviam.

Procurei e achei a adaga presa na minha coxa, segurando-a firme. Meus olhos pulavam de um dos monstros para o outro. O da direita, uma fêmea de cabelo prateado-claro e lábios partidos, subiu na mesa, pousando de quatro. Ela fazia movimentos bruscos, levando a cabeça de um lado para outro enquanto esticava o pescoço na minha direção, farejando o ar como um animal. O da esquerda era menor do que ela, em algum ponto entre um adulto e uma criança. Ele rosnou, produzindo um som estalado arrepiante no fundo da garganta, derrubando a cadeira de Fisher com força ao vir para cima de mim. Seus olhos eram vazios. Os olhos dos *dois* eram. Não havia inteligência ali. Nenhum pensamento de verdade. Só o desejo de rasgar, dilacerar e matar. Eles irradiavam um ódio que poluía o ambiente e era denso a ponto de me sufocar.

A fêmea chegou primeiro. Não tinha armas, mas nem precisava. Suas garras eram suficientes. Ela girou e fez um movimento amplo das unhas enormes na direção do meu peito. Recuei, evitando por pouco as pontas nojentas e sujas, mas ela já estava vindo de novo me atacar. Golpeei com a adaga, fazendo um movimento de corte com a lâmina ao mesmo tempo, e o metal conseguiu contato, deixando um talho fundo no antebraço dela, cheio de nervos. Um sangue fedorento, grosso como óleo, espirrou na minha blusa.

Do outro lado do salão, veio um grito dissonante terrível. O som fez meus dentes doerem. Depois veio uma série de ruídos de coisas batendo e metal caindo, mas não podia me dar ao luxo de olhar. No momento em que perdesse o foco, eu morreria.

A fêmea rugiu, balançando o braço como se não conseguisse entender por que estava doendo. Girei a adaga, cortando-a de novo, desta vez no ombro. A blusa que ela vestia se rasgou e a pele fina de veias escuras embaixo se abriu como se fosse uma fruta podre. Minúsculos pontos brancos saíram da ferida, caíram no chão e começaram a se contorcer.

Vermes.

O menino à minha esquerda serpenteou à frente, rangendo os dentes. Saquei a lâmina, mirando na garganta dele e ao mesmo tempo girando para evitar suas garras, mas não fui ágil o bastante. Ele se movia muito rápido, de uma forma sobrenatural. O ar saiu de mim rapidamente num "*uuuf!*" ofegante quando ele bateu de frente comigo. O salão de jantar se inclinou. Caí com força e minha costela explodiu de dor quando bati no chão. Soltei um grito de pânico enquanto as duas criaturas caíam em cima de mim.

Deuses e mártires, eu ia morrer.

Eles iam me *devorar*.

Disso eu não tinha dúvida alguma. Aqueles dentes eram feitos para um propósito, e apenas um: rasgar carne. Arfei, com a dor subindo pela perna como um raio. Suas garras arranharam minhas roupas. Cortaram minha pele. Eu não conseguia ver. Não conseguia respirar. A fêmea recuou, com fios molhados de saliva pingando no meu peito. Abriu a boca, alargando o maxilar bem mais do que devia ser possível e revelando um coto escurecido, mutilado e pulsante onde devia estar a língua. Ela bufou pelo nariz e mergulhou.

Me preparei, esperando o horror daqueles dentes se cravando em minha carne, mas não aconteceu. Uma faixa de fumaça preta envolveu a garganta dela. A fumaça virou metal e aí a cabeça da criatura foi separada do pescoço e aquela merda *se foi*. Seu corpo voou para longe de mim em espasmos, se desfazendo e caindo com um baque. Seus ossos racharam ao rolar no chão.

Kingfisher pairava acima de mim como o próprio deus da morte. Seu peito arfava e seus olhos brilhavam em verde, prata e assassinato.

— Você está bem? — ofegou ele.

Eu ainda estava segurando a adaga, a lâmina curta ainda estava coberta de sangue preto pegajoso. Engoli em seco e assenti, apesar de ter bastante certeza de que não estava bem. Não estava nada bem.

— O garoto… — falei, arfando.

A expressão de Kingfisher se fechou. Ele se virou e nós dois vimos o adolescente ao mesmo tempo. A menos de três metros de distância, de quatro, ele gemia enquanto lambia uma poça de sangue no tapete. Como a da fêmea, a língua dele era um coto em carne viva. Sem hesitar, Kingfisher baixou Nimerelle no pescoço dele, decapitando-o também. O corpo do garoto ficou frouxo no mesmo instante, suas mãos retorcidas relaxaram e as suas garras se abriram contra o carpete destruído.

Rolei para o lado e vomitei.

Provavelmente Kingfisher ia tirar sarro de mim por passar mal, mas eu não estava nem aí. Tremia tanto que mal conseguia ficar de joelhos.

Que…

... porra...

... acabou

... de acontecer?

Mãos fortes encontraram a lateral do meu corpo. Arfei, a pontada viva de dor subia de novo pela minha perna. Kingfisher reposicionou a forma como estava me segurando, resmungando sozinho enquanto me pegava no colo.

— Você foi arranhada. A ferida precisa ser flagelada — disse ele.

— *Flagelada?*

— Senão, o veneno vai te matar. Algum deles te mordeu?

— Nã... não. Acho que...

Minha cabeça girou e mais uma onda de náusea me atingiu com força. Pontinhos brancos explodiram em meus olhos, fazendo parecer que o cabelo de Fisher estava cheio de estrelas. Elas riscaram o céu, primeiro uma estrela cadente, então outra, depois um milhão delas estavam percorrendo minha visão. Era... muito lindo, para falar a verdade. Kingfisher também. Sua garganta estava respingada de icor preto, e seu cabelo, desgrenhado. Seus olhos estavam ensandecidos, mas ele parecia arrebatador. Eu sentia seu coração batendo no meu corpo como um tambor. *Tum-tum, tum-tum.*

Eu não conseguia sentir meus dedos.

Por que... não conseguia... senti-los?

Por que Kingfisher estava *correndo*?

— O que... *eram* aquelas... coisas? — falei, rouca.

Estrelas disparavam acima da linda cabeça de Kingfisher. Ele apertou o maxilar, mexendo os músculos da garganta enquanto *chutava* uma porta para abri-la e a atravessava comigo.

— Soldados de infantaria de Sanasroth — respondeu ele, tenso. — Devoradores. É por causa *deles* que precisamos tanto de prata. É a única coisa que os mata. *AGORA, DÁ PARA ALGUÉM AJUDAR AQUI, CARALHO?!*

19

OSSOS E TUDO

Um sonho de morte e fogo líquido.

Não.

Um pesadelo.

Eu estava presa sem ter como sair. Corredores escuros se estendiam até a eternidade, com portas de todos os lados. Sempre que eu abria uma, com o coração estrondando no peito, era recebida pelo fedor pútrido de algo se decompondo e presas afiadas e amareladas. Havia multidões deles. Devoradores. Foi como Kingfisher os chamara. Ele também os chamara de soldados de infantaria, mas não pareciam soldados. Um soldado precisava ser capaz de seguir ordens. De agir de acordo com as ordens alheias. As coisas atrás dessas portas eram monstros, capazes de obedecer apenas à sua sede de sangue. Mulheres, crianças e idosos, todos insanos e famintos. Me rasgavam com seus dedos afiados em garras. Enfiavam os dentes apodrecidos em minha pele. Eu gritava e me debatia, me soltando deles, escapando com vida por pouco, só para abrir outra porta e liberar mais uma leva das criaturas.

Não havia como correr mais do que eles. Como lutar contra eles. Todos voavam atrás de mim, desafiando a gravidade ao enfiar as garras na alvenaria e enxamear as paredes, atacando de quatro pelo teto. Demônios impiedosos, malignos, determinados a me secar e drenar minha alma no processo.

Eu corria muito, mas não adiantava nada. Havia muitos deles. Meus pulmões queimavam, a ferida na lateral do corpo pegava fogo. O sangue escorria pelas minhas pernas, cobrindo meus pés descalços com uma substância pegajosa que me fazia escorregar e cair...

Eu não parava de cair.

Caía para sempre, queimando e queimando, até meu sangue virar vapor carmesim e minha carne ser separada de meus ossos quebradiços.

E ainda caía.

Caía e caía para sempre.

Eu...

Acordei com um sobressalto, com uma respiração irregular e audível ao me sentar com um movimento brusco.

Onde...

Onde eu *estava?*

Minha boca tinha gosto de bile e cinzas. Tudo doía pra cacete. Meus braços e pernas pareciam que haviam sido atados a quatro cavalos desgraçados que saíram galopando em direções diferentes. Doía respirar. Engolir. Porra, piscar doía. Por um bom minuto, apoiei as mãos no colchão embaixo, tentando desembaralhar meus sentidos, esperando a dor passar.

Levou muito tempo, mas enfim consegui pensar o suficiente para absorver meus arredores. A luz entrava por janelas de quase quatro metros à minha esquerda. Cortinas pesadas de veludo caíam delas, fechadas apenas de um lado. Havia quadros em molduras douradas nas paredes, embora as obras de arte dentro dessas molduras estivessem rasgadas em tiras. Acima, o teto era pintado de preto, com pontinhos brancos espalhados sem aparente planejamento ou ordem. Uma cômoda feita de madeira maciça e escura estava na parede ao lado da porta. Um armário da mesma madeira estava posicionado no canto, com as portas abertas mostrando uma série de vestimentas escuras lá dentro.

Eu estava numa cama. Uma cama com dossel com pássaros, lobos e dragões esculpidos nas colunas. Os lençóis eram pretos. As almofadas ao pé da cama também eram pretas. Junto às roupas, quase todas pretas, penduradas no armário.

O terror me cutucou no ombro. No momento em que inalei pelo nariz e detectei o cheiro de hortelã no ar, soube que estava atolada na merda.

— Ah, olha só. Ela está viva — veio uma voz sussurrada.

Eu não tinha notado a poltrona bergère preta na poça de sombras criada pela cortina fechada. Tampouco percebera o feérico esparramado nela com os pés cruzados na altura dos tornozelos e as mãos repousando em cima da barriga. Agora que eu sabia que ele estava ali, era impossível não o ver. O cabelo de Fisher estava uma bagunça, com ondas e cachos se espalhando como molas por todo lado. Seu rosto era branco como osso perto das roupas pretas; como sempre, ele era uma criatura de contrastes marcantes. Mesmo a mais de quatro metros de distância, eu via os respingos de icor manchando suas bochechas. Ele parecia relaxado. Estava com uma postura entediada, mas a energia que emanava me atingiu como um tapa. Com olhos de fogo verde, ele me encarava com tanta intensidade que quase cedi e me recolhi sob o peso de seu olhar.

Cerrei os dentes, me preparando para a tempestade que eu sentia se formando no horizonte.

— Não foi minha culpa — falei.

Kingfisher piscou.

— Eu nunca disse que tinha sido.

— Você está me *olhando* como se fosse — retruquei, subindo os lençóis até o peito e os agarrando como se pudesse usá-los como escudo contra ele.

— Para mim parece que você está com a consciência pesada — disse ele, alto.

— Eu não estou com a consciência pesada. Tenho um buraco na lateral do corpo *e* na perna porque você escolheu nos realocar em um lugar onde aberrações raivosas se jogam pela janela e nos atacam.

— Você não está ferida — disse ele, calmo.

— Quê?

— Temos curandeiros excelentes. Melhores até do que os do Palácio de Inverno. Uma vantagem de morar na periferia de uma zona de guerra. Você não precisa substituir seus guerreiros se arrancá-los a tempo das garras da morte.

Olhei-o sombriamente.

— "Ficando bem perto", você disse. Bom, eu estava o mais perto possível sem me sentar no seu colo e olha o que aconteceu. Fomos atacados dentro da sua maldita *casa*.

Ele fez um som de desdém, mexendo num botão na frente da camisa.

— Não foi nada. Quatro caçadores rebeldes fazendo uma tentativa que nunca daria certo. Não vai acontecer de novo.

— Você não tem como garantir isso.

— Tenho, sim. A casa ficou sem proteção desde que chegamos. Ren queria colocar uma unidade aqui para patrulhar o terreno e garantir que não recebêssemos nenhum convidado inesperado, mas eu disse que não. Não sabia que os devoradores tinham ficado tão...

— Ousados?

— *Famintos.* — Ele pressionou a ponta da língua num canino afiado, me analisando. — Você conseguiu dar um golpe num deles.

— Dois golpes. — Se ele ia me elogiar, era melhor fazer do jeito certo.

— Impressionante.

Era para ser um elogio, mas o tom dele fez parecer uma ofensa.

— Para uma garota? — perguntei, azeda.

Ele arqueou a sobrancelha escura.

— Para uma *humana*.

— Ah, vai se foder, principezinho. O que você tem contra humanos, hein? — falei, irritada. — Você está tão decidido a nos odiar, mas somos mais parecidos do que diferentes.

Isso o fez soltar uma risada de desdém. Ele se levantou da poltrona e se aproximou da cama. Parado ao meu lado, estendeu a mão e curvou uma mecha do meu cabelo em torno do indicador, olhando-a pensativo.

— Nós não somos nada parecidos — disse ele, baixinho. — Você quase morreu de um arranhão que, para mim, teria sido uma leve irritação. Você é delicada. É frágil. É vulnerável. É como um filhote recém-nascido, cambaleando pelo escuro, cercado de predadores com dentes muito afiados. Eu sou aquilo que existe do outro lado da escuridão. Sou aquilo que faz os monstros que comeriam você com ossos e tudo temerem os deuses.

Por que ele estava me olhando assim? Seus olhos estavam severos, mas sua expressão estava cuidadosamente vazia. Eu não conseguia entender. Não conseguia entendê-lo. Seus dedos estremeceram com as pontas muito próximas da minha bochecha. Eu ainda estava delirando por causa do veneno. Só podia ser, porque parecia muito que ele queria passá-los por minha bochecha e estava se forçando a não fazer isso.

— Este é seu quarto — sussurrei.

Fisher puxou a mão rápido como um raio. Ficou lá parado, com os olhos arregalados e lábios entreabertos, como se não conseguisse entender como se vira tocando meu cabelo. Observei sua expressão endurecer e um buraco se formou em meu estômago. Por que ele era assim? Qual *era* exatamente o problema dele? Eu havia perguntado abertamente por que ele não gostava de humanos agora há pouco, mas não conseguia deixar de sentir que era mais do que isso. Que ele tinha um problema *comigo* em particular.

— É, sim — disse ele. — Era o lugar mais próximo para te colocar.

— Por que todos os quadros estão rasgados assim? — eu quis saber.

A tensão que crepitava entre nós arrebentou como um fio esticado até o limite.

— Porque eu os destruí — disse ele, sem emoção.

— Por quê?

Ele suspirou e deu as costas para mim. Com passos longos e determinados, foi até a porta. E, como fizera no jantar antes de começar aquele inferno, projetou a voz de modo que ficasse bem ao lado da minha orelha. A aspereza nela, tão próxima, me causou um sobressalto.

— Por que, às vezes, meu pingente não consegue repelir a escuridão que se infiltra.

Rangendo os dentes, gritei para ele:

— Sério? É isso? Você vai embora? Se é assim, já posso voltar para o meu próprio quarto!

Fisher fez uma pausa e descansou a mão no batente da porta.

— A não ser que precise se aliviar, você não vai sair dessa cama, Osha. Mesmo nesse caso, você vai ao banheiro e volta direto para ela. Ainda tem quantidades vestigiais do veneno nas suas veias. Você precisa descansar até ter tido tempo de se curar direito.

— Posso me curar na minha própria cama.

Mas, mesmo enquanto falava isso, a pergunta surgiu em minha mente. Eu *tinha* uma cama aqui? Um espaço para chamar de meu? O quarto em que eu acordara era um luxo além de qualquer coisa que eu poderia ter esperado na Cidade de Prata, mas a perspectiva de dividir um quarto com Carrion não parecia atraente, especialmente enquanto eu me sentia uma merda.

— Fique nessa cama, Oshinha.

A ordem foi delicada, quase gentil, mas havia nela uma qualidade ressoante que não deixava espaço para discussão.

Segurei os lençóis pretos sedosos com ainda mais força.

— Então onde *você* vai dormir?

Se ele achou por um segundo que eu ia dividir uma maldita cama com ele, estava muitíssimo enganado.

Ele deve ter percebido o que eu estava pensando, porque deu um sorrisinho irônico ao falar:

— Eu vou para Irrin por uma semana. Tem algumas coisas lá que precisam da minha atenção.

— Irrin?

— O acampamento de guerra. Do outro lado das montanhas. — Ele fez um gesto de cabeça para a janela. — Elas servem como uma barreira entre este lugar e a carnificina do outro lado.

— Ah.

Então eu estava certa. O acampamento que imaginara quando ouvi falar de Cahlish pela primeira vez existia, sim. Havia mil e duzentos metros de pedra saliente e irregular entre ele e esta casa, mas *estava* lá.

— Só para deixar registrado, eu jamais usaria um ferimento como desculpa para me enfiar na cama de alguém — disse Fisher. Sua voz agora estava ainda mais perto. Eu quase sentia o roçar de seus lábios na minha orelha. — Nunca tive dificuldade de conseguir um convite.

Ele era tão convencido. Sua arrogância passava dos limites.

— Bom, não conte com um convite *meu* — devolvi, puxando os lençóis ainda mais alto, na altura do queixo.

Puta merda. Aquele sorriso. De boca levemente aberta, mostrando a menor sugestão dos dentes pontudos. Eu precisava tomar muito, muito cuidado perto desse sorriso. Senão, ele me arruinaria.

— Hm. Tem razão. Não acho que você vá me convidar. Quando chegar a hora, acho que você vai *implorar...*

Soltei um grito furioso. Agarrando a coisa mais próxima em que consegui pôr as mãos, joguei uma almofada na cabeça dele. Pesada demais, ela caiu no chão com um baque, lamentavelmente longe do alvo.

A risada de Kingfisher soou pelo corredor depois que ele desapareceu, e a porta do quarto se fechou atrás dele. Joguei os lençóis longe, decidida a arremessar algo *bem* mais afiado nele, mas, quando tentei balançar as pernas para fora da cama... nada aconteceu. Meus músculos não se mexeram um centímetro. Nem chegaram a contrair.

Ah, meus deuses, eu estava paralisada. Tinha algo errado. Os curandeiros... eles... Eu não conseguia mexer as... Ah, meus deuses. Ah não, ah não, *ah não...*

No segundo em que parei de tentar sair da cama e tentei, em vez disso, flexionar os pés, meu corpo obedeceu. O alívio me abalou tanto que soltei um soluço, pressionando o dorso da mão na boca. Eu *conseguia* mexer as pernas. Só não conseguia me levantar.

Eu...

Espera aí.

Não.

Ele não podia ter feito isso.

A não ser que precise se aliviar, você não vai sair dessa cama, Osha. Mesmo nesse caso, você vai ao banheiro e volta direto para ela.

A compreensão pesou no centro do meu peito. Era por isso que a voz de Fisher soara tão firme quando ele me mandou ficar na cama e descansar: porque era uma ordem emitida pelo juramento que me vinculava a ele.

Eu *precisava* ficar na cama dele.

Não tinha escolha.

Cinco dias.

Cinco dias longos pra caralho. Eu comia na cama de Fisher. Dormia na cama de Fisher. Sempre que precisava ir me *aliviar,* como Fisher dissera com tanta elegância, meu corpo permitia que eu me levantasse, mas meus pés me carregavam na direção da discreta porta ao lado do armário e me permitiam entrar no lindo banheiro de mármore branco que havia ali. Eu podia fazer minhas necessidades e lavar as mãos, mas, assim que terminava, minhas pernas me carregavam de novo para a prisão confortável da cama dele.

Eu não fazia ideia de que tipo de mágica mantinha os lençóis tão perfeitamente frescos e limpos, mas não levei muito tempo para decidir que era ardilosa e má. O cheiro de Fisher nunca saía da seda preta. Eu conseguia senti-lo — o aroma complexo de uma floresta gelada de inverno — a cada segundo de cada hora de cada dia, até literalmente só conseguir pensar nele.

Eu queria *matá-lo.*

E estava tão entediada que achei que fosse perder a cabeça. A presença de Ônix era a única coisa que me salvava. A raposa tinha chegado pouco depois da saída de Kingfisher e ficado comigo a maior parte do tempo desde então. Ele se enrolava ao meu lado e dormia. Fazia barulhinhos engraçados que pareciam risada sempre que eu o acariciava ou coçava o pescoço dele. Três ou quatro vezes por dia, pulava da cama e se esquivava para fora do quarto, abrindo a porta, empurrando-a de leve com o focinho, e imagino que fosse lá fora para ir ao banheiro ou caçar. Mas ele sempre voltava.

Quando os elfos de fogo me traziam as refeições, eu implorava para que fossem buscar Fisher, mas eles, tímidos, davam de ombros e me diziam que ele não tinha voltado. Depois do almoço, inevitavelmente, Te Léna, uma curandeira feérica com uma linda pele cor de bronze e olhos âmbar deslumbrantes, vinha ver como eu estava. Punha as mãos na minha barriga e "lia meu sangue".

Eu não tinha ideia do que isso significava, mas alguma coisa ela fazia. Uma sensação de calafrios, mas que não era desagradável, deslizava por minhas veias, fazendo meu corpo vibrar um pouco. Ela me dava um sorriso para se desculpar e dizia:

— Ainda não. — E aí me dava um livro novo para ler.

Mas, no quarto dia, seu sorriso estava mais luminoso. Mais otimista.

— Mais um dia — disse ela.

— Mas eu estou me sentindo bem!

Eu me sentia bem o suficiente para correr metade do caminho até Zilvaren sem suar desde que Fisher fora para o acampamento, mas não tinha como argumentar com nenhum dos meus visitantes, menos ainda com Te Léna.

— Mesmo que eu quisesse te liberar do comando dele, não conseguiria. O *juramento* sabe que você ainda não está completamente recuperada, então não vai deixar você sair deste quarto. — Ela tinha apertado meu ombro de modo reconfortante. — Mas agora falta pouco. Tem tão pouco veneno no seu organismo que quase não consigo detectar. Só mais vinte e quatro horas.

No último dia de meu encarceramento, Carrion me trouxe o café da manhã, no lugar de um dos elfos de fogo. Ele tinha me visitado antes, mas me irritado tanto andando de um lado a outro e fazendo perguntas que eu gritara com ele e o obrigara a ir embora. Depois disso, não havia voltado. Até agora. Ele sorriu para mim por cima da bandeja que colocou em meu colo, com um brilho travesso nos olhos.

— Você parece estar puta — disse ele.

Era o eufemismo do século. Era o eufemismo de toda uma era.

— Eu *estou* puta.

Carrion se jogou na cama, esticando-se ao meu lado. A perturbação acordou Ônix de seu cochilo; ele rosnou, mostrando os dentes para o homem mais procurado de Zilvaren e achatando as orelhas ao lado da cabeça, mas Carrion o ignorou. Ele resmungou, afofando os travesseiros de Fisher e ficando confortável.

— Sabe o que ia deixar *ele* muito puto?

Eu sabia que ele não estava falando de Ônix.

— Para, Carrion.

— Uma foda por vingança na cama dele.

Enfiei um pedaço de maçã na boca.

— Ah, sim, claro. Parece uma *ótima* ideia. Seu idiota. O que você acha que ele faria com você se você *trepasse com alguém na cama dele*?

Carrion balançou as sobrancelhas.

— Acho que ele nunca saberia.

Quase me engasguei com a maçã.

— Ah, saberia sim.

O comentário cínico feito por Fisher no salão de jantar veio à superfície de minha mente como se ele mesmo estivesse aqui, rindo e repetindo pessoalmente. *Detectei seu cheiro a cinco quilômetros de distância grudado por todo aquele* garoto. *Feromônios são sinalizadores para o nosso nariz, Oshinha.*

— Eu estaria disposto a arriscar incitar a ira dele — disse Carrion. — Qualquer que seja a punição, valeria a pena.

Rá. Carrion não vira Fisher decapitando aquele devorador com um movimento impiedoso de punho. Se tivesse, talvez reavaliasse essa afirmação. Eu o encarei com seriedade.

— *Não.*

Carrion roubou uma torrada da minha bandeja de café da manhã. Mordeu, criando uma chuva de migalhas que desapareceu magicamente antes de cair nos lençóis.

— Só para eu saber — disse ele, mastigando. — Esse "não" é para transar na cama do seu sequestrador? Ou para transar em geral?

— O que *você* acha?

Ele apontou para mim com o canto da torrada.

— Essa sua cara seria capaz de eviscerar um homem. É uma das coisas que eu mais amo em você.

Arranquei a torrada da mão dele e joguei no meu prato.

— Pois eu não amo nada em você.

— Mentirosa. Tem *muita* coisa que você ama em mim.

Ele piscou de um jeito malandro, tentando roubar de novo a torrada, mas dei um tapa no dorso da mão dele.

— Vai pegar seu próprio café da manhã, caceta. Este é meu.

— Meu cabelo. Meus olhos. Minha sagacidade. Meu charme... — disse ele, contando nos dedos para criar uma lista.

— Você não tem *nenhum* charme.

— Eu sou muitíssimo mais charmoso do que aquele *Kingfisher* — cuspiu ele.

— Vocês dois são igualmente insuportáveis. Agora, dá para tirar suas botas imundas de lama de cima da cama?

— Que importância tem? A lama vai desaparecer mesmo. — Ele demonstrou, arrastando as solas encrustadas de lama nos lençóis bagunçados, parecendo muito satisfeito consigo mesmo quando a sujeira desapareceu prontamente. — *Viu?*

— Que diabos você andou fazendo? — questionei. — Por que está tão sujo? E... espera, onde é que você arrumou essas botas? Da última vez que te vi, você estava andando descalço. — Soltei uma risada de desprezo. — Você parecia um *idiota.*

— Bom, eu não ia andar por aí com uma bota só, né? Enquanto *você* estava presa aqui, olhando para o teto, eu venho treinando com os novos guardas. Eles têm um sistema de combate fascinante. — Era uma provocação descontraída. Vingança por dizer que ele parecia um idiota. Se tinha uma coisa que Carrion Swift não tolerava, era tirarem sarro dele. — E quanto às botas, seu amigo Fisher me deu.

Pousei o garfo.

— *Sério?*

Carrion fez que sim.

— Aquela noite, antes de você ir jantar com ele, aliás. Você já tinha ido para o salão de jantar. Ele apareceu com elas na mão e disse que me daria com uma condição.

— Que era?

Carrion pegou uma uva da bandeja e colocou na boca.

— Eu tomar um banho — falou.

— Um banho?

— Sim, um banho.

— Que pedido esquisito.

— Pois é. Mesmo depois de ser sequestrado, arrastado para um reino diferente e carregado por quilômetros no lombo de um cavalo, eu ainda estava supercheiroso. Mas ele estava todo nervosinho falando que não gostava do meu cheiro, então pensei: "Que se foda." Um banho em troca de um novo par de botas era justo. E foi uma delícia ficar mergulhado em toda aquela água quente. Estranho, né? Tanta água? Ainda não consigo fazer minha cabeça entender que tem tanta...

Ele continuou tagarelando, mas a mordida de torrada que eu tinha acabado de dar estava pegajosa como cola.

— Ele disse que não gostava do seu cheiro?

— Disse, e foi *muito* grosso. Mandou um monte de elfos virem me esfregar com umas escovas duras até eu ficar sensível e todo cor-de-rosa. Juro, eles devem ter tirado umas quatro camadas de pele. Daí colocaram uma argila branca grossa no meu corpo todo e deixaram tanto tempo que endureceu e eles tiveram que rachar para tirar tudo.

— Deuses.

— E *então* — continuou ele, pegando outra uva. — Eles me esfregaram com um tipo de musgo especial, foi aí que as coisas ficaram interessantes. Deram uma atenção particular ao meu... — Seus olhos desceram pelo corpo até pararem na virilha.

Levantei as sobrancelhas para ele.

— Você deixou um elfo de fogo te masturbar com um punhado de musgo feérico? — perguntei.

— Não era um elfo de fogo — disse Carrion, se defendendo. — Eram elfas de água. Três. São menores que as feéricas e muito bonitas de se olhar. Não me incomodei nadinha com a atenção.

— Você está em Yvelia há cinco segundos e já fez uma orgia com uma espécie diferente de criatura mágica?

Eu não sabia por que estava surpresa. Era absolutamente algo que Carrion faria.

— Está com ciúme? — perguntou ele, piscando de novo.

— Não! Estou... Estou enojada! E se você pegar alguma doença feérica?

Desta vez, *eu* olhei para a virilha dele para dar ênfase.

Outra uva foi parar em sua boca.

— Ahh, não estou preocupado com isso. Elas foram *muito* minuciosas com aquele musgo.

— Que nojo!

— Ah, fala sério. Anda, coma logo. Aquela linda curandeira me disse que você conseguiria sair daqui assim que terminasse tudo nessa bandeja.

Deixei meu queixo cair.

— Carrion Swift, como você é babaca! Isso era para ter sido a primeira coisa que você devia ter dito quando entrou aqui.

Nunca terminei tão rápido um prato de comida. Nem quando estava morrendo de fome lá na Terceira.

A prata respingava no cadinho, borbulhando, raivosa. A combinação de limalha de ferro com o pó amarelo que eu primeiro tinha misturado em solução salina e depois adicionado à prata derretida não terminara bem. Nem o experimento em que eu tentara adicionar uma lasquinha de ouro e um pouco de cabelo humano (meu) ao metal. Ambas as vezes, quando coloquei o medalhão forjado com os materiais dentro do mercúrio, ele se agitou e a voz sibilou furiosa numa língua desconhecida. Desta vez, eu tinha queimado um pouco de madeira, moído os carvões que tinham sobrado e salpicado isso na prata. Os dois não queriam se mesclar, mas mesmo assim joguei o conteúdo do cadinho dentro do molde e lancei a coisa toda na tina de esfriamento, me encolhendo enquanto a água arrefecia o metal e criava uma nuvem de fumaça fedorenta.

No segundo em que joguei o medalhão no cadinho que continha o mercúrio, soube que a tentativa tinha fracassado também. O mercúrio *riu.*

E era isso. Eu só podia fazer três experimentos por dia. Com tão pouca prata, precisava passar o resto do dia refinando para ela estar pronta para ser testada de novo no dia seguinte. Xingando de raiva, juntei toda a sucata que tinha criado e joguei num cálice de queima, meu temperamento ficando mais acalorado, assim como a forja. Mesmo com um dos lados da oficina aberto ao clima, quando terminei o dia, estava quente como as masmorras do palácio de Madra.

Quando não perseguia pássaros ou caçava ratos, Ônix tinha dado para se deitar embaixo do carvalho gigante, me observando à distância e esfriando a barriga na neve.

Fazia oito dias que eu fugira do quarto de Fisher, o que significa vinte e quatro tentativas fracassadas de criar uma relíquia. O baú cheio de anéis de prata estava na bancada onde Fisher deixara, sua presença era um lembrete diário de que, até eu ter transformado cada anel lá dentro em um escudo que permitiria que os guerreiros de Fisher passassem ilesos pelo mercúrio, estava basicamente fodida. E, aí, eu via os outros baús cheios de anéis guardados no canto e tinha que lutar contra a vontade de gritar.

Eu não queria pensar no que aconteceria se eu não fizesse algum avanço logo. Toda vez que refinava os refugos de prata, perdia um pouco. A quantidade que eu tinha para trabalhar ficava menor a cada dia e, com isso, diminuíam também minhas chances de ver Hayden e Elroy novamente.

Enquanto eu trabalhava, Ônix uivava, excitado por alguma coisa do outro lado dos muros do jardim. Ele fazia muito isso. Havia animais que rondavam os terrenos de Cahlish e agora também guardas que patrulhavam o outro lado da muralha. Eu não os via com frequência, mas de vez em quando os ouvia. Ignorei os sons de indignação de Ônix enquanto colocava cuidadosamente os refugos de prata num tanque de ácido. Olhando os três pequenos medalhões e os observando dissolverem devagar, só vi o intruso subindo pelo muro quando era tarde demais.

Levantei a cabeça de repente quando Ônix soltou um latido que parecia o de cachorro. E lá estava. Uma figura escura, atravessando o jardim na minha direção.

Devorador.

Meu coração deu uma cambalhota, minha mão foi para a adaga e um grito de pânico subiu no fundo da minha garganta...

... mas não era um devorador.

Era Ren.

Ele me deu um sorriso carinhoso ao entrar na forja.

— Boa tarde, Saeris.

— Sério? Você prefere pular o muro e me dar um puta susto em vez de entrar pela porta?

— Era mais rápido assim — explicou ele. — Desculpa. Não era para te assustar.

O general devia ter me aterrorizado, mas, mesmo depois de se lançar por cima de um muro e me surpreender, não o fizera. Havia nele uma calidez que me deixava confortável, independentemente do quanto ele era imponente. O topo de seu longo cabelo castanho-claro estava preso em duas tranças de guerra. Elas se juntavam num rabo de cavalo na base do crânio. O resto caía bem além dos ombros, quase tão comprido quanto o meu. Seus olhos, do mais escuro tom de castanho, pareciam meio desconfiados ao olhar pela forja atrás de mim.

— Você está bem? — perguntei. — Isso é... *sangue?*

As mãos dele estavam manchadas de preto, assim como a calça. O peitoral dourado que usava, gravado com uma insígnia de uma cabeça de lobo rosnando muito parecida com a do gorjal de Fisher, tinha respingos de líquido preto também. Podia muito bem ser lama escura, mas... não. Ele estava perto o bastante agora para eu conseguir sentir seu cheiro e, deuses do céu, o general tinha o mesmo odor fétido que enchera o ar quando fomos atacados pelos devoradores. Com certeza era sangue. Ele baixou os olhos para o corpo e levantou as sobrancelhas como se só agora notasse que estava imundo.

— Ah. Merda. É, hum... não temos exatamente acesso a uma casa de banho no acampamento. Tem um rio, mas está congelado. É melhor eu... eu ir me limpar. Desculpa, Saeris. Eu estava tão concentrado em vir dar um oi que... — Ele tentou sem sucesso limpar as mãos na calça. — É, me esqueci *disto*. Vou lá me lavar. Primeiro, fui encarregado do prazer de avisar você que Fisher está solicitando sua presença no jantar hoje de novo.

— Ah, ele voltou, é? — Cruzei os braços na frente do peito. — E *solicitando* minha presença? Tem certeza de que ele não está exigindo?

Renfis fez uma careta e eu soube que tinha acertado em cheio. Ren era um milhão de vezes mais legal que Kingfisher e tinha refraseado a mensagem que recebera antes de me passar.

— Ele não é brusco assim de propósito — falou. — Já faz tanto tempo que está lutando essa guerra que esqueceu como é interagir com a sociedade educada.

Me virei de volta para a forja e joguei minhas luvas à prova de calor na bancada.

— Você devia *mesmo* parar de dar desculpas por ele. Não ajuda nem a ele, nem a mim, nem a mais ninguém. Ele não passa de um babaca.

Ren deu um sorriso fraco.

— Mas também é meu melhor amigo. Eu tenho que acreditar que ele ainda está lá dentro em algum lugar. A pessoa que eu conhecia antes. Não esta versão fria e fechada dele. — A tristeza pesava em seus ombros, eu via. — Mas enfim. Não vou te atrapalhar. Você precisa se vestir para o jantar e...

— Desta vez você vai estar lá?

Ren baixou os olhos para as unhas sujas de terra, com um sorrisinho brincalhão aparecendo.

— Não. Em geral eu janto com Fisher, sim, mas não fui convidado hoje.

Semicerrei os olhos até virarem fendas.

— O que você acha disso? — perguntei.

— Eu não me atreveria a chutar.

Covarde. Nós dois sabíamos que Fisher só tinha me convidado porque queria me torturar por esporte sem ninguém lá para controlá-lo. Desta vez, eu não ia aceitar.

— Você vai ao jantar — informei a Ren.

— Não, acho que não — respondeu ele, devagar.

— Sim. *Eu* estou te convidando.

— Fico honrado, e agradeço, mas...

— Olha, você quer que Fisher vá atrás de mim porque eu me recusei a aparecer para o jantar? Quer que ele me force a ir? Você acha que ele faria isso?

— Não, claro que não! Ele não faria.

Esperei.

— Tá bom, provavelmente faria — admitiu ele.

— Que bom. Então você vai.

— *Saeris.*

— Porque você não ia querer que ele me mandasse de novo fazer uma coisa que eu não desejo. Porque você é um guerreiro feérico bacana, ao contrário de Fisher, que é o diabo encarnado.

Ren pareceu dividido, mas, enfim, cedeu.

— Tá. Sim, tudo bem. Eu vou. Mas ele não vai ficar nada feliz.

— E quando é que Fisher fica feliz com alguma coisa? — falei, de cara feia. — E onde é que ele está, hein? Por que não veio ele mesmo me torturar com a notícia do jantar?

Ren olhou na direção da porta, mais alerta do que um momento atrás. Tive a sensação de que sua audição feérica superior havia detectado movimento no corredor da casa principal, mas, se foi o caso, ele não mencionou.

— Ele está com Te Léna — respondeu ele, distraído.

— Ah. Certo. Ele se machucou ou algo assim?

— Hmm? Ah, não, ele está bem. Nada com que se preocupar. Teve um conflito no bosque leste para além do acampamento, mas acabou rápido. Ele saiu ileso. — Ren assentiu como se estivesse tentando se convencer de que era verdade. — Vejo você no jantar, Saeris.

— Espera. Só mais uma coisa antes de você ir. Andei pensando muito enquanto estive presa aqui, tentando fazer essas relíquias e... a espada de Fisher, Nimerelle, ainda tem um pouco de magia, né? A fumaça e a energia sombria que crepita da lâmina?

Ren pareceu meio desconfiado.

— Sim.

— Como... Como isso é possível?

Ele esfregou o maxilar, pensando por um segundo.

— Não tenho certeza — disse ele. — Ninguém tem. Só sabemos que, quando as espadas divinas silenciaram e abandonaram o resto dos feéricos que as carregavam, Nimerelle ficou. Com um custo. A lâmina antes tinha um brilho reluzente de prata. Com a passagem dos séculos, ela escureceu e manchou. Mas Nimerelle ficou. O espírito daquela espada ou a magia dentro dela, ou no que quer que você escolha acreditar, *ficou*. Independentemente de qualquer coisa, nunca o abandonou.

— Não entendo por que *eu* tenho que ir. — Carrion puxou o colarinho da camisa, resmungando enquanto me seguia apressado pelo corredor. — Eu estava no meio de um treino ótimo. Estou imundo. Teria me trocado se soubesse que ia me sentar com meu sequestrador para uma bela refeição. E, falando nisso, *você* realmente devia ter se trocado depois de sair da forja também.

— Eu me troquei — falei, tranquilamente.

Carrion fez uma careta.

— Sério? Pelo que eu me lembro, tinha um vestido preto transparente bem decotado na ponta da sua cama quando voltei mais cedo ao quarto, e não posso deixar de notar que você está usando uma blusa desbotada e puída com uma calça bem empoeirada.

— E daí? Estão *limpas.*

— É a única coisa positiva que dá para dizer delas. — Carrion enrugou o nariz como se enojado. — Eu tinha um interesse pessoal em ver você com aquele vestido.

— Por quê? — Empurrei a porta do salão de jantar.

— Porque seus peitos fenomenais teriam ficado ótimos naquele vestido. E a sua bunda. O tecido era transparente pra caramba, não teria deixado muita coisa para a imaginação. Não que eu precise usar minha imaginação no que diz respeito ao seu corpo, mas...

Um rosnado sinistro ecoou no salão.

Carrion teve o bom senso de parar de falar.

As janelas tinham sido consertadas após o ataque. Desta vez, não havia arranjo floral enorme no centro da mesa. Fisher estava na cabeceira, vestido de preto meia-noite. Uma camisa sob medida abraçava seu peito e seus ombros de um jeito que me distraía terrivelmente. Seu cabelo estava úmido, com as pontas enroladas, como se ele tivesse saído do banho havia pouco. Sua boca formava uma linha tensa, sugerindo que ele queria fechar as mãos em torno do pescoço de Carrion e torcer. Agora todo limpinho, Ren estava sentado à esquerda de Fisher, tomando aos poucos um copo de uísque e com uma expressão sofrida.

— Você está atrasada — disse Fisher num tom gélido. — E, por favor, me esclareça. Por que você convidou metade da casa para uma reunião em que deveríamos estar só nós dois?

— Reunião? Achei que fosse um jantar. E não seria justo eu desfrutar do prazer da sua companhia enquanto esses dois ficavam de fora.

Carrion levantou a mão.

— Eu preferia não estar aqui, na verdade — disse.

— *Senta* essa bunda aí — sibilei.

— Tá bom. Deuses.

Um lugar havia sido posto para mim novamente na ponta da mesa, embora parecesse que, desta vez, fora feita uma concessão, pois a mesa não era de modo algum tão comprida quanto antes. Uns três metros, talvez? Ainda assim, eu não era nenhuma cidadã de segunda classe para ser relegada à extremidade de uma maldita mesa. Passei direto pelo conjunto de mesa posta, pegando só a taça de vinho enquanto caminhava, e aí arrastei a cadeira de novo para a direita de Fisher e me sentei nela pesadamente.

Renfis estava no processo de dar um gole, mas, no segundo em que percebeu que eu me sentara à sua frente, ao lado de Fisher, o álcool saiu voando de sua boca num arco que quase cruzou toda a mesa. Por sorte, a comida ainda não havia sido servida.

— Santos. — Ele bateu no peito, chiando. — Que porra é essa?

— Ah, sim. Ela não tem pontualidade *e* tem preferências não convencionais de onde se sentar, não é, humana?

— Eu posso me sentar aí, em vez dela — ofereceu Carrion.

— De jeito nenhum — latiu Kingfisher. — Tente e morra.

— Eita. Tá bom. Eu só estava tentando manter a paz. Se vocês precisarem de um moderador...

— Não precisamos — disparou Fisher. — E, mesmo que precisássemos, eu pediria a alguém bem mais agradável que você. Não! — Ele levantou um dedo e apontou para Carrion. — *Não* venha me dizer como as pessoas te acham agradável lá em Zilvaren. Não quero ouvir.

Carrion deu um sorriso meloso para ele ao se sentar na cadeira seguinte.

— Aqui. Vem sentar deste lado — disse-me Ren, pegando seu copo e empurrando sua cadeira para trás. — Eu não me importo de mudar.

— Qual é a diferença entre os dois lados? — perguntei. — De todo modo, tenho que olhar para a cara metida dele.

— Ela tem razão — respondeu Fisher. — Ela tomou a decisão dela. Que se sente onde bem quiser.

Ren lhe lançou um olhar estranho.

— Sério?

— Sério.

Eu não conhecia o general tão bem, mas o conhecia o suficiente para ver que ele estava perplexo com a declaração de Fisher. Sentou-se de novo na cadeira, varrendo com os olhos as feições do amigo enquanto eu pegava a garrafa de vinho na frente de Fisher e me servia uma taça grande. Teria devolvido a garrafa à mesa logo depois, mas Carrion a arrancou de mim antes de eu ter uma chance. Fisher ficou com as narinas dilatadas observando Carrion se debruçar à minha frente.

— Você andou treinando com os guardas — disse ele.

Carrion fez que sim.

— A forma como os feéricos lutam é incrível. Tão fluida e preventiva. É como ver balé.

— Em Yvelia, as pessoas não são cortadas em pedacinhos no balé — falou Fisher, seco.

— Sério? Não me surpreenderia se fossem. Vocês têm quase a mesma sede de sangue que os lutadores que brigam nas arenas por cotas de água lá na Terceira.

— Nós evoluímos. Não lutaríamos por algo mesquinho como uma cota de água.

Carrion bufou uma risada.

— Lutariam se estivessem morrendo de sede. Pode acreditar. Eu já vi.

Ouvi as palavras que ele não disse. *Eu já estive nessa posição.* Ele não as falou. Não precisava. Algumas vezes precisara lutar para sobreviver na Cidade de Prata, eu sabia disso porque todo mundo lutava. Era inevitável. Chegava um momento para cada residente de nossa ala em que ele enfrentava uma situação impossível e precisava decidir. Ou você lutava por água ou roubava. Carrion provavelmente tinha feito as duas coisas mais vezes do que conseguiria contar.

Fisher olhou de Carrion para mim como se estivesse se perguntando se *eu* já tinha estado dentro de uma arena com uma adaga na mão, lutando por um copo de água.

Fiquei imaginando como ele reagiria se soubesse que sim.

Ren pigarreou diplomaticamente, redirecionando a conversa:

— Pode vir treinar com a tropa agora que todos voltaram. Amanhã de manhã, vamos fazer simulações.

Ele havia dito isso para Carrion, mas respondi primeiro:

— A que horas? Eu adoraria treinar.

— Fico surpreso — disse Fisher, tomando um gole do uísque à sua frente. — Achei que você estivesse com pressa de voltar para casa.

— E estou. Você sabe que estou.

Ele não me olhou.

— Mas prefere perder tempo na neve com uma espada na mão em vez de trabalhar na tarefa que vai te libertar?

Archer e sua equipe de elfos de fogo tinham entrado no salão. Andaram para lá e para cá da mesa arrastando os pés, pousando bandejas de comida quente, fumegante, e evitando nos olhar. Todos menos Archer, que ficou me encarando, com olhos enormes, ao colocar uma colher de sopa ao lado da tigela que pôs à minha frente. Sorri para ele, que guinchou, encarando rápido o chão. Seu rosto áspero era incapaz de corar, mas tive a sensação de que ele estava envergonhado por ter sido pego me olhando.

— Não estou chegando a lugar nenhum com as relíquias — disse a Fisher. — A forma como você está me fazendo trabalhar no momento é inútil. Eu posso fazer esses experimentos até o fim dos tempos. Ainda assim não vou descobrir o processo de transmutação. E, preciso dizer, você parece estar cagando para isso. É quase como se não ligasse de verdade se eu tiver que ficar aqui para sempre.

Archer soltou uma risadinha nervosa, deu um soluço e saiu apressado para a porta.

Kingfisher pelo jeito não achou nada de mais no comportamento estranho do pequeno elfo.

— Claro que eu quero que você fique. Você é a única alquimista que a gente tem — disse ele. — Eu te manteria aqui trabalhando naquela forja até você morrer de velhice, se dependesse de mim. Mas trato é trato. — O fato de eu não ter explodido com ele enquanto o via beber um gole de seu copo era realmente uma prova do quanto estava segurando meu gênio em rédea curta. — É muito chocante o quanto você não tem fé em si mesma. Você vai dar um jeito. Por favor, coma alguma coisa — disse ele, gesticulando para o banquete que os elfos tinham nos trazido.

Carrion não havia esperado convite e já estava empilhando em seu prato tortinhas, vegetais assados e cinco tipos diferentes de pão. Ren também pegara um pedaço de pão, embora não estivesse dando muita atenção. Comia pouquinho, rasgando um pedaço e colocando na boca, mastigando devagar enquanto seu olhar vagava sutilmente entre mim e Kingfisher.

— Não estou com fome — falei.

— Está sim — disse Fisher. — Todo mundo está ouvindo seu estômago roncar. Põe algo nele para não termos que ficar ouvindo a reclamação durante a próxima hora.

A sopa na terrina mais perto de mim tinha um cheiro incrível. Era encorpada e cremosa. De frango, talvez? Cogumelo e milho também. Se eu não estivesse tão eriçada por ter sido coagida a vir aqui, teria enchido minha tigela até a borda. Como eu *estava* puta, ignorei a comida e meu estômago que roncava, e lancei a Fisher meu melhor olhar fulminante. O mesmo que Carrion havia dito que era capaz de eviscerar um homem.

— Você disse que ia ao acampamento por uma semana. Ficou fora duas.

— Sentiu saudade de mim?

— Não gostei de ficar presa na sua cama por cinco dias, sabe.

— Sério? — Ele pegou um pedaço de queijo. — A maioria das mulheres *gosta* de passar tempo na minha cama.

— Quantos dias você vai ficar antes de ter que voltar ao acampamento? — perguntou Carrion a Ren com um monte de comida na boca.

Ren arqueou uma sobrancelha, tentando arrancar o olhar de mim para encarar Carrion.

— Hum... Uma semana, talvez?

— Não quero nem pensar nas merdas depravadas que você fez naquele quarto — sibilei.

A risada de Fisher encheu o salão.

— Tem razão. Não quer mesmo.

— Argh!

— Vou estar no pátio toda manhã antes do amanhecer, então — disse Carrion.

— Claro. Vamos praticar desarmamento amanhã... — Ren rasgou mais um pedaço de pão e enfiou na boca, me lançando outro olhar de soslaio. — Você provavelmente precisa treinar um pouco disso, Saeris.

— Ótimo. Estarei lá. *Obrigada!* — Tentei deixar minha voz um pouco mais leve, mas não consegui.

Ren deu uma risadinha, baixando os olhos para o prato. Pelo jeito, achava a batalha que eu estava travando com Fisher uma graça e não se ofendeu com a mordacidade de meu tom, mas não era com ele que eu estava brava. Ele não merecia minha ira.

— Desculpa — falei, respirando fundo. — Eu não quis falar desse jeito. Não com *você*, pelo menos.

O general balançou a cabeça, suprimindo um sorriso. Pegou uma torta e colocou no prato.

— Imagina. Ele me tira do sério também.

Kingfisher não tinha desgrudado os olhos de mim durante esse diálogo.

— Vê se ela usa uma espada de treinamento — disse, sem emoção. — Com uma lâmina bem cega.

— Eu *não* preciso usar uma espada de treinamento!

— Ah, é? Então você tem experiência empunhando uma lâmina? Uma espada mesmo, de tamanho real, não uma faquinha mal forjada num beco?

Eu ia esfaqueá-lo no pescoço com minha faquinha de *manteiga* bem cega. Aí ele veria como eu era proficiente com uma lâmina. E eu podia mesmo. Fisher não vestia o gorjal hoje. A garganta dele estava à mostra, simplesmente implorando para ser rasgada, e eu estava bem a fim de descer aço em pele. Só percebi que estava encarando o pescoço dele quando Fisher levantou um pouco o queixo, angulando a cabeça de modo a exibir os tendões. Aquele maldito sorriso de novo. Eu queria muito arrancá-lo da cara convencida dele.

— Sim — declarei. Ele não fazia ideia do meu treinamento na época em que minha mãe estava viva. Não fazia ideia do que eu era capaz. — Eu tenho bastante experiência com espadas de tamanho real. São iguais a adagas, só que maiores. Você usa a parte afiada e...

— Você está prestes a se envergonhar — murmurou Fisher. — Melhor parar de falar antes de fazer o Renfis aqui ter uma morte precoce.

— Ah, vai se foder, Fisher.

Ele mordeu o lábio inferior, com os olhos vivos, faiscando um verde vívido e prata. Eu agora já conhecia seu olhar de quem estava se divertindo e não gostava nada, nada.

— Vai lá. Conta para ela, Ren — disse ele.

— Não vou me meter *nesse* fogo cruzado aí — respondeu Ren, gesticulando para nós dois. — De manhã, ficarei mais do que feliz de demonstrar as diferenças entre combate próximo com uma adaga e manejo de espada, Saeris. Enquanto isso, planejo curtir meu jantar. Carrion, que tipo de sistema de luta os guardiões empregam na Cidade de Prata?

Parecia que Carrion estava só esperando que ele perguntasse; mergulhou numa discussão aprofundada e animada com o general, contando tudo a Ren sobre as técnicas de luta e formações que tinha testemunhado os guardas de Madra usando onde morávamos. Eu tinha certeza de que ele estava inventando metade. Não contribuí nada com a conversa; estava presa numa guerra silenciosa com Fisher no nosso canto da mesa e não planejava perder.

Fisher fez um gesto de cabeça para meu prato.

— Coma, Oshinha. — Seus lábios se moviam, mas ele falava suavemente, projetando a voz.

— Deuses, quer *parar* com isso? — sibilei baixinho.

— Por quê? Eu vi o jeito que sua pele se arrepia quando falo assim com você.

— Me deixa *desconfortável.* — Mantive a voz baixa, embora não devesse.

Era falta de educação ter uma conversa cochichada assim à mesa, mas Ren e Carrion estavam ocupados tagarelando, e, no fim das contas, eu queria dizer muita coisa a Fisher.

— Você me obrigou com o juramento outra vez — falei, entre os dentes.

— Sim — concordou ele.

— Não devia ter feito isso.

— Por quê?

— Não acredito que preciso mesmo verbalizar isso — resmunguei. — Você não devia fazer isso porque é *errado.* Você não pode sair por aí forçando as pessoas a fazerem coisas que elas não querem.

Enfim, Fisher comeu o queijo que segurava.

— Se elas entrarem num juramento de sangue que as coloca à sua mercê, pode sim.

Isso fez a expressão de Ren se fechar, mas ele seguiu conversando com Carrion.

— Você não tem consciência nenhuma? É simplesmente maligno? É isso?

O canto da boca de Fisher subiu. Debruçando-se à frente, ele pegou meu prato e começou a encher com vários itens das bandejas e travessas que os elfos tinham trazido. Ele pairou em cima de uma bandeja de carne chamuscada, tentando decidir se devia me servir um pouco, mas aí pareceu decidir que não. Quando ficou satisfeito com o que havia me preparado, colocou a comida na minha frente e se recostou na cadeira. As tatuagens do pescoço se moveram enquanto ele engolia. Os desenhos intrincados de suas mãos, que se fechavam nos punhos e desapareciam manga acima, rodopiavam como fumaça.

— Come algo desse prato e eu respondo sua pergunta — murmurou a voz dele em meu ouvido.

Um sorriso azedo contorceu meu rosto.

— Suborno?

Ele espalmou as mãos.

— Se funcionar…

Fiz uma carranca.

— Quer que *eu* dê na sua boca? — perguntou.

Ele estava com cara de que faria isso mesmo.

— Tudo bem. — Peguei o garfo e coloquei um pouco do purê de batata, enfiando na boca. A explosão de manteiga, creme de leite e cebolinha fez minha boca doer enquanto eu engolia a comida, tentando não salivar abertamente com o quanto era deliciosa. — Pronto. Feliz agora?

Fisher se sentou mais à frente, descansando os cotovelos na mesa, com os olhos cintilando.

— Eu não sou maligno, não.

— Quase me enganou.

— Se eu fosse maligno, já teria tirado vantagem do seu juramento.

— E tirou — cuspi.

— Ah, é? — Ele parecia genuinamente curioso.

— Sim!

— Eu obriguei você a fazer algo três vezes. Todas as vezes, acho que você vai ver que foram para o seu próprio bem.

— Que desculpa horrorosa! Você...

— Se eu fosse maligno e estivesse usando seu juramento com segundas intenções, teria te ordenado a ficar de joelhos para mim — disse ele, me interrompendo. — Teria te ordenado a abrir as pernas para mim. Teria te ordenado a me chupar e me foder até desmaiar de exaustão. É *isso* que você quer, Oshinha?

O calor detonou no meu peito. Um inferno, rugindo dentro de mim, devorando todo o oxigênio dos meus pulmões. Minha mão tremeu, minhas bochechas ficaram carmesins enquanto eu usava o garfo para cortar a tortinha de carne que ele tinha colocado no meu prato.

— Claro que não. Por que eu ia querer isso? — falei, rouca.

Ele meneou a cabeça para o pedaço de torta no meu garfo.

— *Coma.*

A raiva estava *me* consumindo, mas levei o garfo à boca e obedeci.

— Se eu te obrigasse, você seria inocente — disse ele. — Suas ações não seriam culpa sua. Você não teria que encarar o fato de que me *quer.*

— Para, Fisher.

— E eu provaria que era um monstro maligno, né? Como você se sentiria vingada... Conseguir exatamente o que seu corpo está pedindo e ao mesmo tempo provar que está certa.

— Você está completamente louco — sussurrei.

— É o que me dizem. Mas não sei, não. Fora a tagarelice incessante na minha cabeça, particularmente acho que estou ótimo.

— Eu *não* quero você, Fisher.

— Você está pensando nas minhas mãos subindo por dentro da sua coxa agora mesmo — disse ele. — Nos meus dedos deslizando para dentro das suas dobras molhadas. Trabalhando no seu clitóris inchado, te esfregando até você estar ofegando e gemendo, implorando para eu enfiar meu pau na sua...

Pela segunda vez desde que tínhamos nos sentado para jantar, Renfis quase se engasgou com a bebida. Ele girou na cadeira e lançou a Fisher um olhar escandalizado que dizia: *Sério? Eu estou bem aqui, porra.* Mas Fisher não lhe deu atenção.

Eu, por outro lado, quase caí no chão e morri. Porque, se os sentidos feéricos aguçados de Ren conseguiam ouvir o que Fisher estava cochichando para mim, então ele também conseguia sentir o cheiro de como as palavras do amigo estavam me afetando e... e, *deuses, eu nunca ia superar a vergonha.*

Não queria admitir para mim mesma, jamais permitiria que o pensamento ganhasse forma, mas meu corpo não era tão talentoso em mentir quanto minha mente. Eu *queria* Fisher. Me odiava por isso. Odiava que ele soubesse. E agora Ren também sabia. Era humilhante.

— Cala a boca. Por favor. Só... cala essa maldita *boca.*

Um olhar faminto residia em seus olhos cercados de prata-viva enquanto ele se recostava na cadeira.

— Coma seu jantar, Osha. Você vai precisar das suas forças. Não vamos ficar aqui por uma semana, afinal. Vamos voltar ao acampamento de guerra de manhã... e, desta vez, você vem junto.

20

AMMONTRÍETH

O ACAMPAMENTO de guerra era uma cicatriz aos pés do morro do outro lado das montanhas Omnamerrin. Ficava entre Cahlish e a fronteira com Sanasroth — vinte mil tendas, aninhadas entre rochedos e arbustos rasteiros cobertos de neve. Quando saí do portal de sombras com o estômago subindo quase até o peito foi que consegui ver quantas tendas havia, todas de um cinza-claro e sujo, se estendendo a distância, e minha respiração ficou presa na garganta.

Isto era um acampamento de guerra.

Obviamente estava lá havia tanto tempo que já possuía estruturas permanentes: prédios de dois andares feitos de madeira, espalhados por todo o acampamento. Juro pela minha vida que o mais próximo da praça lamacenta em que o portal de sombras de Fisher tinha nos jogado parecia com a porra de uma *taverna.*

Por todo lado, guerreiros e guerreiras feéricos andavam com pressa, armados até os dentes e usando uma variedade de proteções diferentes. No horizonte, uma fita ampla e larga de água congelada cortava a terra, separando o acampamento de... de...

Deuses da desgraça.

A terra do outro lado do rio era um deserto escuro e chamuscado. Nenhuma neve cobria o solo ali. Pilares de fumaça subiam e encontravam um céu sombrio, agourento, vestido num manto de nuvens cinza-chumbo. Não havia árvores. Nada era verde. Apenas terra preta, fumaça e, à distância, o contorno irregular de uma fortaleza preta e terrível situada em cima de um morro imponente.

— O que, em nome dos cinco infernos, aconteceu *ali*? — Carrion jogou sua mala a seus pés, boquiaberto ao analisar a cena à nossa frente.

Não havia como não perceber o choque dele. Espelhava o meu. Eu olhei para meus pés em busca de Ônix, para pegá-lo e segurá-lo junto ao peito, mas ele não estava lá, claro. Era um pequeno conforto ele estar seguro em Cahlish. Fisher havia se recusado a me deixar trazê-lo. Tinha insistido que a raposa não duraria mais de cinco minutos no acampamento, que seus guerreiros a laçariam antes de qualquer um de nós conseguir piscar e que, se eu queria continuar com a fantasia de que ele era um bom animal de estimação, precisava deixá-lo aos cuidados de Archer.

Algo desconfortável se contorceu atrás de minhas costelas e apertei os olhos, tentando ver melhor a fortaleza no morro.

— O que *é* aquele lugar?

— É Ammontríeth — disse Ren, emergindo do portal de sombras, trazendo o cavalo atrás de si. — O trono do inimigo.

— Ammontríeth? — Até o nome que forcei a sair da minha boca parecia uma perversão.

— *Dentes do inferno.*

A voz veio de trás, fria e dura. Kingfisher emergiu do portal de sombras, com as rédeas de Bill na mão enluvada. O enorme garanhão preto bufou pelo nariz e resfolegou. Seus flancos estavam grudentos de suor, apesar de ele só ter viajado dos estábulos ao acampamento pelo portal. Claramente o animal detestava a ideia de estar aqui tanto quanto eu. Assim que as patas traseiras dele passaram pela parede ondulante de fumaça preta, o portal se torceu em si mesmo e se desintegrou em fios de sombra que dispararam pelo terreno em todas as direções.

— As paredes são transparentes, feitas de obsidiana, lisas como vidro — disse Kingfisher. — Construídas com ossos de demônios. Os picos e as torres são afiados como a ponta de uma lâmina.

Dentes do inferno, de fato. Enfiei o queixo no colarinho da capa de cavalgar que Fisher tinha me dado quando saímos do Palácio de Inverno, me esforçando para não mostrar desconforto. O lugar tinha um ar maligno, mesmo a tantos quilômetros de distância.

Dei um pulo quando uma criatura alta e esguia com videiras enroladas em torno dos braços e pernas magrelos apareceu de trás da taverna e veio na nossa direção, decidida. Sua pele era retorcida e nodosa como um tronco de árvore. Os olhos eram de um castanho profundo, escuros como terra argilosa. Em vez de cabelo, um sem-fim de videiras e folhas nascia do topo de sua cabeça blocada e caía pelas costas. Eu estava razoavelmente certa de que era do gênero masculino devido à calça e à camisa que usava, apesar de isso não ser uma fundação sólida para supor nada, considerando que eu estava com uma roupa bem similar.

— Bom dia, lorde — disse a criatura. Sua voz, definitivamente masculina, parecia toras raspando uma na outra. — Que bom que voltou tão cedo. As acomodações que pediu já foram preparadas. Tem um pequeno café da manhã esperando em sua tenda. Mais guerreiros voltaram de suas missões de reconhecimento. Você foi visto por tão poucos de seus cavaleiros que só um punhado agora está inclinado a confiar nos boatos circulando pelo acampamento de que você voltou. Inclusive, estão nesse instante se reunindo na tenda do mapa e discutindo...

— Está tudo bem, Holgoth. Renfis vai conversar com eles — disse Fisher, entregando as rédeas a ele.

Holgoth deu um olhar incerto a Ren, depois virou-se para Fisher.

— Meu senhor... seria melhor se seus guerreiros o vissem. Faz muito tempo desde que...

— *Ren* vai conversar com eles — repetiu Fisher, com um sorriso suave. — Ele travou esta guerra perfeitamente enquanto estive longe. Não vejo motivo para mudar a liderança. São guerreiros dele, não meus.

Ren baixou os olhos para as botas. Não estava feliz. Nem Holgoth, que não parecia saber exatamente o que fazer. Hesitou, passando as rédeas de Bill de uma mão nodosa para a outra, depois suspirou e estendeu o braço para pegar as rédeas de Ren também.

— Como queira, meu senhor...

— Fisher. Pode ser só Fisher.

Holgoth balançou a cabeça tristemente.

— Não, meu senhor... Peço desculpas, mas... não.

Kingfisher pediu licença e puxou o capuz, desaparecendo no acampamento de guerra. Holgoth pegou os cavalos e insistiu em também levar nossas malas, nos garantindo que as manteria em segurança e que mais tarde encontraríamos as coisas em nossas tendas. Depois de ele ir embora, Ren rosnou algo num idioma que eu não entendia e saiu irado numa direção a leste, andando rápido.

— Vocês dois vêm? — gritou ele por cima do ombro.

— Aonde você está indo? — gritou Carrion de volta.

— Aonde você acha? Para a porcaria do arsenal!

O Darn começava no leste como uma nascente, nas Montanhas Rasas, onde presidiam os feéricos gilarianos e a Corte de Outono. Everlayne os mencionara na biblioteca quando ela e Rusarius tentavam me educar em relação aos lagos de mercúrio das outras cortes. Claro, eu não estava prestando atenção. Minha mente se fixava apenas em como eu ia roubar o pingente de Fisher, então eu retivera pouquíssimo da informação que eles tentavam me transmitir sobre as outras cortes.

Ouvi com um pouco mais de atenção enquanto Ren falava do rio.

— No início, não passa de uma pequena lagoa. Conforme viaja pelas montanhas, ganha impulso e reúne mais água. Há planícies a algumas centenas de quilômetros, onde o Darn tem mais de cinco quilômetros de largura.

O general angulou a espada por cima da cabeça e atacou, mostrando os caninos. Foi um milagre Carrion não ter se cagado ali mesmo. Eu nunca tinha testemunhado nada tão aterrorizante quanto um guerreiro feérico puro-sangue atacando a toda velocidade, e estava propensa a apostar que Carrion também não. Para seu crédito, ele conseguiu levantar a espada bem a tempo de bloquear o golpe descendente de Ren, mas foi meio que só isso. Ren arrancou a espada da mão de Carrion e o jogou de bunda no chão antes que ele pudesse piscar uma segunda vez. Segurei uma risada quando o feérico estendeu a mão e ajudou Carrion a ficar de pé.

— Você vai engolir essa risada já, já. — Carrion usou uma das mãos para tirar a neve da calça e a outra para me mostrar o dedo do meio. — Está quase na sua vez. Minha bunda não vai aguentar muito mais.

— Aposto que é a primeira vez que você diz *isso* — gritei.

Ele mostrou a língua como uma criança petulante.

— Estou mais para um provedor do que para um beneficiário, na real — respondeu.

Ren bateu na ponta da espada de Carrion com a dele.

— Foco. Você está abaixando a lâmina assim que algo entra em contato com ela. Se fizer isso numa luta de verdade, vai morrer em três segundos.

Carrion cuspiu, respirando pesado. Estava congelante. Flocos de neve giravam no ar, caindo em redemoinho, mas Carrion tinha tirado a capa havia meia hora e sua blusa estava marcada de suor. Antigamente, minhas entranhas teriam se revirado por eu conseguir discernir o peito musculoso dele pelo tecido úmido. Mas isso foi num outro tempo.

Antes de *Fisher.*

— Acho que dá para dizer que eu não duraria mais de três segundos independente de onde colocar minha espada — arfou ele. — Você é um demônio com essa lâmina. Além do mais, tem o dobro do meu tamanho.

— Ah, por favor. Ele tem o *triplo* do seu tamanho — falei.

Fui premiada com outro dedo do meio.

— Seu tamanho pode ser sua maior vantagem — aconselhou Ren. — Você é menor do que eu, então podia ser mais rápido...

— Rá! Por favor, não minta para mim. Você tem velocidade feérica. Eu sou bem ágil, mas *você*... — Carrion balançou a cabeça, se rendendo.

Carrion *era* ágil. Apesar das minhas dúvidas, ele tinha prática com espada e sabia manejar a arma, mas Ren fazia com que ele parecesse um bebê tentando ficar de pé pela primeira vez. A luta entre os dois nunca seria justa.

Ren desconsiderou as reclamações de Carrion.

— Eu lutei ao lado de humanos que rugiram na cara da morte, se mantiveram firmes no ataque e saíram vitoriosos da batalha. Deram orgulho a seu povo. Você vai desistir fácil assim? — Ele bateu a ponta da espada na de Carrion de novo, de um jeito brincalhão e provocador. O som de metal contra metal soou na margem do rio congelado. — E manchar a memória deles nesse processo? Hmm?

— Bom, puta merda. Quando você diz desse jeito...

Carrion atacou. Só podia ser chamado de ataque porque foi ele que se moveu primeiro. Ren deu passos ágeis e casuais para trás enquanto Carrion avançava, mas entregou o terreno ao homem, que o tempo todo repelia com facilidade os avanços dele, lendo cada um de seus movimentos antes mesmo de ele os pôr em prática e basicamente fazendo Carrion parecer um idiota sem nem tentar.

— Em Loyanbal, no centro das planícies, a temperatura cai e o Darn vira uma faixa de prata sólida. É lá que a água congela primeiro. — Ren desviou a espada de Carrion como se espantasse uma mosca irritante. — No início da estação, o gelo tem mais de vinte centímetros de espessura. Forte. Seguro. Sólido a ponto de aguentar um cavaleiro com seu cavalo e permitir que atravessem.

Observei Ren de perto. A postura relaxada dos ombros. O modo como ele girava os quadris, e não os ombros. O trabalho de verdade, porém, estava acontecendo mais perto do chão. Era impressionante a forma como ele se movia, pisando e transferindo o peso, gracioso e felino, sem nunca cruzar os pés. Tinha domínio completo sobre seu corpo. Fazia a luta parecer fácil como respirar.

Clang!

Clang!

— *Uuf!* — Carrion cruzou os pés, porque *ele* claramente não estava observando a técnica de Ren, aí tentou recuar quando o feérico finalmente atacou, derrubando-o. Ele atingiu o chão com tanta força que ouvi seus dentes baterem e racharem a três metros de distância.

— No auge do inverno, o Darn vira o único meio de viajar entre as montanhas e o mar — continuou Ren, circundando sua presa. — Os desfiladeiros ficam lotados de neve e bloqueados. Mercadores, peregrinos e piratas todos passam pelo rangente Darn para conseguir ganhar o pão de cada dia.

Carrion levantou as mãos.

— Eu me rendo! Eu... estou exausto pra cacete. — Ele tentou engolir. — Agora pode torturar a Saeris. Eu preciso... recuperar o fôlego.

Ren voltou a atenção a mim, e minha espinha se endureceu um pouco. Não de medo, exatamente. Mas de... expectativa. Eu sabia mais que o básico de luta com espadas. Tinha segurado muitas delas. Havia feito um número considerável em segredo sendo aprendiz na oficina de Elroy. Eu sabia quanto pesavam, como pendiam na sua mão quando você as balançava e conhecia a pressão de um cabo frio de aço descansando no topo de uma mão fechada. Mas estas espadas feéricas eram diferentes. As lâminas em si eram mais estreitas. Mais compridas. Não tinham guarda-mão, já que um guerreiro feérico jamais cometeria um erro idiota como deixar a mão escorregar por uma lâmina afiada.

Mas Ren fez exatamente isso. Pegou pela lâmina a arma com que Carrion estava praticando e cruzou a margem do rio, estendendo-a para mim, me oferecendo o cabo.

— O que me diz, Saeris? Quer tentar um pouco de ataque e defesa?

Não. Eu ia dizer não. Com certeza. Cem por cento. Ainda estava convencida de que ia negar mesmo enquanto minha mão se fechava no cabo envolto em couro. *Puta merda.* Eu realmente não era de negar um desafio...

Ren abriu um grande sorriso.

— Boa, garota. — Ele girou e voltou para a clareira onde tinha "lutado" com Carrion, descansando a lâmina da própria espada no ombro. — No oeste, em Voriel, na cidade portuária de Dow Ocidental, o Darn flui para o...

Ele se virou e me bloqueou. Aconteceu muito rápido. Num segundo, ele dava as costas para mim. No outro, estava abaixado, com o ombro na altura do meu peito e a arma levantada defensivamente acima da cabeça, lâmina a lâmina com a minha.

Eu não ia atacá-lo *de verdade*. Tinha girado a lâmina para a parte cega fazer contato com o ombro dele. Parecia um jeito espertinho de começar nossa aula. Elroy tinha me pegado com o velho *Nunca abaixe sua guarda, nunca dê as costas para seu inimigo* mais vezes do que eu conseguia contar. E de que tinha me servido? No fim, a guarda de Ren nunca abaixava. Ou isso, ou o general tinha olhos na nuca. Ele nem piscou.

— Num dia claro, dá para ver até a Ilha de Taran Ross dos penhascos de Dow Ocidental.

Ele veio na minha direção.

Vi um lampejo prateado com o movimento da espada dele.

E aí vi o céu cheio de neve.

E aí vi o chão.

Aí vi estrelas.

Acabou tudo num piscar de olhos.

O gritinho alto de Carrion ecoou pela margem do rio.

— Foi engraçado *mesmo*. Agora entendi por que você estava rindo tanto.

Eu o teria xingado até a última geração por ser tão escroto, mas ele tinha razão. Eu havia rido bastante dele. Era justo. E, de todo jeito, eu não conseguia respirar.

Ren apareceu no pedaço de céu acima da minha cabeça. Franziu a testa para mim.

— Tudo bem aí?

— Argh. Uh... sim?

Ele riu.

— Quer tentar de novo?

— Quero.

Ora, depois que você já levou uma rasteira, o que são mais dez ou onze quedas de cara na neve dura? Mas, enquanto permitia que ele me ajudasse a ficar de pé, tomei ali mesmo a decisão de que não ia mais cair.

Eu tinha observado Renfis. Tinha analisado a forma como ele se movia, então adaptei minha própria postura de luta e aprendi rápido. Quando ele atacou de novo, eu estava pronta. Ele me encheu de golpes, o aço em suas mãos brilhava como raio, mas recebi cada um de seus avanços com um bloqueio apropriado. Quando trocou a guarda e empunhou a arma como se fosse um bastão, ajustei de novo minha postura e dei um jeito de devolver cada um de seus golpes.

De início, simplesmente me defendi. Uma hora se passou, as nuvens ficaram ainda mais escuras, e as respostas positivas de Ren ganharam uma nota desafiadora.

— Qual o problema, Saeris? Você nunca vai ganhar uma luta se tiver medo de molhar sua lâmina com sangue. Vai. *Lute.*

Ah, ele queria luta?

Se ele queria luta, ia ter.

Era bom poder me mover assim. Ter uma arma de verdade nas mãos. Desde que Harron amarrara meus braços atrás das costas e acabara comigo, eu me sentia vulnerável. Fraca. Incapaz. Mas... era eu mesma de novo. A garota que derrubara três dos guardiões de Madra na frente do Miragem. A garota que tantos bandidos de Zilvaren subestimavam por sua conta e risco. Toda a raiva e o medo que estavam me sufocando desde o Salão dos Espelhos incharam dentro de mim e subiram para minha garganta.

Voei em cima de Renfis com a espada levantada e *berrei.*

O general tinha enfrentado inimigos bem mais perigosos que eu. Não dava para imaginar alguns dos horrores que ele encarara durante seu tempo nesta guerra. Mas a pele ao redor de seus olhos se apertou um pouco, *sim,* enquanto ele recebia minha primeira série de golpes. Ele *estava* tendo que se concentrar, só um tantinho. Eu não era tola. Ele podia acabar com isto num piscar de olhos se quisesse. Mas meu orgulho inchou quando consegui fazer Ren recuar um passo. Um passo de retirada de verdade, conquistado e não ganhado. Carrion não havia conseguido isso. Eu...

— Você se joga na ponta dessa espada como se *quisesse* morrer.

Eu estava me preparando para mais um golpe giratório, mas a proximidade da voz, bem ao lado do meu ouvido, me pegou desprevenida. A ponta da espada de Ren circundou a minha, arrancando a arma da minha mão, e a espada saiu voando pelo ar. Fez um lindo arco, cravando-se na neve aos pés de Kingfisher.

O babaca *bateu palmas.*

— Pelo jeito, você dominou a arte de ser desarmada.

Ele ainda estava com a capa preta grossa, embora desta vez sem o capuz. Estávamos longe o bastante das fronteiras do acampamento então ninguém o veria aqui. O gorjal de cabeça de lobo reluzia prateado em seu pescoço.

— Eu sei que é praticamente impossível, mas será que dá para você pelo menos tentar ser legal? — perguntou Ren, semicerrando os olhos para Fisher em meio aos grandes flocos de neve que começavam a cair com vontade de repente.

Fisher considerou o pedido e deu de ombros.

— Posso *tentar.*

Claro que ele apareceria bem quando eu estava prestes a abrir a guarda de Ren. Claro que arruinaria meu foco. Que sorte a minha. Mas eu não lhe daria a satisfação de me ver perturbada. Não desta vez.

— Deixa eu adivinhar. Você veio me mostrar pessoalmente como eu sou inútil com uma espada? Vem então. — Estendi a mão, gesticulando para que ele avançasse. — Fica à vontade.

Eu podia não ser capaz de me garantir muito tempo frente a alguém como ele, mas ia conquistar um golpe antes de ele acabar comigo.

Kingfisher deu um sorrisinho terrível.

— Você não está pronta para *mim,* humana. Eu não tenho "modo treinamento".

— Os capitães estão reunidos? — perguntou Ren, marchando até Fisher. — É hora de falar com eles?

Fisher fez que sim.

— Só esperando um ou dois desgarrados.

— Então preciso voltar para minha tenda e me trocar. Te encontro lá.

Fisher pegou o braço de Ren quando ele passou.

— Acho que não vou ser necessário.

Pela primeira vez desde que eu o conhecera, vi Renfis se eriçar de raiva.

— Você é mais do que necessário. Você é *exigido.* Já chega disso, Irmão. Se você tem algum amor ou respeito por mim, vai comparecer a esta reunião.

A expressão de Fisher de início formou um desafiador *não,* mas aí ele olhou nos olhos de Ren, bufou de irritação e o soltou.

— Tá. Tudo bem. Vou estar lá. Mas leva o garoto com você por enquanto, certo? Preciso falar com a alquimista.

Será que "alquimista" era uma melhoria em relação a "Osha"? Não parecia. Pois foi dito com a mesma dose pesada de desdém. Corri atrás de Fisher, que se movia numa velocidade frustrante pelo acampamento, de cabeça baixa para evitar os olhares curiosos dos guerreiros feéricos que o observavam com interesse passando por seus fogareiros. Depois de um tempo, percebi que não era em Fisher que estavam interessados. Era em mim.

— Humana?

— Uma humana.

— É uma *humana...*

Eu sempre esquecia que era uma excentricidade neste lugar. No Palácio de Inverno, a notícia de que uma humana chegara, depois de minha gente ficar por tanto tempo ausente das terras feéricas, tinha viajado depressa. O brilho da novidade lá havia se desgastado bem rápido. Não levara muito tempo para os membros da corte yveliana se esquecerem de mim. Aqui, eu era uma novidade que não se via há séculos. Alguns dos guerreiros claramente nunca haviam posto os olhos numa mulher humana na vida. A intensidade de seus olhares me dava vontade de achar um buraco escuro em que me enfiar, mas eu não tinha esse luxo aqui, então, em vez disso, corri atrás de Fisher.

— Onde diabos você está me levando?

— Para as minhas acomodações — disse ele, irritado.

As acomodações dele? Eu ia criar uma baita confusão se ele tentasse me prender lá de novo.

— Deuses, dá para desacelerar um pouco, droga? Minhas pernas são bem mais curtas que as suas.

Fisher resmungou algo, mas desacelerou um pouco. Esperei que ele me levasse a uma das estruturas de madeira no centro do acampamento. Passamos por um comércio e o que parecia um armazém de comidas, junto a uma série de outros prédios misteriosos, e depois não havia mais estruturas sólidas à esquerda. Apenas o mar de tendas.

Uma tenda grande, só podia ser. Fisher precisaria de um espaço de bom tamanho para guardar seu maldito ego, afinal. Mas não havia tendas com toldos imponentes nem entradas enfeitadas com tecidos brilhantes. Eram todas do mesmo tamanho, cada qual tão suja e desbotada pelo tempo quanto a vizinha.

No fim, Kingfisher parou de avançar pela lama revirada — graças às centenas de botas marchando pelas passarelas, a neve não se acumulava ali — e agarrou a aba de uma tenda, dando um passo para o lado e a segurando aberta.

— Entre. Por favor.

Ele fez uma careta ao dizer "por favor"; educação evidentemente era algo doloroso para Fisher.

Mas entrei na tenda de bom grado, devido a essas palavras. Lá dentro, havia um pequeno fogo aceso numa lareira que não era nem um pouco ventilada.

Não havia fumaça. Ia levar muito tempo para eu me acostumar ao uso comum e cotidiano de magia. Era bem impressionante, assim como o tamanho da acomodação de Fisher. De certo modo, eu tinha razão. Ele havia garantido para si uma base confortável. Só não dava para saber de fora. O interior da tenda formava um espaço grande, pelo menos dez vezes maior do que deveria ser, dadas as dimensões da tenda. Uma cama king size enorme ficava no meio, nem de perto tão impressionante quanto a dele em Cahlish, mas, ainda assim, maior do que o pequeno catre de lona que eu supunha que estivesse me esperando em algum canto deste pardieiro lamacento. Tinha uma estante alta ao lado da lareira, lotada com uma pilha bagunçada de livros. Havia livros por todo canto, aliás, empilhados no tapete — sim, até no *tapete* —, ao pé da cama, quase caindo numa torre no chão ao lado do sofá bem estofado. Tinha até um aberto numa página, ao lado do lavatório, na entrada da tenda.

— Fazendo pesquisa? — perguntei.

Eu não conseguia imaginar que ele fosse o tipo que gostava de se acomodar com uma obra de ficção.

Fisher analisou a coleção de tomos que cobria cada superfície disponível e resmungou.

— Dá para dizer que sim.

— Algo importante?

— Muito importante para mim — falou ele, numa cadência pausada. A dureza de sua voz deixava claro que ele não ia falar mais nada sobre o assunto.

Deixei para lá.

Exatamente no meio da tenda, havia uma mesa de madeira de quatro lugares, com uma cesta de pães e duas tigelas de sopa fumegante.

Fiquei olhando a mesa — a sopa e os *dois* lugares arrumados — e perguntei sem emoção:

— O que é isso?

Fisher soltou uma respiração cansada, desafivelando a capa. Jogou-a na cama, aí se sentou pesadamente à mesa, esfregando a têmpora.

— É só uma refeição — disse. — Vamos comer e tentar não arrancar sangue desta vez, pode ser? Por favor?

Essas palavras de novo.

Brigar com ele era meu padrão. A única coisa que eu conhecia. Mas ele parecia tão cansado, e com um humor tão genuinamente para baixo, que eu não tive coragem de fazer cena. Me juntei a ele e comecei a comer em silêncio.

Fisher parou de esfregar a têmpora. Ficou me observando, seguindo cada movimento. O mercúrio em seu olho direito girava na pupila como se estivesse preso num furacão. Quando eu já tinha tomado mais da metade da sopa, ele pegou a própria colher e começou a comer também.

— Fiquei te observando por um tempo lá. Você luta bem — murmurou ele.

Um elogio? De Fisher? Em vez de me encher de orgulho, a irritação fervilhou sob a superfície da pele.

— E aposto que está chocado. Uma humana se defendendo de um guerreiro feérico. Aquilo deve ter acabado com você, né?

Ele me lançou um olhar astuto.

— Não. Não fiquei chocado. Dá para ver pelo jeito como alguém se mexe se teve treinamento. Eu soube desde que te vi de pé pela primeira vez que você sabia lutar. Mas não se precipite, Osha. Ren estava pegando leve com você.

— Você não acha que eu podia ter vencido? — falei, embora eu soubesse que não.

Claro que sabia que não. Mas ainda assim era divertido fazer Fisher pensar que eu estava falando sério. Mas ele não mordeu a isca.

— Ele não seria general deste exército se você pudesse. — Ele fez um gesto de cabeça para mim enquanto eu engolia uma colherada de sopa. — Então às vezes você *obedece* — disse suavemente.

Fiz uma pausa, parando a colher no meio do caminho entre a boca e a tigela.

— Incrível, né? As pessoas preferem concordar com um pedido a serem forçadas a seguir uma ordem. Quem imaginaria?

Ele deslizou a colher para a boca, com olhos rápidos e aguçados, e os músculos do pescoço se moveram para engolir. Eu já conseguia discernir as tatuagens no dorso de suas mãos, até bem demais. Ambas eram runas feéricas. As linhas intrincadas e interligadas se moviam na superfície de sua pele, o padrão mudando e evoluindo diante dos meus olhos. Desviei-os.

— Por que você quer que eu obedeça? — perguntei. — Intimidar as pessoas, ter poder sobre elas... É isso que você quer? Que nem Belikon? É essa sua *motivação?*

A expressão dele estremeceu com a menção ao padrasto. Ele se recuperou rápido, mas o maxilar ficou duro enquanto ele pegava um pão do cesto.

— Poder não é algo que eu tenha desejado, Oshinha — respondeu, rápido. — E eu não sou nada parecido com o rei.

— Eu não achei que fosse. Então por que está tão decidido a controlar tudo o que eu faço? Os humanos são só... só *escravizados* aqui? É isso?

Ele riu sem humor, balançando a cabeça.

— Humanos nunca foram escravizados aqui. Pelo menos não pelos yvelianos. Quando fomos flagelados com nossa maldição de sangue milhares de anos atrás, vocês definitivamente viraram *jantar*. Mas nunca foram escravizados.

A maldição de sangue. Ele tinha mencionado antes, lá nos corredores do Palácio de Inverno. Tinha dito que os caninos afiados que os feéricos ainda tinham eram remanescentes dela. Mas será que seus filhos nasciam com eles? Ou Kingfisher estava vivo naquela época? Será que havia sofrido com a maldição e depois sido libertado dela? Cada feérico que eu vira tinha dentes alongados, então eu duvidava que fosse isso. Era mais provável que hoje fizesse parte da genética.

Fisher me encarou.

— Quero que você me obedeça porque *eu* te trouxe aqui. Isso me torna responsável por você. E preciso de você viva para trabalhar naqueles anéis para nós. Sem eles, vamos ficar presos neste impasse com Sanasroth para sempre, sem nenhum lado ganhar nem perder. Eu nunca vou conseguir recuperar as terras da minha família. Então, sim. *Vou* te forçar a me obedecer, se necessário. E não vou ficar num dilema por causa disso. Os riscos são altos demais.

— Você já parou para considerar que talvez eu *queira* ficar viva? Que faria o que quer que você pedisse se me explicasse por que é importante para o meu bem-estar?

Ele me avaliou. Seu cabelo, que se enrolava na frente do rosto, escondia parcialmente os seus olhos. Uma onda de algo quente, que não era desagradável por completo, queimou bem atrás do meu esterno. Não era só a aparência dele. Havia mais alguma coisa. Algo que enchia meu corpo de vida. Seu cheiro, e a forma como eu sabia que ele entrara num lugar antes de *vê-lo*, e a melancolia que puxava a raiz da minha alma sempre que ele *não* estava presente e...

Fisher desviou o olhar de mim rapidamente e baixou para a tigela.

— O meu jeito é bem mais rápido — sussurrou ele. — Você não pode correr riscos. Aqueles anéis não podem correr riscos. Tudo isso está em jogo.

Bati minha colher.

— Você é *incorrigível*!

— Não sei o que isso significa.

— *Sabe, sim, porra!*

— Tá bom. Eu sei. E daí?

— Eu quero te ajudar, Fisher! Faria isso de bom grado. Eu talvez não entenda seu povo nem acredite que todo mundo neste reino merece ser salvo, mas esse julgamento não é da minha conta, é? Por algum motivo, tenho essa habilidade esquisita que pode ajudar a proteger Yvelia de ser devastada por uma maré de monstros corruptos e sedentos de sangue. Eu vi do que eles são capazes. Sei o quanto são aterrorizantes e não desejaria isso a ninguém! Será que você não pode só *confiar* que eu...

Sombras pretas jorraram dos dedos de Fisher. A fumaça subiu pelas pernas da mesa e varreu o tempo como a neblina da manhã rolando por um campo. Engoliu nossa comida, o cesto de vime, tudo. Com um baque, a mesa virou, caindo no chão, e aí Fisher estava de pé, me tirando da cadeira, me levantando no ar... atravessando a tenda. Minhas costas bateram em algo sólido e duro — uma estante? —, mas não foi o choque da dor que arrancou o ar dos meus pulmões. Foi a boca de Fisher.

Os lábios dele colidiram com os meus. Por um breve momento, não reagi. Eu tinha entrado num devaneio. Isso era uma fantasia. Não era... não era real.

Mas no segundo em que sua língua passou por meus lábios, pelos meus dentes, e senti o gosto dele e a explosão de sua respiração em meu rosto, eu soube. *Era* real. De um jeito chocante... E eu queria isso mais do que o próprio ar. Deixando meu choque de lado, fechei as pernas em torno da cintura dele, prendendo os pés na altura do tornozelo, atrás de suas costas. Passei os dedos por seu cabelo e o beijei como se minha vida dependesse disso. Ele me segurou imóvel, me prendendo contra o que quer que estivesse atrás de mim, o que liberou suas mãos para irem para a minha cintura. Não ficaram muito tempo lá. Soltei um gemido agudo quando as mãos de Fisher encontraram meus seios. Ele massageou minha carne, beliscando um dos mamilos por cima da blusa, e uma onda de necessidade se formou entre minhas pernas. Fiquei hiperciente em relação a ele. A todos os pontos em que nossos corpos se conectavam. Eu o estava tocando. Tocando em todo lugar. Ele era músculo denso e respiração quente e exigente, e o aroma de vento fresco e gelado da montanha, e hortelã, e a floresta à noite e...

— Deuses! *Fisher!*

A boca dele estava em meu pescoço. Minha pele explodiu em arrepios enquanto ele beijava e banhava a pele sensível ali, o calor úmido e escaldante de sua língua subindo pela minha garganta e me surpreendendo tanto que gemi alto.

— *Porra.* — Ele rosnou o palavrão gutural na curva do meu pescoço ao mesmo tempo em que subia o quadril para eu sentir... Ah, *deuses.*

O pau dele estava preso entre nossos corpos, e estava duro pra *cacete.* Com minhas pernas envolvendo sua cintura, ele estava perfeitamente alinhado.

A pressão que aplicava ao mexer o quadril para cima fazia meu cérebro se espalhar em mil direções diferentes.

Ah...

Caralho...

Eu precisava...

— Fisher! — gritei o nome dele.

Em resposta, ele soltou um grunhido animalesco e sem palavras que fez um estremecimento de antecipação percorrer minha espinha. Ondas de calor explodiram em mim, se acomodando em meu estômago. Fui levada por elas numa maré ardente. Não fazia ideia de quando tinha começado a roçar no pau dele. Só sabia que ele tensionava toda vez que eu fazia isso, enfiando os dedos na minha pele, e a boca ficava mais insistente em meu pescoço.

— Porra! Fisher, eu quero... eu quero você... — arfei.

E, como se eu tivesse lhe dado um banho de água fria, Fisher arrancou a boca da minha pele e recuou. Uma fração de segundo depois, meus pés estavam de volta no chão sólido e ele, do outro lado da tenda, passando as mãos pelo cabelo. Senti a ausência dele como um golpe físico.

Ah, *porra.*

Um milhão de pensamentos me atingiram de uma vez.

Era uma péssima ideia.

Eu *não* devia tê-lo deixado fazer isso.

Eu *não* devia ter retribuído o beijo dele.

Não devia ter me esfregado no pau dele daquele jeito.

Não devia ter gemido.

Definitivamente não devia ter dito que o queria.

Pelo amor de todos os deuses em todos os céus, por que eu tinha *dito* isso?

Eu ia vomitar.

Fisher pressionou a base das mãos nos olhos, gemendo. Levantou a cabeça, *me* olhou, e meu estômago despencou.

— Fisher...

Ele atravessou a tenda muito rápido e, segurando meu rosto nas mãos, me beijou de novo. Com força. Rápido. Seus lábios estavam outra vez nos meus, mas não se abriram. Só durou um segundo, mas causou uma porra de um caos total e absoluto na minha cabeça.

— Fisher...

Ele balançou a cabeça enfaticamente, me *implorando* com os olhos para não falar. Rapidamente, pegou minha mão e colocou em seu peito, bem no meio.

Tum, tum, tum, tum, tum, tum.

Seu coração estava acelerado, o espaço entre as batidas quase imperceptível. Nada parecido com o ritmo estável e lento que ele me mostrara lá na forja do palácio. Tentei tirar a mão, assustada pelo ritmo estrondoso, mas Fisher me segurou ali com força.

Ele não falou nada. Sustentou meu olhar, sem piscar, e, desta vez, o mercúrio que marcava seu olho ficou imóvel. Não havia arrogância em seu rosto. Nenhuma bravata. Nenhum sorriso arrogante. O olhar que ele me lançava era seríssimo. Parecia significar alguma coisa. Ele engoliu em seco, o peito subindo e descendo rápido, e aí assentiu.

— Eu não posso confiar em *nada* — sussurrou, sem fôlego.

E foi aí que me soltou. Quando eu precisava que ele não fizesse isso. Bem quando eu precisava que ficasse e explicasse o que significavam os últimos cento e vinte segundos. Ele pegou a capa, pendurou nos ombros e saiu para a luz evanescente.

Fisher não tinha me pedido para ficar na tenda dele nem tinha me obrigado a esperar lá, então fiz o que qualquer mulher racional faria: fugi. A luz se dissipava rápido enquanto eu corria pelo acampamento de guerra. Para onde eu olhava, guerreiros feéricos vestidos de armadura fluíam para o meio do acampamento. Todos estavam armados. Só metade se deu ao trabalho de me olhar duas vezes. Uma energia frenética e agitada preenchia o ar. O cheiro de fumaça e carne assando atingiu meus sentidos, mas nada podia substituir o aroma de hortelã e floresta à meia-noite em meu nariz.

Ele tinha me beijado.

Tinha feito bem mais do que isso, na verdade. Eu ainda sentia suas mãos em minha cintura. Meu mamilo continuava latejando com a ânsia que ele colocara ali. Minha pulsação virou uma tatuagem frenética enquanto eu deslizava pela multidão, tentando encontrar...

Deuses, para onde é que eu estava indo? Não fazia ideia. Só tinha que me afastar da tenda de Fisher. Inadvertidamente, me permiti ser levada pela maré de guerreiros. Tinha parado de nevar em algum momento, e o céu era como um hematoma roxo com nuvens raivosas e agourentas enquanto eu corria. Em certo momento, não tinha como correr mais. As montanhas se levantavam à frente, perfurando o céu e, ao sul, o Darn contornava o acampamento, me contendo em seus limites. Fui forçada a seguir os guerreiros até a grande tenda na clareira à frente, onde uma enorme fogueira rugia e subia para encontrar o anoitecer.

Foi por sorte que encontrei o Ren. A multidão se abria para ele enquanto caminhava entre os guerreiros, indo para a tenda, e, por algum milagre, me vi parada no caminho do general. Seus olhos escuros estavam tempestuosos, mas suavizaram ao me ver.

— Saeris? Cadê o Fisher? — perguntou ele, colocando a mão no meu ombro e me impulsionando à frente enquanto caminhava.

— Não tenho certeza.

Era verdade.

Um olhar tenso e cheio de entendimento se formou em seu rosto enquanto ele me olhava, dilatando as narinas e cheirando... Ah, *merda.*

— Você está bem? — perguntou com cuidado.

— Sim! Estou, claro. Ele não... — Minhas bochechas ficaram vermelhas como fogo. — Ele não fez nada de errado.

— Claro que não. Eu o conheço. Fisher jamais... — Ele pisou em ovos com o que queria dizer, me levando para dentro da tenda. Delicadamente, falou: — Eu sinto o *seu* cheiro, não só o dele, Saeris. Não estava preocupado de ele te machucar. Estava perguntando se você está bem. Tem diferença.

Afastei uma segunda rodada de vergonha, me recusando a fortalecê-la. Era com isso que eu precisava contar? Todos os feéricos me olhando de soslaio toda vez que eu ficasse um pouquinho excitada? Argh!

— Estou bem — falei, com mais confiança desta vez. — Juro, estou bem mesmo. Só não fazia ideia de onde todos estavam, só isso.

Um calor sufocante nos recebeu dentro da tenda de guerra. Ou da *sala* de guerra, melhor dizendo. A magia não tinha aumentado o espaço lá dentro. Tinha-o transformado num cômodo de verdade, com paredes de pedra com tapeçarias e quadros de batalhas, uma lareira de verdade e um piso de pedra. O teto tinha seis metros de altura. Estantes de livros, mesinhas laterais e todas as superfícies disponíveis estavam cobertas de velas, a luz emitida por suas chamas dançando parede acima. Pelo menos vinte guerreiros se reuniam ali, esperando por Ren. Todos se viraram e abaixaram a cabeça em deferência quando viram que ele tinha chegado.

Carrion também estava lá, esparramado numa cadeira ao lado da lareira. Tinha um pratinho sobre a barriga; o filho da mãe estava comendo um pedaço enorme de bolo, sem se deixar abalar pela grande tensão que pairava no ar.

— Vai se sentar com o Swift — murmurou Ren para mim. — O mais perto do fogo que você aguentar. O calor vai queimar o... é... — Ele fez uma careta. — Bom, você entendeu.

Ah, entendi, sim. O calor queimaria todos os feromônios com que eu estava coberta porque tinha chegado a *isso aqui* de trepar com Kingfisher. Deuses amados.

Chutei as botas de Carrion, resmungando para ele sair quando cheguei à lareira. A forma sugestiva como sorriu me fez pensar que ele também conseguia sentir o cheiro do que eu estivera fazendo, mas não era possível. Nosso nariz humano não era tão apurado.

— Não acredito que você está comendo bolo — reclamei, arrastando perigosamente, para perto do fogo, um apoio para pés.

— Não é bolo. É quiche — falou Carrion de boca cheia.

— O que é quiche?

— Sei lá. É feita de ovos e algumas outras coisas. É deliciosa. Tome. — Ele estendeu a fatia. — Quer?

Eu não estava com fome. Estava bem enjoada, na verdade, mas precisava de algo para fazer com as mãos. Pegando a quiche, dei uma mordida, sem sentir direito o gosto, e entreguei de volta.

— Vai rolar alguma merda bem séria aqui — comentou Carrion, dando mais uma mordida.

Então, ele não estava completamente alienado à energia esquisita aqui.

— Não me diga.

— Aquela lá está querendo sangue. — Ele gesticulou não muito sutilmente para uma guerreira parada ao lado da mesa grande no meio da sala, conversando animada com três indivíduos. O cabelo dela era loiro-claro, quase branco, e os olhos tinham um tom vívido de lilás. Ela era linda de um jeito que doía olhar. — Não sei o que estão cochichando, mas, um a um, todos foram falar com ela. Alguns discutiram. Ela *socou* aquele ali — contou Carrion, apontando com a cabeça para um feérico com longas tranças pretas de guerra e insígnia de cabeça de lobo rosnando estampada no peitoral de couro. — Tenho a sensação de que tudo isto é por causa de Fisher. Hein, Saeris?

O que tinha tranças pretas de guerra me notou olhando para ele. Em vez de me encarar com raiva, inclinou a cabeça para o lado e me lançou um sorrisinho amigável.

Carrion deu um peteleco no topo da minha orelha.

— Ai! Que merda é essa? Qual o seu *problema*? Doeu! — Apertei com os dedos a concha da minha orelha.

— Por que seu pescoço está sangrando? — perguntou ele devagar, enunciando cada palavra lentamente.

— Quê?

Estendendo o braço, Carrion passou a mão pela minha pele. Me encolhi para ele não alcançar, mas era tarde demais; quando me mostrou as pontas dos dedos, estavam manchadas de vermelho.

— Só um arranhão. — Carrion deu de ombros. — Você deve ter batido em algo. Aqui.

Ele me passou dc volta a quiche.

Aceitei e dei uma mordida, com a mente em turbilhão. Por que caralhos meu pescoço estava sangrando?

Como se conjurada por meus pensamentos acelerados, uma figura com capa preta entrou na tenda, com o capuz puxado para esconder as feições. Mas sua presença imediatamente fez meu coração bater com força. Os olhos de Fisher me encontraram na mesma hora. Com uma expressão ilegível, ele me observou passando a quiche de volta para Carrion em silêncio. Uma série de arquejos subiu do outro lado da sala de guerra quando, um a um, todos os feéricos viram quem tinha chegado.

— É verdade, então — anunciou a guerreira loira. — Você *está* vivo.

— Claro que ele está vivo, Danya — falou Ren, com uma voz cansada. — Nunca achamos que ele estivesse *morto*. Vai. Vamos começar isto aqui com o pé direito. Fisher, larga logo essa capa. Você não está enganando ninguém.

Fisher abaixou a cabeça ao tirar a capa. Seu cabelo estava molhado. Encharcado. Suas roupas também. Riachos de água corriam por suas bochechas. A seus pés, começava a se formar uma poça. Ele apoiou as costas na parede, de queixo levantado e braços cruzados.

— E aí, Fish, qual é? Saiu para um mergulho de fim de tarde? — Tinha uma nota brincalhona na voz de Danya, mas eu não fui a única que detectou a malícia também.

Carrion levantou as sobrancelhas para mim como uma das velhas fofoqueiras que gostavam de passar as tardes sentadas na frente da Casa de Kala. Ele tirou um bocado da quiche e passou para mim.

Do outro lado da sala, Kingfisher o observou fazendo isso, mexendo os músculos do maxilar. Baixou a cabeça de novo, bufando.

— Algo do tipo — respondeu, baixinho.

— Vamos lá, então. — Danya abriu bem os braços. — Estamos todos aqui, Fisher. Vamos ouvir. Vamos ouvir a razão incrível pra caralho pra você ter largado a gente na mão durante o último século. E pra você ter decidido se esgueirar de volta agora com o rabo entre as pernas, humm?

— Não estou me esgueirando. — Fisher parecia entediado.

— O caralho — cuspiu Danya. — Você ficou a semana passada toda no acampamento! A semana anterior também!

— Danya...

— Não! *Não,* Fisher. Você estava aqui e não falou uma maldita palavra para nenhum de nós. Quantas vezes cada um aqui nesta sala ficou ao seu lado e sangrou com você? Era para sermos uma família e você simplesmente abandonou a gente, caralho.

Fisher não disse nada. Foi Ren quem interveio para defendê-lo.

— Não foi isso que aconteceu, e você sabe.

— Rá! Por favor! O que *eu* sei é que fiquei nas ameias em Gillethrye vendo uma cidade inteira de famílias yvelianas queimar até a morte enquanto a horda de Malcolm saqueava o local, e de repente *ele* desapareceu no ar!

— Você não tem ideia do que está falando. — O rosto de Ren era uma máscara de fúria. Eu não imaginava que ele era capaz de tal raiva.

— Tem razão! Não sei! Alguém devia me informar antes de eu enfiar a espada na garganta desse desgraçado traidor!

— Cuidado, Danya. — Aquele não era Ren. O macho de tranças pretas de guerra que sorrira para mim mais cedo contornou a mesa para ficar ao lado de Fisher. — Posso ter te deixado me bater por diversão, mas você deve estar completamente fora de si se acha que vou deixar você abrir a garganta do comandante.

— Está tudo bem, Lorreth — disse Fisher, suavemente.

— Ele *não* é nosso comandante! — gritou Danya, apontando furiosa para Fisher. — Sacrificou esse título quando nos abandonou!

— Chega, Danya — rosnou Ren, mostrando os dentes.

Deuses do céu, isso ia acabar em derramamento de sangue. Arranquei um pedaço da massa da quiche e coloquei na boca. Em qualquer outra situação, a comida provavelmente teria derretido na boca, mas, naquele momento, tinha gosto de cinzas.

Os olhos de Kingfisher pararam em mim. Ele estremeceu.

— Puta merda, só conta para eles o que aconteceu — pediu Ren, encarando Fisher. — Eles vão entender assim que...

— Não. — A palavra soou na sala de guerra. Kingfisher se afastou da parede, ficando em sua altura total. Seus olhos estavam cheios de arrependimento ao olhar o rosto dos feéricos à sua frente. — Sinto muito, de verdade. Eu não queria deixar nenhum de vocês em Gillethrye. Queria poder contar por que precisei ir, mas não posso. Só posso dizer que não tive escolha.

Uma lágrima escorreu pela bochecha de Danya. A voz dela falhou quando deu um passo à frente e disse:

— Foi Belikon, não foi? Ele te forçou a ir. Eu entendo por que precisamos incendiar a cidade, mas...

— *Eu não posso contar* — disse Fisher. Sua máscara quebrou. O tormento brilhava em seus olhos. — Queria poder, mas não posso. Voltei assim que consegui. *Acreditem.*

Ela ficou encarando-o, seus lindos olhos cor de violeta transbordando com mais lágrimas por cair. Queria acreditar nele, pensei. Queria que suas palavras fossem suficientes. Mas não eram. Ela arrancou a espada da bainha no quadril e mostrou os dentes.

— Traidor! — gritou.

Moveu-se num lampejo de ouro reluzente com o corpo virando um borrão quando voou para cima dele.

Fiquei vendo tudo acontecer: a dor no rosto dela e a ponta de sua espada mirando a garganta de Fisher, e a forma como os ombros dele caíram, como se tivesse feito as pazes com o que quer que fosse acontecer e estivesse pronto. Eu não tinha intenção de ficar de pé. Minha mão se levantou por conta própria. O grito de pânico saiu rasgando da minha boca contra a minha vontade.

— *PARA!*

O corpo de Danya balançou para o lado. Ela bateu na mesa, com o quadril colidindo na madeira. Mas não foi isso que atraiu vinte pares de olhos perplexos para mim. Foi a espada dela, estilhaçando-se em mil caquinhos, as pontas de aço tremulantes rasgando o ar e batendo na parede acima da cabeça de Ren com tanta força que afundaram mais de dois centímetros na alvenaria acidentada.

Carrion caiu de lado, se apoiando na lateral da lareira, com a boca totalmente aberta.

— Puta merda! — ofegou ele.

Todos os outros espelharam sua surpresa. Só Fisher permaneceu calmo. Me avaliou muito seriamente, juntando de leve as sobrancelhas.

Danya se endireitou, virando-se lentamente para mim: a primeira vez que prestou qualquer atenção a mim desde que eu entrara com Ren. Parecia que a cabeça dela ia explodir.

— A gente tem uma maldita *alquimista*?

— Ela é *minha* — respondeu Fisher.

Antes de qualquer um conseguir reagir a isso, um BUM! estrondoso sacudiu o chão sob nossos pés.

— QUEBRA-GELOS! QUEBRA-GELOS! QUEBRA-GELOS! — veio o grito lá de fora.

— O que está acontecendo? — sussurrei.

Virou o inferno na terra. A sala de guerra explodiu num turbilhão de atividade enquanto os guerreiros feéricos, Ren incluso, disparavam para a saída, de repente, empunhando as armas. Fisher permaneceu imóvel por uma fração de segundo a mais do que os outros, com seus olhos ainda focados em mim, e franzindo a testa formando uma estranha carranca, mas aí também começou a se mover. Desapareceu num tremor de areia preta cintilante.

O macho de cabelos pretos chamado Lorreth foi o último a sair da tenda.

— Fiquem aqui — ordenou ele. — Não saiam deste lugar. É sério.

— Mas que caralhos está acontecendo? — perguntou Carrion.

— Sanasroth. O inimigo está na margem do rio. O gelo precisa ser quebrado para os mortos não conseguirem atravessar.

21

QUEBRA-GELO

A noite tinha caído enquanto estávamos lá dentro. O céu estava preto como piche e um vento tenebroso havia começado a soprar, criando um vórtice de brasas das fogueiras girando por todo canto. Uma pousou no meu casaco e chamuscou, mas era a menor das minhas preocupações. Todos os guerreiros do campo estavam correndo na direção da margem do Darn, carregando marretas monstruosas e machados ferozes.

— Melhor a gente ficar longe para não atrapalhar — repeti pela milionésima vez.

Carrion não havia me obedecido de primeira e tampouco me ouvia.

— Não vou me esconder numa tenda quando tudo indica que estamos correndo um perigo sério — falou ele.

— Você esqueceu quantas vezes o Ren te derrubou hoje de manhã? Isso não é para o nosso bico.

Mas Carrion tinha assumido uma expressão decidida.

— Eu posso não ser páreo para esses filhos da puta num combate, mas com certeza consigo quebrar gelo. E, de todo modo, pelo jeito minha ex consegue transformar espadas em estilhaços, então acho que vamos ficar bem.

— Eu não sou sua ex. E eu não *sabia* que conseguia fazer aquilo! Não tenho ideia se sou capaz de repetir!

— Vamos torcer para não precisarmos descobrir.

Carrion saiu correndo numa velocidade alucinante. Por um segundo, considerei voltar para dentro da sala de guerra, mas ele tinha razão. Eu não podia ficar me escondendo ali enquanto parecia que o mundo estava acabando do lado de fora. Levei vinte segundos para alcançá-lo. Mais um minuto para chegarmos à margem do rio.

Ficamos os dois ali parados, num silêncio causado pelo choque, absorvendo o caos.

Guerreiros enormes, duas vezes mais altos e mais largos que Fisher, estavam parados na margem. No ritmo da batida de um tambor que soava mais abaixo no rio, levantavam marretas gigantescas acima da cabeça e as abaixavam com uma força aterrorizante no gelo grosso.

BUM!

BUM!

BUM!

O gelo fosco quebrou e estilhaçou, fazendo sons metálicos e ondulantes, mas a superfície não se abriu. Do outro lado da margem, uma massa escura em ebulição tinha se reunido e estava *rugindo.*

— O que... é aquilo? — sussurrou Carrion.

Um lutador passou correndo por nós, respirando de forma errática. Não era feérico. Era Holgoth, o elfo de terra que nos recebera quando chegamos ao acampamento.

— Aquilo... — ofegou ele — ... é quase toda a horda sanasrothiana. Cinquenta mil. Não tivemos... nenhum aviso. Se eles conseguirem atravessar... vão nos dominar!

— Como assim, horda? — berrou Carrion atrás dele, enquanto corria na direção do rio.

Holgoth berrou uma palavra em resposta:

— *Vampiros!*

Bum! Bum! Bum!

As marretas caíam com tudo no gelo.

Escaneei o escuro, procurando qualquer sinal de Fisher, mas ele não estava em canto nenhum. Nem Ren. Por todo lado, rostos desconhecidos, tensos de nervosismo, corriam para bater suas armas no gelo. Uma faísca azul iluminou temporariamente a cena, jogando luz do outro lado da margem, e o que vi transformou minhas pernas em chumbo.

Tinha milhares.

Se contorcendo. Espumando. Rosnando. Mordendo.

Cinquenta mil devoradores sanguinários, ladrando às margens do rio. Quando apareceu a fonte de luz azul — um orbe incandescente que fez um arco no ar e caiu no meio do rio —, o primeiro dos vampiros já estava na metade do gelo. O orbe explodiu, abrindo um pequeno buraco na superfície onde fez contato. A água jorrou quinze metros no ar, mas os vampiros nem pareceram notar. Aos montes, começaram sua aproximação.

— Puta que pariu — murmurou Carrion. — Puta que me pariu, caralho.

Eu não conseguia vocalizar minha concordância. Mas sentia.

Mais um orbe azul-esbranquiçado foi lançado no ar, projetando sombras selvagens em cima da massa que se aproximava e dos guerreiros do nosso lado da margem. Outro, e mais outro, e mais outro subiram no ar. Sons altos de algo rachando rasgaram a noite quando eles explodiram, criando buracos maiores no gelo. Como aquela seção do rio estava instável, as marretas que batiam na superfície da margem eram mais eficazes. Pouco a pouco, o gelo começou a criar teias e rachar.

— Vai resolver? — sussurrou Carrion.

— Sei lá. Vem. Precisamos ajudar.

Uma coisa ridícula de se dizer. Bastaria um daqueles lutadores enormes com as marretas para derrubar metade dos prédios da Terceira, e mesmo assim o gelo era tão grosso que o progresso deles era lento. Éramos fracos demais em comparação. Humanos demais. Ainda assim, ambos pegamos as marretas pesadas que encontramos esperando na margem e as baixamos no Darn com toda a nossa força.

Jatos de fogo rasgaram o rio quando a primeira onda de vampiros estava ao alcance. Eles se incendiaram como um pavio, mas as chamas não os pararam. Eles estavam chegando mais perto. Cada vez mais perto.

Meus braços gritavam de dor, minhas costas eram um nó de agonia, mas eu batia no gelo, a pele da palma da mão rasgando toda vez que eu baixava a marreta.

O gelo estremeceu e soltou um gemido terrível, e de repente a coisa toda se quebrou.

Assim que aconteceu, um carpete de fumaça preta rolou pela superfície do rio, varrendo rápido tudo. Os vampiros que tinham entrado cambaleando no gelo foram jogados na água congelante e, sem hesitação, a fumaça pareceu se solidificar e os enterrar sob a superfície. Ela se atracava com eles, empurrando-os para baixo, envolvendo-os e os arrastando para seus túmulos aquáticos.

— O que está acontecendo? — Carrion varreu a margem do rio para cima e para baixo, com os olhos esbugalhados.

— Fisher — respondi, com a voz sombria. — Isso *tudo* é Fisher.

Os vampiros pararam de vir. Os enormes quebra-gelos feéricos ainda batiam e rachavam o gelo à esquerda e à direita, mas a horda raivosa do lado sanasrothiano do rio não se deu ao trabalho de avançar mais. Rosnaram e gemeram, mas mantiveram sua posição.

— Boa noite, Kingfisher! — chamou uma voz da escuridão. — Que bom que você decidiu vir brincar! Não quer dar um oi?

Uma lutadora que tinha se unido a nós no mesmo trecho da margem, uma feérica de cabelo ruivo muito vivo, ficou pálida com o som daquela voz. Muitos outros guerreiros também.

— É o *Malcolm*? — Ela falava como se não acreditasse em seus próprios ouvidos. — Não pode ser...

— Ah, é ele, sim — respondeu um guerreiro com uma cicatriz de bordas irregulares no maxilar, olhando sério para a escuridão. — Ele saiu de sua fortaleza para provocar o comandante.

— Mas...

— Vamos lá, Kingfisher! Por que você não aparece? Eu posso fazer isso primeiro, se for o que você está esperando!

A multidão de monstros da outra margem se abriu, e lá estava ele. Um macho alto, esguio, de aparência modesta e vestido de preto. Seu cabelo era liso como seda e branco como neve, e passava dos ombros. Seus traços eram delicados. Bonitos, quase. Olhos vermelho-sangue vasculhavam nosso lado da margem, como se ele não tivesse nenhuma dificuldade de ver em meio às faixas de fumaça preta que continuavam rolando pela superfície do rio.

— Anda, Kingfisher — chamou o demônio numa voz cantarolada. — Eu sei que você está aí. Só faz algumas semanas desde que nos falamos pela última vez, mas o que posso dizer? Estou com saudade.

Isso fez um estrondo subir entre os feéricos. Malcolm estava com *saudade* de Fisher? Só fazia algumas semanas desde que eles tinham se falado? A implicação estava clara. Esse Malcolm, rei dos vampiros, queria que todos os feéricos soubessem que seu precioso líder, enfim tendo retornado a eles, estava de algum modo aliado a ele. Tática de guerrilha descarada. A forma mais simples de vencer qualquer guerra era criar dissidência entre as fileiras de seu inimigo para eles gastarem tempo e energia brigando uns com os outros em vez de com você. Era uma jogada inteligente, mas óbvia. Ainda assim, pela cara dos guerreiros ao nosso redor, Fisher ia ter que se explicar.

— Tá bom! Como você quiser, querido! — gritou Malcolm. Um sorriso cruel se espalhou por seu rosto, expondo uma fileira de dentes afiados. — Pode se esconder atrás dos seus amiguinhos. Vou te ver muito em breve!

22

A VONTADE

Ele me encontrou meia hora depois.

Eu estava sentada na frente de uma fogueira junto à sala de guerra, tomando a sidra quente que Ren tinha me entregado. Seus olhos estavam arregalados, e o cabelo completamente desgrenhado. Ele veio direto para mim, mas vociferou uma pergunta para Ren:

— Você está com o irritante?

— Estou — respondeu Ren, cansado.

— Hã, espero que não estejam falando de mim — disse Carrion, mas Fisher não lhe dignou uma resposta.

Ele estendeu a mão para mim e falou:

— Venha, se não eu te carrego.

Dei a mão para ele.

— Voltaremos de manhã — falou ele a Ren.

Então entrou de costas no vórtex preto rodopiante que apareceu atrás dele e me puxou para o portal de sombras.

Ônix rosnou, com os dentes à mostra, quando entrei no quarto de Fisher. O aposento estava do mesmo jeito de quando eu estivera encarcerada aqui após o ataque dos devoradores. Lúgubre. Cheio de sombras e cantos escuros. Em outras palavras, perfeitamente *Fisher*. Fiquei tensa ao inspirar, minha cabeça se encheu com o cheiro de hortelã-brava e agulha de pinheiro, mas desta vez não era do quarto. Era dele mesmo, parado de forma que o calor de seu corpo aquecia minhas costas. As mãos tatuadas de Fisher se fecharam em mim e trabalharam com destreza na corda da capa, desamarrando-a de modo que deslizasse dos meus ombros.

— Você nunca usa os vestidos que eu deixo para você — murmurou ele no meu cabelo.

— Eu não quero falar de vestidos — sussurrei.

— Justo. Vamos falar de comida, então.

— *Comida?*

Ele fez que sim.

— Não compartilhe mais comida com aquele idiota, Oshinha.

— Quê?

— Swift. Mais cedo. Lá na sala de guerra. Você ficou um século passando aquele bolo para lá e para cá com ele.

— Não era bolo.

— Não estou nem aí para o que era. Só para de dividir comida com ele.

Tinha um tom perigoso em sua voz. Um tom que me desafiava a desobedecer à ordem.

Se até aquele momento ele não tinha aprendido que eu não gostava que mandassem em mim, talvez precisasse ser lembrado.

— Por quê?

— Porque eu mandei, porra.

— É algum costume feérico esquisito que eu não conheço?

— Não — respondeu ele, teimoso. — Não quer dizer nada. Pode dividir todas as tigelas de ensopado que quiser com Lorreth ou Ren. Só não divida comida com aquele idiota. Já é ruim o suficiente você insistir em dividir o ar com ele. Eu preferiria que vocês não comessem da porra do mesmo prato também.

— O que você tem contra Carrion?

— Eu não quero falar de Carrion — rosnou ele.

Eu quase ri. *Quase.*

— Tá. Tudo bem.

Minha nuca se arrepiou. Algo dentro de mim estava se perdendo. Eu sentia acontecendo em estágios, e era assustador. O muro entre nós — a barreira que existia para me manter segura — estava diminuindo, se desfazendo um tijolo de cada vez. Eu podia parar a desconstrução do muro. Levantá-lo de novo, se quisesse. Mas… não conseguia respirar direito perto dele e sabia como eram suas mãos no meu corpo. De verdade. Eu ansiava por mais dele, apesar de ele às vezes ser egoísta e cruel, e mesmo sabendo que desejá-lo muito provavelmente seria minha ruína.

— Então *eu* escolho do que a gente vai falar. Vamos ter uma conversinha sobre o que aconteceu agora há pouco...

— Na tenda?

Ele não projetou a voz. Não havia necessidade de magia. Ele estava tão perto que sua boca roçaria a ponta da minha orelha se eu me inclinasse *dois* centímetros.

— Na margem do rio.

— Eu te trouxe aqui pra gente esquecer a margem do rio.

Esquecer? Como ele achava que eu ia esquecer aquilo?

— Se aqueles devoradores tivessem chegado do nosso lado do rio...

— Eu teria cortado todos em pedacinhos e feito uma pilha com os ossos.

Ele era confiante pra caralho. Não tinha nem sombra de dúvida sobre as suas habilidades.

— As pessoas teriam se machucado — falei.

A risada seca de Fisher balançou meu cabelo.

— Estamos em guerra. É isso que acontece numa guerra. As pessoas se machucam. As pessoas morrem. Às vezes, elas se erguem novamente e se alimentam dos vivos. É um ciclo.

Meu coração batia pelo corpo todo. Pulsava em minhas mãos, nas minhas têmporas e na base do meu pescoço. Eu me virei de frente para ele, precisando olhar em seus olhos. Seu maxilar forte estava a centímetros de distância, marcado pelo início de uma barba por fazer. O gorjal brilhava no pescoço, com o lobo na altura dos meus olhos. Sua camisa estava imunda, e aberta só um pouquinho — o suficiente para revelar um pedaço de pele com tinta preta em formas contorcidas. Ele não tinha expressão ao baixar os olhos para mim, me esperando falar.

— Isso não é uma piada! Eu... Eu fiquei...

Eu sabia o que queria dizer. Não conseguia me obrigar a isso. Havia um ponto sem volta aqui, e eu não estava pronta para ultrapassá-lo.

— Você ficou preocupada comigo — disse Fisher, com a voz rouca.

— Não! Eu...

— Eu vi seu rosto. Na sala de mapas, quando Danya queria cortar minha cabeça. Você ficou com medo. Por mim.

— Eu fiquei com medo de que você morresse e eu não conseguisse voltar para casa. Você fez um juramento de me mandar de volta quando eu terminasse os anéis. Os outros talvez não me oferecessem o mesmo acordo e...

O sorriso sarcástico e sem alegria de Fisher não me deu nenhuma ilusão de que ele acreditava um pouquinho que fosse no que eu dizia. Mas ele não discutiu.

— Eles vão te rasgar em pedacinhos quando você voltar lá de manhã — sussurrei.

— Vou ficar bem — retrucou ele.

— Você não está nem um pouco preocupado de... de os seus supostos *amigos* acharem que você andou ajudando aquele... aquele tal de Malcolm... e...

Fisher mordeu o lábio inferior e seus olhos ficaram suaves de um jeito que eu jamais vira. Delicadamente, ele tirou a mecha de cabelo que havia escapado da minha trança e colocou com cuidado atrás da minha orelha.

— *Respira,* Oshinha.

— Você não pode simplesmente me mandar respirar quando aquelas coisas quase atravessaram a porra do rio, beleza?

— Elas não "quase atravessaram o rio", só chegaram à metade. Mas nunca passam dali. Malcolm manda seu exército de vez em quando só para nos lembrar de que está lá. Aí a gente quebra o gelo, ele perde uma onda de soldados de infantaria e tudo volta ao normal por um tempo.

— Você acabou de afogar um bando de vampiros!

— Não dá para afogar algo que já está morto.

Por que ele não estava nem um pouco preocupado com nada disso? Para mim, parecia que ele tinha problemas bem sérios e fazia muito pouco para resolvê-los.

— A Danya...

— A Danya vai superar. Todo mundo vai. Isso vai passar e estar esquecido de manhã. Os feéricos têm uma vida longa. Aprendemos há muito tempo que guardar rancor é um jeito ótimo de estragar uma ou duas décadas. A gente se entende rápido e bota um ponto-final.

Ele estava delirando.

— Eu estava naquela sala. Você não resolveu nada com aqueles capitães, Fisher.

— Por que você não se preocupa menos com meus amigos e mais com...?

— Eu quero respostas! — gritei. — Por que Malcolm era diferente? Ele não se parecia em nada com os devoradores. Ele parecia...

— Normal?

— É!

— Malcolm é um feérico maior e também um vampiro. O primeiro de todos. Fomos amaldiçoados milhares de anos atrás, e os feéricos se transformaram em algo muito parecido com Malcolm. Quando encontraram uma cura, meu bisavô e a maioria dos outros feéricos yvelianos tomaram. Estavam horrorizados por terem virado monstros e queriam voltar à antiga vida. Mas alguns gostaram da magia sombria que a maldição dava. Gostaram do poder e da promessa de imortalidade.

— Os feéricos já não são imortais?

Fisher deu uma risadinha.

— Não, Oshinha. Não somos. Nossa expectativa de vida é tema de muitas pesquisas e conjecturas. Vivemos mais que a sua gente, muito, muito mais. Mas envelhecemos. No fim, morremos. Alguns, como Malcolm, não queriam envelhecer. Não estavam contentes em aproveitar ao máximo os milhares de anos que já tinham recebido. Então pegaram o que devia ser uma punição e aceitaram de braços abertos. Malcolm é o mais forte deles. O rei. De todos os feéricos que escolheram permanecer como vampiros, só ele tem força para transformar alguém por completo e fazê-lo continuar sendo quem é. O que os torna quem são. A personalidade e os traços de caráter. Quando os príncipes dele mordem e transformam alguém, a vítima morre e volta sem a alma, nada mais que uma concha irracional e faminta. Eles obedecem aos mestres e se alimentam.

Havia um poço infinito de horror nas palavras de Fisher. Eu não conseguia nem começar a imaginar o terror de ser completamente drenada por um dos príncipes de Malcolm e saber que estava amaldiçoada a voltar como uma daquelas *coisas.*

— Isso acontece com humanos também? — perguntei, já com medo da resposta.

— Para onde você acha que foi a maior parte da sua gente? A maioria da horda de Malcolm já foi humana. Os feéricos que escolheram se curar da maldição tentaram proteger os feéricos menores e os humanos que residiam neste reino, mas eles eram alvos fáceis. Mais vulneráveis. Não tinham magia para se proteger, então...

— Então... — Eu ia vomitar. Queria saber, mas, depois que soube, não conseguia suportar pensar muito nisso. — Você estava com ele, não estava? Durante aqueles anos em que ficou desaparecido.

Uma tensão se formou no rosto de Fisher.

— Não posso te contar isso — falou ele.

Não posso te contar isso.

Testemunhando o sofrimento em torno de seus olhos se aprofundando, uma parte de mim reconheceu e soube como era. Como se ele estivesse tentando resistir ou ultrapassar algo. Como se não estivesse no controle...

E era isso.

Ele não estava no controle.

— Você fez um *juramento,* não foi? — falei, consternada. — Você literalmente *não pode* me contar.

— Para — ordenou Fisher.

Eu havia esperado alívio por parte dele. Pelo menos algum reconhecimento de que enfim alguém entendia por que ele se recusava a compartilhar onde estivera ou o que fizera. Mas a reação de Fisher foi de preocupação. Irritação, até.

— Você já considerou que talvez eu não queira contar porque não é da sua conta? — perguntou, de forma afiada.

— É da minha conta, sim. — Adotei uma postura firme, fincando os pés no tapete dele.

— Não é, não.

— O que acontece com você me afeta. E eu não sou idiota. Os últimos quinze minutos foram os que você foi menos babaca desde que me tirou do chão do Salão dos Espelhos e me salvou. Só começou a se irritar de novo por querer me afastar. As farpas e as merdas terríveis que saem da sua boca são um jeito de você manter as pessoas distantes, né?

— Você não tem *ideia* de quem eu sou — bradou ele.

E talvez ele tivesse razão. Mas eu estava começando a ter. Começando a entendê-lo. E quantas vezes Ren tinha dito isto: *Eu o conheço. Ele não é assim. Ele não está agindo como ele mesmo.* Era tudo uma fachada. Como um véu lentamente sendo levantado, e eu estava começando a enxergar o que havia atrás.

— Você não me odeia tanto quanto finge odiar — falei.

Ele deu um passo na minha direção, leonino, predatório, perigoso.

— Não odeio?

— Não, não odeia.

— Que teoria interessante.

— Aliás, acho que você não me odeia nem um pouco.

Ele riu, mas deu mais um passo à frente.

— Você se acha bastante, então, né?

— Eu sei que você me quer. — Não recuei, apesar de meu corpo estar gritando que eu devia fazer isso.

— Eu posso trepar com você e ainda te odiar, Oshinha.

Balancei a cabeça, tentando ignorar o fogo em seus olhos.

— Não. Não é isso.

Mais um passo e ele estaria de novo peito a peito comigo.

— O que é, então? — perguntou.

— Tem algo… *entre* nós. Você sabe que tem.

— Tem certeza de que você não está imaginando coisas? Muitas mulheres sucumbem às suas próprias fantasias desesperadas comigo.

— Olha… Para, tá? Já chega! No segundo em que você transar comigo, as coisas vão mudar entre a gente.

— Claro. Vou ter matado uma vontade irritante. Vou conseguir seguir minha vida.

Ele abriu os lábios, e a visão de seus caninos fez uma onda de calor disparar bem no meio das minhas pernas.

— Você quer me morder — sussurrei.

— Rá! — Ele jogou a cabeça para trás e soltou uma gargalhada. — Ah, você não faz *ideia* da corda bamba em que está se equilibrando, né?

— Você quase fez isso. Lá na sua tenda. Você me arranhou com seus dentes. Tirou sangue, cacete!

O pequeno espaço entre nós desapareceu num instante. Fisher fechou a mão em meu pescoço, com uma fúria gravada nas linhas de seu lindo rosto.

— *Cuidado* — rosnou. — É perigoso falar tão levianamente assim de coisas que você *não* entende.

— Então me explica. Me mostra — ofeguei.

A raiva dele vacilou.

— Quê?

— Me mostra. Me *faz* entender. Prova que eu estou errada.

— Humana estúpida, idiota…

Eu não tinha nada que continuar falando. Era perigoso provocar alguém como Fisher. Era fácil demais isso dar errado. Mas a bomba já estava para explodir de qualquer forma e, depois do que eu tinha visto hoje à noite nos esperando do outro lado do rio, não planejava morrer sem pelo menos testar esta teoria.

— Estou falando para você me *foder*, Fisher. Estou te pedindo para…

Os lábios dele colidiram com os meus. Ele roubou minhas palavras, tomando minha boca com um rosnado rouco. O beijo foi incendiário. No momento em que senti o gosto dele e sua língua passando pelos meus dentes, soltei um pequeno gemido e agarrei a barra de sua camisa.

Chega de alfinetar um ao outro.

Chega de insinuações mal disfarçadas.

Chega de ameaças.

Isto ia acontecer porque eu queria que acontecesse.

Subi a camisa de Fisher e precisei levantar meus braços sobre a cabeça só para tirar metade daquela porcaria por cima dele. Ele parou o beijo por uma fração de segundo, arrancando o tecido enfumaçado. No segundo em que o soltou, ele veio de novo para mim, sua boca tomando a minha tão completamente que o mundo ficou de ponta-cabeça. Os movimentos dele não eram desajeitados como os meus. Suas mãos eram certeiras e firmes ao agarrar o colarinho da minha blusa e rasgá-la do meu corpo. Sem os corpetes e as fitas dos vestidos que Everlayne me obrigava a usar no Palácio de Inverno, eu tinha passado a segurar meus seios com tecido, como fazia em casa. Fisher fez um som de insatisfação ao ver aquilo amarrado em torno das minhas costelas. Levantei os braços, esperando que ele o desenrolasse o mais rápido possível, mas não. Fisher desceu o indicador pela frente do tecido, entre meus seios, e ele se abriu no meio, se desintegrando sob seu toque.

Meus seios saltaram para fora, com os mamilos rígidos, e Fisher grunhiu, segurando-os nas palmas das mãos e sentindo o peso. Massageou a carne, praguejando, e seus olhos se deleitaram com meus peitos. Será que ele tinha pensado em mim assim? Nua e à sua mercê? Teria imaginado como seria me tocar, sentir meu gosto e me ter disposta a fazer o que ele pedisse?

Eu era culpada de deixar minha imaginação correr solta. Quando eu me tocava, fingia que não eram as mãos dele que queria no meu corpo. Me enganava para acreditar que não era o sorrisinho astuto dele que assombrava meus sonhos. Mas era. E ele estava na minha frente, sem blusa, com o músculo denso do peito brilhando de suor, tinta por todo lado, descendo em espirais pelo torso, e eu não acreditava que finalmente tínhamos chegado aqui.

Só não via quem não queria. Ou íamos nos matar, ou íamos transar, e eu estava feliz por ambos estarmos optando pela segunda opção.

Os olhos de Fisher se acenderam quando ele agarrou a frente da minha calça pelo cós e me puxou com força para ele.

— Você pediu isso. Quando estiver dolorida de tanto gozar e não conseguir lembrar seu nome, lembre-se *disso*, Oshinha.

Ele manteve os olhos nos meus ao abrir com tudo minha calça e descê-la pelas coxas. Seu olhar era pesado como a lâmina de uma espada, descansando em meu pescoço, afiado a ponto de cortar. Fisher enfiou a mão direita entre minhas pernas e me agarrou pelo pescoço com a esquerda, me dando um puta susto.

Eu teria arfado quando ele rasgou minha calcinha, puxando-a para o lado, e enfiou os dedos no meu cerne quente como lava, mas sua mão se fechou na minha traqueia, me roubando a capacidade de respirar. Como um anjo caído agourento de cabelos escuros, Kingfisher ronronou enquanto enfiava ainda mais os dedos dentro de mim.

— Ora, ora. Já tão excitada? Você está tão molhada. Como será o seu gosto, hein? Você vai gritar para mim bem boazinha quando eu te mandar sentar na minha cara?

— S-si...

Não adiantava. Eu não conseguia falar. Minha cabeça estava girando, tanto por falta de sangue quanto pela poderosa necessidade que me abalava até o âmago. Eu o queria. Mas queria também entender esse sentimento dentro de mim. A todo momento, Fisher havia provado ser um babaca insuportável. Eu podia contar em uma só mão quantas palavras educadas o infeliz tinha me dito. Mas havia outra coisa me atando a ele. Me puxando como se eu estivesse presa. Uma parte minha sabia que o próprio Fisher era a armadilha que me prendia, e eu estava verdadeiramente capturada...

O mundo ficou escuro até só existirmos eu e ele. Eu e aqueles olhos que brilhavam verdes e prateados. Fisher abaixou a cabeça, inclinando-se para mim, com a boca muito perto da minha.

— Quando eu botar tudo em você, lembre-se de respirar.

Ele soltou minha garganta, e minha cabeça ficou zonza quando enchi o pulmão de ar.

Não houve tempo para me preparar. Teria sido inteligente me livrar das botas e depois tirar a calça, mas isso não era possível quando você estava lidando com o feérico mais impaciente de Yvelia. De início, a fumaça parecia vir das mãos de Fisher. Depois, parecia estar vindo de trás dele. Vai saber de onde caralhos vinha. Eu só sabia que era dele — a mesma fumaça que empurrara uma horda de vampiros para baixo de um mar de gelo — e que estava girando pelo meu corpo, como...

Ela evaporou bem quando eu estava começando a ficar tensa. E, com ela, cada costura da minha roupa desapareceu também. Fisher deu um passo para trás por um segundo, inspecionando sua obra, com os olhos cheios de desejo queimando uma trilha pelo meu corpo três vezes, como se uma não fosse de jeito nenhum suficiente.

— Mal posso esperar para ouvir os sons que você vai fazer quando eu penetrar você pela primeira vez — ronronou ele. — Vou te fazer arfar para mim, Oshinha. E, quando terminarmos, vou fechar os olhos e repassar o som dos seus gemidos na minha cabeça toda vez que me masturbar até gozar.

Deuses. Só de pensar nele se *tocando*...

A imagem pecaminosa que começava a se formar na minha mente se desfez quando Fisher se moveu. Ele me agarrou, com as mãos encontrando a parte de trás de minhas coxas nuas e, de repente, meus pés não estavam mais no chão. Uma sensação leve de estar caindo virou meu estômago quando voei pelo ar. O colchão macio me pegou um segundo depois, e os lençóis frios de seda deslizaram em minha pele. Uma bola de pânico subiu até a base da minha garganta quando meus olhos reencontraram Fisher. Vi um guerreiro feérico de cabelos escuros coberto de cinzas e fuligem parado ao pé da cama, lentamente desafivelando a calça com uma expressão faminta e carnal, e meus instintos de autopreservação me mandaram fugir para salvar minha vida.

Não se mexa. Não se mexa, *Saeris. Pelo amor de todos os deuses...*

Em Zilvaren, predadores não tinham o escuro para se esconder. Usavam camuflagem e andavam sorrateiros para surpreender a presa, o que, por sua vez, ensinou todos nós a reagirmos rápido quando enfrentávamos a coisa que nos caçava. Cada parte minha queria sair correndo da cama para a porta, mas eu sabia que seria uma tolice. Como um felino, Fisher me perseguiria. Agarrei os lençóis, me forçando a ficar imóvel, observando cada movimento dele.

— Coloca as solas dos seus pés na cama.

Não era uma ordem emitida pelo juramento. Era apenas uma ordem. Podia muito bem ser uma coação, porém, considerando que eu não conseguia fazer nada além de obedecer. Dobrei os joelhos, colocando os pés na cama... e um poder puro pareceu distorcer o ar em torno dos ombros grandes de Fisher. Com movimentos comedidos e provocadores, ele abaixou a calça manchada pela batalha e...

Deuses da desgraça e mártires sagrados. Ele não estava de cueca. Isso não me surpreendeu. Mas o mero *tamanho* do pau dele se liberando da calça fez meus olhos se arregalarem.

Será que todos os feéricos eram tão bem-dotados? Era uma coisa yveliana? Ou era uma coisa de Fisher? Sem as roupas, ele ficou imóvel, me deixando observá-lo, com um sorrisinho divertido começando a se libertar nos dois cantos da boca. Porra, ele era absolutamente perfeito, todo linhas duras, músculos tensos e tinta em movimento. Seu pau era perfeito: ferro rígido envolvido em seda e veludo. Uma veia grossa corria pela parte de baixo do comprimento, levantando-se, orgulhosa, a partir da base. Minhas palmas formigaram só de *pensar* em tocá-lo.

Fisher segurou o membro como se soubesse o que eu estava pensando, lentamente subindo e descendo a mão.

— Abra as pernas — exigiu.

— Eu...

— Sem discussão, Osha. Eu quase enlouqueci só de imaginar você. Preciso ver. Acaba com a porra do meu sofrimento.

Eu nunca tinha sido tímida na cama antes. Mas, desta vez, eu estava muito, muito aquém da situação. Lutei contra uma onda de nervosismo ao deixar meus joelhos se abrirem, e Fisher soltou um rosnado sofrido.

— Perfeita. Porra, você é absolutamente perfeita. Se Danya realmente arrancar minha cabeça amanhã, pelo menos vou morrer feliz.

O olhar aturdido dele era perigoso. Uma garota podia facilmente se ver viciada na expressão de Fisher, e aí como seria? Eu ficaria perdida para sempre. Condenada. Me permiti desfrutar da atenção dele, ciente de que estava pisando num terreno perigoso. Mas se Fisher tivesse razão sobre isso, e aí? Seria uma noite. Uma vez, e depois ele não me quereria mais. Eu não ia experimentar isto de novo, então, era melhor curtir...

— Que bela flor, se abrindo só para mim — ressoou ele, subindo na ponta da cama.

Suas mãos se fecharam em meus tornozelos, e parei de respirar. Ele ia...

Gritei quando Fisher me puxou na cama em sua direção. Outro gritinho me escapou quando ele caiu entre minhas pernas. Sua boca encontrou primeiro a dobra do interior da minha coxa. Estremeci, quase saindo do corpo quando baixei os olhos e encontrei os dele. Com a ponta do nariz, Fisher subiu, subiu, subiu, inalando profundamente o tempo todo. Quando levantou um pouco a cabeça para falar, seus caninos não estavam só à mostra. Estavam mais longos do que eu jamais os vira. Mais afiados. O canino esquerdo tinha furado o seu lábio inferior e tirado sangue.

— Caralho, como seu cheiro é delicioso — disse ele, com a voz grossa. — Lá na forja no palácio, senti uma sugestão disso. Soube na hora que tinha que te provar. Esse cheiro ficou assombrando a porra dos meus sonhos. Não consigo pensar direito de tanto me lembrar do cheiro do seu desejo.

— Provavelmente eu devia tomar um ba...

— Nem *ouse* terminar essa maldita frase — rosnou ele. — Eu não quero encher a boca de sabonete e perfume. Quero sentir *você*.

Com isso, ele colocou a boca bem no meu centro, como se mordesse uma fruta madura e deliciosa, e meu mundo todo se incendiou.

A língua dele. Ah, puta que pariu, a língua dele era incrível. A forma como ele lambia, banhava e chupava meu clitóris me fez ter espasmos, o calor de sua boca combinava com o meu de um jeito que prometia me levar ao delírio.

— Fisher! Ah, p-p-p... porra! Fisher! Deuses!

Achei tê-lo sentido rindo junto à minha pele, mas não tinha certeza. Meus ouvidos estavam zumbindo. Meu corpo... todo... estava reagindo de um jeito... muito... estranho. O céu da minha boca formigava freneticamente. Eu não sentia meus pés.

— Isto... ah, meus deuses... caralho... eu... eu...

— Ainda não — murmurou ele, grudado em mim. — Você só pode gozar quando eu deixar.

— Por favor! Eu... Ah, meu deus, estou tão perto!

Desta vez, ele definitivamente riu. Baixei as mãos para tocá-lo, desesperada pelo alívio que morava na ponta de sua língua. Trançando os dedos em seu cabelo, abaixei sua cabeça para me encontrar, implorando por mais, cada vez mais. Senti seu rosnado vibrando em mim, mas ele não se afastou. Acelerou o movimento alternado da língua entre lamber e circular, aplicando mais pressão, e aí mergulhou os dedos dentro de mim, provocando a entrada só com as pontinhas do indicador e do dedo médio, e minhas costas arquearam para longe da cama.

Mais.

Eu queria *mais*.

Não só os dedos dele. Queria-o dentro de mim mais do que meu orgulho me permitia admitir.

— Fisher, por favor — arfei. — Eu quero... Eu quero...

— Fica tranquila. Eu sei do que você precisa.

Ele enfiou os dedos fundo e me vi saindo da realidade. Quando abri os olhos, só vi um vento preto cintilante. As velas no quarto de Fisher tinham sumido, toda a luz fora extinguida, mas o poder assombroso que jorrava de

Fisher parecia carregar sua própria iluminação. Era difícil entender — definitivamente ainda estávamos no quarto de Fisher. Eu sentia a cama dele embaixo de nós. Mas também estávamos girando num mar preto, flutuando num vazio de nada. Afundando, caindo, subindo e nos afogando, tudo de uma vez.

Filamentos de fumaça iridescente subiram pelos meus braços, circulando meus punhos, acariciando minha pele, tão macios e sedutores que tremi com o contato. Era ele. Uma extensão dele, e estava por toda parte. Sua boca trabalhava em mim, os dedos me levando na direção de uma queda íngreme que me tomaria de corpo e alma.

Ele não ia me parar desta vez. Me levou ao clímax com determinação, e um rosnado satisfeito de vitória saiu rasgando da garganta enquanto me levava ao limite.

Não era só um orgasmo. Era um despertar. Aninhada no poder de Fisher, senti as mãos dele se apertando em minhas coxas enquanto eu empinava e me contorcia, mas senti também suas sombras me segurando firme. Elas deslizavam por mim, se acumulavam na base do meu pescoço e jorravam pela minha barriga, sussurrando em meus seios pesados — um nível de êxtase que eu jamais experimentara antes. Era como se eu o estivesse inspirando, absorvendo uma parte dele dentro de mim.

— CARALHO!

Meus olhos se abriram de repente. Fisher estava de joelhos entre minhas pernas, com a ponta do pau encostando em minha entrada. Sua mão direita encontrou meu quadril. Quando a mão esquerda *voltou* à minha garganta, um véu de sombras fluiu pelo braço dele e pelo meu pescoço numa carícia quente e inebriante.

Meus olhos começaram a se revirar. Mas aí...

— Ah, não, Oshinha. Você vai olhar *bem* para mim agora — disse Fisher. — *Olhe.* — Esperou até eu fazer contato visual com ele de novo, aí subiu a mão para meu maxilar. Me segurou quase com ternura enquanto falava: — Você ainda quer?

Seu peito, seus braços, seu abdome definido; o sulco profundo que caía em seu quadril, levando para o meio das pernas: seu corpo inteiro era uma obra de arte. Ele tirou meu fôlego. A tinta que cobria sua pele flutuava enquanto ele esperava pela resposta que já sabia que eu daria.

— Sim. Quero. Quero *você.*

O sorriso dele foi de pura e poderosa satisfação masculina.

— Segura firme, então. Espero que não tenha medo do escuro.

Ele me penetrou, se enfiando com força dentro de mim, e *gritei*. Não de dor. Não havia dor alguma. Só uma dilatação e um preenchimento absoluto, e uma onda incrível de energia que subiu pela minha espinha numa série de estalos que pareciam pequenas explosões. Era tanto, tudo de uma vez, que eu *tinha* que gritar.

Como se estivesse vivenciando algo muito parecido, Fisher jogou a cabeça para trás, tensionando os músculos do pescoço, apertando o maxilar, rugindo por entre os dentes.

— *Caralhoooo!*

Só uma estocada. Ele tinha me penetrado *uma vez* e eu já estava acabada.

Eu era uma bola de sensações, vibrando de energia. Na escuridão, Fisher lentamente baixou a cabeça, com os lábios entreabertos, o cabelo bagunçado, e seu olhar atordoado de surpresa fez uma onda de adrenalina correr pelas minhas veias.

Deuses e mártires. Eu jamais me esqueceria de vê-lo assim. Se conseguisse voltar para casa, a imagem dele dessa forma, acomodado dentro de mim, a pele escorregadia de suor, o peito arfando, me sustentaria até o dia da minha morte.

Fisher.

Kingfisher.

Lorde de Cahlish.

Eu o odiava, odiava mesmo. Mas não dava para odiar algo sem gostar pelo menos um pouquinho também.

— *Bruxa* — acusou ele. — Você tem magia, *sim*.

Ele era *grande* pra cacete; seu membro duro e comprido estremeceu dentro de mim, e meu corpo reagiu de acordo, se apertando ao redor dele. Seus dedos entraram em minha pele, afundando mais em meu quadril. Com um manto de fumaça preta girando ao seu redor como um vento escuro, ele se moveu. De início, devagar. Os tendões de seu pescoço se esticaram conforme ele recuava e saía de mim só alguns centímetros. O menor dos movimentos o trazia de volta. Mais uma vez, ele mudou a posição, mexendo o quadril, enfiando o pau um pouco mais fundo cada vez que me penetrava de volta. O ritmo dele era torturante. Eu tinha realmente me alargado para acomodá-lo, e a fricção deliciosa que se acumulava entre nós estava rapidamente se transformando numa ânsia desesperada.

— Por favor...

Estendi as mãos para ele como se fosse meu direito. Seu peito era quente, sólido e perfeito. Sob minhas palmas, a tatuagem de lobo estampada em seu peitoral ganhou vida. A tinta fluía sob a pele, passando dele para... para... céus, ela fluía pela ponta dos meus dedos, espalhando-se por minha pele, fluindo como a fumaça dele por cima do dorso das minhas mãos. Um pássaro delicado tomou forma na parte de dentro do meu antebraço direito. Ele abriu as asas e voou, seu corpo minúsculo esvoaçando sobre minha barriga enquanto suas asas batiam mil vezes por minuto.

— *Cacete* — arfou Fisher.

Puxei as mãos, com medo de que mais tinta viesse para mim, mas ele só balançou a cabeça, agarrando uma das minhas mãos e colocando de volta em sua pele. Não falou mais nada. Não me avisou se mais de sua tinta se aventuraria pelo meu corpo. Ele só entrou mais fundo, metendo com mais força, abrindo mão de seu controle a cada estocada.

— Perfeita — falou, rouco.

Fisher gemeu enquanto massageava meus seios. Suas pupilas estavam tão dilatadas que o preto tinha engolido o verde *e* o prata. Eu estava paralisada, incapaz de desviar o olhar enquanto as mãos dele exploravam meu corpo.

Da primeira vez que colocara os olhos nele, eu o chamara de Morte. A semelhança naquele momento era ainda mais perceptível. Este macho possuía o poder de acabar com civilizações inteiras se quisesse. Eu sentia — um poço fundo dentro dele, com a superfície ondulando quanto mais duro ele ficava dentro de mim. Eu me afogaria nesse poço. Afundaria em suas profundezas escuras e nunca mais emergiria. E ficaria feliz.

Me desintegrei em um milhão de pedacinhos, desconstruída e insensata ao gozar de novo. As únicas coisas que me ancoravam ao casulo quente que Fisher criara ao nosso redor eram suas mãos fortes em minha cintura e o som rouco de sua voz tensa.

— Deuses e malditos mártires. Puta que me *pariu*. Isso. Goza. Me mostra como você fica linda quando se desfaz.

Fechei bem os olhos, gritando sem palavras. Assim que atingi o pico da onda do meu segundo orgasmo, as estrelas pintadas no teto do quarto de Fisher se acenderam, brilhando tanto que sua luz queimou meus olhos mesmo através das pálpebras.

Fisher gozou com força, metendo em mim. Ele rugiu seu alívio e, juntos, nós dois nos despedaçamos.

Um som de onda encheu meus ouvidos.

Meu sangue latejava sob a superfície da pele.

Tum, tum, tum, tum, tum, tum.

Fisher caiu em cima do meu peito, e seu peso era estranhamente reconfortante, apesar de estar me esmagando um pouco. Ele continuava dentro de mim, ainda duro como aço temperado, com os dedos traçando pequenos círculos em minha pele. E a realidade do que acabara de acontecer começava a dar as caras lentamente.

Eu tinha acabado de transar com Fisher.

Tinha deixado que ele me fodesse e, então, estávamos nus, emaranhados um no corpo do outro. Por fim, as faixas de fumaça ao nosso redor foram sumindo e as luzes das velas voltaram, junto com o resto do quarto. Uma a uma, as estrelas pintadas no teto aos poucos se apagaram.

Movendo-se devagar, como se não tivesse nenhuma pressa, Fisher se apoiou nos cotovelos e saiu de dentro de mim. Sua tinta havia voltado a ficar imóvel. As pupilas dilatadas, tão pequenas que eram pontinhos. Ele se vestiu em silêncio.

Eu me cobri com um lençol, de repente muito consciente de que não estava usando nadinha, mas fiquei observando-o, me recusando a desviar o olhar. Não depois daquilo.

Quando estava vestido de novo, Fisher amarrou as botas e enfim me olhou.

— Quero que você fique aqui hoje.

Sem preâmbulo. Sem menção ao que acabara de ocorrer.

— Por quê?

— Porque o acampamento ainda vai estar um caos. Vou ter muita coisa para resolver e quero saber exatamente onde você está.

— Eu posso opinar? — perguntei.

Ele baixou a vista para as botas. Quando seus olhos retornaram a mim, estavam distantes.

— Na verdade, não. Vou voltar para te buscar de manhã. Você vai passar o dia trabalhando nas relíquias na forja do acampamento. Enquanto isso, Archer vai estar à disposição se você precisar de qualquer coisa.

Um estalo alto encheu o quarto, e uma série de velas se apagou quando um rodopiante portal de sombras explodiu atrás de Fisher.

— Tenta dormir um pouco — murmurou ele.

Então, deu um passo para trás, entrou na escuridão e desapareceu.

Tenta *dormir* um pouco? Qual caralhos era o problema dele? Eu não ia conseguir *dormir*. Minha mente estava acelerada. Me joguei de volta nos travesseiros, a frustração guerreando com a confusão e... espera aí um minuto. Abri os olhos.

Ele não tinha feito isso.

Não teria coragem.

Dei um salto, levando o lençol comigo e correndo para a porta. Ela se abriu quando girei a maçaneta, e quando tentei sair para o corredor...

Meus pés descalços encontraram a pedra gelada sem qualquer problema. Não havia barreira invisível me prendendo no quarto de Fisher. Graças aos deuses por isso.

— Boa noite, senhorita.

Agarrei o batente da porta para me apoiar.

— Deuses, Archer, você quase me matou de susto!

O pequeno elfo de fogo estava sozinho no corredor à meia-luz. Bem, sozinho exceto por Ônix, que estava deitado com as patas para o ar. Pelo jeito, Archer estava ocupado fazendo carinhos na barriga dele quando saí como um furacão do quarto, enrolada num lençol que nem uma desvairada.

— Desculpa, milady. Eu vim porque ouvi uma perturbação nos aposentos do mestre Fisher. Quando cheguei aqui, encontrei Ônix ganindo na porta e decidi esperar até... bem, até vocês terminarem, para ver se precisavam de algo. Relações íntimas podem ser extenuantes.

— Ah, deuses, Archer, não, tudo bem, a gente não estava...

Fiquei vermelha e quente. A situação só seria pior se fosse Elroy que me pegasse pós-coito. E como raios Ônix tinha conseguido ficar trancado para fora do quarto?

— Ah? — Archer parecia confuso. — Nesse caso, precisa ver um curandeiro? Está machucada? Parecia que...

— Não, não. Estou bem. De verdade, estou bem. Eu... A gente... — Olhei por cima do ombro para o quarto, aí puxei a porta até quase fechá-la atrás de mim. — A gente só estava mudando uns móveis de lugar, só isso. Mas aí Fisher decidiu que preferia do jeito que estava antes, então... então mudamos de novo.

Cocei a cabeça, me encolhendo ao sentir o enorme nó de cabelo que havia se emaranhado enquanto estávamos "mudando os móveis de lugar".

Archer não parecia convencido, mas teve a delicadeza de não acusar minhas mentiras.

— Entendo. Bem, em todo caso, trouxe uma jarra de suco de maçã e um pouco de bolo para que possa reabastecer seus níveis de energia. Aqui...

Ele se virou e pegou uma pequena bandeja de prata, oferecendo-a a mim. Segurei com uma das mãos, dando um sorriso tenso.

— Obrigada, Archer. Foi muito atencioso da sua parte. Boa noite.

Ônix voou para dentro do quarto assim que abri a porta mais uma vez. O pequeno elfo de fogo fez uma mesura profunda. Ainda estava nessa posição quando entrei novamente e fechei a porta.

23

TIQUE-TAQUE

Eu estava acordada, banhada, vestida e pronta para uma discussão quando, na manhã seguinte, o portal de sombras surgiu no quarto. Só que Fisher não apareceu das sombras ondulantes. Esperei um minuto, depois mais outro, percebendo irritada que ele não ia atravessar para me buscar e esperava que eu fosse para lá sozinha.

Filho da puta.

Contrariando todas as expectativas, eu tinha conseguido pegar no sono ontem. Acordara num bom humor tímido, mas isso mudou assim que vi meu corpo nu no espelho de corpo inteiro ao lado da banheira de cobre. Fisher tinha que se explicar.

Não fiquei nem remotamente enjoada ao sair do portal para a manhã clara e fria de inverno no acampamento de guerra. Guerreiros feéricos zanzavam cuidando de seus assuntos, reunidos na frente do armazém, ocupados em correr pela praça lamacenta. Fisher estava a três metros do portal de sombras, apoiado num poste de madeira, com as mãos nos bolsos e de cabeça baixa. No momento em que emergi, ele se afastou do poste e começou a andar rápido.

— Ei! — Me aproximei depressa atrás dele. — Ei, babaca! O que é isso? *Volta* aqui.

Fisher não parou nem desacelerou. Aumentei a velocidade para uma corridinha, e minha respiração formava uma nuvem de vapor quando parei ao lado dele.

— Quer explicar que merda é esta? — explodi, puxando meu colarinho para baixo com força.

Uma faísca de irritação brilhou nos olhos de Fisher, mas ele não me olhou.

— Fica tranquila. Vai desbotar. Provavelmente — disse, sem demonstrar emoção.

Ah, então ele sabia por que eu estava puta. Deuses, ele era mesmo uma figura.

— Eu não pedi uma *tatuagem*, Fisher — sibilei. — E com certeza não pedi para um pássaro ser gravado permanentemente em tinta logo acima da porra do meu *peito*. Você precisa pegar de volta.

O olhar dele continuou fixo à frente.

— Não funciona assim.

— O cacete que não. Veio da tinta do seu corpo. Você me tocou. Ele saiu da sua pele para a minha. Então, foda-se, sei lá, aperta minha mão ou algo do tipo e *pega de volta*!

— Eu não vou *apertar sua mão* — disse ele com desdém.

— Então o que diabos eu devo fazer com isso?

Fisher pareceu estar se esforçando para não revirar os olhos.

— É uma tatuagem, Osha. Não vai te matar. É só esquecer que está aí.

— Não vou esquecer! Tenho planos para as minhas próprias tatuagens, sabe. Quero fazê-las voluntariamente. E esta aqui está bem no meio da porra do meu peito!

— Não sei o que te dizer — resmungou ele. — Se te incomoda tanto, fica à vontade para pedir para alguém cobrir.

Parei na lama, observando-o se afastar.

— Eu posso fazer isso?

— Eu que não vou me import... — Ele pigarreou. — Claro que pode. Tem um sem-número de guerreiros entediados no acampamento com uma agulha e um pouco de tinta.

— Tá. Beleza, então. Eu *vou* cobrir. Olha, dá... dá para você esperar um segundo, por favor?! Para onde você está me levando?

— Para a curandeira do acampamento — disse ele, entre os dentes. — Você precisa tomar uma coisa.

— Como assim "*preciso tomar uma coisa*"?

— Por causa de ontem à noite. Porque filhos são extraordinariamente raros entre feéricos e humanos, mas mesmo assim podem acontecer e...

Caí na gargalhada.

Fisher parou de supetão, de olhos arregalados.

— Nem na melhor das ocasiões eu finjo que te entendo, mas por que *isso* é engraçado para você? — questionou.

— Eu não posso ter filhos, Fisher. Fui purificada quando tinha catorze anos.

Esperei ver alívio no rosto dele. Mas, em vez disso, a cor foi drenada de seu rosto.

— Que *caralhos* você acabou de me falar?

Parei de rir.

— Eu fui purificada. Com catorze anos. Eles fazem com mais ou menos setenta por cento das meninas da minha ala.

Ele veio parar *muito* perto de mim, com a cabeça abaixada em cima da minha e as narinas dilatadas.

— Como assim... *purificada?*

— Eles... esterilizam a gente — sussurrei.

Imaginei que, ontem, ele soubesse. Senão, esperava que tivesse ao menos mencionado um contraceptivo. Mas, pela sua cara de choque, Fisher não fazia a menor ideia.

— A Terceira Ala é a mais pobre — expliquei. — Os conselheiros de saúde de Madra decidiram que não devíamos ter permissão de procriar, senão não conseguiríamos nos sustentar. A política já existe há mais de cem anos. Sete de cada dez bebês meninas são marcadas ao serem registradas com os oficiais da ala.

Mostrei-lhe a cruzinha preta tatuada atrás de minha orelha esquerda. A marca que significava que eu não tinha permissão de procriar.

A expressão de Fisher ficou sem emoção. Seus olhos, vazios.

— Que foi? Pensei que você ia achar uma boa notícia — comentei.

Cerrando a mandíbula, ele deu meia-volta, observando o horizonte em busca de só os deuses sabem o quê. Será que tinha ouvido alguma coisa? Alguma promessa de perigo que minha audição humana inferior não havia detectado?

— Fisher. Ei! O que foi?

Quando ele voltou a me encarar, seus olhos estavam quase completamente pretos e as pupilas arregaladas.

— Nada. Absolutamente nada. Encontre a forja e vá trabalhar. Já está tudo lá te esperando. Espero um relatório na hora do almoço.

Ele saiu marchando sem olhar para trás.

Encontre a forja. Rá. Mais fácil falar do que fazer. Levei meia hora para localizar meu novo espaço de trabalho e, quando consegui, estava suando, sem fôlego e pronta para socar alguém. A forja, Fisher não havia mencionado, ficava na metade de um pequeno morro atrás do acampamento de guerra, e o caminho que levava até lá era tão íngreme que precisei usar as mãos para escalar a encosta em alguns lugares.

Já havia uma chama acesa e crepitando na fornalha quando cheguei, graças aos deuses, e todos os meus equipamentos de Cahlish estavam dispostos na bancada de madeira. O espaço era um pouco maior que um celeiro, mas eu estava grata por ele. Daqui de cima, conseguia ver todo o acampamento de guerra. E era silencioso. Eu estava sozinha. A paz e a solidão me dariam tempo para pensar. Comecei a trabalhar.

De novo, Kingfisher tinha escondido a minúscula quantidade de mercúrio que eu tinha para usar. Vasculhei a forja, fuçando dentro de caixas de madeira apodrecidas cheias de moedas de cobre e em armários nas prateleiras, mas não estava em canto algum. Depois de revirar o lugar duas vezes, parei na bancada, tentando acalmar meu temperamento cada vez pior, e ouvi. A voz era só um sussurro. Baixa e distante. Quase confundi com a brisa. Mas não. Quando inclinei a cabeça e fechei os olhos, concentrando-me nela, finalmente descobri em que direção estava: a leste. Fora da forja. Mais acima da montanha.

— Filho da mãe — murmurei, subindo o declive acentuado.

A cada passo que dava, eu escorregava três. As solas das minhas botas tinham pouquíssima aderência, porque havia nevado demais durante a noite e o terreno estava traiçoeiro. Eu tinha caído com força, de joelhos, e deslizado morro abaixo de bunda, duas vezes, antes de conseguir chegar ao pequeno platô pedregoso, trinta metros acima da forja.

Carrion estava lá me esperando. Estava na entrada de uma caverna, alegremente alimentando uma fogueira enquanto lia um livro.

— Sabia que os feéricos yvelianos são a casa mais jovem de feéricos? Por mil anos. Teve um conflito entre dois irmãos e eles se separaram e criaram suas próprias cortes.

Cruzei os braços, parada do outro lado da fogueira à frente dele.

— Dá licença? Você está bloqueando a luz — resmungou Carrion.

— Como caralhos você está achando tudo isto tão de boa? — perguntei. — Desde que chegou aqui, você simplesmente *aceitou* tudo. Você nem sabia que feéricos existiam. De repente, tem guerreiros gigantes com orelhas pontudas e dentes afiados por todo lado e você só fica tipo, tá bom, lógico, claro que existem feéricos. Claro que existem outros reinos. Claro que existe magia e vampiros e todo tipo de coisa horrorosa e terrível por aí querendo me matar. Tudo isso faz *perfeito* sentido!

Carrion abaixou o livro, bufando.

— E quem disse que eu não sabia dos feéricos?

— *Quê?*

— Eu sabia dos feéricos, Saeris. Minha avó me contou.

— Ah, vá. Fala sério. Ouvir histórias quando você é criança é uma coisa. Mas nenhum de nós *acreditava* de verdade nessas histórias.

— Eu acreditava — respondeu Carrion, direto. Ele voltou ao livro. — Você conheceu minha avó. Ela te parece o tipo de mulher que inventa historinhas de fantasia e faz de conta no tempo livre?

Pensando bem, era um bom argumento. Gracia Swift era uma das pessoas mais diretas e retas, curtas e grossas que eu já encontrara. Até mais que Elroy. Era a engenheira encarregada de garantir que os novos prédios da Terceira fossem construídos sobre fundações estáveis. Se lia livros para Carrion quando ele era menino, eu teria apostado que eram tomos matemáticos relacionados a cálculos de estabilidade de encostas, não histórias excêntricas sobre criaturas inventadas.

— Ela tem um livro — disse ele, levantando o que tinha na mão como se fosse a obra em questão. — Com todo tipo de imagens e ilustrações. O texto havia desbotado em alguns lugares, mas ela decorou o negócio de cabo a rabo, então não fazia muita diferença. Ouso dizer que hoje em dia eu também sei de cor. Chama-se *Criaturas feéricas das montanhas gilarianas*. Tem um aviso escrito na primeira página que diz: "*Nunca esqueça: monstros prosperam na escuridão. Guarde tudo o que ler aqui na memória. Prepare-se para a guerra!!*" — Carrion levantou o dedo do meio e o indicador. — *Dois* pontos de exclamação! Os Swift sempre foram gente muito séria. Gracia entendia que a pontuação supérflua significava que a situação, caso essas criaturas feéricas gilarianas aparecessem um dia, seria realmente muito grave. Eu não podia comer sobremesa até ter recitado pelo menos sete características do elfo grifo ou explicado em detalhes como matar um guerreiro feérico puro-sangue usando armadura completa.

Bom, isso era mesmo inesperado. De que raios tinha vindo um livro sobre os feéricos? Madra havia queimado todas as obras que mencionavam feéricos ou magia havia muito tempo. Era algo curioso: descobrir que Carrion, de certa forma, fora criado para acreditar que um dia isto aqui aconteceria com ele. Mas eu não tinha como ponderar isso agora.

— Fisher te mandou aqui para cima para me esperar? — perguntei.

— Pode-se dizer que sim — respondeu Carrion. — Eu estava no sétimo sono na minha tenda. De repente, lá estava ele, uma nuvem sombria com uma atitude de merda, rosnando para eu me levantar. O sol não tinha nem nascido e ele já estava reclamando que eu sou preguiçoso. Me chamou de desperdício de gás carbônico. O que é que isso *significa?*

Eu o ignorei e estendi a mão.

— Eu preciso do que ele te deu para guardar.

Carrion fez uma careta e pôs a mão no bolso. Puxou a mesma caixinha de madeira em que Kingfisher havia guardado o mercúrio da última vez e jogou para mim.

— Nosso benevolente sequestrador me aconselhou fortemente a não abrir isso aí. Eu teria desobedecido por princípio assim que ele foi embora, mas, quando segurei a caixa, minha mão ficou toda formigando, então imaginei que era melhor obedecer só desta vez.

O que teria acontecido com Carrion se ele abrisse a caixa? O mercúrio estava inerte, sólido e adormecido, mas havia uma chance de Carrion o ativar sem querer. Por que não? Se eu conseguia, então tinha uma possibilidade de ele conseguir também. Eu não fazia ideia de por que tinha nascido com o dom de trabalhar com mercúrio. Talvez fosse um dom latente que ainda não se manifestara em Carrion. A mão dele *tinha* formigado ao segurar a caixa. De repente significava algo.

— O que você vai fazer agora? — perguntei.

— Fora cutucar esta fogueira com um galho e ler isto? — devolveu ele, levantando de novo o livro. — Nada de mais. Por que a pergunta?

— Quer vir colocar fogo em coisas bem mais interessantes?

Ele fechou o livro com um estalo e um floreio.

— Com certeza.

- Pó de magnésio, sal refinado, água destilada.
- Bismuto, cobre, antimônio.
- Sulfato de cobre, giz, chumbo.

Resultado: Sem reação.

Mais três experimentos e mais três fracassos. Não só isso, como eu nunca nem tinha ouvido falar de antimônio, quanto mais trabalhado com ele, aconteceu que descobri o pó branco fino era extraordinariamente irritante para a pele. Ele explodiu no segundo em que tocou o mercúrio, e os vapores que soltou nos deixaram tão mal que tanto eu quanto Carrion corremos para vomitar na neve.

Mas, no meio da tarde, estávamos recuperados e com coragem de arriscar um almoço tardio. Carrion desceu para o acampamento enquanto eu começava o processo de refino, voltando assim que começou a nevar com o braço lotado de petiscos e um jarro cheio de água.

Nos sentamos lá fora e comemos. Frios. Pedaços de queijo. Um pequeno recipiente de oleaginosas. Pão e um punhado de peixes pequenos e salgados que eram deliciosos.

— Trabalhando duro?

Quase me engasguei quando Kingfisher emergiu de dentro da forja, chegando atrás de nós de fininho. No momento em que o vi, minha mente traiçoeira me levou direto para a noite passada, na qual as mãos e a boca dele estavam no meu corpo, e para os milhões de coisas indizíveis que ele fizera com a língua. Ele me olhou de relance e semicerrou os olhos, voltando o foco para o acampamento como se também estivesse se lembrando de mim num monte de posições comprometedoras. Aí vi seu lábio sangrando, a sombra de um hematoma no maxilar e a blusa respingada de sangue vermelho, não preto, e minha mente foi para outro lugar.

— O que aconteceu com você? Por que está sangrando?

— Treinamento — disse ele, tenso. — Não mude de assunto. Por que não está trabalhando?

De repente, eu não ligava tanto para ele estar machucado. Aliás, eu mesma meio que estava a fim de machucá-lo.

— Como não somos *escravizados*, estamos fazendo uma pausa para comer. Olha só, dois pratos e tudo o mais — falei, mostrando que estava, de fato, comendo minha própria comida e não dividindo com Carrion. Não que isso parecesse deixá-lo mais contente. — E, de todo modo, já fiz tudo que dava por hoje.

— E os experimentos?

Arqueei uma sobrancelha para ele.

— O que *você* acha?

Ele não respondeu.

— *Eu* tenho uma pergunta — falei. — Lá em Cahlish, você escondeu o mercúrio de mim naquela caixinha na prateleira. Hoje, deu para Carrion e o obrigou a me esperar no meio da maldita montanha. Por que você insiste em escondê-lo de mim? Por que não pode só deixá-lo lá? Sabe, para ser fácil de achar? Talvez se eu não desperdiçasse tanto tempo rastreando-o antes de poder fazer meus testes, teria tempo para *mais* deles.

Havia sombras embaixo dos olhos de Fisher. Ele parecia cansado.

— Perdão por tornar o seu dia um pouco mais interessante. É bom que você desenvolva sua habilidade de encontrar o mercúrio. Nunca se sabe quando pode precisar detectar pequenas quantidades a grandes distâncias.

— É *irritante*.

— Bom, agora você está com o seu mercúrio. Tem mais testes planejados para hoje à tarde?

Rabugenta, respondi:

— Não. Preciso refinar a prata.

Fisher lançou um olhar desconfiado a Carrion.

— *Você* entende alguma coisa de refinar prata?

— Nadinha — respondeu ele. — Sou um cara mais da logística.

— O que isso quer dizer?

— Sou muito bom em levar as coisas de um lugar para outro.

— Temos vários jumentos para isso. É melhor você achar algo útil para fazer — explodiu Fisher.

— Escuta, ele está *me* ajudando!

Fiquei de pé, passando uma das mãos pela calça enquanto entregava a tigelinha de oleaginosas para Carrion, que pegou e jogou uma noz na boca, com um sorriso provocativo para Fisher. O feérico não reagiu. Não pessoalmente, pelo menos. Uma onda de fumaça preta varreu a fogueira que tínhamos acendido para nos aquecermos enquanto comíamos, batendo bem no peito de Carrion. Não foi um golpe potente. Era equivalente a uma brisa forte, mas fez a tigela voar das mãos de Carrion, com o conteúdo se espalhando por todo o chão.

Que infantil.

— Encontre Ren. Peça um trabalho para ele, senão eu encontro um para você — disse Fisher. — Imagino que limpar latrinas não te apeteça muito, já que você não tem magia e teria que fazer à mão, né?

O sorriso de Carrion vacilou.

— Você hoje está mais mal-humorado do que nunca. Uma trepada te faria bem. Talvez melhorasse o seu humor. Fala para ele, Raio de Sol.

Engasguei alto. Carrion não podia ter feito uma sugestão mais infeliz nem se tentasse. Bati no peito, tentando inspirar, e durante esse tempo Fisher só ficou me olhando. Não tinha emoção alguma. Nenhuma expressão. O mercúrio rodopiando em sua íris era a única coisa que sugeria que talvez não estivesse tão calmo por dentro como aparentava estar por fora. Seus olhos pareceram absorver a luz até que, por fim, ele se virou para Carrion com um olhar de desprezo.

— Não a chame de Raio de Sol — ordenou ele.

— Por que não?

Se o plano de Carrion era cutucar a onça com vara curta, ele com certeza sabia como. Mas Kingfisher não reagiu ao tom de provocação na pergunta. Só inclinou um pouco a cabeça, dilatando as narinas, e falou num rugido baixo:

— Porque ela é o luar. A névoa que encobre as montanhas. A faísca de eletricidade no ar antes de uma tempestade. A fumaça que cobre um campo de batalha antes de a matança começar. Você não faz ideia do que ela é. Do que ela poderia ser. *Você* deveria chamá-la de *Majestade.*

O calor se espalhou pelo meu rosto. Me queimou por dentro, no meio do peito, transformando minhas entranhas em brasa. Eu tinha esperado uma farpa dele sobre a sugestão de Carrion para ir transar, não... isso. O que tinha sido isso? Carrion se encolheu sob o peso da raiva silenciosa fervendo nos olhos de Kingfisher, e seu sorriso mal disfarçado sumiu do rosto.

Eu já tinha me visto em situações desconfortáveis antes, mas esta era de longe a pior de todas. Pigarreei, lembrando aos dois que *eu* ainda estava ali.

— Precisa de alguma coisa, Fisher? Ou podemos voltar ao trabalho? — perguntei.

Seu rosto estava igualmente inexpressivo quando voltou a atenção a mim.

— Você já acabou aqui por hoje. Vou mandar outra pessoa para refinar a prata. Tem vários ferreiros capazes de fazer esse tipo de trabalho no acampamento. Infelizmente, preciso de você para outra coisa, Osha.

24

LUPO PROELIA

Os CACOS ainda estavam fincados na pedra. Afiados como agulha, reluziam à luz projetada pela lareira. Espiei-os mais de perto, franzindo a testa.

— Tem quinhentos e sessenta e três deles — disse Renfis. — Um dos nossos serralheiros tentou tirar com um fórceps, mas são tão finos que ele não conseguia segurar direito. Dois quebraram. As pontas ainda estão enterradas na pedra, o que... Enfim, não é bom.

Havia um hematoma na maçã do rosto de Ren; estava ficando de um tom de roxo vívido e mórbido enquanto ele falava.

— Que diabos aconteceu no treinamento hoje? — perguntei, baixinho.

Ren continuou com os olhos fixos em mim, recusando-se a olhar para Fisher, parado do outro lado da sala de guerra.

— Nada. Por quê?

— Porque vocês dois estão sangrando e andando como se tivessem tomado uma puta surra!

— Fisher está de mau humor, foi isso que aconteceu no treinamento — falou Lorreth, o guerreiro de cabelo escuro trançado.

Ele estava numa banqueta ao lado da lareira, com seus olhos azuis lentamente rastreando os movimentos de todos dentro da sala. Observava Kingfisher, envolvido numa discussão acalorada com Danya, mas evidentemente estava concentrado de fato em Ren e em mim.

— Fisher está bem — disse Ren, sem se abalar. — Nós dois estamos. Vamos ver Te Léna mais tarde. Enquanto isso, podemos nos concentrar na tarefa em questão por um momento? Algum de vocês tem alguma sugestão de como podemos tirar esses cacos da pedra?

Havia algo que ele não estava dizendo, mas claramente não queria mencionar o assunto. Deixei que ficasse com seu segredo.

— Por que não só cisalhar os pedaços e lixar as pontas que sobrarem até ficarem planas com a pedra? — sugeri. — Danya pode só fazer uma nova espada.

Ren bufou uma risada.

— Não é tão simples. A espada de Danya era especial. Era como Nimerelle antigamente, imbuída de antiga magia feérica potente. É... — Ele fez uma careta para as pontas de metal eriçadas para fora da parede de pedra. — *Era* uma herança de família preciosa. Direito de nascença de Danya. Uma espada divina forjada pelos antigos mestres alquiméricos. Esse tipo de espada é um ícone religioso para os feéricos. Representava a hierarquia de Danya e a marcava como membro original do Lupo Proelia. Como a maioria...

— Desculpa, Lupo o quê?

— Lupo Proelia. Os lobos de Kingfisher — disse ele, suspirando. — Em geral, tem oito de nós. Apesar de nossos números ultimamente *terem* diminuído. Lutamos como uma equipe, trabalhando juntos, como fazem os lobos. Você deve ter notado o lobo em algumas de nossas armaduras.

Eu tinha notado, sim. A insígnia estava na placa que Fisher usava no pescoço, e também estampada em seu peitoral. E eu notara a tatuagem mais de uma vez. Ontem à noite, por exemplo, quando a cabeça do *Lupo Proelia* tinha me comido como se eu fosse um maldito banquete.

— Como você já sabe, Nimerelle ainda tem uma semente de magia na lâmina. Todas as outras espadas alquiméricas ficaram dormentes há séculos, mas a de Danya continua sendo muito importante para ela. Para o nosso povo em geral. Não podemos só lixar os cacos e descartar o resto. Seria um sacrilégio.

— Excelente. Então, você está dizendo que eu estava no acampamento havia menos de cinco minutos e consegui destruir uma antiga arma que tem profunda importância cultural para todo o povo feérico — falei, recapitulando.

— Viu! Ela nem *liga*! — gritou Danya, apontando para mim. — Ela entende o peso do que fez e está cagando!

— Ela liga, sim. — Fisher soltou um suspiro pesado ao cruzar a sala de mapas, aproximando-se do que sobrava da espada. — Ela só tem um senso de ironia terrível.

Não gostei do olhar de ódio que Danya me lançou nem me sentia lá muito confortável com a forma como ela não parava de apontar para mim.

— Desculpa, mas você vive permanentemente à beira de um ataque de nervos ou fui eu que cheguei num momento inconveniente para você? — alfinetei.

Ela ficou de queixo caído.

— Inacreditável. É sério que você vai deixar que ela fale dessa forma com uma feérica nobre? — perguntou, de olho em Fisher.

— E o que você quer que *eu* faça? — respondeu ele. — Não sou dono da boca nem da cabeça dela. Não sou guardião de nenhuma das duas coisas.

Fisher cutucou um dos finos filamentos que saíam da pedra, franzindo a testa.

— Você deixaria que um dos homens abordasse um superior com o mesmo desrespeito?

— Não, não deixaria — admitiu ele.

— Então, por que você n...

— Porque ela não é membro deste exército e você não é superior dela — cortou Fisher. — Agora, que tal dar um momento para ela descobrir se consegue consertar a espada com que *você* tentou me matar? Ou você só está a fim de perambular por aí e gritar mais um pouco?

Danya não soube como responder a isso. Olhou boquiaberta para Fisher, depois para Ren, então para Lorreth, me ignorando por completo.

— Lorreth — começou.

O feérico sentado ao lado da lareira levantou as mãos e balançou a cabeça.

— Ah, não. De jeito nenhum. Já estou roxo onde você me bateu ontem à noite. Você passou muito da linha indo para cima do Fisher daquele jeito. É culpa sua a espada estar em pedaços. Numa *parede* — completou ele. — Acho impressionante o que a humana fez. E, além do mais, você mereceu.

— Babaca — cuspiu ela. — Eu devia ter te batido com mais força.

— Não conseguiria nem se tentasse — retrucou Lorreth, sorrindo.

Eu não estava prestando atenção à rixa dos dois. Danya *estava* errada; eu certamente ligava, sim, de ter destruído algo tão precioso. Fiquei olhando a parede, ponderando os cacos, tentando criar uma estratégia para puxá-los da pedra, quando percebi uma levíssima batidinha na beirada dos meus sentidos. O sussurro que sentira dentro do mercúrio lá na forja era um rugido alto comparado a isto, mas... jurei ter ouvido.

Eu me virei e encontrei Fisher.

— Esta espada não era só de aço temperado. Tinha mercúrio na lâmina.

Ele fez que sim, mostrando um mínimo traço de satisfação.

— Tinha. Não muito. Vestígios. Mas, sim, foi por isso que ela te respondeu quando você ordenou que parasse.

— Então... lá em Zilvaren? Nunca foi o ferro, ou o cobre, ou o ouro que reagiu a mim? Era...

Kingfisher assentiu.

— Sempre foi o mercúrio. Antigamente, ele era usado em muitas ligas e metais, porque ainda havia vários alquimistas e os caminhos entre nossos mundos continuavam abertos. Ele tornava as armas mais poderosas. Transformava-as em conduítes capazes de canalizar vastas quantidades de magia.

Minha mente girou.

— Então era por isso que era tão difícil encontrar metal. Madra pegou tudo. Ela queria manter o mercúrio longe das pessoas. Sabia que podia ter gente como eu dentro da cidade, capaz de controlá-lo.

Quando Kingfisher não voltou a falar, Ren inspirou e fez isso em seu lugar:

— Nossos registros históricos mostram que a maioria dos alquimistas só conseguia comandar objetos se o item em questão fosse composto de pelo menos cinco por cento de mercúrio. E, mesmo assim, era comum só conseguirem transmutar o mercúrio do estado sólido ao líquido para ele poder ser forjado. Não existem registros de objetos sendo fragmentados assim. — Ele gesticulou para o que sobrava da espada de Danya.

— Tá. Então isso me torna uma... *anomalia?*

Olhei para Kingfisher. Queria a opinião dele. Independentemente do jogo de gato e rato que estávamos fazendo com os sentimentos um do outro, se é que Fisher realmente *tinha* sentimentos, eu queria saber o que ele achava da revelação de Ren. Só que ele se recusou a me encarar. Recostou-se na mesa do mapa, apoiando o peso na borda, tensionando e relaxando a mandíbula enquanto olhava para o chão.

— *Isso* torna você a alquimista mais poderosa já registrada — respondeu Lorreth. — Capaz de mudar a forma como estamos lutando esta guerra de maneiras que nem *nós* conseguimos imaginar. A maioria de nós era criança quando os caminhos entre os reinos se fecharam e os alquimistas foram extintos. Alguns nem haviam nascido ainda. Não fazemos ideia de como eram os campos de batalha com um alquimista no acampamento pronto para forjar novas armas que atraem magia...

— Ei, ei, ei! Eu não sei forjar armas que *atraem magia*! Não consigo nem descobrir como fazer uma relíquia! — Eu tinha começado a suar frio. — Tive zero avanço nisso até agora. Nem no Palácio de Inverno, nem em Cahlish. Os testes que fiz aqui hoje de manhã foram um desperdício de tempo total também. Se vocês têm alguma ilusão de que eu vou, por algum motivo, ser crucial para vencer esta guerra, *por favor*, repensem essa estratégia.

— Precisamente. Se ela não consegue descobrir nem como limpar a própria b...

— Danya, juro pelos sete deuses, se você não calar a boca, eu mesmo vou te expulsar daqui — murmurou Ren, sombrio.

Danya balançou para trás como se tivesse sido estapeada. Seus lábios tremeram e os olhos se encheram de lágrimas.

— Você não pode estar falando sério — sussurrou ela. — Você? Vai simplesmente concordar plenamente com tudo isso? Fomos nós que ficamos. Que lutamos na lama e vimos vários amigos morrendo. Quando essa humana nasceu, *nós* já estávamos comprometidos com esta luta há séculos!

— Tem razão! — explodiu Ren. — Estamos presos aqui, no meio do nada, num canto esquecido da nossa terra, defendendo uma fronteira para a qual os babacas nobres lá do norte não estão nem aí. Há séculos. Se esta fileira cair, o reino inteiro cai. Não estaremos mais lutando esta guerra daqui a cem anos.

— Estaremos se for necessário... — começou Danya.

— Não, não estaremos. Porque, a cada dia, nossos números diminuem e a horda de Malcolm aumenta. Não tem mais caça disponível aqui. Belikon não está mais mandando suprimentos para o front. Não temos madeira para as fogueiras. Não temos comida para alimentar as tropas. Não temos roupas para aquecê-las. Então, sim, vou apoiar um plano em que uma humana magicamente aparece e nos ajuda a virar a maré dessa história, porque, sem ela, todos nós vamos nos afogar já, já. E não estou falando de mais cem anos, nem de cinquenta, nem de dez. Nós temos um ano, Danya. Doze meses. Se, nesta mesma época do ano que vem, não tivermos descoberto o que fazer, Malcolm terá vencido.

— Coloca a cabeça no meio das pernas. Pode ser que ajude.

Lorreth cortou um pedaço da maçã que estava comendo e usou a ponta da adaga para colocar na boca. Atrás dele, o céu se inclinava numa gangorra e as extremidades do acampamento de guerra eram um borrão. Apoiei as mãos nas coxas e me dobrei, com dificuldade de respirar. Meu peito estava muito apertado.

As palavras de Ren ressoavam em meus ouvidos. Eu queria esquecê-las, mas elas não paravam de ecoar de novo e de novo, fazendo com que uma nova onda de pânico me atingisse a cada repetição. Um ano. Só um. Eles tinham feito o que podiam para a balança pender a seu favor e nada funcionara. Era só uma questão de esperar. O tempo estava acabando, eles não conseguiriam mais segurar o front aqui e cem mil vampiros vorazes varreriam Yvelia numa onda mortal vermelho-sangue.

A não ser que *eu* conseguisse descobrir como trabalhar com um maldito metal.

Deuses, pecadores, mártires e espíritos.

Estávamos todos tão *absurdamente* fodidos.

— A gente se acostuma, sabe — disse Lorreth, em tom casual. — Com essa sensação avassaladora de desgraça iminente. No fim, vira um ruído de fundo. Você nem nota mais.

— Cadê o... Fisher? — ofeguei.

Eu tinha saído cambaleando da sala de guerra depois de Ren ir conversar com alguns patrulheiros que estavam de volta. Danya saíra da tenda batendo o pé na direção do rio, resmungando baixinho. Lorreth emergira dez minutos depois e se sentara num toco de árvore a três metros, inabalável como sempre. Mas Fisher *não* deixara a tenda.

— Ele voltou para Cahlish. — Lorreth enfiou os dentes em mais um pedaço de maçã.

— *Quê?*

— Disse que ia ver Te Léna.

Te Léna? A curandeira gentil tinha cuidado muito bem de mim depois do ataque dos vampiros, mas desde então eu não pensava muito nela. Só que era a segunda vez que Fisher ia vê-la recentemente, e em nenhuma das duas estava machucado.

Deuses, qual era o meu maldito problema? Este reino estava à beira da destruição total e eu estava brava e cheia de medo do que isso podia significar para mim e para todos os outros em Yvelia... mas também estava com *ciúme*. E isso? Isso fazia com que eu me sentisse patética. Engoli as perguntas que queria fazer a Lorreth — *Eles estão juntos, Te Léna e Fisher? Ele gosta dela? Eles têm alguma história?* —, com vergonha até mesmo de tê-las pensado. Em vez disso, fiz uma pergunta bem mais apropriada:

— Onde caralhos... eu consigo... uma *bebida?*

O prédio de madeira no centro do acampamento era uma taverna e tinha as *melhores* bebidas. Por enquanto, eu havia tomado quatro doses pesadas de um uísque muito potente e estava começando a me sentir alegrinha. Minha ansiedade tinha sumido havia muito tempo e eu começava a ver como tudo aquilo era ridículo.

— No fim das contas, é simples — falei.

Lorreth olhou para dentro de seu copo, como se definitivamente ainda houvesse um pouco de uísque no fundo e ele só estivesse com dificuldade de encontrar.

— Em que sentido? — perguntou.

— Ele é um mentiroso de merda. Passou esse tempo todo mentindo para mim.

Lorreth franziu a testa.

— Quem, *Fisher*?

— É, Fisher. Quem mais?

O feérico fez que não com a cabeça.

— Impossível. Ele é um Feérico Impelido por Juramento.

— E?

— E não *podemos* mentir.

Com um olho fechado e o outro entreaberto, eu o analisei duvidosamente.

— Isso aí é uma palhaçada que parece bem conveniente, se quer minha opinião — falei.

Espalmando as mãos, Lorreth deu de ombros.

— Quando fazemos vinte e um anos, nós nos ajoelhamos diante da Pedra de Firinn e tomamos nossa decisão. Cada um de nós tem uma escolha: sangrar na pedra e fazer a promessa. De sempre ser sincero. De sempre cumprir com nossa palavra, não importa o que nos custe.

— Ou?

— Ou escolhemos o caminho sem lei. Um Feérico Sem Lei pode mentir. Pode enganar. Pode roubar. Ferramentas úteis em muitas situações, admito. Mas isso vem com um preço que Kingfisher e o restante de nós não estava disposto a pagar.

Arqueei uma sobrancelha para ele.

— Que era?

Ele deu de ombros casualmente, como se a resposta fosse óbvia.

— Nossa honra — respondeu.

Isso me fez bufar.

— Então veja — prosseguiu Lorreth —, independentemente do quanto a gente às vezes queira, somos fisicamente incapazes de quebrar nossa palavra ou contar uma mentira.

— Humm. É, bom — admiti. — Kingfisher realmente *disse* isso lá na forja do Palácio de Inverno. Mas eu não acreditei.

— Com base em quê?

— Com base no fato de que um mentiroso que não quisesse ser pego contando uma mentira com certeza mentiria sobre não poder contar mentiras. Deuses, isso foi... confuso.

— E sobre o que é que você chegou a pensar que ele tinha mentido?

A questão retornou de uma vez. Minha pergunta mal disfarçada de "qual o tamanho do seu pau?". E o sorriso lento e arrogante de Fisher.

É grande o suficiente para fazer você *gritar e mais um pouco.*

No fim, ele estava falando a verdade, percebi, com uma boa dose de irritação. Merda.

— Não tem importância — falei. — O importante é que ele sabia que vocês precisavam que eu produzisse armas para não serem derrotados por Malcolm. Mas ele me fez um juramento de que eu só precisava transformar aqueles anéis em relíquias para todos vocês e aí me deixaria ir para casa.

Apesar de Lorreth estar uns dez por cento mais bêbado que eu, isso fez suas pálpebras tremularem.

— Ele fez esse acordo com você?

Assenti e aí terminei minha bebida.

— Bom, se ele fez esse juramento, você não precisa duvidar — disse Lorreth. — Mesmo que não fosse obrigado por sua própria magia a honrá-lo, e ele é, Fisher o honraria por princípio. É o jeito dele.

Havia uma nota tensa na voz do guerreiro ao dizer isso. Os detalhes de minha barganha com Fisher pareciam tê-lo pegado de surpresa, apesar de ele esconder razoavelmente bem.

Mesmo assim, eu queria mudar de assunto.

— Me diz uma coisa... — Me debrucei à frente na mesa, apontando para a boca de Lorreth. — Esses *dentes.* Fisher disse que são remanescentes da maldição de sangue. Mas... ainda funcionam, certo? Vocês ainda podem usar para beber sangue?

Lorreth ficou instantaneamente sóbrio. Suas pupilas se dilataram e viraram pontos pretos. Olhando ao redor, ele avaliou as mesas de cada lado como se garantindo que ninguém mais tivesse ouvido o que eu acabara de dizer.

— Hã, isso não é o tipo de coisa sobre a qual falamos em tavernas, na verdade — respondeu em voz baixa.

— Por que não?

— Caralho. Preciso de *muito* mais álcool para ter esta conversa. Espera aí.

Ele gesticulou para pedir mais uma dose ao barman, e a criatura de rosto áspero que Lorreth tinha me informado ser um troll da montanha veio e nos serviu mais uma rodada. Quando foi embora, Lorreth suspirou e levantou seu copo na direção do meu.

— Sarrush.

Bati o copo no dele.

— Sarrush.

Lorreth respirou fundo.

— Tá. Tudo bem. Então. Ninguém mais te contou nada? Sobre... nada *disso*? — perguntou ele, esperançoso.

— Não.

— Bom... — Lorreth não tinha nem piscado durante o conflito na sala de guerra quando Danya tentara cortar a garganta de Fisher nem quando Ren dera a notícia avassaladora de que eles estavam à beira de perder a guerra. Mas parecia muitíssimo desconfortável. — Sim, nossos caninos funcionam bem. Como funcionariam os de um vampiro. Mas beber sangue é um imenso tabu. Não, é pior do que tabu. É escandaloso.

— Mas, mesmo assim, os feéricos fazem às vezes?

Uma coloração rosada brotava nas bochechas dele.

— Fazem.

— Mas vocês não *precisam* de sangue para sobreviver?

— Não, não precisamos.

— Então por que fazem?

— Porque... — Ele deu mais um olhar desconfiado ao redor, se mexendo desconfortavelmente na cadeira. — É um lance sexual. Se um macho bebe de outra pessoa, o pau dele fica mais duro do que jamais ficou na vida e os dois ficam eufóricos enquanto estão trepando.

— Ah.

— É. *Ah* — disse ele. — Mas é um terreno perigoso. Se mordermos alguém, podemos perder o controle. É preciso uma força de vontade imensurável para não continuar bebendo. É... o tipo de conversa que não se tem com companhia educada.

Meu cérebro estava tão enevoado de uísque que eu não sabia o que pensar disso. Acho que explicava a reação de Fisher quando eu pedi para ele me morder. Mas, para além disso... eu não sabia o que pensar.

— Se você tiver mais perguntas sobre isso, talvez possam ser discutidas outra hora. Em particular. Preferivelmente entre você e a pessoa que sugeriu que talvez queira, hã, *beber* de você — murmurou Lorreth, enterrando o rosto no copo.

Fiquei muito vermelha.

— Sim, claro.

Eu não tinha falado uma palavra a ninguém sobre o que acontecera entre mim e Fisher. Tinha me esfregado até ficar quase em carne viva no chuveiro na esperança de conseguir mascarar o cheiro dele em mim, mas os feéricos conseguiam detectar coisas desse tipo por baixo do aroma de sabonete, pelo visto. Isso significava que Lorreth sabia que eu tinha transado ontem à noite? E especificamente com Fisher? Não tinha importância se soubesse. Me preocupar com isso não ia mudar nada. E eu não sabia absolutamente nada sobre Lorreth, então não estava nem aí para o que ele achava. Ele era um desconhecido, mas eu gostava dele. Não queria que *continuasse* sendo um desconhecido.

— Como você acabou aqui, hein? — perguntei.

— Em Yvelia? Eu nasci aqui.

— Não. No meio desta guerra.

— Ah. — Ele fez um gesto de mão descompromissado. — Hum, bom, vamos ver. Eu antes era cantor itinerante, se é que dá para acreditar.

Ele tinha mesmo uma voz agradável ao falar, mas eu não conseguia imaginar esse guerreiro enorme, letal e com cara de perigoso logo como cantor.

— E era bom? — perguntei.

— *Medíocre.* No fim, eu era melhor em matar do que jamais fui nas minhas apresentações. Enfim, encontrei Fisher uma noite na estrada. Ele estava indo ajudar uns amigos. Eu estava caído numa sarjeta quando ele me encontrou.

Segurei um sorrisinho.

— Bêbado?

— Não. Morto, na verdade. Ou quase, de todo modo. — Ele deu uma piscadela, embora de repente tenha parecido muito pálido sob a luz baixa da taverna. — Tinha sido atacado por dois vampiros desgarrados. Eles não faziam parte da horda, mas *estavam* famintos. Deram uma olhada em mim, um garoto magricela com uma lira amarrada nas costas e sozinho, e decidiram que ia ser uma refeição decente. Quase me drenaram.

— Puta merda. Parece horrível.

— Bom, não foi divertido, com certeza. Mas faz muito tempo. Desde então sofri coisa pior. Enfim, estávamos a quilômetros de distância de qualquer lugar. Eu não teria durado até conseguirem me levar a algum socorro. Se tivesse morrido e voltado transformado enquanto estava com eles, tinha uma chance de matar um bom número da trupe, e alguns não queriam arriscar isso. Disseram a Fisher que seria melhor enfiar uma espada em mim e acabar logo com aquilo, mas ele se recusou. Obrigou todos a montarem acampamento para passar a noite e me transportou para Cahlish. Ele me carregou no colo, pelo amor de deus. Na época eu era *bem* menor — destacou Lorreth. — Ele me colocou numa cama, mandou curandeiros cuidarem de mim e esperou para ver o que diriam. Eles não estavam otimistas com minhas chances. Eu tinha mais veneno que sangue nas veias, e tem um limite até para o que o curandeiro mais habilidoso é capaz de fazer nessas circunstâncias. Disseram para ele voltar aos lobos e que, quando eu morresse, iam me enterrar embaixo de um teixo num dos campos que circundavam a propriedade. Mas Fisher não fez isso.

— O que... ele fez?

Lorreth jogou a cabeça para trás e riu.

— Algo de que com certeza já dei inúmeros motivos para se arrepender desde então. Ele me tornou seu Irmão de Sangue. Me deu uma parte de sua alma.

— Uma parte de sua...

Eu não tinha ouvido direito. O álcool estava fazendo meus ouvidos me enganarem. Se almas existissem, e eu não estava totalmente convencida disso, não era possível sair por aí entregando pedaços da sua.

— É um rito antigo — explicou Lorreth. — Um rito que hoje em dia muito poucos sabem fazer. Mas o pai de Fisher quase tinha morrido uma vez e um amigo havia usado para salvá-lo. Então ele se certificou de que Fisher também aprendesse, caso, um dia, pudesse usar para salvar a vida de alguém que fosse importante para ele.

— Mas você era um desconhecido...

Os atentos olhos azuis de Lorreth reluziram como diamantes. Ele tomou um gole de uísque e apoiou o copo na mesa, encarando-o.

— É, um desconhecido. E Fisher fez ainda assim. Ele atou uma parte de si mesmo ao resquício de vida que se agarrava dentro de mim e pronto. Continuei doente como um cão, mas a morte me soltou. Ele me disse que ia sair para encontrar os outros lobos e voltaria em três meses. Falou que eu podia ir embora assim que estivesse me sentindo melhor, se quisesse, mas que também havia um lugar para mim aqui, se eu preferisse essa ideia.

— E você escolheu ficar e lutar.

Lorreth assentiu lentamente.

— Eu não tinha família nem ninguém que precisasse que eu estivesse em algum outro lugar. Então, pensei: foda-se. Eu só tenho uma vida por causa dele mesmo. Era melhor eu me esforçar e fazer algo bom no tempo que me restasse, para ser digno da dádiva que ele tinha me concedido. Fiquei em Cahlish. Assim que consegui me recuperar, comecei a treinar. Antes disso, nunca tinha segurado uma espada, mas dei tudo de mim. E *comi*. Comi uma quantidade tão bizarra de comida que o cozinheiro berrava no momento em que me via entrando na cozinha. Quando Fisher voltou três meses depois, não me achou em Cahlish. Eu estava esperando por ele no acampamento de guerra, quinze centímetros mais alto e com o dobro do peso de quando ele tinha ido embora. Mais importante: estava pronto para matar vampiros.

— Espera. Você atravessou Omnamerrin? A *pé*? — perguntei, incrédula.

Fisher tinha dito que só feéricos com tendências suicidas tentavam cruzar as montanhas que ficavam de guarda entre Irrin e Cahlish.

— Atravessei. Levei nove dias e quase fui soterrado por uma avalanche, mas no fim cheguei.

— Você tem sorte de não ter morrido. Espera, o que teria acontecido? Se você tivesse morrido? O que aconteceria com o pedaço da alma que Fisher te deu?

— Boa pergunta. Se eu morrer antes, o pedaço da alma de Fisher volta e ele fica inteiro de novo. Todo mundo faz uma grande festa. Fim. Mas, se *ele* morrer primeiro, ficará condenado a esperar aqui até eu morrer, antes de poder seguir em frente. Ele ficaria preso neste mundo, num estado incorpóreo, incapaz de tocar qualquer um ou qualquer coisa. Incapaz de ser ouvido. *Esse* é o sacrifício que ele fez quando decidiu me dar a dádiva da vida. Já aconteceu antes. O feérico ou feérica que rasgou um pedaço da alma morre primeiro, de causa natural ou não, e aí o recipiente segue vivendo com ótima saúde por mais dois mil anos.

"Por exemplo, Saoirse, rainha das feéricas lìssianas. A mãe, que foi rainha antes dela, salvou sua vida quando era criança. Cento e oitenta anos depois, a mãe é assassinada por entidades desconhecidas, e Saoirse ascende ao poder. Ela é jovem e bela. Gosta de ser rainha. Cerca-se de feéricos apaixonados dispostos a morrer para mantê-la segura, portanto, anuncia que planeja viver para sempre.

Toma tônicos e elixires, e diz-se que bebe sangue de vampiro para prolongar sua vida. Quase três mil anos se passaram desde a morte da mãe, e Saoirse não parece ter mais de trinta. Enquanto isso, o espírito da antiga rainha continua preso a ela, forçado a testemunhar o mundo dos vivos sem poder interagir com ele. Sem poder seguir para seu descanso eterno..."

Lorreth parecia enjoado. Eu tinha que admitir, também estava um pouco. A ideia de que alguém seria capaz de condenar a própria mãe a uma existência tão terrível e solitária, além da inevitável loucura que certamente ia se instalar, era incompreensível para mim.

— Fisher diz que não está preocupado com o que vai acontecer se ele morrer primeiro — falou Lorreth. — E eu também não. A verdade é que, de todo modo, planejo morrer antes. Mas, se o destino guiar as estrelas numa direção diferente e nossos anjos o levarem, não vou permitir ao meu corpo uma única respiração além da última de Kingfisher. Por minha própria mão, vou garantir que o pedaço de alma que me emprestou encontre o caminho de volta a ele. E, se o destino considerar justo e eu tiver feito o suficiente para garantir um lugar ao seu lado, vou tranquila e alegremente com meu irmão para o que quer que haja no além.

25

BALLARD

KINGFISHER MAL me disse uma palavra quando, naquela noite, me levou de volta à propriedade. Cambaleei um pouco e quase certamente enrolei muito as palavras ao dizer que queria ficar no acampamento, mas ele se recusou a ouvir. Suas feições tinham formado uma máscara inexpressiva quando me encontrou na taverna, bebendo com Lorreth. Continuava inexpressivo quando garantiu que eu fosse transportada em segurança a seu quarto, e mais inexpressivo ainda quando me deu um boa-noite curto e grosso e foi embora.

Na manhã seguinte, acordei com a cabeça explodindo e uma raposinha lambendo meu rosto. O sol estava alto no céu, e Fisher não tinha vindo me buscar. Não apareceu o dia inteiro. Depois de um café da manhã gorduroso que fez com que eu me sentisse bem melhor, passei a tarde explorando Cahlish, vagando pelos cômodos, me sentindo deslocada e inútil. Eu não era daqui. E, apesar de a propriedade ser linda, aconchegante e parecer ter sido amada em algum momento, também não conseguia ver Kingfisher se encaixando nela. O lugar era construído para uma família. Era para ter crianças irrompendo pelos corredores e risadas no ar, mas a mansão ecoava com um silêncio doloroso que me enchia de tristeza.

Imaginei a mãe de Kingfisher recebendo a carta do rei que lhe informava que ela devia se reportar ao Palácio de Inverno com todos os seus ativos, onde se casaria com ele e esperava-se que começasse uma nova vida. Imaginei-a olhando o menino de cabelos escuros e se perguntando que tipo de vida ele levaria numa corte cheia de víboras além das paredes deste santuário.

Jantei no quarto de Fisher, sentada à escrivaninha dele e, quando caiu a escuridão, me aconcheguei em sua cama e fiquei de conchinha com Ônix até apagar num sono inquieto.

Quando Fisher não veio me buscar na manhã seguinte, comecei a ficar nervosa. Eu tinha perdido a oportunidade de fazer três experimentos ontem e não queria perder mais três. No meio da manhã, estava andando de um lado para o outro, tão agitada que os elfos de fogo pararam de vir ver se eu precisava de alguma coisa, e até Ônix resmungou comigo e saiu para caçar esquilos na neve.

Às três da tarde, Fisher enfim apareceu. Mas não houve estalo repentino de um portal de sombras surgindo no quarto. Houve uma batida rotineira na porta. Sendo seu quarto, ele não esperou convite para entrar. Abriu e ficou lá parado, me olhando.

— Você está usando a minha camisa — falou, enfim.

— É, bom, eu não tinha mais nada para vestir — respondi, irritada. — Todas as roupas do quarto que eu compartilhava com o Carrion sumiram. Archer me levou para um outro no fim do corredor, mas estava cheio de vestidos, e acho que nós dois sabemos o que eu acho disso.

Fisher grunhiu.

— É grande demais para você — notou ele.

— Eu tinha reparado.

Ele hoje não estava de preto. Pelo menos não todo de preto. Sua capa era de um verde muito escuro, assim como a camisa. As sombras sob seus olhos estavam da cor de hematomas claros e ele parecia mais pálido que o normal. Certamente não andava dormindo bem. E tinha um corte em sua bochecha. Parecia recente, mas não *tanto*. De ontem, provavelmente...

— O que aconteceu? — perguntei, me levantando da cama.

— Nada. Um bando de devoradores estava andando pela fronteira mais ou menos uma hora ao norte. Ren achou que devíamos checar antes de eles nos surpreenderem ou tentarem atravessar mais para cima do rio, mas não era nada. Tivemos um confronto breve. Eles deram meia-volta e fugiram.

Eu não sabia o que fazer com essa informação. Ele tinha ido lutar e eu havia ficado passeando pela velha casa dele, comendo bolo e tomando xícaras de chá. E havia um corte em seu rosto. Eu não sabia que tipo de reação isso causava em mim, mas não gostava muito.

— Vou ver Te Léna — disse ele, e o anúncio fez algo no fundo de mim se retorcer.

Eu era uma garota acabada se afogando em chamas e nem sequer sabia o que fazer para me salvar.

Dei um sorriso fraco.

— Ah. Manda um "oi" para ela por mim.

Te Léna morava aqui em algum lugar, disso eu sabia. Mas não havia tentado encontrá-la desde que Fisher me deixara na outra noite. Não queria companhia. Ou, na verdade, não queria a companhia *dela*, o que eu sabia que era muito injusto e ridículo.

— Vou ficar com ela algumas horas. Quando terminar, volto para te buscar — disse ele.

— Vou ficar no acampamento hoje?

Ele negou com a cabeça.

— Não. Vamos ficar em outro lugar hoje. Quero te mostrar uma coisa.

"Quero te mostrar uma coisa" parecia muito um mau agouro. E ficar em outro lugar? Também era meio desconcertante. De tanto andar, deixei um caminho marcado no tapete na ponta da cama de Fisher e aí fui para a janela que dava para os gramados, que escureciam, e fiquei roendo as unhas. Quando Fisher voltou, eu estava toda sobressaltada. Dei um gritinho, assustada, depois que ele entrou de fininho no quarto.

O arranhão em sua bochecha tinha sumido. O roxo sob os olhos também já não estava tão vívido como quando ele chegara. Fisher parecia renovado. Seu humor também estava mais leve. Qualquer um em sã consciência teria ficado feliz de ver que o lorde de Cahlish não estava rabugento como de costume, mas, por algum motivo, isso me irritou infinitamente.

— Acho que você vai encontrar tudo de que precisa aqui — disse ele, me oferecendo uma pequena bolsa de lona.

— Aonde a gente vai?

— É melhor se eu só te mostrar, acho.

— Eu vou *voltar*?

Fazia pouco sentido essa pergunta sair como um guincho estrangulado, mas ele estava sendo tão misterioso, e eu não fazia ideia do que estava acontecendo, e tivera muito tempo para espiralar num frenesi.

— Sim, claro que você vai voltar. Leva a raposa se você se sentir melhor.

Desde quando Fisher ligava para meus sentimentos? E ele estava me deixando levar Ônix?

— Para de me olhar assim — disse ele.

— Por quê? — perguntei, desconfiada.

— Deuses e pecadores, deixa pra lá, cacete. Vamos logo.

Deixei o portal de sombras numa clareira escura cercada por árvores baixas. Do lado oposto, havia pequenas marquises erigidas sob uma árvore gigante, tão grande e com galhos tão enormes que fazia as outras parecerem anãs em comparação. Luzes fortes piscavam por onde eu olhava, um milhão delas acendendo e faiscando nas árvores e na grama comprida que se estendia à nossa frente como um carpete. O ar de início de noite vibrava com uma música suave e animada, cheiro de carne sendo assada, açúcar e o som de muitas vozes.

Ônix se contorceu nos meus braços, dando ganidos animados e exigindo descer do colo. Fiz o que ele queria e observei, estupefata, enquanto saía saltitando, era um respingo branco em meio à grama alta, acelerando na direção das marquises. Aqui estava frio o bastante para haver fogueiras acesas ao lado das barracas. Eu conseguia discernir por pouco Ônix saltando em torno de uma, implorando um naco de comida para o feérico que cozinhava.

— Ele está seguro? — perguntei.

Fisher fez um biquinho.

— Provavelmente. Raposas polares são boas em pressentir o perigo. Se ele achasse que alguma dessas pessoas tem intenção de lhe fazer mal, já teria se escondido em algum lugar.

Bom, isso pelo menos era um conforto. Mas eu continuava confusa com o que via.

— O que é este lugar? O que está acontecendo aqui?

— Esta — disse ele, esfregando a nuca — é Ballard. É... eu vim aqui uma ou duas vezes quando era pequeno. É só uma pequena aldeia. Hoje é um dos dias festivos deles. Estão comemorando a noite mais longa do ano.

— E por que *nós* estamos aqui?

Ah, deuses. Ele tinha vindo destruir esta linda aldeia e me trouxera junto para testemunhar as coisas difíceis que às vezes era obrigado a fazer? Fisher leu tudo isso em meu rosto, imaginei, porque balançou a cabeça, parecendo um pouco perturbado.

— Eles têm algo de que a gente precisa, só isso. Quando pegarmos, vamos deixar todo mundo em paz. Ninguém está correndo perigo. Não por minha causa, pelo menos. *Você* está planejando atacar alguém?

— Não!

— Bom saber. Vamos. Estou sentindo cheiro dos biscoitos de Bettell. Não como um desses há pelo menos cento e vinte anos.

Os residentes de Ballard eram uma mescla de feéricos maiores e feéricos menores — um retrato do povo feérico que eu ainda não havia vivenciado; pixies minúsculas, rápidas como um raio, que jogavam pétalas de flores em nosso cabelo ao dispararem pelos galhos mais baixos das árvores com suas asas iridescentes. Dríades com pernas e braços compridos, cabelo prateado até a cintura e robes verdes fluidos, que se aventuravam das sombras da floresta por vários minutos e depois desapareciam de novo. Duendes domésticos. Sátiros. Havia até três ninfas, rindo e jogando água no rio que cortava o lado sul do morro. Nenhum deles pareceu surpreso de nos ver, apesar de sermos observados por olhos curiosos enquanto íamos até o centro da reunião.

Havia barracas de comida e estandes explodindo com um milhão de variedades de flores em cores vivas, além de tendas de jogos. No coração da festividade, músicos se reuniam ao redor de uma fogueira que rugia, entoando a plenos pulmões uma canção animada enquanto uma sátira cantava uma música obscena sobre um velho carpinteiro que não conseguia deixar sua madeira dura.

Fisher tentou nos comprar bebidas de uma feérica, que estava carregando uma bandeja de cerveja pela festa, mas ela fez que não com os cachos loiros balançando, sorriu e disse que hoje não haveria dinheiro trocando de mãos.

As casas, esporadicamente construídas entre as árvores, eram simples e rústicas, mas tinham um charme aconchegante inegável. Havia hortas por todo lado, o que sinceramente me deixou perplexa. Eu sabia como se cultivavam alimentos. Tinha conversado com fazendeiros que iam comercializar conosco em Zilvaren antes de Madra colocar a Terceira em quarentena. Prestava bastante atenção enquanto explicavam como cuidavam das lavouras e as colhiam, mas ver cenouras, repolhos, alhos-porós e feijões crescendo direto na terra era fascinante.

Ballard era um vilarejo cheio de vida. Fluía do chão, e pairava nas árvores, e flutuava no ar como uma música agradável. Os jovens corriam para todo lado, rindo e brincando, enquanto seus pais comiam e bebiam juntos em camaradagem, e os idosos se sentavam fofocando ao redor da fogueira. Uma dor desconhecida vibrou no centro do meu peito enquanto Fisher me guiava até uma pequena encosta com grama perto do fogo e indicava que eu devia me sentar. Este lugar era um *lar*. Os residentes de Ballard não eram oprimidos. Não havia ninguém assomando-os, ameaçando-os de morte se não obedecessem. A comida e a água de que precisavam para sobreviver não eram racionadas a ponto de não saberem se viveriam para ver o dia seguinte. E não tinha guerra aqui. Nem vampiros. Nem Malcolm. Nem Belikon.

— Era isso que eu sempre quis para Hayden quando ele era pequeno. — Soltei a confissão sem nem pensar. — Algum lugar tranquilo e seguro onde ele pudesse prosperar.

Fisher passou a parte de dentro dos cotovelos pelos joelhos dobrados, olhando para sua cerveja no chão enquanto pensava nisso.

— Ele ainda pode prosperar — disse suavemente. — Pelo jeito, Swift conseguiu um bom trabalho e uma moradia para ele.

— Ah, como eu queria que isso fosse suficiente para domar Hayden — falei, pesarosa. — Meu irmão era muito travesso quando criança. Era basicamente uma fera. Também tem um vício debilitante em jogo que já lhe rendeu quatro ossos quebrados. Se eu um dia conseguir voltar, vai ser um milagre encontrá-lo vivo.

Fisher não me olhou, mas disse:

— Você vai. Voltar, quero dizer. Não posso garantir que seu irmão vai estar vivo, mas...

— Obrigada por tentar me tranquilizar, mas você vai ter que me perdoar por eu não desfalecer de alívio. Talvez lembre que ainda tenho que descobrir o processo de transmutação e transformar milhares de anéis em relíquias. E isso — falei, cansada — está começando a parecer trabalho para uma vida inteira.

Fisher suspirou, enfiando o calcanhar das botas na grama.

— Eu vou te ajudar com isso — falou.

— Desculpe, mas você acabou de dizer que vai me ajudar com o meu trabalho? Eu ouvi direito?

Ele fez uma careta.

— Se eu te ajudar na forja, a gente pode ter uma chance de conseguir. Também vai significar que eu não vou ter que aguentar as constantes ameaças de morte de Danya.

— Você não acha que ela vai te ameaçar lá na forja?

— Ela não pode me ameaçar se não conseguir me encontrar — respondeu Fisher.

Eu não era uma vencedora honrada. "*Eu te avisei*" era uma das minhas frases favoritas, mas me segurei para não esfregar isso na cara dele.

— Que engraçado. É quase como se você estivesse completamente *errado* quando falou que toda aquela bagunça com seus amigos estaria esquecida pela manhã — comentei. — Acho que Danya não vai te perdoar nunca por ter desaparecido.

Esperei uma resposta sarcástica de Fisher, mas ele só sorriu com tristeza. Tomou um gole, e o brilho laranja quente do fogo fez seu rosto ficar bronze e os cachos, normalmente pretos como a noite, castanho-escuros.

— Não sei do que você está falando. Danya já voltou a ser a mesma de sempre, adorável e alegre.

Ele estava brincando. Só podia. Ninguém conseguiria mantê-la por perto se fosse realmente tão rude.

Ficamos em silêncio por um tempo. Tomamos a cerveja e assistimos aos músicos tocando, e, ao nosso redor, Ballard festejava. Não demorou para um grupo de feéricas superiores adolescentes começarem a dar voltas na fogueira, soltando risadinhas com as bocas cobertas e lançando olhares furtivos para Fisher. Pareciam ter uns doze ou treze anos em idade humana — aquele período esquisito entre a infância e o caos da puberdade —, embora eu não fizesse ideia de quantos anos tinham em termos feéricos.

Fisher ainda não tinha me jogado nenhuma farpa, então decidi arriscar uma pergunta.

— Como vocês envelhecem aqui? Todos vivem tanto tempo, mas... vocês nascem e ficam criança por cem anos ou...?

Ele fez que não.

— Crianças são vulneráveis. Mais fracas que adultos. Sujeitas demais a serem levadas por predadores. Nossas crias na verdade envelhecem duas vezes mais rápido que crianças humanas. Crescemos completamente aos vinte e um ou vinte e dois anos. É aí que o processo de envelhecimento desacelera drasticamente.

— Predadores?

— Tem muita coisa sombria e faminta espreitando nos cantos esquecidos deste reino, Oshinha. Pelo menos quatro tipos diferentes de banshees se alimentam da alma dos mais jovens. A energia vibrante deles é potente demais para resistir. E ainda tem os espectros, as sereias dente-de-serra, e toda uma pletora de criaturas que moram em tocas e gostam de explodir do solo e engolir inteira qualquer coisa que conseguirem enfiar na boca. É preciso tomar muito cuidado com onde se colocam os pés por aqui.

Deuses do céu. Eu sabia que Yvelia era cheia de perigos, mas não tinha percebido como era precária a segurança de alguém aqui.

— Também tem a flora. Espinhos venenosos e flores carnívoras. Se não te matarem, com certeza vão deixar uma marca. E, além disso, claro — observou Fisher, com os olhos sombrios —, tem Malcolm.

Ele não disse "*os vampiros*". Disse "*Malcolm*", como se a figura pálida de cabelo prateado que eu vira na outra margem do rio fosse o único responsável pela morte e destruição que sua horda deixava por onde passava.

— Só o ódio dele varreria toda a vida do mundo, se pudesse correr solto.

Um vento frio soprou, fazendo dedos gelados descerem pelas costas da minha blusa, e estremeci. Achei ter havido mesmo uma rajada de vento, mas o ar de súbito pareceu estranhamente imóvel, como se o mundo estivesse prendendo a respiração.

Mude de assunto Saeris. Pelo amor dos deuses, mude de assunto.

— Você está causando uma comoção e tanto — falei, com a boca para dentro do copo de cerveja enquanto bebia.

— Humm?

Olhei o grupo de jovens completando sua quarta volta em torno da fogueira, ainda lançando olhares esperançosos para Fisher.

— Acho que esse grupinho talvez esteja se perguntando se o lorde de Cahlish está procurando uma *lady* de Cahlish — provoquei.

Não achei que Fisher fosse *amar* o comentário, mas imaginei que pelo menos saberia que eu estava brincando. Ele fechou a mão com força no caneco e levantou os ombros até as orelhas, desconfortável.

— Você não devia me chamar assim. Eu não sou lorde de Cahlish — retrucou.

— Mas... esse é o seu título. Você não era o único filho do seu pai?

— Isso não importa. Eu não sou... — Ele mudou de estratégia. — Um lorde tem a responsabilidade de cuidar de seu povo. Ele protege as pessoas. Defende. Cria um lugar seguro para elas viverem. Você sabe onde estão agora as pessoas que moravam nas minhas terras?

Uma raiva terrível queimava em seus olhos quando me encarou. Eu não ia gostar do que estava prestes a me dizer, mas mesmo assim respondi:

— Não sei.

— Do lado errado do Darn, uivando para beber o sangue da porra dos seus próprios filhos — disse ele, com amargor. — Ou abandonaram seus lares e se mudaram para onde não tenham toda a horda sanasrothiana chutando a porta de suas casas no meio da noite. Cento e dez anos. Eu abandonei todo mundo por *cento e dez anos.* Ren e os outros fizeram o que podiam para segurar a maré. Não é culpa deles. Era para *eu* estar lá protegendo as pessoas. *Eu* falhei com elas. Então não mereço ser chamado de lorde de Cahlish. Eu não sou lorde de coisa nenhuma.

A arrogância que ele usava como armadura havia desaparecido. Todas as artimanhas e as muralhas que colocava entre si e o mundo externo desapareceram. A prata-viva em seu olho pulsava, refletindo a luz do fogo, incansável como sempre, sem lhe dar paz. Doía vê-lo assim, dilacerado por um luto que eu via que morava logo abaixo da superfície da fachada pétrea, de quem não estava nem aí, que ele apresentava ao mundo.

Minha garganta ficou apertada. Eu queria estender o braço e segurar a mão dele, mas os limites estavam muito borrados. Será que ele aceitaria esse pequeno conforto ou riria e cuspiria na minha cara? Minhas próprias defesas estavam em jogo aqui. Minhas muralhas eram altas e grossas como as dele. Eu não sabia se ia sobreviver a esse tipo de rejeição caso ele se virasse e zombasse de mim por achar que podia ser um apoio a ele.

Coragem, pensei comigo mesma. E, além disso, *ele que se foda.* Se fosse cruel frente a uma gentileza, merecia ficar infeliz e sozinho. Respirei fundo e estava prestes a tocá-lo quando...

— Por que você não disse nada? — questionou ele, virando-se para me olhar.

— Eu ia! Eu só... *Eu estava pensando!*

— Não sobre isso. — Ele expirou forte pelo nariz. — Sobre a outra noite. O que aconteceu. Com a gente.

Ahh. Não precisava de mais esclarecimentos sobre *aquilo.* Analisei o rosto dele, com o coração mais acelerado do que devia.

— Você deixou bem claro que, no que te dizia respeito, ia ser uma noite só — respondi, devagar. — Deixou bem claro que podia me odiar e ainda querer transar comigo. E eu não sou o tipo de pessoa que fica se jogando em coisas que a machucam. Então, não. Não mencionei. De que teria adiantado? Você teria me feito uma xícara de chá, sentado e me ouvido enquanto eu tentava te convencer de como podíamos dar certo juntos?

Ele fez um som de desdém.

— Exato — completei.

— Eu não... — Ver Fisher tentar achar as palavras certas era enervante. — Eu *não* te odeio — falou, com pressa, e exalou como se a admissão tivesse lhe custado muito. — Mas tem coisas que você não entende. Coisas que tornam *impossível* que eu...

— Estrelas do céu, eu tinha razão! — declarou uma voz rouca.

Nenhum de nós tinha notado a figura que se aproximava vinda do outro lado da fogueira.

Havia uma mulher à nossa frente, seu rosto era áspero e enrugado pela idade. Era difícil distinguir onde terminava uma ruga e começava a outra. Ela era baixa para ser feérica e alta para ser humana, então não dava para saber qual dos dois era. Meio que parecia que podia ser humana, mas aí abriu um grande sorriso e mostrou um par de caninos gastos, mas ainda alongados, e a questão de sua ascendência se resolveu.

— Eu adoro mesmo ficar de olho no céu — falou, alto. — Visões de Kingfisher são muito raras por aqui, mas eu sabia que, se continuasse procurando, um dia desses ia dar sorte.

Fisher botou um sorriso no rosto — convincente, mas que não chegou aos olhos. Não por completo. Ele resmungou, ficando de pé como se talvez não fosse o guerreiro de sangue mais infame de Yvelia, no ápice de seu poder, e em vez disso seus ossos velhos estivessem doendo. Para minha surpresa, abraçou a anciã com força.

— Boa noite, Wendy — disse ele.

Ela o apertou, aí fez uma imitação bem teatral de o afastar.

— Boa noite, Wendy? Não me venha com essa de "*boa noite, Wendy*". Eu faço esses biscoitos malditos para você todo ano e você não se deu ao trabalho de aparecer para comer nenhuma vez. Ninguém mais gosta, seu merdinha atrevido. Que desperdício de ingredientes!

Fisher a observou muito seriamente, mas a pontinha genuína que estava faltando em seu sorriso segundos atrás enfim emergiu e os olhos brilharam de alegria.

— Sinto muito, Wendy. Fui terrivelmente grosseiro. Te devo um pedido de desculpas.

Ela agarrou o topo do braço dele: o ponto mais alto do corpo de Fisher que conseguia alcançar.

— Você me deve *dinheiro*! — berrou ela. — Já viu como o açúcar está caro hoje em dia?

Fisher riu. Riu de verdade. O som era abundante e profundo, fazendo algo em mim se avivar. Quando peguei uma jarra no Palácio de Inverno e enchi para mim um copo pela primeira vez, achei que o som daquela água corrente, *gratuita*, seria meu som favorito até a minha morte. Eu estava errada. O som da risada genuína de Fisher era mais raro do que a água jamais fora em Zilvaren; ouvi-lo quase levou lágrimas aos meus olhos.

— Vou ver o que consigo fazer para abrir as linhas de comércio — prometeu Fisher.

Wendy soltou um resmungo e fez uma careta tão mal-humorada que até eu quase ri.

— Não precisa. Comerciantes hoje em dia trazem más notícias de mais junto às mercadorias. Preferimos ficar sem isso. — Ela agarrou a cintura de Fisher e o apertou como se inspecionasse uma fruta no mercado. — Não sei onde você andou, mas não estavam te alimentando direito. Vem. Tenho dois lugares guardados na minha mesa e duas tigelas grandes de ensopado de carne esperando.

— Obrigado, Wendy.

Ela lhe deu um olhar feroz.

— Eu sei que você não vai esquecer os bons modos e me obrigar a me apresentar sozinha para sua companheirinha linda, Kingfisher do Portão de Ajun.

Fisher ficou pálido e abriu os lábios. Parecia atordoado. Mas eu já estava me levantando e estendendo a mão para Wendy.

— Saeris Fane. Sou...

— Ah, uma garota de Zilvaren! Deuses do céu! — Wendy me agarrou pelos ombros e me segurou, me olhando de cima a baixo. — Eu senti! Soube no momento em que os portais se abriram de novo. Senti você atravessando-o. Teve um *zumbido* no ar aquele dia.

— Muito prazer — respondi.

Ela tinha me sentido passar pelo portal? Será que era possível? Yvelia era uma terra de magia inesperada e seres únicos. Ela tinha dado uma olhada em mim e soubera que eu era de Zilvaren. Isso em si já era bem impressionante. Wendy semicerrou os olhos, me analisando pelas fendas das pálpebras abaixadas. Sua boca se abriu lentamente enquanto me avaliava.

— Humm. — Ela me *farejou*. — Mais que só uma companheira, então?

Wendy fez uma carranca para Fisher pelo canto do olho anuviado.

— Ela é uma amiga — disse Fisher, sem nenhum vestígio de sentimento na voz. — Temporária. Vai voltar a Zilvaren já, já, e lá vai retomar a vida dela e esquecer todas as coisas que aconteceram aqui.

Wendy assentiu, ainda de boca aberta. *Não* parecia acreditar nele.

— Ah, é mesmo?

— Você não tinha falado algo sobre um ensopado?

Ele não era tão arisco com Wendy quanto era comigo na maior parte do tempo — algo me dizia que não conseguiria se safar se o fosse —, mas estava ficando mais tenso a cada momento. Wendy ficou com pena dele e deixou o assunto de lado.

— Isso, ensopado! E bolo de fisális, batata e cenoura glaceada com mel! Vocês dois só vão embora de Ballard depois de estarem explodindo de tanto comer e não conseguirem dar mais nenhuma mordida. Venham.

Wendy não estava de brincadeira. Ela encheu nossos pratos sem parar, passando de salgado para doce enquanto se lembrava de que tinha uma carne defumada aqui ou uma sobremesa acolá que queria que experimentássemos.

Bebi mais do que deveria, considerando a quantidade de uísque que havia consumido com Lorreth duas noites antes, mas a cerveja não era nada forte e só me deu uma sensação doce e quente no peito. Fisher também não hesitava quando sua bebida era repetidamente reposta, o que me surpreendeu. Ele arqueou uma sobrancelha questionadora para mim ao me pegar observando-o esvaziar o sexto caneco.

— O que foi? — perguntou.

— Ah, nada. Só imaginei que você fosse parar depois de dois ou algo assim. Fiquei esperando você vir com alguma coisa do tipo... — Pigarreei, fazendo minha voz ficar grave. — *"Um bom guerreiro nunca embota os sentidos com bebida. Sempre devo estar pronto para lutar."*

Fisher se recostou na cadeira.

— *Isso* era para ser uma imitação minha?

— *É* uma imitação sua — respondi.

— Nem fodendo. Eu não falo desse jeito pretensioso.

— Você fala pior. *Ei!*

Uma pixie minúscula com asas cor-de-rosa diáfanas estava equilibrada na borda do meu prato, tentando levar rolando um dos meus biscoitos de Bettell que era quase do seu tamanho. Se caísse em cima dela, a esmagaria. Ela deu um grito agudo e irado quando peguei o biscoito.

— Você vai se machucar — ralhei. — Como é que você acha que vai voar e carregar isso ao mesmo tempo?

Era difícil discernir o que ela disse, mas tive quase certeza de ouvir as palavras "não é" e "da sua" e "conta", com mais algumas palavrinhas bem escolhidas, só para garantir. Fingi ficar profundamente ofendida, mas, mesmo assim, quebrei o biscoito em pedacinhos, colocando-os num prato ao lado para ela.

— Pronto. Agora vai ficar bem mais fácil para você. De nada.

Ela fez um gesto rude com a mão, mas pegou um pedaço de biscoito e se lançou no ar noturno. Quando voltei a olhar Fisher, ele estava tranquilo na cadeira, me observando muito atentamente. Percebi a minúscula elevação dos cantos de sua boca e aproveitei a chance de atormentá-lo.

— Você está prestes a sorrir, Kingfisher do Portão de Ajun?

— E se estiver? — perguntou ele, num tom muito equilibrado e comedido.

— Posso contar em uma das mãos quantas vezes te vi fazer isso. Ninguém vai acreditar em mim quando voltarmos ao acampamento.

Aí ele realmente sorriu, devagar e melancólico, com a cabeça virada enquanto brincava com o garfo.

— Eles vão acreditar, Oshinha. Todos já me viram sorrir bastante.

— Só não recentemente? — sussurrei.

— Não. Não recentemente. Nos últimos tempos, sorrir tem sido bem difícil. — Seu pomo de adão subiu e desceu. — Mas está ficando mais fácil.

Ele parecia relaxado, mas eu via uma tensão em seus ombros, ainda que ninguém mais conseguisse perceber. A prata-viva em seu olho girava sem parar. Pressionei a ponta da língua na parte interna dos dentes para me impedir de estragar o momento com perguntas inapropriadas, mas sabia que ele estava sofrendo. Ele sempre estava sofrendo.

Annorath mor!

Annorath mor!

Annorath mor!

As vozes vieram do nada, altas e cheias de terror.

Annorath mor!

Annorath mor!

Annorath mor!

Mais alto. Mais rápido. Mais alto. Ainda mais rápido.

Agarrei a borda da mesa, sem conseguir respirar por cima do rugido...

— Saeris? Minha querida, está me escutando? Você está bem?

Ballard de repente voltou a ficar nítida. Meu prato estava no chão aos meus pés, e a grama estava lotada de biscoitos de Bettell. Kingfisher me encarava chocado, de olhos arregalados. Era Wendy que tinha falado, com a voz cheia de preocupação. Eu estava dura como uma tábua quando ela colocou o dorso da mão na minha testa.

— A temperatura está normal. Você está bem, Saeris? Você parece ter ficado um pouquinho tonta.

— Sim. Estou. Eu... — Tentei engolir a saliva grossa. — Só fiquei meio zonza, só isso.

Ah, não. Fisher e Wendy não eram os únicos que tinham notado. Um grupo ao lado da fogueira havia parado de conversar e estava nos observando. Duas feéricas, apoiadas no tronco de um enorme carvalho a uns seis metros de distância, também cochichavam baixinho, com os olhos cheios de preocupação voltados para nós. Engoli meu sobressalto, dando o sorriso mais convincente que consegui.

— Sério. Estou bem, juro.

Ele sabe. Ele percebeu que você acabou de escutar algo.

A vozinha no fundo da minha cabeça tinha razão. Fisher estava branco como papel e parecendo desconfortável ao empurrar a cadeira para trás para poder pegar meu prato.

— Foi um dia longo — disse ele, colocando-o de volta na mesa. — Comemos e bebemos demais, acho. Isso é a exaustão falando mais alto.

Wendy assentiu.

— Claro. Claro. Bem, você sabe para onde ir, não? Se bem que acho que faz muito tempo. Você lembra o caminho?

Fisher deu uma risadinha bem-humorada e com um dos braços envolveu a velha feérica em um abraço.

— O resto de mim pode não estar perfeito, mas minha memória está — falou. — Boa noite, Wendy.

Eu também a abracei, com os olhos ardendo ao sentir essa demonstração de carinho maternal. Ela ainda estava gritando e acenando boa-noite enquanto Ônix disparava à nossa frente pelo caminho, carregando na boca um biscoito de Bettell.

Íamos voltar a Cahlish. De jeito nenhum Fisher ia escolher ficar aqui depois do meu episódio bizarro. Mas ele não abriu um portal de sombras e me arrastou por ele, como imaginei que fosse fazer. Estava quieto ao me levar para a fileira de árvores e passar por casas pitorescas que ladeavam a passarela. Flexionou os braços ao lado do corpo algumas vezes antes de deslizá-los para os bolsos, parecendo não saber o que fazer com eles.

As passarelas da floresta só tinham largura para acomodar um pequeno carrinho de mão, quem sabe. Mas estavam desertas. Todo mundo ainda na clareira, curtindo as comemorações.

Fisher parou no meio, tão abruptamente que quase bati nas costas dele.

— As palavras que você falou lá. Por que você disse aquilo? — quis saber.

Eu tinha falado em voz alta? Cacete.

— Não sei mesmo. Veio do nada. Eu estava lá sentada, ouvindo você dizer algo sobre sorrir e aí pá. Só consegui escutar aquilo. Annorath mor. Annorath mor. Annorath m...

— Para. — Fisher levantou a mão como se fosse um escudo. — Não... fala isso. Só, por favor, não fala isso.

Ele já tinha ficado irritado, bravo, contrariado, excitado e mais um milhão de outras coisas na minha frente, mas nunca havia ficado com medo.

— O mercúrio enfiou aquelas palavras na minha mente quando você me forçou a segurá-lo lá no Palácio de Inverno. O que elas *significam*? — perguntei, dando um passo em sua direção.

Ele recuou um passo ao mesmo tempo, balançando a cabeça.

— É melhor se você não perguntar. Não posso te falar, de todo modo, então... não pergunta.

— Fisher...

Ele voou na minha direção, agarrando minha mão.

— Vem. Vamos lá.

A aldeia florestal de Ballard passou num borrão enquanto Fisher me puxava atrás dele. As árvores estavam cheias de luzinhas piscantes. Lagoas bonitas e áreas gramadas com bancos ladeavam os caminhos. A música ainda pairava no ar, mesmo que distante, e ele ia me levando mais para dentro da floresta. No fim, chegamos a uma praça de paralelepípedos com uma fonte circular no meio. A estátua da fonte — uma feérica com um lindo cabelo fluido e um rosto em formato de coração com um sorriso gentil — segurava uma urna de pedra, da qual um fluxo contínuo de água jorrava no tanque a seus pés. O som da água caindo teria sido tranquilizante se Fisher não estivesse tão agitado. Ele atravessou correndo a praça, afastando a cabeça da estátua, indo direto para uma porta vermelha inócua entre duas lojas — uma padaria e um alfaiate, pelo que parecia.

— Fisher, espera...

Quase tropecei nos meus próprios pés ao passar pela fonte, e, quando meus olhos deslizaram pela plaquinha de latão na base da estátua, percebi algo doloroso. Via por que ela era tão familiar. Parecia-se muito com Everlayne. E tinha as maçãs do rosto altas de Kingfisher. Ou melhor, *ele* tinha as maçãs do rosto altas dela.

Edina das Sete Torres. Lady de Cahlish.

A mãe de Kingfisher.

Ele tinha dito que ela o trouxera ali quando criança. Ela era importante para o povo de Ballard. Fisher também. Eu tinha imaginado isso mesmo antes de Wendy ir lhe dar bronca por negligenciá-la por tanto tempo. Todo mundo tinha sido bem sutil, mas os aldeões estavam muito conscientes de sua presença. Ele não era desconhecido aqui, nunca tinha sido, pelo que eu percebia, e estava abrindo uma porta de um prédio na praça porque tinha uma porra de uma *chave*?

— Vem. — Ele gesticulou para a porta aberta. — Vamos entrar. Está esfriando.

A temperatura era uma péssima desculpa. Cahlish era bem mais fria que Ballard, e ele andava por lá só de camisa e calça sem nem piscar. Mas entendi por que ele queria entrar e eu não tinha nenhuma intenção de impedi-lo.

A porta se abriu para uma escada estreita. Só um lance. Velas em arandelas de pedra se acenderam quando Kingfisher fez um gesto para eu ir à sua frente. Comecei a subir. Ônix passou pelos meus pés, sempre enxerido, querendo ir primeiro. Suas unhas faziam um som de algo batendo nas tábuas de madeira enquanto pulava cada degrau. O ar tinha cheiro de poeira e abandono. Quando cheguei ao topo da escada, me vi cercada de fantasmas, mas, antes de poder entrar em pânico, saíram chamas nos pavios de mais velas do outro lado do cômodo, e vi que as formas brancas sinistras não eram fantasmas, afinal. Só grandes móveis cobertos com lençóis para protegê-los da poeira.

Até os quadros nas paredes tinham sido cobertos. Três grandes janelas davam para o pátio e a fonte, mas Fisher já estava cuidando disso, atravessando a modesta sala e fechando as grossas cortinas de veludo vinho em cada uma, bloqueando qualquer visão da mulher de aparência gentil que jogava água de sua urna lá embaixo.

Não era um apartamento que Fisher tinha alugado para passarmos a noite. Este lugar pertencia a ele. Pertencera a sua mãe, talvez, e era dele.

Andei de lá para cá na sala, passando a mão nos lençóis. Ônix trotava com o focinho grudado ao chão, farejando intensamente. Deu um espirro explosivo, aí voltou a inalar toda a poeira. Eu estava prestes a puxar o lençol do quadro grande acima da lareira, mas a mão de Fisher segurou meu punho.

— Não — disse ele. Mas aí, com um pouco mais de suavidade, completou: — Hoje não.

Por que estávamos aqui? Para ele, aquilo parecia ser como cutucar uma ferida aberta, mas era Fisher que tinha me trazido a Ballard.

— O banheiro é ali — falou, apontando para uma porta à nossa esquerda. — E ali tem dois quartos. Eu fico com o menor. Era o meu, mesmo.

Dois quartos. Ele ia dormir no dele. Eu deveria dormir no outro. Isso não me surpreendeu. Fisher podia se dignar a me foder, mas eu não tinha qualquer ilusão de que desejaria dormir no mesmo quarto que eu.

— Obrigada. Ah, *merda*. — Fiz uma careta. — Deixei minha bolsa na clareira. Não estava pensando direito. Vou precisar voltar para buscar.

Mas Kingfisher estendeu a mão, e sua palma virou uma guirlanda de fumaça preta, que virou um pedaço de lona, que virou a bolsa esquecida.

— Pronto — disse, baixinho. — Boa noite, Oshinha.

26

CINZAS E BRASAS

ACORDEI COM gritos. O som era cheio de um terror puro — o tipo de som que alguém faria instantes antes de ser assassinado. Saí da cama num salto e colidi com um móvel, batendo o dedão com tudo.

— *Merda! Merda! Merda! Merda!*

Eu não conhecia este quarto. Estava completamente escuro quando entrei ali. Eu só tinha conseguido encontrar a cama tateando na escuridão. Só os deuses sabiam que tipo de obstruções havia entre mim e a porta. Só os deuses sabiam onde é que *ficava* a porta. Os gritos se intensificaram. Acabei encontrando a maçaneta e aí quase tropecei num Ônix ofegante que disparou por mim porta afora. Segui o borrão branco que era o corpo dele pelo corredor.

— Para! Não. Eu disse não! *PARA!* — berrou Fisher.

Sem pensar duas vezes, abri a porta com tudo e entrei. As cortinas aqui não estavam fechadas, e o luar entrava pelas janelas, pintando tudo de um prata luminoso. Vestido só com a calça, Fisher estava deitado no meio de uma cama pequena demais para seu corpo, em cima dos lençóis, tremendo, com a pele escorrendo suor. De início, achei que estivesse tendo um pesadelo, mas aí vi que seus olhos estavam abertos e fixos no teto. Ele piscou e uma lágrima rolou do canto de seu olho, descendo pela têmpora e entrando no cabelo.

— Fisher?

Ele tremeu ao ouvir a minha voz. Ao seu lado, as mãos estavam bem fechadas, agarrando os lençóis.

— Vai embora — falou, com a voz falhando.

Ele me observava de canto de olho, embora sua cabeça não se movesse no lençol.

— O que foi? Você está...

— *Vai!*

— Não posso só ir embora. Tem alguma coisa errada com você.

— Eu vou ficar bem. Eu... — Uma onda de dor passou por seu rosto e os olhos se reviraram. Suas costas arquearam para fora da cama enquanto ele cerrava os dentes, gritando um palavrão pesado em feérico antigo. — Porra! Para! Para, para, para — entoou ele. — Por favor. Para...

O episódio, a convulsão, caramba, o que quer que fosse que estava lhe causando tanto sofrimento recuou, e fiquei olhando, com o coração batendo na base da garganta, enquanto o corpo dele voltava a se estender no colchão. Assim que suas costas se apoiaram na cama, a tremedeira recomeçou.

Decidida, falei:

— Vou procurar alguém. Isto não está certo.

— Não! Não. — Fisher tentou engolir, mas parecia algo doloroso demais para fazer, então, em vez disso, pigarreou. — Já vai acabar — conseguiu dizer, apressado.

— Já *quando?*

— Uma... uma hora. Talvez duas. Eu vou... ficar bem.

— Fisher, não! Você precisa de ajuda. Deve ter um curandeiro por aqui.

— Só... por favor. Me traz uma água. Isso vai ajudar. Aí... volta para a cama. Dorme... um pouco.

Ah, sim. Claro. Dormir. Com ele com dor no quarto ao lado, gritando a plenos pulmões. Não ia acontecer. Ele era teimoso pra cacete.

— Eu já volto — falei.

Todas as velas haviam se apagado, e eu não era abençoada com magia capaz de simplesmente conjurar chamas quando precisasse, então saí explorando. Na sala, abri uma das cortinas, agradecendo aos deuses quando o luar iluminou os móveis e tudo mais que oferecesse risco de me fazer tropeçar no caminho até a cozinha.

Num dos armários, encontrei um copo empoeirado, enchi-o com o conteúdo de uma jarra no aparador e voltei para Fisher o mais rápido que pude. Na minha ausência, Ônix tinha pulado na cama e se aconchegado na lateral dele, descansando a cabeça em sua barriga. Ele ganiu quando entrei no quarto, os olhos indo de mim para Fisher, como se tentando me dizer algo.

— Você consegue levantar a cabeça? — perguntei.

— Não. Eu não consigo mexer... nada. — Fisher fechou os olhos, apertando-os.

— Tá. Então vou te ajudar.

— Só... coloca na mesa de cabeceira. Eu... tomo depois.

Cada palavra era um esforço. Seu corpo estava tão tenso que parecia que os tendões do pescoço e dos braços estavam prestes a arrebentar.

— Não vou te largar aqui assim, seu idiota.

Subi na cama e levantei a cabeça dele. Colocar as mãos sob os ombros dele e elevar seu torso o suficiente para deslizar para trás precisou de um esforço considerável, mas consegui. Descansando minhas costas na cabeceira, permiti que ele se recostasse em mim de modo a apoiar a cabeça na minha barriga, com uma das pernas de cada lado do corpo dele. Fisher não protestou quando levei o copo a seus lábios e cuidadosamente coloquei um pouco de água na boca dele. Levou muito tempo para ele beber, mas conseguiu esvaziar o copo.

— Pode ir agora — disse ele. — Acho que está... passando.

Mas que balela. Se a tremedeira dele fosse indicação, este episódio estava só começando.

— Não vou a lugar nenhum.

O cabelo dele estava grudado na lateral do rosto em ondas escuras. Ele encontrou meus olhos, e meu coração parou por dois segundos quando vi o mercúrio em seu olho direito; pulsava, quase cobrindo a íris toda e deixando brilhar só uma minúscula lua crescente verde.

— Eu vou te obrigar a ir se... precisar — disse ele, com esforço.

Me *obrigar*? Ah, ele ia me *obrigar*, é? Que babaca de merda. Eu estava tentando ajudar, e ele estava determinado a me afastar. Como ele podia ser tão exasperante, mesmo incapacitado e incoerente por causa da dor? Falei claramente para não haver mal-entendido:

— Se você usar o juramento que me enganou a fazer para me forçar a sair deste quarto agora, eu nunca vou te perdoar. Vou achar um jeito de infernizar a porra da sua vida. Aliás, enquanto estamos aqui tendo uma conversa maravilhosa sobre o assunto, você nunca mais vai me compelir contra a minha vontade. Está me ouvindo? Entendeu?

— Eu não preciso...

— Não estou de brincadeira, Fisher. Se você tem algum respeito por mim, se gosta de mim pelo menos um pouquinho, um tantinho minúsculo, nunca, *jamais* vai voltar a me obrigar a nada. Entendeu?

Ele lambeu os lábios, me fuzilando com o olhar. Apesar de eu estar de ponta-cabeça no campo de visão dele, Fisher deve ter conseguido discernir a fúria em meu rosto, porque suas pálpebras tremularam e ele assentiu de leve.

— Eu... entendi.

— Ótimo. Agora, para de me mandar ir embora. Eu vou ficar.

De novo, outro sinal com a cabeça.

— Tá.

As quatro horas seguintes — não uma, não duas... *quatro* — foram difíceis. Ônix escondia a cara nos lençóis sempre que outra onda de delírio tomava Fisher. Eu o segurava o melhor que podia quando se erguia na cama, mas não parecia ajudar, então deixei seu corpo se contorcer e tremer. A corrente no pescoço de Fisher estava grudada na pele, o pingente com adagas cruzadas envolvidas em videiras descansava na base da garganta, molhado de suor, e fiquei olhando aquela porcaria com raiva, me perguntando por que caralhos não estava fazendo seu trabalho. Isto era por causa do mercúrio. Eu não tinha dúvida alguma disso. Mesmo que não tivesse visto quanto havia se espalhado pelo olho dele, teria percebido por causa do cântico que ouvia o tempo todo no fundo da minha mente.

Annorath mor!

Annorath mor!

Annorath mor!

Trovão em meus ouvidos.

Um prenúncio desolador.

Durante as horas mais escuras da madrugada, quando as nuvens devem ter entrado na frente da lua e o quarto ficou cheio de sombras, Fisher se acalmou por um tempo.

— Me conta alguma coisa — pediu ele. — Me distrai. Às vezes melhora quando... minha mente vai para outro lugar.

Passei as mãos pelo ombro dele, usando os polegares para massagear os músculos tensos como estava fazendo havia uma hora. Não fiquei surpresa quando a tinta sob a pele dele chegou mais perto dos locais em que nossa pele se encontrava. Observei-a entrando pelos meus dedos, criando formas, e depois runas e desenhos delicados enquanto subiam. Tinha toda chance de continuarem ali de manhã, mas, no momento, eu não me importava com isso.

— O que devo te contar? — perguntei.

— Qualquer coisa. Me conta da sua vida... antes.

Fiquei sentada por um momento, pensando nisso. Não sabia por onde começar. Tinha muitas coisas sobre as quais não queria discorrer. Muitas coisas que eu não queria lembrar. Cantos perigosos da minha mente aos quais eu não tinha desejo de voltar.

A cabeça de Fisher mudou de posição na minha barriga.

— Por que você está franzindo a testa assim? — perguntou.

Olhei para baixo e vi que era *ele* que estava franzindo a testa para *mim*. Seu rosto já não estava mais coberto de transpiração. A tremedeira também parecia ter melhorado um pouco. Um alívio.

— Não sei. Tenho pouquíssimas memórias alegres e felizes de Zilvaren.

Eu tinha tocado bastante na pele de Fisher nas últimas horas, então nem pensei: corri os dedos pela testa dele, descendo pela têmpora e tirando o cabelo molhado do rosto. Ele fechou os olhos, e os cílios finos e delicados eram risquinhos de tinta preta em sua pele pálida.

— Eu não quero nada alegre e feliz — sussurrou ele, rouco. — Quero algo *real*.

As palavras caíram pesadas. Isso, vindo de alguém que se recusava a me dar respostas reais às perguntas que eu fazia sobre ele, era de fazer uma garota ter vontade de gritar. Mas minhas suspeitas em relação a isso — que Fisher estava de alguma forma vinculado a um juramento e *não podia* responder — tinham, neste ponto, se solidificado como fato em minha cabeça. E olhe só onde estávamos. Ele estava deitado em meus braços, imóvel e vulnerável em todos os sentidos da palavra. Exposto. Eu também podia ser um pouco vulnerável.

— Meu pai morreu quando eu tinha dois anos. Nem me lembro dele. Minha mãe estava grávida de quatro meses do Hayden quando aconteceu. Uma duna desmoronou num posto de comércio nas planícies de vidro. De duas, uma: ele foi esmagado ou sufocou até a morte. E, quando perdemos a renda dele, minha mãe virou prostituta — falei, sem rodeios.

Não era segredo em Zilvaren. Todo mundo conhecia Iris Fane, ou por ter trocado fichas com ela, ou porque as outras mães da nossa ala reclamavam sem parar em voz altíssima de que uma mulher de moral questionável vivia entre elas.

— Ela vendia o corpo principalmente por água e comida, mas também ganhava dinheiro. Sua lista de clientes era composta basicamente de guardiões. Homens de Madra. Ela trabalhava cinco dias por semana num lugar perto do mercado. A Casa de Kala. Kala contratava seguranças, então, na maior parte do tempo, as mulheres que trabalhavam lá estavam seguras. Bastava um grito partindo de um quarto, e cinco homens gigantes chutariam a porta e dariam uma surra em quem estivesse causando problemas. Mas de vez em quando ela trabalhava em casa para poder sobreviver. Eu observava por uma fresta na porta do quarto dela quando os guardiões vinham, resplandecentes e orgulhosos, todos cobertos com sua armadura de ouro.

"O homem de quem eu era aprendiz, sabe, Elroy? Ele a amava. Ela era linda e cheia de um... um fervor. Ele ia à nossa casa de vez em quando consertar coisas. Mas nunca tentou nada com ela. Ele não era assim. Várias vezes ele cuidou da minha mãe quando um dos guardas do palácio batia nela na nossa casa até ela ficar toda roxa..."

Balancei a cabeça, girando distraída uma mecha do cabelo úmido de Fisher no dedo.

— Ela não queria que eu seguisse o mesmo caminho, então fez Elroy prometer me aceitar na forja assim que eu tivesse idade. Eu tinha dez anos quando entrei pela primeira vez naquela oficina. E minha mãe? Nesse ponto já tinha começado a contrabandear armas para a ala. Começou com pedaços de sucata. Coisas que podiam ser *transformadas* em armas. Elroy de início não se importou de fazê-las. Só fazia adagas e pequenas facas. Minha mãe as distribuiu primeiro para suas amigas da Kala, para se protegerem quando levassem trabalho para casa. Mas, aí, ela começou a trazer espadas e escudos para casa. Coisas que a fariam ser morta se fosse pega contrabandeando.

Eu odiava me lembrar das batidas na porta no meio da noite enquanto minha mãe trabalhava na Kala. Os homens mascarados que jogavam sacos de estopa nas minhas mãos e saíam correndo sem uma palavra. Mas me forcei a isso.

— Logo depois disso, ela passou a me fazer levar itens da nossa casa para a forja todo dia. Os guardiões não prestavam muita atenção numa garota magricela a caminho do trabalho. Anos se passaram, e ela começou a me apresentar a todo tipo de homem...

A respiração de Fisher falhou. Ele estava relaxando gradualmente, mas voltara a ficar tenso, com as narinas se dilatando. Não falou nada, mas eu sabia o que estava pensando.

— Não esse tipo de homem — esclareci. — Eles nunca me tocaram, apenas mostravam onde ficavam as entradas de vários túneis. Inclusive, os que levavam às reservas subterrâneas onde Madra mantinha os reservatórios de água que eram suficientes para fornecer para a cidade toda e sobrar. Eles me mostraram como acessar os tanques e desviar um pouco aqui e ali. Me mostraram como arrombar fechaduras e escalar. Aprendi a lutar com adagas e a arremessá-las. Um rebelde podia ficar lá em casa, escondido no sótão, por uma semana ou um mês. Às vezes, dois. Aí, eles trocavam e aparecia alguém novo. Hayden não sabia de nada. Era pequeno demais para entender a maior parte do que acontecia e não sabia ficar de boca fechada. Então, aprendi a lutar, roubar e a cuidar dele também, já que nossa mãe não ficava mais em casa. E foi assim por muito tempo. Eu passava os dias na forja. Depois, cuidava de Hayden. Cozinhava para ele. Mantinha a casa limpa. E então, assim que ele ia dormir, eu saía para roubar o que precisássemos para viver.

— Quando você dormia?

Fisher não estava mais lutando contra a dor. Parecia estar lutando para ficar acordado.

— Não dormia, na verdade. Tirava cochilos quando podia e... sei lá. Eu só continuava.

— Devia ser uma merda.

— Era, sim. E piorou. Minha mãe começou a ficar com raiva. Estava de saco cheio de ser tratada que nem lixo e degradada por homens que se achavam muito melhores que ela. Passou a se recusar a aceitar guardiões como clientes. Alguns dos regulares, que iam lá em casa, não gostaram disso. Uma manhã, seis anos atrás, ela saiu de casa para a Kala, mas esqueceu a ração de água. Tinha deixado a garrafa cheia na mesa da cozinha. Nem tomara um gole. Eu sabia que, se não a levasse consigo, ia passar o dia todo sem água, então peguei e corri atrás dela. Encontrei-a na praça, já de joelhos. O guardião que ela expulsara de casa na noite anterior estava lá parado, arrogante pra caralho, enquanto seus subordinados vasculhavam a bolsa dela. Encontraram duas facas. Coisas minúsculas, sem ponta. As lâminas mal chegavam a sete centímetros, mas não importava.

— Porque a punição por carregar uma arma na Terceira é a morte — sussurrou Fisher.

— Eu os vi cortando a garganta dela — contei. — Sem prisão. Sem julgamento. Eles amam executar a sentença na hora. Economiza tempo e energia, acho. Ela morreu de cara na areia, no calor escaldante, com cinco homens mijando no cabelo e nas costas dela. E aí a largaram lá. Corri para ela assim que foram embora. Virei ela. Sacudi. — Dei de ombros. — Mas ela já tinha morrido. Eu não conseguia carregar seu corpo sozinha, então tive que correr para buscar Elroy. Quando voltamos à praça, nossos vizinhos estavam lá, parados acima dela, cuspindo em seu rosto. Elroy derrubou com um soco um homem que tentava rasgar as roupas do corpo dela.

"Qual o problema? Ela era uma puta suja, cheia de doenças. Não ligava de o mundo ver os peitos dela. Pronto, e se eu pagar essa vaca?"

Ele jogara uma moeda arranhada na barriga da minha mãe e chutara suas costelas. Foi então que Elroy havia quebrado a cara dele. Mas não contei essa parte a Fisher. Havia memórias que podiam ser colocadas em palavras, embora dar luz e ar a elas parecesse a morte. E havia aquelas que não podiam. Eu jamais repetiria as palavras que aquele homem falou sobre minha mãe.

— Nós cremamos o corpo dela na manhã seguinte nas dunas, a um quilômetro e meio das planícies de vidro. O ar estava tão quente que chamuscava o interior das minhas narinas. Hayden desmaiou, e Elroy precisou carregá-lo para casa, mas eu fiquei olhando a pira da minha mãe até ela virar cinzas e brasas. Quando enfim cambaleei de volta, encontrei nossa casa fechada com tábuas de madeira, a porta e as janelas bloqueadas. Havia um grande "X" preto pintado na alvenaria. A nossa casa foi a primeira que puseram em quarentena. Mas depois vieram outras. Uma semana depois, Madra tinha colocado a ala inteira em confinamento. Não podíamos entrar nem sair. Ela disse que a ala estava acometida por uma peste.

Aqueles dias eram pesadelos distantes e enevoados que assombravam minhas horas despertas e dormindo. O luto de Hayden tinha virado raiva muito rápido. Ele culpava nossa mãe pela perda da casa. Seus amigos finalmente lhe contaram que ela não tinha sido *atendente* na Kala. Alguns falaram que os próprios pais tinham fodido Iris Fane pelo preço de um jarro barato de cerveja. Ele havia se rebelado de praticamente todas as formas em que conseguia pensar e, ao terminar isso, começado a jogar.

— Vocês ficaram com Elroy? — perguntou Fisher.

Ele esfregou a testa, massageando o espaço entre as sobrancelhas, e percebi que conseguia se mexer. Mas não tinha mudado de posição, apoiado em mim. Quando deixou a mão cair de novo, pousou-a em minha perna. Confortável. Familiar.

— Não. Se ele tivesse nos dado abrigo, os guardiões teriam juntado dois mais dois e percebido que ele era quem tinha feito as adagas que minha mãe estava carregando naquele dia. Eu não queria colocá-lo em perigo, então, para todos os efeitos, Hayden e eu desaparecemos. Encontramos nossos próprios espaços para dormir, em sótãos. Principalmente em cima de tavernas, onde não daria para notar um pouco de barulho à noite. Eu entrava e saía de fininho na forja, então, ninguém sabia que eu estava trabalhando lá. As habilidades que os amigos rebeldes da minha mãe tinham me ensinado acabaram nos mantendo vivos. Demos um jeito.

Tanta coisa deixada de fora. Noites dolorosas cheias de brigas. Noites passadas dormindo em pisos duros no calor sufocante, sem nada para bloquear os gêmeos nas janelas. Fome incessante e uma sede que nunca era saciada. "Dar um jeito" era um termo generoso para como ficou a vida depois de aquele desgraçado cortar a garganta da minha mãe.

Fisher finalmente se virou e descansou a cabeça de novo no travesseiro.

— Vem cá — disse ele.

— Quê?

— Não me obriga a te arrastar até aqui. — Havia na voz dele um tom de cansaço, mas também de brincadeira.

Ele queria que eu me deitasse ao seu lado. Caramba. Eu ia ter que tentar entender isso de manhã, sinceramente, porque uma onda de exaustão como nenhuma outra se abateu sobre mim assim que me arrastei pela cama e estiquei as pernas dormentes pela primeira vez em horas. Me certifiquei de me posicionar de um jeito que nenhuma parte do meu corpo tocasse o de Fisher, mas ele fez um som contrariado e passou o braço pelo meu corpo. Colocando a mão em minha barriga, ele me puxou para perto, encostando minhas costas em seu peito. O calor de seu corpo era divino. Eu sentia seu coração batendo em minha pele — lento e estável, no ritmo de sua respiração. Em algum lugar ao pé da pequena cama, Ônix resmungou confortavelmente e se acomodou mais fundo nos cobertores.

Isto era... novidade.

Diferente.

Fisher prendeu os dedos em gancho sob a barra da minha blusa e descansou a mão em minha pele. Não era um movimento sexual. Era um simples contato entre uma pessoa e outra. Tranquilizador. Íntimo. Uma conexão.

— Minha mãe também foi morta — sussurrou ele, com a voz grossa. — Nós temos isso em comum, Oshinha.

Quis perguntar o que ele queria dizer com isso, mas Fisher já tinha pegado no sono.

27

MARCADA

AINDA ESTAVA escuro quando abri os olhos. Levei um tempo para perceber onde estava e quem estava me abraçando tão forte. Aí fiquei lá deitada, imóvel, sem respirar, ciente do fato de que o pau duro de Fisher estava cutucando minha bunda e de que ele quase certamente estava acordado. Eu tinha compartilhado camas suficientes com gente suficiente para saber pela respiração se a pessoa estava consciente ou não, e a de Fisher não era a inspiração rasa de alguém em sono pesado. Era profunda e calculada demais, e ele parecia tenso atrás de mim.

Ele vai se levantar e sair do quarto.

Ele vai se virar para o outro lado e dizer que não quer você aqui.

Ele vai falar alguma merda para você *ir embora.*

Imaginei um cenário terrível após o outro, sendo dominada pelo nervosismo... mas nenhuma dessas coisas aconteceu. A mão de Fisher continuava embaixo da minha blusa, mas havia se aberto um pouco, tendo relaxado no sono. O tecido que eu usava para segurar os seios tinha se soltado e subido durante a noite, e os nós dos dedos dele roçavam na parte inferior do seio esquerdo. Muito devagar, mas com uma intenção óbvia, Fisher abriu de novo a mão em minha pele, pressionando a palma em minha costela. Prendi o lábio entre os dentes, de repente em pânico, e meus batimentos cardíacos se aceleraram enquanto ele passava os dedos pela base dos meus seios, mal fazendo contato de verdade...

Era uma pergunta.

Isto é algo que você quer?

Podia escolher como responder. Se eu encurvasse os ombros e me afastasse, sabia que ele tiraria a mão e me soltaria. Nós dois nos levantaríamos e seguiríamos o dia, e ficaria por isso mesmo. Uma porta entre nós se fecharia.

Ou...

Ou.

Foda-se.

Eu não queria que a porta se fechasse.

Soltando uma respiração nervosa, arqueei as costas, roçando a bunda no pau dele. Deuses e pecadores, como ele estava duro. Fisher soltou um gemido rouco, e sua respiração varreu meu pescoço, fazendo minha pele se arrepiar toda. Seus dedos pressionaram com força minha costela, e deixei meus olhos se fecharem, desfrutando da onda de expectativa pelo que estava prestes a acontecer.

Como se houvesse algum contrato tácito entre nós, ninguém quebrou o silêncio. Ele se movia devagar, como se me dando tempo para mudar de ideia. Balançando o quadril à frente, me mostrou *exatamente* o quanto seu pau estava duro e o que pretendia fazer com ele.

Eu já sabia como era tê-lo dentro de mim, mas isto não era nada parecido com o jeito como tínhamos transado outro dia. Prometia mais. A tensão que crescia entre nós estava infundida com uma energia diferente. Eu a sentia viajando um milímetro acima da superfície da minha pele, por todo lugar ao mesmo tempo, queimando onde as mãos dele se mexiam em meu abdome.

Flexionei a coluna, arqueando-me contra ele, e uma sensação de calor abalou minhas estruturas quando Fisher descansou a testa em minha nuca e gemeu.

Eu o desejava. Mais do que desejava ir para casa. Deuses e mártires, que tipo de irmã isso me tornava? Hayden precisava de mim. Elroy também. Mas, no momento, com o cheiro dele abafando a porra do mundo inteiro e roubando meu bom senso, eu não era capaz de me sentir culpada por isso. Mais tarde haveria tempo suficiente para a culpa, mas naquele momento...

O nariz de Fisher roçou minha orelha, e um suspiro escapou pelos meus lábios. Como explicar a sensação de alguém como Kingfisher respirando pesado em meu ouvido? Não era fácil. Primeiro, houve o tremor. Começou no pescoço e se espalhou, arrepiando minha nuca, traçando um caminho quente e frio pela espinha, atingindo cada vértebra enquanto descia aos saltos como um cascalho arremessado numa superfície plana. Virou outra coisa ao chegar a meu osso sacro. Ficou pesado. Uma bola latejante, formando-se em meu estômago, se avolumando, afundando e batendo no topo das minhas coxas, que me fez precisar apertar uma perna na outra para contê-la.

O tremor.

O latejar.

Aí, o desejo.

Ele me assolava, tão quente que criava um vórtice de energia, tesão e necessidade girando tão rápido dentro de mim que eu sentia que precisava pular da cama e berrar ou então *bater* em alguma coisa.

Agora, agora, agora...

O desejo martelava em meu sangue. Como se conseguisse ouvi-lo chamando, Fisher agarrou meu seio, enfim se movendo rápido e finalmente abrindo mão de qualquer fingimento de que isso não fosse acontecer. Rolando meu mamilo entre os dedos, ele subiu os quadris com tanta força que senti a cabeça inchada de sua ereção na minha lombar. Um açoite afiado de dor passou em meio aos meus seios, descendo como um foguete para o meio das pernas, e juro por todos os deuses que pareceu que ele estava manipulando meu clitóris ao mesmo tempo que a ponta sensível do meu mamilo.

— *Ahh!* — Eu queria implorar para ele se afundar dentro de mim, mas não queria falar.

Se interrompesse o silêncio, haveria outras palavras que precisariam ser ditas primeiro. O que acontecera ontem à noite tinha sido terrível, para ele e para mim. Tinha alterado irrevogavelmente a dinâmica entre nós, e eu não achava que nenhum dos dois estivesse pronto para enfrentar isso. Então fechei os lábios e me recostei nele, que colocou o outro braço embaixo do meu corpo e me prendeu por completo. Massageando o meu seio com uma das mãos, ele puxou com força o botão do cós da minha calça e a abriu, deslizando a outra mão pela frente.

Quando me abriu e enfiou os dedos entre minhas dobras escorregadias, descobriu como eu estava molhada e rosnou profundamente. O som foi tão masculino e predatório que, puta merda, quase perdi a cabeça.

Me fode. Por favor, me fode.

Me toma.

Me domina.

Os dentes de Kingfisher mordiscaram meu lóbulo enquanto começava a esfregar o feixe de nervos inchado entre minhas pernas, e num instante minha mente se fragmentou. Sua boca. Suas mãos. Seu pau. Eram as únicas coisas que importavam. Ele sabia como me tocar. Como me deixar frenética. A forma como acariciava meu clitóris, encontrando a pressão e o movimento perfeitos, mostrava muitas horas se familiarizando com o corpo feminino. Tempo bem gasto, na minha opinião. Eu estava colhendo os benefícios dessa experiência, e com juros.

Sem vergonha alguma, me esfreguei nele, tirando o que queria do contato, cavalgando em sua mão enquanto ele me esfregava.

Me fode com seus dedos.

Me sufoca.

Me segura e monta em cima de mim até eu gritar.

Fisher fez um som animalesco e desesperado na curva do meu pescoço, como se conseguisse ler minha mente e soubesse todas as coisas sujas que eu queria que fizesse comigo. Como se também quisesse fazê-las. Ele grunhiu ao arrancar o braço debaixo da minha blusa e fechar a mão em minha garganta.

Vou fazer você implorar, Oshinha.

Vou encher cada um desses seus buracos lindos.

Vou te foder tão forte que você nunca mais vai querer ninguém.

Eu tinha imaginado as palavras. Inventado do mais puro nada e, de algum modo, elas soaram altas na minha cabeça, com a voz dele. Mas o corpo de Fisher me prometia abertamente essas coisas, e eu não queria mais esperar.

Ele me puxou ainda mais para perto, apertando com mais força meu pescoço, afundando o polegar em meu maxilar, e permiti que minha cabeça tombasse para trás. Ele enterrou o rosto em meu pescoço, gemendo, e o pensamento perigoso me veio à mente sem ser convidado.

Me morde.

Fisher enfiou os dedos mais fundo dentro de mim e soltou um ofego sofrido. Com a mão se apertando em meu pescoço, ele me deu uma sacudidela que quase pareceu uma reprimenda. Eu estava tão abalada com a sensação de seus dedos dentro de mim, explorando meu calor molhado, que, por um segundo ofuscante, não consegui pensar em meio ao pico de prazer.

Caralho, a gente ainda estava de roupa. Fisher estava sem blusa, mas com a calça, e eu estava completamente coberta. De repente, precisava que estivéssemos nus. Eu queria sentir o corpo dele no meu. Queria senti-lo pela porra da minha pele inteira. Agarrei minha blusa, pronta para tentar, de algum jeito, tirá-la sem Kingfisher ter que parar o que estava fazendo, mas, aí, senti uma onda percorrendo todo o meu corpo e, do nada, minhas roupas estavam em pedaços, caindo do meu torso, dos meus braços e das minhas pernas. A calça de Fisher simplesmente *desapareceu.*

Eu tinha conseguido o que desejava tão desesperadamente. Nossos corpos se encontravam em todo lugar. Nossas pernas emaranhadas, a pele pegajosa de calor. Fisher redobrou suas atenções, pulsando os dedos dentro e fora de minha abertura e ao mesmo tempo esfregando meu clitóris com a base da mão, me jogando num frenesi.

Eu mal conseguia respirar. Minha cabeça girava enquanto ele enterrava o rosto de novo em meu cabelo e soltava mais um gemido doloroso.

Me fode.

Por favor! Deuses, por favor, me fode logo.

Eu quero...

Eu preciso...

O som do gemido agitado de Fisher rebateu nas paredes do quarto pequeno. Ele foi rápido, tirando os dedos bem a tempo de abrir espaço para seu pau rígido. Ao contrário da última vez que tínhamos estado juntos, ele não se enfiou dentro de mim imediatamente. Desta vez, senti o inchaço da cabeça me pressionando, depois o momento avassalador, arrasador, quando ele deslizou o pau e começou a arremeter.

Ah.

Meus.

Deuses.

Caralho.

Ele...

Deuses, como ele estava fundo. Eu...

Cada guerreiro em Irrin vai sentir meu cheiro em você, estrondou a voz de Fisher em minha mente. *Eu vou te deixar rouca de tanto gritar a porra do meu nome. Vou te marcar de todas as formas imagináveis, para todo mundo saber que você é minha, caralho.*

Puta merda!

Ele...

Isso era...

Eu não conseguia...

Ele determinou um ritmo inclemente, estocando e enfiando até o fundo. Continuava com a mão entre minhas pernas, massageando meu clitóris enquanto me fodia. Ele me abarcava inteira, total e verdadeiramente. Eu estava presa em seu abraço, completamente envolvida por ele, tremendo cada vez que me penetrava fundo... mas, mesmo assim, tinha mais uma coisa...

Me morde, Fisher.

Veio como um pensamento ofegante. *Não posso...*

Me morde. Vai. Eu quero!

Não posso!

ME MORDE!

O ardor vivo e afiado de seus caninos entrando em minha pele me fez sibilar alto. Meus olhos se abriram de repente, e o choque fez meus batimentos cardíacos tropeçarem por um momento, mas aí...

Um deleite diferente de qualquer outro sobrecarregou meus sentidos — um raio correndo pelas minhas veias. Fisher ficou imóvel, paralisado como uma estátua, e com a respiração forte e rápida pelo nariz. Ele tinha mordido o declive do meu pescoço, logo acima da clavícula, mas ainda não tirara sangue. Estava esperando, mas eu não sabia pelo quê.

Já não mais tapando a minha respiração, ele levou a mão livre de novo ao meu seio e começou a lentamente acariciar meus mamilos, de leve, circulando timidamente a aréola. Minhas terminações nervosas entraram em curto-circuito, a euforia inundou meu organismo até eu me sentir chapada. Foi só quando minha mente começou a ficar viscosa e de ponta-cabeça que ele puxou muito devagar os quadris e aí enfiou o pau até o fim. Ao mesmo tempo, senti o primeiro formigamento no pescoço — era ele tirando um pouco do meu sangue pela primeira vez.

— *CARALHO!* — gritei alto, revirando os olhos.

O crescente de prazer desceu em mim como uma avalanche. Fui esmagada por ele. Me quebrou e fez a porra da minha alma cantar. Era melhor que qualquer droga que eu já tivesse experimentado.

Calma. Quieta. Não... se mexa.

As palavras saíram falhadas. Desesperadas. Estavam dentro da minha cabeça e eu... não tinha qualquer esperança de obedecê-las. No momento em que Fisher deslizou de novo para dentro de mim e bebeu um pouco mais, perdi qualquer senso de orgulho e estendi as mãos para trás, agarrando a cabeça dele e o empurrando em meu pescoço com a maior força que consegui.

Acaba comigo.

A ordem foi tudo de que ele precisava. Os braços de Fisher me apertaram como um torno, e ele meteu em mim com a força das marretas quebrando a superfície congelada do Darn. Cedi com muito mais facilidade do que o rio. Me desfiz em pedaços, e Fisher era a única coisa me mantendo inteira. A cada puxão inebriante de sua boca, eu me sentia encher de luz até brilhar forte como um sol.

Não para. Não para...

Eu sentia a necessidade dele borbulhando dentro de mim. Ele também estava se afogando nisso. Me fodeu ainda mais forte, bebendo cada vez mais, e os seus braços pareciam anéis de aço ao meu redor.

E aí o mundo acabou.

Num piscar de olhos, a existência virou um vazio branco.

As estrelas caíram dos céus, e o inferno subiu para encontrá-las.

Tudo e nada, aqui e acabado.

Era cada momento de êxtase que eu já havia experimentado, condensado e multiplicado por um milhão. Meu corpo virou uma tocha de fogo, e lá estava Fisher, queimando bem ao meu lado.

Ele metia em mim sem pensar, grunhindo, e aí arrancou a boca da minha pele e rugiu como se estivesse morrendo.

Não. Não como se estivesse morrendo.

Como se estivesse *renascendo.*

O mundo voltou a existir pouco a pouco, como flocos de neve flutuando do teto. Levou muito tempo para meu corpo parar de tremer. Como tinha feito quando acordei, Fisher ficou deitado atrás de mim, imóvel como os mortos, sem respirar. Só que, desta vez, ele estava me segurando como se sua vida dependesse disso. E não me soltou.

Pão fresco, quente. Amanteigado. Delicioso.

Meu estômago roncou e minhas pálpebras se abriram tremulantes. Me vi de conchinha com uma raposa que roncava. Ônix piscou preguiçoso e, juro pelos deuses, parecia estar sorrindo para mim.

— Você está fedendo — falei para ele, acariciando sua cabeça. — Precisa de um banho. Chega de dormir na cama.

Ele mostrou os dentes, jogou as orelhas para trás e saiu da cama, desaparecendo pela porta aberta do quarto. Pelo jeito, não gostava de ouvir falar em banho.

Suspirando e deliciosamente dolorida, me recostei nos lençóis amarrotados e fiquei olhando o teto, observando bolinhas de poeira flutuarem em espiral pelo ar matinal dourado. Onde diabos estava Fisher? Fiz a pergunta com uma dose de resignação. Conhecendo-o bem, ele já devia estar de volta a Irrin, desesperado e furioso. Eu ficaria largada aqui por três dias como resultado da incapacidade dele de lidar com a porra dos seus sentimentos. Virei a cabeça, e meu coração desacelerou ao ver a minúscula gota de sangue seco manchando os lençóis ao meu lado.

Meu sangue.

Fisher tinha me mordido.

Minha mente ficou em branco. Deixei essa informação flutuar em primeiro plano. Não tentei processá-la. Tinha oficialmente chegado ao ponto de exaustão no que dizia respeito a analisar tudo o que acontecera desde o Salão dos Espelhos. Era só mais uma coisa equilibrada precariamente no topo de uma lista muito longa e desconcertante que eu teria que desvendar em algum momento. Por enquanto, só sabia que eu tinha desejado aquilo. Tinha pedido e, por sinal, Fisher e eu nos tornamos aleatoriamente capazes de falar um na mente do outro.

Lá estava de novo: o cheiro de massa fresca e crocante e manteiga gostosa, mas desta vez mesclado com um levíssimo toque de açúcar. E *café*. Foi a ideia do café que me fez sair da cama. Retesada e um pouco zonza, me embrulhei num lençol e fui atrás da fonte do cheiro.

A luz banhava a sala do apartamento. Os lençóis tinham sido removidos dos móveis e dos quadros, revelando um espaço confortável cheio de pequenos tesouros, livros e bugigangas que davam ao local uma sensação tranquila de lar. Na prateleira acima da lareira, havia diversos potes de vidro com carvão e pincéis.

Fisher estava sentado a uma mesa redonda ao lado das janelas, com as pernas compridas estendidas à frente e a luz refletindo em seu cabelo e esquentando o preto, transformando-o em castanho-escuro. Dourava um lado do rosto dele, suavizando as bordas duras de seu maxilar e a linha altiva do nariz. Ele estava olhando pela janela, observando os galhos da árvore em frente ao vidro balançarem suavemente com a brisa. Parecia perdido em pensamentos. Tranquilo, até. Uma parte de mim não queria anunciar minha presença. Considerando quanto ele andava perturbado, queria que ele aproveitasse o momento de paz. E eu era uma puta de uma covarde, no fim das contas. Ainda havia coisas a dizer e eu tinha medo dessa conversa. Só podia terminar mal e...

Fisher fechou os olhos e deixou a luz filtrada do sol dançar em seu rosto.

— Eu não sabia como você gostava do café — disse ele, baixinho.

Merda.

— Há quanto tempo você sabe que eu estou aqui?

Ele deu um sorriso triste.

— Eu *sempre* sei onde você está, Oshinha.

Abrindo os olhos, ele se virou para me olhar. O sorriso ganhou uma ponta perigosa quando Fisher viu como eu estava.

— Eu teria me vestido — expliquei —, mas não tinha nenhuma roupa naquela bolsa que você preparou para mim. Agradeço pela intenção, mas quatro facas de arremesso, um kit de primeiros socorros e uma garrafa de uísque talvez tenha sido demais. Uma calcinha limpa e uma escova de dentes teria sido bacana.

Isso arrancou uma risada dele.

— Justo. E anotado. Só duas facas e um cantil, da próxima vez. Além de calcinha e escova de dentes.

Dei uma risada suave.

— Eu *estava* disposta a colocar as roupas de ontem, mas aí as encontrei na cama, em pedaços, e essa ideia também saiu pela janela.

— Fica tranquila. Fico feliz de corrigir meu lapso de boas maneiras.

Com um giro de punho, Fisher conjurou uma onda de fumaça cintilante. Estendendo-se pelo tapete na minha direção, ela circulou meus tornozelos como um gato amigável querendo carinho. Subiu pelas pernas, fazendo minha pele se arrepiar de calor e deixando em seu rastro uma seda preta luxuosa. A calça tinha boca larga e era soltinha. A blusa de alcinha era bonita, comprida o suficiente para cobrir minha barriga — mas por pouco — e enfeitada com renda fina no decote profundo. A magia de Fisher aparentemente não havia me agraciado com roupa de baixo; meus mamilos endurecidos estavam visíveis através da leve transparência do tecido.

Arqueei uma sobrancelha para ele.

— Esse é o tipo de coisa que você me imagina usando com frequência?

— Quando eu te imagino, Oshinha, *muito* raramente você está de roupa.

Ah. Uau. Tá. Minhas bochechas coraram, e um calor agradável esquentou meu rosto. Abaixei a cabeça, olhando meus pés descalços e me permitindo um momento para me acostumar à ideia de que Fisher não ia ser um merda insuportável nesta manhã. Já era surpresa o bastante ele ainda estar aqui, mas isso era um choque para o qual eu não estava preparada.

— Venha sentar. Coma — disse ele.

Isso eu com certeza podia fazer. Estava morrendo de fome. Juntei-me a ele à mesa, me sentando à sua direita para poder olhar pela janela e observar Ballard acordando enquanto eu comia. Fisher estava com um sorrisinho quando me debrucei na mesa e caí em cima dos pequenos folhados, tortas em miniatura recheadas de creme inglês e frutas cortadas.

— Que foi?

— Nada. Nada mesmo — respondeu ele, com a voz divertida.

— Quer que eu vá sen... Ah, deuses! *Fisher!* Mas que...

Senti o sangue sendo drenado do meu rosto. Que *diabos* tinha nas minhas mãos? Soltei o doce que estava segurando, e Ônix mergulhou e o pegou no ar antes mesmo de tocar o chão. Estendi as mãos, perplexa. As tatuagens com as quais eu não me importara muito ontem à noite continuavam por todos os meus dedos e pelos dorsos das mãos. Só que passou a haver mais. Muito mais. Pilhas de pequenas runas subiam pelos meus dedos. Eu não fazia a mínima ideia do que elas diziam. E os dorsos das minhas mãos? Comecei a me sentir muito zonza. O desenho da mão esquerda era simples. Mais ou menos. As linhas eram finas e se emaranhavam lindamente, criando uma forma que quase parecia uma flor, se você olhasse por tempo suficiente. A da direita, porém...

Era maior e cobria a minha mão inteira. As linhas eram mais grossas. Se torciam uma ao redor da outra, formando uma variedade de nós que eu tinha dificuldade até de diferenciar. Não era só uma runa. Eram muitas, interligadas, entrelaçadas uma em cima da outra e da seguinte. Uma das runas nem era preta, e sim de um verde-azulado escuro e iridescente que tinha um brilho metálico quando refletia a luz.

Até Fisher engoliu em seco ao ver toda essa nova tinta que eu tinha ganhado durante a noite. Joguei as mãos na direção dele, em acusação.

— Minha mãe *não* aprovaria isto!

Para ser justa, ele não riu de mim. Pegou seu café, permanecendo sério, e tomou um gole. Depois de pousar a xícara na mesa, estendeu a mão e segurou a minha esquerda. Sua expressão estava vazia ao estudar as runas em meus dedos. Suas sobrancelhas se contraíram conforme ele girava meu braço para lá e para cá, lendo os escritos que contornavam meu punho. Mas, quando passou um dedo pela runa maior, a que parecia flor, no dorso da minha mão, sua feição ficou completamente ilegível.

Ele passou bem mais tempo avaliando a tinta da minha mão direita. Fiquei sentada, impaciente, com os pensamentos quicando para todo lado, sem conseguir me acalmar.

Diz alguma coisa. Não fica aí parado, franzindo a testa assim. Fala!

Fisher bufou suavemente.

— Estou pensando — respondeu ele. — Me dá um minuto.

— Ah, cacete. Então isso era real? Você consegue ler meus pensamentos? — Tinha uma nota de histeria na minha voz.

— Não, não consigo ler seus pensamentos — disse ele, subindo os olhos para os meus por uma fração de segundo. — Mas consigo ouvir quando você fala diretamente comigo. Só isso.

— Só isso? Só *isso*!

— *Respira*, Oshinha — ralhou Fisher. — Seu coração está acelerado.

— Estou bem — menti.

Fisher adotou uma expressão muito intensa. Parecia confuso com algo. Virando minha mão para si, chegou a inclinar a cabeça para ter uma perspectiva diferente da runa fechada em camadas.

— O que... O que tudo isso significa? — perguntei, nervosa.

Fisher inspirou fundo, levantando os olhos da minha mão.

— Não muito, na verdade. — Ele pegou uma das tortas de creme, virou minha mão, colocou-a na palma e me soltou. — Aqui. Coma. Você está hipoglicêmica.

— Eu estou hipoglicêmica? Que... Fisher, *o que as tatuagens significam?*

Ele suspirou, balançando para trás na cadeira. Reclinado de novo, a luz quente que entrava pela janela voltou a banhá-lo de dourado. Ele era de tirar o fôlego.

— A da esquerda significa abençoada — disse ele, com um tom leve. — Os dedos... — Ele deu de ombros, olhando para o teto casualmente demais. — Significam todo tipo de coisa.

— Dá para você ser mais vago que isso?

— Bom, provavelmente...

— *Fisher!*

— Tá. Tudo bem. Várias delas estão conectadas. Luz. Escuridão. Prata. Aço. Terra. Ar. Fogo. Água. Esse tipo de coisa. Negócio de alquimista.

Negócio de *alquimista*? O jeito que ele falou fazia parecer que devia ser explicação suficiente e era para eu ficar satisfeita, mas eu tinha mais perguntas. Muito mais perguntas, e uma delas era mais urgente que o resto. Levantei a mão direita e apontei para a mãe de todas as runas cintilando ali na minha pele.

— Que diabos *esta* significa?

Fisher me olhou nos olhos.

— Essa é difícil. Não consigo te dar uma resposta definitiva. Ainda não.

— Tem magia nela, não tem?

— Tem magia em todas elas — disse ele, despreocupado, dando uma mordida e tanto em seu café da manhã. — Se não quiser ficar com elas...

— Como eu vou saber se quero ficar com elas se não sei o que *significam*?

— Desculpa. Tem razão. Venha.

Ele fez um gesto para eu lhe dar a mão, o que fiz. Um momento depois, um frio arrepiante percorreu minha pele. Uma a uma, as runas desbotaram até sumir, inclusive a mais complexa e cheia de camadas.

Fiquei olhando-o, chocada.

— Mas...

— Elas não se foram para sempre — explicou, tenso. — Eu... Se quiser, você pode mudar de ideia depois. Tem mais ou menos um mês. Se decidir nas próximas semanas que as quer de volta, eu te devolvo.

— Mas e se eu decidir que quero tatuagens descoladas na mão depois de o mês passar? Posso escolher desenhos diferentes cada vez que a gente transar ou algo assim?

Fisher deu uma risada seca e fez que não com a cabeça.

— Não. As marcas são escolhidas por você. Não vão mais estar lá depois de um mês. Se você decidir não as aceitar, vão sumir para sempre.

Deixei que a informação pairasse entre nós por um momento, sabendo que havia algo que ele não estava me dizendo. Muita coisa, aliás. Mas eu não tinha energia para cutucar mais. Dei uma mordida na comida, observando toda a tinta que ainda marcava a pele dele. Depois de um tempo, falei:

— O que significam as suas?

— As minhas?

— Suas tatuagens. As *suas* não foram para lugar nenhum.

— Ah. — Ele baixou os olhos para o corpo. — Bom. Nossas runas são complicadas. Mas, sim, têm significados. Esta — disse ele, levantando a mão esquerda — significa vingança. — Ele levantou a outra mão. — Esta significa justiça.

— E esta? — perguntei, apontando para a seção grande de tinta rodopiante no antebraço.

— Sacrifício — respondeu ele, com a voz falhando.

— Por que é tão maior que as outras?

Fisher olhou a runa, aí lentamente abaixou a manga da camisa, cobrindo-a.

— Acho que provavelmente você consegue adivinhar por quê — falou, suavemente.

Eu conseguia. Me arrependi da pergunta assim que a fizera. A maior tatuagem do braço de Fisher significava sacrifício porque *ele* tinha sacrificado ou precisaria sacrificar tanto...

Eram como profecias. Contavam a história dele. E ele não estava necessariamente confortável em falar disso. Com o tempo, talvez estivesse. Mas, por enquanto...

Apontei para a pequena tatuagem de pássaro sob minha clavícula, mudando de assunto.

— Você me disse que não podia tirar *esta*.

O rosto de Fisher ficou completamente sem humor. Do nada, a luz do sol diminuiu e a sala se escureceu com sombras vindas das paredes nos quatro cantos do cômodo. Soube na hora que algo havia mudado. Nosso tempo juntos no café da manhã tinha acabado.

Fisher se levantou da mesa, cuidadosamente recolocando a cadeira embaixo dela.

— Não, não consigo tirar *essa* — disse ele, tenso. — E peço desculpas por isso.

— Não precisa se desculpar. Já estou bem apegada. Só achei que, como você removeu as outras... — Deuses, eu estava divagando.

— Não removi. Só escondi. Por enquanto, pelo menos. — Ele me deu um sorriso de lábios fechados. — Precisamos ir embora já, já. Você vai encontrar uma muda de roupa limpa na sua cama. Já tem um banho preparado lá para você. Vou me despedir da Wendy. Quando eu voltar, a gente vai.

Deixei Fisher ir embora, sabendo que não podia dizer nada para deixar o clima como antes. No quarto — aquele em que eu *devia* ter dormido —, mergulhei meu corpo dolorido na banheira e me permiti ficar pensando em tudo o que tinha dito. Foi quando me levantei, nua, pingando no tapete na frente do espelho de corpo inteiro ornamentado na parede, que percebi o que havia mudado o clima na cozinha. Bem ali, apenas alguns centímetros acima da tatuagem de pássaro, estavam duas marquinhas vermelhas. Já estavam quase fechadas. Nem doíam.

Não, não consigo tirar essa. E peço desculpas por isso.

Ele não estava falando da tatuagem de pássaro.

Estava falando da marca de mordida no meu pescoço.

28

SÓ PEDIR

- Bismuto. Cádmio. Cinábrio.
- Plumbago. Limão. Calcita.
- Sal de estanho. Resina de cobre. Marcassita.

Resultado: Sem reação.

QUANDO CARRION irrompeu forja adentro no fim daquela tarde, eu estava nos fundos, ao lado dos banhos-marias, jogando provetas de vidro na encosta da montanha. Fiz cara de poucos amigos, tentando transmitir meu desprazer com a presença dele por meio de uma careta em vez de palavras. Se eu conhecia Carrion, ele entendia perfeitamente bem o que eu queria dizer e estava pouco se fodendo para eu não estar animada em vê-lo. Tirou uma charuteira do bolso de um casaco que parecia bem quente, e acendeu uma cigarrilha para si. Me ofereceu uma, mas recusei e lancei mais uma proveta na pedra.

Um cheiro herbáceo, fragrante, encheu o ar.

— O que estamos fazendo? — perguntou ele.

— O que parece?

A proveta que joguei desta vez não subiu tão alto na encosta, mas mesmo assim explodiu numa chuva impressionante de vidro quebrado.

— Posso fazer também?

Revirei os olhos.

— Ótimo.

Segurando a cigarrilha entre os dentes, Carrion escolheu um frasco gordo, de fundo redondo, do caixote que eu tinha arrastado até aqui fora. Tacou o negócio com toda a força, e fez um arco muito bom antes de mergulhar e explodir nas pedras. A colisão resultante foi uma das melhores até então.

— Olha, foi bem gostoso — disse ele, soprando uma nuvem grossa de fumaça. — Quer me contar *por que* estamos fazendo isto?

— Destruição — respondi.

Carrion assentiu, balançando a cabeça de um lado para o outro.

— É uma razão tão boa quanto qualquer outra. Gostei.

Peguei os dois bulbos de vidro menores de um velho alambique e enfiei um no peito de Carrion.

— Cale a boca e jogue.

Ele riu, mas obedeceu, fazendo o vidro voar pelo ar. Joguei o meu ao mesmo tempo, e os dois bulbos explodiram contra a pedra com uma colisão estrondosa.

— Pelo jeito, você não teve sorte com os testes hoje, né? — disse Carrion.

Deuses, ele não se tocava, não? Eu não estava a fim de discutir meus fracassos. E também tinha queimado meu braço mais cedo, o que não ajudava em nada.

— Evidentemente não. E aquele *maldito* mercúrio...

— Está tendo dificuldades de obrigá-lo a fazer aquele negócio de ficar todo líquido e ondulante?

— Não. Já consigo alterar o estado dele tranquilamente. Mal preciso pensar nisso. Só o mando virar líquido, e ele vira líquido. O problema é que ele fica zoando com a porra da minha cara.

Carrion bufou uma risada.

— *Zoando* com a sua cara?

— Sim! Ele ri toda vez que tento misturar algo novo com ele. Aceita a prata pura, mas, no segundo em que derramo qualquer outra coisa ali, queima antes de tocar os metais. E o filho da puta *ri*!

— Ele não pode ser senciente — disse Carrion, cético.

— Ah, mas é. Você não estaria dizendo isso se conseguisse ouvir o que eu ouço.

Carrion assentiu, tragando a cigarrilha, com a chama viva brilhando na ponta.

— Você já considerou a possibilidade de ser maluca?

— Já, na verdade — respondi, azeda. — Mas os livros de Fisher lá em Cahlish dizem que era comum os alquimistas relatarem que conseguiam ouvir o mercúrio.

— Então pode ser que *todos* os alquimistas sejam malucos. De repente ter um parafuso solto é pré-requisito para trabalhar com isso aí.

Peguei mais um frasco da caixa e joguei, rosnando baixinho.

— Olha, se você não vai ajudar, então estou meio ocupada.

— Ah, claro, com certeza. Estou *vendo*.

Girei rápido, agarrando um novo frasco, pronta para jogar nele, mas Carrion levantou as mãos, se rendendo.

— Tá bom, tá bom. Desculpa. Eu admito que não vim aqui para tentar ser útil, mas... você diz que não tem mais problemas para fazer o mercúrio mudar de um estado para outro, certo? Porque você pede para ele mudar. Né?

— É.

— Então, você já pensou em só *pedir* para ele se fundir com a prata pura?

— Pffff! Deixe... Deixe de ser ridículo. Lógico que não!

— Por que não?

— Seria simples demais, Carrion. Não posso só *pedir* para ele virar uma relíquia.

— Pois me parece que, se você pode pedir para ser líquido ou sólido, pode pedir para ser todo tipo de coisa — disse ele, puxando o colarinho do casaco.

Fulminei-o com o olhar, minha irritação aumentando. Não Carrion Swift. *Não* seria graças a ele que eu descobriria como realizar essa tarefa. Ele ia me infernizar pelo resto da vida. Mas era enervante eu não ter considerado isso sozinha.

— Você vai tentar? — perguntou ele, se endireitando um pouco. — Posso ver?

Deuses, ia ser horrível.

— Não posso tentar fazer uma relíquia de novo. Ainda não refinei a prata. Estava fazendo uma pausa para isto aqui. — Para ficar *emburrada*. — Mas... tem um jeito de testar metade da teoria — falei. — E, sim, pode vir ver. Mas só se prometer ficar de boca calada e não atrapalhar.

Era fisicamente impossível para Carrion ficar de boca calada e não atrapalhar. Eu já sabia disso quando concordei em deixar que me seguisse até a tenda do mapa, então não fiquei muito surpresa quando ele falou durante o caminho inteiro montanha abaixo e também enquanto atravessávamos todo o acampamento. Estava tagarelando sobre algum contrabandista de quinta categoria lá em Zilvaren chamado Davey, que devia dezessete fichas para ele, quando chegamos à sala de mapas.

Felizmente, estava deserta. Eu tinha imaginado que talvez encontrasse Danya ali, já que era o único lugar em que a vira no acampamento até então, mas pelo jeito o destino estava sorrindo para mim hoje, porque nem Ren estava lá. E eu não queria plateia para isto. Carrion não contava, e ele já sabia o que eu ia fazer, de todo jeito, tendo sido responsável pela sugestão. Eu ficaria com cara de idiota se tentasse isso e fracassasse, e preferia que nenhum feérico testemunhasse em primeira mão.

— Está escuro pra caralho aqui — resmungou Carrion.

Tinha uma fogueira acesa na grelha sem ventilação, mas nenhuma das tochas das paredes queimava. Ele pegou a mais próxima e enfiou a ponta no fogo, aí contornou a sala vazia, acendendo as demais. Não prestei atenção alguma ao falatório dele enquanto o fazia. Estava concentrada nos cacos de metal eriçados saindo da parede de pedra.

Isto não vai dar certo. Por que daria? Com certeza alguém já tentou...

Fui atingida por uma dúvida atrás da outra, mas afastei todas. Eu não tinha nada a perder. E não me custava nada pedir. Se nada acontecesse ou o mercúrio só risse de mim, sem problemas. Eu voltaria à forja e refinaria a prata, e amanhã de manhã recomeçaria meus testes. Mas se funcionasse...

Ela vem.

Ela vem.

Ela se aproxima.

O mercúrio não tinha falado da última vez que eu estivera aqui. Não assim. Eu havia ficado muito tempo parada ao lado dos cacos, me concentrando muito neles antes de detectar apenas um leve sussurro vindo do metal. As vozes eram uma conversa cochichada, baixa, sim, mas com volume suficiente para eu perceber ao me aproximar da parede.

Ela vem.

Ela vê.

Ela escuta.

Estiquei-me, estendi a mão e pressionei a ponta do indicador numa das lascas da espada.

Sim, eu vim. Eu vejo vocês. Eu ouço, pensei.

Vozes explodiram em minha cabeça. Dezenas delas, falando, gritando, suplicando, implorando, rindo, berrando. Ofeguei, afastando a mão depressa.

— Isso deve ter doído — comentou Carrion, em tom de quem joga conversa fora.

Ele estava bem ao meu lado, segurando a tocha, e seu cabelo avermelhado estava num tom de cobre dourado por causa das chamas.

— Dá para se afastar um pouco? — pedi. — Acho que vai ser um pouco mais fácil sem você respirando no meu cangote.

— Pelo que eu me lembro, você gostava quando eu respirava no seu cang…

— Se você ousar terminar essa frase, pode ir esperar lá fora — estourei.

— Justo. — Carrion deu um passo para trás e fez uma mesura graciosa. — Se bem que, se parecer que sua mente está sendo sugada para fora do corpo ou que você está com uma dor insuportável e não consegue soltar as estacas assassinas de mercúrio de espada, tenho sua permissão para te derrubar no chão?

Na verdade, parecia um plano prudente.

— Tem.

— Excelente.

Me preparei para o rugido de vozes, tocando delicadamente um dos cacos de novo, mas desta vez só houve silêncio. Será que eu tinha imaginado os gritos e as súplicas? Não parecia plausível. Voltei ao caco original que havia tocado, preparada para uma nova ofensiva de barulho, só por via das dúvidas, mas houve apenas o eco do silêncio.

Oi?, pensei. *Estão aqui?*

A resposta foi instantânea.

Onde é aqui...

Aqui...

Aqui...

Aqui...

Aqui...

As vozes vinham da esquerda e da direita, de trás e da frente.

Podemos estar em todo lado, ronronaram, em uníssono.

Eles tinham respondido à minha pergunta. *Ele* tinha? Eu não conseguia nem começar a discernir se as vozes dentro do mercúrio pertenciam a uma coisa ou a muitas, mas não tinha vindo para resolver esse quebra-cabeça. *Vocês podem sair da pedra?*, pedi.

Sair?

Sair?

Sair?

Por queeeeeê?

As vozes zumbiam como mosquitos.

Porque a guerreira que era sua dona está brava comigo. E eu quero remontar vocês.

Isso era bizarro. Eu nunca tivera um diálogo com o mercúrio antes. Nem havia pensado em tentar, o que era uma tolice, talvez, já que frequentemente ele não calava a boca.

Dona?

Dona?

Nós não temos dona.

Ouvi, clara como água, a raiva nas vozes em camadas. Devia ter percebido que a linguagem possessiva talvez não caísse bem, mas já havia dito. A única forma de seguir em frente era controlando os danos.

— Você está fazendo uma cara esquisita — sussurrou Carrion, alto. — Está falando com ele?

— Sim, estou falando com ele. O que acha que estou fazendo?

— Sei lá. Você parece constipada.

— Shh!

Fechei os olhos para afastar Carrion. *A guerreira que carregava vocês, não que era sua dona,* pensei. *Ela deseja carregá-los de novo. A não ser que dê para remontar vocês, ela não pode fazer isso.*

Desejos de feéricos e humanos não são de qualquer interesse nosso...

Nosso...

Nosso...

Caramba. Sinceramente, a ideia de ser carregada por aí por Danya também não me apeteceria muito, mas eu não tinha pensado que ia ter que recorrer a táticas de negociação. Mas, se o mercúrio era senciente, certamente queria algo. Qualquer coisa capaz de sentir e pensar sempre queria algo.

O que é do interesse de vocês?, perguntei.

O mercúrio não respondeu imediatamente. Parecia estar pensando no assunto. Depois de uma longa pausa, falou: *Música. Dê-nos música e obedeceremos.*

Música? Deuses e pecadores, cacete, para que diabos ele queria música?

Que tal isto? Me permitam reforjar vocês, e eu peço para alguém cantar uma canção só para vocês.

Não tinha como isso funcionar. Não tinha.

Uma canção? Do começo ao fim? Para conosco ficar?

Ficar?

Ficar?

Se tinha um jeito de ficar com uma música, eu não sabia qual era, mas estava disposta a concordar com praticamente qualquer coisa neste ponto. *Sim, prometo. Uma canção inteira para ficar com vocês.*

E você vai nos forjar em uma espada mais poderosa do que qualquer outra?

Sim. Se vocês permitirem.

Vamos aceitar...

Aceitar...

Aceitar...

Eu não queria forçar a barra, mas tinha mais uma coisa que queria saber. *E podem conceder à lâmina que eu forjar uma magia para a portadora usar?*

Um dom revogado!, gritou o mercúrio. *Você pede o que não pode ser dado...*

— Saeris...

— Silêncio, Carrion — sibilei. — Te conto o que está acontecendo quando terminar.

Eu devia tê-lo deixado na forja. Bloqueando-o mentalmente, tentei uma abordagem diferente com o mercúrio.

Não está incluído em seu poder oferecer isso?

Tudo está incluído. Ele parecia afrontado pela sugestão de que não era capaz de algo. *Mas não é merecido. Decidimos há muito tempo.*

Como vocês sabem? Como podem saber se um guerreiro não merece o dom? Avaliaram o valor de cada guerreiro que deseja empunhar uma espada?

Eu estava andando no fio da navalha. Se não tomasse cuidado, o mercúrio ia se fechar por completo e se recusar até mesmo a se deslocar da pedra. Mesmo naquele momento, eu já o sentia irritado com minha importunação. Mas também tinha a sensação de que estava intrigado.

Todos os guerreiros são iguais, concluiu ele, após uma longa pausa. *Só desejam matar.*

Não é verdade. A maioria dos guerreiros luta porque precisa. Para proteger e defender.

Improvável.

Como podemos mostrar isso?

Seguiu-se o silêncio mais longo até ali. Trinta segundos se foram, depois um minuto. Outros três haviam se passado quando o mercúrio, enfim, falou de novo: *Vamos testemunhar o sangue.*

O que... isso quer dizer?

Vamos ser forjados novamente. Quando você tiver cumprido sua parte do acordo, sentiremos o gosto do sangue de quem nos carregará. Se for uma pessoa honrada, consideraremos permitir que a velha magia flua de novo em nós.

Obrigada! Obrigada!

Não nos agradeça cedo demais. Os dados não estão lançados, Saeris Fane. Primeiro, você deve nos restaurar e nos trazer uma canção digna de glória.

Ah, vou fazer as duas coisas. Podem ficar tranquilos quanto a isso.

Levei um susto quando o caco de metal que eu estava tocando tremeu sob a ponta do meu dedo. Abri os olhos depressa e observei, impressionada, a lasca fina e afiada de metal emergir lentamente da rocha. Ela pairou no ar, tremulante, e aí caiu no centro da minha palma.

— *Puta merda* — ofeguei.

Um por um, os outros fragmentos da espada de Danya começaram a vibrar, soltando-se da rocha. Finalmente olhei para Carrion, que estava apoiado na mesa de mapas, jogando uma pedrinha preta no ar e a pegando.

— Está vendo isso, Swift? — questionei.

— Oi? Ah, você conseguiu. Bacana. Deu um bom sermão nele?

Ele se afastou da mesa e veio olhar enquanto mais de quinhentos fragmentos do que fora uma espada começavam a cair no chão.

— Não. Prometi uma coisa que ele queria.

— Ahh, suborno. Eu devia ter pensado nisso.

Carrion se abaixou e ajudou a pegar os pedaços de metal. Tínhamos reunido uma pequena quantidade quando outra voz falou atrás da gente:

— Se me permitirem, acho que posso acelerar esse processo.

Tive um sobressalto tão grande que quase caí de bunda no chão.

— Deuses amados! — Eu me virei, com o coração batendo disparado, e encontrei o guerreiro sentado numa poltrona ao lado do fogo. — Você podia ter me avisado que não estávamos mais sozinhos — ralhei com Carrion.

— Não venha ficar irritadinha comigo. Eu tentei te falar, e você me mandou ficar quieto. Foi muito grossa.

— Eu não quis te assustar — falou Lorreth, ficando de pé. — Desculpa. Cuidado.

Carrion e eu nos inclinamos para trás quando centenas de fragmentos reluzentes de metal se levantaram de novo no ar, desta vez por cortesia de Lorreth, que usou sua magia para reunir todos eles num único conjunto flutuante antes de fazer um gesto para jogá-los dentro de um vaso de cerâmica na prateleira acima da lareira. Ele pegou o vaso e trouxe para mim, me entregando com um sorriso confiante.

— Prontinho. Fácil.

Muitas coisas eram mais fáceis quando se tinha magia. Agarrei o vaso junto ao peito, animação começando a se agitar em minhas veias. Se eu conseguia convencer o mercúrio a entrar num acordo desse tipo, os anéis iam ser fáceis. E eu tinha que fazer uma espada. Não uma adaga minúscula, mal capaz de infligir um corte de papel. Uma porra de uma espada de verdade.

Dei um sorriso voraz para o guerreiro de cabelos escuros.

— Lorreth. Que coincidência. Eu já estava mesmo indo te procurar.

29

BALADA DO PORTÃO DE AJUN

A FORJA estava mais quente que o quinto fosso ardente do inferno. O suor escorria pelas minhas costas, ensopando minha blusa. Minha calça grudava nas pernas, mas roupas úmidas eram um preço pequeno a se pagar pelo progresso e, deuses, como eu estava progredindo.

A espada de Danya fundiu perfeitamente. O mercúrio não riu nenhuma vez de mim enquanto eu trabalhava. Não se separou do aço nem se recusou a se recombinar. Desta vez, ele ficou em silêncio *e* cooperou. Mas sua atenção era como uma mão descansando em meu ombro. Ele estava curioso. Queria ver que tipo de arma eu criaria com ele e se eu era capaz de cumprir minha parte do acordo.

Eu tinha sonhado em criar algo assim havia anos. Em Zilvaren, tinha tantos livros de desenho cheios de esboços de projetos que eu nunca fora capaz de forjar por falta de materiais. Se o mercúrio queria ser transformado numa arma que exigiria a atenção das pessoas, eu não ia decepcioná-lo. Mas, em algumas áreas da fundição, eu precisaria de ajuda. Eram áreas em que eu não tinha muita experiência.

O sol estava se pondo quando saí da forja para a neve, procurando Lorreth. Ele estava sentado numa pedra ao lado da fogueira, jogando uma adaga num tronco de uma árvore morta que já estava lascada demais, cheia de marcas de lâmina. Carrion cozinhava algo numa panela no fogo, e estava com a boca fechada numa linha fina. Ele me viu e apontou para Lorreth, fazendo cara feia.

— Esses filhos da puta são todos uns trapaceiros.

Lorreth deu uma risada gostosa e estendeu a mão. A adaga que havia acabado de embutir no tronco se desalojou e voou de ré, pousando o cabo na palma dele.

— E *você* é um mau perdedor — disse ele.

— Ele acabou de pegar onze fichas de mim. É metade do meu dinheiro.

— Não dá nem para gastar aqui, Carrion — eu o lembrei.

— Isso não importa. O que importa é a roubalheira. Nós tínhamos uma aposta de cavalheiros. Era pra gente tentar atingir o alvo o máximo de vezes seguidas que conseguíssemos. Quem conseguisse o maior número sem errar, vencia.

— E aí? Como ele roubou? — Tentei não sorrir.

— Eu fiz o que é mais nobre e o deixei ir primeiro.

— E?

— E ele não errou nenhuma vez! Perguntei se já tinha jogado este jogo, *e ele disse que não* — rosnou Carrion, em tom de acusação.

— E não joguei mesmo. — Lorreth girou o punho, e a adaga saiu rápido de sua palma, impulsionada no ar numa velocidade feroz. O cabo da adaga vibrou quando a lâmina entrou no tronco da árvore. — Quando eu arremesso este negócio, não é um jogo. Em geral, estou lançando na cabeça de um vampiro. *Nessas* condições é importante não errar.

As bochechas de Carrion estavam sarapintadas de vermelho de irritação.

— Como caralhos eu ia ganhar de alguém que é, sei lá, uma máquina de matar?

Bufei uma risada.

— Quantas vezes ele acertou a árvore? — perguntei.

Foi crueldade perguntar, mas era raro ver Carrion tão atiçado e, que se dane, eu ia aproveitar a oportunidade.

— Não sei — estourou ele. — Mais de cinquenta.

— Duzentas e dezessete — falou Lorreth.

A faca se soltou do tronco com um solavanco, voltou à mão de Lorreth e ele a jogou de novo, tudo num único movimento fluido.

— Duzentas e dezoito. — De novo, ele repetiu o processo, desta vez sem nem olhar a árvore. — Duzentas e dezenove.

— Tá bom, tá bom, pode parar agora. Já estou fazendo a maldita comida, de todo jeito.

— Foi isso que você apostou com ele? — perguntei a Lorreth. — Que ele teria que cozinhar?

O guerreiro deu de ombros. As pontas de seus caninos estavam levemente visíveis à meia-luz minguante quando ele sorriu.

— Eu estava com fome.

— Trapaceiro — murmurou Carrion de novo, mexendo o conteúdo da panela que borbulhava no fogo.

— Ele não te enganou — falei. — Ele te deu um gostinho do seu próprio veneno. Em quantas dessas apostas com vantagens injustas e impossíveis de vencer você deixou o Hayden entrar, hein?

— Não é culpa minha seu irmão ser confiante demais em jogos de cartas, Saeris.

— E como você avaliaria seus níveis de confiança ao olhar para um guerreiro feérico puro-sangue, de dois metros e dez de altura, com centenas de anos de experiência em matar coisas, e achar que ia superá-lo num jogo de arremessar facas?

— Aaargh, vão se ferrar, vocês dois — resmungou Carrion, com uma careta. — Se eu tivesse ido primeiro, não estaríamos tendo esta conversa. Eu que ainda estaria atingindo essa maldita árvore.

Desta vez, quando a adaga parou na mão de Lorreth, ele girou a arma e a segurou pela lâmina, oferecendo para Carrion com um brilho malicioso nos olhos.

— Por favor, humano. Fique à vontade.

Carrion ficou ainda mais vermelho.

— Bom, agora é tarde demais. Eu já perdi, né? Não adianta.

Lorreth balançou a cabeça.

— Mau perdedor.

— O pior — concordei.

— *Argh!* Que tal a gente comer logo a comida que eu fiz e vocês dois calarem a boca?

— Não tenho tempo para comer. Só vim aqui te perguntar uma coisa, Lorreth.

O guerreiro girou o corpo na pedra e me deu toda a sua atenção.

— Pois pergunte.

— Você tem experiência em desbastar? Sabe, talhar coisas em madeira?

— Por acaso, tenho.

— Seja mais específica com a pergunta, Raio de Sol. Ele provavelmente passa cada segundo livre da vida dele talhando. Deve ganhar *competições* disso.

Revirei os olhos.

— Eu não estou tentando ganhar uma aposta com ele, Carrion. Eu quero mesmo que ele seja bom.

A risada estrondosa de Lorreth soou na noite iminente.

— Nesse caso, sim. Sou mais que bom. Sou excelente.

As horas se passaram. Depois de tirar as rebarbas do novo pedaço de metal que fiz a partir dos fragmentos da espada de Danya, eu o aqueci, moldei e achatei. Aí, assim que a nova espada estava começando a tomar forma, peguei um martelo e comecei a bater. Apliquei mais calor. Assim que o aço brilhou incandescente, eu o dobrei, martelei e moldei de novo e de novo. Não só uma vez. Mil vezes. Mais.

O fim de tarde virou noite. As nuvens se abriram e as estrelas saíram, e eu não descansei. Meus braços estavam pesados como chumbo, os músculos das minhas costas gritavam cada vez que eu levantava o martelo, mas, por algum motivo, sabia que ainda não estava pronto. Bem quando achava que tinha terminado e o aço estava revenido o suficiente, algo bem no fundo de mim dizia: *Mais uma vez, Saeris Fane.*

Lá pela uma da manhã, Lorreth trouxe a cabeça de lobo que tinha esculpido em um pedaço de teixo. Era uma obra impressionante, altamente detalhada, de proporções perfeitas. Como eu tinha torcido para acontecer, a fera que rosnava tinha uma semelhança impressionante com a tatuagem de Fisher, assim como o animal em relevo na armadura usada pelos membros do Lupo Proelia.

Expliquei ao guerreiro os passos para fazer um molde de fundição, e ele os seguiu sem reclamar, embora exigissem que ele cavasse um buraco no solo congelado até encontrar argila e aí combinasse essa argila com uma pilha de merda de cavalo com as próprias mãos. Ele gostou de pressionar, na argila, a cabeça de lobo que havia talhado e ficou sentado impaciente junto à fornalha de aquecimento enquanto a pequena fogueira que construíra lá dentro secava o molde lentamente para não rachar.

Por volta das quatro da manhã, quando eu estava delirando de calor e exaustão, Carrion anunciou que ia dormir. Em vez de descer até o acampamento em busca de sua tenda, ele se estendeu no chão do outro lado da forja, junto à porta, onde estava um pouco mais fresco, fez um montinho com o casaco, enfiou embaixo da cabeça e imediatamente desmaiou.

É hora de você descansar também, Osha.

Aquela voz. Deuses do céu. Dei um pulo ao ouvi-la na minha cabeça, apesar de *estar* esperando por ela.

Só quando eu acabar, respondi. *Estou quase lá.*

Fisher estava próximo. Inexplicavelmente, eu o sentia, sentia sua presença perto. Com um rápido olhar para a porta da forja, pensei ter conseguido discernir seus contornos mesclados com as sombras que dançavam e saltavam em torno da fogueira.

Há quanto tempo você está aí fora?, perguntei.

Só algumas horas, foi a resposta.

Por que não entrou?

Houve uma longa pausa. E aí ele disse: *Eu não sabia se você queria que eu entrasse.*

Venha, Kingfisher, saia do frio.

Eu vou. Já, já. Acho que vou ficar sentado aqui mais um pouco.

Não reagi quando, mais tarde, ele entrou de fininho. Sentou-se numa cadeira ao lado da janela, com o luar entremeado em seu cabelo e sombras brincando nas mãos e no rosto enquanto me observava trabalhar. Ele e Lorreth conversavam baixinho, e eu martelava. Ambos estavam ali, ajudando quando derramei o aço para o pomo de cabeça de lobo. Fisher assoviou quando rachamos o molde e vimos o que Lorreth havia talhado. Trocamos pouquíssimas palavras. Enquanto eu ligava a lâmina ampla, chanfrada, ao punho e ao guarda-mão, e, com um fino fio de ouro reluzente, amarrava a empunhadura, uma tensão ofegante pairava no ar.

Aí, enfim, acabou.

Quase desmaiei ali mesmo.

A espada era uma coisa linda. Inegavelmente. Fora o pomo impressionante de cabeça de lobo, a empunhadura também era decorada com videiras rastejantes que contornavam punho e guarda, que eu havia conseguido queimar sozinha, sem ajuda de Lorreth. A lâmina em si tinha uma onda que corria de ponta a ponta, graças às inúmeras vezes que tinha sido dobrada. Eu havia passado a última hora gravando meticulosamente palavras bem no centro da lâmina. Palavras que esperava que fossem presságios bons tanto para a arma quanto para a guerreira que a empunhasse, e maus para quem se encontrasse em frente à sua ponta afiada.

Por mãos honradas, libertação dos mortos desonrados.

— Incrível — comentou Fisher, sem fôlego.

Ele encontrou meus olhos, e os dele brilhavam de deslumbramento.

— Posso segurar? — perguntou Lorreth, esperançoso.

— Por favor.

Ele a levantou com olhos iluminados em reverência. Inexplicavelmente, fiquei com um nó na garganta ao vê-lo segurar a arma. Ele passou a ponta dos dedos pela lâmina, mal tocando o aço antes de sibilar e puxar a mão de volta.

— Deuses, só de olhar este negócio ele já corta. — Ele enfiou o indicador na boca e sugou.

Pela primeira vez desde que tínhamos saído da sala de mapas, o mercúrio falou, e sua voz já não estava fraturada. Era uma voz *única*, forte e clara.

É hora. Dê-nos nossa canção.

Lá fora, o céu estava iluminado com uma explosão de luz verde e cor-de-rosa. Fiquei ofegante só de ver.

— O que é aquilo?

— A aurora — respondeu Fisher suavemente. — Uma bênção.

— Puta merda. — Lorreth ficou de joelhos na neve, olhando o céu, boquiaberto. — É... lindo. A aurora não é vista há... há...

— Mais de mil anos — completou Fisher. — Ela durou a noite inteira. Eu ia falar para vocês dois virem ver, mas tive a sensação de que continuaria aí quando vocês terminassem.

Os olhos de Lorreth brilhavam muito enquanto ele observava as luzes verdes dançando e mudando para vermelhos e tons de rosa, ondulando numa faixa ampla que atravessava o horizonte. O guerreiro estava à beira das lágrimas, e eu tinha que admitir que também estava bem perto disso. Estava drenada. Exaurida, mesmo. Mas ainda tinha energia para ficar de pé e olhar o céu, sabendo que estava testemunhando algo raro e incrível.

A espada estava no colo de Lorreth. Ele descansou a mão na empunhadura e, ainda completamente maravilhado pela beleza dos céus se iluminando, começou a cantar.

Se você não sabe
e ninguém lhe contou
do dia em que o draco
do frio levantou.
O jovem guerreiro
de sangue e fumaça
derrotou o monstro,
nos salvou da ameaça.

Fisher, o rei
os lobos liderava
E seu bando unido
pela noite uivava.
Na manhã gelada,
um destino em comum
E é essa a Balada
do Portão de Ajun.

Ao meu lado, Fisher ficou tenso. Os músculos de seu maxilar tremeram. Ele abaixou a cabeça, tirando os olhos da aurora e encontrando o solo nevado e compactado sob seus pés, enquanto a voz poderosa de Lorreth fluía de verso em verso.

Lá na taverna, Lorreth havia alegado ser um cantor de talento mediano. Esta apresentação não era mediana. Sua voz era rouca e cheia de dor. O próprio ar parecia chorar enquanto ele deixava seu lamento fluir. A canção mergulhava e subia, contando uma história trágica de probabilidades impossíveis e sacrifício heroico, quase todos os versos em homenagem a Kingfisher. O feérico ao meu lado não mexia um músculo, mas estava odiando aquilo. Suas narinas se dilataram, as mãos tremeram ao lado do corpo, e ainda assim a música seguiu.

O draco acordou
Omnamshacry, o antigo
seus olhos pretos mirando
o mundo no abrigo.
Bebedores da noite,
podridão e morte
Ele esfola inimigos
com braço forte.

De pé guerreou
contra o povo feérico,
que luta e protege
o orbe sagrado.
As escamas pontudas
vermelhas e douradas

do draco acordado
que se alimentava.

Os feéricos nas torres
do poder se orgulhavam.
Mas logo com medo
corriam e gritavam.
A montanha e o sol
cobertos pelas asas
Do velho 'Shacry
que a terra arrasava.

Os lobos no morro
de espadas na mão.
O draco logo os viu
naquela posição.
E lá ele foi
e lá guerrearam.
E com o velho 'Shacry
cinzas eles viraram.

A neve derretia
e o fogo corria.
Por onde passava
tudo derretia.
Mostrando as presas,
ele os prendia,
e ria com crueldade
dos feéricos que via.

Os lobos não cederam,
eram corajosos e fortes
e queriam levar
o draco à morte.
Então veio o canto
que todos ouviam.

Os gritos de guerra
que os fortaleciam.

Atacaram os lobos,
liderados por ele,
o rei Kingfisher
com a Nimerelle.
Ao ver tal coragem,
o draco virou fera
como não se via
em mais de uma era.

Mas o rei se manteve
elevando a espada
e a coragem dos lobos
não foi superada.
O grito de Fisher
na mente eles ouviam
dizendo que os seus
ao cair, não morriam.

Foi grande o sacrifício
e o custo também.
Só quem se salvou
lembraria, porém.
Escalaram o draco
que cantava vitória.
Era só por Ajun,
não por fama nem glória.

Seu poder conhecia o último draco.
E de muito se gabou,
O último draco
de muito se gabou,
mas o rei viu a chance
e sua garganta cortou.

O draco tremeu,
começou a engasgar
e toda a sua boca
fumaça preta passou a acumular.

O velho Omnamshacry
gritou e se debateu.
Mas veio o ceifador
e o draco morreu.
Os Ajun se salvaram
e o inimigo fugiu afoito.
E essa foi a balada
do rei e seus oito.

Quando finalmente a música chegou a um fim doloroso e agridoce, Lorreth ofegou, com os olhos estrelados enquanto observava a aurora dançar no céu.

— É simplesmente *revoltante* ele também saber cantar. — Carrion tinha acordado e estava parado à minha direita, de braços cruzados, olhando Lorreth com melancolia. — *Foi* bonito, sim. Trágico, mas bonito.

Fisher mudou o peso do corpo de um pé para outro, endireitando-se um pouco e levantando a cabeça.

— Acha que vai ser suficiente?

— Não sei. Talvez seja melhor irmos buscar Danya.

Eu sabia que ela teria que ser chamada à forja em algum momento. Depois de tudo o que tínhamos conquistado e feito, eu não estava lá muito animada com a perspectiva de ela vir aqui estragar este momento especial, mas...

Tomamos uma decisão.

Fisher endireitou a postura. Lorreth também. Será que *os dois* tinham ouvido o mercúrio falar? Fisher devia ter escutado graças ao mercúrio dentro de seu próprio corpo, mas não era para Lorreth ser capaz disso.

— Por que parece que vocês estão se cagando coletivamente? — quis saber Carrion.

Aceitamos a canção como tributo. O trato foi cumprido. Temos um acordo.

— Mas... você disse que ia considerar o sangue daquela que os empunhasse! — Meu coração afundou no peito. — Danya...

Nós consideramos, entoou o mercúrio, *o primeiro a sangrar em nossa lâmina.*

— Mas...

Lorreth deu um salto. Ele segurou a espada como se fosse uma cobra pronta para atacá-lo.

— Merda. Que idiota eu sou! Desculpa! — gritou ele. — Aqui! Pega!

Ele estendeu a espada para Fisher, mas havia uma faísca de deleite nos olhos do outro feérico.

— Nem a pau. Eu não vou tocar neste negócio. Está com seu nome todinho escrito.

— Será que alguém poderia me dizer que caralhos está rolando? — O tom de voz ultraeducado de Carrion prometia violência caso alguém não explicasse, e rápido.

— "Só de olhar este negócio ele já corta" — sussurrei.

As palavras que Lorreth havia dito logo depois de passar os dedos pela espada e se cortar com ela. *Ele* tinha sido o primeiro a sangrar na arma recém-forjada. A espada tinha julgado o sangue *dele*.

O rosto de Lorreth ficou pálido como a neve.

— Não foi de propósito — disse ele. — Estou feliz com minhas adagas, juro. Eu *não* queria reivindicar a espada da Danya.

Não é a espada da Danya, sibilou o mercúrio. *Fomos forjados novamente. Somos novos neste lugar. Você não nos reivindica, Lorreth das Torres Quebradas. Nós reivindicamos* você.

— Isso vai ser hilário — falou Fisher. Mas ele não estava rindo.

Lorreth também não.

— Danya não vai gostar disso.

— Ela vai ter que superar. Não tem escolha. Você é membro do Lupo Proelia e não tem uma espada divina há quatrocentos anos. Por um tempo, vai ser a vez de ela ficar sem uma.

Havia dúvida marcando cada feição de Lorreth, mas ele fechou a mão, possessivo, em torno do punho da espada. Ela parecia *certa* na mão dele. No que me dizia respeito, *era* a espada dele.

— Você merece, Lorreth. Você talhou o lobo para o pomo. Você ajudou a fundir. E foi a sua canção que selou o acordo com o mercúrio.

Uma faísca de confusão correu pelo rosto de Lorreth. Kingfisher e Carrion pareciam igualmente perplexos pelo que eu tinha dito.

— Minha *canção*? — repetiu Lorreth. — Como assim, minha canção?

— A que você acabou de cantar. Sobre o Portão de Ajun? Sobre o draco, Omnamshacry? E como Fisher esfaqueou a garganta do dragão? Não... está soando familiar?

Fisher, Lorreth e Carrion me olhavam como se eu não estivesse falando coisa com coisa.

— Eu sempre quis escrever uma música sobre o Portão de Ajun, mas acabei nunca fazendo isso — respondeu Lorreth.

— Nem ouse — grunhiu Fisher. — Está no passado. Deixe lá, onde é o lugar dele.

É nossa agora, sussurrou o mercúrio. *Nossa canção. Uma canção para ficar conosco.*

Os outros não tinham ouvido o mercúrio desta vez, percebi.

Foi isso que vocês quiseram dizer? Que a tomariam e ela desapareceria? Que ninguém se lembraria dela?

É nossa agora, repetiu o mercúrio.

Nossa.

Nossa.

Nossa.

Era uma pena a canção de Lorreth ter sido arrancada do mundo e todas as memórias dela terem sido apagadas. Ela havia, de certa forma, me comovido. Explicava tanta coisa. *Por que eu ainda consigo lembrar?*, perguntei.

Nós lembramos, então a alquimista lembra.

Puxa. Eu não sabia o que pensar disso. Ser a única pessoa viva para se lembrar da balada que Lorreth tinha escrito sobre Fisher parecia um sacrilégio. Quantas outras coisas eu precisaria lembrar e todo mundo esquecer para poder criar todas aquelas relíquias? Haveria mais trocas no horizonte, eu sabia. Milhares delas na verdade e pequenos acordos a fazer. Como raios eu ia navegar tudo isso sem me enfiar em problemas? Só pensar no assunto me fazia suar frio. Deixei de lado essas preocupações para abordá-las mais tarde.

E então? Vocês permitirão que a espada canalize magia?, perguntei.

Esperei pela resposta do mercúrio. Tecnicamente, não importava se a espada não fosse capaz de canalizar magia. Eu tinha feito aquela porcaria, o que já era bem impressionante, até para mim, e havia chances altas de eu conseguir convencer o mercúrio a se unir aos anéis para virar relíquia. Se tivesse sucesso nisso, teria feito tudo o que concordara em conseguir para Fisher. Mas também tinha a questão do meu orgulho. Eu queria saber o que era capaz de alcançar aqui, trabalhando com um material tão fascinante e teimoso. Não conseguiria viver sem saber...

Segure-me com as duas mãos e nomeie-me, Lorreth das Torres Quebradas, disse o mercúrio.

Lorreth pareceu meio perplexo.

— *Eu?* — perguntou ele em voz alta.

É seu privilégio.

O guerreiro me olhou, dividido. Aparentemente, o ferreiro que havia forjado uma lâmina tinha o direito de nomeá-la em Yvelia, assim como em Zilvaren. Mas Lorreth parecia se sentir culpado demais para isso. Eu, porém, não tinha qualquer dilema. A lâmina não estaria inteira nem completa sem Lorreth.

— Vai lá — falei para ele. — Você ouviu. Nomeie-a.

O rosto do guerreiro foi tomado pela decisão. Sua hesitação ainda transparecia, mas ele colocou ambas as mãos na empunhadura e levantou a espada para o céu, falando com uma voz clara e alta:

— Eu a nomeio Avisiéth. A Canção Desconhecida. O Amanhecer da Redenção.

No momento em que ele terminou de falar, uma chama azul ondulou pela lâmina da espada, gravando runas no metal por onde passava, junto ao escrito que eu deixara ali. E, aí, irrompeu uma luz branca brilhante de Avisiéth. Ofuscante e poderosa, ela se lançou no ar: um pilar de energia que transformou a noite em dia. O próprio chão tremeu sob nossos pés.

Fisher soltou um grito surpreendente de comemoração, com a alegria irradiando do rosto, que seguia a coluna de energia até os céus.

— Sopro do anjo, Irmão! — gritou ele. — *Sopro do anjo, porra!*

30

PROMETA

Quando Fisher me escoltou de volta à sua tenda, o acampamento estava um caos. Quase todo mundo tinha visto a coluna de sopro do anjo iluminando o céu antes do amanhecer. Quem não tinha disparava perguntas aos que tinham, e todos estavam tomados pela empolgação. Fisher havia aconselhado Lorreth a ir dormir até ele ir buscá-lo mais tarde. Ele ainda parecia atordoado ao seguir na direção de sua tenda, aninhando Avisiéth como um bebê no colo. Carrion havia decidido não se dar ao trabalho de descer o morro e anunciara que ia dormir na forja.

Enquanto isso, eu não fazia ideia do que era o sopro do anjo nem de como poderia ser útil no campo de batalha. Estava com tanta dor no corpo que não conseguia nem raciocinar e, sinceramente, mal lembrava meu próprio nome. Desabei numa cadeira assim que Fisher me levou para dentro da tenda, mas ele balançou a cabeça, me puxando de novo pelos punhos.

— Não, não, Oshinha. Venha aqui. Você vai dormir na cama.

— Com você?

Era um desafio. Eu já estava cheia de pisar em ovos com esse assunto.

As sobrancelhas de Fisher se abaixaram por um segundo. Ele pareceu frustrado, mas fez que sim.

— Preciso ir conversar com Ren primeiro. Mas sim. Vou dormir aqui. Com você.

— Então tudo bem.

— Mas primeiro... — Ele fez uma careta. — ... você precisa de um banho.

Eu não podia me ofender.

Tinha passado catorze horas trabalhando que nem uma condenada numa forja escaldante e tinha suor e metade da terra de Irrin sob as unhas para provar. Meu cabelo estava endurecido de transpiração — meus dedos ficaram presos quando tentei passar a mão nele. O que eu mais queria era estar limpa, mas, quando tentei me convencer a atravessar a tenda até a elegante banheira de cobre que Fisher conjurou com sua fumaça, vi que minhas pernas não cooperavam. Eu não tinha energia nem para falar.

Fisher deu uma olhada em mim e me levantou nos braços. Antigamente, talvez fizesse um comentário afiado. *Viu, Oshinha. Igual à borboleta que usei para te apelidar. Tão fraca. Tão vulnerável.* Mas ele não disse nada ao me carregar até a banheira e me abaixar com cuidado. Seus olhos deixaram um rastro de fogo em minha pele enquanto me ajudava a tirar as roupas. Soltei um sibilo, sem conseguir erguer os braços acima da cabeça, e ele dispensou o processo por completo, fazendo minúsculas partículas de areia cor de meia-noite correr pelo meu corpo e prestativamente despachar minhas roupas.

Mesmo após um longo dia de trabalho na forja de Elroy, eu nunca tinha me sentido tão nojenta. Kingfisher me olhava como se eu fosse a coisa mais fascinante que ele já vira. Como se não enxergasse a sujeira e a exaustão grudadas em mim como uma segunda pele. Cabelo preto. Olhos verde-jade. Aquele maxilar forte. Os lábios cheios que suavizavam as linhas poderosamente masculinas de suas demais feições. As runas de seu pescoço pulsavam como um batimento cardíaco conforme ele me levantava de novo e me abaixava com delicadeza na banheira.

Suspirei, instantaneamente aliviada. A água estava na temperatura perfeita; o calor subiu pelo meu corpo, aliviando a tensão em minhas juntas e massageando os nós em meus músculos. Era nada menos que divino.

Fisher se ajoelhou no chão, descansando os antebraços na lateral da banheira de cobre. Ficou me olhando, com olhos tão ferozes que me deixavam ainda mais nua do que eu já estava.

Precisei de um esforço ridículo, mas tirei a mão da água o suficiente para conseguir tocar a mão *dele*. Ele não se afastou. Levantando o dedo alguns centímetros, se reposicionou e ajustou. Era um movimento minúsculo, na verdade.

Sutil, mas com resultados significativos: as pontas de seus dedos descansaram nas minhas.

Tínhamos nos beijado, nos lambido e fodido até ficarmos quase em carne viva. Ele havia se esvaziado dentro de mim, rugindo enquanto gozava, mas este pequeno contato intencional entre nós foi o mais íntimo de todos. Fiquei maravilhada com a visão de nossos dedos se tocando, uma gama de emoções lutando pela minha atenção.

Fisher descansou o queixo em cima dos antebraços e suspirou.

— O que foi? — sussurrei.

Ele pensou por um momento, parecendo decidir se ia responder à pergunta. Aí, falou:

— Eu estava errado, sabe. Você *é* uma boa ladra.

— O que eu roubei?

Mas ele deu um sorrisinho triste e balançou a cabeça devagar.

— Dorme um pouco. A água vai continuar quente. Eu volto assim que tiver falado com Ren.

Acordei com mãos feitas para a violência delicadamente fazendo espuma em meu couro cabeludo. Ninguém jamais lavara meu cabelo antes. Era uma experiência que eu queria ter várias e várias vezes. Mas só com ele. Só com Fisher.

Da segunda vez que acordei, ele estava me tirando da banheira. Sua magia zumbiu pelo meu corpo nu, me deixando seca em seus braços. Eu não queria roupas. Queria ficar nua, e queria que ele estivesse nu também, mas o short e a regata do pijama cor de ardósia que ele conjurou do nada com magia eram macios como manteiga e muito lindos, e deixavam minha pele *quase* exposta. Os sons do acampamento de guerra lá fora foram sumindo, deixando a tenda num silêncio abençoado enquanto Fisher me colocava em sua cama e deitava ao meu lado.

Da terceira vez que acordei, estava escuro, e meu estômago roncava alto o bastante para acordar os mortos. O braço de Fisher estava jogado por cima do meu corpo, e uma das pernas dele se emaranhava com a minha. O peso e o calor de seu corpo ao meu redor eram profundamente reconfortantes. Fiquei o mais imóvel que consegui pelo máximo de tempo possível, desfrutando da escuridão silenciosa e do som suave da respiração de Kingfisher. Meia hora se passou. Em breve eu precisaria me levantar e usar o banheiro, mas, por enquanto, queria aproveitar isto.

A guerra estava à nossa porta. O amanhã era incerto. Caramba, o *hoje* era incerto, mas este minúsculo momento era real. Era *sim*, deuses do céu, e eu não queria que acabasse. Tentei relaxar e saborear, mas me veio um pensamento enquanto eu estava ali deitada. Um pensamento que se recusava a ser ignorado.

Eu tinha feito uma espada alquimérica. Eu. Uma batedora de carteiras de Zilvaren. Tinha aprendido a argumentar com o mercúrio e feito um acordo com ele, e Lorreth tinha uma arma que canalizava vastas quantidades de energia. Alguns meses atrás, eu jamais teria pensado que isso era possível. Mas muitas coisas pareciam possíveis. Devia valer a pena tentar, não?

Com cuidado, procurei com a mente pelo zumbido vibrante do mercúrio. Encontrei com facilidade e, deuses, como era alto. Tão alto. Alto demais para eu conseguir pensar. Era com isso que Fisher lidava? A cada momento que passava desperto?

Annorath mor!

Annorath mor!

Respirei fundo e fiz uma prece silenciosa aos deuses. *Olá?*

O cântico parou.

Kingfisher se mexeu ainda dormindo, soltou um suspiro perturbado, mas não acordou. Mordi o lábio inferior, me preparando. Se eu fosse rápida, tudo podia acabar em questão de minutos. Timidamente, estendi de novo as fronteiras da minha mente até sentir o peso inquieto do mercúrio. Eu devia ter me preparado para isso. Pensado no que queria dizer. Mas não havia me planejado, e quantas oportunidades dessas teria no futuro?

— *Meu nome é Saeris. Sou alquimista. Eu...*

Nós sabemos quem ela é, sibilou o mercúrio. *Ela é o amanhecer. Ela é a lua. Ela é o céu. Ela é o oxigênio em nossos pulmões.*

— Eu... — Não sabia como responder. Por que o mercúrio diria isso? Eu era o amanhecer? O céu? O *oxigênio*? Balancei a cabeça; não havia tempo para desperdiçar com quebra-cabeças. — *Quero que vocês deixem Fisher* — falei, rápido.

— *Deixá-lo?* — perguntou o mercúrio, com uma voz intrigada.

— *Sim. Deixá-lo. O corpo dele. Quero que saiam de dentro dele. Posso fazer um acordo e...*

— *Não podemos deixá-lo. Nós somos parte dele.*

Uma multidão de vozes sobrepostas — um coro ecoante, dando notícias que eu não queria ouvir.

— *Ele é feérico. Vocês são... vocês são...* — Eu não tinha ideia do quê. Não de verdade. O que diabos deveria dizer? Precisava manter as coisas simples. — *Vocês são mercúrio. Não é para se ligarem a criaturas vivas.*

— *Nós nos ligamos a todo tipo de arma.*

— *Fisher não é uma arma! Ele é... ele é um ser vivo, ele respira como...*

— *Uma arma* — completou o mercúrio. — *A melhor. Nós somos parte dele. Ele é parte de nós. Não podemos sair. Morreremos.*

— *Vocês morrerão? Ou Kingfisher?*

— Todos *nós* — enfatizou o mercúrio. — *Somos uma coisa só. Uma arma.*

O mercúrio estava sendo absurdo ou teimoso, uma das duas coisas. E eu não estava a fim daquilo.

— *Eu posso guiar vocês. Consigo senti-los dentro dele. Posso reuni-los com o resto do mercúrio em Cahlish, que tal? Ou forjá-los na lâmina mais impressionante já vista...*

— *Fomos forjados centenas de anos atrás. Não podemos ser desfeitos.*

— *Vocês o estão* machucando. — Mesmo na minha cabeça, minha voz parecia falhar de emoção. — *Ele está sofrendo por causa de vocês.*

O mercúrio ficou quieto. Eu conseguia senti-lo pensando nisso. Mas não por muito tempo.

— *Nós somos parte dele. Ele é parte de nós. Todos sofremos, Alquimista. Não há nada a fazer.*

— *Então, vocês vão só continuar pressionando até ele quebrar? Até ele morrer? Se o matarem, o que acontece?*

— *Aí faremos como todas as coisas que morrem. Voltaremos à terra, e ao mar, e ao céu. Dormiremos. Evoluiremos. Mudaremos. Transcenderemos.*

— *Vocês estão roubando a vida dele* — vociferei. — *Vocês não têm direito de...*

— *Nós lhe demos a vida. Um garoto. Só um garoto. Ele era jovem quando entrou em nosso lago. Não deveria ter sobrevivido. Mas era forte, e os grandes salões do universo soaram alto com seu propósito. Permitimos que ele vivesse para poder cumprir esse propósito. Nos ligamos a ele para que sobrevivesse.*

— *E... não há outro jeito? De ele viver sem...*

— *Os dados foram lançados séculos atrás. Aceitamos nosso destino, Alquimista.* Todos *nós.*

Ouvi o que estava implícito nas palavras do mercúrio. Ele queria que eu entendesse que, de alguma forma, Fisher havia concordado com isso. Que ele permitira que o mercúrio se ligasse a ele sabendo o que significaria. Mas eu não conseguia ficar em paz com isso. Por que ele teria aceitado um acordo que acabaria custando sua sanidade?

Meus olhos ardiam atrás das pálpebras. Eu não podia aceitar. Não aceitaria. Tinha que ter um jeito de convencer o mercúrio a sair voluntariamente do corpo de Fisher. Se eu era capaz de fazer o mercúrio da espada de Danya concordar em ser reforjado e voltar a canalizar magia, certamente conseguiria achar algum acordo ou negociação que incentivaria o mercúrio a sair daquele que dormia ao meu lado.

Levei um susto quando algo roçou em minha bochecha. Meus olhos se abriram, rápido e... ah. Fisher *não* estava dormindo, afinal de contas. Que ótimo. Bem o que eu precisava. Se eu ia tentar negociar com seu mercúrio, não queria que ele soubesse. Fisher irradiava uma tristeza profunda ao secar a lágrima que tinha rolado pela ponta do meu nariz.

— Pelo jeito, não foi como você gostaria — sussurrou ele.

Funguei.

— Você ouviu tudo?

Ele balançou de leve a cabeça.

— Só trechos do que ele disse a você. Mas foi bem fácil entender do que vocês estavam falando, com base nas respostas.

Droga. Eu devia ter ficado na minha. Ele sabia que eu tinha me metido em seus assuntos. Não era a melhor sensação do mundo. Eu devia ter cuidado da minha própria vida, isso sim.

Como se soubesse o que eu estava pensando, Fisher falou:

— Eu estava mesmo esperando para ver se você tentaria arrancá-lo de mim.

— Você não está bravo?

A boca dele se repuxou num sorriso minúsculo e triste. Fechando os olhos, ele suspirou.

— Claro que não. Como posso ficar bravo? Você queria ajudar. Mas agora você sabe. O mercúrio não está apenas dentro de mim. Ele é parte de mim. Sem ele, eu vou morrer de qualquer jeito. Então, é...

Renfis irrompeu na tenda, vestido com armadura completa. Sua expressão estava ensandecida e o rosto, manchado de terra. Me sentei, agarrando os lençóis junto ao peito, alerta e pronta. Conversa esquecida. Mercúrio esquecido. O fato de que eu também não estava usando muita coisa embaixo dos lençóis também esquecido. Ren praguejou em feérico antigo entre os dentes, desviando os olhos ao me ver.

— Deuses. Desculpa. Achei que você estivesse lá em Cahlish, Saeris. Sinto muito, de verdade, mas preciso dele.

Em um segundo, Fisher estava de pé e fora da cama, um borrão de fumaça atravessando a tenda. Quando parou ao lado da estante de livros, já estava vestido de armadura preta de couro, gorjal no pescoço e olhos assassinos.

— O que foi? — quis saber.

— A horda. Está na margem de novo — falou Ren, curto e grosso. — Está um caos completo lá fora.

— *Puta merda.*

Do nada, a muralha de silêncio que tinha caído sobre a tenda quando Fisher me colocara na cama se estilhaçou, e o som da confusão recaiu sobre nós. Gritos e berros. O estrondo de centenas de botas correndo e chapinhando pela lama. Ordens sendo gritadas de um lado do acampamento a outro. E, subjacente a tudo isso, o ritmo contínuo e acelerado de martelos batendo no gelo grosso.

BUM!

BUM!

BUM!

— Puta merda! — repetiu Fisher. Uma fumaça preta comprida se enrolou em sua mão estendida, virando Nimerelle. — Descul...

— Não. Não precisa pedir desculpas. Ninguém se machucou. É uma demonstração simbólica. Tem menos de mil deles. Mesmo assim, é bom você vir — disse Ren, com pressa. — Te vejo no rio. Saeris, é melhor você ficar aqui e...

— Não. Eu vou.

Era isso. Ponto final. Eu estava de saco cheio de me mandarem esperar, me mandarem ficar, me mandarem me esconder num lugar seguro. Eu não ia ficar aqui, andando de um lado para o outro numa tenda enquanto Fisher, meus amigos e o restante do maldito acampamento de guerra enfrentavam os monstros de Malcolm. Simplesmente não ia rolar. Saí da cama, sem ligar de ainda estar usando só short e regatinha. Fisher cuidou disso, de qualquer modo. Quando meus pés descalços bateram no tapete, eu estava vestida com roupa de couro de batalha, além de uma camisa preta de manga comprida combinando.

Ren procurou uma reação do amigo.

— Fisher?

Fisher olhou *dentro* de mim. A arrogância dura que ele teria exibido uma ou duas semanas atrás havia desaparecido e fora substituída por cautela.

— O único jeito de eu ficar nesta tenda é se você me forçar — falei, com a voz trêmula.

E lá estava. O momento em que ele oficialmente me ganharia ou me perderia. Se me ordenasse ficar e tirasse meu livre-arbítrio, não importava o quanto as coisas tivessem mudado entre nós. E também não importaria o quanto eu precisava dele. Nunca mais falaria com Fisher. Nunca mais o olharia. Isto tudo terminaria antes mesmo de ter chance de começar. Ia doer, mas nem de longe tanto quanto a traição dele. Esperei, rezando aos deuses, cujos nomes aprendera apenas recentemente, para ele estar prestes a tomar a decisão correta.

Fisher engoliu em seco.

— Você se recusa a ir para Cahlish? — perguntou ele, baixinho.

— Eu me *recuso.*

Ser banida para Cahlish seria ainda pior. Tão distante que haveria uma cadeia montanhosa inteira entre mim e a luta. Eu jamais o perdoaria. Não conseguiria nem se tentasse.

Não faça isso, Fisher. Por favor. Não me mande embora.

Ele estava com a mandíbula tensa. Tinha chegado a uma decisão. Me preparei, esperando que um portal de sombras se materializasse, mas...

— Se você vier, vai ficar bem ao meu lado? — perguntou ele.

Meus joelhos quiseram ceder. Respondi rápido, antes de ele poder mudar de ideia:

— Sim. Com toda a certeza.

— E se eu te mandar ficar em algum local até que o perigo passe?

— Vou ficar.

— E se eu te mandar correr?

— Vou correr.

Ele semicerrou os lindos olhos ao me encarar.

— *Prometa* — disse ele.

— Uma promessa não me obriga a nada, é diferente do que acontece com você.

— Eu sei. Mas humanos fazem promessas uns para os outros, mesmo podendo quebrá-las, certo? Porque confiam um no outro para honrar sua palavra.

— Sim.

— Então prometa, Oshinha, e vou confiar em você.

Uma onda quente de emoção cortou o centro do meu peito. *Este* era o tipo de pessoa com quem eu queria estar.

— Eu prometo.

Kingfisher assentiu, aceitando minha promessa.

— Tudo bem, então. Que seja.

Rápido, ele foi até o baú aos pés de sua cama e abriu a tampa, tirando algo comprido embrulhado em tecido. Reconheci imediatamente. Era o pacote que ele tinha prendido na sela de Aida quando fugimos do Palácio de Inverno. Ren arregalou os olhos quando Fisher o colocou na cama e desembrulhou todo o tecido, revelando a espada lá dentro.

Não era uma espada qualquer. Era a espada que havia começado tudo isso. A que eu puxara do lago de mercúrio congelado no palácio de Madra. A empunhadura de Solaz reluzia à luz do fogo, agora prata brilhante, tendo desaparecido a oxidação, decorrente do tempo, que a embotara. Era uma arma estonteante. Do tipo sobre o qual se escrevem canções. O pomo era enfeitado com uma lua crescente, e as pontas eram tão próximas que quase se tocavam para formar um círculo completo. Havia escritos em feérico antigo fluindo por toda a empunhadura, passando pela guarda e se derramando pelo gume da lâmina.

Fisher se virou e estendeu a arma para mim.

— Os ossos do meu pai estão em algum lugar de Zilvaren. A espada dele passou o último milênio lá, o que... — ele fez uma pausa, considerando a espada — ... o que a torna agora mais zilvarense do que yveliana, acho.

O ar estava pegando fogo, quente demais para respirar. Fisher soltou uma bainha de couro da parede da tenda e a pegou, deslizando Solaz para dentro dela. Sem palavras, levantei os braços para ele prender o cinto da bainha em minha cintura. Suas mãos trabalhavam com agilidade, ajustando-o em minha cintura bem mais fina, e tive que me segurar para não cair em prantos.

A espada do pai dele?

Ren ficou parado de braços cruzados, observando. Nossos olhares se encontraram, e a preocupação inchou por dentro do meu peito. Será que eu encontraria julgamento em seu rosto? Raiva por uma valiosa herança feérica estar sendo passada para as mãos de uma humana? Claro que não. A expressão de Ren mostrava profunda satisfação. Parecia dizer: *Que bom. Finalmente. Era para ser assim, Saeris Fane.*

Fisher se endireitou e me avaliou.

— Muito bem. Está pronta?

— Estou.

Meu coração dava coices como uma mula no peito, mas eu me sentia estabilizada pelo peso da espada em meu quadril.

— Seja implacável e impiedosa diante dos mortos cruéis — disse Fisher.

Ren pôs a mão firme em meu ombro.

— E, se acontecer de sua alma ser separada da carne, peça uma bebida para nós na primeira taverna que encontrar no além. Pagamos a conta quando chegarmos lá.

31

O DARN

Os raios rasgavam o céu noturno como garras. A chuva nos atingia com força, torrencial e congelante, enquanto corríamos pela linha oeste do acampamento de guerra. Ren e Fisher eram fantasmas escuros, borrados em meio ao caos, lançando-se direto no meio de fogueiras que já tinham sido chutadas e entre inúmeros guerreiros que tentavam rolar pedregulhos enormes na direção da margem congelada do rio. Fisher ficou para trás, me esperando, mas de todo modo eu estava bem perto, seguindo numa carreira desabalada.

Do outro lado do Darn, uma fileira de vampiros vorazes abria e fechava as bocas, rugindo para a beira do gelo. Eu conseguia discernir seus dentes estilhaçados e línguas arruinadas mesmo através da cortina inclemente de chuva. Hoje estava um pouco mais quente do que tem estado desde quando eu chegara a Irrin, e o cheiro que flutuava do rio — carne podre e o odor forte de sangue fétido e metálico — me provocou ânsias de vômito. Passei a respirar pela boca, conseguindo me conter por pouco.

Fisher e Ren pararam abruptamente num caminho em zigue-zague no rio, onde as margens nevadas eram mais próximas e formavam um gargalo estreito. Só quinze metros separavam Irrin e Sanasroth no trecho. Não precisaria muito para os devoradores conseguirem atravessar.

O pânico vivia e respirava em minhas veias, multiplicando-se a cada segundo, mas segurei-o com punho de ferro, recusando-me a sucumbir.

— Por que não tem tantos deles aqui? — perguntei, ofegante.

Havia vampiros nas margens opostas aqui, sim, mas nem de perto tantos quanto mais para baixo, onde o rio era mais largo.

— A água ainda flui sob gelo. A corrente aqui é mais forte, porque corre por este canal. Isso quer dizer que o gelo é mais fino — explicou Fisher. — Mais perigoso de atravessar.

— E eles sabem disso? — questionei, incrédula.

— Não de um modo consciente — falou Ren. — Vampiros não podem passar por água corrente. Sentem o fluxo aqui e ficam com medo. Mas se inevitavelmente um deles ousar pisar no gelo, os outros irão atrás.

— Quando fizerem isso, estaremos aqui para garantir que não consigam atravessar. — Fisher olhou com ira para o bando de vampiros, que se empurravam e se acotovelavam na margem oposta. Seus olhos estavam distantes e a expressão, perturbada. — Ele não veio desta vez — murmurou.

Eu não precisava perguntar a quem ele se referia. Tanto Ren quanto eu já sabíamos que ele falava de Malcolm. O rei dos vampiros, de cabelo prateado, não estava em canto algum. Hoje, ele tinha enviado seus criados para fazer o trabalho sujo e não se dignara a vir pessoalmente. Não que eu lamentasse por isso. A visão de Malcolm parado do outro lado do rio havia despertado em mim um medo que sacudia meus ossos até aquele momento. Ele não era mais alto que um feérico mediano. Na verdade, era até mais magro que a maioria dos guerreiros aqui no acampamento. Mas o poder que emanava dele era avassalador; eu o sentira me puxando e me atraindo, procurando meus pontos fracos, como se quisesse me forçar a me ajoelhar, suplicante. Se eu vivesse mais mil anos e nunca mais visse aquele rosto morto, ainda seria pouco.

BUM! BUM!

BUM! BUM!

Como um batimento cardíaco em dois atos, o som das marretas batendo no gelo soava em meus ouvidos.

— Esteja pronta — disse Fisher.

A fumaça saiu das mãos dele e formou uma poça preta a seus pés. Ela chegou até a margem do rio, mas pairou lá, sem avançar.

Gritos subiram a leste: um rugido de guerra. Passei os olhos pela massa de corpos se contorcendo de ambos os lados do Darn, com terror e alívio de mãos dadas em meu peito ao ver que a primeira onda de vampiros corria para o gelo lá, mas que os enormes quebra-gelos também haviam tido sucesso em quebrar a superfície do rio congelado.

— Eles já eram — observou Ren. — Acabou. Mais alguns golpes sólidos e...

Como se a multidão de vampiros mais próxima a nós soubesse que era sua última chance, um velho maltrapilho com metade do maxilar solto ousou pisar no gelo. Sua blusa estava em farrapos, grudada no corpo emaciado. A calça estava puída e imunda, pendurada no quadril saliente. De um lado a outro, seu maxilar se movia, com lábios bem abertos e vazando icor preto.

Do outro lado do rio, ele arrastava os pés apodrecidos. A trinta metros, na direção do acampamento, o Darn se abria, e o gelo estalava ao ceder a martelo e machado. Vampiros mergulhavam nas fissuras cada vez maiores, caindo nas águas correntes abaixo.

Os mortos não nadavam. Nem flutuavam. Alguns dos devoradores ávidos por sangue agarravam pedaços de gelo, usando-os como boia para ficar acima da superfície, mas não adiantava. Os mais determinados se seguravam por uns dez segundos antes de suas mãos sem vida perderem tração e eles afundarem sob a superfície agitada da água.

O velho ancião atravessando até nós devia ter ossos ocos como os de um pássaro. O gelo não cedeu sob seus pés conforme ele se aproximava, o que encorajou seus companheiros. Depois, veio uma mulher. Seu rosto estava arruinado, sem olhos e com bochechas retalhadas. As feridas pareciam recentes, ainda cor-de-rosa em alguns pontos. Um ou dois dias atrás, ela estivera viva. Estava com um avental manchado de marrom por sangue seco. Parecia os aventais que os cozinheiros usavam lá no Palácio de Inverno. Será que ela costumava trabalhar em alguma boa propriedade por aí? Tinha saído por um momento para escapar do calor da cozinha e ver de relance uma ou duas estrelas no céu noturno? Será que algum pesadelo horrível tinha saltado das sombras e rasgado seu rosto em pedacinhos enquanto se alimentava?

Em seguida, um garoto, nu e magricelo.

Uma mulher com mãos sujas e cabelo crespo escuro arrastava atrás de si uma boneca sem vida enquanto avançava. Meu estômago se revirou quando percebi que não era uma boneca. Era um bebê, perfurado com centenas de marcas de dentes, como uma almofada de alfinetes.

— Deuses e pecadores — sussurrei. — O que *é* isso?

— Um inferno ambulante — respondeu Renfis, sombrio. — E ele não para de vir.

Logo, havia pelo menos vinte vampiros no gelo. Os outros mantiveram a posição na margem, recusando-se a seguir em frente, abalados demais pela sensação da água correndo perto, ou impedidos por algum outro comando tácito. Mas os vinte no gelo já eram preocupação o bastante.

— Estão quase no meio do caminho — murmurou Ren.

— Assim que atravessarem, vou arrancar a maldita cabeça deles — rosnou Fisher.

A chuva caía mais forte, batendo nas tendas e apagando as fogueiras por não ter ninguém para cuidar delas no acampamento. Atingia nossas peles, encharcava nossas roupas e grudava o cabelo às cabeças. Observei a abordagem lenta, mas decidida, dos vampiros e tive que perguntar:

— Por que esperar? Por que não agora?

— Somos obrigados a seguir as regras da guerra — disse Fisher. — Não podemos usar magia para atacar nem afetar um inimigo até que ele tenha invadido nossa fronteira. E, de todo modo, nossa magia não funciona em solo sanasrothiano. Magia feérica precisa de luz e vida para sobreviver. E não há nada daquele lado do rio exceto morte, escuridão e decadência. Nossas terras são divididas exatamente no meio do Darn. Mas no segundo em que esses filhos da puta cruzarem...

Aconteceu assim que ele disse. O velho com o maxilar estraçalhado tropeçou para lá do ponto mediano. Ren e Fisher agiram em uníssono, atraindo o poder para si. O ar crepitava de energia, fazendo meus dentes vibrarem. Os dois guerreiros se moveram com precisão letal. Ren levou a mão para trás e lançou uma bola de luz branco-azulada no céu cinza-metálico. Ao mesmo tempo, um vento preto poderoso saiu das mãos estendidas de Fisher e bateu no peito do vampiro, uivando ao redor dele e queimando o resto de suas roupas, sua pele descamada, os ossos amarelados expostos das costelas. O vampiro mordeu o ar, enfurecido com o ataque, mas continuou vindo.

Mais um passo.

Dois.

O vento arrancou o que sobrava de seu maxilar...

... e aí o orbe brilhante de Ren caiu com tudo no rio. Explodiu numa esfera de luz e calor que atingiu o gelo frágil de uma margem à outra. Os outros vampiros, ainda parados do lado de Sanasroth, guincharam e uivaram ao caírem nas profundezas rápidas da água e desaparecerem de vista.

Por todo o rio, acima e abaixo, o gelo estava rachado, intransponível. Em outras palavras, tudo estava seguro.

Um clamor subiu entre os feéricos yvelianos, despudorado e cheio de desprezo. Quantas vezes tinham parado nesta margem e mandado as feras de Malcolm de volta para Ammontríeth com o rabo apodrecido entre as pernas?

Irrin era um uróboro: uma cobra se devorando pela própria cauda. Seu propósito jamais seria atingido. Sempre haveria outra noite, e o rio sempre congelaria, e sempre haveria necessidade de um batalhão de guerreiros para manter a horda longe e que estivesse pronto caso um dia conseguissem atravessar. Pensar nisso era exaustivo. Alguns desses lutadores estavam aqui havia décadas, fazendo a mesma tarefa a cada noite amaldiçoada pelos deuses. Tanto tempo que tinham *batizado* o lugar. Tinham construído casas aqui. Criado famílias, porra. Porque, sem entes queridos por perto e alguma sensação de normalidade imaginária, que tipo de vida era esta? Sem ajuda de Belikon...

— A orla! Olhem para a orla!

O grito era cheio de terror. Fez meus pensamentos pararem de repente. Kingfisher se virou de frente para o acampamento, com o rosto pálido como neve e o mercúrio no olho formando padrões que se moviam enquanto vasculhava a margem do rio, buscando o motivo do alarde.

Ele encontrou antes de mim. Ren também. Ambos ficaram tensos, e um arquejo de consternação passou pelos lábios de Ren.

— Quê? Não... não *pode* ser. Não é... possível.

Mas eu via. Entre as pedras de gelo e a lama remexida, havia algo que saía rastejando do rio. E tinha dentes afiados como lâminas.

— *Invasão! Invasão! Invasão!*

O alerta se espalhou como um incêndio florestal

— Vai. Eu fico aqui com ela — disse Ren a Fisher.

— É este o momento de manter sua promessa e ficar bem aqui, Osha — falou Fisher.

Num piscar de olhos, ele tinha virado algo selvagem. Sua pele emitia um brilho pálido e sinistro, as ondas escuras balançando num vento invisível. Ele jamais me parecera muito humano, mas, equilibrado no precipício do perigo, era indescritivelmente feérico.

— Vou ficar. Prometo.

Um trovão estrondoso caiu e abafou minhas palavras, mas Fisher assentiu com a cabeça, mantendo os olhos nos meus por meio segundo, e aí se foi.

— Tem mais! Mais cruzando! — berrou uma guerreira.

E, de fato, os vampiros que haviam ficado na margem escorregavam pela neve suja e caíam no rio. Fiquei olhando enquanto eram varridos em grupos de dois ou três pela correnteza, se agarrando a esmo uns aos outros e tentando chegar ao outro lado. Mas havia os que desapareciam sob a superfície do rio e não reemergiam. Observei horrorizada conforme mais e mais vampiros começavam a sair da água.

— Prepare-se — disse Ren, tenso. — Vamos receber esses putos com aço.

E nós... sussurrou uma voz animada. *Nós também! E nós!*

Solaz. A lâmina com o pomo de lua crescente era uma espada divina, afinal. Claro que tinha mercúrio. E estava acordada. Viva. Escutando. Falando. Falando *comigo*.

Não havia tempo para ficar maravilhada com isso. Tinha três vampiros saindo da água, e não haviam sido desacelerados pelo mergulho gelado. O primeiro se sacudiu como um cachorro, mostrou os dentes, nos viu e *veio*. Com movimentos bruscos e sobrenaturais, o jovem nu galopou de quatro margem acima, com suas garras irregulares abrindo buracos na neve. Ren recebeu seu ataque com um golpe da espada, mal se movendo ao girar a lâmina e separar a cabeça da criatura dos ombros.

O velho veio em seguida, mas não tão rápido. Depois da magia de Fisher, não estava em bom estado e mal conseguiu correr na nossa direção. Ren girou, levantou a espada, e cortou a mão com garras que o velho usou para tentar atingi-lo. Enquanto a criatura estava desequilibrada, Ren abaixou a lâmina, fazendo-a assobiar pelo ar, e o decapitou também.

Mais corpos saíam do Darn. Bem mais que os vinte que haviam entrado quando o gelo quebrou. Não fazia sentido. Ren os cortava com a mesma rapidez com que emergiam da água, mas logo havia vampiros de mais para lutar sozinho. Ele fazia subirem no ar orbes que desciam com força assustadora, detonando no segundo em que faziam contato com carne. Os devoradores irrompiam em chamas azul-claras, caindo uns por cima dos outros, berrando, mas continuavam o avanço.

— Saeris! Encontre Lorreth! Volte para a forja! — berrou Renfis.

— *Não!*

Empunhei Solaz, e uma onda de calor subiu pelo meu braço. A sensação me pegou de surpresa. Dois segundos depois, eu estava ombro a ombro com Renfis diante de sessenta vampiros rosnando. Ele me olhou como se eu fosse a personificação da loucura.

— Você *prometeu* a ele! — gritou.

Assentindo, levantei a espada.

— Eu prometi que ficaria aqui. Se sair correndo sozinha para o escuro, com certeza vou morrer. Ele sabia que eu teria mais chance se estivesse com você.

Ren não podia fazer nada. Cerrando os dentes, ele girou, enfiando a espada de baixo para cima no crânio de um vampiro tão desfigurado que eu não conseguia nem distinguir o seu gênero.

— Menina teimosa — rosnou ele. — Não ouse morrer sob a minha guarda, Saeris Fane! Fisher jamais me perdoará se sua única razão de viver for rasgada em mil pedaços na porra da sua primeira batalha.

Espera aí. O que — ahcaraaaa*LHO*! Levantei Solaz bem a tempo. O vampiro que estivera prestes a voar em meu pescoço acabou com a boca transpassada pela lâmina. Empurrei, completando o golpe, e arranquei o topo da cabeça daquela maldição.

A criatura caiu no chão, mas ainda não tinha acabado. Da cabeça, só sobravam um monte de carne deformada e um fragmento da mandíbula inferior, mas aparentemente era o bastante. O devorador segurou minhas pernas, com as garras arranhando minhas vestes de couro e os pés descalços chutando a neve. Icor preto e grosso como piche jorrou por toda a minha bota.

— Toda! Você precisa arrancar a cabeça toda! — berrou Ren.

Toda. Beleza. Eu podia fazer isso. Inspirei fundo e acalmei os pensamentos. Meu treinamento assumiu o controle. As horas sem-fim trancada no sótão com os amigos rebeldes da minha mãe, aprendendo a usar algo afiado. A mover o corpo. A usar o próprio impulso do inimigo contra ele. A atacar e recuar, atacar e recuar, atacar e recuar. A me fechar e me concentrar na tarefa à frente.

A mandíbula inferior do vampiro e o que sobrava de seu tronco encefálico voaram na lama, arrancados num corte limpo. O monstro caiu flácido no chão, desta vez para valer. E me pus a trabalhar pra cacete.

Havia uma fração de segundo em que, saindo da água, os vampiros eram lentos. Ren os derrubava aos montes enquanto subiam a margem, mas eu fui até a beira do rio e comecei a cortá-los antes de conseguirem se orientar.

Solaz vibrava em minhas mãos, fazendo ondas de energia subirem pelos meus ombros a cada golpe que eu acertava. Agachei, apoiando o peso do corpo na ponta dos pés e no quadril, e mergulhei fundo no fluxo da matança.

— Volte, Saeris! Volte!

Ren tinha razão. Havia muitos deles chegando à margem. Recuei em passos de dança, com os pés leves, e me posicionei ao seu lado.

— Eu vou feri-los. Você acaba com eles — rosnou Ren.

Um cobertor de fumaça preta varreu o rio, empurrando para trás muitos dos vampiros que estavam tentando escalar a margem. Se havia fumaça preta, isso significava que Fisher estava vivo ali por perto. O alívio percorreu meu sangue como um raio. Enfiei a ponta da espada na bochecha de um vampiro, prendendo-o ao chão, aí arranquei a espada e cortei a cabeça da criatura vil bem a tempo de repetir o processo quando Ren mandou outro devorador imundo na minha direção.

O tempo desacelerou, e aconteceu uma coisa estranhíssima. Meus batimentos cardíacos ficaram mais lentos. Fui tomada por uma sensação de paz. Aceitação e compreensão. O vampiro da esquerda passou direto por Ren e veio até mim. Estava rápido, eu sabia, mas mesmo assim parecia estar se movendo em areia fofa. Ele se abaixaria e tentaria me derrubar no chão; eu via seu plano de ataque animal, irracional, já fazendo seus joelhos se dobrarem e seus ombros se encurvarem. As garras na ponta de seus dedos, afiadas como vidro quebrado, curvadas, estendendo-se para mim, implorando para achar carne.

A reação a isso era simples. Caí de joelhos e girei a lâmina ao redor do rosto, sobre minha cabeça, num ângulo para *cima*... e acabou.

A cabeça do vampiro saiu rolando margem abaixo e quicou ao bater na pilha de corpos que havia começado a se formar ali, caindo no rio com um esguicho. Ren pausou, olhando espantado e arregalando os olhos ao me observar.

— O que foi *isso*? — falou, ofegante.

— Não sei. Eu só...

O restante da frase foi interrompido quando uma nuvem de fumaça preta me arrancou do chão, e de repente eu estava nos braços de Fisher.

Seu rosto estava manchado de icor e os olhos, cheios de pânico.

— Você está bem? O que aconteceu? Está machucada?

— Estou bem. Está tudo certo, juro.

A dúvida em seu rosto dizia que Fisher não acreditava em mim, mas desapareceu quando Ren gritou para ele:

— Ela está mandando ver, irmão. Empunha Solaz quase tão bem quanto seu pai.

Bom, talvez fosse um pouco de exagero. Mas era melhor do que o general lhe dizer que eu estava atrapalhando, então por mim estava *mais do que ótimo.* Fisher me observou com algo que lembrava muito orgulho.

— É mesmo?

— Deixa o papo para depois! — gritou Ren. — Estamos meio ocupados agora!

Fisher voltou ao trabalho. Me soltou e foi para o lado de Ren, a magia fervilhando dele numa cortina de escuridão. No segundo em que empunhou Nimerelle, eu soube que a luta tinha terminado. Ren se movia com fluidez, contendo com facilidade os vampiros que restavam, mas ver Fisher era algo fora do normal. Ele não girava a espada. Não a manejava. A lâmina preta manchada e o guerreiro eram uma coisa só. Ele *fluía*. Onde Nimerelle cortava o ar, deixando um rastro de tentáculos de fumaça, vampiros caíam como trigo ceifado.

Era ao mesmo tempo lindo e aterrorizante. Kingfisher transformava a morte num tipo de arte.

Eu ainda estava admirando o jeito como ele se movia quando uma luz branca brilhante cortou o ar como um chicote do lado mais baixo da margem. Por uma fração de segundo, a noite virou dia. Fiapos de poder puros, sem filtro, sondaram a beira do Darn, buscando vários alvos ao mesmo tempo, e gritos surpresos subiram por toda a margem vindos de guerreiros em meio a batalhas que viam seus oponentes explodirem em chamas como se fossem tochas.

Era Lorreth — Lorreth e o sopro do anjo que Avisiéth lhe concedera —, e ver aquilo fez minha alma pegar *fogo*.

Fisher girou Nimerelle uma última vez, cortando o pescoço de sua presa tão rápido que levou um momento para a cabeça da criatura cair para trás e se soltar dos ombros. Nosso trecho do rio enfim estava livre de vampiros. Com os olhos iluminados, ele exibia um sorriso desvairado, refletindo filamentos de luz branca enquanto observava a teia de poder que pulava de um ponto a outro durante o combate, destruindo tudo em que tocava e transformando o exército de Malcolm em pilares de cinzas.

Fisher jogou a cabeça para trás e uivou. Ren se juntou a ele, e, lentamente, por todo o acampamento encharcado de chuva, mais vozes se uniram aos dois. Lobos, todos eles, cantando sua vitória.

Os gritos ainda soavam quando Fisher fincou a ponta de Nimerelle na neve suja, colocou as mãos em concha na boca e berrou tão alto que seu grito pareceu chacoalhar os próprios céus.

— *Lorreth das Torres Quebradas! Lorreth do Darn!*

— *Lorreth!*

— *Lorreth!*

— *Lorreth do Darn!*

O nome subia sem parar; o som de cada guerreiro feérico entoando o nome de Lorreth era algo tão poderoso que fez meu peito doer. Pela primeira vez em mil anos, uma espada divina tinha encontrado um yveliano digno e concedido a ele magia para defender seu povo. Até eu, que não era yveliana, caí no chão graças à emoção pura que preenchia o ar. Não havia uma maldita palavra...

— *KINGFISHERRRR!* — O grito agudo subiu mais alto que as comemorações. Nem o estrondo raivoso do trovão o engoliu. Era uma voz *feminina*.

Nós três nos viramos, da comemoração que acontecia, em busca de sua origem. Não demorou para encontrarmos. Lá, do outro lado do rio, estava uma mulher de vestido vermelho-rubi, com o cabelo loiro-claro fluindo pelas costas como um estandarte de ouro no vento uivante.

Era Everlayne.

E estava flanqueada por pelo menos uma centena de vampiros.

32

TALADAIUS

Ao vê-la, Ren e Fisher praguejaram. A boca de Everlayne estava aberta, com um pânico silencioso entalhado em seu lindo rosto. De onde estávamos, onde Yvelia e Sanasroth eram mais próximos e o rio, mais estreito, era fácil discernir suas feições delicadas. Era fácil ver que estava aterrorizada. Um buraco negro se abriu atrás de Fisher. Ele estava a um segundo de se lançar por ele, mas Ren o segurou pela faixa da armadura.

— Não seja idiota! O portal não vai se abrir daquele lado do rio! Só os deuses sabem onde ele vai te cuspir!

— Tudo bem, beleza. — Fisher deu um tapa na mão dele. — Eu nado até o outro lado.

Ren desta vez o agarrou com as duas mãos e o sacudiu.

— É isso que eles querem. No segundo em que você pisar do outro lado do rio, estará fodido. Você não vai ter magia, e aí?

— Aí vou rasgar o maldito pescoço deles e fazer uma pilha de cadáveres apodrecidos — rosnou Fisher.

— Ela vai estar morta antes de você acabar com dez deles. Vai conseguir viver com isso?

— Lógico que não!

— Então *pensa*. Por que diabos eles estão com Layne lá? Por que ela *ainda* não está morta?

Uma boa pergunta. Meu estômago se revirou quando um dos vampiros parados ao lado de Everlayne passou a língua destroçada pelo ombro nu dela, soltando um lamento fúnebre enquanto babava em sua pele. Ele queria muito mordê-la. Mas se segurava. Naquele número, poderiam acabar com a feérica em menos de um segundo, mas algo os continha. Outro vampiro pressionou o nariz no braço de Everlayne e estremeceu, lutando contra o instinto de se alimentar dela.

Ren gritou, um som estrangulado, e parecia que ia ignorar as próprias palavras e voar a esmo para o rio. Foi a palma estendida de Layne que o parou.

— Não! Fique onde está! — gritou ela.

— Você está machucada? — berrou Fisher.

Sua meia-irmã sorriu, triste.

— Só um pouco. Vou ficar bem, Fisher. Não se preocupe.

Ela estava tão estranha. Sua pele pálida estava iluminada por dentro, emitindo um brilho etéreo. Seu cabelo rodopiava ao seu redor como se ela estivesse embaixo d'água, mas ela não estava molhada. O cabelo, a pele, as roupas — tudo estava seco. A chuva caía com mais força do que nunca, mas nem uma gota tocava Everlayne.

— Corra para o rio! — gritou Ren. — Nade! Assim que estiver na metade, conseguimos pegar você!

Ela respondeu balançando a cabeça melancólica.

— Eu nunca conseguiria chegar, Renfis. E de todo jeito... não posso.

— Como assim, não pode? — A pergunta estava cheia de pânico.

A doce Everlayne. Ela havia sido muito legal comigo no Palácio de Inverno. Eu estivera atordoada demais com meus novos arredores para valorizar isso, mas ela fora minha amiga. Cuidara de mim. E corria perigo mortal, e eu não podia fazer nada para ajudá-la. Nenhum de nós podia.

Fisher mexeu o maxilar, com uma expressão arrasada. Ele sabia por que ela não podia vir.

— O pescoço dela — sussurrou. — Olha o pescoço dela.

Na base do pescoço esguio de Layne, brilhava uma faixa fina de ouro. Era uma coisa delicada. Bonita. Parecia estar gravada com algum tipo de padrão, embora eu não conseguisse discernir os detalhes do desenho daqui. Ligada à faixa de metal, havia uma corrente fina de ouro. Assim que a notei pendurada na frente dela, a corrente se tensionou, e Everlayne foi puxada bruscamente para a esquerda, quase perdendo o equilíbrio.

Fisher sibilou quando a multidão de vampiros se abriu e um macho alto e bonito com pele luminosa e cabelo loiro curto veio à frente e parou ao lado de Everlayne. Trajando calça preta e uma camisa branca bem ajustada, ele não estava vestido para a guerra; sua roupa sugeria que este pequeno passeio sob a chuva tinha interrompido um jantar opulento. Mais jovem que Malcolm, ele era um pouquinho mais alto, um pouquinho mais encorpado e igualmente perigoso. Eu sentia o poder dele — um frio penetrante, profundo, derramando-se pelo rio, entrando em meus ossos.

— Prazer em vê-lo, Fisher! — gritou o vampiro pelo rio. — Vejo que conseguiu restaurar uma de suas preciosas espadas. Parabéns. Certamente deve parecer um sucesso e tanto.

Como se Lorreth tivesse levado o sarcasmo na voz dele para o lado pessoal, uma faísca de sopro do anjo crepitou no ar. Mais clara que o raio que cortava as nuvens, ela queimou meus olhos, bateu em uma barreira invisível no meio do rio e foi instantaneamente desviada, lançando-se inofensiva no ar.

O vampiro nem piscou. Pela forma como sorriu, achava a demonstração muitíssimo divertida.

— Por que você não vem dar um oi para um velho amigo, Fisher? Sua irmã e eu temos uma garrafa daquele tinto de que você gosta arejando lá na sala de jantar. Não quer vir tomar uma taça com a gente?

— Vai se foder, Taladaius — cuspiu Fisher. — Se você a machucar...

— Ah, dá um tempo. Você me conhece. Eu não tenho estômago para machucar as coisas de que *você* gosta. Meu pai, por outro lado... — Ele não completou, olhando pensativo para a corrente em sua mão. — Ele, sim, gosta de ampliar sua coleção e, como recentemente perdeu seu prêmio mais precioso, faz sentido que queira substituir. Fala sério, você já devia estar esperando algo assim dele.

O ódio ferveu nos olhos de Fisher. Mas havia dor também. Desta vez, ele falou baixinho, dirigindo-se a Everlayne. Eu o ouvi, mas por pouco.

— Malcolm te mordeu? — perguntou ele, mantendo a voz neutra.

Eu vi a boca de Everlayne se mover, mas não era abençoada com os dons de Fisher. Não conseguia projetar minha voz, e minha audição humana também não era nem de perto aguçada como a dele. Ela falou quatro ou cinco palavras, e a minúscula faísca de esperança se apagou nos olhos de Fisher. Ren viu a reação dele e caiu pesadamente de joelhos no banco de neve, suas pernas se recusando a continuar sustentando-o.

— E daí que ele mordeu? Ela não está morta! — Dei um passo para mais perto de Fisher, colocando a mão no ombro dele. — Sem dúvida ela está bem, né? Se tiver veneno nas veias dela, Te Léna pode curá-la, como ela me curou.

Ren balançou a cabeça. Ficou olhando para Layne, que o encarava de volta. Os ombros dela sacudiam, e o peito subia e descia de maneira irregular. Considerei uma pequena bênção não conseguir ouvi-la chorando por cima do rugido da chuva batendo no rio.

— Agora ela não pode mais voltar para casa — sussurrou Ren, com a voz falhando. — Ela é dele.

Olhei de um para o outro, com o coração batendo sem parar de uma forma frenética.

— Como assim, ela é *dele*?

— Quer dizer que ela está sob o jugo de Malcolm — explicou Fisher.

Meus olhos arderam.

— Jugo? O quê... O que isso quer dizer?

— Depois, Oshinha. Eu explico tudo depois. — Fisher mal conseguia pronunciar as palavras em meio ao pesar.

Ren se forçou a ficar de pé outra vez. Gritou para a outra orla do rio, com as mãos tremendo ao lado do corpo:

— O que você quer, Taladaius? Por que a trouxe aqui?

O vampiro loiro riu de Ren com desprezo.

— Cuidado, Renfis. Para você, eu sou Lorde da Meia-Noite. Me recuso a ser tratado de um modo tão informal por alguém tão inferior...

— Ele é mil vezes mais do que você jamais será, seu merda — sibilou Fisher. — Agora responde à porra da pergunta e nos diga por que está aqui!

— O que você *acha?* — respondeu Taladaius, lacônico. — Ele me mandou trazê-la. Ela é uma armadilha. Meu pai quer que você faça a vontade dele, então pegou algo que é precioso para você e quebrou. Está chocado? — Ele não esperou a resposta de Fisher. — Ou você vai vir para tentar salvá-la, apesar de isso ser inútil, ou vai vir por vingança. De todo modo, ele sabe que você virá. Não quer nem saber por quê. Só quer que venha.

Vingança? Eu não gostava nada disso. Como caralhos Everlayne tinha acabado nas mãos de Malcolm? Eu tinha tantas outras perguntas, mas não era hora de fazê-las. Esperei para ver como Fisher responderia a isso, mas ele abaixou o queixo, com o mercúrio no olho girando tão rápido que formava um anel sólido reluzente em torno da íris, e não disse nada. Parecia estar esperando. Um momento depois, entendi por quê. Sem fôlego, Lorreth escorregou morro abaixo, juntando-se a nós. Como todos, estava coberto de icor e terra. Sua expressão tinha uma fúria que prometia acabar com mundos. Quando viu Taladaius parado do outro lado do rio, segurando a corrente de Everlayne como se ela fosse algum animal, seu rosto se fechou.

— Filho da puta!

— Boa noite, Lorreth. — Taladaius deu um sorriso ameaçador para o guerreiro.

— Porra. Aquela é... — Ele ficou pálido. — É a Everlayne?

Fisher ainda estava imóvel, olhando para a irmã do outro lado do rio. Foi Ren quem respondeu:

— Sim. É ela. Malcolm já a marcou.

— Mas... — Ele olhou ao redor, desesperado. — Mas isso é... isso...

— *Cadê* ele? — rosnou Fisher, enfim.

Suas palavras saíram baixas, projetadas para Taladaius. O vampiro escolheu gritar a resposta com uma risada, para todos ouvirem:

— Está esperando por você, meu amigo!

— Onde?

— No lugar onde vocês dois fizeram seu último acordo. Sinceramente, acho que está torcendo por um bis.

— Não vai ter mais acordo nenhum — rosnou Fisher.

— É o que vamos ver, não acha? — Taladaius olhou as próprias unhas. — Sua querida Everlayne foi mordida doze horas atrás. Pode fazer a conta. Agora mesmo, meu pai está indo para o norte com a maior parte de sua horda. Se você não estiver lá para encontrá-lo em seu destino, ele vai garantir que ela complete a mudança e aí passe o resto da eternidade deitada de costas, sendo fodida até ficar em carne viva pelos residentes mais depravados de Ammontríeth, um... depois do outro... depois do outro. Ou você dá o que ele quer. É simples assim.

— E o que diabos ele *quer*? — exigiu saber Lorreth.

Fisher se encolheu, como se desejasse que o guerreiro nem tivesse perguntado.

— Sou eu que ele quer — sussurrou.

O latido de Taladaius, de quem estava se divertindo, foi duro como gelo rachando.

— Sim, é verdade, você está na lista de desejos dele. Sempre esteve, meu amigo. Mas desta vez ele não quer só você. Você pode ter sido um jogador valioso neste jogo antes, mas muita coisa mudou ultimamente. Tem peças bem mais interessantes no tabuleiro.

— Ele não vai conseguir mais ninguém.

— Você sabe mais do que ninguém que Malcolm sempre consegue o que quer — repreendeu Taladaius. — Ele vai conseguir o prêmio dele, e você sabe disso.

— *BOM, ELE NÃO VAI FICAR COM ELA!*

A declaração de Fisher estrondou pelo Darn; provavelmente deve ter sido ouvida até nas entranhas de Ammontríeth. O terror que irradiava dele me atingiu como um tapa na cara. Senti no fundo dos ossos. E... senti outra coisa também. Taladaius. A atenção dele veio para mim, ainda que seus olhos escuros, transbordando de alegria, permanecessem fixos em Fisher.

— Pode espernear e gritar o quanto quiser — disse. — Mas ele quer a alquimista, Fisher. Se precisar queimar Yvelia inteira para consegui-la, você sabe perfeitamente bem que ele o fará.

33

SANGUE EM AGRADECIMENTO

— Não acredito que simplesmente o deixamos levá-la embora daquele jeito. — Lorreth andava de um lado para outro na frente da mesa de mapas, fechando as mãos em punhos. Toda vez que girava, batia em algo com a bainha de Avisiéth, claramente desacostumado a carregar a arma. — Devíamos ter *feito* alguma coisa, caralho!

— Tipo o quê?

Eu nunca ouvira Ren com uma voz tão derrotada. Ele estava sentado à cabeceira da mesa, roendo a unha do polegar. Desde que tínhamos voltado para cá, entorpecidos e encharcados, o general havia criado o início de uma série de planos, falando alto consigo mesmo, só para chegar a um obstáculo e recomeçar. Parecia que tinha oficialmente desistido.

Fisher não dissera uma palavra desde que entrara e se plantara no assento à minha frente. Só ficava me olhando, um mar de verde e prata fixo no meu rosto, engolindo em seco. De início, ser objeto de um foco tão intenso foi desconcertante, mas eu tinha me acostumado na última hora e passado a encará-lo de volta, provocando-o dentro da minha cabeça, tentando convencê-lo a falar alguma coisa.

Por favor. Fale comigo. Me diga alguma coisa. Qualquer coisa, pedi em silêncio. *Você não pode simplesmente se fechar.* Mas, mesmo assim, nenhuma palavra.

Sem dúvida, ele achava que mergulhar num estado catatônico era um mecanismo perfeitamente aceitável para lidar com a situação.

— Tem que ter um jeito. — Lorreth chutou com raiva a pilha de madeira encostada ao lado da lareira.

Uma delas lascou e se desfez. Ele nem reconheceu a bagunça que havia criado ao dar meia-volta, batendo na canela de Ren com Avisiéth, e sair marchando para a saída. Logo antes de deixar a tenda, ele se virou e voltou pisando forte.

— Fisher, tem milhares de textos na biblioteca lá em Cahlish. Tem que ter alguma coisa sobre isso num deles. Seu pai estudou a maldição de sangue por décadas. Aposto que fez alguma anotação a respeito. Como limpar o sangue de um jugo. Como... Como queimar o encantamento entre mestre e jugo antes de a conversão começar.

Fisher franziu a testa. Olhou para mim ainda mais intensamente.

— Fisher? — insistiu Lorreth.

— Ele não consegue te ouvir — falou Ren, cansado. Apertou a ponte do nariz, afundando na cadeira. — Dá um tempo para ele. Fisher está pensando.

Pode ter informação lá em Cahlish sobre isso?, perguntei. Mas Fisher não mostrou sinal de ter me ouvido. Bom, que merda. Se ele não ia me dar respostas, os outros dois iam ter que me informar, porque meu cérebro estava prestes a implodir.

— Por que a mordida de Malcolm é tão diferente da dos demais vampiros? — questionei, olhando sério para Ren e desafiando-o a tentar evitar a pergunta.

Felizmente, ele respondeu:

— Malcolm foi o primeiro a ser afetado pela maldição de sangue. O primeiro de todos. Quando Rurik Daianthus, o último rei yveliano, descobriu a cura, Malcolm foi um dos poucos que escolheram permanecer vampiros. Ao longo dos séculos, os outros que tinham aceitado a maldição foram sistematicamente mortos até só sobrar Malcolm. Houve boatos de que, de algum jeito, ele ingeriu o poder dos demais. Ele tem milênios de idade, é imortal, nunca envelhece. A cada ano que sobrevive, sua força e sua capacidade crescem. Seu veneno é inimaginavelmente potente. Quando um de seus lordes morde uma vítima, pode beber e saciar a sede sem matar. Se morde o mesmo humano várias vezes, no fim, a pessoa fica sob o jugo...

— E essa palavra. O que quer dizer?

— A vítima fica ligada ao vampiro que a mordeu — interveio Lorreth. — Dedicada irracionalmente às necessidades dele. Alimenta e trepa com o mestre sem nunca pensar em si mesma. Inevitavelmente, o mestre fica entediado e a drena, e aí a vítima morre. Três dias depois, levanta-se de onde foi descartada e vira um dos devoradores que você viu no rio.

— Mas Everlayne... — Não consegui dizer mais nada.

Pensar naquele desgraçado fincando os dentes no pescoço dela me dava vontade de vomitar.

— Malcolm só precisa morder uma vez para criar um jugo. Everlayne agora está completamente sob o controle dele. Mesmo que invadíssemos Ammontríeth e conseguíssemos libertá-la, ela não viria. Lutaria para ficar e fazer a vontade de seu mestre. E, em pouco menos de cinquenta e seis horas, ela vai morrer.

— Não fala isso! Não temos certeza. Ele talvez decida não a drenar. Pode só a estar usando como moeda de troca para...

— O veneno de Malcolm é letal, Saeris. Só precisa de uma gota. Ele agora não precisa mais drená-la para ela morrer. O trabalho está feito. Só há dois caminhos possíveis diante de Everlayne. Se Malcolm permitir que ela beba dele, e se ela realmente fizer isso, vai voltar e virar algo como um de seus lordes. Se ela se recusar a beber de Malcolm ou ele se recusar a dar seu sangue a ela, Everlayne vai morrer e voltar como devoradora.

Uma parte de Fisher ouviu isso. Lá no fundo, ele registrou a informação, que quebrou a parede atrás da qual ele tentava se esconder. Levantou-se da mesa, respirando fundo e passando as mãos pelo cabelo.

— Bem-vindo de volta — sussurrou Ren.

Fisher estava prestes a dizer algo, mas a aba da tenda se abriu e Danya entrou, ainda vestida com a armadura da luta. Seus olhos queimavam de raiva. Ela rosnou, abrindo bem os lábios e mostrando os dentes, ao mesmo tempo em que atravessava a tenda na direção de Lorreth.

— Danya... — alertou Ren.

Mas era tarde demais. A guerreira tinha puxado o punho para trás e o enfiado no rosto de Lorreth. Ele percebera o golpe vindo. Tinha ajustado a postura e cruzado os braços em frente ao peito, mas sem fazer nada para a impedir de atingi-lo. O nariz dele explodiu em sangue quando o soco chegou.

— Babaca! Me dá. Me dá a porra da minha espada.

— Não é mais sua espada, Danya — disse Fisher.

— O caralho que não é. Eu carreguei essa espada por trezentos e treze anos. Eu a *mereço*!

— Seu pai passou para você — corrigiu Fisher, seco. — A espada que você carregava foi desfeita e reforjada. Esta lâmina é nova. E ela *escolheu* Lorreth.

— É minha — espumou Danya.

Todos a vimos voar na direção de Avisiéth. Eu não poderia tê-la impedido de fazer algo tão imprudente, mas Fisher, Ren e Lorreth sim. Nenhum deles escolheu fazê-lo. Algumas lições tinham que ser aprendidas do jeito mais difícil. A espada que antes carregava já tinha sido silenciada ao ser dada a ela. Não havia dentro dela nem um eco de magia. Danya provavelmente tinha ouvido lendas sobre o que aconteceria se alguém tocasse uma espada divina que não lhe pertencesse, mas seu orgulho era tanto que *realmente* acreditava que a arma pendurada no quadril de Lorreth era dela. Ele deixou que ela pegasse. No segundo em que agarrou a empunhadura, Danya soltou um grito aterrorizante, e sua mão explodiu numa nuvem de névoa rosa. Uma onda chocante de luz branca ofuscante saiu do pomo de Avisiéth, e Danya foi jogada do outro lado da sala de mapas. Ela caiu numa cadeira, que foi reduzida a pedaços de madeira num instante.

— Deuses do céu — falou Ren. — A espada arrancou a porra da *mão* dela.

— Talvez agora ela pare de socar a cara das pessoas.

Não havia um fiapo de compaixão na voz de Fisher. Ele pairou sobre Danya, com os olhos brilhantes e frios como gelo. Ela, por sua vez, acordou de um aparente desmaio e percebeu o que tinha acontecido com sua mão. A mão da *espada*. Me preparei para mais um grito, mas ela sufocou um soluço em vez disso.

— Ah, deuses! Não. Não, não, não!

— Tem uma chance de crescer de novo. Se eu te levar para Cahlish para ser examinada por um curandeiro, você vai parar com essa palhaçada e se acalmar, porra? — questionou Fisher.

Danya não merecia que a mão crescesse de volta. Seu drama tinha chegado a um ponto em que ela merecia viver com as consequências do seu temperamento de merda. Não era um pensamento bondoso da minha parte, mas eu já estava completamente de saco cheio da atitude dela. Desde que Kingfisher voltara ao acampamento, ela tinha sido uma vaca. Tínhamos coisas mais importantes com que nos preocupar do que uma guerreira petulante que dava chilique toda vez que aparecia nesta maldita tenda. Para sorte dela, Fisher era mais misericordioso que eu.

— Sim — falou Danya, gemendo. Ela segurou o cotoco que sangrava em seu punho, com lágrimas escorrendo pela bochecha. — Vou. Eu... juro.

— Então é isso? Você vai voltar para Cahlish? — perguntou Ren.

— Todos vamos. Três de nós cinco precisamos ver Te Léna. Vamos virar aquela biblioteca do avesso até encontrarmos um jeito de ajudar Everlayne. Temos tempo. Não muito, mas temos. Precisamos usá-lo com sabedoria.

Renfis estava branco como um fantasma. Se eu não estava enganada, suas mãos tremiam de alívio, não de ansiedade. Fisher tinha tomado as rédeas da situação, o que significava que Ren não era responsável por encontrar uma solução para este desastre. Ele abriu a boca, pronto para falar, mas Fisher foi mais rápido:

— Mas, antes de sairmos desta tenda, tem algo que precisamos fazer. — Ele me olhou, decidido. — Nossa alquimista enfrentou o inimigo hoje e se defendeu bravamente. Temos uma nova guerreira de sangue entre nós.

Ah, não.

Deuses.

Não.

Eu *não* queria nenhum deles me olhando assim. O orgulho silencioso de Fisher. A aprovação calorosa de Ren. O sorriso astuto de Lorreth. Em circunstâncias normais, talvez eu tivesse gostado de ser reconhecida por ter abatido tantos devoradores, mas, com o destino de Everlayne parecendo tão desolador, eu não conseguia suportar a ideia.

— Não quero estardalhaço — falei.

— Você não quer estardalhaço? — Lorreth riu. — Isto não é por *você*, Saeris. É para reconhecer uma das nossas e prestar homenagem. Você não pode escolher.

Procurei a ajuda de Ren, mas ele deu de ombros, pedindo desculpas.

— Sinto muito. Ele tem razão.

— Olha, o que quer que *isto* seja, pode esperar. Estamos no meio de uma crise. Vai ter tempo mais tarde para... Nem sei o que vocês estão planejando fazer, mas pode esperar!

Fisher não se convenceu com meu argumento. Nem um pouquinho. Ele se recostou na mesa, cruzando os braços.

— Não deixamos coisas assim esperarem. Estamos em guerra. Não há garantias de que algum de nós vai acordar amanhã. Comemoramos nossas vitórias quando podemos. E garantimos que nossos guerreiros saibam seu valor.

Lorreth foi o primeiro a dar um passo à frente. Ele puxou Avisiéth e se ajoelhou, passando a palma pela lâmina. Um fio de sangue cor de vinho fluiu. Ele pressionou a mão em meu peito, bem no meio dos seios. O contato não foi sexual, mas mesmo assim Kingfisher deu uma bufada.

— Meu sangue em agradecimento, irmã — falou Lorreth, suavemente.

Ele se levantou, ainda sorrindo para mim como um idiota, e saiu do caminho para Renfis tomar seu lugar. O general se ajoelhou e fez um gesto de cabeça ao cortar a própria mão com uma adaga e colocar por cima da marca ensanguentada feita por Lorreth.

— Foi uma honra lutar ao seu lado — disse ele. — Meu sangue em agradecimento, irmã.

Minhas bochechas queimavam a mais de mil graus quando Fisher silenciosamente se aproximou e se ajoelhou aos meus pés. Sua auréola de cabelo preto estava para todo lado, e sua pele pálida sob a luz bruxuleante da tocha. Mas seu olhos estavam firmes. Eles me percorreram enquanto desembainhava Nimerelle e fechava a mão na lâmina. Quando colocou a palma em meu peito, bateu o dedo em meu esterno no ritmo de meu coração acelerado. Me dando um sorriso muito cansado e muito triste, disse:

— Te dou meu sangue em agradecimento, Saeris Fane.

34

UM SEGREDO

“HUMANA” TINHA vindo primeiro. Depois “Oshellith” ou “Osha”, dito com uma quantidade nada modesta de desdém. Aí “Osh*inha*”, que de início era para zombar, mas depois virara um apelido carinhoso.

Mas Fisher tinha dito meu nome. *Finalmente.* E foi... estranho.

Lorreth esfregou os nós dos dedos para cima e para baixo do esterno, franzindo o cenho. Ren riu discretamente, abaixando a cabeça. Danya disse algo em feérico antigo e cuspiu no chão, ainda segurando o cotoco enfumaçado na ponta do braço direito. Mas foda-se Danya. Ela era péssima. E eu? Só fiquei lá parada feito uma idiota, incerta do que fazer ou dizer, enquanto o choque se infiltrava em meus ossos.

Fisher imediatamente começou a cuidar de tudo, abrindo um portal de sombras. Passei primeiro e me vi transportada para o salão de jantar onde tinha encontrado os devoradores pela primeira vez. Sentei-me à mesa, tamborilando impaciente as unhas na madeira enquanto esperava pelos outros. Danya veio em seguida. Fez uma cara feia ao me ver. Sua trança loira e grossa de guerra estava salpicada de sangue.

— Ah, mas olha só pra você. A alquimistazinha assustada, sentada no lugar de honra da mesa da família. É melhor sair daí antes de os outros chegarem se não quiser ficar *muito* envergonhada.

Eu estava sentada onde sempre me sentava, à direita da cadeira de Fisher. Mas o escárnio de Danya me fazia pensar que eu tinha cometido um erro social gravíssimo. Não era a primeira vez que alguém reagia ao fato de eu estar sentada aqui. Primeiro, tinham sido os elfos de fogo. Archer havia entrado em combustão ao me ver nesta cadeira. Depois, tinha sido Ren, que se engasgou com a comida. Levantei os olhos para o teto, recostando-me na cadeira.

— Qual é o problema? É só uma cadeira — falei, toda insolente.

Se ela soubesse que eu estava de fato interessada na resposta, provavelmente não me diria só de birra.

Danya chutou as pernas da cadeira à minha frente, empurrando-a para trás para poder se sentar.

— Esse assento é reservado para a senhora da casa, menina estúpida. A etiqueta dita que só a esposa de Fisher tem permissão de se sentar aí. É uma posição de alta honra criada para uma feérica nascida em uma das casas antigas, e você está aí esparramada como se fosse seu maldito lugar. É ofensivo ele sequer deixar uma humana se sentar à mesma *mesa* que ele. Mas isto... — Ela acenou para mim com a mão remanescente. — Isto é demais. Como eu disse. É melhor você *sair*.

Enquanto ela falava, Ren passou pelo portal rodopiante carregando uma pilha de livros, bolsas de couro e seis ou sete pergaminhos compridos e enrolados embaixo do braço. Danya deu um sorrisinho arrogante, como se eu fosse ver o que era bom e ela mal pudesse esperar para me ver tomando bronca. Mas Ren analisou a cena, me deu uma piscadela e disse:

— Fica tranquila, Saeris. Você está perfeita aí mesmo.

Danya ficou boquiaberta.

— Mas que porra é essa? Vocês todos a tratam como se fosse uma emissária estrangeira importante. Ela é só uma humana. Que outras regras vai ter permissão de quebrar?

Eu não tinha ouvido Fisher saindo pelo portal. Mas senti sua presença: um calor agradável no fundo de minha mente. O cheiro da floresta me envolveu enquanto mãos fortes e tatuadas descansavam no topo dos meus ombros.

— Nenhuma regra foi quebrada, Danya. E, mesmo que tivesse sido, não seria da sua conta.

Perturbada, a feérica o observou ali, parado atrás de mim, com as mãos no meu corpo.

— Você *não pode* estar falando sério, Fisher. Todos sabemos que você trepou com ela. O acampamento inteiro consegue sentir o cheiro em vocês dois. Mas ela é *humana...*

— E daí? — Ren jogou tudo o que carregava no chão, rosnando. — Ela é honrada e corajosa, para não mencionar que é a alquimista mais poderosa já documentada. Ela te desarmou em meio segundo, caso não se lembre. Quem caralhos você pensa que é para dizer que ela e Fisher não pertencem um ao outro?

Epa. *Pertencer* um ao outro? Atrás de mim, senti Fisher ficando tenso. A qualquer momento, ele ia cuspir algum comentário mordaz, dizendo para deixarem de ser tão escrotos. Eu riria do ardor de seu desprezo pela sugestão de Ren e todos voltaríamos a nos preocupar com a questão verdadeiramente importante no momento: Everlayne.

Mas Fisher falou num tom *muito* calmo:

— Minha vida pessoal não está aberta a discussões públicas.

— Puta merda. Por que está tão *gelado* aqui? — Carrion carregava uma espada e um vaso de planta embaixo do braço, ainda usando o casaco grosso com a pele áspera em cima do colarinho frouxo.

— Eu o encontrei na forja — disse Lorreth, passando pelo portal atrás dele. — *Ele ainda estava dormindo.*

— Ei, não fala desse jeito! — Swift lhe lançou um olhar magoado. — A noite foi muito longa, tá?

— Você dormiu durante uma batalha — falou Lorreth.

— Eu tenho o sono muito pesado!

— Qual é a da planta? — perguntou Ren.

Carrion deu de ombros.

— Sei lá, gostei da cara dela. Era a única coisa verde em mais de um quilômetro no meio de todo aquele branco. Imaginei que merecia uma vida fácil depois de ter chegado tão longe crescendo num banco de neve. Além do mais, minha tenda estava tão árida. Precisava de algo para dar uma animada.

— Puta merda. Que coisa mais ridícula. — Danya se levantou da cadeira. — Não consigo passar mais um minuto aqui com esses humanos desmiolados. Só porque eles são... bonitos... — Ela vacilou, e seus olhos ficaram vidrados. Abaixando o queixo, tentou segurar a borda da mesa, mas seus dedos só encontraram o ar.

— Lorreth? — falou Fisher, baixinho.

— Porra, preciso mesmo?

— Por favor?

Lorreth resmungou ao atravessar o salão em quatro longos passos e segurar Danya bem na hora em que ela desmaiava. Não pareceu contente de a estar segurando, e não posso dizer que o culpava.

— Ela perdeu muito sangue. — Fisher suspirou. — Vamos. Precisamos levá-la até a curandeira.

— E nós? — perguntei. — Não podemos só ficar sentados aqui. Preciso fazer alguma coisa.

Fisher estendeu o braço para mim. Levantei a mão só o suficiente para ele poder prender a ponta do indicador no meu por um segundo.

— Vá para a forja e comece a trabalhar nas relíquias. Faça o máximo que conseguir, Saeris. Tenho a sensação de que vamos precisar.

Ren foi com os outros, dizendo que precisava checar o terreno e avisar aos guardas que estávamos aqui. Assim que ficamos sozinhos, Carrion tirou o casaco e apontou enfaticamente para a porta e para a feérica que tinha acabado de sair por lá.

— Você ouviu aquilo? — perguntou ele.

— O quê?

— Aquela loira gatíssima disse que eu era bonito.

— Deuses amados, Carrion. *Não* me diga que você está a fim da Danya. Ela é um terror.

— Eh. — Ele me deu um sorriso travesso. — Eu adoro uma mal-humorada de língua afiada. Meio que me deixa de pau duro.

A chuva tinha parado, graças aos deuses.

Ônix entrou fungando na forja, com o nariz grudado no chão, seguindo um rastro; soltou um pequeno guincho ao me ver e balançou o corpo todo de animação. Passei meia hora fazendo carinho nele e dando petiscos do prato de comida que um tímido elfo de fogo havia nos trazido, e depois de comer ele saiu alegremente para o pátio para ficar sentado no escuro, com a cabecinha fofa virada para as estrelas. Já passava de meia-noite. Se tivesse sido um dia normal, era para estarmos pensando em ir para a cama, mas tínhamos dormido do nascer ao pôr do sol quando Ren fora nos buscar para dizer que a horda estava no rio. E, depois de lutar e acabar com tantos devoradores, depois da notícia terrível sobre o sequestro de Everlayne, eu estava mais do que acordada.

Que bom que eu tinha uma montanha de trabalho para me manter ocupada.

O minúsculo orbe de mercúrio rolava languidamente no fundo de um cadinho em sentido anti-horário. Negociar com esse mercúrio tinha se mostrado mais complicado do que quando eu forjara Avisiéth. Ele insistia que não queria nada — que não tinha nenhum interesse em virar relíquia. Estava cansado de mim cutucando-o e sondando, não queria mais ser incomodado.

— Estamos perdendo tempo. E estou confuso. Você tem a habilidade de ordenar o negócio a fazer o que você quer. Por que não o *força* a obedecer? — perguntou Carrion.

— Não vou forçá-lo a fazer nada. É algo senciente, Carrion. Toma suas próprias decisões. Ele pensa. Ele fala. — Eu queria muito que não falasse. — E eu não vou *obrigá-lo* a fazer nada que ele não queira.

Carrion sabia do acordo que Fisher tinha me ludibriado a aceitar. Sabia o que eu achava de não ter mais meu livre-arbítrio. Era surpreendente até mesmo ter sugerido isso. Ele puxou um dos anéis feéricos do baú de madeira ao lado da fornalha e jogou no ar. Um lampejo prateado fez um arco ao girar. Distraído, ele disse:

— Imagino que você tenha perdoado nosso sequestrador benevolente pelos crimes dele, né? Vocês dois parecem bem íntimos.

— Não vou falar do Fisher com *você*.

Soltei o cadinho para poder alimentar o carvão na fornalha.

— Por que não? Como você me lembrou tão veementemente outro dia, não somos ex-namorados. Só transamos uma vez. Eu te garanto que você não vai me magoar.

Ele se apoiou na bancada, esperando.

— Não quero falar com você sobre ele porque você vai usar o que eu disser para me provocar — respondi. — Vem cá bombear estes foles.

Carrion pareceu afrontado.

— Qual é, eu sou seu escravizado agora?

— Se você insiste em ficar aqui me irritando, vai ter que ser útil ao mesmo tempo. São as regras.

Ele fez cara feia, mas veio, pegou as alças dos foles e começou a bombear.

— Vai. Vamos ficar presos aqui por horas. Me conta logo. Não vou te zoar, juro.

Bufei. As promessas de Carrion não valiam o papel em que eram escritas. Ele era notório por jurar um monte de coisa e aí não honrar a palavra. Seria muito idiota da minha parte esperar que ele mantivesse a promessa... mas me vi com vontade de falar.

— Acho que o perdoei, sim. Ele não me obrigou a fazer nada que me machucasse ou machucasse alguém. Me compeliu antes porque achou que fosse me manter segura. E ele sabe o que vai acontecer se fizer isso de novo.

Isso mereceria um comentário de desdém de Carrion, com certeza. Mas não. Os cinco infernos deviam ter congelado. Ele só assentiu com a cabeça.

— Sabe, achei estranho quando ele me subornou com aquela bota para tomar banho. Perguntei para uma das elfas que foi me banhar. Uma daquelas elfas de água com enormes... — Ele fez a mímica de segurar um par de seios grandes em seu próprio peito. — Perguntei por que estavam tentando esfolar três camadas da minha pele com aquele musgo esquisito, e ela disse que era especial. Disse que feéricos que gostavam de pular de cama em cama o usavam muito porque erradicava o cheiro dos outros parceiros. Eu não fazia ideia do porquê de Fisher ligar de eu estar com o cheiro daquelas trigêmeas que começaram a trabalhar na Kala e...

— *Deuses,* você é incorrigível.

Ele sacudiu as sobrancelhas.

— Mas aí percebi que era você. Ele não queria que eu tivesse o *seu* cheiro.

Evitei comentar. Tinha suspeitado que era por isso que Fisher havia feito Carrion tomar aquele banho, mas nunca dissera em voz alta. Nem para brigar com ele. Na época, eu não sabia como me sentia em relação a isso. E era covarde demais para admitir como estava me sentindo.

Peguei o cadinho com uma tenaz. Quando eu estava indo para a fornalha, Carrion jogou de novo no ar o anel com que estava brincando, e eu o apanhei no meio do caminho, jogando-o no recipiente de ferro com o mercúrio.

— Que foi? Não vai falar nada? — perguntou ele.

— Na verdade, não. Vai lá saber por que ele fez isso. Talvez só tenha achado que você fedia.

— Ei!

— Olha, o Fisher tem os segredos dele. Eu não meto o nariz onde...

Um segredo...

Parei de falar e inclinei a cabeça para o lado. Eu tinha ouvido, não tinha? O mercúrio havia *mesmo* acabado de falar?

— Quê? — perguntei em voz alta.

— Eu disse... — começou Carrion, mas levei o dedo aos lábios, olhando feio para ele, e apontei para o cadinho.

Ele entendeu na hora e calou a boca.

Um segredo, sussurrou o mercúrio. *Nós* gostamos *de segredos. Vamos mudar para você se nos contar um.*

Caramba. Então era isso que este mercúrio queria. Um segredo? Isso eu conseguia. Mas tinha aprendido minha lição depois de dar aquela canção para o mercúrio em Avisiéth e ela ter deixado de existir. Desta vez, eu ia ser mais esperta.

— Se eu te contar um segredo, ainda vou lembrar depois? — perguntei, em voz alta.

É claro, respondeu a voz.

— E ainda vai ser segredo?

Você vai saber, e eu também. Mas não vou contar, juro.

Tudo bem. Então ele não ia apagar a informação da minha mente nem espalhar por aí para todo mundo saber. Portanto, acho que não havia com que me preocupar. Não falei em voz alta desta vez. Falei só para o mercúrio.

Não quero mais voltar para Zilvaren. Não para sempre, pelo menos. Quero ir para casa, pegar Hayden e Elroy, e aí trazer os dois aqui para Yvelia.

Não era a fofoca mais suculenta e avassaladora imaginável. Mas admitir isso era muito para mim. Eu tinha passado cada momento neste lugar lutando para voltar para casa e salvar meu irmão e meu amigo. Mas aí descobrira que eles não precisavam ser salvos, não da forma como eu imaginava. E eu havia feito amigos aqui. Amigos de quem gostava, a quem podia ajudar a vencer uma guerra que havia dominado a vida deles por centenas de anos.

E tinha também Fisher.

As coisas neste front eram incertas. Talvez eu estivesse me enganando e ele fosse me descartar depois de ter se divertido o suficiente. Mas de todo modo... eu não queria deixá-lo.

O mercúrio ondulou no cadinho, formando e reformando padrões geométricos na superfície. Era algo lindo de se ver, mas estranho — eu nunca o vira se comportar assim antes.

Sim, um bom segredo. Muito bom. Você quer ficar. Quer salvá-lo. Você deve fazer isso. Deve.

Franzi a testa, observando com atenção o mercúrio que vibrava ao lado do anel no fundo do cadinho.

Salvá-lo?, pensei. *Hayden? Sim, quero trazê-lo para cá.*

Não o irmão. O Kingggfisshhherrrr, zumbiu o mercúrio. *Salve-o. Salve os portais. Salve Yvelia.*

— Eu *amo* quando você desaparece em conversas tensas com o portal bizarro de metal — comentou Carrion, subindo para se sentar na bancada. — É fascinante ver você fazer toda essa ginástica facial.

— Só um segundo, Carrion — sussurrei.

Aí, para o mercúrio, falei: *Como assim, salvar Kingfisher? Ele está aqui. Ele está bem.*

Vi o mercúrio rolar para cima do anel, envelopando sua superfície, cobrindo-o e afundando dentro dele. Falou: *Somos símbolo. Chave. Relíquia. Escudo.* As palavras se sobrepunham como camadas de tecido, uma em cima da outra, mas mesmo assim eu ouvia cada uma perfeitamente. *Sele-nos com sangue, Alquimista,* exigiu a relíquia.

Sangue. No fim, sempre tinha que haver sangue. Suspirando, peguei a adaga que Fisher me dera no Palácio de Inverno e usei para furar a ponta do meu dedo indicador. Uma gota minúscula de sangue lustroso brotou ali.

— Argh, acho que vou vomitar — resmungou Carrion, olhando para o teto. — Eu *não* lido bem com sangue.

Revirei os olhos, apertando o dedo e o segurando em cima do cadinho. A gotícula formou uma lágrima, oscilou e caiu, batendo no anel. Insano. Meu sangue não saiu rolando pelo círculo do anel. Foi absorvido para *dentro* dele, assim como o mercúrio.

Completos. Estamos completos.

Pegando o anel, levantei-o à luz e senti que estava, de fato, completo. Ao mesmo tempo chave e fechadura. Inteiro. Eu não conseguia explicar como sabia que o processo havia funcionado, mas tinha certeza. A aliança de prata era linda e continuava marcada com suas gravações originais; o dono deste anel ficaria contente de ainda ter o brasão da família. *Mas o que você quis dizer sobre salvar Fisher?*, insisti. *Ele está seguro aqui. Por que precisa ser salvo?*

O anel não disse nada.

Absolutamente nada.

A frustração cresceu dentro de mim, e eu não sabia por que, mas fui compelida a agir. Não estava nem ciente do que estava fazendo ao deslizar a relíquia recém-fabricada para meu dedo médio.

A forja ficou escura.

Um vento gelado me atravessou como uma lança e chicoteou minha alma. E o som. Deuses, o *som*. Um milhão de vozes diferentes entoando com um poder ensurdecedor.

ANNORATH MOR! ANNORATH MOR! ANNORATH MOR! ANNORATH MOR! ANNORATH MOR! ANNORATH MOR!

— Saeris?

O rugido foi interrompido de repente. As velas da forja ficaram mais intensas, as chamas saltaram no fundo da fornalha, lambendo os tijolos escurecidos. E, aí, tudo ficou normal de novo, como estava antes.

Arranquei o anel do dedo, ofegante. Meu coração martelava e havia uma sensação terrível de desesperança se solidificando nas minhas entranhas. Eu não ia repetir *isso*.

Te Léna estava na porta, tecnicamente parada dentro de Cahlish. A magia de Ren ainda conectava a porta de um dos quartos de hóspedes na mansão à entrada da forja do lado de fora, localizada ao lado do estábulo, garantindo a segurança da propriedade caso eu me explodisse acidentalmente. A curandeira torcia as mãos, olhando a porta com uma desconfiança surpreendente. Como sempre, seu cabelo preto brilhante estava preso em tranças compridas que caíam até o fim das costas. As pontas de suas orelhas saíam entre elas. Destacando sua impecável pele marrom-bronze, ela usava um vestido de tecido azul cintilante que fluía ao seu redor enquanto mudava o peso de um pé para o outro.

— Eu só queria ver como você estava. Ouvi dizer que lutou mais cedo — disse ela. — Tem algum corte ou arranhão que precise de cuidado?

Não tive chance de responder. Carrion, cachorro como sempre, interrompeu antes de eu conseguir. Ele saltou da bancada, atravessou a forja e se apoiou na parede ao lado com aquele seu jeito ensaiado e descontraído.

— Você está lindíssima hoje, Te Léna. É literalmente a única coisa boa de estar de volta aqui.

Ela riu.

— Fora a água aquecida, né? E as camas de pluma macias? E o fornecimento infinito de comida quente e deliciosa?

— Não. Eu odeio cada uma dessas coisas — disse ele, teatral. — Você continua sendo a única estrela luminosa num mar de escuridão. Me diz que mudou de ideia sobre jantar comigo.

Ela deu um olhar de repreensão, levantando as duas mãos e mostrando o dorso delas.

— Lamento informar que continuo feliz com meu par e marido, Carrion Swift. E ele não é do tipo que gosta de dividir.

— Ele é bonito? — Carrion arqueou as sobrancelhas sugestivamente. — Eu adoro uma equipe de marido e mulher. De repente ele me deixa me juntar a vocês dois se...

Um zumbido agudo encheu meus ouvidos bloqueando as tentativas abusadas de sedução de Carrion e a rejeição muito educada de Te Léna. A curandeira feérica tinha voltado a abaixar as mãos, mas eu as encarava com os olhos fixos. Estavam marcadas com runas. Alguns de seus dedos tinham uma ou duas. Outros não tinham nenhuma. Havia um desenho elegante no dorso da mão direita, mas a esquerda estava vazia. Mais alto, o zumbido se intensificou em meus ouvidos. Eu nem tinha percebido que estava atravessando a forja até me ver parada diante de Te Léna, gesticulando para suas mãos.

— Você... Desculpa, eu, hum, nunca vi tatuagens tão lindas antes. Você se importa de me mostrar?

— Você está estranha — comentou Carrion. — E eu estou tentando fazer com que ela esqueça as tatuagens, sem chamar mais atenção para elas. Deuses, você sabe mesmo acabar com a chance de um cara de se dar bem.

Te Léna riu de novo.

— Carrion, vou dizer isso do jeito mais direto que consigo. Enquanto o sol continuar nascendo todo dia e se pondo toda noite, eu nunca vou dormir com você. — Para mim, ela disse: — Claro. Obrigada, Saeris. Eu também as acho lindas. Eu e meu marido as desenhamos juntos.

As mãos dela eram lindas. Graciosas e delgadas, com dedos compridos. Três dos cinco dedos da mão esquerda tinham runas. Duas no indicador, duas no dedo médio e só uma no mindinho. Na mão direita, havia uma única runa no indicador e outra no anelar, só isso.

Ela passou os dedos pela tinta no dorso da mão direita, sorrindo ao estendê-la para que eu visse direito.

— É costume dos feéricos marcar a pele no quinto aniversário de casamento. Tatuamos em nossas mãos as bênçãos pelas quais rezamos, na esperança de que se manifestem. Yaz e eu decidimos por uma marca de harmonia, uma marca de longevidade e duas marcas de filhos. Ganancioso, eu sei, querer dois filhos. Um seria bênção suficiente, mas... — Ela deu de ombros. — Não adianta ficar se segurando com esse tipo de coisa, né?

— Desculpa, eu... — Cacete, por que estava tão difícil *respirar*? — Não tenho certeza se entendi. Então, vocês mesmos desenham essas tatuagens? E alguém pinta na sua pele?

Te Léna fez que sim.

— Isso. Esperamos até o quinto aniversário para isso, porque tem casamentos que fracassam nos primeiros anos. *Pode* acontecer. Somos aconselhados a tomar cuidado e esperarmos até termos certeza um do outro antes de unirmos nossa pele. Yaz e eu quisemos fazer nossas marcas depois de só dois anos, mas os anciãos falaram que devíamos esperar.

Minha mente estava acelerada a um milhão de quilômetros por minuto.

— Então, elas não aparecem sozinhas? As marcas? Tipo... do nada? Da noite para o dia? Ou... enquanto... sabe... você está fazendo sexo com alguém?

Te Léna deu uma gargalhada.

— Claro que não. Que bobagem. — A ponta de pânico que crescia dentro de mim se acalmou um pouco. Mas aí Te Léna voltou a falar: — Antigamente, era assim. Quando existiam vínculos de comunhão *de verdade*. Uniões entre pares verdadeiros eram abençoadas com marcas das moiras. Foi daí que veio a tradição de pintar nossas mãos. Mas não existem mais pares verdadeiros. Quando os deuses foram embora de Yvelia, certos elementos da nossa magia ou morreram, ou desvaneceram com o tempo. As Espadas Divinas, por exemplo, foram muito lentamente isoladas da fonte de magia que canalizavam. Nossa capacidade de formar vínculos de comunhão também morreu ao longo de milhares de anos, até desaparecer por completo.

— Certo... — Ah, deuses, eu precisava me sentar. — Então, agora é só uma tradição. As pessoas cobrem as mãos com runas para... dar sorte.

— Eu não diria que a gente se *cobre* com elas — respondeu Te Léna. — Conheço um casal que uma vez escolheu sete runas. Sete é um número auspicioso, afinal. Mas há quem tenha considerado isso um pouco ganancioso.

Pelo tom de sua voz, a própria Te Léna estava entre esses.

Sete?

Sete runas.

Minha mente tentou lembrar quantas runas tinham marcado meus dedos. Quantas tinham se entrelaçado no dorso da minha mão direita. Eu não fazia ideia, mas eram muitas. Muitas *mesmo*.

— E escritos? Sabe... textos? — Eu só conseguia falar algumas palavras por vez. — As pessoas... às vezes tatuam isso? Por exemplo, contornando... os punhos?

— Ah, não. Definitivamente não. Esse tipo de coisa só se vê em livros de ficção — desdenhou Te Léna. — Chamam de Vínculo Divino. Uma bênção dos próprios deuses. Não são reais, lógico. Dizia-se que os casais mais importantes da história yveliana tinham, mas era tudo uma bobajada romântica. Só algo que os contadores de história enfeitavam para deixar seus contos mais trágicos. Além do mais, ficavam impressionantes nos livros ilustrados.

Olhei nos olhos dela, mas sem a ver de verdade.

— Trágicos?

— Os amantes dessas histórias sempre sofriam terrivelmente. Um deles *sempre* morria. Eram histórias lindas, mas acabavam em sofrimento.

— Que... horrível.

Tentei rir, mas não consegui achar o fôlego para isso.

A preocupação enfim passou pelo rosto de Te Léna.

— Você está bem? Está parecendo meio pálida.

— Sim. Estou bem, sim. Eu... Por acaso você sabe onde está o Fisher?

— Ele me pediu para te falar que ia esperar você no quarto dele.

— Ah, ótimo. Obrigada. Acho que vou lá atrás dele, então. Quero conversar sobre um assunto.

35

ORÁCULO

Ônix saiu da forja atrás de mim e foi trotando ao meu lado enquanto eu disparava pelos corredores de Cahlish. Ele entrou no quarto assim que abri a porta e pulou na cama, onde Fisher estava sentado apoiado nos travesseiros, sem camisa, virando as páginas de um livro.

Ele sorriu quando a raposinha pulou em seu colo e começou a lamber seu queixo. *Sorriu* de verdade. O sorriso desapareceu quando ele voltou a atenção a mim e viu meu estado.

— Puta merda, Oshinha. Você foi atacada vindo até aqui? Está suando.

Bati a porta atrás de mim.

— Por que você se recusava a falar meu nome? Antes? — perguntei, sem fôlego.

— Quê?

— Eu estou aqui há semanas, e, até hoje, você se recusou a falar meu nome. Por quê?

Fisher pousou o livro na cama, removendo delicadamente Ônix de seu colo também.

— Eu... é que...

— Acabei de ter uma conversa muito interessante com Te Léna. Eu estava doente demais para notar antes, quando ela vinha me curar depois do meu encontro com aquele devorador, mas ela tem umas tatuagens insanas na mão toda. — Levantei a minha para enfatizar. — E ela estava me contando sobre de onde elas vêm e por quê. E aí! *Aí!* Haha! Imagina minha surpresa quando ela me contou sobre *Vínculos Divinos*, Fisher!

— Merda — sussurrou ele.

— Que engraçado. Foi exatamente o que *eu* pensei!

— Olha...

— Me fala por que você não dizia meu nome — grunhi.

Meu coração martelava como um pistão no meu peito. Se eu não me sentasse em breve, ia cair, mas queria escutá-lo dizendo antes. Queria a porra da confissão dele.

— Eu sei que você não pode mentir para mim, então vai logo. Me conta por quê.

Fisher ficou lá sentado, com o peito nu e tatuado sem se mover, as ondas escuras do cabelo caindo no rosto, tão perfeito, tão lindo, e a porra daquela coisa maldita no fundo do porão da minha alma doeu e disse: *Meu.*

Você sabe por quê, disse ele na minha mente.

— Não, Fisher. Em voz alta.

— Tudo bem, beleza. Você que sabe. No começo, eu não falava porque te odiava pra caralho — disse ele. — Odiava o que você representava.

Meu sangue ficou frio como gelo nas veias, mas eu precisava ouvir.

— E o que era?

— Fraqueza. Vulnerabilidade.

— Eu *não* sou fraca, Fisher! Não sou igual àquelas borboletas patéticas, eclodindo e morrendo no frio...

— Não você! *Eu!* — Ele bateu no próprio peito, de repente furioso. — *Minha* fraqueza! *Minha* vulnerabilidade! Eu sabia há séculos que você viria. Que ia simplesmente aparecer um dia e mudar tudo. Você é a fenda na minha armadura, Saeris. O lugar macio em que a faca entra. Você é a coisa que Malcolm vai machucar para me machucar, e eu não conseguia... não conseguia *suportar*, porra!

Mordi a ponta da língua até sentir gosto de sangue.

— E sim. Uma vez eu te falei das Oshellith. Sim, eu te falei que elas eclodem e morrem em um dia. Mas eu estava sendo cruel, Saeris. Não te falei delas direito.

Nada dentro do quarto mudou. Nada se moveu, mas o ar pareceu estagnar. As figuras nos quadros nas paredes, com os rostos picotados, pareceram todas segurar a respiração.

— Como assim? — sussurrei.

— As Oshellith eclodem uma vez só durante a maior parte da vida dos feéricos. Lá no norte, nos ermos, para além do Céu de Ajun, onde moravam os dragões. O ar lá é tão frio que congela nos seus pulmões se você respirar sem máscara. Não existe vida lá por muito tempo. Mas uma vez a cada mil anos, os ventos uivantes param, sinalizando a chegada das Oshellith. A notícia desse acontecimento viaja rápido. É aí que os mais corajosos de nós partem. Vão a pé aonde nenhum cavalo chega. Quando alcançam o vale onde eclodem as Oshellith, encontram os casulos das borboletas e os protegem com o próprio corpo. Dão o calor que podem a elas, pelo máximo de tempo que conseguem. Pode levar até doze horas para saírem dos casulos. Mas quando isso acontece... — Kingfisher engoliu em seco. — É a coisa mais linda que alguém pode vivenciar. Elas brilham azuis, rosa, prateadas, com uma luz etérea. Fazem música, apesar de ninguém saber como. Uma canção doce e suave, que é capaz de curar. As Oshellith acasalam e põem ovos, mas, depois que isso está feito, enchem o ar e dançam. Protegê-las enquanto vivem é considerado um rito sagrado, que muitos morrem para cumprir. É isso que Oshellith significa em feérico antigo, Saeris. *A mais sagrada.*

Ele fechou os olhos por um momento, com uma expressão dolorida. Sua respiração ficou irregular e instável.

— Aqui neste lugar, todos os nomes têm poder. *Todo* nome significa algo. Temos nomes verdadeiros que não compartilhamos com ninguém. Nem com nossos amigos. Nem com nossa família. Nossa mãe muitas vezes é a única que sabe. E até uma mãe pode usar o nome do filho em vantagem própria, na busca por poder. Este lugar... é fodido, tá? E daí você aparece, e tem uma porra de um nome, e todo mundo sabe. E eu não *conseguia* dizer porque tinha medo. Do que faria comigo quando eu dissesse. Seria como reconhecer que você estava aqui depois de tanto tempo. Então, te chamei de Osha, em vez disso. Mas significava mais, Saeris. Para mim, *significava mais.*

Ele não podia estar falando sério. Não tinha como.

— Esse tempo todo... — sussurrei. — Mas... você me chama assim desde o comecinho.

Kingfisher assentiu devagar, com os olhos brilhando muito.

— *A mais sagrada* — repetiu, sussurrando as palavras.

Cobri o rosto e cedi. Solucei. O nome que ele me dera, o nome que eu *odiava*, era uma declaração do que eu significava para ele, mesmo antes de tudo. Por muito, muito tempo, só consegui chorar com essa revelação monumental. No fim, porém, uma espécie de quietude se assentou dentro de mim.

— Como você sabia? Que eu viria? Você disse que sabia.

Fisher tensionou a mandíbula.

— Me disseram. Há muito tempo. Minha mãe. Ela era um oráculo. Eu não acreditei nela, mas aí, quando fui levado...

Ele engoliu em seco, com os olhos marejando. Rápido, arrastou-se até a ponta da cama, plantando os pés descalços no chão. Ele não conseguia respirar.

Ele não conseguia respirar!

Dei um passo à frente, mas Fisher estendeu a mão, gesticulando para eu ficar onde estava. Fechando os olhos com força, debruçou-se, agarrando a beira da cama até os nós tatuados dos dedos ficarem brancos. Depois de muito tempo, inspirou superficialmente.

Ele estava bem. Estava respirando.

Cambaleei para trás, soltando um soluço ao bater na cômoda atrás de mim e afundar devagar até o chão.

— Eu... tenho que tomar cuidado — ofegou ele. — Não posso... — Sem completar, ele me deu um olhar de relance que me implorava para entender o que estava me dizendo. Que havia coisas que não podia me contar sem sofrer consequências tenebrosas. Que eu precisava preencher as lacunas sozinha. — Ela escreveu sobre você — sussurrou ele. — Minha mãe. Páginas e mais páginas. Sabia que ia morrer em breve, então me escreveu um livro. "Uma mãe sempre está ao lado de seu filho", ela me disse. "Não importa que ele cresça e ganhe poder. Até o coração do guerreiro mais forte pode ser partido. Sua alma ainda pode ser esmagada. E como eu não conseguirei consolar você quando os desafios à sua frente parecerem grandes demais, pegue este livro e use como guia. Acima de tudo saiba do seguinte: haverá momentos em que o mundo procurará destruí-lo, Kingfisher. Mas você é mais forte do que jamais saberá. Não vacilará. E não enfrentará tudo sozinho."

Minha raiva era uma coisa poderosa, mas, frente a essa revelação, ela hesitou. Eu não sabia o que sentir. Era coisa de mais para absorver. Fisher abaixou a cabeça, com um sorriso amargo.

— Ela disse que, quando eu mais precisasse, você entraria na minha vida como um meteorito, surfando uma onda de caos que viraria meu mundo inteiro de ponta-cabeça. Que você brilharia tão forte que iluminaria o próprio inferno e me guiaria para sair da escuridão. Ela não fazia ideia de qual seria seu nome. Só sabia que você teria cabelo escuro e um sorriso lindo. E que eu te amaria com ferocidade, mesmo sem desejar isso.

Meu coração ficou apertado e minha garganta queimou de emoção. Séculos atrás, uma mãe havia olhado o futuro de seu filho, procurando conforto, para se assegurar de que ele teria uma boa vida. E vira a dor e o sofrimento que as moiras tinham guardado para seu menino, e aí *me* vira e soubera que ele ficaria bem. O peso disso...

Puta merda, eu não conseguia respirar.

— Ela disse que sentia que te conhecia. Que você e ela eram amigas, apesar de separadas por mais de mil anos. Ela... Ela *desenhou* você. — A voz de Fisher ficou mais embargada, e ele lutava para falar. À beira das lágrimas, ele se forçou a rir em vez de chorar. — E ela te capturou quase perfeitamente, aliás.

Eu não era tão forte quanto Fisher. Deixei minhas lágrimas caírem.

— Quase? — sussurrei.

Fisher engoliu em seco, olhando as próprias mãos. Parecia quase quebrado quando me encarou novamente.

— Ela errava, às vezes. Sobre coisas pequenas. Detalhes pequenos com consequências grandes. — Ele apontou para a orelha. — Em todos os desenhos dela, suas orelhas eram como as minhas. Você era feérica. E quando eu vi... — Ele inspirou fundo. Endireitou-se um pouco. — Quando senti Solaz me chamando e entrei naquele lago, vi que você era humana e soube num instante como seria fácil este lugar te destruir. Então tomei a decisão de deixar você lá. Mas eu não podia te deixar, né? — continuou ele. — Seu abdome estava completamente dilacerado. Você estava morrendo. Eu não tinha escolha a não ser te trazer de volta. Por isso decidi ser horrível com você, para você me odiar e não querer saber de mim.

— Que plano espetacular — sussurrei. — Deu *muito* certo.

O sorriso torto dele quase partiu meu coração.

— Seja sincera. Acho que funcionou um pouquinho.

Balancei a cabeça, melancólica.

— Aquelas marcas teriam aparecido nas minhas mãos se tivesse funcionado?

— Não — admitiu ele. — Acho que não teriam.

— O que elas *significam*, Fisher? Para nós?

— Te Léna não te contou? — perguntou ele.

— Eu quero que *você* me conte.

O quarto ficou num silêncio denso. Fisher encarava o tapete, cutucando a unha do polegar.

— Minha mãe nunca disse nada sobre um vínculo de comunhão. Eles não existem há muito tempo. Essa ideia nem passou pela minha cabeça. Mas, quando te encontrei deitada naquela poça de sangue, eu senti, como um estalo. E senti o cheiro em você também. E eu... Eu fiquei puto pra caralho. — Ele cerrou o maxilar. — Puto que as moiras tivessem selado a gente assim, sendo que ninguém de que se tem memória foi afetado por um vínculo. Puto por ter acontecido antes de nós dois termos a chance de nos conhecer. Eu não fazia ideia de que as marcas apareceriam assim. Sem qualquer maldito aviso. Sem a gente estar casado nem... nem... decidir por nós mesmos que queríamos ficar juntos.

"Eu vi as marcas aparecendo enquanto você dormia naquela noite. Fiquei observando-as escurecerem, uma após a outra, mais marcas do que eu jamais ouvira falar, e aquilo me assustou pra cacete, Saeris. — Fisher assentiu, triste, para si mesmo. — Historicamente, marcas assim têm um custo. São os tipos sobre os quais as pessoas vão querer escrever histórias. E não histórias felizes."

Então era verdade. Te Léna tinha razão. Trágicas, ela dissera. A palavra ecoava pelos corredores vazios da minha mente, ficando mais alta a cada repetição.

— Eu não estou bem — sussurrou Fisher. — Não consigo dormir. Vivo constantemente assombrado. Eu vejo coisas. Ouço coisas. E está *piorando.* — Ele enganchou o dedo no pingente, fechando a mão em torno dele. — Isso não vai ajudar por muito mais tempo...

— Eu posso te fazer outra relíquia. Acabei de fazer uma e...

— Isto não é só uma relíquia, Saeris. Também está selado com feitiços. Minha mãe procurou as bruxas e pediu para elas fazerem para mim, junto a vários outros itens, antes de morrer. Coisas de que ela sabia que eu precisaria. Mas esse negócio dentro de mim está ficando mais poderoso. Não existe feitiço forte o suficiente para mantê-lo sob controle para sempre. Em breve, o pingente não vai funcionar mais, e eu vou me perder. Mas não precisa se preocupar. Eu me recuso a vincular você a mim com isso no horizonte. Não vou aceitar. Não vou acorrentar você a mim quando as coisas ficarem terríveis.

— Você... rejeitou o nosso vínculo?

Minha garganta latejou quando falei. As palavras cortavam como lâminas. Eu estava numa corda bamba emocional, dividida bem ao meio pelo que descobria.

Fisher suspirou.

— Não sei bem como funciona. Vasculhei toda a biblioteca de Cahlish. Por duas semanas, li tudo em que conseguia pôr as mãos sobre o vínculo de comunhão. Queria achar um jeito de evitar que ele se formasse, apesar de eu saber que já era tarde demais para isso. — Ele deu de ombros. — Mas eu li que, se aparecessem marcas, era possível iniciar um período de espera em que qualquer uma das partes poderia escolher aceitar ou rejeitar um vínculo. Eu iniciei o período de espera para nós em Ballard.

As peças começavam a se encaixar.

— Então aqueles livros todos eram para isso? Na sua tenda em Irrin? — Pensar nisso me fez querer deitar em posição fetal e parar de respirar. — Era isso que você estava fazendo todo aquele tempo que ficou longe? Depois de eu ser atacada pelo devorador? Você estava procurando um jeito de se libertar.

Os olhos de Fisher estavam vazios. Lentamente, ele balançou a cabeça.

— Eu estava procurando um jeito de salvar *você*.

— Então você evocou o período de espera. Por mim. Pelo meu próprio bem. Porque era a coisa certa a fazer — vociferei.

Fisher riu, um som amargo.

— Rejeitar o vínculo de uma vez teria sido a coisa certa a fazer.

— Então por que você não o rejeitou? — perguntei.

— Me fiz muito essa pergunta. Tinha decidido que era o que eu ia fazer quando vi as marcas aparecerem na sua pele. Especialmente quando vi os Vínculos Divinos aparecerem. Mas aí, quando chegou o momento, não consegui. Não sei por quê. Eu... só não consegui. Mas fica tranquila. O mês vai passar e nada mudará. Primeiro, vamos resgatar Everlayne. Aí, você vai terminar de fazer as relíquias e quando isso estiver terminado, você vai voltar para Zilvaren e para o seu irmão.

Eu estava me afogando a cada segundo, sendo arrastada para o fundo da infelicidade, e cada vez mais distante da esperança e da alegria.

— Ah, que ótimo. Então você já definiu tudo. Parabéns. Fico superfeliz por você.

Fisher pareceu magoado com meu tom. Que bom. Era para ficar mesmo.

— Saeris...

— Não. Não, sério. Estou felicíssima por você ter tido tanto tempo para pensar em tudo isso. Por você saber há centenas de anos que eu ia aparecer na sua vida. Por você saber o que aquelas tatuagens significavam e ter podido decidir que ia me rejeitar pelo meu próprio bem e me mandar de volta para Zilvaren. Estou extasiada de você ter tomado todas essas decisões terríveis e difíceis por mim, Kingfisher.

— Ah, fala sério! Seja *realista*! — Fisher ficou de pé, passando as mãos pelo cabelo. Ele pairava sobre mim, como uma muralha de músculo, tinta e desespero. — Isso muda alguma coisa? Agora que você sabe tudo isso? De repente temos mais opções disponíveis? Opções que não sejam uma bosta total?

— Não sei se muda alguma coisa! É você que tem todas as respostas. O que o livro da sua mãe diz que acontece agora?

Fisher mexeu o maxilar.

— Não diz nada. Você estava bem no fim do livro. Ela só escreveu que eu te encontraria e as moiras guiariam nosso caminho a partir daí.

Ah, pois não era uma maravilha? Deixei minha cabeça cair apoiada na cômoda e fechei os olhos.

— Fodam-se as moiras. Elas não podem decidir merda nenhuma por mim. *Eu* decido como vai ser meu futuro.

— Você tem que ir para casa, Saeris. Pode voltar e lutar para libertar seu povo. Você ainda pode ser feliz. Eu vou morrer e...

Abri os olhos de repente.

— Como assim, você vai *morrer*? Você não está *morrendo*. Você está só... está...

Ele soltou o suspiro mais pesado que eu já tinha ouvido. Veio parar na minha frente e se agachou. Quando estendeu a mão para mim, puxei a minha e bati com o cotovelo na cômoda nesse processo. Ele fez *tsc*, pegando minha mão de novo. Desta vez, permiti. Então ele entrelaçou os dedos nos meus e baixou os olhos para nossas mãos unidas por muito tempo.

— Você tem razão — disse ele enfim, me encarando. — Ser levado à loucura pela dor e por alucinações horríveis não vai me matar de fato. Mas isso não é vida. Pelo menos, não é uma vida que eu queira viver. E vou ser perigoso. Vou acabar machucando pessoas que amo. No mínimo, vou ser um peso, e não quero encarregar você nem mais ninguém de ficar cuidando de mim. Isso não vai acontecer.

— Então você vai simplesmente se *matar*?

Ele estava tensionado, como a corda de um arco pronta para disparar.

— Renfis vai aju...

Eu o empurrei com a maior força que conseguia, afastando-o. Fisher se desequilibrou para trás, caindo de bunda, pego de surpresa pelo movimento. Pulei e passei por cima dele, colocando espaço entre nós.

— Nem *ouse* terminar essa maldita frase — falei, fervendo de raiva. — Você é tão... Você é *egoísta* pra caralho!

A prata-viva em seu olho direito engoliu o verde. Endireitando-se, ele se sentou, passando os cotovelos ao redor dos joelhos. E, deuses, a expressão em seu rosto. Ele estava arruinado.

— Eu *sei* — falou, engasgado. — Eu não quero isso. Eu quero...

Mas o que quer que ele fosse dizer depois dessas palavras era doloroso demais. Balançou as pernas, soltando uma respiração trêmula.

De repente, percebi algo.

— Você não pode simplesmente desistir. Se você morrer, o Lorreth morre também.

— Quê?

— Você o salvou. Deu parte da sua alma para ele. Se morrer, você vai ficar preso, esperando sua alma ficar inteira de novo antes de conseguir ir adiante.

Fisher arqueou uma sobrancelha, descontente.

— Isso era particular. Pelo jeito, ele sai contando para todo mundo. Olha, eu fiz as pazes com o que quer que vá acontecer comigo depois. Se eu ficar preso, flutuando pelo éter por mil anos, que seja. Vai ser infinitamente melhor que a alternativa.

— Lorreth falou que morreria antes de deixar isso acontecer. Você vai mesmo encurtar a vida dele também?

— Lorreth não vai nem saber que eu parti — rosnou Fisher.

— Claro que vai! Você acha mesmo que ele simplesmente não vai notar sua ausência? Você vai falar para ele que vai se mudar de reino para ter uma vida melhor ou algo assim?

— Algo assim — murmurou ele.

— Você é um puta de um idiota, Fisher. Essa gente é sua amiga. Eles te amam. Você vai mesmo pedir para Ren ajudar a te matar? Depois guardar segredo de todos os outros que gostam de você? Você realmente colocaria isso nas costas dele? E Lorreth é inteligente. Ele não vai aceitar que você está abandonando Yvelia e não vai voltar.

— Vai ter que aceitar, né?

— Nem fodendo. — Fui para a porta.

— Aonde você vai, Saeris? — chamou ele atrás de mim.

— Dormir. E, de manhã, vou à biblioteca pesquisar como salvar a Everlayne *e* você. Porque eu não jogo a toalha e aceito a derrota quando as coisas ficam difíceis. Estou profundamente chocada de descobrir que *você* sim.

36

ISEABAIL

Tentei dormir no quarto em que fiquei quando chegamos a Cahlish, mas Carrion roncava tão alto que arrastei um edredom para uma das salas de estar formais e desmaiei num dos sofás bem estofados.

Acordei de um sono agitado pouco depois do amanhecer e encontrei Fisher na poltrona de espaldar alto ao meu lado, olhando pela janela para o pico irregular de Omnamerrin. O cheiro delicioso de hortelã me deu vontade de cair em prantos, mas consegui ficar calma enquanto dobrava o edredom e afofava as almofadas do sofá para tirar a marca do meu corpo. O que eu mais queria era sair dali sem interagir com Fisher, mas ele segurou minha mão quando passei, e não tive energia nem força de vontade para me afastar. Ele descansou a testa em meu braço, fechando os olhos, e um pedaço minúsculo de mim rachou e quebrou. Passei a mão delicadamente por seu braço, gritando por dentro, puta da vida com ele, comigo, com os deuses e com a porra do universo todo por fazer isso com a gente.

Não era justo. Nada disso era.

Ele não lutou quando soltei sua mão e me afastei. Parei à porta, olhando para ele por cima do ombro, e imediatamente desejei não ter feito isso. Fisher tinha voltado a olhar pela janela, mas cobria a boca com uma das mãos, apertando a bochecha com os dedos. As sombras pronunciadas sob seus olhos denunciavam inúmeras noites mal dormidas. Até a postura derrotada de seus ombros mostrava como estava exausto. Eu não podia ficar longe dele quando estava assim. Simplesmente não podia.

Larguei o edredom na porta, e Fisher fechou os olhos ao perceber que eu estava voltando até ele. Todo o nervosismo e trepidação que antes eu sentia ao tocá-lo haviam desaparecido. Ele se apoiou em mim, descansando a cabeça em minha barriga, passando os braços pelas minhas pernas e colocando as mãos de leve na parte de trás das minhas coxas, e eu o abracei. Segundos se passaram. Longos minutos se passaram. Esfreguei a mão entre as escápulas dele em círculos, sofrendo, ansiando e desejando.

Por fim, ele se endireitou e voltou a afundar na poltrona, com as bochechas coradas. Recusou-se a me olhar, mas assentiu com a cabeça, como se dissesse: "Está tudo bem. Eu estou bem." Então, fui embora.

— A última das bruxas abandonou Yvelia cem anos atrás — disse Lorreth. — Ninguém vê um membro do clã Balquhidder há mais que o dobro disso. Não sabemos nem para onde foram! Temos menos de trinta e seis horas antes de precisarmos ir para Gillethrye e não podemos passá-las olhando embaixo de pedras e gritando em buracos na terra atrás de um bando de bruxas velhas flatulentas que não querem ser encontradas.

Danya bufou uma risada.

Ninguém mais na biblioteca achou graça.

Nem Carrion. Mas provavelmente porque não sabia que flatulentas significava peidorrentas.

De trás da enorme montanha de livros empilhada na mesa à minha frente, vi Ren massagear as têmporas, de cara fechada.

— Sem uma bruxa, estamos ferrados — falou. — Elas são as únicas com sangue mágico suficiente para quebrar um jugo. Também são as únicas poderosas a ponto de manter o veneno de Malcolm sob controle enquanto Te Léna o retira do organismo de Layne.

— Vai levar semanas para tirar o veneno dela, e isso se tivermos sorte — disse Te Léna, parada à janela. Ela abraçou o corpo ao se virar para nós. — É mais provável que leve meses. Posso chamar outros curandeiros para ajudar, mas o veneno de Malcolm é como ácido. Corrói tudo o que toca. Os ferimentos no corpo de Everlayne vão ser catastróficos quando a alcançarmos.

Realmente seria preciso uma bruxa formidável para segurar um corpo em estase por tempo suficiente para curarmos esse tipo de dano.

— Fantástico. Então não precisamos só de uma bruxa. Precisamos da bruxa mais poderosa de todos os tempos — falou Ren, numa voz distante.

Ele estava estranho desde que Everlayne aparecera no rio. Em situações normais, Ren estaria pronto para pensar em maneiras de sair de uma situação complicada independentemente de quanto fosse difícil, mas esta o tinha derrubado. Na última hora, eu o flagrara quatro vezes encarando a mesa sem piscar, como se em estado de choque.

Fisher tinha aparecido pouco depois de o café da manhã ser servido. Brincara com a comida, mas, em algum ponto, se agitara e havia começado a puxar livros da biblioteca como um desesperado. Com as mãos salpicadas de tinta, ele girou a pena com que fazia anotações furiosamente, aí a pousou, batucando no ponto da mesa para o qual Ren estava olhando, chamando a atenção do amigo.

— Tem algumas meias-bruxas no Desfiladeiro de Faulton. É o mais distante que consigo viajar por portal de sombras sem Belikon sentir a magia e se juntar à festa. Você e eu vamos lá hoje à tarde ver se alguma delas é forte o suficiente e está disposta a nos ajudar.

Ren se animou um pouco. Vi a esperança se acender em seus olhos e precisei desviar os meus.

— Um plano decente — falou ele. — Vou me arrumar.

— Será que vocês não me deixariam ir? — pediu Carrion. — Eu sempre quis ver uma bruxa na vida real.

— Não — respondeu Fisher, sem emoção. — Não deixaríamos. Você só vai tentar trepar com uma delas, e estamos querendo pedir ajuda, não começar uma guerra com elas porque você não consegue deixar o pau dentro da calça.

Lorreth fingiu conter uma ânsia de vômito.

— Argh. Ele *não* tentaria trepar com uma bruxa.

— Não, ele tem razão — disse Carrion, suspirando. — Tentaria, sim. Sabe. Só para dizer que consegui.

— *Eu* vou com vocês — declarou Danya.

Ela não dissera muita coisa desde sua chegada à biblioteca. Basicamente, tinha ficado sentada flexionando a nova mão, inspecionando-a de perto como se procurasse imperfeições. Te Léna havia feito um trabalho sensacional com uma magia bem pesada para substituí-la. Era mais do que Danya merecia e, mesmo assim, eu não ouvira a guerreira agradecer a curandeira nem uma vez.

— Não vou ficar aqui sentada folheando livros antiquados com esses idiotas quando eu podia estar fazendo algo útil.

Vasculhar os livros em busca de formas de ajudar Layne *era* útil. Podia haver algo aqui que resolvesse nossos problemas num piscar de olhos, mas Danya não se importava. Achava que só dava para resolver as coisas batendo em algo com muita força ou esfaqueando alguém repetidamente até matar, e não tinha interesse em que lhe provassem o contrário.

— A gente também vota para ela ir com vocês — falou Carrion, levantando a mão. — Não queremos uma nuvem sombria pairando na biblioteca enquanto estamos tentando trabalhar.

Danya mostrou os dentes, com os caninos se alongando, o que lhe rendeu um sorriso intrigado de Carrion, mas Fisher interrompeu antes de ela poder dizer algo realmente cruel.

— Tudo bem, pode vir com a gente. O restante de vocês vai continuar pesquisando os textos para tentar descobrir alguma coisa, certo?

Lorreth, Carrion, Te Léna e eu assentimos. A curandeira colocou a mão no braço de Fisher enquanto ele começava a fechar os livros em que estava pesquisando.

— Não deixe de vir me ver antes de ir. *E* quando voltar.

Eu não quisera admitir, mas sentira ciúme de Te Léna. Estivera muito convicta de que havia algo entre ela e Fisher, mas sabia que não. Depois de ouvi-la falar do marido e de ver como ficara feliz ao mostrar suas marcas, eu não tinha qualquer dúvida de que não estava interessada em Kingfisher. Só sobrava uma opção: que ela o estivesse ajudando com o mercúrio em sua cabeça de alguma forma. E, se ele precisava ir vê-la antes de sair *e* ao voltar, as coisas deviam estar piorando muito.

Horas depois, o mundo do lado de fora das janelas da biblioteca tinha ficado com um tom peculiar de azul-acinzentado e nevava forte. O interior de Cahlish estava aquecido como sempre, mas o cenário invernal lá fora me fazia tremer descontroladamente. Ainda não tínhamos achado nada para ajudar nem Layne, nem Kingfisher, e eu começava a ficar frustrada. Numa terra cheia de ameaças mágicas ou sobrenaturais, como é que não havia livros sobre como lidar com elas quando inevitavelmente apareciam problemas? Não fazia sentido. Eu estava familiarizada com todos os livros de Fisher sobre mercúrio e já sabia que não tinham nenhuma informação sobre o que fazer se ele *entrasse* em alguém.

Não tínhamos feito progresso nenhum quando as portas da biblioteca se abriram e Ren irrompeu, xingando baixinho. Seu cabelo cor de areia estava varrido pelo vento e sua armadura de couro desaparecera. Ele estava coberto de lama e parecia que ia socar alguma coisa.

— O que diabos aconteceu com você? — exigiu Lorreth.

— A maldita *Danya* — vociferou ele. — Nós as encontramos. Explicamos o que aconteceu com Everlayne e por que tínhamos ido. Elas não ficaram felizes, mas iam ajudar. E aí Danya fez algum comentário de merda sobre como era o mínimo que elas podiam fazer, já que as bruxas largaram toda a bagunça para os feéricos limparem e deram as costas para Yvelia, e foi isso. Virou tudo um caos.

— Aquela lá parece até bicho — resmungou Lorreth. — Da próxima vez que ela tentar me bater, vou botar ela no meu joelho e dar umas palmadas. E *não* de um jeito divertido. Fisher não vai trazê-la de volta para cá, né?

— *Não.* — Ren se jogou numa cadeira e aí se levantou logo depois, mordendo o lábio. — Ele a está levando de volta para Irrin e aí vai voltar sozinho para o Desfiladeiro Faulton para tentar resolver as coisas com as bruxas.

— Tinha alguém lá forte o suficiente para ajudar Everlayne? — perguntei.

— Uma bruxa, sim. — Ren soltou uma expiração frustrada. — E ela deve ter sido a criatura mais irritante e boca-suja que eu já conheci. Mal tinha idade para falar palavrão, mas teve umas coisinhas bem especiais para dizer sobre nós. Disse que éramos hereges belicistas. Usou uma praga de energia para me derrubar de costas e eu acabei me debatendo numa poça de lama que nem um porco.

Lorreth estava prestes a sorrir. Balancei a cabeça freneticamente, de olhos esbugalhados, e ele se segurou. Pigarreando, perguntou:

— Mas Fisher acha que consegue convencê-la?

— Acha. Mas vai ser um maldito de um milagre se isso acontecer, considerando o clima no acampamento delas quando fomos embora.

Fisher voltou três horas depois com uma bruxa a tiracolo. Ela parecia ter mais ou menos a minha idade, mas isso não significava nada em Yvelia. Provavelmente tinha novecentos anos. Seu cabelo era um ruivo cor de fogo e ondulado, os olhos, um azul-claro vívido. Sardas dominavam seu rosto, espalhando-se até pela testa. As roupas eram práticas: uma camisa solta cor de creme com mangas bufantes, um colete de veludo verde-floresta com botões dourados na frente e calça preta justa.

— Pessoal, está é Iseabail. — Fisher pronunciou como I-sha-bal, o nome fluindo lindamente de sua língua, como se ele conhecesse mais vinte outras com o mesmo nome. — Ela é neta da Grã-Bruxa do clã Balquhidder, Malina. Concordou gentilmente em nos ajudar a quebrar o jugo de Layne quando a trouxermos de volta para cá amanhã à noite.

A herdeira do clã Balquhidder analisou todos nós reunidos em torno da mesa, debruçados sobre nossos livros, e enrugou o nariz levemente empinado.

— É isso? — disse ela, num sotaque cantado. — Você está planejando derrubar Malcolm e sequestrar sua nova subjugada só com três feéricos e dois humanos?

Fisher a contornou e parou ao lado da lareira, estendendo as mãos para aquecê-las nas chamas.

— Não, claro que não. Os humanos ficarão aqui — disse.

Será que ele tinha propositalmente me dado as costas para não ter que ver minha reação? Eu tinha certeza de que sim. Devia achar que eu não discutiria com ele na frente de todo mundo se não me olhasse nos olhos, mas estava se iludindo.

— Claro que nós vamos com vocês — falei. — Everlayne é nossa amiga.

— Na verdade, eu nunca a conheci — comentou Carrion. — Mas eu vou mesmo assim. Por solidariedade e tal.

Fisher deu as costas para o fogo, já com resignação marcada em cada linha de seu rosto.

— Tem certeza de que está pronta?

— Eu lutei perfeitamente bem no rio, não?

— Sim. Mas eram devoradores. Irracionais e estúpidos. Não vamos enfrentar devoradores em Gillethrye, Saeris. Vamos enfrentar Malcolm e os lordes dele. Todos monstros. Nenhum deles conhece o significado de piedade. Vão encher você de veneno e te ver gritar até a morte por diversão. Se você vier, está pronta para enfrentar essa possibilidade?

Ele estava tentando me assustar com a verdade. Uma onda de medo desceu de fininho pela minha espinha, mas ele já me conhecia o suficiente para saber que eu não deixaria isso me impedir de resgatar minha amiga.

— Sim, estou pronta — respondi.

O rosto de Fisher era impassível.

— E você? — perguntou ele a Carrion. — Está pronto para isso?

— Claro. Por que não? Eu sou bonito demais para morrer velho, mesmo.

Fisher abaixou a cabeça, cruzando os braços na frente do peito de um modo que fez a blusa ficar esticada, destacando basicamente todos os músculos de seu corpo. Quando voltou a olhar para cima, deu de ombros e falou:

— Tudo bem. Beleza. Quem sou eu para impedir vocês?

37

BEM MAIS AFIADO

Meus olhos estavam exaustos quando fui dormir no sofá outra vez naquela noite. Os galhos nus das árvores do lado de fora da janela batiam e arranhavam o vidro, com a neve caindo com mais força do que nunca. Parecia querer enterrar Cahlish sob seu manto, sepultando todos nós entre as paredes da casa para nada poder nos fazer mal. Infelizmente nós não podíamos ficar em nosso santuário quentinho e confortável, protegidos das coisas ameaçadoras que espreitavam no escuro, por muito mais tempo. Amanhã à noite íamos nos aventurar no mundo e enfrentá-las.

Eu ainda estava me preparando para tentar dormir quando Fisher veio me buscar. Entrou na sala descalço e sem camisa, com a tinta rodopiando na pele ao atravessar o cômodo.

— Você acha mesmo que vou te deixar dormir aqui de novo? — perguntou.

— Eu não sabia se você ia me querer na sua cama.

— Se dependesse de mim, nunca mais passaríamos uma noite separados. — Delicadamente, ele segurou a ponta da minha trança e a puxou em sua direção por cima do meu ombro, desfazendo-a devagar e soltando meu cabelo com os dedos. Seus olhos eram cuidadosos ao procurar os meus. — Isso te assusta? — murmurou.

— Não. Eu... — Deuses. Os dedos dele eram uma delícia. Era tão íntimo tê-lo passando-os assim pelo meu cabelo. — Não me assusta — sussurrei. — Eu também quero isso.

Teria sido fácil me deixar levar pelos meus pensamentos. Havia tantas palavras iradas, magoadas e assustadas que podia jogar na cara dele, mas eu já tinha feito o suficiente ontem à noite e não queria mesmo fazer isso de novo.

Como se estivesse pensando algo similar, ele segurou meu rosto com as duas mãos e disse baixinho:

— Vamos ter esta noite. Você e eu. Amanhã à noite, traremos Everlayne para casa. E, depois de Iseabail e Te Léna a deixarem curada e novinha em folha, poderemos nos preocupar comigo. Tá?

O alívio me atingiu com força. Ele já não estava falando de como era fútil tentar encontrar uma saída para tudo isso. Estava dizendo: vamos lidar com o que temos à nossa frente agora e ver como fica a situação depois. Era uma abordagem bem mais positiva do que a linha dura que assumira na noite passada.

Levantei os olhos para ele, com o peito apertado.

— Sim. Vamos fazer isso, por favor.

Ele sorriu, ficando com uma expressão maliciosa enquanto um portal de sombras se abria às suas costas. Me pegou no colo, rápido como o diabo, e deu um passo para trás na fumaça giratória antes mesmo de eu conseguir pensar em chamá-lo de preguiçoso por não caminhar de volta até o quarto.

Mas, quando emergimos pelo portal, não estávamos em seu quarto. Estávamos de volta ao apartamento de Ballard, parados na sala acima da padaria, cercados por velas que estavam apoiadas na estante da lareira e nas prateleiras de livros. Elas cobriam a pequena mesa de jantar em que tínhamos tomado café da manhã e enchiam de luz bruxuleante os parapeitos das enormes janelas panorâmicas. Para onde eu olhava, havia velas. Fisher sorriu, com a boca puxada para um lado e uma covinha marcando a bochecha, enquanto me via absorvendo tudo aquilo.

Girei, levando as mãos à boca.

— É lindo — sussurrei.

Ele veio para perto de mim, me envolvendo em seus braços.

— Ainda não está terminado.

Sua respiração bagunçou meu cabelo e mais alguma coisa bem fundo dentro de mim. Senti o poder dele passar por minha barriga enquanto fumaça preta saía de suas mãos e enchia a sala. Logo, estava por todo lado, encobrindo tudo. Tudo exceto as chamas tremeluzentes das velas. Elas iluminavam a escuridão, eram mil pontos de luz queimando, brilhantes como as estrelas. Parecia que estávamos lá com elas, suspensos no vazio, onde nada podia nos tocar, e ninguém podia nos machucar, e tínhamos todo o tempo de que poderíamos precisar na vida.

Você fez isto por mim? Parecia errado falar em voz alta. Eu não queria que minha voz estragasse a ilusão que ele criara para nós, então perguntei mentalmente.

Sim, respondeu, apenas. *E para mim também. Eu sou egoísta, Saeris. Queria algo tranquilo, pequeno e especial para nós dois. Algo que pudesse ser nosso.* Ele enterrou o rosto na curva do meu pescoço e deu um beijo ali. O calor de sua boca queimou minha pele, e não consegui deixar de tremer. Fechando os olhos, me apoiei nele, descansando meu peso em sua solidez, sentindo-me segura e tão desesperada e dolorosamente triste. Mas hoje meu sofrimento não podia me dominar. Fisher tinha razão. Era idiota passar a noite que precederia o enfrentamento de nossos piores pesadelos brigando ou chorando. Segurei a queimação em minha garganta e girei, abraçando o pescoço dele.

Me faz esquecer que eu já sofri um dia, exigi. *Me faz esquecer que vou sofrer de novo.*

Fisher caiu sobre mim como um tsunami. Sua boca encontrou a minha no escuro, e o beijo apagou o mundo. Quentes e exigentes, seus lábios deslizaram nos meus, abrindo-os, e aí ele começou a me provar, explorando minha boca, com sua língua me tomando. Gemi quando a ponta de seus caninos furou meu lábio inferior. O sabor forte de cobre do sangue encheu minha boca, e Fisher soltou uma respiração pesada e também gemeu. O sangue cobriu nossas línguas enquanto ele me beijava com mais força, enfiando as mãos em meu cabelo, e a respiração acelerando. Eu o senti duro contra o osso do meu quadril, seu pau já era uma pedra. Tive um frio na barriga.

Deuses, como eu o desejava.

Eu o desejava inteiro.

Minha alma pegava fogo, e eu não estava nem aí se passasse a eternidade queimando. Desde que eu estivesse queimando com ele, tudo bem.

Seus dentes se prenderam de novo em meu lábio. Na ponta da minha língua. O gosto de sangue se intensificou, mas não me afastei. As mãos de Fisher escorregaram por meu corpo e, segurando minha bunda, seus dedos se enfiaram na carne. Ele respirou ainda mais forte, cada exalação era pontuada por um gemido rouco. Me puxando mais para perto, me beijou com ainda mais força, roçando o pau na minha barriga para eu poder sentir sua necessidade desesperada.

Quando eu tirar suas roupas, você estará encrencada, rosnou ele em minha mente. *Vou te foder com tanta força que você não vai conseguir se sentar por uma semana.*

Fisher! Agarrei-me a ele, ofegante, já antecipando a onda de calor que sentiria no momento que me penetrasse. Querendo isso. Desejando tanto que podia gritar.

Vínculo divino.

Tínhamos um vínculo divino.

Par verdadeiro.

Eu sentia — uma corda viva de energia nos unindo quando ele me envolveu. Se eu quisesse, só precisava estender a mão e pegar.

Quando mais uma onda de sangue fresco encheu nossas bocas, Fisher rosnou e perdeu toda a paciência. Com um movimento brusco das mãos, rasgou minha calça e colocou a mão pela frente, enfiando habilmente os dedos entre minhas dobras.

Puta merda. Toda. Molhadinha. Seu rosnado satisfeito e faminto me causou um arrepio; virou um tremor de corpo inteiro porque ele não perdeu tempo em colocar os dedos dentro de mim. Fiquei rígida em seus braços, soltando um grito estrangulado que fez as chamas das velas vacilarem e brilharem em resposta.

Ah, deuses. Ah... meus deuses.

O ar vibrava de energia. As sombras de Fisher ondulavam em minha pele como água. Inspirei-as, recebendo-as dentro de mim, sentindo-as virando uma parte minha. *Ele* era uma parte minha. Eu sentia isso nos ossos. *Se* eu quisesse, ele seria o eixo em torno do qual eu girava. Eu seria dele. Duas contrapartes, independentes uma da outra. Já completos, mas, juntos, mais fortes do que jamais seríamos separados. A escolha era minha. Os dorsos das minhas mãos formigaram quando passei as palmas pelos contornos macios e fortes que eram o peito dele, e eu soube que a tinta tinha voltado. Cada dedo formigou com o poder das runas que emergiam neles. O dorso da minha mão esquerda vibrou de calor, mas a direita latejava de energia, e eu sentia runa após runa se empilhando ali na minha pele. Os Vínculos Divinos foram os últimos a aparecer. Finos fios de fogo contornaram meu punho, subindo pelo braço. Veio mais tinta. Ela escorregava pela minha barriga e acariciava minhas coxas. Colunas dela subiam por minhas costas, envolvendo minha espinha. Eu a sentia por todo lado.

Era por isso que ele nos jogara na escuridão? Estava escondendo evidências de nossa conexão pra eu não ficar intimidada com a força que ela manifestava em meu corpo? A resposta a essa pergunta provavelmente era sim. Ele não queria lidar com isso até Everlayne estar sã e salva, de volta em Cahlish, e eu entendia. Deixei as marcas me percorrerem, me concentrando no calor das mãos e da boca de Fisher, por enquanto. Ainda tínhamos tempo.

Seu cheiro é inebriante, estrondou Fisher. *Você parece uma maldita droga. Você me incendeia.*

Eu entendia perfeitamente o que ele queria dizer. Desde o Palácio de Inverno. Sempre que eu sentia o cheiro dele no ar, meu coração acelerava. Cômodos vazios eram lugares perigosos. Em Cahlish, eu entrava na sala ou na forja, me via caminhando por um corredor, e era como se o fantasma dele também estivesse lá, andando ao meu lado. O cheiro de pinheiros de inverno e ar frio de montanha fazia meu coração bater forte.

Ele mexeu os dedos dentro de mim, a pressão da palma que segurava meu sexo acendendo em mim o início de um frenesi. Ele seria meu fim. Tomaria meus melhores dias e me carregaria durante os piores. Me mostraria o significado do êxtase e me afogaria nele até eu morrer.

Por favor, Fisher. Deuses, como eu te quero.

A risadinha grave e estrondosa dele que passou pela superfície de minha mente era puro pecado.

Eu sou seu, Oshinha. E você *é* minha.

Ele tirou os dedos de dentro de mim e encontrou meu clitóris. Dedicando atenção total ao feixe de nervos inchado no ápice das minhas coxas, esfregou a ponta dos dedos em pequenos círculos intensos, com o objetivo de me empurrar rápido para o orgasmo.

Suspirei quando sua boca saiu da minha e viajou por meu maxilar, pairando na minha orelha. Arrepios explodiram nos meus braços e pernas, e os cabelos da nuca se eriçaram quando a respiração quente dele floresceu em minha pele.

— Ninguém *nunca* vai te foder do jeito que eu vou fazer agora, Saeris Fane. Eu vou te apresentar a todos os sete deuses. Quando os encontrar, não se esquece de dizer que sou *eu* que você adora de joelhos.

Em.

Voz.

Alta.

Era um tesão quando ele falava mentalmente o que ia fazer. Mas ouvir a voz dele cheia de rouquidão e desejo puro? Eu não tinha mais o que fazer. Perdi a cabeça. Minha blusa saiu primeiro. Nem dei a Fisher a oportunidade de tirá-la com magia. Depois, foi o tecido que prendia meus seios. Botas. Calça. Fisher ajudou a puxá-las pelas pernas, fazendo um som impaciente ao arrancá-las. Eu estava frenética ao agarrar o cós da calça dele, desabotoando-a rápido, mas ele assumiu o controle, acelerando o processo tirando-a com um chute.

Você quer que eu te adore? Eu vou te adorar, sim, pensei. Fisher podia ter grandes planos para mim, mas eu também tinha alguns. De joelhos, eu o segurei, fechando a mão em seu membro sólido e duro. Das últimas vezes que transamos, ele não tinha me dado a chance de fazer isso. Tinha sido tudo para mim. Fisher havia passado um tempo diabólico entre as minhas pernas, me fazendo gritar ao chegar ao clímax com a boca dele, mas era minha vez.

Depois da adrenalina, fiquei nervosa ao estender a língua e, devagar, lamber provocativamente a cabeça inchada do pau de Fisher. Ah, puta *merda*. Ele estava cheio de gotas de líquido pré-gozo; seu gosto salgado cobriu minha língua, que girei em torno de sua carne rígida.

Fui tomada de energia, e as sombras de Fisher recuaram. A escuridão se foi. Uma penumbra ainda recobria a sala, mas eu conseguia vê-lo: os músculos grossos das coxas; aquele glorioso V em seu abdome definido e impressionante, e a muralha sólida do peito, coberta de tinta que se movia. E seu rosto. Seu rosto lindíssimo. Os lábios estavam entreabertos, os olhos, arregalados e acesos de fome. Meu coração acelerou, batendo em ritmo dobrado, ao ver a linha fina de sangue escorrendo pelo queixo dele.

Meu sangue.

Depois de conseguir vê-lo, eu também conseguia ver *minhas* mãos. Era como eu suspeitava — as marcas estavam de volta, mais ousadas e fortes do que nunca, preenchendo meus dedos, o dorso das minhas mãos e meus antebraços. Arqueei uma sobrancelha para Fisher, traçando a ponta da língua *muito* devagar pela cabeça inchada de sua ereção.

— Achei que você estivesse escondendo isso de mim — falei.

— Talvez estivesse. Mas nem fodendo que você vai usar essa boca maravilhosa em mim e eu não vou assistir. — Ele olhou a tinta que manchava minha pele, absorvendo tudo. Quando seus olhos voltaram a encontrar os meus, estavam cheios de fogo. — E enfim... *Eu* não tenho medo delas, Oshinha. *Você* tem?

E lá estava. Uma pergunta que eu me fizera sem parar. Ainda não entendia as implicações dessas marcas. Estava muito preocupada com o que elas significavam para qualquer futuro que eu e Fisher tivéssemos, caso escolhêssemos. Mas eram lindas. Uma representação do que ele estava começando a significar para mim. Suguei a cabeça do pau dele e a enfiei na boca, ficando profundamente satisfeita quando Fisher estremeceu em resposta. Minha boca fez um som de estalo úmido quando o soltei de novo de meus lábios.

— Ainda não decidi — respondi, com cuidado. — Não tenho medo delas hoje. E, esta noite, é só isso que importa.

Abaixei-me de novo nele, sem provocar, fechando a boca ao seu redor, e os olhos de Fisher se reviraram dentro do crânio.

— Puta... que... *pariu* — gemeu.

Quando se recuperou o suficiente para voltar a me olhar, uma pequena onda de pânico se prendeu no fundo de minha garganta. Ele ia me devorar viva. E eu ia deixar. Mas isso não impedia que os arrepios de nervoso subissem pela minha espinha quando considerei tudo o que isso significaria. Subi e desci em seu membro, usando a língua, desfrutando da textura aveludada de sua pele enquanto movia os lábios. Ele se contraiu, ficou tenso, e o engoli mais fundo.

— Deuses do céu, como você fica linda com a boca assim em mim. — Fisher traçou a linha da minha bochecha, meu maxilar, e aí passou o polegar por meus lábios bem abertos. Ele sugou o próprio lábio inferior, mordendo-o ao rosnar, possessivo. — Meus lábios para beijar. Minha boca para *foder*.

Seus caninos perfuraram o lábio, e gotas idênticas brilhantes de sangue mancharam sua boca. Como se deixando de lado qualquer cautela, ele balançou para a frente, se empurrando mais para o fundo da minha boca.

Soltei um gemido quando a ponta de seu pau bateu na minha garganta, e Fisher imediatamente deu um solavanco para trás, saindo de minha boca com um sibilo feral.

— *Porra!*

Ele caiu sobre mim como uma onda de sombras e fumaça pretas. Não dava tempo de chegar até a cama. O sofá estava muito perto, mas ele me tomou onde eu estava, ali mesmo no chão. Soltei um grito quando ele se enfiou dentro de mim. Precisei me segurar para não gozar na hora. Ele me preenchia de um jeito tão delicioso, seu peso em cima de mim era perfeitamente satisfatório.

Ele ficou imóvel. Nós dois ofegamos, nos encarando.

— Me pede pra te foder, Saeris — falou ele, com a voz falhando. — Me diz que você quer.

Arranhei as costas dele, desesperada para que se mexesse e me preenchesse de novo e de novo e de novo e de novo.

— Eu... por favor! Deuses, por favor, me fode. Eu te quero. Eu quero...

— Era só o que eu precisava ouvir.

Fisher me penetrou com força, tensionando o maxilar. A energia flutuava entre nós como minúsculos filamentos de raio, dançando por nossa pele, nos conectando enquanto ele estocava.

Arquejei, ofegante, tentando ficar calma enquanto uma tempestade começava a se formar em meu peito. Quando irrompesse, ela me quebraria, e eu não estava pronta. Fisher também estava sendo levado. Ele me segurou com força de mais ao se mexer dentro de mim, como se tivesse medo de eu desaparecer caso relaxasse o aperto.

Gozei primeiro, e meu orgasmo obliterou minha capacidade de pensar. Como uma das avalanches que eu vira descendo pela encosta de Omnamerrin, ele me atingiu e me varreu. Minhas costas arquearam para longe do tapete, meu corpo se contorcendo com um prazer puro, inalterado, que me abalou até o âmago.

Fisher veio logo depois de mim. Quando gozou, o som de seu grito ofegante e furioso fez as vidraças das janelas tremerem. Fiquei assistindo, sem conseguir tirar os olhos dele, e uma série de novas tatuagens nasceu como flores pretas em sua pele. Subiam pela lateral de seu pescoço. Runas diferentes se fechavam na clavícula, interligadas e ousadas. O desenho no pescoço, de início, parecia de penas e — sim, eram penas. As asas estendidas de um pássaro majestoso, brilhando em verde e azul metálicos, se espalhando para os dois lados, único e impressionante.

Ele rugiu, se enterrando fundo em mim pela última vez, e caiu em cima do meu corpo, me cobrindo com o dele.

Por um tempo, só o que conseguimos fazer foi existir.

— Deuses. Foi... — Engoli com dificuldade, tentando recuperar o fôlego. — Foi...

Fisher se apoiou no cotovelo, e meu coração deu uma cambalhota quando o vi. Seu cabelo estava bagunçado, as ondas perto de realmente encaracolar. As bochechas pareciam coradas, e as sombras sob seus olhos não estavam em lugar algum. Para variar, ele parecia tranquilo. Satisfeito. E... malicioso? Um sorriso lento se espalhou em seu rosto.

— Foi só o começo, Saeris. — Ele bateu a ponta do nariz no meu. — Você não achou que eu terminaria tão fácil assim com você, né?

Nas três horas seguintes, Fisher continuou me fodendo em cada cômodo do apartamento. Quando parecia enfim chegar ao seu limite, logo estava duro de novo e rugindo em meu pescoço, pronto para a terceira rodada. E aí a quarta. E aí a quinta. Quando, em algum momento, nós dois ficamos exauridos, ele cozinhou para mim e nos sentamos no meio da sala, embrulhados em lençóis de cobrir móveis enquanto comíamos.

Fisher esfregou os dedos na garganta, franzindo a testa para mim de um jeito brincalhão quando terminamos o jantar.

— Eu imaginei ou senti algo novo se acomodando aqui mais cedo?

Pus uma uva na boca e balancei as sobrancelhas para ele.

— Ô se sentiu.

O sorriso dele ficou um pouco triste. Ele tirou a mão do pescoço e perguntou:

— O que é?

— Asas. Asas muito lindas. Têm o mesmo brilho metálico que isto aqui — falei, mostrando a runa complexa em camadas na minha mão direita.

Fisher assentiu devagar, inclinando a cabeça de modo que a linha dos tendões de seu pescoço sob sua nova tatuagem ficasse em destaque. Desse jeito, ele era hipnotizante como uma pintura, com o cabelo escondendo o rosto e as mãos fortes e ágeis descansando no colo. Queria poder desenhá-lo para guardar a visão dele assim para sempre. Ao contrário de sua mãe, porém, eu não era nenhuma artista. E, às vezes, é assim que as coisas têm que ser. Havia momentos que eram presentes, feitos para serem acalentados apenas pelo tempo que pudermos lembrar deles.

Para minha sorte, eu tinha uma memória excelente.

— O que significa? — perguntei baixinho, gesticulando para o pescoço dele. — Por que *você* recebeu tatuagens desta vez?

Tínhamos passado muito tempo entre as rodadas três e quatro investigando meu corpo por completo e confirmado que *eu* não desenvolvera nenhuma arte nova.

Fisher deu de ombros sem se comprometer, deitando-se no tapete. Estendeu a mão para mim, me chamando para junto de si. Deixei nossos pratos de lado e fiz o que pedia, me aconchegando ao seu lado e descansando a cabeça em seu peito. Mas não o deixei se safar tão fácil.

— Você não pode só ignorar uma pergunta quando não quer responder — falei, cutucando de leve suas costelas. — Me conta por que elas apareceram hoje, e não nas outras noites.

Virei a cabeça para ele e fechei um olho, semicerrando o que ficou aberto. Seu pescoço encheu meu campo de visão, e eu só conseguia enxergar metade da nova tatuagem de asa.

— Quando nós, feéricos, somos pequenos — disse ele baixinho —, nossos pais nos ensinam a arte da distração para podermos proteger as coisas que não queremos confessar. Se eu encontrar energia para te fazer gritar meu nome de novo, você vai esquecer que fez essa pergunta?

— De jeito nenhum! — Como reprimenda, peguei o mamilo dele entre meus dentes e Fisher deu um gritinho, xingando em feérico antigo.

— Cuidado, Osha — ralhou ele. — Meus dentes são *bem* mais afiados que os seus.

Ele não havia me mordido hoje. Fora as mordiscadas em meus lábios e na ponta da minha língua por nos beijarmos com tanta força, não havia me escapado que seus caninos ficaram bem longe de mim durante o sexo. Não fizera diferença. A noite tinha sido incrível. Mais que incrível. Eu não teria mudado parte alguma.

— Eu já sei o quanto seus dentes são afiados. O que não sei é por que você tem uma tatuagem nova — insisti.

Me puxando mais para perto, ele descansou o queixo no topo da minha cabeça e suspirou pesado.

— Tá, tudo bem. Eu conto. No passado, uma das partes sempre recebia primeiro as marcas do par. Quando o outro aceitava o vínculo, às vezes ficava com marcas no corpo também. Não acontecia sempre. Mas às vezes... — Ele não terminou, mas sua voz foi baixando até calar.

Me afastei dele, sentando rápido demais. Minha cabeça girava como um pião, mas ignorei a sala girando e apertei os olhos para ele.

— Você fez... *o quê?*

— Aceitei o vínculo mais cedo. Quando estava dentro de você. Quando minha alma estava envolta na sua.

Ele estava tão calmo. Não tinha nem um toque de incerteza ou nervosismo. Eu, por minha vez, estava prestes a desmaiar.

— Você *aceitou* — falei.

— Sim.

— *Como?*

— É fácil. É só tomar a decisão. Você reivindica o vínculo e o vínculo reivindica você.

— Não! Como você pôde *aceitar*? Eu... — Sacudi a cabeça, tentando ordenar os pensamentos. — Eu sou *humana*. Fora todas as coisas que temos que resolver quando Everlayne estiver segura, você é quase imortal, e minha expectativa de vida é... é...

— Inconveniente — completou Fisher. — Tem razão. Essa parte é uma merda. Mas... — Ele franziu a testa, passando o braço pela minha cintura, e me puxou para deitar de volta em seu peito. Quando eu estava acomodada, acariciou lentamente meu cabelo e voltou a falar: — Vou ficar grato por cada segundo que puder dizer que pertenço a você, Saeris Fane. Oitenta anos ou dezoito horas. Para mim, não importa. Ainda vai ser a maior honra da minha vida. Mas não... Você está tendo um ataque cardíaco? Seu coração está *voando*. — O babaca riu, e eu quase caí em prantos. — Não entre em pânico. Aqui. Olha.

Ele pegou minha mão e a levantou, me mostrando. Vi as runas tatuadas desbotarem gradualmente até minhas mãos e meus antebraços estarem de novo sem marcas.

— Só porque eu aceitei, não quer dizer que você tem que aceitar. Ainda tem semanas para decidir. E, se rejeitar o vínculo, não vai ter importância. Minhas novas asas vão desaparecer e pronto.

Ele tinha me aceitado como seu par.

Apesar de todos os obstáculos em nosso caminho e todas as razões *excelentes* para não ficarmos juntos... ele tinha feito isso.

— Estou apaixonado por você, Saeris Fane — sussurrou ele em meu cabelo. — E já estou quase louco mesmo. O que é uma complicaçãozinha a mais?

— Eu...

— *Por favor*, pelo amor dos deuses, não fala nada. Só me deixa ter minha fantasia. Só por hoje.

Eu *ia* ter um ataque cardíaco. Ou meu coração ia se partir em dois. De todo modo, meu coração estava encrencado, e não havia mais como protegê-lo. A mão de Fisher subia e descia pela lateral do meu corpo e, pouco a pouco, a sala voltou a escurecer até, mais uma vez, parecer que estávamos flutuando num mar de estrelas.

Ele não queria que eu respondesse à declaração dele. Eu entendia isso e podia lhe dar sua paz por hoje. Mas logo o sol nasceria, e não poderíamos mais evitar a conversa. Nesse meio-tempo, o sono deixou meus ossos pesados, fechando minhas pálpebras. Amanhã, íamos salvar Everlayne.

Conforme minha exaustão prometia varrer minha consciência, um pensamento me ocorreu do nada.

— Quando viemos aqui da última vez, você disse que as pessoas de Ballard tinham algo de que você precisava. Mas você não pegou — sussurrei.

Fisher beijou delicadamente minha testa e, ao nosso redor, as chamas bruxuleantes das velas começaram a se apagar.

— Peguei, sim — respondeu ele. Mal ouvi as próximas palavras, já caindo no sono. — Eu vim atrás de um pouco de esperança.

38

MÁRTIRES COMO AMIGOS

ACORDEI EM um colchão macio, e com o cheiro de açúcar e a luz cálida cor de mel do sol entrando no quarto. Lá fora, passarinhos pulavam de galho em galho na árvore em frente à janela. Sorri ao espreguiçar os braços sobre a cabeça, me deleitando com a dor causada pelas aventuras da noite. E aí meu sorriso de repente desapareceu...

Em algum momento, Fisher havia me carregado para a cama. Não de novo ao quartinho em que ele dormia quando criança. Ele tinha me colocado na cama da mãe dele. E não estava deitado ao meu lado embaixo do edredom. A porta do quarto estava aberta e, através dela, eu via a forma agourenta de um portal de sombras espiralando.

— Não. Não, não, não, não, *não*!

Saí da cama como um foguete, sibilando ao pisar nas minhas botas. Meu coração ficou pesado ao ver a pilha de roupas limpas, dispostas para mim, na cadeira ao lado da janela. Passando direto por elas, corri para a sala, indo de quarto em quarto, pelada, tentando conter meu pânico crescente.

— Fisher? Fisher!

Ele não estava na cozinha. Também não estava no outro quarto. O apartamento estava vazio. Rios de cera de vela cobriam os móveis e escorriam pelas prateleiras. O restante do nosso jantar continuava na bancada ao lado da pia da cozinha. E, no meio da sala, onde tínhamos passado a maior parte da noite emaranhados um no outro, estava o maldito portal de sombras. Fiquei olhando para ele, com os olhos cheios de lágrimas. Ele estava borrado em minha visão, mas continuava ali, pairando poucos centímetros acima do tapete, fazendo um som surdo de correnteza. Pus as mãos na frente da boca, mas elas não impediram de ressoar, no apartamento todo, o soluço alto que soltei.

O que você fez, Fisher? O que você fez*?*

Encontrei o bilhete embaixo das roupas que ele havia deixado para mim.

Talvez agora pareça dramático, mas, com o tempo, vai fazer sentido, Saeris.

Passe pelo portal. Ele vai te levar de volta a Cahlish.

Espere lá com os outros. Vou mandar Layne de volta assim que puder. Diga para Iseabail sedá-la assim que ela passar pelo portal. Ela estará perto da transição. Não vai ter muito tempo. Layne vai querer voltar pelo portal antes de eu conseguir fechá-lo, então vocês terão que estar prontos para isso, têm que impedi-la. Tudo terá sido em vão se ela pular de volta.

Diga para Lorreth viver a vida dele. Peça para ele não se preocupar comigo. Tenho paciência infinita e nenhum interesse em ter mártires como amigos.

Diga a Renfis que sinto muito. Que ele foi o padrão segundo o qual sempre me julguei, e Yvelia teria sido um lugar melhor se eu fosse metade do que ele é.

E você, Osha. Eu a liberto de seu juramento. Você agora sabe fabricar as relíquias. Uma parte egoísta de mim quer te implorar para fazer o máximo que puder para meus amigos e seus familiares poderem escapar de Yvelia antes de este reino cair. Mas entendo se você precisar ir. Encontre Hayden e Elroy. Ajude seus amigos. Então vá explorar. Há inúmeros reinos por aí esperando para serem encontrados. Torne um deles seu.

Nunca fui de confiar nos deuses, mas escolho acreditar que todas as coisas vêm do mesmo lugar quando a vida começa. Tenho esperança de que voltem ao mesmo lugar quando ela termina.

Esperarei por você lá, Saeris Fane.

F

Caí de joelhos e solucei. Da última vez que tinha chorado assim, minha mãe estava voando em pedaços ao vento do juízo final. Havia jurado nunca mais gostar de ninguém a ponto de sofrer de novo esse tipo de dor. Mas aqui estava eu, despedaçada.

O que me quebrou de verdade foi ver o que estava em cima da lareira, sobre o fogo aceso.

Nimerelle.

A espada preta manchada estava em meio a poças de cera derretida e jarros de pincéis, com a luz do sol explodindo numa estrela na ponta. Ele não a tinha levado consigo.

Eu sabia por quê. Se Malcolm matasse Fisher e pusesse as mãos numa espada divina, tinha uma chance de conseguir encontrar um jeito de convencê-la a canalizar magia. Se isso acontecesse, não haveria limites para a destruição que ele seria capaz de infligir. *E* ele poderia paralisar o mercúrio. Não haveria fuga para mim nem para nenhum dos amigos de Fisher.

Então Kingfisher fora a Gillethrye para salvar Everlayne e todos os que ele amava.

E fora para lá sozinho e desarmado.

Carrion guinchou, segurando desajeitado o livro em suas mãos. Chegou perigosamente perto de cair da cadeira quando irrompi pelo portal de sombras no quarto de Fisher.

— Deuses do maldito *céu*! — Ele ofegou e segurou o peito. — Um *aviso*, que tal?

— Cadê todo mundo? — exigi saber.

— Sei lá. Na biblioteca? Todo mundo está tonto tentando achar um jeito de quebrar esse tal de jugo. O que você está fazendo com a espada do Fisher?

Joguei Nimerelle na cama, junto com a blusa velha que achara para embrulhar o cabo a fim de conseguir pegá-la.

— Deixa a espada pra lá. Por que você não está com todo mundo? — vociferei.

O ladrão de segunda categoria deu de ombros, sem vergonha.

— Vim procurar o Ônix. Não conseguia encontrá-lo em lugar nenhum, então chutei que estivesse dormindo aqui. Que quarto doido. Você viu as obras de arte? — Ele gesticulou para os quadros rasgados ainda pendurados nas paredes, com as telas retalhadas. Seguiu sem me deixar falar: — Eu ia embora, mas *aí* imaginei que talvez Fisher tivesse um diário. E adivinha? Não tem. Mas ele *tem* algo melhor ainda.

Atravessei o quarto.

— Que horas são?

— Espera. Você não quer saber o que eu estou lendo?

— Deixa eu adivinhar. É um livro de profecias, e tem vários desenhos meus com orelhas pontudas.

A decepção de Carrion roubou seu sorriso.

— Como você sabia?

— Carrion, eu não tenho tempo para isso agora. Que *horas* são?

— Quase duas, creio eu. Almoçamos faz um tempinho. Eu não estava achando que ninguém ia passar por esse negócio até *bem* mais tarde. Ren disse que Fisher deixou um bilhete para ele avisando que vocês voltariam antes do pôr do sol.

— Ah, é — falei, fumegando de raiva. — O Fisher *ama* deixar bilhetes.

Ao lado da cama, o portal de sombras que Fisher abrira para mim se fechou com um estalo, ciente, de algum modo, de haver cumprido seu propósito. Fiquei observando-o desaparecer, com minhas entranhas fervendo de ira.

— Estou sentindo uma pequena tensão no ar — comentou Carrion. — Vocês dois já brigaram?

— Se por "brigaram" você quer dizer que eu vou matá-lo, a resposta é sim.

Lorreth, Ren, Te Léna e Iseabail se encontravam na biblioteca. Dos quatro, apenas Iseabail não estava com a cara enterrada num livro. Estava ao lado da janela, vendo a neve cair, parecendo entediada. Quando Ren me viu entrar, a surpresa passou por seu rosto.

— Saeris. Está tudo... — Ele se corrigiu no meio da pergunta. — O que foi? O que aconteceu?

Eu estava a ponto de berrar. Jogando a carta que Fisher tinha me escrito na mesa à frente do general, agarrei o encosto da cadeira em que o babaca tinha se sentado ontem, concordando com o plano de todos nós enquanto fazia planos secretos, e esperei que Ren analisasse a caligrafia inclinada no papel.

Ele estava boquiaberto quando soltou a carta. Lorreth nem pediu para ler; debruçou-se pela mesa e a pegou, com a expressão ficando sombria ao passar os olhos pelo texto.

— Desgraçado estúpido — sibilou. Levantando os olhos para mim, perguntou num tom incrédulo: — Que *caralhos* ele acha que está fazendo?

Como se eu tivesse resposta para isso. Mil palavrões pairaram na ponta da minha língua, mas os prendi atrás dos dentes. Só uma pergunta importava, e tudo dependia da resposta.

— Tem um lago de mercúrio em Gillethrye?

Ren não havia dito nada. Ainda estava visivelmente em choque com o conteúdo da carta. Piscou ao perceber que todos olhavam para ele.

— Não. Não que eu saiba — disse, com a voz falhando. — Tinha, muito tempo atrás, mas Belikon o pegou quando tomou o poder. Mesclou com o lago do Palácio de Inverno para ser grande o bastante para transportar qualquer exército.

Aí estava, então.

Eu tinha minha resposta.

Não havia lago em Gillethrye.

Cada fiapo de esperança a que eu estava me agarrando se desfez numa nuvem de fumaça.

Houvera uma chance. Uma chance mínima, mas uma chance. Fisher tinha dito que havia mais mercúrio aqui em Cahlish. Um lago, muito provavelmente. Ele tinha dito que eu poderia acessar depois que descobrisse como criar as relíquias, o que significava que devia estar em algum lugar por perto. Se eu o encontrasse, poderia fazer mais relíquias, e aí poderíamos acabar com a raça de Fisher por ser um puta de um idiota. Mas, sem um lago do outro lado, em Gillethrye...

Não adiantava nada.

Estávamos fodidos.

Abaixei a cabeça, com uma dormência se espalhando em mim como gelo.

— *Desgraçado.*

Eu meio que esperava que ele me respondesse, mas minha mente continuou teimosamente silenciosa.

Como ele podia fazer isso? Com seus amigos? Comigo? Ele não estava sozinho nesta, mas tinha decidido carregar esse peso sem ninguém. Não era heroico nem corajoso. Era uma puta idiotice.

Lorreth passou a mão pela boca, com a barba por fazer criando um som de algo arranhando em sua palma.

— Acho que vou vomitar — disse sem rodeios.

Ren afastou a cadeira da mesa, mas só ficou lá sentado com as mãos nos joelhos. Não achei que ele tivesse forças para se levantar.

— Você e eu, irmão. Você e eu — murmurou.

Foi Carrion quem quebrou o silêncio em seguida:

— Saeris?

Levantei a cabeça e vi que *ele* estava com a carta de Fisher. Ele mostrou o pedaço de pergaminho, com um olhar questionador.

— Por quanto tempo o portal de sombras ficou aberto agora há pouco? — perguntou. — Aquele no quarto do Fisher?

— Sei lá. Horas, provavelmente. Não faço ideia de quando ele abriu. Estava lá quando acordei.

— Não, não. — Carrion balançou a cabeça, impaciente. — Quanto tempo ele ficou aberto *depois* de você atravessar? Eu não estava prestando atenção, mas conversamos antes de ele fechar, certo?

— Sim. Acho que... levou uns dez segundos? Doze?

— Sempre demora tanto assim?

— Hum...

Eu não tinha prestado muita atenção nas outras vezes que viajara por um portal com Fisher. Sempre havia alguma outra coisa na minha cabeça.

Lorreth interveio com uma resposta:

— Sim. Não sei se sempre demora esse tempo, mas sempre tem um atraso. Fisher já comentou sobre isso antes.

— Ótimo. E, aqui, ele diz na carta que quer que vocês estejam prontos para Everlayne quando ele a enviar por um portal a Cahlish. Que ela vai tentar usá-lo para voltar a Malcolm. O que significa que o portal não é unidirecional. Se Everlayne pode usar para vir aqui...

— Então nós podemos usar para ir até lá! — Quase caí no chão.

O alívio... Infernos, eu nunca sentira nada parecido. Meu corpo começou a tremer.

Ren ficou de pé, soltando uma longa expiração.

— Eu podia te dar um beijo, Carrion Swift.

Isso pareceu deixar Carrion surpreso. Depois, meio interessado. Após pensar por um segundo, ele falou:

— Eu não me oporia. Talvez depois. Primeiro, Saeris tem trabalho a fazer, e planejo dar uma ajudinha.

— Que trabalho?

Era um milagre eu conseguir fazer a pergunta. Estava tão cheia de adrenalina que a biblioteca parecia girar. Eu definitivamente ia vomitar.

Carrion abriu um sorriso cheio de dentes e malícia.

— Eu vou com vocês nesse portal. Vou ajudar a salvar o babaca do seu namorado. Mas, primeiro, quero uma dessas espadas chiques.

— O que o equilibrista disse para o dono do circo? — Pausei para criar um efeito dramático. — Não me irrita que eu estou por um fio. Sacou? *Por um fio.*

Carrion fez cara de sofrimento.

— Foi terrível.

— Cala a boca. Ele pediu uma piada. Não especificou que tinha que ser boa. Em Zilvaren, eu era metalúrgica e ladra, não comediante.

— Eu era contrabandista e mesmo assim tenho piadas bem melhores que essa.

— Então conta *você* uma piada! — Estendi o cadinho contendo o mercúrio, e Carrion bufou, olhando o metal líquido rolando.

— Tudo bem. Beleza. Um marido se vira para a esposa um dia e fala: "Sabe, aposto que você não consegue achar algo para me dizer que me deixe ao mesmo tempo feliz e triste." A esposa nem precisa pensar muito. Ela se vira para ele e fala: "Seu pau é bem maior que o do seu irmão."

O mercúrio, que não tinha dado um pio com a minha piada, começou a soltar uma risadinha.

— O que ele está fazendo? — perguntou Carrion. — Está rindo, não está?

Revirei os olhos e passei o mercúrio pelo fio da lâmina aquecida que eu segurava com uma tenaz na fornalha da forja. Não houvera tempo de fazer uma nova do zero, mas Ren tinha achado no arsenal modesto de Cahlish uma bela espada de duas mãos que Carrion aceitara. O mercúrio, que Ren também trouxera do arsenal — aparentemente, estivera lá esse tempo todo — concordou que a arma era razoável o suficiente para se ligar a ela e consentira em ser forjado, desde que eu contasse uma piada.

Se ele não tinha aprovado a minha, claramente aceitava a de Carrion como pagamento, porque o mercúrio foi absorvido na lâmina assim que fez contato, irradiando um brilho iridescente no fio da arma.

O céu escureceu enquanto eu afiava a lâmina em um torno, e Carrion contou mais uma porrada de piadas adicionais que ficaram cada vez mais obscenas.

— Deuses e mártires, quer parar? — implorei.

— Estou só tentando aliviar o clima. Você está com cara de que alguém mijou na sua ração de água.

Mais piada. Nos dê mais piadas...

Olhei séria para a espada, sem conseguir compreender seu mau gosto. Se um dia houve uma arma perfeitamente adequada ao proprietário, era esta. Carrion adorou contar a ela as piadas mais sujas imagináveis. E, quando terminei e ele pressionou o dedo na ponta, dando-lhe um gostinho de seu sangue, a lâmina respondeu de imediato.

Sim, sim. Nosso amigo. Nosso. Ele vai nos nomear.

Os olhos de Carrion ficaram esbugalhados.

— Eu ouvi isso!

— Que bom. — Girei a espada e dei na mão dele. — Então dê um nome a ela e vamos em frente.

A noite se aproximava, e os outros estavam nos esperando.

Carrion segurou a espada, virando-a de um lado para o outro. Depois de muito pensar, ele disse:

— Tem cara de Simon.

— *Simon?*

— É. Simon. Não me culpa. É a cara que... — Ele parou de falar e ouviu. — *Viu?* Ela gostou do nome. *Quer* ser Simon.

— Justo. — Aparentemente, a espada não queria mais saber de falar comigo, então, perguntei: — Ela decidiu se quer te presentear com magia apesar do seu sangue humano frágil?

Carrion deu um sorrisinho irônico.

— Ela diz que é uma informação confidencial para mim e que você vai descobrir.

— Espero que signifique sim — resmunguei.

De volta à biblioteca, Ren estava nervoso andando de lá para cá e mordendo o interior da bochecha. Lorreth olhava para o fogo.

— Cadê Te Léna e Iseabail? — perguntei.

— Estão montando um espaço para tratar Layne — explicou Ren. — Iseabail trouxe com ela tudo o que acha ser necessário para seu feitiço de sedação funcionar. Te Léna está confiante de que vai conseguir suprimir o veneno no sangue de Layne por tempo suficiente para começar a curar o corpo dela, mas...

— Mas?

— Isso nunca foi feito antes. Que a gente saiba, pelo menos. A cura para a maldição de sangue foi perdida há mais de mil anos, e ela só ajudava os feéricos que tinham sido amaldiçoados, não que tinham sido transformados. Vampiros transformados precisam morrer antes de fazer a transição, e magia bruxa não afeta os mortos. Tem uma chance de o veneno de Malcolm matar Layne antes de ela poder ser curada, mesmo que esteja congelada pela magia de Iseabail.

Lorreth se mexeu desconfortável na cadeira.

— Eu não confio nela. Na bruxa — esclareceu ele, antes que eu pudesse perguntar a quem se referia. — Amantes de dragão. É por causa delas que estamos nesta furada, para começo de conversa. Se não fosse por elas, nem *existiriam* vampiros.

— Ah, vai. Não me diga que você ainda acredita nisso — falou uma voz suave e cantada da porta.

Era Iseabail, claro. Seu grosso cabelo ruivo fluía pelas costas, com a seção de cima presa com uma fivela. Seus olhos, que tinham a cor da pedra preciosa água-marinha, perfuraram Lorreth, afiados como adagas.

— Meu povo foi perseguido minha vida toda graças a esses boatos maldosos. Provamos há séculos que não tivemos nada a ver com a maldição que afligiu vocês. O clã Balquhidder foi uma das cinco famílias encarregadas por seu rei Daianthus, já morto, de achar uma cura para a maldição dos feéricos. Fomos essenciais para quebrá-la. Eu vim aqui de livre e espontânea vontade ajudar vocês a curar a filha de um tirano que ofereceu uma recompensa pela cabeça da minha família. Seria de se pensar que você estaria grato, guerreiro. — Ela apertou os olhos para ele. — Como é mesmo seu nome?

— Você sabe muito bem qual é o meu nome — estrondou Lorreth. — Já nos encontramos antes, bruxa.

— Ah, é? — Iseabail deu um sorriso felino a Lorreth. — Sério? Devo ter esquecido.

Ren bateu o punho na mesa, assustando todos nós.

— Basta. Já estamos com os nervos à flor da pele e estressados. Não precisamos também ficar discutindo entre nós. Lorreth, Iseabail tem razão. Ela veio nos ajudar, e não precisava.

Os olhos de Lorreth queimavam com um ódio surpreendente, mas ele abaixou a cabeça e fez a coisa certa; só pareceu levemente falso ao pedir desculpas.

— Sinto muito. Somos todos muito gratos por você ter vindo.

A ruiva pareceu estar gostando de ver o desconforto do guerreiro. Dava para cortar a tensão crescente na sala com uma faca. Eu não tinha energia para repetir nenhuma das piadas horríveis que Carrion contara na forja, então precisaria desarmar o clima irritadiço de outro modo. Dei um passo para a mesa, olhando de relance para Carrion por cima do ombro.

— Vai. Conta para todo mundo que nome você deu para sua espa...

Um buraco se abriu no ar, preto e furioso.

Uma faixa azul-escura jorrou dele e caiu na mesa.

Livros voaram para todo lado.

A madeira estilhaçou.

— PUTA MERDA! — Era Ren.

Ele saiu na frente de todo mundo na biblioteca, correndo para ajudar Everlayne. *Ela tinha caído da porra do céu.* O portal de sombras desta vez não era uma porta vertical. Era horizontal e estava três metros acima de nós, no ar... e Everlayne tinha acabado de estraçalhar, com o corpo, a mesa que era nosso único meio de alcançá-lo.

— Cacete! — berrou Carrion.

— Rápido! — Lorreth correu pela mesa quebrada e pegou meu braço de qualquer jeito.

Não havia tempo para gentilezas. Vi em seu rosto o que ele ia fazer, e por mim tudo bem. Mas...

— Espera! Minha espada!

Idiota. Eu era uma maldita idiota! Solaz não estava presa à minha cintura. Ainda estava claro lá fora. Taladaius dissera que Malcolm encontraria Fisher ao anoitecer, mas ainda estava muito claro lá fora. Eu não estava pronta!

— Carrion primeiro! — gritei.

A espada se encontrava no canto de leitura na janela mais distante. Corri até ela. Agarrei-a e me virei.

Lorreth e Ren estavam levantando Carrion pelo portal. O torso dele já tinha desaparecido. Como se de repente tivesse se puxado do outro lado, as pernas de Carrion voaram para cima e ele sumiu.

— Saeris! — falou Everlayne, fraca.

Ela não estava morta. Mesmo enquanto voava pela biblioteca na direção dos braços estendidos de Lorreth, eu tive tempo de agradecer aos deuses por ela estar viva. Mas não podia parar para consolá-la.

— Eu já volto, Layne!

As mãos de Lorreth se fecharam em minha cintura. Renfis agarrou minhas pernas. O grito frenético de Everlayne me perfurou enquanto os guerreiros lá embaixo me alçavam para o portal de sombras.

— Saeris! Espera! *A água!*

Mas era tarde demais para entrar em pânico. Não havia tempo para perguntar o que ela queria dizer. O portal me agarrou e um vento congelante arranhou minhas roupas, me rasgando de dentro para fora. Tentei segurar a esmo o que quer que Carrion tivesse usado para se puxar para cima, mas não havia apoio algum. Houve uma mudança rápida e desorientadora na gravidade, e, de repente, eu estava de ponta-cabeça.

De repente, eu estava c a i n d o . . .

39

ANNORATH MOR!

O VENTO fez meus olhos lacrimejarem. Lutei para abri-los e aí desejei não ter feito isso. À minha frente, havia quase vinte e cinco metros de ar livre. Embaixo: um lago reluzente e vasto de seda preta.

Não.

Seda não.

Água.

Uma lagoa.

Abri a boca para gritar — e bati na superfície como um meteoro caindo no chão.

Dor.

Em tudo.

Eu não conseguia...

DOR.

Ah, deuses.

Eu não conseguia *respirar.*

Minhas costelas gritavam. A agonia subia e descia pela minha coluna. Minha cabeça latejava.

Geladíssima, a água encheu meus ouvidos e fez meus olhos arderem. Era tão escura que eu não sabia para que lado ficava a superfície.

Meu corpo reagiu chutando e se debatendo, num pânico imediato e absoluto.

Minhas mãos tentaram se fechar, desesperadas para algo em que se segurar, mas não havia nada. Só água. Por todo lado, maldita água.

Meus pulmões queimavam, desesperados por oxigênio. Eu tinha que respirar. Precisava. Tinha que chegar à superfície. Tinha que respirar. Tinha que...

Meu corpo foi golpeado por um movimento na água. Fui empurrada de lado. De repente, havia mãos em mim. Alguém tinha me encontrado no escuro. Eu ainda não conseguia enxergar, mas me retorci, chutando e estendendo a mão, com os dedos dormentes de frio. Agarrei algo — tecido — e segurei firme. Meu coração era como um trovão em meus ouvidos enquanto eu era arrastada para cima pela água.

Minha cabeça irrompeu pela superfície e consegui tomar uma golfada aterrorizada de ar, com o choque ainda se transmitindo pelo meu sistema nervoso. Eu não estava segura. Não havia chão sob meus pés. Eu ia morrer.

— Shh, Saeris. Está tudo bem. Está tudo bem. Só respira. Mais dois segundos e vamos estar na margem.

Lorreth. Lorreth estava comigo. Virada de costas para ele, tremi violentamente em seus braços, com meus dentes tiritando enquanto ele batia as pernas como se tivesse um bando de gatos ferais em seus calcanhares. Levou mais de dois segundos para chegarmos ao chão firme, mas não muito.

Solucei ao tentar me sentar nas ondas gentis que lambiam a margem da lagoa; meu corpo parecia quebrado. Algumas de minhas costelas sem dúvida estavam fissuradas. Quando tentei expandir os pulmões, me senti sendo perfurada por uma adaga.

— Cadê... o Carrion? — chiei.

Por sorte, Lorreth não parecia nada machucado. Encharcado, com o cabelo grudado nas costas, o guerreiro estava na beira da água, analisando a escuridão com os olhos. Eu não enxergava absolutamente nada, mas provavelmente era porque minha cabeça estava se partindo ao meio.

— Lá. Estou vendo. — Lorreth ofegou. — Espera aqui. Vou voltar para pegá-lo.

Rá! Aonde *caralhos* ele achava que eu ia? Deitei-me de novo na margem, com pedrinhas minúsculas e afiadas beliscando a pele. O céu estava lotado de nuvens tão grossas que colocavam o mundo todo na escuridão. De início, discerni pouquíssima coisa. E aí, conforme a dor em meu peito diminuía um pouco e meus olhos se ajustavam aos meus novos arredores, consegui ver a encosta enorme de um monte que furava o céu atrás de mim.

A pedra era obsidiana preta, lisa como vidro. E tinha pelo menos uns trinta metros.

— Caralho. — Arfei. — *Caralho, caralho, caralho.*

Muita coisa tinha acontecido nos últimos três minutos. Eu estava parada na biblioteca e, do nada, minha amiga havia atravessado uma mesa. Aí, eu havia sido lançada em um portal de sombras, caído vinte e cinco metros num corpo d'água gelado e quase me afogado. Nada disso fora divertido.

Eu me sentava devagar quando Lorreth reemergiu do lago, arrastando Carrion atrás. O ladrão não estava andando com seus próprios pés, o que não era bom sinal. Minha preocupação se intensificou quando Lorreth o jogou nas pedras e eu percebi que seus olhos estavam fechados e os lábios, azuis.

Esquecendo a dor, fiquei ajoelhada.

— Por que ele não está acordando?

— Ele engoliu muita água — disse Lorreth, tenso.

O guerreiro também se ajoelhou ao lado de Carrion. Me encolhi quando ele bateu no centro do peito de Carrion. O golpe teria tirado o fôlego até do maior dos lutadores, mas não suscitou resposta em Carrion.

— Vamos — murmurou Lorreth, e bateu de novo.

Ainda nada.

Eu estava assustada demais até para pensar.

— Carrion Swift, se você não acordar agora mesmo, vou contar para todos os seus amigos babacas na Terceira que você transa mal.

Lorreth deu mais um golpe no centro do peito dele.

— Estou falando sério! — gritei.

Carrion deu um solavanco como se tivesse sido atingido por um raio. Virou-se na direção de Lorreth e vomitou toda a água da lagoa que estava em seus pulmões, tossindo e cuspindo. Ah, graças aos deuses. Caí para trás, batendo de bunda no chão, e troquei um olhar aliviado com Lorreth. Quando terminou de vomitar, Carrion se jogou de costas e me encarou com olhos apertados.

— Você... não... *ousaria.*

Éramos só nós três.

Renfis não tinha conseguido.

O general alçara Lorreth até o portal de sombras e gritara para ele ir.

— Eu senti aquele negócio me sugando ao se fechar — contou ele, enquanto nos recompúnhamos. — Se eu tivesse pulado um segundo depois, acho que aquela porcaria teria me cortado ao meio.

Ele tivera uma fração de segundo a mais que eu para processar o alerta de Layne sobre a água. Ao começar a cair, percebera rapidamente o que estava acontecendo e fechara o corpo numa bola para se preparar para o impacto. Carrion não havia tido aviso algum. Disse que achou que tinha batido na água de peito, e eu meio que achava isso também. Explicaria por que nenhum de nós dois conseguia respirar sem chiar que nem uma chaleira.

Lorreth procurou nos bolsos encharcados e tirou uma bolsinha de couro fechada com barbante. Enquanto Carrion e eu tentávamos ficar de pé, ele fuçou na bolsa e produziu um monte de folhas, que sacudiu para secar o máximo que conseguia e ofereceu duas a cada um de nós.

— Mastiguem um pouco e coloquem embaixo da língua — aconselhou. — Mas o que quer que façam, não engulam essa porra. Em cinco minutos, vocês estariam todos cagados.

— O que é? — questionou Carrion.

— Cruz de Viúva. Vai amortecer a dor por umas horas. Amortecer completamente, vejam bem. Carregamos sempre caso precisemos durante a batalha.

— Por que esse nome tão alegre? — Fiz uma careta ao morder as folhas. Eram amargas pra cacete.

— Porque são altamente viciantes e fazem você se sentir capaz de enfrentar um exército de devoradores. Vários guerreiros tomam uma vez para melhorar a dor de um ferimento. Mas aí continuam tomando. E acabam morrendo.

— Ahh. Bom saber.

Tomei muito cuidado de não engolir depois de mastigar as folhas. Colocando a maçaroca que tinha feito embaixo da língua, consegui sentir as propriedades anestesiantes da planta fazendo efeito.

Minha mente começou a clarear um pouco. Então, começou a ficar aguçada.

Onde diabos *estávamos*?

Olhei ao redor e não gostei do que vi. Era uma espécie de praia, dentro de uma pequena enseada. Às nossas costas, penhascos se elevavam como uma fileira de dentes tortos. Funcionavam como defesa da praia, fechando-a de modo que não havia como contorná-los de nenhum dos dois lados. Havia duas saídas dali. A primeira — reentrar na lagoa e nadar em volta dos penhascos — era obviamente impossível, já que *nem eu, nem Carrion sabíamos nadar*. O que só nos deixava com uma opção: subir. Nós três ficamos olhando a muralha de obsidiana, e todos hesitaram.

Cair de um portal de sombras e bater na água já tinha sido ruim o bastante. Mas cair de uma encosta de penhasco e ser empalada por várias pedras afiadas?

Parecia uma forma ótima de carimbar uma passagem só de ida para o pós-vida, e eu não estava pronta para ir.

Por sorte, Carrion e eu tínhamos uma coisa em comum: ambos éramos muito bons em escalada. Tínhamos passado a maior parte da vida subindo pelos muros da Terceira. Muros que eram, inacreditavelmente, ainda mais altos que esta encosta de penhasco e, além disso, muito mais perigosos. *E* a Cruz de Viúva estava batendo forte.

— Vamos fazer isso, então? — perguntou Carrion, esticando o pescoço para olhar o topo dos penhascos.

Fisher estava lá em cima.

Eu sabia que estava. Conseguia *senti-lo.*

Pisquei para os penhascos também, e fiquei chocada ao ver que tinha começado a nevar. O ar estava cheio de grandes flocos de neve, flutuando, caindo e girando do céu em círculos preguiçosos. Um deles pousou em minha bochecha. Foi só quando passei a mão para limpá-lo e as pontas de meus dedos saíram marcadas com um pó cinza fino que percebi que não era neve coisa nenhuma.

O céu de Gillethrye chovia cinzas.

Quando apoiei a primeira mão na encosta do penhasco, uma explosão de som ecoou na noite. Era tão alta, tantas vozes ensandecidas berrando e gritando de uma vez, que fez as pedrinhas sob nossos pés chacoalharem e tremerem.

— *Annorath mor!*

— *Annorath mor!*

— *Annorath mor!*

— Subam! — gritei. — *Subam!*

Escalamos em dez minutos.

E de algum jeito, pela graça dos deuses, inteiros.

Nossas mãos estavam cheias de cortes profundos e pegajosas de sangue, mas isso não importava. Quando nos içamos por cima do topo do penhasco, a cena que se estendia à nossa frente parecia algo saído de um pesadelo.

Um enorme anfiteatro, aberto na direção da lagoa, se elevava ao nosso redor. Níveis e mais níveis de assentos estendiam-se infinitamente, uma estrutura tão avassaladoramente enorme que minha mente não conseguia compreender o tamanho daquilo. A construção, se é que podia ser chamada assim, era alguma espécie de megaestrutura. Centenas de milhares de pessoas estavam sentadas nas arquibancadas, rugindo a plenos pulmões:

— *Annorath mor! Annorath mor! Annorath mor!*

O cântico terrível me abalou até os ossos. Eram as primeiras palavras que o mercúrio tinha sibilado para mim lá na forja do Palácio de Inverno. As palavras que tinham afetado Fisher de uma forma que eu não esperava. Ele parecera amedrontado. E eu sabia por quê. Isto não era só um anfiteatro. Era um matadouro. E estávamos bem na zona de abate.

— O que eles estão gritando? — sussurrou Carrion.

Lorreth respondeu, num tom horrorizado:

— Liberte-nos.

Liberte-nos! Liberte-nos! Liberte-nos!

Comecei a ouvir, como se as palavras tivessem sido traduzidas em minha mente. Centenas de milhares de pessoas, implorando para serem libertadas. Eu não suportava nem olhar para elas.

Em vez disso, me concentrei no poço fundo que tinha sido cavado no chão diante de nós. O enorme labirinto dentro dele. E, do outro lado, conseguia discernir um palanque pouco elevado. Havia gente sentada nele. E aos pés do palanque, no topo de um lance de degraus de pedra que desciam para o labirinto, estava Fisher. Ele era só uma mancha escura, minúscula em comparação com a estrutura colossal que nos cercava, mas eu sabia que era ele. Ah, sim, era ele com certeza.

— O que, em nome dos cinco infernos, estamos olhando? — perguntou Lorreth, baixinho.

A voz que veio de trás de nós fez meu sangue gelar. Da última vez que eu a ouvira, ela estava gritando por clemência lá no Salão dos Espelhos do palácio de Madra. Naquele momento, disse:

— Na verdade, este é só o primeiro círculo do inferno, Lorreth das Torres Quebradas. Mas eu ficaria mais do que feliz de apresentar vocês aos cinco.

O capitão da guarda de Madra, Harron, estava a centímetros de mim. Seus olhos eram orbes de metal desgastado, puro mercúrio, brilhando dentro da cavidade de seu crânio emaciado. Seus lábios eram finos e ressecados, a pele estava enrugada e translúcida. Ele abriu um sorriso largo, mostrando dentes quebrados, quando notei a adaga que estava pressionando na garganta de Lorreth.

— Eu cortaria sua garganta aqui e agora só para chegar à garota — chiou ele no ouvido de Lorreth, com aqueles globos oculares bizarros girando na cabeça.

Eu só conseguia saber que estava me olhando pela forma como seu rosto se inclinava para mim. Seu sorriso ganhou uma contorção sinistra.

— Você andou causando todo tipo de problema ultimamente, Saeris — continuou ele. — Era para morrer pelas minhas mãos como um bom animalzinho de estimação. Mas deixa pra lá, deixa pra lá. Talvez assim seja melhor.

Harron.

Como podia ser *Harron*? Aqui, em Yvelia. Vê-lo simplesmente... não fazia sentido.

Lorreth podia tê-lo matado com facilidade. Era um guerreiro feérico puro-sangue, e o capitão era humano. Um humano que não estava nada bem, pelo visto, mas mesmo assim. Não teria sido nada para o guerreiro girar e desarmá-lo. E eu tinha certeza de que era exatamente o que ele teria feito... se não fossem as centenas de devoradores subindo atrás dele pela encosta do penhasco.

Eles vinham rápido pelo solo, engatinhando na nossa direção, com fios grossos de saliva cheia de veneno pendurados na boca. Esses devoradores pareciam recentes, o que os tornava ainda mais aterrorizantes. Suas roupas estavam um pouco sujas, mas basicamente intactas. O rubor da vida ainda estava grudado na pele deles. Logo desbotaria, mas, por enquanto, ainda pareciam feéricos. E queriam nos *comer*. Seguiram para a frente numa maré invasora, mas um tremor da mão de Harron os manteve a distância. Que poder *Harron* poderia ter sobre esses monstros?

O capitão estendeu a mão livre; ela tremeu de esforço quando o ar ao lado de Carrion pareceu se endurecer e fraturar como vidro. As fraturas viraram fissuras e aí o ar se estilhaçou e caiu sobre si mesmo, criando um vórtice giratório. Dele saiu um som que pareciam camadas de gritos de agonia.

— A caminhada levaria tempo de mais — disse Harron. — E não queremos que vocês percam o começo dos jogos, não é mesmo? — Ele fez um movimento brusco de cabeça para o vórtice. — Entrem. Agora. Se correrem, talvez ainda dê tempo de se despedirem do seu amigo.

Isto não lembrava nada o portal de sombras de Fisher. O vórtice de Harron parecia errado. Era uma perversão da natureza, e meu instinto me dizia firmemente e sem dúvida alguma que eu não devia entrar ali. Mas que escolha eu tinha? Pelo menos trezentos devoradores se amontoavam na beira do penhasco. Seus olhos estavam vazios, sem mostrar nenhum sinal dos feéricos que costumavam ser. Só fome. Só morte. Eu preferiria ter pulado de volta no meio daquela lagoa do que entrar na distorção bruxuleante de ar... mas vi o olhar de Lorreth, e meu amigo assentiu com a cabeça.

— Está tudo bem, Saeris. Vamos logo atrás de você.

Espero em nome dos deuses que isto não dê muito errado. Olhei por cima do ombro para o palanque e para aquela manchinha escura parada no topo da escada, e meu estômago se revirou de nervoso. *Estamos aqui, Fisher. Se vale de alguma coisa, estamos chegando.*

Eu não esperava uma resposta, mas, ao entrar no portão de Harron, recebi uma.

Saeris? A voz de Fisher em minha mente estava cheia de pânico. *Saeris,* não *venha aqui!*

Mas já era tarde demais. O vórtice de Harron me rasgava em pedaços.

40

APRESENTAÇÕES

Ele foi a primeira coisa que vi.

Como sempre.

Meu coração e minha alma sabiam exatamente onde encontrá-lo.

De joelhos e coberto de sangue, Fisher estava aos pés de um pequeno lance de degraus que levava até o palanque, cheio de cortes e arranhões, e com o cabelo úmido de suor. O gorjal de cabeça de lobo ainda brilhava em seu pescoço, mas estava respingado de sangue, tanto vermelho quanto preto, e sua armadura de couro estava destruída. Enormes cortes abriam a proteção do peito. As manoplas estavam cheias de gosma. Ele parecia exausto, respirando com dificuldade. Fisher não virou a cabeça, mas me olhou de canto de olho, e vi ali o medo e a devastação.

Você não devia estar aqui, Oshinha, disse na minha mente. Suas palavras ressoavam cheias de derrota. Seus ombros estavam encurvados, e os olhos estavam quase se fechando quando Lorreth e Carrion emergiram do portal ao meu lado, com Harron nos seguindo bem de perto. *Eu queria te salvar disso. Não queria que você sofresse comigo.*

Como se um raio de energia de repente o rasgasse, Fisher jogou a cabeça para trás, mostrando os dentes e tensionando os músculos do pescoço.

— NÃO! — Tentei correr até ele, mas meus pés não se moviam. Eu estava paralisada.

— Saudações, amigos. Bem-vindos! Não fomos apresentados formalmente.

Fria como gelo, a voz cortou o ar como uma foice.

— Deuses do céu — sibilou Lorreth.

Eu não queria desviar o olhar de Fisher, mas precisava. Tinha que saber quem...

Puta...

Que...

Me...

Pariu...

A Cruz de Viúva estava me fazendo alucinar.

Não havia outra explicação para o que eu via.

Lá, sentado no meio do palanque, estava Malcolm. Seus traços finos e alongados, junto ao cabelo prateado, o tornavam instantaneamente reconhecível. Era ele que tinha falado. Só podia ter sido ele, porque eu *já* conhecia as outras figuras sentadas de cada um dos lados. *Elas* sabiam perfeitamente quem eu era.

À direita do palanque estava Belikon.

À esquerda... Madra.

Ambos se vestiam com adornos da realeza, o rei yveliano, de veludo verde-floresta, a rainha de Zilvaren, enfeitada com um vestido dourado reluzente, de gola alta.

Tentei piscar para eles desaparecerem, mas inacreditavelmente lá continuaram, sentados ao lado do rei vampiro.

Carrion tinha ficado pálido, sem sua arrogância usual. Avaliou as três figuras lá no palanque com ódio aberto nos olhos.

— Imagino — falou Malcolm —, já que ninguém parece disposto a fazer apresentações, que você seja a Saeris. E, pela estatura e o lobo estampado em seu peito, suponho que *você* seja um dos Lupo Proelia de Kingfisher. Mas não o general que me causou tanto problema. Não, Renfis eu já conheço. Então, isso significa que você deve ser Lorreth. O que destroçou as torres em Barillieth e assassinou milhares de filhos meus. — Seus frios olhos cinzentos brilharam de raiva. A ira vacilou quando ele pôs o olhar em Carrion. — Você eu não conheço.

Carrion fez uma mesura baixa, mas o gesto não era deferente. Era uma zombaria.

— Carrion Swi...

Malcolm fez um gesto de cabeça para Harron, e o guarda bateu com força o cabo da adaga na nuca de Carrion. O golpe o interrompeu e fez com que caísse de joelhos.

Fisher rosnou, ainda sofrendo com a dor que claramente assolava seu corpo. Tanto Lorreth quanto eu fizemos menção de pegar nossas espadas, mas Belikon soltou uma risada estrondosa e levantou a mão.

— Devo aconselhar todos vocês a não fazerem nenhuma tolice. Suas espadas não adiantarão de nada aqui. Não estão sentindo no ar? — Ele sorriu, gesticulando para o céu e os flocos de cinzas que ainda flutuavam no ar. — Este lugar é um cemitério. O próprio ar está cheio de morte. O solo sob nossos pés é feito de ossos e cinzas. A magia não alcança vocês aqui.

Madra, com seu cabelo claro preso numa linda trança sob a coroa reluzente, fez um som de desgosto.

— Você devia tê-los deixado tentar, irmão. Eu estava querendo muito ver o rosto deles ao perceber o tamanho do problema em que se enfiaram.

Irmão?

Mas... como Belikon podia ser *irmão* dela?

Humana. Feérico. Vampiro. Todos os três regentes adotaram expressões de satisfação similares ao perceberem nossa confusão.

Não consegui segurar a língua.

— Você acha mesmo que ela é sua aliada? Está errado. Foi ela que paralisou o mercúrio e fechou o portal entre todos os nossos reinos.

Belikon soltou uma risadinha de desdém.

— Claro que foi ela. Sempre soubemos que tinha sido a Madra. E, sim, no início, ficamos irritados. Mas é incrível o quanto essas rixinhas perdem a importância depois de séculos.

— De fato — concordou Madra. — E, afinal, eu só fechei o portal porque você mandou aquela fera me assassinar. Então, *eu* também tive muito que perdoar.

Belikon inclinou a cabeça, aceitando essa acusação que era um tapa com luva de pelica.

— É verdade. Você tem toda a razão, irmã. Erros foram cometidos de todos os lados. Para nossa sorte, temos a oportunidade de consertar as falhas do passado. E, agora que o nosso Triunvirato está reunido, nós três juntos somos mais poderosos do que há eras.

Belikon sabia? Todos esses anos, ele sabia que fora Madra quem tinha fechado os portais e culpara o pai de Fisher. Tinha enviado Finran a Zilvaren para morrer e aí o culpara por fechar os portais entre os reinos. Declarara-o traidor e envergonhara a Casa de Cahlish por causa disso. Edina havia pagado o preço. Fisher havia pagado, várias e várias e várias vezes.

Uma fúria diferente de qualquer outra se revirou em minhas entranhas enquanto eu encarava o rei. Lorreth pelo jeito compartilhava de minha ira.

— Você é uma maldita desgraça — falou, fervendo. — Como pode ficar sentado aí em cima com *ele*? Nosso povo está em guerra com Malcolm há... há...

— Guerra? — desdenhou Belikon. — Não estamos em *guerra*, seu tolo. Eu estava só alimentando o exército do meu irmão.

De novo aquela palavra. Irmão. Eu ainda não entendia por completo, mas algumas peças desse quebra-cabeça estavam se encaixando. Belikon havia se recusado a enviar suprimentos e comida para Irrin. Tinha embargado a prata — a única coisa capaz de matar permanentemente a espécie de Malcolm — e se recusado a enviar o metal para o sul. E por que *gastaria* suprimentos em guerreiros que não tinha intenção de que sobrevivessem? Por que *armaria* guerreiros com armas letais se na verdade não queria que eles matassem seus inimigos?

— Não é melhor dar uma trégua para o seu brinquedinho, Malcolm? — ronronou Madra. Ela olhou Fisher com interesse. — Seria uma pena ele morrer antes de poder participar do seu joguinho. Eu adoraria ver se ele te vence de novo. Não presenciei da primeira vez.

Malcolm se sobressaltou, rindo baixinho.

— Ah! Claro! Eu te prometi um pouco de diversão, não foi? Mil perdões, irmã. — Malcolm não fez gesto para libertar Fisher de qualquer que fosse a tortura invisível que exercia sobre ele.

Fisher só desabou para a frente, de quatro, ofegando, de repente livre. Malcolm levou um cálice de vidro lapidado à boca, e o líquido grosso e viscoso lá dentro manchou seus lábios pálidos de vermelho. Seu sorriso sangrento estava cheio de alegria ao dizer:

— Sabe, eu *realmente* fico muito contente de estarmos reunidos, nós três. Você perdeu muita coisa, Madra. Andamos nos divertindo demais. Especialmente nos últimos tempos. A queda de Gillethrye foi uma coisa linda de se ver, não foi, irmão?

— Espetacular — concordou Belikon. — Você estava lá, não estava, Cão? Pôde testemunhar a coisa toda do começo ao fim. Teve um lugar na primeira fila!

— Vai... se *foder* — falou Fisher, rouco. — Eu vou... *destruir* você.

Meu coração martelava no peito e meu sangue corria rápido. O pai de Everlayne ficou de pé. Seu rosto se contorceu de ódio enquanto descia os degraus na direção de Fisher.

— Igualzinho a Finran. Boca-suja e arrogante. Tão superior. Tão moralista. Mas você é menos que a terra embaixo dos meus pés, *Kingfisher*. — Ele cuspiu o nome como se fosse uma maldição. — Não quer contar aos seus amiguinhos preciosos o que fez aqui, hein? — Ele agarrou uma mecha do cabelo de Fisher com a mão inteira e puxou sua cabeça com força para trás. — Qual o problema, garoto? O gato comeu sua língua? Ah, espera. É mesmo. Você *não pode* contar a eles o que fez aqui, né?

Belikon se moveu mais rápido do que deveria ser capaz. Seu joelho foi para a frente como um chicote e se conectou com o maxilar de Fisher. O golpe foi duro, fazendo Fisher cair para trás estirado na pedra. Nas arquibancadas, a multidão rugiu em aprovação.

— *Não!* — Dei um passo à frente, mas mãos se fecharam em meus braços.

Guardas. Do Palácio de Inverno. Havia feéricos *normais* aqui? Minha mente girou. Olhei nos olhos do que estava segurando com força meu braço direito e vi a vergonha. Ele sabia que isso era errado e, mesmo assim, estava aqui, obedecendo às ordens de um psicopata.

— Me solta!

Belikon abriu bem os braços, girando, sempre disposto a entreter. Ele riu e sua voz estrondou no palanque.

— O que acha, Malcolm? Conto o que ele fez? Ou é melhor libertá-lo do juramento e obrigá-lo a contar?

Malcolm tomou mais um gole do sangue em seu cálice de vidro e deu de ombros, considerando os milhares de pessoas sentadas nas arquibancadas do anfiteatro.

— Acho que podemos perguntar a eles — disse, num tom descontraído. — Afinal, foram *eles* que Kingfisher matou.

— *Mentiroso.* — Lorreth parecia prestes a se lançar no palanque e arrancar a cabeça de Malcolm. — Não foi culpa dele!

Foram eles que Fisher *matou*? Do que Malcolm estava falando? Levantei os olhos para as arquibancadas, enfim me forçando a olhar as pessoas ali. Fileira após fileira — os assentos estavam lotados de feéricos, com roupas pretas e a pele...

Espera aí.

As peles... estavam *queimadas*. Suas roupas não eram só pretas. Estavam chamuscando. As bocas estavam fixas em gritos terríveis. E seus olhos. Deuses, os olhos. Ou não estavam lá, ou tinham derretido como gelatina e escorriam pelas cavidades oculares. Feéricas. Feéricos. Crianças. Todos mortos. Todos queimados vivos e, ainda assim, de algum modo, animados, presos em sua infelicidade.

Carrion lutou contra os guardas feéricos que o seguravam, absorvendo o pesadelo que nos rodeava.

— Puta que *me* pariu — sussurrou.

Belikon bateu palmas, adorando o nosso horror.

— Tem razão. *Vamos* perguntar a eles — falou. Quando gritou a pergunta, sua voz foi carregada a cada canto do anfiteatro, sobrenaturalmente alta. — O que dizem, feéricos de Gillethrye? Devo remover a mordaça do Cão? Ele deve enfim confessar seus crimes?

A onda crescente de gritos que se seguiu foi feroz. Eu não conseguia discernir se eram a favor ou contra Belikon libertar Fisher do juramento que o impedia de falar disso havia tanto tempo. Era tudo só barulho. Belikon pareceu se deleitar com a reação.

— Maravilha. Maravilha. Os feéricos de Gillethrye falaram. — Ele se virou para Fisher. Fechando as mãos nos ombros dele, o rei o sacudiu com força. — Eu o liberto de seu juramento a nós, Kingfisher, Ruína de Gillethrye. Agora, prossiga. Conte aos seus amigos *tudo* sobre o acordo que você fez conosco tantos anos atrás.

41

GILLETHRYE

Fisher limpou o sangue da boca, ficando de pé com dificuldade. Parecia que o esforço lhe custava o resto de sua energia, mas, aos poucos, ele conseguiu. Meu coração quase se estilhaçou quando veio cambaleando na nossa direção e percebi a verdadeira extensão de seus ferimentos.

Você mal consegue andar.

Tinha tanta dor nos olhos dele. E não era causada pelas lacerações que atravessavam seu corpo. Era por causa deste lugar.

Vou ficar bem, Osha. Na minha cabeça, a voz dele era um sussurro.

Lorreth estendeu a mão para Fisher, para ajudá-lo a ficar de pé, mas Harron rosnou e o empurrou para trás.

— O que fizeram com você? — quis saber o guerreiro.

Fisher sorriu, com os dentes manchados de sangue.

— Acredito que você tenha chamado de... vingança? Certo, Harron?

— É menos do que você merece pelo que fez comigo — cuspiu o guarda. — Eu mesmo teria te matado se...

— Cala a boca, humano — explodiu Belikon. — Kingfisher tem uma história para contar. Conta para eles como você achou que conseguiria *me* enganar, Cão.

Cansado, Fisher enfim falou:

— A horda tinha se reunido nos portões de Gillethrye. Dezenas de milhares de vampiros. Nossos exércitos no sul tinham sido atraídos para uma batalha com uma força bem menor, mas era só distração. Descobrimos tarde demais que a maior parte dos devoradores de Malcolm tinha marchado para Gillethrye. Eu não consegui atravessar guerreiros suficientes pelo meu portal de sombras, então trouxe Ren e alguns dos outros lobos para tentar salvar o máximo que conseguíssemos.

— A *arrogância* — sibilou Belikon. — Sete guerreiros contra vinte mil. Ele realmente pensou que conseguiria segurá-los!

Fisher continuou, ignorando o rei.

— Não chegamos aqui a tempo. A horda já estava dentro da cidade. Todos os feéricos estavam nas ruas, comemorando o Festival da Primeira Canção, o que só facilitou o trabalho das hordas. Elas varreram a cidade como gafanhotos, alimentando-se de tudo o que encontravam, drenando as vítimas, ou as levando a uma morte agonizante.

Lorreth abaixou a cabeça, assentindo como se soubesse de tudo isso e recontar machucasse sua alma. Mas seus olhos se levantaram de repente quando Fisher falou:

— Deixei Ren e os outros, e fui encontrar Malcolm. Tinha decidido que ia tentar matá-lo sozinho. Mas não foi Malcolm que encontrei. Pelo menos, não a princípio. Foi o desgraçado que assassinou minha mãe.

Belikon passou a língua pelos dentes.

— Você acha que consegue me envergonhar contando meus pecados? Pense bem. A vaca da sua mãe era para ser o maior oráculo de nosso tempo, mas foi inútil. — Ele gargalhou. — Eu admito. Assim que ela terminou de empurrar a pentelha que eu a forcei a ter, cortei a garganta daquela puta. Estava de saco cheio das malditas mentiras dela.

— Ela nunca mentiu para você — disse Fisher, sem emoção. — Mesmo que a vida dela dependesse disso, ela só teria sido capaz de te falar a verdade.

Belikon ignorou as palavras de Fisher.

— Anda logo com isso. Conta sobre o acordo que fizemos.

— Malcolm chegou à frente de seu exército, e foi aí que fiquei sabendo que ele e Belikon não eram adversários coisa nenhuma. Eram aliados e trabalhavam juntos desde antes da maldição de sangue. Só fiquei sabendo hoje que Madra também estava mancomunada com eles. Eu quis fazer uma barganha em nome dos poucos cidadãos de Gillethrye que ainda estavam vivos, e Belikon propôs um acordo. Encontrou uma moeda. Uma moeda usada apenas em Gillethrye. Da menor quantia que os feéricos tinham aqui. Disse que, se a moeda batesse no chão com o lado da folha para cima, Malcolm dispensaria sua horda e sairia da cidade sem machucar mais um ser vivo. Mas, se a moeda batesse no chão com o lado do peixe para cima, ele tomaria a cidade para si e a destruiria, e eu teria que deixar todos os que ainda estavam vivos para morrerem e o encontrar no campo de batalha em outro momento.

— Você está pulando as melhores partes — interrompeu Belikon. — Ele também não tinha permissão de tocar na moeda nem de influenciar o jeito como ia cair. Enquanto o sorteio estivesse acontecendo, ele não podia machucar nem meu irmão, nem eu. Nem sequer um fio de cabelo de nossas lindas cabecinhas. E, até o resultado da moeda ter sido definido, ele não tinha permissão de falar do acordo nem do fato de que Malcolm e eu éramos irmãos. E ele concordou. Estava tão desesperado para salvar um punhado de plebeus que fez o juramento de sangue comigo.

Malcolm gritou do palanque:

— Prestem atenção agora! Esta é minha parte favorita!

Belikon pausou diante de Fisher. Estava parado com o bulbo do nariz a poucos centímetros da bochecha dele, querendo intimidá-lo, pensei, mas Fisher olhava direto para mim. Ele nem reconheceu a presença daquele merda maligno.

— Eu joguei a moeda... — disse ele.

— E *eu* peguei! — Malcolm segurou o copo no ar, brindando a si mesmo.

— *A moeda nunca bateu no chão* — sussurrei.

— A moeda nunca bateu no chão! — escarneceu Belikon.

Uma tristeza sem fim piscou nos lindos olhos de Fisher. O mercúrio estava fino como renda, trançado por toda a íris direita, completamente imóvel.

— Os filhos de Malcolm se banquetearam, não foi, Cão? — provocou Belikon, chegando o rosto mais perto do de Fisher, de modo que sua testa batesse na lateral do crânio do outro.

Ainda assim, ele não reagiu. Seu controle era impressionante. Meus olhos ficaram borrados de lágrimas não derramadas enquanto eu me concentrava nas asas que se estendiam por debaixo da placa de prata em seu pescoço.

— Então, eu incendiei a cidade — continuou Fisher. Ele não dourou a pílula. Não enfeitou a história. — Fiz uma barricada e prendi os cidadãos dentro. A horda de Malcolm tinha mordido ou matado todo mundo. Estavam transicionando diante dos nossos olhos. Gillethrye era lar de quase duzentos mil feéricos maiores e feéricos menores. Se tivessem permissão de entrar para a horda de Malcolm, teriam engolido o reino inteiro. Então, dei a ordem. Fiz o que tinha que ser feito.

— Uma jogada sacana pra cacete — disse Malcolm, fazendo um biquinho coquete.

Ele tinha descido do palanque e estava no processo de ajudar Madra a descer pelos degraus de pedra. Os pelos finos dos meus braços se eriçaram quando vi os dois se aproximando.

— Eu amo manipular as regras a meu favor. Por outro lado, não curto tanto quando são manipuladas contra mim. Então, decidi atormentar um pouco mais o coitadinho do Kingfisher. Tenho que admitir, foi um pouco cruel, mas...

— Você sempre teve uma afinidade e tanto por transformar crueldade numa forma de arte, irmão — disse Madra, afetada. Ela soltou a mão de Malcolm e lentamente fez um círculo em torno de Kingfisher, com os olhos acesos de intriga. — Ele é *insuportavelmente* bonito, não é? Consigo entender por que você quis ficar com ele como animalzinho de estimação. Mal posso esperar para saber o que aconteceu depois.

— Bom, eu criei o labirinto mais diabolicamente letal que consegui conjurar com a mente, querida irmã — contou Malcolm, como se devesse ser óbvio. — Escondi a moeda de Belikon no centro e aí criei este coliseu ao redor e enchi as arquibancadas com os corpos em combustão perpétua de todas as criaturas que o coitadinho do nosso coração de manteiga aí queria salvar. Para acabar com o sofrimento delas, ele só precisava achar a moeda e fazê-la cair no chão. Obviamente, seria tarde demais para salvar os feéricos da morte, mas pelo menos acabaria com o sofrimento deles. E *aí* — completou, com um floreio dramático — ele estaria livre para se vingar me chamando para o campo de batalha.

Madra passou os dedos pelo maxilar de Fisher, molhando o lábio inferior.

— Não *toca* nele, caralho! — Me debati, tentando me desvencilhar dos guardas, mas eles me seguraram com ainda mais força.

A rainha deu um sorriso irônico, chegando ainda mais perto de Fisher, de modo que seus mamilos eriçados, que apareciam pelo tecido quase transparente de seu vestido, roçaram o braço dele enquanto ela o contornava.

Fisher soltou um rosnado grave e ameaçador. Encarou a rainha de Zilvaren com olhos cheios de ódio.

— Sai de perto de mim, senão você não vai gostar do que vai acontecer.

— Ah, até parece. — Madra fez um gesto de mão que dispensava a ameaça dele. — Odeio ter que te dizer isso, mas eu posso fazer o que quiser com você. Malcolm sempre me deixou brincar com os brinquedos dele.

— Eu brinco de volta — cuspiu Fisher. — Pode não ser hoje, mas, ah, eu vou atrás de *você*, Madra. Tenha medo das sombras, vadia. Eu sou feito delas. Uma noite, em breve, vou sair de uma e cortar a porra da sua garganta.

— Que sorte a minha. — Madra fingiu indiferença, mas eu via, até daqui, com muita clareza, que o veneno de Fisher a abalara um pouco. — E o que, por obséquio, *eu* fiz para merecer uma atenção tão especial de um tipinho como você?

— Você esterilizou meu par verdadeiro quando ela era só uma *criança* — disse ele, irado. — Só por isso, vou tornar sua existência imortal uma agonia infinita. Uma eternidade de sofrimento do tipo que nem sua mente maléfica consegue compreender. Você não vai ter paz nas minhas mãos. Vou destruir seu império e apagar seu nome dos anais do tempo. Quando terminar com seu legado, Madra, a Imortal, nunca terá existido. E você vai viver à minha mercê, sofrendo por toda a eternidade. E ninguém vai saber. Ninguém vai ligar.

As palavras dele me abalaram. O ódio puro, inalterado nelas. Eu não fazia ideia do quanto isso o tinha afetado. Quando contei a ele o que havia sido feito comigo, ele reagira de um jeito estranho, sim, mas... provocar uma reação *dessas*?

Kingfisher do Portão de Ajun estava de joelhos na terra. Estava quebrado e sangrando, mas sua promessa de vingança ainda era aterrorizante a ponto de fazer uma rainha tremer. Madra cambaleou para trás, com o sorriso sumindo do rosto.

— Entendo o que você diz, irmão — falou ela, abalada, olhando para Belikon. — Ele tem um temperamento terrível, não tem?

— Dá licença? Você está acabando com minha história — bufou Malcolm.

Madra tentou se recompor, mas não conseguia olhar direito para Fisher.

— Tem razão, querido. Peço desculpas. E o que nosso herói rebelde fez, então?

— Ele entrou no meu labirinto e nos entreteve por muito tempo. — Malcolm deu um tapinha nas costas de Fisher. — Eu enviava alguns dos meus outros amigos para brincar com ele de vez em quando. De tempos em tempos, eu mesmo o visitava. Sempre tínhamos conversas *maravilhosas*. E aí, um dia, ele chegou ao centro do labirinto. Tenho que dizer, fiquei chocado. Achei que levaria bem mais tempo. Quanto foi, Fisher? Cem anos?

— Cento e dois.

Os olhos dele estavam de volta em mim, completamente fixados, como se eu fosse uma âncora numa tempestade, a única coisa capaz de aterrá-lo.

— Tem razão. Cento e dois. Depois de chegar ao centro, ele passou os oito anos seguintes tentando achar a moeda, não foi, meu amor?

Pela primeira vez desde que os três regentes tinham começado a provocá-lo, Fisher se encolheu.

Eu também.

Meu amor. De tudo que Malcolm podia tê-lo chamado...

Fisher...

Ele balançou minimamente a cabeça. *Não. Não entregue nada a eles. Só vai piorar tudo.*

Malcolm deu uma risadinha.

— Aí, um dia, Taladaius estava dando uma olhada no nosso Kingfisher e disse que o chão tremeu tão violentamente que a pedra rachou sob os pés dele e um buraco apareceu. E vejam só: um segredo.

— Deixe-me adivinhar — disse Madra. — Tinha um lago de mercúrio bem embaixo do seu adorável labirinto. E ele tinha sido acordado.

— Exatamente! Muito astuta.

Belikon estreitou para mim seus olhos remelentos e acusadores.

— As mesmíssimas vibrações abalaram o meu palácio.

Malcolm fez um muxoxo.

— Que caos. Nosso Kingfisher deu uma olhada no lago de mercúrio e Taladaius falou que ele mergulhou no buraco e saiu nadando sem nem pensar. Desapareceu e não voltou mais. Fiquei surpreso, Fisher. Eu te dei a oportunidade de ir embora do meu labirinto tantas vezes, mas você nunca aceitou. E aí, do nada, simplesmente saiu sem avisar? Com todas aquelas pobres criaturas esperando por você para acabar com o sofrimento delas? Não era *nem um pouco* sua cara. Me conte — disse Malcolm, girando na ponta dos pés. — Andei morrendo de curiosidade. Depois de cento e dez anos naquele labirinto, o que te fez finalmente ir embora?

— Você o entediou até ele não aguentar mais — provocou Carrion.

Até então, ele tinha segurado a língua, mas era um milagre ter durado tanto. Carrion não era de deixar passar a oportunidade de ofender alguém, independentemente do quanto a situação fosse calamitosa. Malcolm marchou à frente e fechou a mão no pescoço dele. O rei vampiro mostrou as presas ao se inclinar para perto.

— Não gosto de você, humano. Algo em você tem um cheiro... *estranho.*

— Deve ser aquele musgo... bizarro... que aquelas elfas de água esfregaram... no meu corpo todo... — falou Carrion, com dificuldade. — Tinha um fedor... bem... esquisito.

Deuses do céu, ele não sabia quando parar.

— Espertinho — desdenhou Malcolm. — Vou gostar de drenar você quando tudo isso acabar.

— Você quer saber por que eu entrei naquele mercúrio? — perguntou Fisher.

Era uma distração. Algo para desviar a atenção de Carrion. Se um dia saíssemos vivos disto, eu ia torcer o pescoço do contrabandista por essa idiotice, e imaginei que Fisher talvez fizesse isso também. A trama funcionou. Malcolm soltou Carrion, cheio de nojo no rosto ao se virar de volta para Fisher.

— Ele foi embora porque a loucura nas veias dele finalmente o quebrou — chutou Belikon. — Todos sabíamos que ia acabar acontecendo. Ele passou muito tempo afligido por isso antes de aparecer nos portões de Gillethrye.

— É verdade, meu amor? — perguntou Malcolm. — Aquele mercúrio na sua cabeça finalmente empurrou você para além dos limites da sanidade?

Fisher esfregou a testa.

— Já me senti melhor. Mas não. Não foi esse o motivo de eu ter ido embora.

Ele angulou um pouco os ombros, colocando o peso na ponta dos pés. Eu o observava com tanta atenção que vi acontecer. Já o vira lutar vezes suficientes para saber que Fisher não mudava o peso do corpo a troco de nada.

Fiquei tensa e arregalei os olhos. *O que você está fazendo, Fisher?*

As sobrancelhas dele estremeceram. Mal dava para notar. *Só não se mexa.* Para Malcolm, ele disse:

— Entrei naquele mercúrio porque senti a espada do meu pai me chamando. E sabia que ia precisar dela para isto.

Ele virou fumaça. Estava machucado e cansado, mas eu nunca o vira se movendo tão rápido. Ele veio até *mim*. Uma das mãos se fechou em meu quadril. A segunda tateou o outro lado — a espada ali, encerrada em sua bainha. Ele desembainhou Solaz, a lâmina virou um clarão de luz no ar sufocado de cinzas, e aí Fisher girou. Ele se movia como líquido. Como raio. Como *vingança*.

Abaixando-se bastante, ele girou, revertendo a arma de modo que a ponta da lâmina ficasse para baixo. Apoiou-se num joelho, agarrou o cabo com as duas mãos e fez um arco com a espada, para trás e para cima...

... na barriga de Belikon.

Aconteceu rápido. Muito rápido. Eu mal consegui rastrear o movimento.

Com certeza Belikon não estava esperando isso. Um gorgolejo úmido deixou a boca do rei yveliano quando Fisher puxou a espada do pai, girou de novo e enfiou a ponta bem na garganta de Belikon. Ele cerrou os dentes ao apoiar todo o seu peso na arma, e a lâmina reluzente saiu na nuca do rei.

— Eu não preciso de magia para acabar com você, seu *desgraçado* — rosnou ele. — Isto é por mim. Mas é, principalmente, pelos meus pais.

Madra, a Rainha Imortal da brilhante Cidade de Prata, o Estandarte do Norte, soltou um grito horripilante. E, aí, foi um pandemônio.

42

VAI TE CUSTAR CARO

Um rio de sangue jorrou pelo queixo de Belikon. Fluía do buraco enorme em sua barriga também, grosso e fervendo no ar frio da noite. Malcolm estreitou os olhos até virarem fendas verticais, veias pretas descendo pelas bochechas.

— Isso não foi inteligente.

O vampiro atacou, voando em cima de Fisher, mas a prata afiada cortou o ar e o interrompeu. Avisiéth arranhou seu pescoço; a pontinha da espada de Lorreth mal beijou a pele do vampiro, mas foi suficiente para fazer o desgraçado soltar um guincho. Da minúscula ferida, saiu uma fumaça preta.

— CORRAM! — berrou Fisher.

O caos explodiu no chão do anfiteatro.

Harron correu na minha direção. Os guardas que me seguravam, idiotas que eram, me soltaram bem quando o monstro de olhos prateados voava até nós. Com as mãos livres, agarrei as adagas presas nas minhas coxas e *me movi*.

O encontro de Harron com o mercúrio definitivamente o tinha afetado. O capitão ainda se mexia com determinação letal, mas não era nem de longe tão rápido quanto antes. E minhas mãos desta vez não estavam amarradas atrás das costas. Adotando uma postura ofensiva, abri a guarda dele, surpreendendo-o. Ele deve ter achado que eu não faria nada exceto me defender, mas a adaga que enfiei de forma nada educada em sua barriga o informou que eu faria, sim.

— Vadia! — rugiu ele.

Recuando, baixou os olhos para a adaga que saía de seu corpo, e a arrancou. O metal caiu com estrondo no chão.

A um metro e meio, Carrion manejava Simon como se estivesse treinando há anos com a espada. Cortou três devoradores, arrancando rapidamente a cabeça deles.

— ANDEM! — estrondou Fisher. — *PARA O LABIRINTO!*

— Tão ansioso para voltar para a sua gaiola, bichinho? — Malcolm gritou atrás dele.

De cabeça baixa e com os ombros tensionados perto das orelhas, ele parecia uma víbora das dunas, enrolando-se, preparando para atacar. Derrubou os guardas de Madra com suas armaduras douradas reluzentes ao perseguir não Fisher, mas Lorreth.

O guerreiro se abaixou, com Avisiéth levantada outra vez, pronto para enfrentar o vampiro, mas a voz de Fisher cortou a confusão:

— Lorreth, não! Não se envolva! É sério! Entre no labirinto!

— Vai te custar caro — disse Harron.

Então, ele bateu com o cabo da adaga em meu nariz. Eu tinha me permitido perder o foco, e *tinha* me custado caro. O sangue explodiu, respingando no rosto emaciado de Harron, mas... a dor para a qual me preparei não veio.

A Cruz de Viúva. Puta que pariu, graças aos céus pela Cruz de Viúva.

Belikon estava de joelhos, vacilando como se fosse cair de cara, mas não tinha morrido. Ouvi o barulho de raspagem que Solaz fez quando Fisher a arrancou — metal em osso —, mas não cometi o mesmo erro duas vezes. Arranquei o olhar de Fisher e dediquei toda a minha atenção a Harron.

— Você está em apuros, rata — sibilou o capitão. — As peças deste jogo estão posicionadas há milênios. Você não consegue nem começar a compreender...

Avancei, com a adaga que me sobrava relaxada na mão. De novo dentro da guarda de Harron, cortei o ombro dele, fazendo-o sangrar. Ele estava errado. Sim, os jogadores faziam suas jogadas havia séculos. Mas isso não mudava a natureza do jogo. Era matar ou morrer, e eu sabia o que tinha que fazer para ganhar.

— Pelo amor dos deuses, *acabe com ela*! — ordenou Madra.

A rainha não tinha entrado na luta. Ela observava das laterais, furiosa, com a frente de seu lindo vestido cheia de icor.

— Há quantos séculos ela está te usando para fazer o trabalho sujo, Harron? — perguntei, ofegante. Lançando-me para trás, longe da adaga dele, saí de seu alcance. — Você não devia estar enterrado há muito tempo?

— Madra me concedeu eternidade e...

— Para você poder servi-la! Para você poder ser escravizado por ela. A sentença da maioria dos prisioneiros acaba. Eles são soltos ou... — Desviei de um golpe de baixo para cima de sua adaga. — ... passam por aquela porta escura de que você falou. Mas você só continua sofrendo, né?

— A morte me esqueceu, vadia. Meu nome não está na lista.

Senti o sorriso frio se abrindo em meu rosto. Eu tinha sido assombrada pela ideia deste momento. Da outra vez que nos enfrentamos, Harron havia me dominado. Eu devia ter morrido nas mãos dele, e saber disso me fizera temer enfrentá-lo de novo. Mas o momento tinha chegado... e eu percebia que era melhor do que ele.

Pausei, fazendo meu atraso parecer hesitação, e o capitão caiu na minha. Ele atacou, girando a adaga bem na direção do meu pescoço, mas me abaixei até o chão e dei uma rasteira nele. A partir dali, foi fácil. Girei e caí em cima dele. Prendi as pernas em seu pescoço e apertei.

— *Levante! Pare de brincar com ela!*

O grito pretensioso de Madra soava distante. Meus ouvidos estavam cheios do chiado ofegante de Harron. Ele tentou me esfaquear por trás e enfiar a adaga na minha coxa, mas dei um tapa no braço dele e torci seu pulso em um ângulo nada natural. Harron soltou a adaga.

Fingindo choque, falei:

— Espera aí. Acho que a morte acabou de lembrar seu nome.

E, então, quebrei o pescoço dele.

— *SAERIS! AGORA!* — O grito veio de Lorreth.

Malcolm estava caído de costas no topo da escada que descia para o labirinto. Eu não tinha visto como ele chegara ali, mas parecia estar se animando e a segundos de levantar.

À minha esquerda, Fisher empurrava Carrion com uma das mãos e segurava seis devoradores com a outra. Carrion cambaleou e caiu da escada. Fisher enfiou uma lança na barriga de um dos devoradores, aí conseguiu dar um golpe tão poderoso no pescoço dele com a parte plana de Solaz que isso fez a cabeça do monstro cair, em vez de cortá-la. Com os olhos insanos, ele girou o olhar pela plataforma até me encontrar.

Vá! Agora!, ordenou. *Estou bem atrás de você.*

— Harron! — Madra tremia, sofrendo.

Ela começou a correr bem na minha direção. Não esperei para descobrir o que faria ao me alcançar. Agarrei a adaga que Harron tinha puxado de sua barriga e voei até as escadas. Meus pés mal tocavam o chão enquanto eu descia correndo e chegava até Lorreth e Carrion. Ambos estavam de espada na mão, prontos.

O alívio bateu em meu peito quando senti a mão de Fisher em minhas costas. Ele não havia perdido tempo em me alcançar.

— Anda, anda, anda! — gritou.

Juntos, nós quatro corremos.

A abertura do labirinto assomava à frente, agourenta e escura. Quando entrei correndo em sua bocarra aberta, percebi que suas paredes posteriores lisas eram feitas de obsidiana. E eram afiadas como navalhas.

— Podem correr o quanto quiserem! — gritou Malcolm atrás de nós. — O labirinto é meu domínio. E ele vai devorar vocês!

Fisher agarrou minha mão enquanto corríamos. Ele não soltou.

— Aonde diabos estamos indo? — questionou Lorreth, arfando.

Fisher me puxou para a esquerda, por um corredor de obsidiana que parecia um beco sem saída. Mas não era. Uma abertura estreita, larga o suficiente para acomodar apenas um corpo, abriu-se à direita, e ele deu espaço para passarmos.

— Os primeiros dez movimentos no labirinto são sempre os mesmos. É aí que vem o primeiro obstáculo. Depois, a rota até o centro muda.

— Como assim, a rota muda? — questionou Carrion.

— A porra da rota muda. As paredes se movem. Vai!

Carrion ficou pálido, mas correu. Eu não estava tão preocupada com a parte das paredes se movendo. Estava mais preocupada com a palavra "obstáculo". E o fato de que Fisher tinha ficado preso aqui por mais de cem anos. Mas, se não achasse que era nossa opção mais segura, ele não teria nos mandado entrar aqui.

Ele nos guiou de novo para a direita. Lorreth deslizou ao passar por um canto e escorregar. Bateu na parede à frente, mas conseguiu se levantar e continuou a correr. Que ótimo. Não eram só as paredes que eram de obsidiana lisa; o chão também era.

— Esquerda! Virem à esquerda! — gritou Fisher.

Me diz que você tem um plano. Quando se estava correndo para salvar sua vida, era bem mais fácil falar na mente de alguém.

Fisher respondeu: *Sim, tenho.*

Que ótimo. Qual é?

Ele nem hesitou. *Você.*

Como assim, "eu"? Ele estava brincando. E, nesse caso, seu senso de humor era quase tão ruim quanto o de Carrion.

Num minuto, disse ele.

Eu estava prestes a dizer "não, agora", mas aí emergimos numa abertura, e meu estômago despencou. Lá, no centro dela, estava o tipo de monstro que eu achava que só existia em pesadelos. Zilvaren tinha bastante aranha. Armadilheiras-do-deserto do tamanho de pratos, cuja saliva deixava sua pele dormente enquanto você estava dormindo e aí comiam seus dedos. Mas isto... isto era...

— Puta merda!

Carrion escorregou e deslizou de bunda, quase colidindo com a criatura. Ela tinha o triplo da altura de um homem adulto, com mais patas do que eu conseguia contar. O abdome posterior era um bulbo carnoso, sarapintado de vermelho e preto, coberto com pelos compridos e grossos. Mas aí... minhas entranhas se contorceram quando vi o resto. A frente era parte feérica. Um torso masculino com um estômago inchado e distendido. Braços magros, emaciados. Fios de cabelo preto oleoso presos à cabeça careca. Não tinha orelhas. Nem olhos ou nariz. Seu rosto não mostrava nada exceto uma enorme boca circular, com fileiras e fileiras concêntricas de dentes irregulares.

Ela soltou um lamento agudo, girando a cabeça na direção de Carrion, e Fisher cuspiu um palavrão.

— Não se mexa, Swift.

— De que diabos você está falando?! — gritou Carrion de volta. — É óbvio que eu vou me mexer.

— Fique parado na porra do lugar — rosnou Fisher. — Ele não consegue te ver nem ouvir. Ele rastreia movimentos.

— Mas...

— Se você se mexer, morre — latiu Fisher.

— Tá bom então.

Lorreth pressionou as costas na parede, agarrando Avisiéth junto ao peito.

— Eu odeio aranhas, caralho — disse.

— Isso não é uma aranha. É Morthil. Um demônio. E vai te picar com o ferrão dele e te comer vivo se te pegar. Devagar. Durante vários dias...

— Por favor, parem de conversar e me digam como eu faço para *não* ser comido — choramingou Carrion.

Fisher prendeu o dedo mindinho no meu e soltou uma expiração trêmula.

— Temos uma chance aqui — disse. — Tem três saídas deste cerco. Duas delas levam a outros cercos, e *não* queremos essas. Acreditem em mim.

Lorreth não tinha piscado desde que pusera os olhos no demônio.

— Mas você disse que as paredes se movem. Como diabos vamos escolher a certa?

Fisher mexeu a cabeça uma fração de centímetro, muito lentamente, e me olhou de canto de olho.

— Tem um lago de mercúrio no centro do labirinto, Saeris. Você precisa encontrar.

— *Quê?*

O demônio-aranha girou a cabeça na minha direção e se inclinou à frente. Deu um passo, com as patas compridas e esguias trabalhando ao mesmo tempo, e Carrion gemeu. A pata da frente estava levantada, pairando no ar, bem acima dele. Se abaixasse, cairia bem sobre a sua cabeça.

— Sem pressa nem nada, Fane, mas, se der para farejar esse mercúrio rapidinho, eu com certeza agradeceria — disse ele, com a voz três oitavas mais aguda que o normal.

Minha surpresa inicial com o que Fisher queria que eu fizesse se dissipou. Eu tinha um trabalho. Um trabalho no qual estava confiante o bastante de ser capaz de fazer.

— Um lago inteiro? — perguntei.

Fisher apertou minha mão.

— Bem grande.

Fechei os olhos e me concentrei.

Não demorou muito para eu sentir o mercúrio. Estava lá, entoando junto com as almas torturadas de Gillethrye.

Annorath mor!

Annorath mor!

Abri os olhos na direção de aonde tínhamos que ir.

— Lá — falei. — Por ali.

— Por *onde?* — perguntou Carrion, nervoso.

— Pelo caminho mais à esquerda — respondeu Fisher.

— *O que fica bem atrás do maldito demônio?*

— Só fica parado e espera até eu te mandar se mexer — disse Fisher.

Lorreth ajustou a forma como estava segurando Avisiéth, passando os olhos pelos quatro cantos do cerco.

— Como vamos fazer isso?

— *Comer. Eu come.*

O demônio não moveu a boca eriçada. As palavras roucas vieram, de algum jeito, da garganta. Ele estendeu as patas da frente, cutucando o ar, procurando sua presa.

Lorreth fez uma cara de horror.

— Argh! A gente você não come, não!

Se saíssemos desta, eu ia passar o resto da vida traumatizada. Fisher tinha encontrado esta coisa mais de uma vez. Tinha enfrentado sem saber qual caminho tomar. Será que o demônio o pegara? Será que ele...

Não. Não pense nisso. Não agora.

Expirei, me recompondo.

— Joga uma pedra para distrair ele ou algo assim — sugeriu Carrion.

— Não vai funcionar. Ele é mais esperto do que parece. Consegue avaliar o tamanho dos objetos em movimento. Mas não consegue diferenciar entre objetos grandes que estão próximos uns dos outros. Se nos pressionarmos contra a parede e nos movermos devagar, podemos contornar o perímetro do cerco e aí correr.

— E onde eu fico? — perguntou Carrion.

— Você fica deslizando bem devagar pelo chão — disse Fisher. — Tenta não levantar demais os braços nem as pernas. Vai.

Lorreth foi primeiro, encostado pela parede, com o pomo de adão subindo e descendo a cada dois segundos. O demônio mexeu a cabeça com movimentos espasmódicos, buscando aqui e ali, tentando nos detectar, mas Fisher tinha razão: não parecia conseguir diferenciar entre nós e as paredes do labirinto. Carrion abriu os braços para longe do corpo, pressionando as palmas das mãos no chão, e conseguiu se manobrar para a frente. Não fazia muito progresso a cada empurrão, mas era melhor do que nada.

Lorreth chegou primeiro à saída atrás do demônio. Da minha posição, colada à parede, eu o vi se encurvar atrás da parede, relaxando os ombros de alívio.

— Vem. — Ele fez um gesto com as mãos. — Vamos dar o fora daqui.

Eu fui a próxima a chegar.

Fisher estava apenas a sessenta centímetros de nós quando a parede em que Lorreth e eu estávamos apoiados rangeu, estremeceu e começou a se mover.

— *Merda.*

Fisher fez contato visual comigo e aí girou para olhar Morthil. O demônio-aranha virou lentamente a cabeça para nós, e um som lúgubre de clique saiu de sua boca horrenda. Fisher sussurrou:

— *Andem!*

O demônio explodiu em ação. Suas patas se abriram, deslizando na obsidiana enquanto atacava pelo cerco. Fisher pulou em cima de Carrion, agarrou-o pelo punho e o arrastou na direção da saída. Lorreth estava lá num instante. Fechou a mão na blusa de Carrion e o puxou para que ficasse de pé. Mas Morthil já estava em cima de nós.

Fisher inclinou Solaz e investiu contra uma das patas do demônio. A lâmina cortou sem resistência e a pata voou pelos ares. Morthil gritou — dor e fúria se mesclando num berro de estourar os tímpanos.

Carrion ergueu Simon e a estocou à frente, furando a barriga inchada do monstro, o que só o enfureceu mais. O demônio recuou e escalou a parede ao nosso lado, atacando freneticamente com seu ferrão curvado, buscando carne. Em vez disso, encontrou obsidiana polida. O ferrão batia com força na parede, abrindo sulcos gigantes na pedra.

— Vão! — gritou Fisher. — *Vão!*

Corremos.

Nós quatro conseguimos sair do cerco, mas Morthil nos seguiu, escalando as paredes, escorregando atrás de nós até nos alcançar.

— Não era para ele sair do cerco! — berrou Fisher.

O demônio escalou, usando as duas paredes de cada lado de nós, e saltou à frente de modo que seu corpo ficou bem acima da gente.

— EU COME! — rugiu ele.

Seu abdome se flexionou e impulsionou pelo caminho entre as paredes, e seu ferrão mergulhou na abertura. Reagi por instinto, primeiro me lançando de ré contra a parede e então girando a adaga e a enfiando no abdome do demônio. Eu estava mirando o ferrão, mas o golpe que consegui dar foi decente. Fisher aproveitou o uivo de choque do demônio e cortou mais uma de suas patas.

Perdendo a tração na parede direita, Morthil caiu de costas na passagem estreita e bateu no chão com um baque, quase esmagando Lorreth. O guerreiro pulou para trás, levantou Avisiéth e enfiou a espada na boca grotesca do monstro. Ele rosnou, apoiando todo o peso no cabo da arma, e a ponta da lâmina saiu pela parte de trás do crânio do demônio.

— Isso! — gritou Carrion. — Ele morreu?

— Temporariamente. Mas logo vai ressuscitar. Vai voltar menor, mas muito mais rápido — explicou Fisher.

— Então vamos nos mandar daqui antes que isso aconteça.

A mão de Fisher na minha era reconfortante, mas ele já não estava liderando. Eu estava. Sentia o mercúrio se aproximando conforme corríamos, mas tínhamos um problema.

— Por que estamos parando? — guinchou Carrion.

— As paredes se mexem continuamente — falei entre os dentes. — O que significa que o caminho não para de mudar. Preciso garantir que a gente esteja indo na direção certa, mas se *você* quiser ir na frente, fica à vontade.

O ladrão levantou as mãos.

— Tem razão. Desculpa. É que estou meio à flor da pele. Não estou no meu melhor momento.

Eu o bloqueei mentalmente, tentando tomar a decisão. Era uma escolha simples: esquerda, direita ou em frente. As passagens pareciam se estender infinitamente, e meus nervos me dominaram.

O que acontece se nos depararmos com um desses outros cercos?, perguntei em particular a Fisher.

Coisas muito ruins, respondeu ele. *Mas não pense demais, Saeris. Você consegue. Só se concentra em levar a gente para o centro do labirinto. Se encontrarmos qualquer outro problema no caminho, vamos resolver.*

"Coisas muito ruins" não era o que eu queria ouvir, mas respirei fundo e fui adiante.

— É por aqui.

Viramos à direita. Quatro segundos depois, as paredes começaram a se mover com a obsidiana raspando ao bloquear a passagem à nossa frente.

— Merda.

Virei à esquerda, seguindo a atração no fundo do meu estômago, e, assim que tínhamos feito isso, as paredes mudaram outra vez, só que mais rápido, deslizando pelo caminho à nossa frente como uma porta sendo fechada.

— Ele nunca fez isso antes — disse Fisher. — Malcolm está tentando bloquear nosso avanço, o que significa que estamos no caminho certo. Continue, Saeris.

E, conforme ganhávamos velocidade, as paredes também. Elas começaram a bater à nossa frente, barrando nosso avanço, mas era como se houvesse um fio me conectando ao mercúrio, me puxando para ele, e, toda vez que o fio era cortado, um novo se formava, me mostrando um caminho diferente. Meu coração era um martelo batendo em minhas costelas. Ele parou de bater quando Fisher me agarrou pelo colarinho da camisa, me puxando para trás bem a tempo de evitar que eu fosse esmagada por uma enorme laje de obsidiana, mas não havia tempo de parar e deixar a adrenalina diminuir.

— Estamos chegando perto — falou Fisher, engolindo uma respiração. — Eu sei por causa das arquibancadas... desmoronadas ali. — Ele apontou para as paredes do anfiteatro, ainda visíveis acima das paredes do labirinto. O lugar para o qual ele apontou uma das seções das arquibancadas, de fato, havia colapsado. — Não é muito mais... longe.

O mercúrio também estava mais alto na minha cabeça. Toda vez que nos jogávamos por um canto e corríamos para o outro, eu sentia o fio que me conectava a ele se fortalecendo. Não demoraria muito. Só mais algumas viradas.

— Esquerda! Não, *direita*!

Nós quatro avançamos com mais rapidez. O mercúrio já não estava mais entoando com a multidão. Estava sussurrando, interessado:

Ela vem. Ela vem. Por aqui, Alquimista. Vem achar a gente.

— Direita!

Obsidiana preta reluzente bloqueou nosso caminho.

— Direita de novo!

Viramos outra esquina, meus pés deslizaram no chão escorregadio e aí...

— *Uuuf!*

Bati com força no chão. Chão que não era mais vidro preto, mas algo frio e prateado. Gritei uma segunda vez quando algo pesado caiu em cima de mim, e aí Carrion tombou ao meu lado.

— Desculpa — resmungou ele.

Minhas costelas já estavam quebradas, disso eu tinha certeza. Eu tinha batido com tanta força naquela água que era um milagre o impacto não ter liquefeito minhas entranhas. Eu devia estar gritando de agonia, mas a Cruz de Viúva ainda fazia efeito e circulava em meu organismo, graças aos deuses.

A runa da justiça de Fisher preencheu minha visão. Segurei a mão que ele ofereceu e deixei que me ajudasse a ficar de pé. Não notei na hora a expressão sombria dele. Estava chocada demais pela montanha de moedas que assomava à nossa frente. Porque era nisso que tínhamos caído. *Moedas.*

Eram minúsculas, do tamanho da minha unha do polegar. De prata brilhante, elas reluziam como escamas de peixe. Em morros íngremes que pareciam dunas, enchiam o centro do labirinto. Devia ter milhões delas.

Este era o inferno que Fisher havia enfrentado ao finalmente chegar ao centro do labirinto. Por oito anos, ele existira aqui, tentando achar a moeda específica que Belikon jogara na aposta deles. Não era surpresa não ter conseguido. Seu cabelo escuro voava com um vento frio enquanto analisava o lugar com uma expressão complicada.

— Tantos anos preso aqui, Irmão. Onde você dormia? — sussurrou Lorreth. — O que você comia? Como você *sobreviveu*?

Fisher abaixou a cabeça. Apesar de poder falar deste lugar e de tudo o que acontecera aqui, não parecia saber como fazer. Ele abriu a boca e respirou fundo para se acalmar.

— Eu...

— Ele não fez nada disso, né, meu amor?

A voz ribombou nas paredes, vinda de todas as direções. Uma seção de uma das dunas mais próximas começou a deslizar, e as moedas tremelicaram e rolaram até cair no chão. A cabeça de Malcolm apareceu primeiro sobre o topo da pilha, depois vieram seus ombros e, aí, o restante dele, subindo pelas moedas. Ele nos deu o sorriso benevolente de um pai orgulhoso das conquistas dos filhos.

— Eu posso ser vampiro, mas já fui feérico. A magia com que nasci ainda canta um coro sombrio em minhas veias. Usei-a para criar um lugar especial em que nosso Kingfisher não seria atormentado por necessidades tediosas como descanso e sustento. Desde que permanecesse dentro dos confins do meu parque de diversões, ele não precisava de nada disso. Muito bacana da minha parte, não?

— Mais de um século, suportando esta merda sem nem a fuga do sono como alívio? Sim, muito bacana — retrucou Lorreth.

Malcolm deu uma risada baixinha sem humor.

— Ah, mas eu podia ter deixado muito pior. Você não tem ideia, Lorreth das Torres Quebradas. Mesmo agora, eu podia ter tornado sua jornada até aqui infinitamente mais horrenda. Na verdade, cheguei a achar por um segundo que Morthil ia pegar seu grupinho. Mas que bom que vocês se safaram. Estávamos ficando meio entediados.

— Filho da puta — sibilou Carrion, baixinho.

De trás de Malcolm, surgiu um cabelo dourado, e aí veio Madra, vestida na versão feminina da armadura de ouro que os guardas de Zilvaren usavam. Fisher ficou tenso, fechando as mãos com força em Solaz ao ver que Belikon a seguia. O rei yveliano já não tinha um buraco na barriga. Aliás, parecia robusto e saudável, vestido com uma túnica verde de inverno e calça preta. O rei curvou os lábios em um esgar. Apontando um dedo furioso para Fisher, rosnou:

— Achou mesmo que poderia me matar com uma espada sem poder? Você não pode matar nenhum de nós com uma mera lâmina. Somos o Triunvirato, Cão. Três coroas compartilhando uma fonte. Para matar um de nós, você precisa matar nós três, e isso não é tarefa fácil.

— Estou disposto a tentar — devolveu Fisher.

— Você nunca soube quando admitir a derrota, garoto. O seu problema sempre foi esse.

— Eu só vou ser derrotado quando estiver morto.

— Ah, e eu mal posso esperar por esse momento. Quero te enterrar desde o minuto em que sua mãe te pariu. Mas já, já você estará morto e eu vou pendurar a espada do seu pai na minha parede, bem ao lado do seu crânio. Também vou mandar a alquimista forjar todas as relíquias de que preciso. Entre nós três, vamos pôr os antigos deuses de joelhos e tomar cada reino que desejarmos nesse meio-tempo. Agora, prefere morrer ajoelhado ou de cara na terra? A escolha é sua.

Eu não fazia ideia do que Fisher planejava em seguida, mas Belikon, Madra e Malcolm estavam todos entre nós e o mercúrio. Eu não conseguia ver, mas sentia o lago pulsando do outro lado da montanha de moedas em que eles estavam parados. Não tínhamos magia neste lugar. Nosso inimigo podia usar bastante magia de morte *e* tinha a vantagem. Se recuássemos, enfrentaríamos os outros horrores que moravam no labirinto, e não havia saída. Nenhum mercúrio para me chamar além das paredes do anfiteatro. A única forma de chegar à segurança era pelo lago, o que significava que precisávamos passar pelo Triunvirato, como Belikon havia chamado.

Incrivelmente, foi Carrion que deu o primeiro passo à frente, empunhando Simon.

— Até podemos achar que Fisher é um babaca arrogante, mas não vamos deixar vocês o matarem. — O tom dele era confiante e descontraído, mas vi como sua mão tremeu ao apontar a espada para a cabeça de Belikon. — E principalmente não vamos deixar que ele seja morto por um desgraçado que entregaria a própria filha para ser torturada e subjugada por um maldito vampiro.

O que ele está fazendo?, falou Fisher em minha mente. *Desse jeito, ele vai acabar morto.*

Não faço ideia. Mas com certeza ele devia parar.

Belikon fez um muxoxo, com os olhos nebulosos cheios de desprezo.

— Toda armadilha precisa de uma isca — disse ele. — E, de qualquer modo, Everlayne nasceu para servir minha Coroa. Se eu julgar apropriado que morra para ajudar minha causa, pode apostar que ela vai morrer.

— Ela não vai morrer. O veneno de Malcolm está sendo drenado dela agora mesmo. Logo, a mácula de vampiro vai sair do sangue de Everlayne, e *ele* não vai mais controlá-la.

— Carrion, pare! — sibilei.

O golpe que Harron lhe dera na nuca devia ter causado um belo dano. Do meu ponto de vista, ele parecia ter perdido a porra da sanidade.

— Pois é, Carrion. Pare — disse Malcolm. — Você não sabe quem está insultando.

A luz brincalhona em seus olhos tinha se apagado. Ele desceu do monte de moedas e flutuou para baixo, como se carregado por algum vento invisível. Eu nunca vira nada igual. Estávamos todos *muito* fodidos.

Saeris? Escuta. Essas moedas são falsas, disse Fisher. *Só podem ser. A moeda original com que Belikon fez nosso acordo era de prata. Ela queimou a mão de Malcolm quando ele a segurou. Ele não conseguiria ficar em cima de tantas moedas de prata sem elas o afetarem.*

Vi as botas de Malcolm fazerem contato com o tapete de moedas. Ele caminhou alegremente até Carrion com um sorrisinho arrogante; definitivamente não sentia dor alguma. Inclusive, só pareceu se encolher um pouco ao chegar mais perto da espada de Carrion.

Tá. E o que isso quer dizer?, perguntei.

A moeda original também devia ter traços de mercúrio. As pessoas desta cidade acreditavam que era um bom agouro. Achavam que lhes traria sorte e lhes conectaria com os deuses. Alguma dessas moedas contém mercúrio?

Fiquei tensa, lentamente entendendo. Eu estava começando a perceber o que ele me dizia. *Não. Elas não contêm,* falei. *Não acho nem que sejam feitas de metal. São... uma ilusão, talvez? Magia?*

Tá. Então entende o que precisa fazer?

Malcolm soltou um silvo serpentino ao afastar a espada de Carrion. Ele se inclinou para o ladrão, mostrando as presas.

— O que você vai fazer para nos impedir? Nós somos imortais. Somos deuses. Você é só um humano com mãos trêmulas e uma vareta afiada. O que me impede de rasgar a sua garganta aqui e agora?

Saeris! Havia uma urgência na voz de Fisher.

Sim, falei a ele. *Eu sei o que preciso fazer.*

Os olhos de Carrion pararam nos meus por um momento. Tinham todo tipo de palavra não dita. Aí, ele abaixou Simon, dedicou toda a sua atenção a Malcolm e disse:

— Nada te impede. Vai lá, sanguessuga. Me morde e vê o que acontece.

— Carrion, *não*! — Meu choque veio como um tapa na cara.

Malcolm contornou Carrion, com o rosto horrendo de fome. Retraiu os lábios e revelou presas estreitas e alongadas. Não só os caninos, mas todos os dentes dele eram afiados em pontas ferozes. Carrion nem levantou a mão para impedi-lo. Com a cabeça para trás, ele olhou em desafio para o vampiro enquanto Malcolm jogava a cabeça à frente e enfiava os dentes no pescoço dele.

— Deuses! Precisamos... Precisamos *fazer* alguma coisa! — guinchei.

As mãos de Fisher se fecharam em meus braços. As de Lorreth também. Os dois me seguraram firme, com expressões severas. E, o tempo todo, o rei dos vampiros bebia.

Isto não estava acontecendo. Carrion estava sendo drenado diante dos nossos olhos, e não estávamos fazendo nada. Nada!

Não há nada que a gente possa fazer. A voz de Fisher estava muito baixa em comparação ao zumbido na minha cabeça. *Vamos todos morrer se tentarmos puxá-lo.*

Me solte! Eu tenho que tentar!

Malcolm rosnou, afundando mais os dentes no pescoço de Carrion. Ele estava perdendo o controle. Perdendo-se em sua própria sede de sangue. Sua garganta se mexia enquanto ele dava grandes goles do sangue de Carrion. Frenético, ele retirou as presas — será que ia buscar uma forma melhor de morder, ou uma outra veia? —, mas aí suas feições foram tomadas por um ar de surpresa. Malcolm vacilou nos calcanhares, com os lábios manchados de vermelho, e o queixo se enrugando de um jeito estranho enquanto franzia o cenho para Carrion.

— Você... — disse ele.

Carrion estava mortalmente pálido, mas sorriu para Malcolm como um lunático.

— Você devia mesmo ter me deixado terminar de me apresentar mais cedo. É falta de educação interromper as pessoas.

Malcolm o soltou, empurrando-o. Milagrosamente, Carrion conseguiu ficar de pé.

— Meu nome é Carrion Swift. Mas houve um tempo em que eu era conhecido como Carrion Daianthus. Primogênito de Rurik e Amelia Daianthus.

Malcolm começou a tremer. Uma violenta convulsão o devastou, e um fluxo grosso de sangue jorrou de sua boca. E então caiu em cima das moedas a seus pés.

— Você me enganou? — Ele engasgou, vomitando mais um jato de sangue. — *Você me ludibriou para que eu bebesse sangue de Daianthus?*

— Puta... que... pariu — murmuraram, em uníssono, Fisher e Lorreth.

— O que diabos está acontecendo? — perguntei.

Daianthus? Eu já tinha ouvido o nome, mas não lembrava quando.

Como se atingido por um repentino senso de urgência, Fisher girou e me agarrou pelos ombros.

— Você consegue sentir? — exigiu. — Consegue sentir onde está?

— Eu... eu não sei! Eu... — Mas sim. Lá estava. Uma voz sussurrada. Débil. Baixinha. Mas ali. — Consegui.

Uma fumaça cinzenta suja começou a jorrar da boca de Malcolm. Sua pele perfeita de porcelana de repente ficou crivada de veias pretas pulsantes.

— O que você fez? — rugiu Belikon.

Ele e Madra flutuaram pelo morro de moedas, levantando as mãos...

Fisher me chacoalhou.

— Saeris. Está aqui?

— Não, não está aqui.

— Mas está dentro do labirinto?

Fiz que sim.

Fisher colocou Solaz em minha palma e fechou minha mão no cabo.

— Então vá. Encontre-a. Acabe com isto.

A Cruz de Viúva estava começando a perder o efeito. Sentia pontadas de dor nas costelas enquanto eu me jogava pelo labirinto. Dava impulso com os braços, e Solaz cortava o ar enquanto eu corria. As paredes já não se moviam mais. Claramente, elas precisavam da ordem de Malcolm para isso, e o vampiro estava ocupado demais engasgando — morrendo? — para fazer esse tipo de gracinha.

As passagens de obsidiana já tinham sido aterrorizantes o suficiente quando eu corria por ela com os meus amigos, mas agora eram simplesmente petrificantes.

Estava silencioso demais.

Levei um momento para entender o porquê.

E aí me ocorreu: os corpos chamuscados nas arquibancadas tinham ficado em silêncio.

O que isso queria dizer? Será que Fisher estava morto? Será que Lorreth e Carrion também tinham morrido? Eu queria gritar. O medo e o pânico me tomaram pouco a pouco. Eu ia perder a cabeça. Mal conseguia ouvir o pequeno sussurro agora. Ele parecia estar ficando mais baixo, apesar de meu instinto me dizer que eu estava me aproximando.

Saeris...

Saeris...

O mercúrio me chamou pelo nome.

De repente, eu não tinha mais tanta certeza. Achava que estava indo na direção correta, mas o sussurro parecia vir de todas as direções.

Cadê você? Por favor, implorei. *Eu preciso de você.*

Não é precisar, disse o sussurro. *É querer.*

Não! Eu preciso de você! Preciso salvar meus amigos. Preciso que você me ajude. Por favor, me mostre onde você está!

Corri de volta por onde tinha vindo, com o coração subindo para a boca. Estava tão escuro. Tão quieto. Senti um mínimo puxão no estômago quando virei correndo e depois voltei atrás, mudando de direção.

O sussurro não disse nada.

Por favor. Me ajuda!

Uma troca, ronronou ele.

Não! Sem trocas. Sem truques. Sem acordos.

Então por que ajudaríamos?

Parei de correr. Tomada de exaustão e dor, eu só queria me enrolar e fingir que nada disso estava acontecendo. Em vez disso, falei: *Porque é errado. O que eles fizeram aqui. É maligno, e vocês podem acabar com isso.*

Mal e bem são dois lados da mesma moeda, desdenhou o sussurro.

— Se isso aí era para ser engraçado, então... então... — Joguei as mãos para o ar, com os olhos ardendo de lágrimas.

Sempre há o mal. Sempre há o bem, disse o sussurro.

— Sim! Mas olha quanto mal tem aqui. Tanta dor, morte e sofrimento. Não é hora de um pouco de bem? De equilíbrio? Eu... — Não terminei, sem saber como vencer a discussão. — Eu o amo — falei. — Não vou suportar se ele morrer.

O Kingfisherrrrr, zumbiu o sussurro.

Sim.

Seu par.

Olhei o escuro, me sentindo desesperançada.

— Sim — falei. — Meu par.

O silêncio soava ensurdecedoramente alto em meus ouvidos.

O sussurro sumiu. O fio que me guiava até ele sumiu.

Estava acabado. Eu estava presa neste labirinto terrível, sozinha. Ia morrer aqui. Nem conseguiria voltar a Fisher para podermos morrer juntos.

Um pequeno favor, então, falou o sussurro. *Faremos por um favor. E por uma restauração do equilíbrio. E pelo amor.*

Caí em prantos.

— Que tipo de favor? — perguntei, engasgada.

Como dissemos. Um pequeno.

Um pequeno favor. Era vago o bastante para disparar todo tipo de alarme, mas era o melhor que eu conseguiria. Ia lidar com as consequências do que quer que fosse essa tolice mais tarde.

— Tudo bem, então. Sim. Vou ficar devendo um pequeno favor.

Por aqui, então. Por aqui.

O fio voltou, me puxando à frente. Eu o segui. Corri. Acelerei o máximo que minhas pernas conseguiam — e gritei quando virei uma esquina e dei de cara com Morthil.

O demônio continuava morto, mas isso não era um grande conforto. Segundo Fisher, ele ia "ressuscitar", o que quer que isso significasse, e eu não tinha desejo de estar por perto quando isso acontecesse.

— Cadê vocês? — sibilei.

O sussurro respondeu alegremente: *Dentro! Estamos aqui. Dentro.*

— Como assim?

Eu estava à beira da histeria. Era demais. Porque eu já sabia o que ele queria dizer com dentro, sentia, tão perto, vibrando, e não queria admitir a mim mesma o que teria que fazer.

Dentro, insistiu o sussurro.

Fui à frente pé ante pé, aproximando-me do cadáver fumegante do demônio-aranha. Ele estava todo amontoado, com o abdome dilacerado onde eu o esfaqueara com a adaga. Uma de suas patas estava no chão a menos de um metro de distância. A enorme boca no centro da cara estava desfigurada pelo golpe de Lorreth com Avisiéth, o que só a deixava mais horrenda. Segurei a respiração ao me inclinar e olhar dentro da bocarra do demônio.

Puta merda. Qualquer esperança de que eu pudesse estar errada virou fumaça quando vi o lampejo prateado, reluzente, no fundo da garganta da fera.

Um grito rouco sem palavras cortou o silêncio grosso que pairava sobre o labirinto. Em algum lugar, Fisher, Lorreth e Carrion lutavam pela sobrevivência, e eu estava perdendo tempo.

Eu precisava me mexer.

Vamos, Saeris. Você consegue. Eu teria preferido o encorajamento vindo de Fisher, mas tinha certeza de que ele estava ocupado no momento, então, em vez disso, tive que me animar sozinha.

Levantei a mão e...

Ah.

Minha pele estava manchada de tinta preta. Runas e mais runas e mais runas. Os Vínculos Divinos brilhavam em azul-metálico em torno de meus punhos, como se estivessem de alguma forma se consolidando e ficando mais reais.

Uma onda de calor percorreu todo o meu corpo.

Eu havia dito em voz alta, né? Havia reconhecido que Fisher era meu par.

Era algo grande e insano demais para compreender.

Com cautela, estendi a mão tatuada para a boca do demônio. Seus dentes brilhavam, fileiras circulares empilhadas uma em cima da outra, ficando cada vez menores quanto mais fundo iam na garganta. Assim de perto, eu via as serras de cada dente. Eram feitas para rasgar e moer carne.

Mais fundo.

Eu precisava alcançar mais fundo.

Meu coração parou entre as batidas.

O ar congelou em meus pulmões.

Mais fundo.

Um pouco mais fundo...

A goela do demônio continuava quente, para não mencionar gosmenta. Fiz uma careta ao alcançar com os dedos a moeda no fundo de sua garganta e fechar a mão em torno dela.

O demônio se contraiu, e eu entrei em pânico. Arrancando o braço de sua boca, dei um grito, cambaleando para trás. Alguém fechou a mão em meu punho.

— Acho bom me dar essa moeda, garota — disse uma voz rouca.

Era Malcolm.

43

OUTRO JEITO

A MOEDA não pesava quase nada. Fechei o punho em torno dela e lutei para soltar minha mão. Mas Malcolm era forte. Seus dedos se afundavam em mim, com suas unhas afiadas rompendo minha pele. Seu hálito fedia à morte.

— Interferir nos planos dos imortais nunca é aconselhável, Saeris Fane. Especialmente quando eles gastaram tanto tempo e esforço nesses planos. Abra a mão.

— Não! Já chega. Fisher já sofreu o suficiente. Essa gente já sofreu o suficiente. O acordo que vocês fizeram acabou!

— Ainda não acabou, não.

O rei vampiro me girou, e minha respiração falhou. Sua pele derretia dos ossos, caindo das bochechas e do pescoço, em placas molhadas e fibrosas. O cheiro que emanava dele era podre: o fedor de carne estragada deixada no sol por tempo de mais. Até seus globos oculares estavam murchos e dissecados na cavidade. O que quer que Carrion fosse, o que quer que Carrion tivesse feito, havia sido um tremendo golpe contra Malcolm. Porém, o rei vampiro ainda era mais forte que eu, e a dor em minhas costelas tinha ficado avassaladora. Eu respirava em arquejos superficiais, um mais excruciante que o outro.

— Estou muito intrigado com você. — O sorriso arruinado de Malcolm me assombraria desta vida até a próxima. — Uma alquimista, depois de tantos anos. Não fiquei surpreso de saber que Madra tentou matar todos vocês séculos atrás.

Ela sempre teve muito medo da sua laia. Mas acho que teria sido impossível rastrear todos de fato. É notoriamente difícil detectar magia em feéricos de sangue misto. Ela deve ter deixado um ou dois escaparem por entre os dedos. Devem ter se escondido na cidade dela, começado famílias e se reproduzido. Nosso sangue feérico deve ter sido diluído ao longo dos séculos, reduzido a menos que um sussurro numa linhagem. Mas aí vem você. Preciso dizer, estou impressionado. Uma reminiscência genética, com seu tipo de poder, é inconcebível. Sabe, teve uma época em que eu trabalhava bem de perto com a sua laia. — Ele me analisou. — Foi uma alquimista muito talentosa que descobriu meu dom de sangue. Ela era impressionante em muitos sentidos, mas uma decepção profunda em outros. Talvez eu devesse manter você viva quando tudo isso acabar. Pelo jeito, estou precisando de mais um milagre, graças ao desgraçado daquele Daianthus.

— Eu não vou te ajudar — retruquei. — Não posso. Só consigo trabalhar com o mercúrio.

Malcolm estalou a língua: um som molhado e nojento.

— Garotinha, sua ignorância é chocante.

Ele me lançou longe. Era muito fácil para ele fazer isso. Só uma virada de punho e ele me jogou na parede. Uma explosão de luz branca veio atrás das minhas pálpebras enquanto eu escorregava para o chão.

Não *perca a consciência, Saeris. Se desmaiar agora, você está morta.*

Não parecia minha voz. Parecia a de Fisher. Tão clara. Tão alta. Tão próxima...

Malcolm enganchou a ponta da bota embaixo do cabo de Solaz e chutou a espada para longe da minha mão. Agachou-se ao meu lado e, com dedos frios, abriu meu punho e pegou a moeda que eu lutara tanto para encontrar. Ela queimou a pele dele, mas só por um segundo. Ele a jogou numa bolsinha de couro e prendeu no cinto; aí, virou minha mão, passando um dedo gelado em minhas marcas. Apontando para as runas dos meus dedos indicador e médio, nomeou uma a uma:

— Terra. Ar. Fogo. Água. Sal. Enxofre. Mercúrio. A gama completa. Mais poderosa que qualquer alquimista que eu já tenha encontrado. Você é capaz de restaurar meu poder, e muito mais que isso.

— Só me mata e acaba logo com isso. Eu não vou te ajudar — resmunguei.

— Sério? — O vampiro inclinou a cabeça para um lado. Deu uma batidinha na runa intrincada e entrelaçada no dorso da minha mão direita. Tentei puxá-la, mas ele sacudiu a cabeça, fazendo um som de desaprovação. — Falando em marcas impressionantes, nunca vi uma *assim.* Que arte linda. Pelo jeito, você arrumou um par verdadeiro. Quem será que é?

— Vai se foder — cuspi.

— Ao longo dos anos, passei muito tempo com Fisher. Ele é mesmo lindíssimo de se olhar, então acredite quando eu digo que notei imediatamente as novas marcas *dele*. Mas eu não precisava ver tinta em sua pele para saber que você pertencia a ele, né? Senti seu cheiro em Fisher no segundo em que ele apareceu aqui exigindo que eu soltasse a irmã. Senti o cheiro do seu corpo nele. — Malcolm forçava as palavras, como se deixassem um gosto amargo na boca. — Mas o cheiro do seu sangue era bem mais forte. Fiquei sem acreditar. Que ele tinha *bebido* de você — desdenhou. — Fisher usou aquela placa de prata no pescoço cada dia que ficou preso aqui neste labirinto. Um presente da mãe dele, acredito. Prata pura imbuída com alguma magia particularmente tenebrosa. Eu não conseguiria arrancar dele nem se tivesse tentado. Edina sempre foi *tão* pentelha. Prometi soltar Fisher se ele me desse apenas um gostinho. Prometi apagar Gillethrye de sua memória, para que pudesse esquecer este lugar e tudo o que tinha acontecido aqui... se ele bebesse de *mim* apenas uma vez. Eu queria conhecer o êxtase que viria da ponta dos dentes dele. Mas Fisher me rejeitou. Escolheu ficar e sofrer. E aí vem *você*. Uma humana patética, fraca? O par verdadeiro dele? Que ofensivo.

— Foi mal. — O ruído que os meus pulmões faziam quando eu falava me assustou. — Ele só não é muito a fim de mortos-vivos.

— Você não tem ideia de como o resto da sua curta existência vai ser infeliz, garota — sibilou o vampiro. — Fisher vai ser meu de um jeito ou de outro. Você *vai* me ajudar a me curar. Vai me ajudar a construir um exército imbatível que varrerá Yvelia inteira. E ele *vai* se entregar a...

Ataquei. A lâmina atada à minha coxa não era tão impressionante quanto Solaz, mas era afiada e, no fim, era só isso que importava. Enfiei a adaga na garganta de Malcolm, gritando com a dor no meu peito. O vampiro arregalou os olhos, contraindo as pupilas até virarem fendas verticais.

— Sua... idiota...

Girei a adaga ao puxá-la, rosnando com o esforço. Uma lasca da pele de Malcolm veio junto com a lâmina, e fumaça e sangue jorraram como um gêiser do ferimento. O sangue do rei dos vampiros não era icor preto como o de seus devoradores. Era arterial: um carmesim muito escuro, mas ainda vermelho. Ele não precisava de uma arma para me matar. Suas mãos eram suficientes. Com um rosnado raivoso, o vampiro socou meu estômago e forçou o punho para cima.

Aguente firme, Saeris. Estou chegando!

Era a voz de Fisher. Nítida e clara como água.

Ele estava vindo me salvar.

Chegaria tarde demais.

Uma onda de choque frio balançou meu corpo. Não houve dor. Não de imediato. Ela chegou de fininho, pelas beiradas da minha consciência, como uma geada matinal cobrindo uma janela.

E, aí, ela me estilhaçou.

Eu estava morrendo. Malcolm garantiu isso. Sua alegria ao puxar a mão encharcada de sangue de minha barriga era nojenta.

— Dizem que ferimentos abdominais são a pior forma de morrer. — A voz dele era rouca e molhada. Eu tinha causado um bom dano com aquele golpe no pescoço, mas a cabeça dele continuava presa ali, infelizmente. — Acho que vou te largar assim. Você vai durar o suficiente para ele te ver deste jeito. Eu amo nosso Kingfisher mais ainda quando o coração dele está se partindo.

Nosso Kingfisher? *Nosso* Kingfisher? Esse filho da puta doentio não tinha direito a nenhuma parte do meu par. Fisher era *meu*.

— Eu vou te matar — falei, gemendo. — Vai ser a última coisa que farei, mas vai valer a pena.

Malcolm riu.

— Por favor, garota. Morra com um pouco de dignidade. Você não pode me matar. Eu sou eterno.

Quando ele tirou a mão do pescoço, vi que sua garganta já estava se curando. Era um progresso lento, mas as fibras do músculo já estavam se reafixando uma a uma. E ele se *curaria*. Isso já não era importante. Eu não tinha me iludido que conseguiria acabar com ele usando a adaga. Só queria distraí-lo um pouco.

O sorriso de Malcolm sumiu quando levantei a bolsinha de couro em que ele colocara a moeda. A mesmíssima que eu desatara de seu cinto enquanto ele abria um buraco em meu estômago. Ele estendeu a mão, arregalando um pouco os olhos.

— Me dá isso — exigiu. — Me dá, e eu talvez te salve. Ainda dá tempo.

Era minha vez de rir. Minha boca se encheu de sangue, meu corpo teve convulsões de agonia que me rasgavam, mas valeu a pena.

— Importa tanto assim para você? Ele ter que ficar aqui sofrendo? Você poder manter toda essa gente aqui, queimando e com dor pelo resto dos tempos? Sua alma é mesmo *assim* tão sombria e perversa?

Malcolm deu de ombros, como se pedindo desculpa.

— Eu não tenho alma, garota.

E atacou. Eu não conseguiria impedir que ele agarrasse a bolsinha de mim e saísse correndo, claro. Nem tentei. O pouco de energia que tinha, estava guardando.

Os olhos do vampiro ficaram claros e vitoriosos. Aquela luminosidade diminuiu quando ele abriu a bolsa e não viu nada dentro. Seu olhar veio para mim e ele ficou boquiaberto.

A moedinha zumbia alegremente na minha mão enquanto eu a levantava para ele ver.

— Qual foi mesmo o acordo de Belikon? Folhas ou peixes?

— Não! — Malcolm gritou. — *NÃO!*

Joguei a moeda. Não muito alto, pois não lhe daria a chance de agarrá-la no ar como fizera quando Belikon jogara. A moedinha brilhou reluzente enquanto girava. Não importava mais de que lado caísse. Só que caísse. Quando a prata cintilante bateu na obsidiana, o chão tremeu.

Houve um momento de imobilidade, e as ruínas de Gillethrye prenderam a respiração.

— Sua putinha idiota. O que você fez? — sussurrou Malcolm.

E, aí, chegou. Um vento temível atingiu o labirinto. Veio do nada, gritando pelas passagens que por décadas haviam prendido Fisher. Ele se levantava e saía do labirinto, rasgando as arquibancadas do anfiteatro.

Annorath mor!

Annorath mor!

Annorath mor!

O vento levou os gritos das almas torturadas e, ao passar por elas, as transformou em pilares de cinzas e as varreu em seu rastro uivante. Centenas de milhares de feéricos maiores e feéricos menores, finalmente tendo permissão de ir embora, sua dor chegando ao fim.

Malcolm ficou olhando para as arquibancadas, consternado.

— Não. Isto não... Meus filhos. Era para serem meu exército. Você... Você os *tomou* de mim!

Ele se virou para mim, mas eu não estava onde ele havia me deixado. Estava de pé, curvada e perdendo sangue, parada bem ao lado dele. E com Solaz nas mãos.

— Só os *deuses* são eternos — eu disse a Malcolm.

E cortei sua cabeça.

Fui jogada para trás.

Eu não ia mais me levantar.

A cabeça de Malcolm explodiu em chamas antes mesmo de bater no solo. Logo depois, seu corpo foi engolfado. Uma explosão de luz saiu de Solaz e irrompeu para dentro das nuvens, iluminando-as. Foi rebatida segundos depois, caindo de volta ao chão em raios de energia em tom de azul que fraturaram a obsidiana e atearam fogo no anfiteatro. Mais filamentos de poder saíam da ponta da espada, mas eu estava fraca demais para levantar Solaz novamente. Não precisava mais. Malcolm estava morto. Não podia mais voltar. A energia que nascia da espada que havia sido do pai de Fisher — energia que não se mostrava havia mais de mil anos — crepitou e, por fim, morreu.

Saeris! Saeris!

Fisher gritava em minha mente. Sonolenta, fechei os olhos, soltando uma respiração trêmula. *Está tudo certo. Vou ficar bem. Madra...*

A covarde desapareceu no mercúrio assim que o vento soprou.

E... Belikon?

Lorreth está lidando com ele. E Carrion também. As espadas deles voltaram a canalizar magia. Cadê você?

Era uma ótima pergunta, eu não fazia ideia de como direcioná-lo. *Estou... ao lado do demônio. Morthil.* Só que essa informação não era muito útil para ele, já que as paredes tinham se movido tanto depois de deixarmos o corpo do demônio-aranha. Não tinha chance de Fisher me encontrar só com isso.

Será que ele sentia o quanto eu estava fraca? Eu sabia que o ombro dele estava machucado. Sentia sua exaustão. Não entendia essa conexão entre nós, mas ela tinha ficado mais forte desde que eu aceitara minhas marcas e o reconhecera como meu par. Sabia que ele estava correndo. Também sabia que tinha medo.

Fica tranquila, disse ele. *Estou chegando.*

Devo ter desmaiado. Quando voltei a mim, havia uma figura pairando, e não era Fisher. Fiquei tensa, tentando alcançar Solaz, mas meus braços estavam dormentes. Minhas pernas... Meu corpo todo estava dormente. Eu não conseguia me mexer. Vi um cabelo prateado, e uma onda de desespero me tomou. Ele tinha sobrevivido? Como? Era impossível. Mas o cabelo era curto demais para ser de Malcolm. Era Taladaius, o vampiro que tinha estado com Everlayne na margem do Darn.

— Está tudo bem, Saeris. Você vai ficar bem — disse Fisher.

Ele se ajoelhou ao lado dele, com o rosto manchado de fuligem, cinzas e sangue. Seu cabelo escuro, molhado de suor, enrolava em torno das orelhas.

Abri a boca, mas não conseguia falar. Por sorte, tinha outros meios de me comunicar com ele. *Quando Te Léna disse que uma das pessoas do par com um Vínculo Divino sempre morria, não achei que fosse acontecer tão rápido.*

— Você não vai morrer. — Fisher tirou o cabelo do meu rosto, com as mãos tremendo.

— Receio que vá — disse Taladaius, solene. — Vai acontecer logo, independentemente de qualquer coisa. Os danos ao abdome e à cavidade torácica são grandes demais.

A boca de Fisher cerrou-se numa linha fina. Ele passou a mão pelo cabelo imundo, fechando os olhos com força.

— Se não fizermos nada, ela vai morrer nos próximos minutos — falou Taladaius, com surpreendente gentileza.

— Eu dou parte da minha alma para ela — disse Fisher.

— Não tem como. Você já deu demais a Lorreth. Vai falecer imediatamente se tentar…

— Não estou nem aí! Eu já vivi bastante, Tal. Ela mal viveu até aqui. Eu vou dar para ela, porra.

Fungando, ele se inclinou à frente, de joelhos, e colocou as palmas das mãos em minha barriga destroçada.

Não, Fisher.

Suas feições ficaram contorcidas de desolação. Seus olhos cor de jade, cheios de pânico, se encontraram com os meus. *Eu preciso,* disse ele. *Não vou deixar você morrer.*

Você não vai quebrar a promessa que fez a mim, retruquei. *Você jurou que nunca mais tiraria meu livre-arbítrio. E é isso que vai fazer se me curar e morrer no processo. Eu não quero pegar sua alma.*

— Eu posso aguentar as consequências de quebrar uma promessa se significar que você vai sobreviver — disse ele, em voz alta.

Você disse na sua carta que teríamos tempo depois desta vida. Que havia mais para nós.

— Haverá.

Ele assentiu, como se achasse estar me consolando. Porque estaria me esperando independentemente do que acontecesse. Mas tinha entendido errado.

Não haverá. Eu te disse que jamais te perdoaria se você me forçasse de novo a fazer algo que eu não queria. Nunca é tempo de mais, Fisher. Se você se sacrificar por mim, vou rejeitar nosso vínculo nesta vida e na próxima.

Eu odiava como ele parecia estar sofrendo. Mas falava sério. Fisher tinha passado a vida adulta inteira se sacrificando por aqueles ao seu redor. Eu preferiria morrer a vê-lo se sacrificando por mim.

— Está acabando o tempo — disse Taladaius. — Tem outro jeito, e você sabe.

— *Não* — devolveu Fisher, irritado.

O suplente de Malcolm, com seu cabelo prateado, bufou de frustração.

— Quando você vai aprender que ser teimoso nunca dá certo para você? Me deixe ajudar!

Fisher me encarou, com o mercúrio em seu olho girando freneticamente.

— Eu...

Do que ele está falando?

— Fisher, se você quiser que eu aja, tem que ser agora.

Fisher! O que ele quer dizer?

Meu lindo par de cabelos escuros engoliu em seco. *O poder de Tal só era menor que o de Malcolm. Ele escondeu isso do rei para não ser morto. Ele pode te transformar.*

Minha mente estava tão embotada. Eu não conseguia processar o que ele dizia. Taladaius queria me *transformar? Eu não... não posso ser uma devoradora, Fisher. Por favor.*

Fisher balançou a cabeça.

— Você não seria. Seria como ele.

Eu não morreria?

— Não.

Teria que beber sangue?

— Não sabemos.

— Fisher, ela está se esvaindo. Eu tenho segundos... — Ouvi Taladaius falar, mas ele parecia estar embaixo d'água.

Um cobertor profundo e escuro estava caindo em cima de mim. Era tão quentinho e confortável. Fez a dor em meu estômago ir embora.

— Me diga que ela consente, porra! — berrou Taladaius.

O mundo desapareceu.

A voz de Fisher foi a última coisa que ouvi:

— Ela consente.

44

EIXO

— ANDA!

Eu ia vomitar. A dor me cortava como uma fa...

— Ah, deuses. Ela está viva?

O rosto de Carrion em cima de mim, pálido e enrugado de preocupação.

BUM!

O céu estava caindo.

Não o céu. O anfiteatro.

Uma seção enorme de pedra, se separando da arquibancada, despencando em câmera lenta.

BUM!

— Juro pelos deuses, se ela não sobreviver a isto...

Lorreth, agarrando com o punho fechado a camisa de Carrion, arrastando-o para trás.

Fogo por todo lado. Chamas rugindo e chegando ao céu que se abria.

Chamas ardendo em minhas veias. Em meu pescoço.

Deuses, meu pescoço...

— Forma um portal de sombras!

A voz de Fisher, cheia de pânico:

— Estou tentando, caralho!

O mundo, inclinado, se desfazendo.

Tudo caos. Tudo dor. Tudo dúvida. Tudo medo. Tudo...

Tudo parou.

Eu estava deitada nos braços de Fisher. O mundo ficou em silêncio, mas eu via o rosto do meu par acima de mim, e o terrível luto estampado nele, os tendões do seu pescoço destacados enquanto ele gritava algo a Lorreth. Ele tinha vindo me salvar. Mesmo com o mundo acabando ao nosso redor, ele *estava* comigo.

A montanha que suporta todas as tempestades, disse uma voz nitidamente em minha cabeça. Eu não tinha controle do meu corpo. Nem energia nem preocupação sobrando para reagir à voz. Mas estava consciente o bastante para perceber que ela era diferente. Calma. Focada. Direta. Observei meu par, com a visão entrando e saindo de foco enquanto a voz falava.

Ele é a tempestade. Você é a paz que a sucede. Diga, você acredita nas moiras, Alquimista?

Fechei os olhos, com lágrimas caindo dos cantos. Fisher estava abrindo um portal. Ele ia me levar para casa. Eu morreria em Cahlish, no conforto da cama dele, talvez. Eu...

Não flutue para muito longe da margem, Saeris Fane. Volte agora. Volte.

Abri os olhos, meus batimentos cardíacos de repente estavam descontrolados. A adrenalina encharcou meu corpo, uma corrente elétrica carregou meu peito, fazendo meu coração pegar no tranco.

— Caralho! — Ofeguei. — Ah, deuses. *Caralho!*

— Está começando. — O anúncio sombrio de Taladaius veio de algum lugar atrás de mim.

Fisher me olhou, com os olhos cheios d'água.

— Vai ficar tudo bem. Aguenta firme, Saeris.

A voz veio de novo, clara e concisa. *Você está diante de uma porta. Sua mão está prestes a bater. Está pronta para atravessá-la? Você vai deixar este lugar e ver o que existe além, no próximo?*

No próximo? *Deixar?* Pisquei lentamente. *Não. Eu não quero ir. Ainda não.*

A voz soou ríspida, mas também curiosa: *Uma sombra cai sobre Yvelia. Vai alterar tudo o que tocar. Você prefere permanecer aqui, sabendo que há sofrimento e provações pairando no horizonte, que sacrifícios terão de ser feitos?*

Olhei para Fisher. Para as asas largas e lindas que se abriam de cada lado de seu pescoço. Senti seu coração acelerado no peito, vibrando no ritmo do meu, quando ele estendeu a mão, buscando um portal de sombras. Eu não precisava pensar na minha resposta. Qualquer que fosse o custo para ficar com ele, eu pagaria. *Sim,* falei.

Como quiser. Então vamos cobrar nosso favor, Saeris Fane. Vai honrar sua palavra e nos conceder nosso favor?

Claro que era o mercúrio. E claro que estava cobrando minha dívida, quando eu estava à beira da morte. *O que vocês querem de mim?*

A resposta veio de imediato.

Desejamos uma audiência com você, Saeris Fane.

Fisher baixou os olhos para mim, franzindo a testa.

— Saeris?

Vai nos conceder nosso favor?

Uma audiência? Eles queriam *falar* comigo? Era mesmo um favor pequeno. Um que eu não podia recusar. *Sim. Vou conceder. Assim que* — assim que eu estiver bem o suficiente para ter uma conversa com vocês. Era o que eu estava prestes a dizer, mas o fio que tinha me ajudado a achar o lago de mercúrio no centro do labirinto de repente se esticou e rompeu. Meu corpo se repuxou e Fisher quase me derrubou.

— Que caralhos... Saeris?

Fisher me agarrou forte. Seu portal de sombras estava aberto a menos de um metro. Ele só precisava se virar e nos atravessar por ali. Agarrei a faixa de seu peitoral, com sinos de alerta tocando em minha cabeça.

— Desculpa — ofeguei. — Eu...

Fui arrancada dos braços dele.

— *SAERIS!*

Uma corda invisível me deu um tranco pelo ar e me puxou pelo labirinto. Meus braços e pernas ficaram pendurados enquanto eu era arrastada para trás. O ar passava correndo por meus ouvidos. Lorreth e Carrion também gritaram. Numa fração de segundo, meus amigos tinham sumido, meu par tinha sumido, e eu estava voando pelo labirinto a uma velocidade alucinante.

— Por favor! — gritei. — *Parem!*

O que quer que o mercúrio estivesse fazendo tinha que parar.

Um buraco se abriu em meu estômago. E aí a única coisa que eu conseguia ver eram moedas. Milhares delas. Um carpete inteiro, passando como um chicote pelos meus pés.

Quando entendi para onde estava sendo levada, fui tomada por um verdadeiro pânico.

Quase não vi o lago de mercúrio embaixo de mim antes de uma onda do metal líquido se levantar e me envolver pela cintura. Mal tive tempo de gritar quando ele se prendeu com força em minhas costelas e me arrastou sob sua superfície.

— Isso aí morreu.

— Deixa de ser ridícula. Claro que não morreu.

— Como você pode ter tanta certeza?

— Porque o pai trouxe até aqui, idiota. Ele não quer que morra. Portanto, não morreu.

As vozes eram femininas. Jovens e brincalhonas. A primeira que tinha falado fez um som de desdém e disse:

— Bom, *parece* que morreu.

Abri os olhos e vi o céu azul-claro.

Um pássaro voou por meu campo de visão, lançando-se e varrendo o ar, cantando a plenos pulmões; sem pensar, levantei a mão para proteger meus olhos do sol, querendo olhar melhor para a criatura.

Tarde demais, me preparei para a dor... mas ela não veio.

— Você acha que entende a gente?

Apertei os olhos, virando a cabeça, e folhas de grama fizeram cócegas na lateral do meu rosto. Eu estava deitada num vasto campo ao sopé de uma colina. Em cima do morro, havia um único carvalho, tão magnífico, que tirou meu fôlego. Seus galhos grossos balançavam com a brisa suave, as folhas brilhavam, refletindo a luz do sol que batia nelas.

Me arrastei até ficar sentada e imediatamente espiei as duas jovens à minha direita. Pareciam ter uns dezoito anos. Dezenove, talvez. E eram idênticas em todos os sentidos. Usando vestidos cinza-escuros, não calçavam nada nos pés. Os cabelos pretos fluíam em ondas até a cintura. Dois pares de olhos rápidos, azul-anil, crivados de fios prateados, me observavam com muito interesse enquanto eu me levantava.

A garota da direita agarrou a mão da irmã, e as duas deram um passo à frente.

— Conta pra gente como é — pediu ela, numa voz clara e agradável.

— Eu... — Pigarreei. — Desculpa. Contar como é o quê?

— Sexo — disse a outra garota, inclinando o queixo. — Com aquele feérico. O campeão do nosso pai.

— Com... *Fisher?*

Juntas, as garotas fizeram que sim com a cabeça, avidamente.

— Hããã...

— A gente queria experimentar, mas o pai proibiu — falou a gêmea da direita. — Ele não considera nenhuma criatura viva de qualquer reino digna de nosso toque. Estamos esperando há uma eternidade para ele nos dar um companheiro para brincar, mas até aquele momento nenhum outro de nossa espécie teve coragem de fazer a jornada para visitar nosso Corcoran.

Corcoran?

Infernos... sagrados.

Os Corcoran eram...

— Qual de nós vocês idolatram mais fervorosamente? — perguntou a gêmea da direita. — Bal? — Ela gesticulou para si mesma. — Ou Mithin? — Ela gesticulou para sua contraparte. — Temos competições intensas sobre quem é mais popular.

Uma tempestade de raios rugia em seus olhos. Assim que notei, senti a faísca afiada de estática no ar. Os pelinhos do meu corpo todo se arrepiaram.

Isto... estava mesmo acontecendo? Elas eram *deusas*? Engoli o nervosismo, aí abaixei a cabeça respeitosamente, encarando meus pés.

— Como alguém poderia amar Bal mais do que Mithin? Ou idolatrar Mithin mais do que Bal? Vocês são adoradas igualmente por todos que conhecem seus nomes, senhoritas.

— *Senhoritas!* — gritaram as deusas do sol ao mesmo tempo. Elas sorriram alegremente uma para a outra, ainda de mãos dadas. — Ela fala com maneiras tão adoráveis. — A que tinha me informado os nomes delas estendeu a mão para mim. — Vem. Melhor a gente se apressar. O pai está esperando você e ele não tem muita paciência para esperar hoje em dia. Vai ficar irritado se nos atrasarmos mais.

Não estendi a mão para ela. Num segundo, minha mão estava pendurada ao lado do meu corpo. No próximo, já estava na palma fria dela. Dei um passo, e o campo ao nosso redor se afinou, virando um borrão verde. Quando meus calcanhares bateram no chão, a colina já não estava à nossa frente. Estávamos paradas no topo dela, sob os galhos do imponente carvalho.

Com os pensamentos viscosos, tive dificuldade de compreender a mudança de localização.

Entre as raízes do carvalho gigante, uma larga fita prateada com dois metros e meio de largura formava um fosso. *Quanto* mercúrio. Tomei um susto ao notar gotas do metal brilhante vazando como seiva do amplo tronco da árvore e rolando para o fosso.

Numa pedra lisa a três metros de distância, havia um macho sentado sozinho de costas para nós. Seu robe tinha a mesma cor cinza-escura das roupas das deusas do sol, o cabelo castanho comprido estava preso para trás em tranças de guerra. Dando risadinhas, Bal e Mithin me chamaram à frente com um gesto, indicando que eu fosse até ele.

Uma bola de ansiedade se fechou no centro da minha costela. Se essas duas garotas risonhas eram deusas mesmo, eu podia chutar quem era o pai delas só de olhar sua nuca.

Everlayne mal conseguira pronunciar o nome dele sem tremer. Me avisara, sem deixar sombra de dúvida, de que nunca devíamos permitir que *este* deus nos olhasse. Nem mesmo uma estátua dele. E aqui estava ele — sua manifestação física, enfim —, sentado numa pedra, esperando para bater um papo comigo.

Puta merda.

— Venha, Alquimista — ordenou ele.

Era a voz dele que havia me perguntado se eu queria passar pela porta ou ficar em Yvelia com Fisher; tive a sensação de que eu falava com aquela voz já havia muito tempo. Dei um passo adiante, prendi o fôlego e contornei a pedra. De frente para o deus, inclinei o maxilar e olhei seus olhos azuis frios. Eu tinha esperado uma face terrível. Um rosto horrendo, contorcido, com loucura no olhar, mas não. Se ele fosse humano, eu julgaria que estava na meia-idade. Seu rosto tinha leves rugas e uma gentileza e sabedoria que me pegaram de surpresa.

Ele me olhou, com as mãos descansando nos joelhos, e perguntou:

— Você sabe quem eu sou?

Abaixei um pouco a cabeça, de novo olhando minhas botas.

— Zareth. Deus do Caos.

Zareth resmungou:

— E você é Saeris. Irmã de Hayden. Filha de ninguém. — Ele fez um gesto de cabeça para a tinta em minhas mãos. — E também par do meu campeão.

Baixei os olhos para as marcas, ainda um pouco surpresa de vê-las ali, manchando minha pele.

— Sim — falei. — Sou.

Zareth se levantou de seu assento na pedra, e minhas pernas tremeram. Ele não era mais alto que Fisher. Nem mais largo, nem de aparência mais divina, mas a simples fonte de poder que emanava dele ao me observar me deu vontade de cair de joelhos e me jogar a seus pés. Ele podia piscar e erradicar minha existência. Disso eu tinha certeza. Se ele quisesse, eu desapareceria e nunca nem teria nascido, para começo de conversa.

— Isto precisa ser rápido ou você vai morrer antes de me ser útil. Vou ser o mais conciso possível, dadas as circunstâncias. Passei muitíssimo tempo observando os fios do universo, esperando por alguém como você — disse ele. — Uma alquimista, enfim, para restaurar o equilíbrio e abrir caminho para o que está por vir.

Virando-se, ele foi até a beira do lago de mercúrio que cercava a grande árvore, e eu o segui, puxada pela atração que ele exercia.

Ele foi até a beiradinha do mercúrio e me olhou.

— Aqui, estamos na fronteira do universo. As raízes que você vê, crescendo para dentro da terra, do mercúrio, são as âncoras do destino. — Ele inclinou a cabeça para trás, deixando os olhos viajarem pelos galhos da árvore acima. — As folhas prateadas aqui no topo marcam todos os reinos sob nosso domínio. Minha família é a guardiã de tudo o que você vê aqui. Regamos as raízes do destino. Orientamos o crescimento dos galhos e podamos as folhas para evitar que apodreçam ou se decomponham. Está vendo aquele galho ali? O que está escurecido?

Olhei para onde ele apontava e notei de fato um galho específico da árvore. Sua casca era mais escura que as outras, enrugada, com menos folhas prateadas nascendo dele.

— Vejo, sim.

Zareth assentiu. Levantando a mão, varreu o ar com os dedos e, enquanto eu observava, três das folhas do galho se desacoplaram e caíram. Desceram flutuando, tremulando e girando, e pousaram na superfície do mercúrio.

— Há uma podridão se espalhando por todo o meu domínio, Saeris — continuou ele. — Reinos que estão infectados com essa podridão têm de ser sumariamente destruídos para proteger o resto da árvore e evitar que ela se espalhe. Você entende?

Aquelas folhas antes eram reinos. Mundos inteiros. Zareth tinha só... acenado com a mão e... os varrera do mapa. Fiquei olhando enquanto eles mergulhavam e desapareciam sob a superfície do mercúrio. Seria possível? Ele podia mesmo ter acabado de fazer isso?

— Quantas pessoas... — Não consegui terminar o resto da frase, mas o deus diante de mim sabia exatamente o que eu perguntava.

— Bilhões — respondeu ele, sem o menor traço de emoção. Sim, então eu havia acabado de testemunhar genocídio numa escala que não conseguia compreender, e Zareth apenas sorriu. — Você não é a única alquimista do universo, claro. Tem milhões de vocês por aí. Mesmo no seu reino, mesmo na cidade que você antes chamava de lar, há centenas de portadores de magia elemental capazes de comandar o mercúrio. Mas, quando há muito tempo consultei as moiras, fiquei muito intrigado ao ver *você*, Saeris Fane. Não só você. Kingfisher também. Vi um eixo no fluxo das coisas. Um nó incandescente na tapeçaria de tudo o que viria a ser. Quando me concentrei e vi a força do vínculo que conectava vocês dois, admito que tentei influenciar as moiras.

— Como assim, influenciar as moiras? — sussurrei.

Zareth baixou os olhos pelo morro que descia suavemente até o campo para onde suas filhas tinham voltado e riam ruidosamente, de mãos dadas, uma girando a outra na grama alta.

— Era para você ter nascido feérica, no mesmo reino que seu Kingfisher. Então eu separei vocês. Centenas de anos antes de você nascer, mudei os eventos em torno de seu nascimento. Movi as peças no tabuleiro e a coloquei bem longe, num reino que nunca devia ter entrado em contato com o dele. Mas vi os galhos do universo crescerem contra a natureza deles e se alinharem de tal maneira que vocês ainda se conhecessem. Previ então que, independentemente de como os galhos e ramos desta árvore fossem manipulados, você e ele sempre colidiriam. Não tinha nada que eu pudesse fazer para impedir.

Fisher havia dito que sua mãe às vezes errava em coisas pequenas que tinham grandes consequências. Quando ela previra que eu entraria na vida de seu filho, me vira com orelhas pontudas e caninos como os dele. No fim, não estava errada. Eu *devia* ter nascido feérica. O Deus do Caos simplesmente tinha interferido.

— Por quê? — questionei. — Por que você ia querer nos separar? Que importância tem para você se nos amarmos e vivermos a vida juntos?

Zareth me analisou por um momento. Inspirando fundo, passou apressado por mim, contornou a árvore e chegou a um ponto na margem do fosso em que a grama estava pressionada e aplainada contra o solo... e os galhos da árvore estavam retorcidos em nós desnudos e escurecidos. De onde observávamos há pouco, eu não tinha notado, mas, daqui, dava para ver com clareza que uma enorme parte da árvore estava morrendo.

— Na natureza, para tudo existe um contrapeso, menina. A luz tem a escuridão. A vida tem a morte. A alegria tem a tristeza. E o bem tem o mal. Essa lei se aplica em qualquer universo em que você exista — disse ele, com um gesto amplo do braço que englobava as muitas, muitas folhas da árvore. — Fios como você e Kingfisher, que são atraídos um ao outro e se cruzam num eixo, criam uma fonte de poder. A energia que vocês dois canalizam juntos atrai um contrapeso igual e oposto. Cada futuro possível em que vocês dois estão juntos acaba com boa parte desta árvore morrendo. Nenhum de nós consegue vislumbrar nenhuma alternativa.

— Então... você está dizendo que Fisher e eu somos responsáveis pelo fim do universo inteiro?

Zareth balançou a cabeça.

— Não vocês pessoalmente. Mas o momento em que se encontram, junto ao momento em que se tornam um par verdadeiro, é uma faísca. A chama na escuridão que atrai a mariposa. Eu fui incumbido de tentar impedir que essa faísca se acendesse, mas, como você já sabe, as próprias moiras se recusaram a serem guiadas por esse caminho.

Senti meu coração batendo no corpo todo.

— Fisher sabe alguma parte desta história?

Zareth fez um som de desdém.

— Não. Eu orquestrei os acontecimentos para que ele fosse trazido aqui ainda jovem. A mãe dele tinha acabado de morrer, e o comportamento dele não era lá muito educado. — Zareth franziu o cenho, como se a memória ainda fosse perturbadora. — Ele criou inimizade com toda a minha família. Só teve permissão de continuar vivo porque exigi. Eu tinha passado muito tempo estudando os vários resultados e caminhos deste universo depois que você e Kingfisher se conhecessem e, embora nunca tenha encontrado um equilíbrio que significasse que o bem prevalecia, havia caminhos que levavam à... incerteza.

— Incerteza?

— Caminhos que levavam por estradas em que tanto o percurso quanto o destino estão bloqueados até onde posso enxergar. E, em todos esses futuros velados, onde ainda existe uma chance de vida, há um fator comum.

Eu não queria saber. Não conseguia suportar ouvir. Era pressão de mais. Zareth sabia disso, eu tinha certeza, mas mesmo assim prosseguiu.

— Você e Kingfisher lutavam lado a lado e tinham um Vínculo Divino. — Ele apontou para a escrita caligrafada que contornava meus punhos. — Esses juramentos marcam você como minha protegida. Protegem tanto você quanto Fisher das atenções indesejadas de meus irmãos e minha irmã.

— *Protegem* deles?

— Eles prefeririam matar Fisher e lançar os dados em relação ao que virá em seguida. Prefeririam suportar a tempestade no horizonte e replantar nossa árvore do zero depois que a tela estiver em branco. Eu não quero que isso aconteça. Partiria o coração das minhas filhas. — Ele parou de falar, vendo as meninas dançando no campo, balançando-se ao vento imitando a grama. A risada delas subia até nós como uma doce melodia. — Por elas, estou disposto a arriscar. Se você aceitar verdadeiramente Fisher como seu par, deve concordar que o fio de sua vida seja cortado da tapeçaria do universo. Quando fizer isso, nenhum de nós poderá afetar seu futuro. Não conseguiremos enxergar você, nem meus irmãos e minha irmã serão capazes de interferir em linhas do tempo ou acontecimentos que a afetem. Você estará por conta própria.

Por contra própria? Do que ele estava falando?

— Esse peso não devia ser colocado nos ombros de uma pessoa. Definitivamente não devia ser colocado nos meus. Eu sou uma ladra! Só... uma mulher. Não posso ser responsável por...

— Você não é responsável por nada. Só precisa viver sua vida.

— Mas...

— Vou explicar da seguinte forma, menina — disse Zareth, me interrompendo. — Você quer que seu par morra?

— Não, claro que não!

— Então é assim que você o salva.

— Eu...

O que eu poderia dizer? Se fizesse isso, então Zareth e os outros deuses não conseguiriam ver o futuro nem fazer nada para afetar os acontecimentos que estavam prestes a vir. Mas será que, de todo modo, deviam ter essa permissão? A intromissão deles tinha me feito nascer em Zilvaren, não em Yvelia. Quantas vezes haviam influenciado as marés do destino e quantas pessoas haviam sofrido por causa disso? Quem dava a *eles* esse direito?

Zareth estreitou os olhos para mim.

— "Fodam-se as moiras. Elas não podem decidir merda nenhuma por mim. *Eu* decido como vai ser meu futuro." Você não disse isso apenas alguns dias atrás?

Eu tinha dito mesmo. E estava falando sério, inclusive.

— Sim, mas...

— Se deseja verdadeiramente ser mestre de sua própria vida, esta é a forma de alcançar esse objetivo.

Fiquei com a sensação de que Zareth estava desesperado — um deus que diria qualquer coisa para que eu fizesse sua vontade. Mas não havia como negar. Ele *era* um deus. Poderia me obrigar a fazer o que desejasse e mesmo assim estava me dando a escolha.

Perguntei com cautela:

— De quanta dor estamos falando com esse fio cortado?

— Não é mais doloroso do que a transição que já está começando dentro do seu corpo agora mesmo, Saeris Fane.

Por que diabos isso não parecia reconfortante?

— Como exatamente você faria isso?

— Transformando você em algo que nunca foi visto antes — respondeu ele, enigmático. — O universo não consegue se concentrar em algo que não reconhece.

— Mas *como?*

— Eu não sou só o Deus do Caos, Alquimista. Também sou o Deus da Mudança. Eu ordeno e está feito.

— Eu...

— O tempo está acabando, Saeris. Você precisa tomar sua decisão.

— Tá. Tudo bem. Sim. Eu aceito — falei depressa antes de conseguir voltar atrás.

Se a decisão era entre virar algo novo ou com certeza morrer junto ao restante do universo, não era lá uma escolha muito difícil.

Os Vínculos Divinos em meus punhos reluziram de repente, cortando minha pele como cordas ardentes.

— Boa sorte a você, então, Saeris. Mande meus cumprimentos a Kingfisher.

E então, ele me empurrou no mercúrio.

45

ESCOLHA COM SABEDORIA

Flutuei num mar de escuridão. Eu estava surpreendentemente calma com isso, dado meu último encontro com um grande corpo d'água, mas, aparentemente, não era preciso saber nadar no pós-vida.

Lá em cima, uma copa de estrelas se eriçava no firmamento, cintilando com a promessa de outros reinos. Eu estava perfeitamente feliz de ficar boiando no nada, tentando contá-las. Toda hora perdia a conta, mas ter que recomeçar não era problema. Eu não tinha com o que me preocupar aqui. Flutuei por uma era inteira e senti a ascensão e a queda de civilizações. No escuro, observava o universo, e o universo me observava de volta.

Eu nasci e morri cem vezes.

E aí vi algo que não deveria estar lá.

Um pássaro.

Ele voou ao meu redor, no vazio, com suas lindas asas azul-esverdeadas brilhando. Cantava uma música tão doce que lembrei como era ter um coração, mesmo que só para poder senti-lo doer. E, ah, como doía.

Lembrei mais.

Jade, a cor de grama nova.

Hortelã de inverno e a promessa de neve no ar frio da montanha.

Um sorriso torto e ondas de cabelo grossas e escuras.

Eu me lembrei de pedaços dele e, de uma vez, me lembrei de como me afogar.

Eu precisava dele como precisava de ar.

Estendi a mão para buscá-lo como se estivesse procurando a superfície de um lago imóvel, imperturbado.

Kingfisher.

Meu Kingfisher.

Meu par.

— FISHER!

Eu me sentei, ofegante, encharcada de suor. Minha cabeça girava da pior forma. Ah, deuses, eu... eu ia vomitar. Saltei da... da cama. Eu estava numa *cama* e imediatamente tropecei num balde que tinha sido estrategicamente posicionado ao lado da mesa de cabeceira. Sentada no chão, com as pernas abertas, agarrei aquele balde e vomitei as tripas. Quando meu estômago estava vazio, apoiei as costas na lateral da cama, arfando enquanto analisava o ambiente.

O quarto em que eu estava tinha pé-direito alto. Cortinas verde-escuras nas janelas. Móveis pesados de carvalho escuro que decoravam o espaço: um guarda-roupas ao lado da porta, uma cômoda, outro armário ao lado da janela e uma estante cheia de livros. O tapete em que eu estava jogada era cinza-claro, macio e felpudo. E foi uma delícia enfiar os dedos nele...

Ah.

Agarrei o balde e vomitei de novo. Meu estômago latejava desconfortavelmente quando coloquei o balde de lado.

— Chamam isso de o grande expurgo — falou uma voz masculina.

Taladaius tinha aberto a porta enquanto eu vomitava e estava apoiado no batente com os braços cruzados, me observando com um sorriso divertido no rosto.

Vampiro.

O suplente de Malcolm.

Olhei pelo quarto em busca de uma arma e percebi pela primeira vez que estava vestida com um short preto de seda escandalosamente minúsculo e uma blusinha tipo camisola do mesmo tecido, que não escondiam muita coisa. Ofegando, desisti de buscar algo para me defender e procurei, em vez disso, algo com que me cobrir.

Taladaius deu uma risadinha ao atravessar o quarto e pegar um robe atrás do biombo ornamentado perto da janela. Fez questão de desviar o olhar ao vir na direção da cama e estendê-lo para mim.

— Seu corpo passou por mudanças sérias recentemente — disse ele. — O consenso é que você vai conseguir voltar a comer comida normal em breve, mas talvez leve um ou dois dias. Quando eu fiz a transição, levei seis meses até parar de pôr pra fora tudo que tentava comer, como se fosse uma bola de pelo.

Tirando o robe da mão dele, coloquei-o em volta dos ombros. Dilatei as narinas, odiando a queimação estranha e avassaladora no fundo do meu nariz.

— Como assim, fez a transição? — perguntei, nervosa.

Taladaius deixou a cabeça pender para o lado. Olhou para mim com pena.

— Você sabe exatamente o que eu quero dizer com essa palavra. Não é?

Vampira.

Vampira.

Vampira.

Olhei de volta para ele, me recusando a aceitar.

— Eu não sou nada parecida com você — sibilei.

Taladaius assentiu, esfregando a ponta de seu belo sapato de couro na beirada do tapete. Com as mãos no bolso, disse:

— Ah, *disso* eu sei, Saeris.

— O que isso quer dizer? Esse *tom?* — questionei.

— Aqui. — O vampiro de cabelo prateado penteado de forma imaculada e olhos estranhamente suaves fez um gesto de cabeça para o espelho grande na parede. — Venha ver por si mesma.

Eu estava desconfiada ao andar até o espelho. Abraçando o corpo com os braços, me preparei para o desconhecido. Eu não fazia ideia de se reconheceria a pessoa me olhando de volta no espelho. Mas reconheci. Fora as leves sombras sob meus olhos, eu era inteiramente eu mesma. Saeris. Mesmo cabelo escuro. Mesmos olhos azuis. Mesmas...

Hesitei. Virei a cabeça.

Minhas orelhas.

As pontas das minhas orelhas eram afiladas. Saíam pelo cabelo desgrenhado, como se sempre tivessem sido assim. Abri a boca para praguejar, vi o estado de meus dentes e meu coração começou a acelerar. Caninos. Eu tinha caninos longuíssimos. E pareciam muito afiados.

— Eu sou... *Feérica?* — perguntei ao reflexo de Taladaius no espelho.

Ele sorriu educadamente, mas fez que não com a cabeça.

— Até onde conseguimos entender, você é meio vampira, meio feérica. Algo que nenhum de nós nunca viu antes. Por enquanto, não sabemos bem quais traços você adotou dos feéricos e quais adotou dos vampiros. A única certeza de nossos curandeiros é que você não é mais humana.

Não mais humana.

Não completamente vampira.

Não completamente feérica.

Minha garganta fez o que pôde para travar. Me arranquei da frente do espelho, fechando os olhos com força. Não conseguia pensar naquilo. Precisava do meu par.

— Cadê o Fisher?

Taladaius deu de ombros e olhou o gesso ornamental no teto de forma bastante evasiva.

— Ah, não sei. Ele deve estar por aqui em algum lugar.

— Ele está machucado? Está...

— Relaxa, Saeris. Ele está bem. Vai vir aqui em breve.

Eu é que não ia confiar na palavra de um vampiro. Olhando para baixo, vi que minhas marcas continuavam lá, declarando para o mundo todo que eu era o par de Fisher.

Busquei, tateando mentalmente por dele. Momentos depois, fui recompensada com uma sensação profunda de concentração. Não minha, mas de Fisher. Ele estava aqui por perto. E estava muito focado em alguma coisa. Eu não sentia dor nem alarme da parte dele, o que me permitiu respirar com um pouco mais de facilidade. Pelo jeito, Taladaius me dizia a verdade.

— Onde estamos? — perguntei, contornando a cama, tentando garantir que houvesse amplo espaço entre nós.

Onde estava Solaz? Eu queria a porra da minha espada.

— Fisher me pediu para deixar que ele te contasse onde estamos — respondeu Taladaius.

— Quê? Mas... *por quê?*

Semicerrei os olhos para ele, tentando compreendê-lo. Taladaius parecia igualmente relaxado e entretido, o que não me dizia nada sobre por que estava mantendo segredo sobre a nossa localização. Meu peito se encheu de irritação. Atravessei o quarto, fechando o robe com força, e abri as cortinas de uma vez.

A dor explodiu atrás dos meus olhos. Mal estava claro lá fora, os últimos raios de sol sumiam no horizonte, mas parecia que eu tinha acabado de levar uma marretada na cabeça.

— *Ahh!*

Com cuidado de ficar nas sombras, Taladaius delicadamente tirou minha mão da cortina e voltou a fechá-la.

— Muito em breve, você também vai conseguir suportar isso melhor que a maioria. Só vai levar um tempo para se acostumar a tudo. E sua memória? O que você se lembra de Gillethrye, Saeris?

O nome daquele lugar me deu um frio na espinha.

— Eu... nós estávamos lutando contra eles. Malcolm, Belikon e Madra. Tinha uma moeda. Eu joguei e...

— E depois?

— Depois... — Fiquei olhando para ele com um estranho temor no fundo do estômago. — Ele me machucou. Eu... Eu o matei. Você e Fisher chegaram. E aí...

— E aí eu te mordi — disse Taladaius, assentindo com a cabeça. Ele desviou rápido o olhar, como se de repente estivesse desconfortável. — Coloquei um bloqueio de memória em torno do que aconteceu depois. Transicionar é difícil. E, bom, um genitor tem poder de suprimir essas memórias se...

— Remova — exigi. — Remova o bloqueio.

Taladaius pareceu querer recusar, mas disse:

— Se você tiver certeza de que deseja isso, eu o farei, mas pode ser muito traumático...

— *Re-mo-va* — rosnei.

— Como desejar.

Ele não precisou me tocar. Foi mais simples do que isso. Naquele minuto, eu não tinha lembrança do momento em que os dentes de Taladaius tinham se enfiado no topo do meu ombro. Nenhuma recordação do show de horrores que veio depois. E aí, no minuto seguinte, tinha.

A mordida de Taladaius.

Fisher me carregando nos braços. Abrindo um portal de sombras. Eu voando pelo ar na direção do lago de mercúrio. A conversa breve, mas tensa, com Zareth.

Aí, Fisher me puxando do mercúrio. Ele e Carrion discutindo como se estivessem prestes a se matar.

Lorreth, sentado ao lado da minha cama, tocando algum tipo de alaúde e cantando suavemente para mim enquanto eu me debatia e gemia.

Três dias deitada nesta cama, neste quarto, implorando para Fisher me matar porque não conseguia suportar a dor por mais um segundo.

E eu... mordendo... alguém.

Meus olhos foram direto para o pescoço de Taladaius.

Eu o tinha mordido.

Ele viu que eu havia percebido isso e me deu um sorrisinho. Inclinando o pescoço, mostrou-o para mim: a pele macia e sem marcas.

— Não fez mal nenhum — disse ele. — Você mal rompeu a pele.

— Por que eu *fiz* isso? — Levei a mão à boca, com medo de mais de abrir os lábios e aceitar uma verdade que já sabia, mas que temia admitir.

— Fisher devia mesmo estar aqui para isso — falou Taladaius.

Ele começou a ir em direção à porta.

— Não! Eu... — Eu não sabia o que dizer. — Uma parte de mim sente que devia te agradecer por salvar minha vida.

— E a outra?

— Quer te matar pelo que você fez — sussurrei.

O vampiro assentiu, analisando as suas botas.

— Eu também me senti assim por muito tempo. Houve séculos inteiros em que odiei o que tinha me tornado e quis destruir Malcolm. O que eu queria mais que tudo era morrer e sumir deste mundo.

— O que te fez decidir ficar?

Taladaius deu um sorrisinho muito triste.

— Não decidi. Não me deram escolha. Malcolm não me deixava ir. Tentei me matar uma vez, e ele me proibiu de voltar a fazer isso. A palavra dele era lei.

— Mas agora ele está morto...

— E eu estou livre. — Taladaius se balançou nos calcanhares. — Ainda estou tentando decidir o que isso significa para mim. Mas recentemente as coisas ficaram bem interessantes. — Ele me olhou dos pés à cabeça, franzindo um pouco a testa, como se pesando o que queria dizer. Depois de um momento, falou: — Existem dois tipos de eternidade, Alquimista. Uma é o paraíso. Outra é o inferno. Escolha a *sua* versão de imortalidade com sabedoria.

Pisquei, tentando forçar essa versão de Carrion Swift a fazer sentido na minha cabeça.

O mesmo cabelo castanho-acobreado habilmente bagunçado. Os mesmos olhos azuis e aquele sorriso malicioso.

Mas também as orelhas pontudas. E os caninos afiados. E ele estava tão *alto.*

Dei um soco no peito dele.

— Ai! Por que você fez *isso?*

Enfiei um dedo na cara dele.

— Porque você é um babaca. Eu te conheço desde que tinha *quinze anos*!

Ele balançou a cabeça, levantando as mãos para o ar.

— *E?* Eu te conheço desde que eu tinha mil e oitenta e seis anos. Ganho um prêmio por isso?

— Você não me contou que era herdeiro de uma porra de um trono feérico!

— Bom, não é bem o tipo de coisa que se *conta* às pessoas, Fane. E, enfim, minha avó me fez prometer não contar.

— Só que ela não era sua avó, né?

Carrion fez uma careta.

— Não, na verdade não. Era mais uma guardiã. Ou, quando era pequena, companheira de brincadeiras. E depois amiga. E aí eu virei guardião *dela*. Sei lá, sempre ficava muito complicado quando as pessoas envelheciam.

Balancei a cabeça, ainda tentando bravamente encaixar todas as peças.

— Então, o pai do Fisher te levou para Zilvaren quando você era pequeno para te salvar de Belikon. Ele fez um encanto nas suas orelhas e nos seus caninos para você não se destacar. Trouxe junto uma sacola de livros para você poder aprender sobre sua herança e voltar quando fosse a hora. E... uma mulher qualquer salvou você?

— O nome dela era Orlena — disse Carrion. — Orlena Parry. Ela era uma escravizada no palácio de Madra. Mas, naquela noite, a noite em que me puxou do mercúrio, ela fugiu do palácio e escapou. Foi para a Terceira, sabendo que podia se perder na multidão ali. E foi onde ficou. Ela encontrou trabalho como costureira e arranjou um lugar para vivermos. Me criou como se eu fosse filho dela.

Eu não conseguia acreditar. Apertei os olhos para ele, essa versão feérica dele, sua forma verdadeira, e quase caí na gargalhada.

— E você ficou preso lá quando Madra fechou os portais. E aí passou os próximos mil e tantos anos... *vivendo* em Zilvaren?

— O resumo é basicamente esse — disse Carrion. — Eu tinha os livros que Finran havia trazido para mim, sobre os feéricos e meu povo. Orlena se casou quando eu tinha nove anos e assumiu o nome Swift. Pouco depois, ela teve uma filha, Petra, que cresceu e também teve uma filha. Os livros foram passados pela linhagem feminina, e eu também. Elas me mantiveram fora de encrencas o melhor que podiam e garantiram que eu ficasse alerta a sinais de que o mercúrio tinha voltado a se abrir. Achavam cruel eu estar preso na Cidade de Prata e que eu devia ir para casa governar meu povo. As mulheres da linhagem Swift sempre foram muito mandonas e excessivamente preocupadas com minha vida amorosa.

— Então você sabia o que esperar quando o mercúrio despertou?

Ele riu.

— Que nada. Nem um pouco. Mas senti naquele dia em que você foi levada ao palácio. Algo mudando no ar. Um tipo de energia que, de algum modo, parecia familiar. Reconheci da segunda vez que aconteceu e, de algum modo, eu simplesmente *soube* que tinha algo a ver com você. Fui ao Miragem para ver se você tinha escapado e foi lá que Fisher me encontrou. Eu realmente falei que era Hayden porque achei que o estava protegendo, Saeris. Espero que você acredite nisso.

— Está tudo bem. Eu sei.

Eu acreditava mesmo nele.

Deuses, tudo isso estava interligado. Tinha sido o pai de Fisher que escondeu o verdadeiro herdeiro do trono, tirando-o de Yvelia. Mil anos depois, seu filho foi quem o trouxe de volta. Significava alguma coisa. Eu não sabia o que, mas tinha certeza de que logo, logo todos descobriríamos.

E, todo esse tempo, tinha um rei feérico morando na Terceira, contrabandeando bens, começando brigas e basicamente aborrecendo todo mundo. Eu estava prestes a perguntar como Carrion havia mantido a sanidade enquanto as pessoas que ele amava nasciam, cresciam, viviam sua vida e morriam de velhice, mas já sabia a resposta e não queria ouvi-lo falar alguma coisa lasciva sobre uísque e mulheres.

Falando nisso. Olhei ainda mais séria para ele.

— Você *transou* comigo.

Ele abriu um sorriso sem-vergonha.

— De nada — respondeu.

— Carrion!

— Que foi? Você está trepando com Fisher só os deuses sabem há quanto tempo!

— É, mas eu sabia o que Fisher era quando decidi transar com ele. E ele era meu par.

Carrion bufou. Cruzando os braços, revirou os olhos e suspirou.

— Tá bom. Desculpa por não ter divulgado que eu era um asilado político mágico me fingindo de humano quando transei com você. Pronto, se sente melhor?

— Não.

— Ahh, sério, Fane! — Ele me deu um cutucão com o cotovelo. — Eu agora sou feérico. Você agora é feérica. Mais ou menos. São águas passadas. Você só está mal-humorada porque estava preocupada comigo. Vai. Me pergunta como eu sobrevivi ao veneno todo-poderoso do Malcolm. Dá pra ver que você está morrendo de vontade de saber.

— Lorreth já me contou, na verdade. Então, é isso aí.

Lorreth tinha sido a segunda pessoa a me visitar depois de Taladaius sair do meu quarto. Rira ao ver minhas orelhas feéricas e rira com menos entusiasmo ao ver o quanto meus dentes eram afiados. A primeira coisa que me contara era que Everlayne estava viva e Ren estava cuidando dela, embora ela tivesse caído num sono profundo e fosse impossível acordá-la. Mas Te Léna e Iseabail estavam confiantes de que despertaria a qualquer momento. Então, ele ficara mais de uma hora explicando o que tinha acontecido depois de eu ter sido levada como um raio pelo labirinto. Eu havia ficado assolada pela culpa quando ele me contou que todos os três quase morreram nas mãos de Belikon enquanto ganhavam tempo para eu achar a moeda. Lorreth tinha me chamado de doida por pedir desculpas por demorar tanto, dizendo que parecera um milagre quando o vento varreu toda a magia de morte e permitiu que suas espadas voltassem a canalizar magia. Madra havia fugido imediatamente pelo mercúrio. Belikon havia lutado prodigiosamente, mas, no segundo em que o sopro do anjo de Lorreth irrompeu de Avisiéth, fugira também como o covardão que era.

— Ah, é? — Carrion levantou uma sobrancelha desconfiada para mim. — E como é que Lorreth das Torres Quebradas contou a história? Deixa eu adivinhar. Ele disse que meu sangue era rançoso demais para ser afetado por veneno de vampiro.

— Não, ele disse que o sangue do seu pai foi usado para criar a maldição de sangue que permitiu que Malcolm virasse vampiro e que um vampiro não pode beber dos membros vivos da linhagem de sangue que os criou, nem pode subjugá-los. Disse que beber de você devia ter matado Malcolm na mesma hora, mas, por ter vivido tanto tempo, ele era poderoso demais.

— Hmm — Carrion resmungou. — Ele foi bem preciso, na verdade.

— Ele também disse que foi por isso que Malcolm mandou Belikon matar seus pais. Que eles eram a única ameaça a ele.

De novo, Carrion resmungou, não mais sorrindo:

— Eu mal me lembro deles.

— Eu me lembro.

Meu coração parou de bater. Parecia fazer um século que eu estava esperando que ele chegasse. Fisher parou logo depois da porta, com uma expressão pétrea enquanto assentia para Carrion. Seu olhar se suavizou para mim.

Ei, você, sussurrou ele em minha mente.

Ei você, respondi.

Era incrivelmente reconfortante saber que isto continuava igual entre nós. Ele ainda conseguia falar comigo em minha mente, e eu ainda conseguia falar com ele. Apesar de tudo o que havia mudado de forma tão drástica nos últimos poucos dias, o vínculo entre nós parecia ser o mesmo de antes.

Os cantos de sua boca se contraíram só um pouquinho — uma levíssima sugestão de sorriso. Ele continuou assim ao entrar de verdade no cômodo e dar um beijo suave em minha testa.

— Você vai me contar sobre meus pais ou vocês vão começar a tirar a roupa um do outro? Porque eu posso ir embora. Não *preciso,* mas posso — disse Carrion.

— Por favor, vá embora, Carrion — respondeu Fisher, sem emoção. — Mais tarde, eu vou te contar tudo o que lembro sobre eles, mas, por enquanto, quero ficar sozinho com meu par.

Fisher disse isso com tanto orgulho. Meu par.

Carrion saiu, resmungando baixinho, e o quarto de repente ficou bem menor. Estávamos sozinhos.

— Está triste por não poder mais me chamar de Oshinha? — perguntei.

Deuses, que sensação confusa. Eu estava extasiada de, graças a Zareth, uma parte de mim ser feérica. Estava menos extasiada de uma parte de mim ser vampira, cortesia de Taladaius. Minha trepidação aumentou, ficando mais insuportável a cada segundo, mas Fisher abaixou a cabeça de um jeito muito juvenil que fez minhas entranhas se retraírem.

Por baixo das sobrancelhas escuras, ele me olhou e deu um sorriso irônico.

— Humana, feérica ou vampira. Não importa quanto tempo você viva, Saeris; você *sempre* vai ser a mais sagrada para mim. — Mas seu sorriso desapareceu. — Eu fiz a coisa certa?

Eu não tinha conseguido responder por conta própria lá no labirinto. Ele precisara tomar a decisão por mim. E que decisão monumental tinha sido. Depois de eu me recusar a permitir que ele me curasse com sua alma, não era à toa que Fisher me olhava como se estivesse preocupado de eu nunca mais falar com ele.

Isto... era *enorme.*

Eu não era mais eu mesma.

Era protegida de um deus, e não um deus qualquer. Por extensão, Fisher também meio que era. Havia tanta coisa que eu ainda precisava contar. Não fazia ideia do que ele acharia da notícia quando eu explicasse tudo o que havia acontecido durante aqueles breves minutos em que passei conversando com o Deus do Caos, mas tive a sensação de que Fisher teria perguntas. Um milhão delas.

Por enquanto, o mundo estava mais vivo. Mais nítido. Havia fios de poder brilhando nos olhos de Fisher quando o encarei. E havia uma ânsia queimando no fundo da minha garganta e ficando mais difícil de ignorar.

Espera aí...

Tinha magia nos olhos de Fisher.

Mas... menos mercúrio.

Ofeguei, saindo dos braços dele, e Fisher pigarreou, parecendo meio encabulado.

— Eu estava me perguntando se você ia notar — disse.

— Se perguntando se eu ia notar! O q... *Como?* O que aconteceu?

— Te Léna achou um jeito de suavizar os efeitos do mercúrio. Tenho me consultado com ela há meses tentando controlar, mas as sessões estavam ficando cada vez menos eficazes. E aí Iseabail disse que podia ajudar. Aquelas duas são um time e tanto. Te Léna ajudou a acalmar o mercúrio, e Iseabail o está puxando para fora de mim aos poucos. Vou precisar de um milhão de sessões. Vai levar muito tempo, mas deve funcionar.

— Que incrível! Isso significa que... — Eu estava nervosa demais para dizer.

Ele não ia enlouquecer.

Ainda tínhamos que lidar com Belikon. E Madra. Eu ainda pretendia encontrar meu irmão e Elroy. Tinha um milhão de outros problemas para superarmos, mas...

Um passo de cada vez, falou Fisher, com uma voz estrondosa, só para mim. *Vamos passar pelo dia de hoje. E depois pelo de amanhã. E depois pelo dia seguinte. Esse vai ser particularmente interessante.*

Por quê? O que vai acontecer depois de amanhã?

Ele pareceu levemente preocupado ao segurar minha mão.

— Bem. Tem isto.

Ele me levou à cortina e a abriu devagar. A luz do sol, que tinha queimado meus olhos e minha pele mais cedo, havia ido embora. Olhar pela janela era como olhar um buraco negro. Mas aí vi as luzes bruxuleantes de muitas, muitas fogueiras de acampamento a distância. E a faixa prateado-clara de um rio cortando a paisagem preta.

O Darn.

Estávamos do lado errado do Darn.

Estávamos dentro de Ammontríeth.

— Nas cortes feéricas, a coroa é passada para o herdeiro de um regente. Mas, se o regente for assassinado, a coroa é tomada por quem o derrotou. A corte dos vampiros só teve um rei ao longo do tempo. Malcolm nunca nomeou um herdeiro. Ele planejava viver para sempre. Nunca concebeu a possibilidade de que alguém pudesse matá-lo...

Minha cabeça já estava balançando em negativa. Recuei da janela.

— De jeito nenhum. Fisher, eu nem sou vampira por completo. Sou meio feérica! Não posso!

— Diga isso a *eles*. No que diz respeito à corte dos vampiros, você será coroada. Em dois dias, vai oficialmente se tornar a nova rainha de Sanasroth.

Impressão e Acabamento:
GEOGRÁFICA EDITORA LTDA.